HEYNE BÜCHER

Von der gleichen Autorin erschienen
außerdem als Heyne-Taschenbücher

Der Engel · Band 844
Die Ehe der Maggie Hobart · Band 966
In einem großen Haus · Band 5043
Der Herr der Erde · Band 5087
Einst wird kommen der Tag · Band 5121
Eine Säule aus Erz · Band 5161
Alle Tage meines Lebens · Band 5205
Ewigkeit will meine Liebe · Band 5234
Doctor Ferrier · Band 5252
Mit dem Herz eines Löwen · Band 5294
Um deines Namens willen · Band 5345
Melissa · Band 5368
Die Turnbulls · Band 5401
Ein ruhmreicher Sieg · Band 5437
Prolog zur Liebe · Band 5518
Die Armaghs · Band 5632
Aspasia · Band 5692
In einem großen Land · Band 5753

TAYLOR CALDWELL

WOLF UNTER SCHAFEN

Roman

WILHELM HEYNE VERLAG
MÜNCHEN

HEYNE-BUCH Nr. 5799
im Wilhelm Heyne Verlag, München

Titel der amerikanischen Originalausgabe
STRONG CITY
Deutsche Übersetzung von Grete Steinböck

Genehmigte, ungekürzte Taschenbuchausgabe

Printed in Germany 1981
Umschlagfoto: artreference, Frankfurt
Umschlaggestaltung: Atelier Heinrichs & Schütz, München
Gesamtherstellung: Presse-Druck, Augsburg

ISBN 3-453-01262-3

Für meinen Bruder

ERSTES BUCH

I

Der Herbsttag war grauschmutzig, voll Nebel und Kohlenstaub. Ruß und Asche schwebten sichtbar in der stickigen Luft und verdunkelten das bißchen Licht, das der Morgen spendete. Die Asche knirschte unter den Füßen, sie setzte sich an den Fassaden fest, sie überzog alle Fensterscheiben und klebte auf jeder Türe. Um halb sieben Uhr, da es eben Tag wurde, spie ein Wald von Rauchfängen, ein richtiger Dschungel von Kaminen, tiefbraune, dunkelgraue und schwarze Schwaden über die Stadt, die in einem fast unhörbaren unterirdischen Grollen erbebte. Es war Morgen. Hinter tausend und abertausend Mauern wachten die Menschen auf, schauten hinaus durch die rußigen Fenster, mit schweren Lidern, aber mit noch schwererem Herzen, weil wieder einmal ein langer, finsterer, bedrückender Tag begann.

Die Reichen blinzelten nur, schüttelten sich beim Anblick dieses häßlichen Morgens und schlüpften wieder unter ihre seidenen Decken. Ihr Schlaf war eine Flucht. Philosophische Kräfte dachten, daß sich auch da wieder die chinesische Weisheit bewahrheitete, wonach das menschliche Leben ständig in stummer Trostlosigkeit dahinfließe. Die weniger Begüterten saßen mürrisch an ihrem Frühstückstisch, schimpfend, weil der Speck wieder einmal angebrannt war; sie ließen ihre üble Laune an einem abgehetzten Dienstmädchen aus. Die übrigen, die Armen und Hoffnungslosen, denen man nachsagt, daß sie überhaupt nicht denken, die schauten mit dem stumpfen Blick des Herdenviehs in den Morgen und fühlten, mehr als sie dachten, daß sie gar nicht wirklich lebten, sondern sich wie in den Abgründen eines Alptraums bewegten, wo selbst der schlimmste Schmerz sich in trüben, alles überziehenden Nebel wandelt.

Wie bleigraue Riesen lagen die Stahlwerke am Ufer des Flusses, in fahles unterweltliches Licht getaucht. Trotz der frühen Stunde steigerte sich ihr Lärm in einem gewaltigen Crescendo. Von allen Seiten strömten die Arbeiter herbei, mit schweren Schritten, wie Tiere im Joch, die Schultern gebückt, die Köpfe gesenkt, fröstelnd in ihren dünnen, geflickten Mänteln. Nur ein einziger Wunsch beseelte sie: sich wärmen können.

Die Mulberry Street war für viele Straßen der Stadt charakteristisch: Sie begann in einem Gewirr von Quergäßchen und endete jäh an der kahlen Ziegelmauer der Papierfabrik. An ihrer Westseite erhob sich ein dreigeschossiger Bau mit dreißig Wohnungen, der einst rotbraun gewesen, nun aber längst schon vom Kohlenstaub grau gefärbt war. Wie schwarze Rechtecke zeichneten sich die monotonen Fensternischen ab, hinter denen unsaubere Vorhänge undeutlich zu erkennen waren. Von jedem Eingang führten drei Stufen, die eine dicke Aschenschicht bedeckte, hinunter auf die Straße; zu jedem Eingang gehörte eine Wohnung mit fünf Räumen. Da und dort schimmerte fahlgelbes Gaslicht aus einer Küche, in der sich Männer für ihr Tagwerk bereitmachten.

Es begann zu nieseln, und das Katzenkopfpflaster der Mulberry Street glitzerte im Grau des Morgens. Dann und wann rumpelte ein vollbeladener Bierwagen mit tropfnassen, schweren Pferden die Straße entlang. Plötzlich gab es einen langgezogenen Klagelaut, begleitet von einer ebenso jähen Verdunklung des Himmels und einem dumpfen Grollen. Die Häuser der Mulberry Street erzitterten wie bei einem Erdbeben. Hinter ihnen zog sich der lehmige Abhang eines von Unrat und Abfall bedeckten Hügels hinab, und am Fuß dieses Hügels fuhr ein langer Zug vorbei, der diesen Jammerlaut ausstieß. Die Lokomotive spie Funken und Rauch, hinter ihr ratterte eine endlose Kette von Waggons wie in wilder Flucht. Sobald der Zug vorbei war, blinkten die noch leicht bebenden Geleise im Halbdunkel des Morgens.

Eine der Haustüren öffnete sich, und ein junger Mann trat in den Regen hinaus. Obwohl sein Anzug ebenso abgetragen und schäbig war wie die Kleidung der anderen Arbeiter, Gesicht und Hände grau trotz eifrigen Waschens, schien er nicht in diese Straße und diese Stadt zu passen. Wie ein Fremdkörper wirkte er in der trostlosen Umgebung. Vielleicht war es seine aufrechte Haltung, die ihn von den anderen unterschied, eine Art heiterer Überheblichkeit, ja Herablassung. Er stand ruhig auf den Stufen und betrachtete den Himmel und die Straße mit sonderbarem Gleichmut. Und während er das tat, kaute er gedankenlos an einem Apfel. Seine alte braune Mütze war tief aus der Stirn geschoben und ließ das dichte blonde Haar sehen, auf das der Regen fiel. In einer Hand trug er seine Eßschale, die mit einem weißen Tuch bedeckt war, dessen Ecken unter dem Deckel vorsahen.

Er kaute gemächlich, streckte dann einen Finger von dem Apfel weg und kratzte sich nachdenklich am Ohr. Wie zum Takt eines unhörbaren Chors schlug er mit einem Fuß gegen die nasse Stufe. Dann begann er mit seinem tiefen, sonoren Baß vor sich hin zu singen, einzelne Worte des Textes waren herauszuhören; er sang ein deutsches Lied. Sein Auge spöttisch blitzend und von tiefem Blau, lief prüfend über die Straße, während er sang. Die Melodie, die leidenschaftlichen Worte verkehrten ihren Sinn, sie schienen nicht der Sehnsucht, sondern ironischem Spott zu entspringen. Das schwermütige Heimweh des Liedes wurde durch Franz Stössels Gesang verhöhnt und zu einer masochistischen Selbstquälerei.

Als er aufhörte zu singen, folgte dem Lied ein ungutes Lächeln. Er sprang die beiden letzten Stufen hinab und setzte sich schnell, aber nicht hastig in Bewegung. Das Apfelgehäuse warf er in eine Pfütze und schaute einen Augenblick auf den winzigen Wasserwirbel, der dadurch entstand. Dann beschleunigte er seinen Schritt. Er trug den Kopf sehr hoch, aber in dieser Arroganz lag weder Unzufriedenheit noch Bitterkeit. Trotzdem hatten die drei Jahre im Stahlwerk ihre Spuren hinterlassen. Sein einst leichter Gang war fester und sicherer geworden, die Arbeit hatte seinen Nacken und seine Arme muskulöser, aber nicht schwerfälliger gemacht. Während er so aufrecht und gerade durch die Straßen ging, von denen eine immer trostloser und schmutziger als die andere war, wurde sein Blick abweisend.

Er blieb bei einem armseligen kleinen Laden stehen, der zwischen einem Schneideretablissement und einem Gemüsegeschäft eingekeilt war, kaufte ein Päckchen Tabak und stopfte seine Pfeife. Der winzige, runzelige alte Mann hinter dem Ladentisch ließ sich Zeit, Franz die Silbermünze zu wechseln, die er von ihm bekommen hatte. Franz brachte einen Hauch von Kraft und Leben in das finstere, feuchte Gewölbe, darum mochte ihn der alte Mann gern; sein Grinsen und seine Gesten waren jedoch herablassend, wie sie immer herablassend waren, wenn er »Ausländer«, die im Stahlwerk arbeiteten, bediente.

»Ein sehr häßlicher Tag, Franz«, sagte er. Er war Buchhalter gewesen, ehe seine Augen nachgelassen hatten. Stets war er bedacht, die Endungen der Worte deutlich auszusprechen, weil er sich einbildete, daß »echte Amerikaner« und höhergestellte Persönlichkeiten die Endungen betonten und sich auf diese Weise vom elenden Plebs unterschieden.

Franz nickte und tat probeweise einen kräftigen Zug aus der Pfeife. Er blies eine Wolke guten Rauchs aus. Dabei sah er den Mann kurz und forschend an.

»Meine Mutter hat mir zwei Stück Kuchen mitgegeben«, sagte er beiläufig. »Sie hat sich gefreut, daß Ihnen der letzte geschmeckt hat, eine Schnitte ist daher für Sie.«

Er fingerte an seiner Eßschale, die er auf den rissigen Ladentisch gestellt hatte.

»Das ist sehr nett von ihr«, sagte der alte Mann freundlich-herablassend. Aber in den Winkeln seines eingesunkenen Mundes bildete sich leichte Feuchtigkeit. Seine Hand verkrampfte sich an der Ecke des Ladentisches, als wollte er sich mit Gewalt zur Haltung zwingen. Aber die vorspringenden Knöchel zitterten ein wenig. »Sehr nett«, wiederholte er kaum hörbar und leckte sich die Lippen mit der Zungenspitze.

Franz hob das schneeweiße Tuch von der Schale, nahm eine kleine verschlossene Schüssel heraus und öffnete sie. Schweinerippchen mit Sauerkraut, eine halbe Wurst, ein Stück Roggenbrot, ein Apfel und zwei Stück goldgelber Kuchen, hübsch verpackt, kamen zum Vorschein. Franz zögerte. Er schaute den alten Mann scharf an, der ihn vergessen hatte und dessen ganze Aufmerksamkeit auf das Lunchpaket gerichtet war. Er wirkte wie ein alter, verhungerter Vogel, der nach einem tödlichen Winter auf sein Futter lauert. Etwas Unheimliches lag in dieser geradezu knisternden Spannung. Nie, dachte Franz, dürfte sich ein Mensch so gehenlassen, daß ihn der Anblick des einfachsten Essens zu so hemmungsloser Gier treibt.

Er runzelte die Stirn und sagte mit seiner gutturalen Stimme und seinem starken Akzent: »Meine Mutter — unglaublich, wie verschwenderisch sie mit dem Essen umgeht! Das kann ich niemals vertilgen. Nehmen Sie doch bitte einen Teil davon. Die Wurst hier, das halbe Brot und den Apfel. Ich mag Äpfel nicht. Und den Kuchen. Wenn Sie ihn nicht nehmen, dann muß ich ihn glatt wegwerfen, und das wäre doch eine Sünde. Also, bitte ...«

Der alte Mann riß seinen Blick mühsam von der Eßschale los. Wieder lächelte er herablassend. »Mein lieber Junge, wie könnte ich dir deine Mahlzeit wegessen? Du arbeitest hart im Werk, das weiß ich. Aber bitte, wenn du darauf bestehst ...«

Franz lächelte grimmig in sich hinein. Er breitete das saubere Tuch über den Ladentisch, legte die Hälfte seines Lunchpakets darauf und packte dann die Schüssel wieder ein. Der alte Mann reckte den Kopf und versuchte, die Speisen mit Gleichmut zu betrachten. »Ich habe zwar heute schon ein ausgiebiges Frühstück gehabt, aber ...«, sagte er nachlässig.

Franz äußerte sich nicht. Er nickte kurz, zog an seiner Pfeife und verließ den Laden. Aber er schaute durch das schmutzige Fenster zurück. Der Mann hatte sich wie ein Geier auf das Essen gestürzt, stopfte dicke Bissen Brot in den Mund, lehnte sich über den Ladentisch und schmatzte. Franz verzog verächtlich das Gesicht. Was bin ich doch für ein großartiger Philantrop, dachte er spöttisch. In Wirklichkeit bin ich gar nicht so gütig. Aber es macht mir Spaß, daß einer wie ich dem reichen Amerika etwas schenken kann, diesem Amerika und seinen großartigen Amerikanern!

Summend wanderte er die Straßen entlang. Jetzt waren sie voll von Arbeitern, die zur Sieben-Uhr-Schicht in die Stahlwerke eilten. Alle liefen, so schnell sie konnten, schweigend, die Augen auf den Boden geheftet. Diese armseligen, erbärmlichen, elenden Schwerarbeiter! Schlotternd, naß und hoffnungslos, mit stumpfem Blick, erregten sie nicht das Mitleid des jungen Mannes, sondern seinen Haß. Er bog ab und machte einen Umweg, um der trübseligen Herde zu entkommen.

Dabei durchschritt er eine schmutzige Seitengasse mit niedrigen roten Ziegelbauten und verhängten Fenstern. Die Häuser schliefen noch unter ihrer dicken Schicht von Ruß, Schmutz und Regen. Franz blickte neugierig hinauf zu den Fenstern, während seine Hand mit dem Wechselgeld in der Tasche spielte. Seit fünf Monaten, so überlegte er, war es ihm nicht mehr gelungen, sich eine Frau in dieser Straße zu leisten. Aber in weiteren vier Wochen mußte es geschafft sein. Sie war ein recht hübsches Ding gewesen, diese kleine Ungarin mit dem verhungerten weißen Gesicht und den fieberglänzenden Augen. Aber der Husten! Sie hatte Schwindsucht, kein Zweifel. In Deutschland hätte man sie in ein großes, reines Spital gesteckt, wo sie kostenlos behandelt worden wäre. Er konnte die Kleine nicht vergessen; wahrscheinlich war sie schon gestorben, die arme Kreatur. Gut so! Menschliche Wracks besitzen keine Daseinsberechtigung. Sie haben in einer Welt nichts zu suchen, die Widerstandskraft erfordert. Seine Mutter nannte es Courage. Er aber wußte es besser: es war Widerstandskraft und hatte nichts mit moralischer Stärke zu tun, eher mit Verachtung und Zorn und einer gehörigen Abneigung gegen die übrige Menschheit.

Nun war es fast sieben. Er beschleunigte seine Schritte und erreichte eine Wohngegend des guten Mittelstandes, zwei Meilen von der eigenen Behausung entfernt. Die kleinen Häuser waren frisch gestrichen, mit grünen und weißen Fensterläden, die lustig gegen die roten Ziegel abstachen. Er ging noch schneller und kam schließlich in eine breite, ruhige Allee, deren kahle Bäume das Skelett des hohen Kirchenschiffs bildeten, das im Sommer ganz aus grünem Schatten und frommer Stille bestand. Mitten in gepflegten Rasenflächen standen Häuser aus grauem und rotem Stein, mit Säulen, Pfeilern,

Simsen und Friesen verziert. Hinter den riesigen, blankgeputzten Fenstern konnte er seidene Vorhänge und schwere Samtdraperien sehen. Da und dort brannte Licht, Bedienstete standen im Regen auf den Steinstufen und scheuerten sie, andere polierten das Pferdegeschirr. Wie fast jeden Morgen blieb Franz auch diesmal vor einem besonders hohen Gebäude stehen. Die Ziegel waren rotbraun wie kostbares Leder, die Fenster fast vier Meter hoch und zwei Meter breit. Zierliche Säulen und Pfeiler aus rotschimmerndem Stein bildeten einen Laubengang, aus dem die gewaltigen Tore mit kunstvollen Gittern ragten. Ein breiter Fahrweg führte zu den Ställen hinter dem Haus und eine Promenade zu den Gärten und Treibhäusern. Die Luft war frisch und klar. Er wußte, daß in der Zimmerflucht dort oben die Familie schlief, die den Profit aus den Stahlwerken zog, aus der Schmidt-Stahl-Compagnie.

Hier lebte Hans Joachim Schmidt, sein oberster Chef, der keine Ahnung von seiner Existenz hatte, dessen vornehme Frau aus Philadelphia, der verkrüppelte Sohn Baldo und die Tochter Ernestine. Franz wußte alles über sie, denn er wollte alles wissen. Aus tausend geheimnisvollen Quellen war ihm bekannt, daß Schmidt aus Bayern eingewandert war und in derselben Fabrik, die ihm heute gehörte, als »Puddler«, als Heizer am Hochofen, begonnen hatte. Er hatte die aristokratische Frances Bradhurst geheiratet. Dieser Ehe entstammten der invalide Sohn und die zarte, dunkelhaarige, unscheinbare Tochter, die mit ihren fast dreißig Jahren noch immer nicht verheiratet war. Abfall — so klassifizierte Franz Mrs. Schmidt, ihren Sohn und ihre Tochter. Traurig, daß ein solcher Vollblutmensch wie Hans Joachim Schmidt keinen besseren Lohn für ein Leben voll übermenschlicher Anstrengung finden konnte. Franz hatte ihn von ferne gesehen, den kurzen, unsagbar dicken Mann, der ihn an einen gefährlichen Keiler erinnerte.

Franz liebte die geraden, klaren Linien, die einfache Klassik und fand das Haus der Schmidts mit seinem Beiwerk und Krimskrams abscheulich. Es versinnbildlichte alle Häßlichkeit und allen Reichtum des Inhabers, seine ganze Macht und seinen schlechten Geschmack. Aber es drückte auch Dauerhaftigkeit und Kraft aus. Franz hatte flüchtige Blicke durch die hohen Fenster werfen können und in riesige dunkle Säle gesehen, er hatte die schimmernden, blankgeputzten Kutschen beobachtet, die den Fahrweg hinaufrollten, und die Unzahl von Personal.

Plötzlich ertönte in der Ferne ein schrilles Pfeifen — es war das Zeichen für den Schichtwechsel. Sieben Uhr! Er würde sich verspäten. Er fluchte, drehte sich um und rannte die Pinehurst Road, wo

Schmidt wohnte, hinunter, dann lief er ein paar Gassen weiter und hielt eine Pferdetram an, die gerade auf ihren Schienen daherrumpelte, schwang sich auf das Trittbrett und zahlte seine fünf Cents. Fünf Cents! Heute konnte er sich also nicht sein tägliches Bier leisten! Aber das machte ihm nichts aus. Zwischen zwei schlaftrunkenen Putzfrauen fand er einen Sitzplatz. Er war zufrieden, wie er es immer war, wenn er das mächtige, häßliche Gebäude in der Pinehurst Road betrachtet hatte. Seine Widerstandskraft wuchs dadurch. Er lächelte in sich hinein.

Es war fast halb acht, als er bei den Stahlwerken ankam. Da standen sie, gigantisch, in dicken Rauch gehüllt, hinter dem langen schwarzen Eisengitter. Die feuchte Luft erzitterte in ihrem Dröhnen. Riesige Kamine spien Feuer, Schlackenhaufen bedeckten den grauen, rußigen Boden, die Atmosphäre war vom Geruch der ätzenden Säuren und der Asche erfüllt.

Ein neuer Tag hatte begonnen. Festen Schrittes betrat er das Werk.

II

Hans Joachim Schmidt konnte sich das Frühaufstehen nicht abgewöhnen, obwohl er nun ein reicher und angesehener Mann war. Um sechs Uhr morgens wachte er auf, gleichgültig, wie spät er abends zuvor schlafen gegangen war; ächzend, mit geröteten Augen, in scheußlicher Laune, mit einem dumpfen Druck hinter der Stirn und den Augenbrauen. Sein Bauch war gewaltig. Immer hatte er das Gefühl, als müsse er sein Fleisch vom Bett aufstemmen, wie man eine Tonnenlast in die Höhe stemmt. Er war nicht größer als ein Meter fünfundsiebzig, trotzdem wog er gut seine hundert Kilo. Seine kurzen Schenkel waren wie Säulen, die das Faß seines Körpers stützten. Er hatte so gut wie keinen Hals, sein runder mächtiger Kopf lag übergangslos auf den massiven Schultern. Das feiste Gesicht war rund, gelbrosa gefärbt wie eine Melone; die kurze, breite Nase erinnerte an einen Schweinerüssel, der Mund war aufgeworfen, wie geschwollen, brutal und dick. Unter seinen graublonden Augenbrauen funkelten die winzigen lebhaften Augen wie geschliffenes Glas. Sie waren durchdringend und scharf und paßten nicht zu seiner sonstigen Derbheit. Über der ständig gerunzelten feucht-rötlichen Stirn stand das kurzgeschnittene borstige Haar in Büscheln, gelblichgrau wie die Augenbrauen. Seine Ohren waren Lappen aus rotem, verschrumpeltem Fleisch. Die überraschend kleinen, dicht mit blondem Haar bewachsenen Hände waren sein größter Stolz.

Er liebte kalte Bäder mit massenhaft Seife und rauhen Handtüchern.

Der massive, gebohnerte Boden des riesigen Schlafzimmers erzitterte unter seinem Gewicht, als er an diesem frühen Wintermorgen in sein eiskaltes Badezimmer schritt. Es war mit weißen Marmorfließen ausgelegt, an den Mahagonitüren hingen Spiegel. Er ließ das kalte Wasser aus dem silbernen Hahn laufen, kletterte mühsam in die Badewanne, setzte sich grunzend hinein. Das Wasser sprühte um seinen massigen Körper, seine milchweiße Haut rötete sich unter dem kalten Strahl, sein Blut belebte sich. Jetzt fühlte er sich besser, nur hinter den Augen blieb der Schmerz bestehen. Bedeckt von Seifenschaum, begann er heiser zu singen. Es war ein deutsches Lied, ein Volkslied, von Äckern und Pflügen und blauem Morgenhimmel. Dabei vergaß er, wo er war. Er sah seine Heimat Bayern vor sich, mit ihren dunklen, bedrohlichen Bergen, mit ihren Wäldern und Seen.

Der bayrische Bauernsohn Hans Joachim Schmidt hatte die vornehme Frances aus Philadelphias Geldadel geheiratet. Er war ein amerikanischer Großindustrieller geworden und hatte viele amerikanische Sitten angenommen. Aber wenn er mit sich allein war, war er wieder ein Deutscher, der nicht nur seinen Körper von allen fremden Übeln und Giften reinwusch. Sein romantischer Sinn erwachte von neuem übermächtig, stieg in ihm auf wie ein sprudelnder Brunnen. Seine blauen Augen blitzten. Selbst sein schwabbelndes Fett wurde Kraft und Würde.

Er frottierte sich energisch ab und kehrte in sein kaltes Schlafzimmer zurück, das in dem morgendlichen Halbdunkel wie ein Gewölbe wirkte. Er mochte keine Teppiche. Sein Mahagoni-Himmelbett stand fest auf dem blanken Boden. Es war ein breites deutsches Bett, mit dicken Kissen und seidenen Steppdecken. An den hohen Fenstern hingen bestickte Draperien, er schob sie zur Seite und schaute mürrisch hinaus in den grauen Tag. Dann begann er sich anzukleiden, nahm einen neuen Anzug aus dem großen Schrank, dazu frische Unterwäsche, Hemd, Kragen und Krawatte.

Er wollte keinen Kammerdiener. Vor Jahren hatte er deshalb mit Frances gekämpft, Lakaien seien ihm lästig, behauptete er. Aber der wahre Grund war seine unüberwindliche Scheu, sich nackt zu zeigen. Nicht, daß er sich seines Körpers geschämt hätte. Aber er besaß angeborene Würde und fand, daß man durch Nacktheit die Achtung vor sich selbst und jeden Stolz aufgab. Selbst seine Frau hatte ihn niemals nackt gesehen.

Er trug fast ausschließlich schwarze Tuchanzüge, von denen er annahm, daß sie ihn schlanker machten. Seine blütenweißen Hemden waren gestärkt, ebenso die Kragen. Seine winzigen Hände bewegten sich leicht und flink wie die einer Frau. Er hatte einen kleinen graublonden, gewichsten Schnurrbart. Sorgfältig bürstete er sein steifes Haar mit einer silbernen Bürste und versprühte ein paar Tropfen Kölnischwasser auf sein großes Taschentuch. Dann erlaubte er sich einen prüfenden Blick in den Spiegel. Quer über seiner riesigen schwarzen Weste hing die dicke goldene Uhrkette. Zum Schluß, sozusagen als Tüpfchen auf dem i, steckte er eine Diamantennadel tief in seine Krawatte. Es war kaum sieben Uhr, und er war bereit für das Frühstück.

Vorsichtig setzte er den Zwicker auf seine Rüsselnase und öffnete die Tür seines Schlafzimmers. Der große Vorraum war still und dunkel, nur das Nachtlicht brannte. Die Schlafzimmer der Familie befanden sich im dritten Stock, im vierten wohnte das Personal. Er ging über teppichbelegte Gänge zur Stiege. Von der riesigenn Eingangshalle führte eine gewundene Freitreppe aus Marmor und Mahagoni hinauf zur vierten Etage. Sooft er sich über das Geländer beugte, tat ihm das Schwindelgefühl, das ihn stets bei diesem Anblick erfaßte, sonderbar wohl. Wenn man sich hier fallen ließ, dann stürzte man geradewegs, ohne Hindernis, bis ins Erdgeschoß hinab. Er dachte es nicht konkret, er fühlte es nur, es gehörte gleichsam zu seinem morgendlichen Ritual, sich ein plötzliches Ende vorzustellen. Und ebensowenig machte es ihm Angst, nein, im Gegenteil, es hob sogar seine Laune.

Auf dem Absatz zur zweiten Etage befand sich ein hohes Fenster mit bunten Glasscheiben. Hier blieb er gerne stehen und schaute dem Spiegeln der dunkelgrünen, purpurroten, rosa und blauen Quadrate zu, die aus dem Dämmerlicht blinkten. War er sicher, daß ihn niemand beobachtete, dann stellte er sich auf die Zehenspitzen und guckte durch die unteren Scheiben. Er konnte einen kahlen Baum ausnehmen, den Himmel, die benachbarten Rasenflecken und einen Ausschnitt der ruhigen Straße. Wenn er durch eine blaue Scheibe schaute, verwandelte sich dieses Bild in eine Szene auf dem Mond, wurde gespenstisch, mit unsichtbar lauernden Spukgestalten. Dann ging er über zu einem rosa Viereck und hatte eine Vision aus den äußersten Tiefen schmelzenden Lichts, eine wilde, gefährliche Höhle. Das gefiel ihm, er summte wieder vor sich hin; die Flucht in das Land der Fantasie hatte seinen Geist erfrischt.

Er war nicht der Mensch, der sein Ich in den Mittelpunkt stellte. Er beschäftigte sich nicht mit seiner Person, er spielte nur mit dem Gedanken, daß niemand wußte, was in der Tiefe seines massigen

Körpers wirklich vorging. Ebensowenig interessierte er sich für die Geheimnisse der Natur seiner Mitmenschen. Hier lag der Grund für seine brutale Selbstsucht, und daher kam es, daß er trotz seiner romantischen Ader kaum Einfühlungsvermögen und Fantasie besaß. Sentimental war er nur im eigenen Bereich, auf eine saubere, kindliche Art, die niemandem schadete.

Das Speisezimmer war ganze vierzehn Meter lang und entsprechend hoch, mit einem bemalten Stuckplafond; die Wände waren mit dunklen Nußholzpaneelen ausgelegt. In dem schwarzen Marmorkamin gloste ein schwaches Feuer, das den kalten Raum erwärmte. Die Möbel waren aus intarsiertem Nußholz und reich geschnitzt, Fauteuils und Diwans waren überzogen mit rotem Plüsch. Die gigantische polierte Anrichte glitzerte von altem Silber, über ihr hing ein Spiegel, der geisterhafte Schatten zurückwarf. In dem Gaskristalluster brannten nur einige Flammen. Die Glastüren des riesenhaften Wandschranks schimmerten matt; auf dem langen, mächtigen Tisch lag ein feines weißes Tuch, und hier wurde dem Hausherrn zeremoniell das Frühstück serviert. Ein ausgiebiges Frühstück, bestehend aus Schweinswurst, Eier- und Pfannkuchen, Fladenbrot und Jam, Kaffee und Sahne.

Die Stille lag schwer in dem prächtigen, unwohnlichen Raum. Denn Hausfrau, Sohn und Tochter schliefen noch. Der Butler kam lautlos durch die Schwingtüre und rückte den Stuhl seines Chefs zurecht. Hans Schmidt setzte sich nieder, brummte ein undeutliches »Guten Morgen« und breitete seine Serviette aus. Seine Füße erreichten nicht ganz den Boden, so daß man ihm diskret einen rotsamtenen Schemel untergeschoben hatte. Er knurrte, die Würste wären sicher wieder nicht heiß genug, und steckte den ersten Bissen in den Mund. Er kaute grimmig, während der lange, magere Butler ängstlich wartete. Es kam nicht selten vor, daß Hans den Teller wütend wegstieß, wenn ihm etwas nicht schmeckte, und die Speisen dann über den Tisch flogen. Diesmal aber schienen die Würste durchaus nach seinem Geschmack zu sein. Sein Gesicht wurde freundlicher. Der Butler atmete auf. Schweigend und würdevoll wachte er über die Tafel. Das einzige Geräusch im Raum war nun das laute Schmatzen des Hausherrn.

Das Gaslicht flackerte. Das Haus schien zu erwachen, aus der Küche drang das leise Klirren von Geschirr. Und plötzlich kam ein Wind auf, und der Regen, mit feinen Hagelschloßen vermischt, prasselte gegen die Fensterscheiben, die fast bis zum Plafond reichten.

»Ein häßliches Wetter, Sir«, wagte der Butler schüchtern zu bemerken.

Knurren war die Antwort. Die kehlige Stimme Schmidts war auch sonst für den englischen Butler schwer verständlich. Aber er hatte sich angewöhnt, mehr auf den Tonfall als auf die Worte zu achten. So hatte er auch aus dem Brummen über die Schweinswürste ein positives Urteil herausgehört.

Hans beendete sein Frühstück mit drei mächtigen Tassen guten Kaffees. Dann — und erst dann — schlug er die Zeitung auf, die neben dem Teller lag. Der Butler zündete ihm die Zigarre an, die Hans wortlos in den Mund gesteckt hatte, dann räumte er den Tisch ab und ließ nur die Kaffeetasse stehen. Er war auf halbem Weg, als Hans mit einem wütenden Fluch explodierte, worüber der Butler so erschrak, daß er fast das silberne Tablett fallen ließ. Entsetzt schaute er über die Schulter zurück. Aber Hans sah ihn gar nicht an, er starrte nur immerzu in das Blatt. Der Butler ergriff verstört die Flucht.

Was Hans so ergrimmt hatte, war die Mitteilung eines Senators, daß der Brixton-Stahl-Compagnie, Schmidts örtlichem Konkurrenten, die Genehmigung zur Herstellung von Eisenbahnschienen für die Erschließung des Westens erteilt werden sollte. Hans kannte Senator William Endicott und haßte das schmale englische Gesicht mit den feinen Zügen und dem kalten Blick. Als der Senator seinen Besuch in Nazareth angekündigt hatte, war Hans der erste gewesen, der ihm, allerdings recht formlos, sein Haus zum Aufenthalt angeboten hatte. Der Senator hatte ihn nicht einmal einer Antwort gewürdigt und sich statt dessen bei Brixton einquartiert. Brixton hatte dann so gut wie alle führenden Persönlichkeiten Nazareths zu Ehren seines Gastes eingeladen, nicht aber Hans und seine Frau. Diese doppelte Brüskierung hatte bei Hans fast einen Schlaganfall verursacht. Durch sein Fluchen und sein Toben war Frances kränker geworden, als es ihrem normal elenden Zustand entsprach.

So, das war es also gewesen, was Endicott ausgekocht hatte! Hans füllte die Totengruft, die er Speisezimmer nannte, mit Gebrüll und Schmähungen, daß die Wände erzitterten. Er schleuderte die Zeitung zu Boden und trampelte wie ein Wahnsinniger auf ihr herum. Sein Gesicht war knallrot, seine Stimme überschlug sich zu wüstem Gekreisch. Verschreckt steckten die Bediensteten in der Küche die Köpfe zusammen und starrten ängstlich zur Tür.

Endlich verstummte der Lärm. Der Butler ging auf Zehenspitzen zum Speisezimmer und öffnete dessen Tür einen Spaltbreit. Der Raum war leer. Er schlich zum Tisch und blickte durch die Samtdraperien des Mauerbogens in die Bibliothek. Dort stapfte Hans vor dem Kamin auf und ab, feist, mit schlagflüssigem Gesicht, die Hände am Rücken verschränkt, die wie ein Vulkan qualmende Zigarre im Mund. Der Butler schüttelte seufzend den Kopf und floh.

Hans durchquerte die Halle. Wenn er wütend war, ließ er seinen Zorn an der Familie aus. Für gewöhnlich war es ihm ganz gleichgültig, ob sie mit ihm frühstückten oder nicht. Er hatte für keinen von ihnen etwas übrig, ausgenommen Ernestine, seine Tochter, Tina genannt. Ja, er verachtete seine Frau, und er haßte seinen Sohn, er war froh, wenn er die beiden nicht zu Gesicht bekam. Aber jetzt brauchte er sein Opfer. Also stapfte er — wütend und fluchend über diese faule, unbrauchbare Gesellschaft von Idioten — die Treppe zu Frances' Schlafzimmer hinauf. Sein Borstenhaar sträubte sich wie der Kamm eines wütenden Ebers, seine blauen Augen schossen Blitze. Die Bedienten konnten hören, wie er zornig mit der Faust gegen die Schlafzimmertür seiner Frau trommelte.

III

Frances Bradhurst-Schmidt tauchte wie eine kranke, magere Katze aus ihrem warmen, seidenen Käfig auf. Das Zimmer mit seinem verschwenderischen Luxus, dem Gold, den Spiegeln, den Porträts vornehmer Damen und Herren aus dem 18. Jahrhundert, den gezogenen Draperien, den Plüschüberzügen und verzierten Möbeln, dem Parfüm, bildete einen sonderbaren Rahmen für diese dünne, fiebrige Frau mit dem fahlen Fleisch und den kranken, eingesunkenen Augen. Ihr Körper war geschrumpft und dürr, er zeichnete sich unter den weichen Steppdecken kaum ab. Tag und Nacht mußte ein Feuer in dem goldenen Marmorkamin brennen, denn es fröstelte sie immer, und sie war ständig verkühlt.

Durch das Geschrei ihres Mannes aus unruhigem Schlummer aufgeschreckt, setzte sie sich in ihren Kissen auf und warf ihr schwarzes, von weißen Strähnen durchzogenes Haar zurück. Sie blinzelte mit ihren leicht entzündeten Augen, ihr trockener Mund öffnete sich zu einem unterdrückten Schreckensschrei. Die Hand irrte über den Nachttisch, und mit zitternden Fingern zündete sie eine Kerze an. Dann zog sie die Decke bis zum Hals und rief erstickt: »Ja? Hans?«

Er riß die Tür auf. Seine Nase verzog sich wie immer, wenn er diesen Raum mit seinen typischen Gerüchen betrat: Es roch nach abgestandenem Parfüm und schlechter Luft, denn die ganze Nacht lang hatte darin eine Kranke bei geschlossenen Fenstern geschlafen. Er blickte auf das zerwühlte Bett mit seinen roten Decken und schüttelte sich vor Ekel. Im Schein des gelben Kerzenlichts glotzte er seine Frau haßerfüllt an. Er konnte ihre mageren Schultern unter den Decken ausnehmen, sah ihr langes, hageres Gesicht mit den vorspringenden Backenknochen, ihre großen, dunklen, verschwollenen Augen mit den tiefen Ringen. Aber ihr Entsetzen tat ihm wohl in seinem Zorn.

Er brüllte auf, stürzte zu den Fenstern, schob die goldgelben und malvenfarbenen Draperien zur Seite, daß ein Strom grauen Lichts hereinfiel. Dann riß er einen Fensterflügel auf, und die kalte, feuchte Luft wirbelte ins Zimmer. Das Feuer knisterte und rauchte. Er drehte sich um und starrte seine Frau mit zornroten Augen an.

»Sieben Uhr, und da liegst du in dem stinkenden Loch!« keuchte er. Seine gutturalen Laute waren kaum verständlich, wenn er die Beherrschung verlor. »Sieben Uhr schon, und du lümmelst herum! Ich frühstücke allein. Ich lebe allein. Und der Tag vergeht. Ich habe eine Frau!«

Wie gelähmt, buchstäblich sprachlos schaute sie ihn an. Einmal, als sie jung verheiratet gewesen waren, hatte er sie ins Gesicht geschlagen. Er hatte es niemals wieder getan, aber heute noch, dreißig Jahre später, erstarrte sie in tödlicher Angst, wenn er vor ihr stand. Sie war überzeugt, daß sie sterben würde, wenn er sie noch einmal schlug, nicht an der Gewalt des Schlags, sondern aus Herzensangst. Sie fürchtete nicht so sehr den Tod als die geistige Demütigung, die ihm vorangehen würde.

Er stampfte und schrie, und sie sah ihm entgegen, die Augen wurden größer und größer und glänzten nun in der schrecklichen Anstrengung, den erstickenden Klumpen hinunterzuschlucken, der ihr in der Kehle steckte. Hans stand am Ende des Betts und zeigte ihr allen Abscheu, alle Verachtung, zeigte, wie er sie als Frau und als Gattin verwarf. Sie atmete kaum. Aber unter ihrem seidenen Nachthemd klopfte ihr Herz in wilden Stößen. Sie konnte ihren Blick nicht von ihm lösen, denn er war ihre einzige schwache Waffe, um einen tödlichen Schlag abzuwehren, ihn zu verhindern. Wenn sie nur einen Augenblick wegsah, dann, davon war sie überzeugt, würde er sie überfallen.

»Eine Frau!« wiederholte er und spuckte seitwärts auf den Teppich. Die Nasenflügel in ihrem mageren, aristokratischen Gesicht bebten. »Habe ich eine Frau? Habe ich jemals eine Frau gehabt? Nein! Bei Gott, nein! Ich habe eine miauende Katze, eine kranke, räudige Katze! Eine solche Frau für Hans Schmidt!«

Wieder öffnete sich ihr Mund, aber sie brachte nur einen jämmerlichen Laut wie einen Seufzer heraus. Sie zitterte am ganzen Körper.

Im Zimmer wurde es kalt, die Draperien blähten sich. Sie konnte die Wipfel der kahlen Bäume sehen, die sich unter den Regenböen bogen. Die Kerze flackerte. Ihr Gesicht war bleich, kleine Schweißtropfen bildeten sich auf der Stirn, in ihren Augen stand Todesangst.

Die Tür ihres Ankleidezimmers wurde geöffnet, und eine dralle Kammerfrau trat herein. Mathilda war eine kräftige Person von fünfunddreißig, derb, phlegmatisch, von gesunder Gesichtsfarbe, mit einer Fülle lichtbraunen Haars unter der Haube. Frances fühlte ihr Eintreten mehr, als sie es sah, und ohne die Augen von ihrem Peiniger abzuwenden, rief sie mit dünner Stimme: »Mathilda!«

»Ja, Ma'am«, antwortete Mathilda. Einen Moment lag ihr stumpfer Blick auf dem Hausherrn. »Guten Morgen, Sir«, sagte sie, als ob sie seine Anwesenheit in diesem Zimmer gewöhnt wäre und ohne seine Wut zur Kenntnis zu nehmen. Sie schürte das Feuer im Kamin. Ihre riesigen Hinterbacken zeichneten sich einladend unter der gebauschten Schürze ab, als sie den Rost rüttelte. Mit respektvoll geneigtem Kopf ging sie an Hans vorbei, um die Vorhänge zuzuziehen und das Fenster zu schließen. Ihr rundes, rotes Gesicht war ohne Ausdruck, aber von einer gewissen animalischen Gelassenheit. Die verschreckte Frau im Bett, der keuchende, fette Mann am Fußende betrachteten sie wie hypnotisiert. Frances' ausgedörrte Lippen bewegten sich in dem stummen Gebet, Mathilda möge das Zimmer nicht verlassen. Hans war fasziniert von der Gesundheit und dem Phlegma dieser kräftigen Weibsperson. Sein Zorn legte sich. Er liebte robuste Gesundheit, und Mathilda besaß sie in hohem Maß. Sie erinnerte ihn an die Kühe, die er einst daheim zur Weide getrieben hatte, die glatt, schön, stark und ohne Fehl gewesen waren, weil sie einem einfachen, klaren Zweck dienten und den ihnen zukommenden Platz in einem geordneten Universum einnahmen. Gewiß, Mathilda war übermäßig dick, die Nähte ihres Kleides schienen zu platzen, ihr Busen war wie ein Gebirge, ihr Gesicht bäuerlich, ohne irgendwelche Feinheit des Ausdruckes. Aber all das paßte zu ihr und rundete ihre unkomplizierte Persönlichkeit ab.

Hans sprach sie in seinem heimatlichen Dialekt an: »Hab' Sie noch nie hier gesehen, wann sind Sie eingetreten?«

Sie drehte sich ruhig um, da sie aber wußte, was sich gehörte, schaute sie ihm nicht gerade in die Augen: »Vor zwei Wochen, mein Herr. Vor sechs Monaten bin ich von Sachsen nach Amerika gekommen.«

»Aha«, murmelte er. Er zupfte an seinen gewichsten Schnurrbartenden und streckte sich ein bißchen. Plötzlich fühlte er sich sehr wohl. Er vergaß die kränkliche Frau im Bett, die ihm zwei Kinder geboren hatte. Frances beobachtete ihn. Allmählich schwand die kalte Angst in ihrem Herzen. Sie atmete auf. Aber sie konnte sich noch nicht wirklich beruhigen, obwohl alle Muskeln ihres schwachen Körpers nach Entspannung schrien. Sie wagte nicht, sich wieder zurückzulegen, weil sie fürchtete, damit neuerlich seinen Zorn zu entfachen.

So blieb sie sitzen, die Decken bis zum Kinn hinaufgeschoben, noch immer mit schreckgeweiteten Augen. Sie betete, daß er jetzt gehen, daß er sie ihrem Frieden, ihren Arzneien, ihrem Feuer und den kundigen Händen Mathildas überlassen möge. Wie eine Eisschicht lag die Kälte auf ihren mageren Gliedern.

Hans schaute Mathilda an, ausgiebig, wohlwollend. Diese gekonnten Handgriffe, diese Sicherheit! Das war eine Frau. Er hatte in Amerika vergessen, daß es solche Frauen gab wie seine Mutter, seine Schwestern. Sie hatten nach guter Erde, Wind, Brot und Milch gerochen. Und ebensolche Hände hatten sie gehabt, groß und rot und rissig. Sie hatten hart und viel gearbeitet, auf den Feldern, im Haus, hatten unzählige Kinder gehabt und doch immer frisch und sauber ausgesehen. Er runzelte plötzlich die Stirn, als ihm die Freundinnen seiner Frau einfielen. Parfümiert, mit gekrausten Löckchen, zimperlich, in Seiden und Pelzen und samtenen Hauben, mit durchscheinend weißen Gesichtern und gierigen, kranken Augen, so trippelten sie fröstelnd von der Kutsche zum Haustor und vom Haustor zur Kutsche. Er konnte ihre Stimmen hören, piepsend und dünn und affektiert und immer mit einem leidenden Unterton. Das waren keine Frauen! Sie hatten keinen Körper, nur von krankem Fleisch umgebene Knochen, und trotz all ihrer parfümierten Seifen wirkten sie unsauber. Sie waren eine Beleidigung der warmen verschwenderischen Natur. Trotzdem hatte er mit einer Frau dieser Art geschlafen. Ihn ekelte.

Gedankenvoll schaute er Mathilda zu. Die wäre gut im Bett eines Mannes, weich und kräftig und fügsam. Sie würde an Heu und Sonnenschein und ferne Kuhglocken und ländlichen Frieden erinnern. In diesem frischen Brunnen könnte er sich waschen, und damit wäre aller Schmutz weggewischt. Ein tiefes Heimweh stieg in ihm auf, eine Sehnsucht nicht des Geistes, sondern des Fleisches. Alle seine Ausbrüche entsprangen dem Fleisch und nicht dem Gemüt. Seine Wutanfälle, seine Grobheiten waren nicht die Folge einer tiefsitzenden Wunde der Seele, sondern eine Wunde des Körpers. Nun hatte er Lust auf Mathilda, nicht mit sinnlichem Begehren, nein, aus schlichtem fleischlichem Hunger.

Noch immer lagen seine Blicke auf ihr, und so merkte er nicht, daß sich die Tür des Schlafzimmers öffnete und sein Sohn Baldo eintrat. Erst als er dessen warme, tiefe Stimme vernahm, die sich besorgt nach dem Befinden seiner Mutter erkundigte, hob er den Kopf. Baldo sagte, er hätte Lärm gehört und gefürchtet, es sei etwas passiert. Wieder wurde Frances von Angst gepackt, so daß sie keinen Laut hervorbrachte. Sie streckte Baldo ihre dünne, heiße, zitternde Hand entgegen, als fürchte sie zu ertrinken und suche Halt bei ihm. Sie wußte, wie sehr Hans seinen Sohn haßte.

Beim Klang von Baldos Stimme wurde Hans neuerlich von Zorn übermannt; es erbitterte ihn seine Hilflosigkeit gegenüber einem bösen Schicksal, das ihm einen verkrüppelten Sohn geschenkt hatte. Einen Sohn, den er niemals ohne Abscheu und Widerwillen betrachten konnte, als wäre Baldos bloßes Dasein eine Beleidigung für ihn, eine Schmach — nur durch den Tod zu löschen. Seit Baldos Geburt hatte er den Tod dieses Sohnes gewünscht. Als das Kind häufig erkrankte, fühlte er, daß seine bösen Wünsche mit schuld an diesen Leiden waren. Niemals konnte er Baldo ansehen, ohne an die fürchterliche Stunde der Geburt zu denken, als ihm der Doktor niedergeschlagen von dem Klumpfuß, dem verkrümmten Rückgrat berichtet hatte. Eine schwere Operation nach der anderen war versucht worden, die ganze Kindheit Baldos hindurch. Niemals hatte Hans die geringste Hoffnung gehabt, daß diese Operationen von Erfolg begleitet sein könnten, aber sie hatten ihn in seiner atavistischen Grausamkeit befriedigt, weil der Knabe litt. Und außerdem hatte er jedesmal gehofft, daß Baldo sie nicht überstehen würde.

In der tiefsten Verzweiflung über das Leid, das ihr der Gatte zufügte, klammerte sich Frances immer wieder an die Erinnerung jener Jahre und wie sich Hans damals verhalten hatte. Bestimmt, so redete sie sich krampfhaft ein, liebte er seinen Sohn aufrichtig, sonst hätte er nicht soviel Geld für ihn ausgegeben und soviel Zeit an ihn verschwendet. Niemals ahnte sie den wahren Grund. Aber Baldo war noch keine sieben Jahre alt gewesen, als er schon begriff, was hinter den hektischen Bemühungen seines Vaters, hinter den ständigen Operationen steckte. Er war ein stilles, in sich gekehrtes Kind gewesen, ohne physische Angst vor diesen Torturen. Er war auch der einzige im Haus, der den Vater nicht fürchtete, denn er kannte ihn durch und durch und betrachtete ihn mit nachsichtiger Ironie. Aus jedem Abgrund von Pein und Qual tauchte er mit der neuen grimmigen Entschlossenheit zum Überleben auf. Das war seine Rache: sein Überleben. Es erschreckte ihn nicht, was er mit seinem scharfen Verstand durchschaute, er besaß eine Art übernatürlicher Intuition, mit der er hinter die Worte und Taten der anderen schauen konnte, und er begriff den Schmerz, dem sie entsprangen. Aus diesem Grund — und nicht wegen seiner körperlichen Behinderung — war seine Liebe zur Einsamkeit, seine Abneigung gegen die Mitmenschen entstanden, zugleich aber sein unendliches Mitleid mit allem, was atmete.

Der stumme, tödliche Kampf zwischen Vater und Sohn dauerte bereits volle siebenundzwanzig Jahre an, und jeder von ihnen war sich der Motive des Gegners bewußt. Baldo haßte seinen Vater nicht. Er sah ein Naturphänomen in ihm, das man kalt und objektiv, ja interessiert und spöttisch studieren mußte. Nach seiner letzten Operation, vor mehr als zwölf Jahren, an der Baldo fast gestorben wäre, hatte der Knabe die Augen geöffnet und das wilde und hoffnungsvolle Gesicht seines Vaters über sich gesehen. Da hatte er in all seinen Schmerzen triumphierend gelächelt — und Hans hatte begriffen. Monatelang hatte ihn diese Erkenntnis beschämt und bedrückt, so daß er dem Sohn aus dem Weg gegangen war. Aber sein Haß wurde deshalb nicht geringer. Sein heißer Wunsch, daß Baldo sterben möge, blieb bestehen. Es hatte ihn gestört, daß Baldo ihn durchschaute, es war ihm, als wäre er nackt vor ihm gestanden. Doch der Haß wuchs, und der versteckte Kampf zwischen den beiden verstärkte sich. Hans fühlte, daß ihn sein Sohn nicht voll nahm, daß er ihm auf seine Weise überlegen war und ihm trotzte.

Mit siebenundzwanzig Jahren war Baldo kaum größer als ein zwölfjähriger Junge und sehr schmächtig; sein Rückgrat war verkrümmt, er hinkte. Sein Körper war gebrechlich, zart, fast durchscheinend. Seine Hände waren klein, mädchenhaft und sehr fein; er hatte sie von seinem Vater geerbt. Außerdem besaß er dessen hellen Teint, sein Haar, seine Augen, den großen Kopf. Der Kopf paßte nicht zu seiner Gestalt, denn er saß gerade und stolz auf dem kleinen Körper und den verrenkten Schultern. Aber Baldos Gesicht war anziehend, ja faszinierend. Es war schön, friedvoll und klug, fast ein Engelsantlitz, zuweilen getrübt durch den ironischen Schein der blauen Augen und das bittere Lächeln der Lippen. Baldo gemahnte an eine prächtige Statue, die ein wahnsinniger Bildhauer nach ihrer Vollendung mit einem schweren Hammer zerschlagen hatte und von der nur das edle Haupt geblieben war. Die Statue war entstellt, eine Ruine und häßlich, aber das Antlitz bezwingend und triumphierend, der Geist ungebrochen. Und das konnte Hans ihm nicht verzeihen. Wäre sein Sohn der Idiot gewesen, als den ihn der Vater häufig öffentlich bezeichnete, dann hätte er ihm vergeben. Aber die menschliche Seele in dem zerstörten Körper ließ sich nicht verleugnen, besonders wenn diese Seele begriff, verachtete, verlachte.

Erst nach Baldos Geburt hatte Hans erfahren, daß der tote Bruder seiner Frau und einer ihrer Onkel an dem gleichen Gebrechen gelitten hatten. Deshalb haßte er auch Frances. Er hielt ihr vor, sie sei in gewisser Beziehung schuld an der Schmach, sie habe ihn unverzeihlich hintergangen.

Auch jetzt, als Hans die Stimme seines Sohnes hörte, stieg ihm das Blut in den Kopf. Er trat auf das Bett zu, wo Baldo saß und noch immer die Hand seiner Mutter hielt. Seine rotgeäderten Augen wurden noch röter, sein Gesicht verfärbte sich. Aber Baldo schaute ihn nur ruhig an, leise lächelnd, schön wie ein zerstörter Engel.

»So!« schrie Hans. »Du bist schon auf! Mein feiner Herr Sohn ist bereits aufgestanden? Ist es noch nicht zu früh für ihn?«

»Nein«, antwortete Baldo, »ich stehe meist um sechs Uhr auf.«

Hans glaubte zu zerspringen. »So, um sechs stehst du auf? Das ist ja großartig. Und was macht der junge Herr den ganzen Tag, wenn ich fragen darf?«

Baldo lächelte freundlich. »Oh, eine Menge, Vater. Ich lese, ich gehe spazieren, ich begleite meine Mutter bei ihren Besuchen. Dann lese ich wieder, ich male auch ein bißchen. Und ich denke. Hast du jemals gedacht, Vater? Das kann zuweilen sehr unterhaltend sein.«

Seine Stimme war so schön wie sein Gesicht, weich und klangvoll, mit einem Unterton stiller Heiterkeit. Eine Mädchenstimme, wie Hans verächtlich sagte. Klang sie diesmal nicht sogar leise verächtlich? Hans ballte die Fäuste, sein Herz schien aus der Brust zu springen. Mord wäre eine ungeheure Erleichterung gewesen. Aber Baldo beobachtete ihn nur nachdenklich. In seinen großen blauen Augen blinkte ein sonderbares Licht. Hans hatte es in den letzten Monaten schon mehrmals bemerkt, und er konnte es nicht deuten. Aber aus irgendeinem Grund erschreckte es ihn, machte seine Bauernseele unsicher und schürte seinen Zorn.

»Denken!« brüllte er heiser und trat einen Schritt zurück. »Was kannst du schon denken, du Idiot! Normale Menschen denken nicht. Sie handeln, sie arbeiten!«

Baldo sagte nichts. Er lächelte und sah seinen Vater gerade an.

Sie schwiegen. Mathilda legte die Morgenkleider ihrer Herrin zurecht und ging dann zur Tür, um das Frühstückstablett in Empfang zu nehmen, das ihr ein Hausmädchen reichte. Sie stellte es auf den Nachttisch und lächelte breit: »Ein bißchen früh, Ma'am, aber die draußen müssen gewußt haben, daß Sie wach sind.« Sie schüttelte die Kissen auf und holte einen dicken Schal, den sie ihrer Herrin um die Schultern legte. Hans beobachtete sie. Wieder befiel ihn die Sehnsucht, und er vergaß Frau und Sohn.

Plötzlich drehte er sich um und trappte aus dem Zimmer. Frances begann zu weinen, still liefen ihr die Tränen über das magere Gesicht.

Zärtlich trocknete ihr Baldo mit seinem eigenen Taschentuch die Augen. »Aber, aber, Mutter, du darfst dich von diesem brüllenden Kerl nicht so einschüchtern lassen. Er freut sich doch nur, wenn er sieht, wie du ihn fürchtest, das bedeutet ihm eine perverse Befriedigung. Warum machst du ihm das Vergnügen?«

Sie lehnte ihren Kopf an seine Brust und weinte hemmungslos. »Oh, Baldo, mein Liebling«, murmelte sie. Mathilda beobachtete sie eine Weile gleichmütig, ohne Mitleid, mit einer gewissen Neugier, gemischt mit leichter Verachtung.

Hans stand allein in der Halle und rührte sich nicht. Er fühlte sich elend. Er trocknete seine schweißnasse Stirn, und kalte Schauer überliefen ihn. Immer wenn er sich aufregte, hatte er solche Anfälle ... In seiner Rocktasche suchte er nach einer Pille, die ihm der Arzt verschrieben hatte, steckte sie in den Mund und sog daran. Sie schmeckte scharf, beruhigte aber sein Herz gerade in dem Augenblick, als er geglaubt hatte, es werde zerspringen. Er lehnte sich an das Mahagonigeländer und starrte blicklos hinunter in das runde Treppenhaus. Wie immer wirkte dieser harmonische Anblick beruhigend auf ihn. Er vermochte wieder ohne Schmerzen zu atmen. Noch ein feindseliger Blick auf die Tür seiner Frau, dann schritt er zu einer anderen Tür und klopfte leise an.

Keine Antwort. Er drückte auf die Klinke und trat in das Schlafzimmer seiner Tochter.

IV

Wie immer war es für Hans eine Erholung, den Duft im Zimmer seiner Tochter zu atmen. Sie liebte wie er die Frische von Lemon-Verbenen; trotz angenehmer Wärme lag der kühle Hauch eines Zitronenhains über dem Raum. Auch Tina mochte dunkle und schwere Möbel und dunkel gebohnerte Fußböden. Aber ihr Zimmer wurde aufgehellt durch Stoffe in reinem Blau, in Gold und Scharlach, denn Tina Schmidt hatte Freude an Farben und einen sicheren Geschmack. Sie liebte den Horizont und die Weite, deshalb waren die goldseidenen Vorhänge zur Seite geschoben, so daß sie ein großes Stück Himmel sehen konnte.

Sie hörte ihren Vater nicht eintreten. In einem rosa Schlafrock saß sie am Fenster, das Kinn in die Hand gestützt. Graues Morgenlicht hüllte die kleine, zierliche Gestalt ein, die sehr still, ernst, gesammelt hinunterschaute. In dem großen Zimmer mit den hohen Fenstern wirkte Tina noch zarter als sonst, noch wehrloser. Ihre Füße berührten kaum den Boden, dunkle Locken ringelten sich in dem kindlichen Nacken. Etwas vornübergeneigt saß sie in dem breiten Stuhl, als hätte etwas auf der Straße ihre Aufmerksamkeit erregt. Hans konnte die feine Linie ihrer Schultern sehen. Aus einem unerklärlichen Grund rührten ihn diese schmalen Schultern und der Nacken, sooft sein Blick auf sie fiel; sie machten ihn traurig, und er fühlte das zwingende Bedürfnis, Tina zu beschützen. Sie war so zerbrechlich, so klein, so hilflos, mit ihren achtundzwanzig Jahren noch so unreif und so unfertig. Ein Kind ...

Er betrachtete sie eine Weile, dann fiel ihm auf, daß sie sich nicht rührte und kaum atmete. Sie schien aufs äußerste gespannt. Auf Zehenspitzen trat er zu ihr hin, aber selbst als er hinter ihr stand, hörte sie ihn nicht. Er schaute durch das Fenster, über das der Regen in breiten Bächen lief, dann blickte er auf die Straße, über die kahlen Bäume und den Rasen, der in der Nässe schimmerte. Und dann sah er, was Tina so angestrengt beobachtete: Ein großer junger Mann in der Kleidung eines Arbeiters stand unten auf dem Gehsteig und spähte herauf. Es war offensichtlich, daß er Tina nicht bemerkte, denn seine Blicke wanderten langsam, aber nachdenklich über das Haus, als ob ihn nur dies interessiere. Regen und Wind störten ihn augenscheinlich nicht. Seine Mütze war zurückgeschoben und gab sein dichtes blondes Haar und sein kantiges Gesicht frei.

Hans zwinkerte, um besser zu sehen; der Mann gefiel ihm, wie er widerstrebend feststellen mußte. Er war jung, stark, mit breiten Schultern und sah gut aus trotz seiner schäbigen Kleidung. Überdies hatte er nicht die schlechte Haltung und den stumpfen Blick des manuellen Arbeiters. Das Licht war nicht gut, aber Hans hatte den Eindruck von energischen Zügen und kalten blauen Augen. Während der Fremde das Haus musterte, schwang er seine Eßschale wie zum Takt einer unhörbaren Marschmelodie.

Der Siebenuhrpfiff ertönte, der Mann fuhr zusammen, drehte sich um und entfernte sich im Laufschritt. Er verschwand unten in der Straße und war außer Sicht.

»Wer ist der Kerl?« fragte Hans barsch.

Tina sprang auf. »Papa!« rief sie erstickt, die Hand an die Kehle gepreßt. Sie drehte sich zu ihm, tödlich erschrocken und sehr blaß. Sie sah schuldbewußt und wie ertappt aus.

»Nun, nun, jetzt habe ich dich aber erschreckt«, sagte Hans zerknirscht, beugte sich nieder und küßte Tinas Wange. »Keine Angst,

Liebling. Es ist ganz natürlich, daß ein Mädel einen Burschen anschaut. Kennst du ihn?« Er freute sich, daß seine verschlossene Tochter endlich Interesse an einem Mann gezeigt hatte, und wenn dieser Mann auch nur ein Arbeiter war. Es hatte ihm schon oft Sorgen gemacht, daß die Aussicht auf einen Erben, den ihm dieses Mädchen schenken sollte, von Jahr zu Jahr geringer wurde.

»Nein, Papa, ich kenne ihn nicht«, murmelte sie. Sie schaute ihn mit ihren großen grauen und so unschuldigen Augen an. Sie küßte seine Hand, die auf ihrer Schulter lag. Sie lächelte und rieb dann ihre dünne, blasse Wange an der Hand, die sie geküßt hatte. Eine Welle schmerzhafter Zärtlichkeit rann durch Schmidts robusten Körper; er fühlte seine Augen feucht werden. »Aber fast jeden Morgen bleibt er hier vor dem Haus stehen und schaut so wie vorhin herauf. Minutenlang. Er kann mich nicht sehen, aber ich beobachte ihn.« Eine helle Röte flog über ihre Wangen und verschwand wieder.

»Er ist doch nur ein Arbeiter, wahrscheinlich einer aus meinem Werk«, protestierte Hans, jedoch ohne besondere Strenge.

»Er sieht aber sehr gut aus«, stammelte Tina und errötete wieder. »So ... so ... sauber und stark ... Und so vertrauenerweckend«, fügte sie ernst hinzu.

»Vermutlich ein Deutscher«, sagte Hans abwesend. Er betrachtete seine Tochter in tiefem Nachdenken und mit erneuter Hoffnung. Immer noch hielt er sie für ein Kind, weil sie so klein, so kindlich war. Manche Menschen bezeichneten Tina als farblos und nichtssagend, als ein blutleeres Geschöpf, einen Abklatsch ihrer Mutter. Aber Hans fand eine eigenartige reizvolle Schönheit in ihr, zart und scheu — und damit hatte er völlig recht. Ihre feinen aristokratischen Züge waren wie aus Porzellan gemeißelt, ihre Nase war klein und sehr gerade, der Mund kindlich, blaß, unschuldig und melancholisch, aber trotz seiner Weichheit lag — wie bei Baldo — ein Zug von Festigkeit um die schmalen Lippen. Was den Vater aber am meisten an diesem süßen Gesicht berührte, das waren die riesigen Augen, die viel zu groß für das kleine Antlitz schienen. Grau, mit schwarzen Wimpern, von innen leuchtend, bezwangen sie durch ihre Wärme und Reinheit. Diese Augen waren es gewesen, die den durch das Vermögen Schmidts angezogenen Verehrern bange gemacht und sie vertrieben hatten. Nur ein Mann, der Tina wirklich liebte, konnte dieses klare, durchscheinende Licht und diese Unschuld ertragen; aber keiner noch hatte Tina wirklich geliebt. Deshalb konnte sie sich trotz der Erziehung in den besten Schulen und bei den erprobtesten Lehrern so wenig sicher in Gesellschaft bewegen. Kaum befand sie sich auf einem Ball oder bei einem Dinner, zog sie sich verschreckt wie in ihr Schneckenhaus zurück; sobald sie jemanden auf sich zukommen sah, floh sie buchstäblich in heilloser Verwirrung.

Sie wußte, wie gerne ihr Vater sie verheiratet hätte, denn er hatte sie offen, geradezu grob dazu gedrängt; er fürchtete nichts so sehr, als daß sie ledig bleiben könnte. Aber sobald sie sich ernstlich bemühte, mit jungen Männern zu sprechen und nett zu sein, schreckte sie ihre Partner durch ihr verkrampftes Lächeln, ihr Erröten, ihre Nervosität und ihre offenkundige Angst immer wieder ab. Sie zogen sich zurück, und so wurde sie mit den Jahren immer ängstlicher und war kaum dazu zu bewegen, auszugehen, und »nach einem Mann auszuschauen«, wie ihr Vater mehr als energisch verlangte. Wenn sie es tat, dann nur, um ihm Freude zu machen und sich seine Liebe zu bewahren, und nicht aus Furcht vor seiner Strenge. Denn sie liebte ihn leidenschaftlich und mit einer tiefen Ergebenheit, sie lebte einzig und allein für seine Liebe und seine Zuneigung. Ihr Wunsch, ihm zu gefallen, hatte ihr Tun und Treiben bestimmt.

In ihrem Herzen glaubte sie, daß sie den Männern mißfiel, weil sie abstoßend häßlich, ohne Charme und kein bißchen begehrenswert war.

Hans fühlte instinktiv ihre krankhafte Befangenheit in der Gesellschaft fremder Leute. Das war sonderbar, denn er selbst hatte niemals in seinem Leben jemanden gefürchtet. Trotzdem kannte er ihre Furcht so genau, als empfinde er sie selbst. Manchmal, wenn er sie bei ihren krampfhaften Bemühungen, Konversation zu machen, beobachtete, seufzte er und glaubte es nicht ertragen zu können. Aber schließlich war es ganz gut, wenn sie nicht heiratete, tröstete er sich dann. So behielt er sie wenigstens für sich, sie, das einzige Geschöpf auf Erden, das er liebte.

In jüngster Zeit war die Sorge wiedergekommen, und damit auch der Wunsch, sie versorgt zu sehen. Denn er wußte, daß er herzleidend war. Was sollte aus Tina werden — zwischen einem verkrüppelten Bruder und einer wehleidigen, lebensunfähigen Mutter? Sie mußte einen Mann finden! Einen Mann, der seinen Platz einnahm, sie beschützte, sie liebte. Aber wer? Die jungen Männer in Tinas Alter waren längst vergeben. Übrig blieben nur ein paar Junggesellen in mittleren Jahren, denen Hans mit Recht mißtraute, sowie Witwer mit Kindern. Tina war zu zart, um die Pflichten einer Verstorbenen zu übernehmen und für eine Horde unausstehlicher Rangen zu sorgen.

Er entsann sich eines Tages, da Tina zehn Jahre alt gewesen und ihre Mutter schüchtern die Frage eines Internats aufs Tapet gebracht hatte. Diesen Tag konnte er nicht vergessen, denn Tina war schluchzend zu ihm gelaufen. Sie hatte ihn mit ihren dünnen Armen umschlungen und ihr Gesicht in seinem Rock vergraben. Es schüttelte sie wie im Fieber, sie war außer sich: »Schick mich nicht weg von dir, Papa! Nein, Papa! Ich werde ein braves Kind sein, ich werde dir immer folgen, aber bitte schick mich nicht weg! Sonst muß ich sterben! Wirklich, sterben!«

Natürlich hatte er sie nicht weggeschickt. Er hatte sie aufgehoben und zu einem Stuhl getragen, hatte sie gestreichelt, hatte zärtliche Worte geflüstert und ihr schließlich alte deutsche Lieder ins Ohr gesummt, bis sie ganz ruhig und still geworden war. Vor Erschöpfung und Kummer schlief sie ein. Lange Zeit war er neben ihr gesessen und hatte in dieses gespannte, gequälte Gesichtchen mit den langen Wimpern geschaut. Und er hatte alles andere vergessen, hatte nur gefühlt, daß er die ganze Welt in seinen Armen hielt und daß daneben nichts Wert und Bedeutung hatte.

In späteren Jahren vermutete er, daß Tinas Abneigung gegen Fremde auf der niemals vergehenden Angst beruhte, sie müßte ihren Vater verlassen. Anfangs hatte ihn das tief gerührt, aber nun begann er ein alter Mann zu werden, ein Mann mit Herzbeschwerden. Konnte er denn wissen, wie viele Jahre ihm noch beschieden waren?

Es gab keinen Menschen, der seine kleine Tina wirklich kannte und sie zu behandeln verstand. Wer würde auf sie aufpassen, wer würde richtig auf ihre Zerbrechlichkeit und Schüchternheit eingehen?

Aber er wußte doch nicht alles von seiner Tochter; es gab Abgründe in ihrem Wesen, die auch ihm verborgen waren. So glaubte er, daß ihr die Mutter ebenso gleichgültig war wie ihm. Ja, sie hatte sich zuweilen wenig um sie gekümmert, das stimmte, aber in den letzten Jahren hatte sich das geändert. Die Mutter tat ihr leid, sie brachte Verständnis, ja sogar etwas wie eine traurige Zuneigung für sie auf. Und überdies liebte sie Baldo, ihren Bruder. Aber von frühester Kindheit an hatte sie diese Liebe vor ihrem Vater geheimgehalten, weil sie wußte, wie sehr er Baldo haßte. Trotzdem wäre Baldos Leben noch viel härter gewesen, hätte nicht diese heimliche Liebe Tinas bestanden. Tina war es, die schüchtern vermittelte, wenn die Ausbrüche des Vaters unerträglich wurden. Sie tat es so geschickt, so feinfühlig, daß der Vater gar nichts davon merkte. Er glaubte einfach, daß er das Kind mit seinen Wutanfällen erschreckt und durch seine Grobheit geängstigt hatte. Sie ist ein so armer kleiner Spatz, sagte er sich dann zärtlich, er sollte sich schämen, sich vor ihr so gehenzulassen. Außerdem hatte sie ein gutes, weiches

Herz, sie konnte niemanden leiden sehen, nicht einmal Baldo. Und um diese Empfindsamkeit der Tochter nicht zu verletzen, ließ er zu, daß Baldo sich intensiv bildete, daß er Malstunden nahm, was Hans sonst niemals geduldet hätte. Sooft Hans den dumpfen Schmerz im Herzen fühlte, dachte er zuerst an seine Tochter, dann erst an sich. Die Zeit war kurz. Er mußte etwas unternehmen. Wenn er die Situation zu Ende dachte, brach er in kalten Schweiß aus. Er mußte etwas für sie tun. Er konnte sie nicht schutzlos in einer Welt voll Verbrechern und Ungeheuern zurücklassen. Denn Hans machte sich keine Illusionen über die Menschen: er kannte sie zu gut, und er haßte sie tödlich und verbissen.

Als er jetzt neben Tina stand und auf sie hinabblickte, da erwachte plötzlich eine unklare Hoffnung in ihm. Sie hatte einen Mann mit Interesse und ohne Furcht angesehen, wenn es auch nur ein Arbeiter gewesen war. Hans war kein Snob. Nicht ein Funken plebejischen Kastengeists steckte in ihm; es genügte ihm, wenn Tina einen sauberen und gesunden Mann heiratete, der intelligent und energisch war; gleichgültig, ob er vom Land oder aus den Slums stammte. Ein solcher Mann würde kräftige Kinder zeugen. Mit dem Mißtrauen des gebürtigen Bauern nahm er an, daß die Söhne von Frances' vornehmen Freundinnen niemals solche Kinder zustande brächten, eher Krüppel wie Baldo.

»Kennst du denn diesen jungen Mann, diesen Arbeiter, Liebling?« fragte er wieder, und seine dichten blonden Augenbrauen zogen sich zusammen. Nicht aus Ärger, sondern aus Konzentration.

»Nein, Papa, ich hab's dir ja schon gesagt.« Wieder wurde sie rot, diesmal vor Kummer. Ihr Vater hielt sie sicher für sehr keck und wenig ladylike, dachte sie. Sie wollte aufstehen, aber seine Hand drückte sie auf den Stuhl zurück.

»Es gefällt dir, wenn er so heraufschaut?«

Sie senkte die Augen. »Wie kann ich das sagen?« murmelte sie. »Ich habe ihn niemals richtig gesehen. Aber er bleibt oft hier stehen, monatelang schon beobachte ich ihn.«

»Vielleicht ist er ein Dieb?«

Sie fuhr auf und sah den Vater erschrocken und empört an: »Aber, Papa, wie kannst du so etwas annehmen? Diebe stehen nicht Tag für Tag weithin sichtbar vor einem Haus, in das sie einbrechen wollen ... Und ... er sieht so gepflegt aus. Manchmal, wenn Gillespie hinausgeht und die Dienstmädchen beim Fensterputzen beaufsichtigt, dann reden die beiden miteinander. Ich weiß natürlich nicht, was ...«

Hans wurde noch hoffnungsvoller. Wenn der Butler, dieser Engländer, wußte, wer der Bursche war, dann ließ sich die Sache viel einfacher an als gedacht.

»Würdest du ihn gern kennenlernen, Tina?«

Sie zuckte zusammen, helle Röte stieg ihr ins Gesicht.

»O nein, Papa! Das wäre schrecklich, wirklich ... Warum ... warum ... sollte er mit mir sprechen wollen? Was kann er an mir finden?«

Hans schwieg. Er schaute seine Tochter nachdenklich an. Die Sache arbeitete in ihm. Er erkannte ihren schüchternen Wunsch und zugleich ihre Angst, der Fremde könnte sie abweisen oder verspotten. »Sei nicht närrisch, Kind«, sagte er schließlich mit seiner rauhen Stimme. »Bedenk, wer du bist! Aber, aber, wenn du dich so fürchtest, du kleines Häschen, dann sprechen wir nicht mehr davon.«

Er runzelte die Stirn, zog seine Uhr heraus und stieß einen kurzen Fluch aus. Dann beugte er sich nieder, küßte Tinas Wange und fuhr liebkosend über ihre Schulter. Er lächelte vielsagend. Als er das Zimmer verließ, summte er vergnügt vor sich hin.

Nun war er besserer Laune als seit langem. Im Gang begegnete ihm Mathilda mit dem Frühstückstablett seiner Frau. Sie senkte den Blick respektvoll, als sie vorüberging, aber ihre Lippen verzogen sich unmerklich wie in einem geheimen Einverständnis. Hans stellte sich ihr in den Weg, und sie mußte anhalten.

»Der gnädigen Frau geht es besser?« fragte er und reckte sich, um größer zu wirken.

Sie war überrascht, aber sie nickte.

»Das ist gut. Die Frauen am Morgen ... bah!« Er schüttelte den Kopf und trat zur Seite, damit sie vorüberkonnte. Seine Augen hingen mit Vergnügen an dem diskret gebauschten schwarzen Kleid, dem bescheidenen Versuch, bei einem Arbeitskittel einen mondänen Schnitt anzudeuten. Darunter wölbte es sich erfreulich und verheißungsvoll. Seine Zunge fuhr über die Mundwinkel, und er streckte sich noch mehr.

Dann stieg er die Treppe hinunter und sang laut: »O du lieber Augustin ...«

Der Morgen, der so ungut begonnen hatte, schien sich jetzt recht günstig zu entwickeln. Baldo war völlig vergessen. Hans dachte niemals an Baldo, außer wenn er sich über ihn ärgerte.

Unten schaute er zuerst in die Bibliothek, dann in das große Gesellschaftszimmer, um Gillespie zu suchen. Endlich fand er ihn. Der Butler schalt eben ein Hausmädchen und erschrak heftig, als er den Herrn plötzlich vor sich stehen sah. Er stammelte noch eine letzte Anweisung und trat dann ängstlich näher; der Schreck über die Szene von vorhin lag ihm noch in allen Gliedern.

Aber dann bemerkte er, daß Hans lächelte. Ein grimmiges Lächeln, gewiß, aber immerhin ein Lächeln, gottlob! Gillespie war verblüfft, aber dankbar, und dann noch mehr verwundert, denn Hans winkte ihm geradezu fröhlich, mit ihm zu kommen. Er folgte ihm in die Bibliothek.

Dann setzte der Hausherr allerdings wieder seine strenge Miene auf. Er stand mit dem Rücken zum Kamin, die Daumen in die Ärmellöcher gesteckt.

»Wer ist der junge Bursche, der fast jeden Tag draußen vor dem Haus steht? He? Kennen Sie ihn?«

Gillespie erschrak von neuem. Er befeuchtete seine trockenen Lippen und zuckte hilflos die Schultern.

»Mister Schmidt ... Sir ... Ich bedaure ... leider ... Ein Arbeiter. Er spricht sehr schön, sehr gepflegt. Kein übler Bursche. Freilich, ein Arbeiter, doch mit sehr guten Manieren. Ich habe ihn schon seit langem beobachtet, aber erst unlängst hat er mich angesprochen. Ein Ausländer, vermute ich ... dem Akzent nach zu schließen. Ich ... Ich ... glauben Sie mir, Sir, ich bin sonst nicht für solche Anbiederungen, aber er schaute ganz harmlos aus ...« Gillespie schluckte. »Ich werde veranlassen, daß er nicht mehr hier herumlungert, ich ...« Der Arme verhaspelte sich, die Stimme versagte ihm vor Angst, er sah seine Entlassung vor sich.

Aber Hans fragte nur: »Wie heißt er? Woher kommt er? Wo arbeitet er?«

Der Butler brachte keinen Ton heraus. Er war wie gelähmt.

»Ich kenne nur seinen Vornamen: Franz«, stotterte er endlich. »Er sagte mir auch seinen Familiennamen, aber ich habe ihn vergessen, es war ein fremdländischer Name. Und er arbeitet in Ihrem Stahlwerk, Sir.«

Er war völlig verstört. Man fand heutzutage so schwer einen Posten, sechs Wochen war er in Amerika arbeitslos gewesen, ehe man ihn hier aufgenommen hatte. Und nun kam so ein Kerl aus Deutschland ... und er wurde auf die Straße gesetzt. In seiner Verzweiflung schrie er:

»Ich versichere Ihnen, Sir, es wird nicht wieder vorkommen! Niemals mehr wird er dort unten herumstehen!«

Aber Hans schaute ihn nur milde an, obwohl ihm der Ausbruch seines Butlers ein gewisses sadistisches Vergnügen bereitete.

»Stottern Sie nicht so herum, und beantworten Sie meine Fragen. Worüber spricht er mit Ihnen?«

Gillespie schluckte und rang die Hände, als reibe er sich die Haut von den Knochen. »Nichts von Bedeutung, Sir. Er scherzt ... aber sehr respektvoll ... Nur am Morgen um diese Zeit kommt er vorbei.«

»Aber warum bleibt er gerade vor unserem Haus stehen?«

Gillespie schüttelte verzagt den Kopf. Er schluckte. »Er bewundert es, Sir ...«

Hans war erfreut. Befriedigt warf er einen flüchtigen Blick auf die riesige, dunkle Bibliothek. Aber er brummte: »So, er bewundert es. Wie nett von ihm! Eine Unverschämtheit! Was hat er wörtlich gesagt, he?«

Gillespie war fest überzeugt, daß ihm die Kündigung bevorstand. Somit war ohnehin alles gleichgültig. Er senkte den Kopf und flüsterte: »Er sagte mir, daß es das schönste Beispiel von Häßlichkeit wäre, das er jemals gesehen hätte, Sir. Es läge etwas Großartiges in dieser vollkommenen Häßlichkeit, meinte er.«

Hans tobte. Er stampfte mit den Füßen, daß die Kristallgehänge der Luster zitterten. »Der Schuft!« brüllte er mit knallrotem Gesicht. »Der freche Lümmel! Ich werde nächstes Mal selbst hinausgehen und ihm eine Lektion erteilen!«

»Ja, Sir«, murmelte Gillespie, völlig am Boden zerstört. »Soll ich ... soll ich jetzt gehen, Sir?«

Hans glotzte ihn wütend an: »Gehen? Nein! Ich bin noch nicht fertig!« Eine Pause. Langsam gewann das Fett in seinem Gesicht seine frühere Farbe wieder. Ja, Hans lächelte. »Der Mann ist doch nicht verrückt? Sie würden ihn nicht verrückt nennen, oder?«

Gillespie schöpfte neue Hoffnung: »Nein, nein!« beteuerte er eifrig, »ich möchte sagen, daß er ein für seine Klasse sehr anständiger junger Mensch ist und wirklich nicht frech oder gefährlich. Er ... trägt eine Eßschale, er scheint Schwerarbeiter zu sein, und fleißig.«

»Er arbeitet also in meinem Werk?«

»Ja, Sir.«

»Hm.« Hans begann langsam im Zimmer auf und ab zu gehen. Gillespie folgte ihm mit den Blicken.

»Ich werde dafür sorgen, daß er nicht mehr unten steht«, versprach er noch einmal.

Hans verhielt seinen Schritt und warf dem Diener über die Schulter einen feindseligen Blick zu: »Sie werden nichts dergleichen tun, Sie Narr! Lassen Sie ihn ruhig heraufschauen. Warum nicht?«

Er grinste.

»So, und jetzt holen Sie meinen Mantel und Hut, und rufen Sie den Wagen. Ich bin spät genug dran.«

V

Der Tag erwärmte sich nicht, im Gegenteil, er wurde grauer und schärfer, wie der Widerschein kalten Stahls.

Baldo Schmidt schob die Vorhänge weit von dem großen Fenster zurück und schaute unzufrieden hinauf zum Himmel. Kein Zeichen einer Besserung! Der Wind verstärkte sich, und jetzt wirbelten sogar vereinzelte Schneeflocken im Regen mit. Lange schaute er in Gedanken hinaus auf die Straße und zum Himmel. Selbst wenn er müßig war, sah sein Gesicht weder verstimmt noch bitter aus, nur nachdenklich, zuweilen von leiser Melancholie beschattet. Manchmal wirkte es sogar streng. Sein Haupt glich mehr denn je einer klassischen Skulptur. Alle Aktionen des Körpers schienen durch seine Meditation aufgehoben, aber trotzdem arbeitete es in ihm, verriet sich eine ungeheure innere Bewegung.

Sein Zimmer war groß und hell und ruhig, harmonisch in den Maßen und in der Einrichtung. In langen Regalen reihten sich Bücher, auf Sockeln standen die Marmorbüsten von Beethoven und Goethe, von Schiller und Lessing, und — nicht unwürdig dieser erlauchten Gesellschaft — eine Büste von Abraham Lincoln. Diese Männer waren still wie Baldo, und zwischen ihnen und ihm schien eine sonderbare, stolze Ähnlichkeit zu bestehen. In einer Ecke des Zimmers erhob sich ein überlebensgroßer Marmorengel, so schön, so ausdrucksvoll, daß er lebendig und vibrierend vor verhaltener Leidenschaft wirkte. Er schien tief ins Gebet versunken, aber nicht in der üblichen konventionellen Pose. Seine Handflächen waren nach oben gekehrt, das Haupt war in edlem Bogen rückwärts geneigt, so daß seine Augen dem Herrn und Gott ohne Scheu, ohne Furcht, wie in entschiedener Forderung entgegenblickten. Es war auch nicht der gewöhnliche geschlechtslose Engel, es war die Statue eines starken und vitalen Mannes, erfüllt von überschäumendem Leben und von einer Kraft, die nicht nur die Liebe Gottes, sondern auch die Liebe der Frauen hervorrufen mußte. Das edle Antlitz war männlich, ja heroisch; dunkel, fast hart, mit hochmütigen Augen und einem großen, sinnlichen Mund. Beim Anblick dieses Gesichts und dieser Gestalt mit den halbgefalteten Flügeln und der stolzen Haltung wurde man unwillkürlich an die Stelle in der Genesis erinnert, die von der »herrlichen Stunde« erzählt, da »die Söhne Gottes zu den Töchtern der Menschen herabstiegen«.

Halb im Licht, halb im Schatten stehend, schien die Statue zu atmen und zu leben. Das Gewand fiel in edlem Faltenwurf an ihr herab, in der Mitte durch einen breiten Gürtel zusammengehalten, an dem ein langes zweischneidiges Schwert hing. Baldo Schmidt hatte die Skulptur von einem Bildhauer in New York gekauft, der ihm gestanden hatte, daß er niemals vorher eine Statue gemeißelt hatte und auch niemals mehr eine schaffen würde. Es war eine Vision, die ihm seit seiner Kindheit vor Augen geschwebt war und die er durch kein schwächeres Werk profanieren wollte. Er hatte die Bildhauerkunst einzig und allein gelernt, um diese überirdische Vision in Stein festzuhalten.

Baldos Geschmack war klar und schlicht. Auf seinem schwarzen Kamin, in dem purpurrot das Feuer brannte, gab es keine Nippes und keine verspielten Kleinigkeiten. Sein Bett war schmal und glatt und mit dunkelrotem Samt bedeckt. Auf den Tischen stapelten sich die Bücher, und in einer Ecke stand ein kleines Klavier, auf dem Baldo oft mit weichem Anschlag spielte. Die Stühle waren hart, unbequem, und der hohe Plafond verlor sich im Dämmer.

Endlich trat Baldo vom Fenster weg und ging zum Feuer zurück. Er schürte die Glut, der rosa Schein lief über die Wände und den glänzend gewachsten Boden. Er blickte über seine krumme Schulter zu den Büsten und Statuen, die in dem flackernden Licht wie aus Schnee und Feuer gebildet schienen, und der Engel zuckte auf seinem niederen Sockel. Baldo lächelte sein stilles Lächeln. Er fühlte sich wie getröstet, wenn seine Gefährten, seine Freunde in diesem mystischen Schein Leben gewannen.

Leise klopfte es an die Türe. »Herein!« rief Baldo. Tina trat mit ihrem schüchternen Lächeln ein.

»Guten Morgen, Tina«, sagte er herzlich. »Heute ist das Licht leider sehr schlecht. Aber wir werden sehen, was sich tun läßt.«

Immer wenn Tina in das Zimmer kam, galt ihr erster Blick dem Engel, und jedesmal erzitterte ihr Herz. Die Statue jagte ihr Schauer ein und zog sie zugleich unwiderstehlich an.

»Wenn das Licht zu schlecht ist ...«, begann sie.

»Nein, nein, meine Liebe. Setz dich nur zum Fenster auf deinen gewohnten Platz.«

Er betrachtete sie mit nachsichtiger Liebe. Sie war ein Jahr älter als er, aber sie kam ihm stets viel jünger vor. Er beobachtete sie, während sie sich scheu und voll Grazie im Zimmer bewegte. Sie trug ein gerafftes Kleid aus blauem Samt und am Hals eine dünne rosa Perlenkette. Ihr dunkles, gelocktes Haar war aus den Schläfen gekämmt und im Nacken in einen dicken Knoten gefaßt. Sie setzte sich auf einen Stuhl vor das Fenster, ihr Gesicht sah in dem fahlen Licht blaß aus, aber ihre grauen Augen leuchteten von innen heraus.

Baldo sprach über belanglose Dinge, während er die Farben mischte. Er arbeitete an einem Miniaturporträt seiner Schwester, das er als Weihnachtsgeschenk für ihren Vater vorgesehen hatte. Sie hörte dem Bruder zu, lächelte und antwortete kaum, denn sie war an Baldos Monologe gewöhnt, von denen sie nur wenig verstand.

»An einem Tag wie heute sollte man nicht arbeiten«, sagte er. »Da sollte man sich besinnen und sich erinnern. Nicht an Dinge des eigenen tatsächlichen Lebens natürlich. Es gibt sehr wenig Selbsterlebtes, das wert wäre, im Gedächtnis bewahrt zu bleiben. Aber Erinnerungen, die im Unterbewußtsein leben ... vielleicht Erinnerungen an ein früheres Dasein ... Dreh den Kopf etwas zur Seite, Tina. So, danke. Das Licht ist wirklich elend. Ich fürchte, daß wir heute nicht weiterkommen, leider.«

Er saß vor ihr, sein verkrüppelter Körper hockte auf dem hohen Stuhl, und er hielt den Pinsel in der Luft. Er betrachtete sie aufmerksam und versuchte ein paar feine Pinselstriche. Dann sah er sie wieder forschend an: »Was ist los mit dir, Tina?«

»Nichts, warum?« fragte sie erstaunt.

»Du siehst ein bißchen fiebrig aus. Bitte, dreh den Kopf noch weiter her. Danke, gut so. Du fühlst dich wirklich ganz wohl?«

Ja, kein Zweifel, über Tinas blassem Gesicht lag eine feine, rosige Patina, kaum sichtbar, die ihm aber eine ganz ungewohnte Frische verlieh. Die Wangen sahen voller aus.

»Man könnte glauben, du bist verliebt«, sagte er leichthin.

Tina geriet in heftige Verwirrung, sie wußte nicht, wohin sie ihre Blicke lenken sollte, und flüchtete mit ihnen unwillkürlich wie hilfesuchend zu dem Engel hin. Dann stotterte sie verlegen: »Vielleicht, weil ich stundenlang neben dem Ofen gesessen bin ... da ist mir ganz warm geworden.« Sie verstummte. Dann, nach einer Weile fragte sie leise: »Glaubst du, Baldo, daß es einen Menschen gibt, der diesem Engel ähnlich sieht?«

»Der Bildhauer hat sicher ein Modell gehabt«, antwortete Baldo etwas erstaunt. »Meistens idealisieren die Künstler ihre Modelle. Aber«, fuhr er nach einer Pause fort, »ich bin überzeugt, daß es Millionen Menschen gibt, die aussehen wie mein Engel. Oder wenigstens tausend. Ich freilich bin noch keinem begegnet.« Seine Lippen verzogen sich spöttisch: »Findest du vielleicht, daß Vater oder ich ihm ähnlich sehen?«

Tina blieb ganz ernst. »Doch, Baldo! Manchmal finde ich, daß du dieser Statue ähnelst. Nicht daß deine Züge so streng und hart wären. Aber etwas ist darin ...«

Er lächelte milde: »Danke, Tina, das ist nett von dir. Aber du überschätzt mich ein bißchen. So, und jetzt heb das Kinn, damit ich weiterarbeiten kann.«

Doch dann legte er seufzend den Pinsel nieder. »Es hat keinen Sinn. Das Licht verschlechtert sich von Minute zu Minute.«

Tina stand auf und ging zum Ofen, wo sie ihre kleinen Hände rieb. Baldo beobachtete sie noch immer. Sie war still und farblos wie sonst, aber er spürte eine geheime Erregung hinter dieser Blässe. Er sagte ein paar Worte zu ihr, sie hörte ihn nicht: sie war wie in einen unruhigen Traum versunken.

Ich hoffe, dachte er traurig, daß es ein anständiger Mann ist. Arme kleine Tina!

Als sie ihn verlassen hatte, versuchte er zu lesen. Aber es interessierte ihn nichts. Dann setzte er sich ans Klavier, präludierte eine Weile, doch die Töne klangen leer. Nichts befriedigte ihn, nichts beruhigte ihn. Lautlos ging er im Zimmer auf und ab. Es war ganz still, draußen aber blies der Wind, und der Regen prasselte gegen die Scheiben. Schließlich blieb Baldo vor der Statue stehen und schaute lange in das schöne, hochmütige Antlitz.

Mit einemmal aber ließ der innere Druck nach, die trübe Stimmung verging, und er gewann seine alte Ausgeglichenheit wieder, seine innere Ruhe, klar und still wie ein winterlicher Sonnenuntergang, der nichts verspricht, von dem nichts zu erhoffen ist.

Seine jüngeren Jahre waren trotz all ihrer Qualen doch auch Jahre innerer freudiger Erregung gewesen. In glücklichen Stunden hatte er sich für einen Künstler gehalten, für ein Genie, das in die Unsterblichkeit eingehen würde. Gepeinigt von unerträglichen körperlichen Schmerzen war er nach New York gepilgert und hatte seine Manuskripte, seine Kompositionen und seine Bilder Fachleuten vorgelegt. Nein, er war kein Genie! Enttäuscht und gebrochen war er zurückgekommen. Er hatte entdeckt, daß seine Begabung nur Durchschnitt, daß er ein Dilettant war, daß seine Kunst nur ein hübscher Zeitvertreib sein konnte. Alle Schönheit, alles Feuer, alle Fülle seines Gemüts und seines Geistes waren für immer zum Mittelmaß verdammt. Zuweilen wurden sie in einem Akkord, einem schönen Wort, einem Hauch von Farbe lebendig. Aber seine Hände waren nicht gesegnet, sie konnten nicht formen, weil sein Geist in ewiger Ungeformtheit verharrte. Die Kunst wird nicht nur aus Feuer, sie wird auch aus Lehm geschaffen, wenn sie gültig erstehen soll. Aber es war kein Lehm in ihm, und so waren seine Hände unsicher und ungeschickt, abgelenkt von der Unruhe seiner Seele.

Er war damals zwanzig Jahre alt gewesen und mit dem festen Entschluß heimgekommen, seinem Leben ein Ende zu bereiten. Wofür hätte er leben sollen, da alles, was vor ihm lag, nur Qual und Haß und Verzweiflung war? Eines Morgens hatte er vor der ersten Dämmerung sein Zimmer verlassen und war mühsam in den vierten Stock geklettert.

Ewig würde ihm dieser schreckliche Anstieg in Erinnerung bleiben. Er wußte nicht, was größer war, die Angst seiner Seele oder die seines Leibes. Er verlor die Orientierung. Es waren nicht marmorne Stufen, über die er in einem geisterhaften Zwielicht und in einer intensiven und doch tönenden Stille emporstieg. Es war Wolken hinaufgeklettert, er suchte Vergessen und Tod. Endlich hatte er den höchsten Absatz ereicht. Er schaute hinunter in das finstere, verschwimmende Treppenhaus, in den unauslotbaren Abgrund.

Lange lehnte er dort oben, eine Ewigkeit. Und dann, als er wartete und in den Tod hinunterschaute, überkam ihn eine seltsame, heitere Ruhe. Eine Ruhe ohne Wort und ohne zu Ende gedachte Gedanken. Er konnte sich den Zustand nicht erklären, er konnte ihn nur genießen. Seine Schmerzen vergingen, er wurde alt und ruhig. Er sah weder Trost noch Hoffnung vor sich, doch die Qual erlosch, und Friede zog in sein Herz.

Eine Stunde später erst kroch er in sein Zimmer hinunter und legte sich zu Bett. Er schlief tief und fest. Als er erwachte, war er ein anderer Mensch; die tiefe Ruhe, die in sein Gemüt gezogen war und die ihn nie mehr verlassen sollte, war nicht zu erschüttern. Er hatte in das Nichts des Todes geschaut, und er war zurückgekommen. Nun war er unverwundbar.

Seine körperlichen Beschwerden blieben unvermindert bestehen, aber seine geistigen Qualen waren für immer überwunden. Alles, was ihm geschah, wurde klein und bedeutungslos in dem grauen Licht dieser Erfahrung. Vor Gefühlen war er gefeit. Er konnte sich mit seiner Musik, seiner Schriftstellerei und seiner Malerei beschäftigen, ohne Ehrgeiz und ohne innere Schmerzen. Sie waren wie kleine Gärten, die er lächelnd und friedlich betreute.

Nur sehr selten geschah es, daß ihn die alte Ruhelosigkeit übermannte. Doch er konnte sich von ihr abwenden wie von einer alten, lästigen Bekannten.

Er schlief tief und ruhig, manchmal mit Hilfe von Pulvern, um seine körperlichen Schmerzen zu lindern. In seinen jungen Jahren hatte er nicht geschlafen, er war elend, von Wünschen zerrissen gewesen. Nun war er von allen Wünschen befreit. Wenn dies der Tod im Leben war, wie er manchmal vermutete, dann war er dankbar. In einer Glaskugel mußte man leben, von der aus man alles sah, in der man aber vor rauhen Attacken, vor Leiden, Lärm und

Zorn geschützt blieb. Wenn er, wie er sich zuweilen wehmütig sagte, nichts tat und nur eine Art von Nabelschau übte, erfreute er sich wenigstens einer gewissen Stabilität und wurde vor den Gefahren in der Welt außerhalb verschont.

Und so, gefeit vor Begehren und Gefühl, konnte er die kleine Welt um sich abgeklärt beobachten. Er konnte seinen Vater ansehen, ihn durchschauen, aber gleichgültig gegen seine Schmähungen und seinen Haß bleiben. Manchmal hörte er ihm sogar leicht belustigt zu, belustigt, aber auch angewidert. Die Mutter tat ihm leid, doch dieses Mitleid war nicht schmerzhaft und weckte keine Empörung in ihm. Er hatte sie aufrichtig gerne, aber auch diese Zuneigung blieb völlig ohne Emotion. Bis vor kurzem hatte er auch Tina auf die gleiche Art liebgehabt. Aber in den letzten Tagen drang ein feiner, spitzer Splitter in sein Bewußtsein, sobald er sie sah oder an sie dachte. Es kostete ihn beträchtliche Mühe, diesen Stich zu verdrängen. Manchmal beschlich ihn Angst. Folglich bemühte er sich, Tina möglichst aus dem Weg zu gehen.

Er hatte überhaupt keine Freunde und lebte seine langen Tage und die traumlosen Nächte wie im luftleeren Raum. Zuweilen wunderte er sich, warum er sich überhaupt mit diesem Leben abplagte. Aber es bedurfte eben einer größeren Anstrengung, zu sterben als zu leben, und er hatte dem Tod einmal ins Auge geschaut, und das vergaß er nicht.

Wenn er etwas wirklich liebte, dann war es die Statue des betenden Engels. Er hatte begonnen, sich mit der Figur zu identifizieren, sie wurde ihm eine Erweiterung seiner selbst. Baldo gab dem Marmor seine eigene Seele. Das geschah nicht bewußt, und es dauerte lange, ehe er sich dessen bewußt wurde. Aber in einer unklaren Weise dachte er an den Leib des Engels als an seinen eigenen und meinte, daß die Seele des Engels in ihm selbst lebte. Ein einziges Mal war ihm diese groteske Idee wirklich ins Bewußtsein gedrungen, und obwohl er sich daraufhin selbst ausgelacht hatte, war nichts anders geworden.

Ähnlich, wenn auch nicht im gleichen Maße, identifizierte er sich mit den anderen Büsten und Helden, den Komponisten und Dichtern in seinem Zimmer. Sie waren seine eigentlichen Freunde, er brauchte sonst keine. Sie waren ein Teil von ihm, und er war ein Teil von ihnen.

Nachdem er den Engel lange betrachtet hatte, ging er langsam hinkend zu seiner Staffelei zurück. Dann nahm er die Miniatur zur Hand und hob sie zum Licht. Ja, er hatte Tinas scheue Zurückhaltung, ihre Schlichtheit gut getroffen, und damit den Zauber, der sie so liebreizend machte. Kleine Psyche, dachte er lächelnd. Er gab sich keinen Illusionen über Tina hin: sie hatte weder einen brillanten Geist noch einen scharfen Verstand oder Witz. Aber er wußte, daß eine Klarheit, eine Reinheit in ihr lebte, die unendlich rührend war.

Er legte das Bild zurück. Der feine, stechende Schmerz kehrte wieder und mit ihm die Unruhe.

VI

Nichts ist so trostlos wie Regen und Wind in einem fremden Land, dachte Emmi Stössel, nichts so bedrückend für Herz und Gemüt. Sie stellte die Kaffeekanne nieder, um durchs Fenster zu schauen, über das der Regen in breiten Rinnen lief. Man konnte nichts anderes durch diese Scheiben sehen als die enge Schlucht des »Hofes« zwischen den düsteren Wohnungen der Mulberry Street. Über die rote, rußige Ziegelmauer auf der anderen Seite strömte ein schmutziger Bach, und das bißchen Licht, das ihn entlangkroch, war matt und grau. Emmi fühlte sich wie eine Gefangene, die verzweifelt auf die Mauern ihres Kerkers blickt.

Die Küche war groß, rein und so hell, als es die flackernden Gasflammen erlaubten. Mit ihrem angeborenen Sinn für Sauberkeit hielt Emmi die Wohnung in Ordnung, der Fußboden war frisch gescheuert, ebenso der Tisch, auf den sie das Frühstücksgeschirr gestellt hatte. Sogar Stühle und Anrichte waren geschrubbt. Emmi selbst hatte die Wände mit einem lustigen Rosenmuster tapeziert und billige Vorhänge geschneidert. Mit eigenen Händen hatte sie die kleinen Vorleger eingesäumt und die Deckchen für das Geschirrregal über dem schwarzen Spülstein genäht. Ja, sie hatte hart gearbeitet in Amerika, sie, die geborene Emmi Hoffstädter, Tochter eines bayrischen Offiziers, die ursprünglich Lehrerin gewesen war.

Sie unterdrückte einen Seufzer, ging zum Tisch zurück und goß Kaffee in zwei dicke weiße Tassen. Ein Geruch nach frischem, heißem Brot kam aus dem schwarzen Kohlenherd, der das größte Stück in dem Raum war. Dann ging sie zu der kleinen hölzernen Wendeltreppe am Ende der Küche und rief: »Egon, du mußt dich beeilen! Es ist spät, fast sieben Uhr!«

Es klang wie ein Befehl. Sie wartete auf die Antwort, die hastig, freundlich und wie entschuldigend erfolgte, ging zurück zum Herd, um den Topf zurückzustellen und zwei heiße Scheiben Brot herauszunehmen, die zu braun geworden waren. Prüfend sah sie sie an, stellte fest, daß sie noch genießbar waren, und trug das Tablett zum Tisch; alles das tat sie mit einem abwesenden Blick, als denke sie an ganz andere Dinge. Dabei runzelte sie die Stirn. Sie runzelte die Stirn so oft, daß sich zwei tiefe Furchen zwischen den Brauen gebildet hatten, das verlieh ihr ständig einen ungeduldigen, ja gereizten Ausdruck.

Während sie auf ihren Mann wartete, schaute sie wieder hinaus zu der Mauer und dem Hof, und die scharfen Linien vertieften sich.

Sie war eine sehr große Frau, Ende der Vierzig, knochig und grob gebaut. Ihre Schultern waren so breit wie die eines Mannes; es gab keine fraulichen Rundungen, nichts Weiches an dieser kräftigen Gestalt. Obwohl es noch früh am Morgen war, trug Emmi ihr bestes schwarzes Kleid, streng geschnitten, nicht verziert und nicht gerafft. Darüber hatte sie eine lange gefältelte Schürze gezogen, deren Schleife ihrer Grenadiersgestalt einen überraschend weiblichen Akzent verlieh. Der runde weiße Kragen, der bis zum Kinn reichte, war mit einer hübschen perlenbesetzten Goldfiligranbrosche zusammengehalten, aber selbst dieser Schmuck milderte nicht die Linien des starken, scharfen Kinns und der kräftigen Backenknochen.

Das lange, rechteckige Gesicht war streng, blaß, fast bleich, der Mund ein scharfer Strich ohne Röte und ohne Anmut. Über dem Mund saß eine große, feingeformte, fast fleischlose Nase. Unter den dichten, lichtbraunen Brauen glänzten hellblaue Augen; ihr schweres, lichtes Haar — zu einem dicken Schopf aufgekämmt — krönte das hochmütige Haupt. Emmi war eine Frau ohne jeden Charme und ohne jede Grazie. Vielleicht flößte sie ihren Mitmenschen nicht viel Liebe ein, jedenfalls aber Achtung und Respekt, denn in ihrem Auftreten gab es weder Falschheit noch Tücke; sie schaute die Leute offen an. Kurz, ein starker Charakter, anständig, stolz, verläßlich und kompromißlos, ohne Ziererei und ohne Heuchelei. Man konnte ihr nichts vormachen, sie blickte den Menschen bis auf den Grund ihrer Seele.

Ihre Hände, groß und kräftig wie Männerhände, waren rauh und rot von der harten Arbeit, aber es waren keine derben Hände. Die Finger waren schmal und aristokratisch. Ihr Sohn Franz war ihr jüngeres und männliches Abbild, zumindest körperlich. Im Charakter, so stellte sie bitter fest, ähnelten sie einander allerdings recht wenig. Das war ihr größter Schmerz und eine Tatsache, mit der sie sich niemals abfinden konnte.

Sie hatte für Franz alles auf sich genommen. Ihr ganzes Leben, seit seiner Geburt, hatte sie ihm gewidmet. Aber alles war vergeblich gewesen, alle die Opfer, die Hoffnungen, die Arbeit, die Träume und alle Leidenschaften. Dieser Kummer verfolgte sie bei Tag und Nacht.

Warum kränke ich mich darüber, wenn es doch nichts nützt? fragte sie sich dann. Jeder Schmerz war erträglich, jede Anstrengung war gerechtfertigt, jede Plackerei wurde leicht, wenn man das ersehnte Ziel damit erreichte. Aber all das auf sich zu nehmen und letzten Endes doch enttäuscht, betrogen zu werden, zu sehen, wie die Arbeit von Jahren vergebens, verloren war — das war entsetzlich und unverzeihlich. Franz hatte sie tödlich beleidigt, weil er sie hatte scheitern lassen. Er hatte ihr Opfer, ihre Mühsal zum Gespött gemacht.

Selbst jetzt, während sie auf ihren Gatten Egon wartete, kam sie von dem Gedanken nicht los, und um ihren Mund lag ein bitterer, harter, grausamer Zug. Sie stand kerzengerade vor dem Ofen, unbeweglich, kaum atmend, aber ganze Strahlenbündel von Wut, Verzweiflung und Schmerzen gingen von ihr aus.

Einmal hatte Franz lächelnd zu ihr gesagt: »Du bist nicht aus Rechtschaffenheit so kompromißlos und halsstarrig, Mutter, sondern weil du eine Preußin bist.« Er hatte ihr schon viele böse Dinge gesagt, aber dieses Wort vergaß und verzieh sie ihm niemals. Es gab keine schwerere Beleidigung, als ihr Preußentum vorzuhalten, denn für sie war dieses Preußentum die ärgste Manifestation von Bismarcks neuem Deutschland, aus dem sie und ihr Gatte geflohen und ins Exil gegangen waren. Es war der eigentliche Grund für den großen Wendepunkt in ihrem Leben.

Ihre Heimat war Bayern, aus dem ihre Mutter stammte, aber ihr Vater war Preuße gewesen. Von frühester Kindheit an hatte sie den Vater gehaßt, sie fand ihn hart und herrisch, unnachgiebig und ohne Einfühlungsvermögen. Ihre Mutter, die sie vergöttert hatte, war jung gestorben. Aus zwei Gründen hatte sie Franz daher nicht verziehen: erstens, weil sie alles haßte, was ihr Vater verkörperte, und zweitens, weil sie in der dunklen Furcht lebte, diesem Vater in vielen Eigenschaften ähnlich zu sein. Zuweilen, wenn sie in den Spiegel schaute, sah sie in den eigenen Zügen den vagen Schatten ihres Vaters. Deshalb ging sie allen Spiegeln aus dem Weg. Damit hing auch ihr sehr entschiedenes Urteil über »Eitelkeit« und »Eigenliebe« zusammen, und oft erklärte sie, daß die Dekadenz der Frauen an dem Tag begonnen hatte, als die Spiegel erfunden wurden. Es gab nur einen einzigen Spiegel in der ganzen düsteren Wohnung, und der hing in dem finsteren Badezimmer hinter der Küche, wo sich ihr Mann und ihr Sohn rasierten. Wenn sie das Badezimmerfenster reinigte, dann schaute sie weg, angeblich, weil ihr jede weibliche Eitelkeit fremd war, tatsächlich aber deshalb, weil sie fürchtete, im Spiegelbild Ähnlichkeiten mit dem Vater zu entdecken.

Sie hörte die leisen, unsicheren Schritte ihres Gatten auf der Treppe, ging zum Tisch zurück und wartete stehend auf ihn, wie ein Soldat, der zum Appell gerufen wird. Egon Stössel trat fröstelnd in die warme Küche und bemühte sich, wie immer, sein Unbehagen hinter einem freundlichen Lächeln zu verbergen. Er war klein und zart, etwas kleiner als seine Frau, mit dem schmalen, langen Gesicht und den kurzsichtigen Augen eines Gelehrten. Auf seiner feinen Nase saß ein Zwicker, der mit einem schwarzen Band befestigt war. Hinter diesem Zwicker blickten den Beschauer traurige und sanfte Augen an, und doch war ein seltsamer Mut in diesem Blick zu lesen. Auch Egon war Lehrer gewesen, das verrieten noch heute seine abgezirkelten, überlegten Bewegungen und eine gewisse Geziertheit in Sprache und Betonung. Sein leise zitternder Mund bemühte sich stets zu lächeln und schien ständig um Entschuldigung zu bitten. Vielleicht flößte er seinen robusteren Zeitgenossen nicht immer Respekt ein, wohl aber Liebe, denn er war die schüchterne Freundlichkeit in Person. Bescheiden, zurückhaltend, unaufdringlich, wie er war, wurde er von seiner Frau vergöttert und ebenso rückhaltlos beherrscht. Ihre Strenge machte ihm immer ein wenig bang.

Er war fast kahl und hatte die dünnen Strähnen des lichtbraunen Haars ordentlich über die Glatze gekämmt. Seine langen, knorpeligen Ohren standen weit ab, als wollten sie wegfliegen, so daß er stets den Eindruck machte, in Alarmbereitschaft zu sein. Er war mager, ging vornübergeneigt, stets in Abwehr, hatte feingeäderte Hände, trug nur korrekte, aber spiegelnde schwarze Anzüge und gestärkte weiße Hemden. Seine schwarze Krawatte war ordentlich gebunden; die goldene Uhrkette an seiner Weste schien für den schwachen Körper zu schwer zu sein. Er war Buchhalter im Büro der Stahlwerke Schmidt, aber er sprach nur selten mit seinen Kollegen, und wenn, dann stets in der liebenswürdigsten Weise. Er arbeitete fleißig und gewissenhaft und wurde von seinen Vorgesetzten sehr geschätzt. Niemals hatte er Emmi gestanden, wie sehr er sich nach Frieden und Ruhe und ländlicher Einfachheit sehnte. Emmi hatte immer geglaubt, daß er alles Preußische ebenso haßte wie sie, aber obwohl er den Preußen aus dem Weg ging, schwang er sich niemals zu Haß gegen sie auf. Für ihn war das Preußentum eine Naturgewalt — etwa wie ein Orkan oder ein Gewitter —, vor der er sich nur verbergen konnte, die er vergessen wollte. Emmis aktive Feindschaft und ihre heftigen Schmähungen beunruhigten ihn fast ebenso wie die Ursache dieser Ausbrüche. Er hätte sich in seinem kleinen bayrischen Dorf und in seiner kleinen heimatlichen Schule ohne weiteres mit der neuen Ordnung abfinden und einen Kompromiß schließen können, indem er sich in seine Bücher und Manuskripte vergrub. Aber er war mit seiner Frau und seinem Sohn nach Amerika gekommen, denn es war schwieriger, sich Emmi zu widersetzen, als ihr nachzugeben.

Sehr bald nach ihrer Ankunft in Amerika hatte Emmi das begriffen. Sie hatte Amerika schwärmerisch die »Neue Welt, den Hort der Gerechtigkeit, der Freiheit und der Schönheit« genannt. Aber sie gestattete sich nicht, ihren Irrtum offen zuzugeben. Deshalb wurde sie noch härter, noch inkonzilianter gegen das, was sie verlassen hatte, und betonte ihre Einstellung noch nachdrücklicher. Sie übertrug ihre Hoffnungen allerdings von Egon auf Franz, und daß sie gerade in diesem Punkt Schiffbruch erleiden mußte, war die schwerste Enttäuschung ihres Lebens. Sie hatte, wie alle Deutschen, ihre Heimat leidenschaftlich geliebt, aber sie hatte alles freiwillig geopfert, um in einem fremden Land, unter fremden Menschen zu leben, die sie niemals wirklich verstehen und schon gar nicht lieben konnte. Die Erkenntnis, daß dieses Opfer vergeblich gewesen war, erfüllte sie mit Verzweiflung.

Aber mit eiserner Energie unterdrückte sie das Heimweh und den Kummer. Egon brachte diese Kraft nicht auf. Aber er war zu weich, zu gütig, um von seiner bitteren Sehnsucht zu sprechen und darüber zu klagen, wie fremd er sich in dieser neuen Welt fühlte. Emmi warf ihm oft vor, daß er zu gutmütig und zu lau wäre, daß ihm jeder Kampfgeist fehle, daß er sich überall heimisch fühle, wenn er nur seine Bücher um sich habe. Einmal war sie soweit gegangen, Egon heimlich eine Sklavennatur zu nennen; sofort aber hatte sie diesen Vorwurf zurückgenommen und sich selbst gescholten: Egon war nicht servil, er war nur nachgiebig, sanft und jedem Streit abgeneigt. Er konnte eben niemanden hassen. Sie wußte nicht, daß er schwerer litt als sie, daß ihn das Heimweh bitterer quälte. Hätte er es ihr gestanden, dann hätte sie ihn nur ungläubig angesehen, ja sie wäre sogar enttäuscht gewesen, denn sie war überzeugt, daß nur sie, und sie allein, das Recht hatte zu leiden und daß nur sie die Kraft besaß, Schmerz zu überwinden.

Während Egon am Frühstückstisch saß, musterte sie ihn kritisch wie immer. Sie liebte ihn von ganzem Herzen und von ganzer Seele, und diese morgendliche Inspektion nahm sie zu ihrer eigenen Beruhigung vor, um sich zu vergewissern, daß er nicht müder als sonst aussah, denn der Ruß, der Rauch, der Dunst, die Kälte und die Trostlosigkeit der jetzt so gehaßten Stadt hatten seine Gesundheit geschwächt. Er war ständig verkühlt und hustete am Morgen. Emmi heizte seinetwegen kräftig in der Küche ein, sorgte dafür, daß er die wärmste Unterwäsche trug, und strickte ihm dicke Wollsocken. Auch heute, als sie ihn betrachtete, seufzte sie innerlich: Keine Hoffnung, was ich auch versuche. Alles, was wir durchgestanden haben, war vergebens.

Aber sie war nicht ganz so verzagt wie sonst. Sie bediente ihren Mann, bestand darauf, daß er seine heiße Milch trank und ein zweites Stück Gebäck nahm. Sie zwang ihn, seine Eier zu essen, und er aß sie, wenn auch mit Überwindung, da er wußte, daß sich Emmi den ganzen Tag sorgen würde, wenn er es nicht tat. Ihre Bewegungen, ihre Worte, ihre Art, ihn zu umsorgen, waren entschieden und befehlend, aber ein weicher Schimmer lag auf ihrem Gesicht, und ihre Hände wirkten fast zärtlich.

Er hob die dicke weiße Milchschale mit seinen feingeäderten Händen zu den Lippen und lächelte sie zärtlich an.

»Hast du heute auch gut geschlafen, mein Herz?« fragte er in ihrer Muttersprache.

»Ja, ja«, antwortete sie ungeduldig und musterte ihn wieder. Bildete sie es sich nur ein, oder hatte er wirklich seit vorigem Monat abgenommen? »Ich schlafe immer gut. Und du, Egon?«

Er nickte und nippte an der Milch. Niemals erzählte er seiner Frau, daß er oft des Nachts weinte und daß er wenig schlief. Dann deckte er das Kissen sorgfältig mit seinem Taschentuch zu, damit sie morgens den nassen Fleck nicht sah, den seine Tränen hinterlassen hatten. Er weinte still, als tropften die Tränen direkt aus seinem Herzen, wenn er an Deutschland dachte. Oft wachte er aus leichtem Schlummer auf und merkte, daß er im Schlaf geweint hatte.

Er stellte die Schale nieder und mußte eine leichte Übelkeit bekämpfen. Dabei lächelte er Emmi strahlend an, und der plötzliche Glanz dieses warmen Lächelns brachte sie aus der Fassung wie immer.

»Was ist mit Franz?« fragte er. »Ist er nicht ein bißchen spät dran?«

»Ja, er hat mir geholfen, das Zimmer für Irmgard zurechtzumachen.« Sie drehte sich heftig um und blickte durch das regennasse Fenster.

»Um zehn Uhr soll sie ankommen, nicht wahr?« seufzte Egon. »Ich hoffe, daß ihr Amerika gefällt.«

Emmi rührte sich nicht vom Fenster weg. »Amerika ist wenigstens nicht Preußen!« rief sie heftig.

»Nein«, stimmte er tonlos zu. »Es ist nicht Preußen.«

Emmi brachte ihm den abgetragenen Regenmantel und den Schirm. Sie half ihm beim Anziehen, und der Anblick seiner schmalen, vorgebeugten Schulterblätter gab ihr einen Stich wie immer. Er war so mager, so sanft, so gütig, so liebenswert. »Irmgard ist verständig«, sagte sie schroff. »Sie wird uns nicht stören.«

»Das fürchte ich auch nicht«, antwortete er schnell und zog die Wollhandschuhe an. »Es wird schön sein, noch ein junges Gesicht im Haus zu sehen.« Er empfand so viel Zärtlichkeit für die Jugend, daß ihm die Augen feucht wurden. Und dann, da er die geheimen Kammern im Herzen seiner Frau kannte, fügte er hinzu: »Ich hoffe, auch Franz wird sie mögen.«

Irmgard Höller war sozusagen Emmis letzter Versuch, Franz beizukommen; ein Herzenswunsch, von dem sie nicht zu sprechen wagte. Deshalb sagte sie nur, während sie Egons Mantelknöpfe schloß:

»Ich habe sie nur als kleines Kind gekannt. Ein sehr hübsches Kind, wie ich mich erinnere. Aber mein Schwager schrieb mir, ehe er starb, daß sie eine Schönheit geworden ist. Vielleicht hat er das nur geschrieben, daß wir sie hier aufnehmen. Nun, wir werden ja sehen. Sie scheut keine Arbeit, meinte er. Ich fürchte, das wird sie uns beweisen müssen«, sagte sie grimmig und mit einem leichten Erröten. »Meine arme Schwester hat so wenig ausgehalten.«

Egon schwieg. Er hatte ursprünglich Hertha, Emmis Schwester, geliebt. Aber Hertha hatte ihn nicht wiedergeliebt, sondern Emil Höller geheiratet. So hatte er sich Emmi zugewendet, die Hertha wenigstens ähnlich sah.

Er hatte Emmi im Laufe der Jahre liebgewonnen, obwohl er sich anfangs etwas vor ihr gefürchtet hatte. Genaugenommen hatte sie ihn geheiratet, und nicht umgekehrt. Als Hertha gestorben war, während ihr Mann wegen seiner subversiven Tätigkeit im Gefängnis saß, da war Egon tief unglücklich und verzweifelt gewesen, aber das hatte Emmi niemals gewußt. Jetzt fragte er sich, ob Irmgard wohl ihrer Mutter, der sanften, lieblichen Hertha, ähnlich geworden war.

»Wir müssen sie glücklich machen«, sagte er, als er zur Tür ging und schon im vorhinein wegen des Sturms draußen fröstelnd die Schultern zusammenzog.

»Glücklich!« rief Emmi laut. »Wer hat das Recht, in einer solchen Welt glücklich zu sein!«

Sie folgte ihm zur Tür und schloß sie erst, als seine gebückte Gestalt aus ihrem Blickfeld verschwunden war. Sie drückte die Klinke so sacht, wie man es bei einem Zimmer tut, in dem ein geliebtes krankes Kind schläft.

Aber sie erlaubte sich kein müßiges Herumstehen. Mit ihren flinken Fingern machte sie Ordnung in der Küche, drehte das Gaslicht ab, so daß der Raum fast im Dunkeln lag, denn sie war sehr sparsam.

Dann ging sie hinaus in eine lange, finstere, muffige Diele, von wo aus man in den »Salon« der Wohnung kam. Emmi hatte ihn mit gebrauchten Nußholzmöbeln und roßhaargepolsterten Lehnstühlen ausgestattet; häßliche, unhandliche, unbequeme Stücke. Das Zimmer war dunkel, wie jeder Raum in diesem unfreundlichen Haus, und hatte die Form eines Sarges; zwei hohe, schmale Fenster gingen in den trostlosen Hof hinaus.

Die Luft war eisig wie am Nordpol. Ein großer dunkelroter Teppich lag auf dem Fußboden, und auf ihm hockten wie mürrische, vierschrötige Tiere ein Sofa und zwei Stühle; in der Mitte stand ein schwerer schwarzer Nußholztisch mit geschnitzten Füßen, den Emmi aus Deutschland mitgebracht hatte. Sie hatte gestärkte Vorhänge aufgehängt, weiß wie Schnee. Ihrer strengen Natur entsprach es, daß es keine Nippes, keine Kissen, keine Kinkerlitzchen in der Wohnung gab, alles war kahl und steif und kalt. In der Ecke thronte ein schwarzer Holzkamin, aber es brannte kein Feuer darin, statt dessen stand, schwarz und eisig, ein großer runder Kohlenofen mit einem durchbrochenen Nickelaufsatz in der anderen Ecke. Auch er wurde selten geheizt, obwohl das Brennmaterial bereitlag, denn die Stössels bevorzugten die gemütliche, warme Küche. Über dem Kamin hing ein einziges Bild, Emmis Stolz, ein bemerkenswert schöner Stich von Goethe. Emmi wußte alles von ihrem geliebten Helden, inbegriffen seine Verachtung für das gewöhnliche Volk. Da sie sich aber niemals zu dieser Klasse gezählt hatte, fühlte sie sich trotz ihrer aggressiv demokratischen Theorien nicht beleidigt. Auf dem Tisch lagen Stöße von schöngebundenen deutschen Büchern, aber auch diese vermochten die Grabesstimmung des Raumes nicht aufzuhellen.

Emmi lief schnell durch das Zimmer, wischte über die Möbel, auf denen trotz der geschlossenen Fenster stets eine dünne Schicht von Kohlenstaub lag. Dann ging sie in den »vorderen« Salon, einen unbewohnten Raum, den sie aus Sparsamkeitsgründen bisher noch nicht möbliert hatte. Nun aber war dieses Zimmer, dessen Erkerfenster auf die schmutzige Straße und zu den verkommenen Häusern hinausging, in aller Eile in ein Fremdenzimmer für Irmgard Höller verwandelt worden. Ein schmaler Vorleger lag auf dem blanken Boden. Emmi hatte aus zweiter Hand ein weißes Eisenbett gekauft, das in der Mitte des Zimmers stand, schmal, hart und keusch, mit Kopfstützen und einer dicken Wolldecke. Dann gab es einen schwarzen Wandschrank, einen Tisch, einen Schaukelstuhl und eine Kommode. Emmi betrachtete das Zimmer befriedigt. Es war die Zelle einer Nonne, ohne Wärme und ohne Bequemlichkeit, aber es war blendend sauber. Sie staubte noch einmal ab, ging herum, um letzte Hand anzulegen, schaute durch die Vorhänge auf die Straße hinaus, ohne recht zu wissen, was sie tat. Aber ihr Blick wurde freundlicher.

Hinter der Küche lag das Schlafzimmer ihres Sohnes. Eine Eigenheit dieser Miethäuser war, daß es eine Mansarde gab, zu der man von der Küche hinaufgelangte. In dieser Kammer schliefen Emmi und ihr Gatte. Niemals hätte sie sich daran gewöhnen können, in einem Raum zu schlafen, der auf gleicher Höhe mit der Küche und dem Zimmer ihres Sohnes lag.

Es war jetzt acht Uhr, und die Wohnung war in Ordnung. Der Regen wurde heftiger, es platschte trostlos gegen die Scheiben. Emmi stieg hinauf in ihre winzige Kammer, legte die Schürze ab und bürstete ihr Haar. Dann zog sie ihre feste Tuchjacke an, setzte die Haube auf und band die Schleifen unter dem Kinn fest. Mit den schwarzen Zwirnhandschuhen, dem Regenschirm in der Hand, die schweren Röcke hochnehmend, schritt sie schnell die Stufen hinab.

Regen und Wind sprangen sie an, aber das kümmerte sie nicht. Sie schritt gerade und energisch hinunter in die düstere Straße zu einer anderen Wohnung des Gebäudes. Dort zog sie fest an der Glocke und wartete. Sie war am Weg zu ihren morgendlichen Pflichten.

VII

Die Pferdebahn fuhr nur bis zu den Stahlwerken. Emmi stieg aus und hob ihre Röcke mit der mageren, schwarzen behandschuhten Hand an. Ein hohes Gitter mit Stacheldraht beschützte das Areal der Werke; hinter den eisernen Toren, die diesen Drahtzaun in regelmäßigen Abständen unterbrachen, standen die hölzernen Pförtnerhütten. Emmi musterte die Fabrik mit finsteren Blicken. Die riesigen turmähnlichen Rauchfänge schossen stoßweise Massen von scharlachroten Rauchschwaden und stiebenden Funken in die grauen, bewegten Wolken. Aus den Werkshallen im Hintergrund tönte dumpfes Dröhnen. Über die freien Flächen rund um die Werke mit ihren Aschen- und Schlackenhaufen hasteten Arbeiter mit Handkarren, andere trieben schwerbeladene Pferdefuhrwerke an.

Vor einem der Tore drängte sich eine kleine Schar von Männern, die schäbigen Röcke triefnaß vom Regen, die Mützen in die blassen, angstvollen Gesichter geschoben. Es schien eine heftige Auseinandersetzung mit dem Pförtner zu geben, der — den Knüppel in der Hand — durch das Gitter auf die Gruppe einschrie. Emmi trat näher. Einer der Arbeiter, sichtlich ihr Anführer, rief:

»Du mußt uns hineinlassen! Man kann uns doch nicht einfach hinausschmeißen, ohne uns vorher ein Wort zu sagen!«

Der Pförtner brüllte: »Was geht mich das an! Hab' ich euch hinausgeschmissen? Was wollt ihr eigentlich von mir?«

»Aber am Samstag ...«

»Heute ist Montag! Am Sonntag kann eine Menge passieren!«

Ein anderer Wächter schrie: »Sollen wir vielleicht die Polizei holen?«

Emmi packte einen Arbeiter am Arm, er schaute sie verstört an, tippte dann an die Mütze. »Was ist los?« fragte sie.

»Aussperrung, Ma'am, und ohne uns vorher zu verständigen.« Er sprach mit englischem Akzent und im herablassenden Ton der Engländer.

Emmi erschrak. Franz hatte ihr nichts von geplanten Kündigungen gesagt.

»Aber warum soll denn entlassen werden?«

»Irgendeine Panne im Werk. Angeblich ein paar Maschinen ausgefallen. Ich weiß nichts Genaues, Ma'am.«

»Ich hab' sechs Kinder zu Hause!« rief ein Arbeiter. »Sie verhungern!« Seine Stimme kippte um. »Sie ...«

»Kann ich was dafür, wenn ihr soviel Bälger in die Welt setzt?« brummte der Pförtner. »Mich geht das nichts an ...«

Die Männer redeten durcheinander, bittend, fordernd, aufbegehrend und ratlos. Da und dort ein empörter Aufschrei. Den Torwächtern war sichtlich unbehaglich zumute, sie schauten einem Bewaffneten entgegen, der langsam näher kam.

Emmis Gesicht lief rot an. Sie biß sich auf die Lippen, drehte sich um und ging fast im Laufschritt weg. Ihr Herz schlug laut und schmerzhaft. Der düstere Morgen war für sie noch viel düsterer geworden. Sie war verstört und aufgeregt. Außerdem war ihr bang wegen ihres Sohnes. Freilich, er war jetzt Vorarbeiter, nach drei Jahren im Werk, und konnte nicht so leicht entlassen werden. Dann schob sie diesen selbstsüchtigen Gedanken ab, und der Schmerz kehrte zurück.

Der Bahnhof lag drei Straßen weiter, und als Emmi die elende Holzbaracke erreicht hatte, waren ihre Röcke über und über mit Kot bespritzt. Das Gebäude befand sich mitten in einer Arbeitersiedlung und war genauso verfallen, verdreckt und verkommen wie jedes andere in der Nachbarschaft. Die langen Linien der Geleise schimmerten naß in dem grauen Licht. Ein paar Lokomotiven dampften auf den Nebengeleisen, und die Lastwaggons auf der anderen Seite troffen vor Wasser. Die Luft war voll Rauch und Ruß, die Glocken schrillten. Emmi trat in die Wartehalle, die mit einem schwarzen, unförmigen Ofen geheizt wurde; an den Wänden standen Holzbänke, auf denen zerlumpte Frauen und Kinder mit Bündeln saßen. Eine große Öllampe hing vom Plafond herab. Es war fünf Minuten vor zehn, und der Zug von New York hatte, wie der Schalterbeamte mitteilte, keine Verspätung.

Ruhelos schritt sie auf und ab. Der Boden war dreckig und mit Tabakresten übersät. Sie hob ihren Rocksaum und hielt den Kopf geneigt, als könnte sie den Anblick all der elenden Menschen nicht ertragen. Ihre Miene verdüsterte sich immer mehr. Wie wäre ihr zumute, überlegte sie, wenn sie als Neuankömmling diese Umgebung zum erstenmal sähe? Was würde Irmgard empfinden, die sicher voller Illusionen nach Amerika kam? Emmi dachte an die sauberen Bahnhöfe daheim in Deutschland, sie war überzeugt, daß Irmgard noch nie solchen Schmutz und solche Armut gesehen hatte. Ein trauriger Tag für eine Ankunft, ein trauriger Tag für Irmgard!

Der Zug aus New York kam pfauchend und dröhnend eingefahren. Es war ein langer Zug, die ersten, schmalen Waggons waren schwarz von Ruß, die Wagen der besseren Klassen breiter und reiner. Emmi trat auf den ungedeckten Bahnsteig hinaus und spannte den Regenschirm auf. Umständlich kletterten die Reisenden von den hohen Trittbrettern, und Emmi schaute jeder Frau ins Gesicht. Wie sollte sie Irmgard erkennen? Emmi wurde im Gedränge hin und her gestoßen, aber sie hielt sich wacker.

Dann gab es ihr einen Stich. Es hätte ihre Schwester Hertha sein können, die da ausstieg, mit einem alten Koffer und einem großen schwarzen Bündel in der Hand. Hertha in ihrer Jugend, vital, ruhig, gelassen, in ihrer altmodischen Haube, dem gebauschten Wollrock und der Jacke. Aber es war eine größere Hertha und eine viel schönere, selbstsicherere, nicht so weich und anmutig in den Bewegungen. Emmi war einen Augenblick wie gelähmt vor Staunen. Dann verschwand die Vision, und sie faßte sich.

Das Mädchen stand auf dem Bahnsteig und wartete. Sie stellte den Koffer nieder und legte das nasse Bündel darauf, rückte ihre Haube zurecht und strich über die Jacke, als wollte sie den Ruß des Zuges von den Schultern streifen. Sie sah weder ängstlich noch verlegen, noch enttäuscht aus, sondern nur der Dinge gegenwärtig, die da kommen sollten. Emmi drängte sich zu ihr durch, streckte ihr die Hand entgegen und sprach sie deutsch an:

»Irmgard? Ich bin deine Tante Emmi.«

Das Mädchen lächelte, und dieses Lächeln war wie ein aufflammendes Licht. Emmi war groß, aber die Nichte noch größer. Sie bückte sich und berührte Emmis Wange mit ihren kühlen, frischen Lippen. Irmgards Händedruck war fest und sehr kräftig. Emmi wurde leichter ums Herz. »Sehen wir dazu, daß wir ins Trockene kommen«, sagte sie fast fröhlich und griff trotz Irmgards Protest nach dem schwarzen Bündel. Sie wendete sich zur Wartehalle, das Mädchen folgte ihr mit dem Koffer.

»Ich habe keinen Wagen«, sagte Emmi augenzwinkernd. »Wir müssen leider die Pferdebahn nehmen.« Sie lächelte.

Das Mädchen lächelte zurück. Schon jetzt erkannte Emmi, daß die durch dieses warme Lächeln aufgehellte Ruhe ein Wesenszug ihres Gastes war. Im trüben Licht der Öllampe schien Irmgards Schönheit zu wachsen, bis sie den ganzen häßlichen rußigen Raum erfüllte. Ihr Haar unter der Haube war weich wie goldene Seide und in einen schweren Knoten über dem auffallend weißen Nacken befestigt. Ihr Gesicht war blaß, nur ihr großer, wunderbar geformter Mund leuchtete in hellem Rot. Am schönsten aber war das strahlendgrüne Augenpaar unter den goldbraunen Wimpern. Irmgard besaß das Profil einer griechischen Statue und auch deren junonische Gestalt, die selbst das altmodische, plumpe Kleid nicht verbergen konnte. Sie erinnerte an ein kostbares Bildwerk der Antike. Emmi hatte gehofft, daß ihre Nichte hübsch wäre, doch nun sah sie all ihre Erwartungen übertroffen. Zuneigung erfüllte ihr Herz.

»Kind«, seufzte sie, »ich hoffe, du bist nicht allzu enttäuscht ...«

»Ich bin niemals enttäuscht«, antwortete Irmgard mit ihrer dunklen Stimme.

»Du siehst deiner Mutter sehr ähnlich«, sagte Emmi wehmütig.

Das Mädchen antwortete wieder nur mit einem Lächeln. Sie machte den Eindruck von großer innerer Kraft, von einer geradezu erschreckenden Ruhe und Beherrschtheit, ohne deshalb im geringsten stur oder stumpf zu wirken. Das ist ein Mensch, der alles erträgt, alles auf sich nimmt, ohne sich aufzulehnen, ohne den Mut zu verlieren, dachte Emmi. Und doch konnte diese Ruhe Tiefen verbergen, die kaum zu ergründen waren.

Emmi hob das Bündel auf. »Wir müssen gehen«, sagte sie kurz. »Du wirst müde sein nach einer Nacht in diesem schmutzigen Zug.«

Sie traten hinaus in den grauen Regen, ihre Füße platschten in die Pfützen. Irmgard schaute um sich, auf die Slums, die Fabriksgebäude und auf die Frauen, die gebückt durch den Regen liefen.

»Du hast dir wahrscheinlich etwas ganz anderes erwartet«, meinte Emmi zaghaft.

»Ich erwarte niemals etwas«, antwortete Irmgard und lächelte wieder.

Ist sie beschränkt? fragte sich Emmi plötzlich, doch sie schüttelte den Gedanken sofort ab. Die Tochter von Hertha und Emil Höller konnte unmöglich beschränkt sein. Emmi war so in ihre Gedanken verstrickt, daß sie in der Pferdebahn nichts redete. Es fiel ihr nur auf, daß die Fahrgäste aus ihrer Lethargie erwachten und die helle Schönheit des Mädchens anstarrten. Vielleicht bemerkte Irmgard die Aufmerksamkeit, die sie erregte, aber sie zeigte es nicht. Sie saß ebenso gerade wie ihre Tante da und hatte die Hände im Schoß gefaltet. Emmi betrachtete diese Hände: sie waren groß, abgearbeitet, aber edel in der Form. Die gelassene Heiterkeit, die Irmgard ausstrahlte, hüllte sie wie in ein ruhiges Licht ein.

Als sie endlich durch die Mulberry Street gingen, sagte Emmi: »Du wirst Amerika sehr verschieden von Deutschland finden. Es ist ein seltsames, ein hoffnungsloses Land, Irmgard.«

Das Mädchen antwortete wieder nicht, aber Emmi erkannte, daß der harte Zug um ihren Mund der Ausdruck einer ungeheuren Selbstbeherrschung war. Sie muß gelockerter werden, dachte sie. Jetzt freilich fühlt sie sich noch fremd und ist überfordert von den neuen Eindrücken.

In der Wohnung führte Emmi ihren Gast zu dem sauberen, kühlen Fremdenzimmer; Irmgards Gesicht entspannte sich, als sie es sah. »Du mußt sofort auspacken und dich umziehen«, riet Emmi. »Du bist ja ganz naß. Dann kommst du in die Küche dort hinten und erwärmst dich. Ich muß das Mittagessen vorbereiten.«

Sie ging hinaus und machte die Tür hinter sich zu. In ihrem Dachzimmer legte sie Jacke, Stola und Haube ab und wunderte sich, daß ihre Hände leicht zitterten und eine seltsame Erregung ihr Blut belebte. Sie dachte an Franz und wie erstaunt er über diese eigenartige Schönheit sein würde. Sie ging wieder in die Küche hinunter. Sonderbar, daß die Wohnung schon jetzt fröhlicher und gemütlicher wirkte. Emmi schälte ein paar Kartoffeln und stellte den Kessel mit dem billigen Lammfleisch auf den Herd. Aber ihre Gedanken weilten bei ihrer Nichte.

Bald darauf trat Irmgard in einem neuen, schwarzen Kleid ein. Auch dieses Kleid war altmodisch und ohne jeden Schick. Es war augenscheinlich ihr bestes. Sie kam mit ruhigen, leisen Schritten in die Küche, voll Würde und Haltung. Emmi hatte ein weißes Tuch aufgelegt und den Tisch gedeckt.

»Da hast du einen guten heißen Kaffee und frische Brötchen und Jam, mein Liebes. Du bist sicher hungrig.«

Irmgard setzte sich. Ohne die unvorteilhafte Haube war sie noch hübscher, ihr goldenes Haar leuchtete. Sie war erst neunzehn, wirkte aber wesentlich älter. Sie aß gehorsam und mit Appetit. Emmi werkte stumm am Herd. Sie hätte soviel zu sagen gehabt und soviel Fragen stellen wollen. Aber das Schweigen ihres Gastes hielt ihr die Worte zurück.

Endlich sagte sie: »Du darfst dir nicht zuviel von Amerika erhoffen, Irmgard. Was wir in Deutschland über dieses Land gehört haben, war gelogen. Sicher gibt es schöne Gegenden in Amerika, aber ich habe sie noch nicht gesehen. Ich kenne nur Schmutz, Häßlichkeit, Elend. Das ist der Anteil der Besitzlosen. Die Menschen haben keine Würde. In Deutschland haben sogar die Armen ihren Stolz, und selbst der armseligste Bauer zeigt Haltung. Aber wenn man in Amerika nicht reich ist, bleibt einem nur Schimpf und Schmach ...«

Irmgard hatte den Imbiß beendet, stand auf und trat zum Fenster. Sie hatte noch kein Wort gesprochen, seit sie in die Küche gekommen war. Nun blickte sie hinaus in den strömenden Regen, über den Hof zu den fleckigen Mauern.

Emmi sagte leise: »Verstehst du das, Irmgard? Hier gibt es keinen Frühling.«

Irmgard drehte sich um und schaute ihre Tante mit dem ihr eigenen leuchtenden Blick an. »Keinen Frühling?« murmelte sie. Emmi wußte, daß Irmgard verstand.

»Keine Hoffnung, keine Frühlingshoffnung ... Hier ist immer Winter. Ja, ein junges Land, aber ohne Frühling. Ein Land voll Verheißung und Kraft, eine neue Welt, die mitten in den Winter gestellt wurde und die nicht weiterkam. Lärm und Betrieb und Hast, aber keine Fröhlichkeit. Ich habe andere Städte in diesem Land gesehen, sie sind alle gleich. Krank ist das Land, glaub mir, verrückt. Verrückt nach Geld. Ein Land im Goldrausch.«

Und noch leiser, als wollte sie ein Geheimnis preisgeben: »Als wir hierherkamen, dachte ich: Es ist ein junges Land, und die Hoffnungen aller Menschen werden hier Erfüllung finden, die Hoffnungen, die in Europa getötet wurden. Hier, so dachten wir, kann alles geschehen, hier ist Luft und Feiheit und Weite und Reichtum. Ich wurde eines Besseren belehrt. Die Menschen haben ihre Krankheiten aus Europa mitgeschleppt, und sie haben sich hier noch verschlimmert.«

Ihr langes, schmales Gesicht verzog sich in einem plötzlichen

Krampf, als könnte sie die Jahre des Kummers und der Verzweiflung nicht länger ertragen.

»Ich wollte nicht das Geld. Ich wollte eine Chance, in einem Land zu leben, wo alle Dinge geboren werden und wo Großes geleistet und vollendet wird. Wo alle Träume der Gerechten Wahrheit werden können. Vielleicht haben die Menschen, die dieses Land errichtet haben, auch daran geglaubt. Aber es ist alles Lüge.« Nach einer schmerzvollen Pause fuhr sie fort: »Ich habe ein krankes Land verlassen, ein Land der Armut und der Unterdrückung. Aber hier habe ich all das in verstärkter Form wiedergefunden; und es wird noch ärger, weil die Menschen schmutziger sind und korrupter als daheim.«

Irmgard hatte ihr mit großen Augen zugehört. Die Tante aber drehte sich abrupt zum Herd und sagte mit erstickter Stimme: »Was kann man tun?«

»Und Onkel Egon? Und Franz? Sind sie auch so enttäuscht?« fragte Irmgard leise.

Emmi senkte den Kopf über den Kessel. »Egon spricht niemals darüber«, murmelte sie. »Er ist Buchhalter in demselben Stahlwerk, in dem Franz arbeitet. Franz ... aber du mußt Franz selbst hören. Er ist Vorarbeiter und sehr tüchtig. Wir haben 28 Dollar in der Woche, und ich lege ein gut Teil davon zurück. Das ist alles, was ich tun kann: eisern sparen. Denn außer dem Geld gilt hier nichts, nur das Geld hat Wert. Wir arbeiten alle schwer, Irmgard.«

»Ich werde auch arbeiten«, sagte das Mädchen. »Ich fürchte die Arbeit nicht. Erlaubst du, daß ich dir jetzt ein bißchen helfe?«

Emmi drehte sich um. Sie schwieg. Irmgard lächelte sie an. Und dieses Lächeln war so weich, so verstehend, so herzlich, daß Emmi vor Rührung schweigen mußte.

VIII

Egon Stössel arbeitete nur bis halb sechs Uhr. Gegen sechs kam er nach Hause. Aber lange vorher schon wartete Emmi am Fenster, das zur Straße hinausging, und gegen sechs Uhr begann sie unruhig zu werden. Egon war sicher wie gewöhnlich unvorsichtig gewesen und unter die Hufe oder die Räder eines Pferdewagens geraten, er war gefallen und hatte sich ein Loch in den Schädel geschlagen. Er hatte sich verirrt. Es war ihm schlecht geworden. Sie rannte nervös zwischen Herd und Fenster hin und her, mit rotem Gesicht, mit ängstlichen Augen. Irmgard, die den Tisch deckte, beobachtete sie liebevoll und hörte sich ihre hingeworfenen Bemerkungen über Egons Gedankenlosigkeit und Zerstreutheit an. Je später es wurde, desto gereizter wurde Emmi, sie schimpfte über ihren Mann und erzählte Irmgard, daß Egon einmal einfach vergessen hatte, seinen Schreibtisch zu verlassen, daß er ein anderes Mal seinen Mantel im Kontor vergessen und im kalten Regen nach Hause gekommen war; die Folge war ein Bronchialkatarrh, der niemals ganz auskuriert wurde. Dann wieder war er nach dem Büro spazierengegangen und erst um acht Uhr abends heimgekommen, äußerst erstaunt, daß es schon so spät war.

»Was kann man mit so einem Mann anfangen!« klagte sie in einem Ton, dem man hätte entnehmen müssen, daß sie Egon wegen dieser Eigenschaften haßte und sich wütend über ihn ärgerte. Aber Irmgard las die bedingungslose Liebe und die Sorge in Emmis blauen Augen. »Es ist ja noch nicht sechs«, sagte sie beruhigend. Emmi warf einen gehetzten Blick auf die Küchenuhr.

Dann ging sie wieder ans Fenster. Egon kam unter seinem Regenschirm den Gehsteig entlang, mit seinem langsamen, unsicheren Schritt. Die Straßenlampen brannten schon, und ihr gelbliches Licht flimmerte über der regennassen Straße. Egon zog den Kopf ein, er kämpfte gegen den Wind. In der elenden Baracke gegenüber leuchtete bereits da und dort ein Licht auf, aber dieser Schein steigerte nur das Trostlose der ganzen Szenerie. Nun mischte sich auch Hagel in den Wind und den Regen, und als Egon in den Flur trat, schlugen Eiskörner gegen die Scheiben.

»Wo bist du so lange gewesen? Du mußt ja bis auf die Haut naß sein! Mein Gott, wie leichtsinnig, Egon!« Emmi war außer sich, während sie ihrem Gatten aus dem Mantel half und ihm Hut und Regenschirm abnahm. Aber obwohl ihre Stimme laut und ungeduldig klang, war ihr Gesicht plötzlich schön und zärtlich geworden. Sie bückte sich und drückte einen Kuß auf seine blasse, eingefallene Wange. Er lächelte. »Irmgard?« murmelte er und blickte seine Frau aufgeregt an, während er sich die kalten Hände rieb.

»Da ist sie«, Emmi ergriff seine Hand, als ob er ein Kind wäre, und führte ihn in die warme Küche.

Irmgard erhob sich bei seinem Eintreten. Egon blieb betroffen stehen, sein Lächeln verschwand wie in einem jähen Erschrecken. Lange starrte er das Mädchen an. »Hertha«, sagte sein Herz, und ihm schwindelte.

»Das ist dein Onkel Egon, mein Kind«, sagte Emmi kurz. Das Mädchen knickste und trat dann näher, um den alten Mann zu küssen. Er schaute in ihr schönes Gesicht und dachte: Es ist Herthas

Antlitz und Herthas Gestalt, aber es ist doch nicht Hertha. Er war ganz blaß geworden, doch er lächelte wieder.

»Ich hoffe, daß du dich hier wohl fühlen wirst, Liebling«, sagte er. »Es ist ein sonderbares Land. Aber du bist zu Menschen gekommen, die dich lieben.«

Er hielt ihre Arbeitshand fest, und seine Finger zitterten, während er sie traurig und ernst betrachtete. Hertha war so bescheiden gewesen, so liebenswürdig, so zart, sie war bei jedem Wort errötet, wenn man sie ansprach, und er bezweifelte, daß dieses Mädchen hier erröten oder jemals scheu und verlegen werden könnte. Emmis unbeugsame Kraft steckte in ihr, eine verborgene unerschütterliche Macht. Ihre Schönheit war kalt, fast streng, wie die Schönheit des Mondes. Er sah ihre lebhaften grünen Augen, die in solchem Widerspruch zu ihren ruhigen Zügen standen. Diese Augen hatten Feuer, aber als er sie genau anschaute, entdeckte er, daß es ein eisiges Feuer war.

Er setzte sich in den Schaukelstuhl, und Emmi brachte ihm die Hausschuhe. Sie zog ihm brummend die nassen Schuhe aus und half seinen müden Füßen in die Pantoffel. Die heiße Milch, die sie ihm reichte, trank er gehorsam. Dabei beobachtete er Irmgard, ihre sicheren, energischen Bewegungen. Er warf seiner Frau einen schnellen fragenden Blick zu, und sie nickte zustimmend. Das freute ihn. »Franz wird bald nach Hause kommen«, sagte er dann und sah plötzlich fröhlich aus.

»Franz«, murmelte Emmi mürrisch.

Während sie auf Franz wartete, erkundigte sich Egon schüchtern nach den Neuigkeiten aus Deutschland. »Hat sich viel verändert in den letzten Jahren?« fragte er.

»Ich habe wenig von Veränderungen gemerkt, Onkel Egon«, antwortete das Mädchen höflich. »In den Dörfern ändert sich eben wenig. Mein Vater unterrichtete in der Schule, und ich habe auf dem Hof gearbeitet. Es war sehr wenig bei uns los.« Egon gefiel ihre sanfte Altstimme, obwohl es nicht Herthas Stimme war.

»Es kommt mir sonderbar vor, daß sich ein Mann wie Emil mit der Tätigkeit an einer kleinen Landschule zufriedengab«, sagte Emmi und verzog das Gesicht. »Ich erinnere mich an ihn. Er brannte, er war wie eine Fackel — ich habe ihn sehr bewundert. Er wäre nach seiner Entlassung nach Amerika gekommen, wenn du nicht gewesen wärst, Kind. Nach der Haft war er Asche, nicht mehr Feuer. Ist er wirklich ein kleiner Bourgeois geworden, Irmgard?«

Irmgard lächelte: »Nein, er glaubte noch immer an das Gute im Menschen, Tante Emmi.«

Emmi, die eben das Fleisch von der Flamme zog und es prüfend anschaute, fuhr herum und musterte ihre Nichte mit gerunzelter Stirn: »Was soll das heißen? Machst du dich vielleicht lustig? Bist du eine Zynikerin?«

Irmgard wunderte sich über den schroffen Ton; ihre Tante schien sich über Gebühr zu ärgern.

»Nein«, antwortete sie. Das war alles. Aber die Falten blieben auf Emmis Stirn. Sie wirkte sehr ungehalten. Egon blickte ängstlich von einer zur andern.

»Es wäre nett, nach dem Essen ein wenig Musik zu hören«, sagte er hilflos. »Hast du deine Geige mitgebracht, Kind?«

»Ja, ich habe sie mitgenommen. Aber ich konnte in der letzten Zeit sehr selten spielen, ich bin außer Übung, Onkel Egon.«

Sein Gesicht erhellte sich. »Oh, du mußt Franz zureden, daß er ein bißchen spielt. Er ist so musikalisch.«

»Du weißt genau, Egon, daß auch Franz seit Monaten das Instrument nicht angerührt hat«, fiel ihm Emmi scharf ins Wort. Egon seufzte und trank einen Schluck Milch.

Eine sonderbare Spannung lag mit einemmal in der warmen, hellen Küche. Irgend etwas war schiefgegangen, überlegte Egon, aber was? Hatte er etwas Falsches gesagt? Immer beleidigte er seine Emmi, seine arme Emmi. Wahrscheinlich deshalb, weil er dumm war. Sein liebes Gesicht wurde demütig und unglücklich. Er nahm den Zwikker ab und putzte die Gläser mit seinem weißen Taschentuch. Seine schwachen Augen blinzelten in das grelle Licht und wurden feucht wie von Tränen. Irmgard ging ruhig und wortlos der Arbeit nach, sie schien mit dem Hausbrauch schon vertraut zu sein.

Egon wagte einen weiteren Versuch. »Ich habe mir immer einen Bauernhof gewünscht«, begann er schüchtern.

»Aber nicht in Amerika!« rief Emmi. »Nein, niemals in Amerika! Wenn Franz verheiratet und beruflich gesichert ist, dann können wir nach Deutschland zurückfahren und sehen, was wir dort anfangen.« In ihrer Stimme klangen Abwehr und bittere Enttäuschung. Irmgard hob langsam den Kopf und sah forschend in das gerötete Gesicht ihrer Tante.

»Du möchtest nach Deutschland zurück, Tante?« fragte sie. »Mein Vater meinte, daß du das niemals tätest.«

Die Röte vertiefte sich auf Emmis mageren Wangen, und die Falten um ihren Mund wurden scharf. »Ich habe früher niemals daran gedacht, zurückzufahren; es wäre das letzte gewesen. Ich habe mir ein Amerika erträumt ...« Sie richtete sich auf, drehte sich um. Mit abgekehrtem Gesicht sprach sie hastig weiter: »Amerika ist kein

Traum. Das einzige, was ich möchte, und zwar vielleicht schon sehr bald, ist heimfahren und vergessen, daß ich jemals geträumt habe. Daß ich jemals voll Hoffnung war.« Sie preßte ihre verschlungenen Hände krampfhaft an das Fensterkreuz und starrte in die Schwärze hinaus. »Ich war ein Narr«, sagte sie hart.

Es war sehr still in der Küche. Nichts war zu hören als ein halb unterdrückter Seufzer von Egon. Dann sagte Irmgard weich: »Es hat niemals ein Utopia gegeben und wird niemals eines geben, Tante Emmi. Wir müssen das Leben und die Menschen nehmen, wie sie sind. Aber wir sind aus einem guten Stoff gemacht, wir brauchen die Hoffnung nicht aufzugeben.«

Emmi schien gar nicht gehört zu haben. Endlich drehte sie sich um und schaute Irmgard sonderbar an. Sie war sehr blaß. Wenn sie etwas entgegnen wollte, dann wurde sie dieser Antwort durch den Eintritt ihres Sohnes enthoben.

Franz schien in bester Laune. Er hatte offenbar völlig vergessen, daß heute seine Kusine kommen sollte. Sein kantiges, männliches, klares Gesicht, das soviel Kraft ausdrückte, war gerötet und frisch von Regen und Wind. Der abgetragene Mantel war schwarz vor Nässe; Franz nahm die Mütze ab und schüttelte sie, daß es nach allen Seiten spritzte. Sein dichtes blondes Haar bildete einen Schopf über der Stirn, und die blauen Augen darunter funkelten im Gaslicht. Er sah wie ein Wikinger aus, er erinnerte unwillkürlich an das endlose Meer und die Weite der Ebenen, wenn er in seiner Vitalität, seiner Energie und Kraft so dastand. Aber seine Mutter sah wie immer, daß der Mund, auch wenn er lachte, brutal war und daß die gleiche Brutalität aus seinen Kinnbacken und der breiten, starken Nase sprach.

»Ein abscheulicher Abend, Mama, Papa«, sagte er und lachte noch immer wie aus innerer Heiterkeit. Er küßte seine Eltern flüchtig. Irmgard, die hinten bei der Tür zum Salon stand, blieb unbemerkt.

Emmi sagte streng: »Franz, hier ist deine Kusine Irmgard.«

Franz fuhr zusammen. Jetzt fiel es ihm ein. Er sah Irmgard in der Tür stehen, sah, daß sie fast so groß wie er war, und er war schon über dem Durchschnitt. Sein erster Gedanke: eine hübsche Kuh. Eine beschränkte, hübsche Kuh. Er mochte große blonde Frauen nicht, und daran war vielleicht die Erscheinung seiner Mutter schuld. Etwas wie Abneigung keimte zwischen Franz und Irmgard auf. Sehr dumm, dachte er noch immer und lächelte.

Er grüßte die Kusine mit gemessener Höflichkeit in deutscher Sprache, und sie antwortete ihm kühl. In ihrem plumpen Kleid ging sie zum Tisch und legte das Besteck auf das weiße Tuch. Sie könnte einen Pflug wie ein Mann führen, dachte Franz verächtlich, und er sah ihre Hände und fand sie scheußlich. Große Frauen waren ihm unsympathisch. Das war kein zierliches, kokettes Frauenzimmer, das war eine derbe, gesunde Landpomeranze. Er schaute abschätzig auf ihre breiten Schultern, aber die schlanke, geschmeidige Taille gefiel ihm.

Emmi hatte das Mädchen und den jungen Mann aufmerksam beobachtet. Sie sah Irmgards Gleichgültigkeit und sah die feindselige Geringschätzung ihres Sohnes. Das erzürnte und enttäuschte sie. In den wesentlichen Eigenschaften war sie ihrem Sohn so ähnlich, daß sie seine Gedanken und Gefühle fast immer erriet.

»Wir müssen Irmgard in diesem komischen Land so glücklich wie möglich machen«, sagte sie laut und herrisch, wie es ihre Art war. Es klang wie ein Befehl.

»Selbstverständlich«, stimmte Franz höflich zu, hängte Mantel und Mütze auf den Haken und rieb sich die Hände über den roten Ritzen des rauchenden Herdes. Über die Schulter schaute er zu seinem Vater hin.

»Bist du nicht zu naß geworden, Papa?« fragte er, und seine Stimme klang ehrlich besorgt.

»Nein, mein Sohn, nicht so sehr«, antwortete Egon und lächelte zärtlich zurück. »Aber deine Schuhe sind ja tropfnaß, willst du sie nicht ausziehen?«

Franz warf einen gleichmütigen Blick auf die Stiefel. »Nicht nötig«, meinte er. Er setzte sich an den Tisch und schaute vergnügt auf die Schüssel, brach sich einen breiten Ranken Brot ab und strich tüchtig Butter drauf. Seine innere Heiterkeit hatte ihn wieder.

»Ich glaube, es wird bald gestreikt werden«, sagte er schmunzelnd.

Emmi stand mit einer Schüssel vor ihm und erschrak: »Gestreikt? Warum soll gestreikt werden, Franz?«

Er zuckte die Schultern: »Das Geschäft geht miserabel. Wir mußten heute drei Hochöfen löschen. Ein paar Aufträge sind zurückgezogen worden, hat mir der Direktor erzählt. Es hat einen Riesenkrach gegeben, weil die letzten Lieferungen porös waren. Bei der Herstellung unserer Gußstücke muß etwas nicht stimmen. Der Mann, der fehlerfreien Stahl zustande bringt, kann steinreich werden. Jetzt haben wir einen ganzen Haufen Lieferungen zurückbekommen; äußerlich schauen die Gußstücke ordentlich aus, aber innen sind sie voll Luftblasen, brüchig und wertlos. So was kommt immer einmal vor. Aber jetzt haben wir das Pech, daß die ganze letzte Produktion verdorben ist. Das ist ein sehr harter Schlag für das Werk. Bis jetzt hat sich der Ausschuß immer in erträglichen Grenzen gehalten. Nun gerät unser Ruf ins Wanken. Die Folgen sind eben Entlassungen und — für die Arbeiter, die bleiben — geringere Löhne.«

»Wirst du auch entlassen werden, Franz?« fragte Emmi unruhig.

Er lächelte und zwinkerte ihr zu: »Jetzt zumindest nicht, Mama. Du brauchst deine Sparbücher noch nicht anzugreifen.«

Sie lief vor Ärger und Verlegenheit rot an; er hatte ihren wunden Punkt getroffen.

Aber bevor sie etwas erwidern konnte, sagte Egon bedrückt: »Ich wußte schon vor ein paar Tagen davon. Aber nicht, daß es so schlimm steht.«

»Es steht sehr schlimm«, sagte Franz unbewegt.

»Das scheint dich ja wenig zu berühren!« rief Emmi aufgebracht. »Die Zeiten sind schlecht. Was tust du, wenn du entlassen wirst, Franz?«

Er lächelte wieder: »Ich hab' dir schon gesagt, Mama, daß momentan keine Gefahr besteht.«

Da diese wichtige persönliche Frage erledigt war, konnte Emmi auf allgemeine Dinge übergehen. »Heute früh hab' ich die Arbeiter vor den Toren des Werks gesehen«, sagte sie finster. »Man hat sie ausgesperrt. Es war entsetzlich. Ihre Gesichter ...«

»Verhungern ist sehr wenig amüsant, das gebe ich zu«, bestätigte Franz mit vollem Mund.

»Hast du denn kein Herz?« rief Emmi leidenschaftlich. Irmgard, die sich mit dem Abwaschen zu schaffen machte, hob den Kopf. Aus dem Ton ihrer Tante und dem unbekümmerten Lachen ihres Vetters hörte sie einen tiefsitzenden Gegensatz zwischen Mutter und Sohn heraus. Die Worte waren wie Funken, die aus einem versteckt glosenden Feuer sprühten.

Franz musterte seine Mutter mit nachsichtiger Geduld: »Sag, Mutter, müssen wir immer um die gleichen Dinge streiten?«

Emmi ließ die Schüssel, die sie in der Hand hielt, fast auf den Boden fallen. Sie rang nach Luft, sie suchte nach einer Antwort.

Aber Franz lächelte seiner Kusine über die Schulter zu. »Eine alte Geschichte zwischen Mutter und mir«, sagte er und schloß sie damit ins Gespräch ein.

Irmgard hatte den Kuchen auf der Anrichte aufgeschnitten. Nun schaute sie Franz ruhig an. Das Gaslicht schien in ihre Augen, und er war betroffen von dem grünen, klaren Glanz, von der verstehenden Tiefe. So benommen war er von dieser eigenartigen Schönheit, daß er den Ausbruch seiner Mutter kaum hörte.

»Dir ist das gleichgültig, Franz! Und wenn die andern verhungern, dann kümmert's dich nicht. Immer denkst du nur an dich, an dich! Sonst existiert nichts für dich. Die Gesichter der Arbeiter dort vor der Fabrik ... Und ihre Frauen, ihre Kinder! Ein Unrecht, ein himmelschreiendes Unrecht! In einem so reichen Land, das im Geld wühlt, darf es keinen Hunger, keine Angst, keine Arbeitslosigkeit geben! Die Eigensucht der Verantwortlichen ...«

»Ich bin nicht verantwortlich«, sagte Franz unbeteiligt. Aber seine Lider zuckten, obwohl er sich fest in Gewalt hatte. Er schaute wieder zu Irmgard hin, um ihre Augen zu sehen. Aber sie blieben gesenkt, während sie die Teller wusch. »Was kann ich tun, Mutter?«

Emmis Nasenflügel blähten sich, sie rang nach Luft. Egon strich beschwichtigend über ihren Arm, sie beachtete es nicht.

»Was kann ich tun?« wiederholte sie wütend. »Das ist deine Einstellung — was kann ich tun? So gleichgültig, so egoistisch, so indolent, so gemein! Und die Männer, die für dieses Elend verantwortlich sind, die stecken genauso den Kopf in den Sand. Das muß anders werden!«

»Soll ich mittels Telepathie auf sie einwirken?« fragte Franz in aufreizendem Ton. Er hatte schon so oft mit seiner Mutter über dieses Thema gestritten. »Ich glaube nicht an Gedankenübertragung, Mutter. Ich bin nur ein einfacher Vorarbeiter. Ich bin anständig zu meinen Männern, wenn sie anständig zu mir sind. Ich leiste meine tägliche Arbeit. Ich bin nichts, nichts sonst als ein Vorarbeiter im Werk. Die Entscheidungen kommen von anderer Seite. Ich bekomme meinen Lohn, und ich tue meine Pflicht. Darüber hinaus hat mich nichts zu kümmern, alles andere geht mich nichts an und darf mich nichts angehen.«

Selbst im Zorn mußte Emmi die Logik dieser Argumente anerkennen, aber da sie das wußte und nichts entgegnen konnte, geriet sie noch mehr in Empörung.

»Siehst du, Irmgard, das ist Amerika! Da verhungern die Armen mitten unter den Reichen, da gehen Kinder elend mitten im Luxus zugrunde! Wenn ein Arbeiter einen Unfall hat oder krank wird, wirft man ihn hinaus, dann kann er verrecken oder betteln gehen. Du hast Amerika noch nicht kennengelernt, Irmgard! Aber du wirst es schon noch kennenlernen, und dann wirst du es hassen wie ich!«

Irmgard begriff, daß es die Ansichten ihres Sohnes waren, die Emmi so kränkten und empörten. Hier lag die Wurzel der Gegnerschaft zwischen Mutter und Sohn, und tiefer als die Wurzel saß Emmis kompromißloser Gerechtigkeitssinn, ihr Idealismus, dem sie soviel Opfer gebracht hatte. Die Ansichten ihres Sohnes vergifteten ihr Herz. Das Mädchen empfand Mitgefühl mit der Tante, aber sie äußerte sich nicht.

Und dieses Schweigen begann Franz zu reizen. Er hatte erwartet, daß seine Kusine ungebildet und primitiv war; sie hatte ja den kleinen Bauernhof geführt, während ihr Vater sein revolutionäres Feuer im Dienst an den Dorfkindern zu Grabe trug. Ihr Schweigen konnte Dummheit bedeuten, aber Franz ahnte mit seinem Scharfsinn, daß es doch nicht Dummheit war. Sein Interesse erwachte. Er trank den heißen Kaffee, aber er beobachtete Irmgard genau; ihr Profil und ihre schlanke Taille gefielen ihm immer besser. Nun erst fiel ihm auf, daß sie schön war, und er wartete ungeduldig darauf, von diesen klaren, leuchtenden Augen beachtet zu werden.

»Freia«, sagte er laut. Niemand hörte ihn. Seine Mutter verfiel in eine wahre Schimpforgie, und Egon saß stumm und unglücklich über seine Tasse gebeugt. Sein Zwicker war beschlagen, sein schmaler, feiner Kopf war wie in einen kummervollen Trancezustand versunken. Er wußte, daß es nutzlos war, sich in die Auseinandersetzungen zwischen Mutter und Sohn einzumischen oder gar vermitteln zu wollen. Die Stimmung in der Küche verursachte ihm geradezu körperliches Unbehagen. Franz fragte sich, ob Irmgard ihn gehört hatte, und schaute sie forschend an. Nun, sie kann kaum wissen, was das alles bedeutete, dachte er und war leise enttäuscht. Ihre Schulbildung war vermutlich mangelhaft, falls sie nicht ihr Vater, der immerhin Lehrer war, in seiner Freizeit dann und wann unterrichtet hatte.

»Für die Armen in Amerika gibt es keine Hoffnung!« rief Emmi und rang die Hände. Ihre Augen flackerten. »Der elendste Bauer in Deutschland ist glücklicher als der Arbeiter hier. Es ist eine Illusion, eine Lüge, daß es in Amerika Freiheit, Glück und ein sorgenloses Leben gibt. Das gibt's nur für die Reichen!«

Franz sah sie ruhig an: »Das war immer und überall so in der Welt, Mutter, wie oft hab' ich dir das schon gesagt. Aber du lebst in den Wolken und in Träumen. Was erwartest du von Amerika?«

»Ich erwarte, daß es einige seiner Lügen eingesteht!«

Franz zuckte die Achseln: »Welche Nation hat das je getan? Wir müssen die Dinge so nehmen, wie sie sind. Die Unfähigen und die Schwachen gehen eben zugrunde. Ich habe mich nicht übel gehalten. Ich werde noch weiterkommen, glaub mir, denn ich bin stark. Denkst du, daß Amerika ein Asyl für gescheiterte Existenzen, für Debile, für Unnütze und Faulpelze sein soll? Warum? Ist es eine Wohlfahrtseinrichtung, ein Hospital, ein Hafen, eine gottgefällige Zufluchtsstätte? Selbst Amerika muß sich sein Menschenmaterial auswählen, und alles das, was schwach und brüchig ist, muß vernichtet werden. Das ist ein Naturgesetz, selbst die Träumer in Amerika müssen sich diesem Gesetz beugen. Ich bin ein Vorarbeiter in den Stahlwerken. Eines Tages werde ich mehr. Ich war der Einwanderer, der kaum Englisch verstanden hat, trotzdem bin ich weitergekommen, weiter als so manche geborene Amerikaner und andere Einwanderer. Was ich geleistet habe, müssen andere auch leisten. Wenn sie es nicht vermögen — bitter für sie —, dann müssen sie eben mit den Knochen und den Brotkrumen vorliebnehmen, die man ihnen hinwirft. Amerika steht nicht still, es entwickelt sich, alles ist in Fluß. Die Starken werden nach oben gelangen, die Schwächlinge bilden den Bodensatz. Ich habe dieses Gesetz nicht geschaffen. Es besteht, seit der erste atmende Mensch auf dieser Erde lebt.«

»Du bist aufgestiegen, weil du skrupellos bist!« rief Emmi.

Franz zuckte wieder die Schultern. »Skrupellos! Träumer nennen die Starken immer skrupellos. Es ist ihr Lieblingswort für den Überlebens- und Machtwillen.« Er lachte auf. »Wenn es die ›Skrupellosen‹ nicht gäbe, dann hätten die Schwächlinge nicht einmal das zu essen, was sie jetzt bekommen. Wir bauen die Mauern, die sie beschützen, und stellen das Brot her, das sie nährt. Nicht alle Menschen sind mit den gleichen Fähigkeiten geboren. Es ist nicht meine Schuld, daß ich von Natur kräftiger bin als viele andere und daß die Mehrheit der Menschen schwach und unfähig ist. Ich lebe nach den Gesetzen, die schon vor meiner Geburt erlassen wurden!«

»Hast du jemals etwas von Barmherzigkeit gehört?« fragte Emmi mit erstickter Stimme.

»Barmherzigkeit«, wiederholte Franz so langsam, so nachdenklich, als hätte er dieses seltsame Wort noch nie gehört. »Was hat Barmherzigkeit mit dem Gesetz zu tun?«

Er stieß seinen Stuhl zurück und lächelte seine Mutter freundlich an. In ihren Augen standen Tränen. »Sollten wir nicht heute im Salon einheizen, Mutter — Irmgard zu Ehren?«

Er erhob sich und ging hinaus, knapp an Irmgard vorbei. Er zögerte. Es schien ihm, als ziehe ein starker und unwiderstehlicher Strom von ihrem Körper zu dem seinen, obwohl sie mit dem Rücken gegen ihn stand. Er sah das feine goldene Haar in ihrem Nacken und die lebendige Weiße ihres Fleisches. Dann ging er, vor sich hin summend, hinaus.

Egon legte zärtlich die Hand auf den Arm seiner Frau: »Emmi, kränk dich doch nicht so! Franz will dich nur ärgern. Warum könnt ihr zwei euch niemals vertragen?«

Sie machte eine Bewegung, als wollte sie Egons Hand abschütteln. Als sie aber auf seine guten, müden Züge hinabsah, zuckte es in ihrem Gesicht. Sie setzte sich auf den Stuhl ihres Sohnes und sagte schroff zu ihrer Nichte: »Irmgard, wir müssen nun endlich essen.« Ihre Pulse flogen, die Wangen waren noch rot vor Zorn. Sie sah gebrochen und verzweifelt aus.

Irmgard setzte sich neben Egon. Ihre Ruhe wirkte aufreizend auf Emmi, die bitter fragte: »Was denkst du über meinen Sohn?«

Irmgard hob die Augen und lächelte, aber sie sah nicht Emmi, sondern Egon an, der, von soviel Schönheit betroffen, zurücklächelte.

»Er kann recht unangenehm sein«, sagte sie. Ihr Gesicht blieb dabei heiter.

IX

Im »Salon« war es kalt, finster und dumpf. Franz machte das Feuer an und entzündete die Gasflammen. Sein Vater trat zögernd ein. Er liebte das Zimmer mit den schmalen, dunklen Fensterschlitzen und den dicken kalten Mauern nicht, er zog die Küche vor. Noch trug er seinen guten Rock, seine nett gebundene Krawatte und den Zwicker am schwarzen Band und sah mit seiner schmalen, leicht gebeugten Gestalt wie ein ältlicher Schüler aus. Er setzte sich schüchtern so nah wie möglich zum Ofen und rieb fröstelnd seine Hände.

»Es wird bald warm werden, Vater«, sagte Franz, der, die Hände in den Taschen, rastlos im Zimmer auf und ab ging. Er paßte nicht in diesen Raum mit seinem mächtigen Körper, den starken Gliedern, dem hellen Haar und dem breiten, brutalen Gesicht. Für Egon war sein Sohn ein Fremder, obwohl er ihn aufrichtig liebte. Wenn Emmi von abstrakten Dingen und von Problemen sprach, dann war sie hart und aggressiv, sie gebrauchte ihr Wissen wie einen Knüppel. Dann spielte Franz den Dummen und Verständnislosen, einzig und allein, um sie zu ärgern und in Rage zu versetzen. Aber vor seinem Vater verstellte er sich nie. Er hörte ihm voll Interesse zu und antwortete überlegt und klug. Das war es, was die zwei verband. Aber trotzdem waren sie einander fremd, der liebenswerte, sanfte alte Student und der starke, rücksichtslose Sohn, der mitten im Leben stand.

Egon floh aus dieser schmerzvollen Welt in seine Träume. Seine Träume waren immer schön, voll von den grünen Bäumen und den friedlichen Hügeln seiner Erinnerung. Sie waren seine Wirklichkeit und gegenwärtiger als die Unwirklichkeit dieses gräßlichen Amerika, mit seinem Lärm, seinem Ruß und Geschrei, seinen klirrenden

Gliedern, dem Schütteln seines riesigen stählernen Haupts. Obwohl er seit vierzehn Jahren hier lebte, war Amerika niemals etwas anderes als ein quälender Alptraum für Egon gewesen. Er fühlte, daß sein Körper zusammengeschrumpft wie eine kümmerliche Wurzel war, die man in einen Aschenhaufen gepflanzt hatte. Seiner Frau wegen bemühte er sich durchzuhalten, aber es war das Durchhalten eines Menschen, der zeitweise in Agonie lag. Sein wirkliches Leben war in den Träumen, in denen er die Menschen, die er einst gekannt hatte, unter einem friedlichen Himmel sah und wo von fernen stillen Hügeln das Läuten der Kuhglocken tönte. Sogar die Männer in seinem Büro waren nur Schatten in einem dunklen Traum.

Franz hörte den Vater seufzen. Aber das war er gewöhnt, obwohl es ihn immer schmerzlich berührte. Er war völlig anders als sein Vater, trotzdem kannte er dessen Gedanken.

Emmi war noch nicht hereingekommen. Sie hatte in der Küche zu tun, wobei ihr Irmgard half.

Egon schaute seinerseits zur Tür und murmelte: »Franz, du solltest deine Mutter nicht immer ärgern. Sie hat es schwer genug. Aber du quälst sie bei jeder Gelegenheit. Das ist nicht richtig, und das ist nicht gut.«

Franz lachte kurz auf. »Mutter und ich haben einander nichts vorzuwerfen«, meinte er leichthin. Auch er schaute zur Tür und runzelte ungeduldig die Stirn.

Egon seufzte wieder: »War es ein anstrengender Tag heute im Werk, mein Sohn?«

Franz hob die Brauen. »Heute waren wir langsam. Sehr langsam. Wir sind in den letzten Tagen immer langsamer geworden. Wenn nichts geschieht, dann können wir bald zusperren. Es geht ständig zurück. Du weißt es ja selbst, Vater.«

»Ja, ich weiß.«

Franz blieb vor dem Ofen stehen, und sein Gesicht verdunkelte sich. »Ich sollte gehen. Es hat keinen Sinn, auf einem sinkenden Schiff zu bleiben. Trotzdem: ich ginge nicht gern. All meine Zukunftspläne hängen mit diesem Werk zusammen.«

Egon sah ihn freundlich-überrascht an: »Deine Pläne? Was für Pläne?«

Franz hob die Schultern. »Was weiß ich?! Irgend etwas hält mich dort fest.«

»Vielleicht der Anstand, die Liebe zu deiner Tätigkeit?« Egon war etwas erstaunt, daß diese Tugenden für seinen Sohn existierten.

Aber Franz brach in lautes Lachen aus. Er schaute seinen Vater nachsichtig wie ein Kind an: »Anstand! Treue! Wozu? Treue zu einem alten, fetten Kerl, der vor Reichtum aus den Nähten platzt? Nur aus Treue zu mir selbst. In diesem Werk steckt was für mich drin. Es gibt noch andere Stahlwerke. Einmal hab' ich sogar daran gedacht, nach Windsor zu gehen und bei der Sessions-Stahl-Compagnie Arbeit zu suchen. Aber für einen Mann mit Zukunft, wie ich es bin, ist es besser, in einem sterbenden Betrieb zu arbeiten. Das klingt sehr unvernünftig, aber wenn ich das Werk rette, gehört es mir.«

Obwohl Egon weltfremd war, mußte er unwillkürlich lächeln. Er sah seinen Sohn liebevoll an, der trotz seiner strotzenden Männlichkeit und Kraft ein solches Kind sein konnte. »Aber, Franz, du bist nur Vorarbeiter in den Werken. Wie könnten sie jemals dir gehören?«

Franz schwieg. Ein harter Zug lag plötzlich auf seinem Gesicht. Dann summte er vor sich hin, öffnete die Ofentür und rüttelte energisch am Rost.

Schließlich sagte er: »Schmidt weiß, daß es bergab geht. Er kommt selten ins Werk, aber heute war er da, und der Direktor blieb wie ein Hund an seinen Fersen. Er hat mit den Füßen gestampft und wie ein kurzes, dickes Schwein gegrunzt, er hat gebrüllt und geflucht.« Wieder lachte er kurz auf. »Die beiden sind zum Hochofen gekommen, an dem meine Leute arbeiten, und der Direktor hat etwas zu Schmidt gesagt. Er hat mich angeschaut, ›Heißen Sie Franz? Franz — und was weiter?‹ Wenn er geglaubt hat, daß er mich mit seinem Glotzen einschüchtern kann, dann hat er sich getäuscht. Ich hab' ihm meinen Namen gesagt. Sein Deutsch ist sehr schlecht, klar, er kommt ja vom Land, er stammt aus Bayern. Er scheint irgendwie mißtrauisch gewesen zu sein, denn er hat sich auf die Zehenspitzen gestellt und mich weiter ausgefragt. Wo ich geboren bin? Was meine Eltern sind? Wie lange ich schon in Amerika lebe? Mit Absicht habe ich in sehr gewählter Form geantwortet, damit er merkt, daß ich kein Bauer bin wie er.«

»Ich hoffe, du warst nicht respektlos«, sagte Egon besorgt. »Du bist immer so keck.«

Franz lächelte. »Man darf einem Bauer nicht unterwürfig kommen, dann bildet er sich noch mehr ein. Ich war respektvoll zu ihm, weil er mein Brotherr ist, aber ich hab' ihn spüren lassen, daß ich aus einer höheren Klasse stamme als er. Zeitweise hat er mich kaum verstanden. Sein Wortschatz im Englischen ist größer als im Deutschen, denn da redet er Dialekt.«

»Hast du ihn verärgert, Franz?« Egon war nun richtig erschrokken.

»Nein, im Gegenteil. Er scheint sehr zufrieden gewesen zu sein. Du hättest den Direktor sehen sollen, diesen sächsischen Schweinehund! Der hat das Maul aufgesperrt wie ein Fisch auf dem Land. Er war durch die Leutseligkeit seines Herrn und Meisters wie vor den Kopf gestoßen. Und meine Männer, die waren wie gelähmt. Wenn Schmidt spricht, dann versinkt das ganze Werk in ehrfürchtigem Schweigen.«

»Ich finde, das war sehr nett von ihm, daß er zu den Arbeitern gekommen ist und mit dir geredet hat«, murmelte Egon unsicher. Er war überzeugt, daß Franz den mächtigen Schmidt gereizt hatte. Zum Unterschied von seinem Sohn war ihm die Angst vor dem Chef angeboren. Er konnte kaum glauben, daß der allgewaltige Werksbesitzer vor einem kleinen Arbeiter stehengeblieben war, einfach, um mit ihm zu plaudern. Die Sache wurde ihm richtig unheimlich. Er schluckte. »Ich hoffe, du warst nicht respektlos«, wiederholte er geradezu trostlos. Große Männer nehmen für gewöhnlich die Existenz ihrer kleinen Untergebenen gar nicht zur Kenntnis. »Ich verstehe es nicht«, sagte er laut und hilflos. »Warum wollte er mit dir sprechen, Franz? Das ist nicht natürlich.«

»Vielleicht war er von meiner Schönheit beeindruckt«, entgegnete Franz lachend.

Die Tür öffnete sich, und Franz hob schnell den Kopf. Aber nur Emmi trat ein und nahm die Schürze ab. Ihr Gesicht war noch immer abweisend und grimmig, doch sie sagte nur, daß Irmgard darauf bestanden habe, die Küche allein fertigzumachen. Dann aber wendete sie sich an Franz: »Du bist wahrscheinlich sehr stolz darauf, daß du deiner Kusine vorgeführt hast, wie unmöglich du deine Mutter behandeln kannst?«

Egon seufzte tief. Niemals würde er sich an das Zanken zwischen Mutter und Sohn gewöhnen. »Emmi, Emmi!« murmelte er flehend.

Aber Franz war bester Laune. »Ich habe dich nicht unmöglich behandelt. Setz dich hierher, Mutter, das ist der einzige warme Fleck in diesem Eiskeller.«

Emmi setzte sich steif und gerade auf einen Sessel am anderen Ende des Raums. »Ich schäme mich für dich«, sagte sie bitter.

»Das ist nichts Neues, Mutter«, erwiderte Franz vergnügt. Er wußte, warum seine Mutter Irmgard hergeholt hatte, und das amüsierte ihn. Er grinste. »Du hast doch hoffentlich nichts unternommen, um Irmgard zu überzeugen, daß ich ein wünschenswerter Gatte wäre — oder?«

Emmi lief rot an. »Nein, warum sollte ich? Sie ist viel zu gut für dich!« rief sie wütend.

Franz blickte wieder zur Tür. Dann sagte er in verändertem Ton: »Aber was wollen wir mit ihr anfangen? Du brauchst keine Hilfe im Haushalt; sie wird sich wohl eine Stellung suchen müssen.«

»Ah, du fürchtest, sie könnte uns zur Last fallen?«

Aber Franz blieb kühl. »Ja, natürlich. Schließlich müssen wir unser Geld einteilen.«

»Immer nur Geld, Geld! Was anderes gibt es nicht für dich!« rief Emmi ärgerlich.

»Wie für dich, liebe Mutter«, sagte Franz nachdrücklich. »Läufst du nicht auch jedem Cent nach?«

»Franz, wirklich, so spricht man nicht mit seiner Mutter!« fiel Egon beschwörend ein.

Nun richtete sich Emmis Ärger gegen ihren Mann: »Und daran bist nur du schuld mit deiner ewigen Nachgiebigkeit! Wenn er als Kind eine Tracht Prügel verdient hatte, dann durfte ich sie ihm nicht geben! Immer hast du ihn verwöhnt! Jetzt siehst du, was aus ihm geworden ist!«

»Ich ertrage keine Roheit«, sagte Egon sehr leise. »Das weißt du doch. Ich verabscheue jede Gewalt.«

»Vergiß nicht, Vater, daß Mutter vom preußischen Autoritätsgedanken besessen ist!« meinte Franz lächelnd.

Franz wußte, wie sehr solche Bemerkungen Emmi in Harnisch brachten und daß sie meistens einen Wortschwall unzusammenhängender Schmähungen zur Folge hatten. Aber er wußte nicht, daß seine Mutter am Ende ihrer Nervenkraft war, er war nicht darauf gefaßt, daß sie mit einem wütenden Schrei aufspringen und ihm einen heftigen Schlag auf den Mund versetzen würde. Es war ganz instinktiv geschehen, und ebenso instinktiv war seine Reaktion: Er packte sie bei der Hand und hielt sie von sich ab. Sie war fast so groß wie er, und Mutter und Sohn, die einander so ähnlich sahen, standen wutverzerrt, wortlos, mit verkrampften Händen da. Zwei Gestalten, die mitten in rasender Bewegung zu Stein erstarrt waren. Ein Tropfen Blut erschien auf der Unterlippe des Mannes.

Egon war so entsetzt, so unglücklich, daß er beim Aufstehen taumelte. Er mußte sich an der Lehne festhalten. »Lieber Gott«, murmelte er verzweifelt.

Nach einer langen, schrecklichen Stille stieß Franz die Hand seiner Mutter weg. »Tu das nie wieder«, sagte er fast unhörbar und sehr langsam. »Nie wieder!«

Egon rang die Hände und war den Tränen nahe. Emmi war zurückgesunken, aber ihre Blicke ließen den Sohn nicht los. In diesem Augenblick, das fühlten sie beide, war etwas zwischen ihnen geschehen, was niemals mehr heilen konnte, was niemals auszumerzen war, nicht einmal durch den Tod.

»Das darf nicht wieder vorkommen«, flüsterte Egon.

In der Küche war es still geworden. Ob Irmgard gehört hatte, was hier vorgegangen war? Franz vermutete es. Als die Kusine wenig später eintrat, sah er sie forschend an. Wenn sie etwas gehört hatte, so zeigte sie es nicht. Ihr Gesicht, ihr Benehmen, ihre Bewegungen waren ruhig und gleichmütig.

Emmi setzte sich neben ihren Gatten, sie zitterte, als ob sie Fieber hätte, ihr Gesicht war totenblaß, aber sie beherrschte sich mit eiserner Kraft.

»Komm herein, Kind«, sagte sie tonlos. »Es wird bald warm im Zimmer sein.«

Irmgard trat näher, und Franz vergaß seine Mutter. Freia, dachte er wieder, fasziniert von Irmgards in sich ruhender Schönheit. Der schmale, sargähnliche Raum mit seinen schwerfälligen Möbeln löste sich wie durch Zauberhand auf, als ob er sich seiner Häßlichkeit und Gewöhnlichkeit schäme. Ja, dachte Franz, nicht nur ihre physische Schönheit bewirkt das. Sie strahlt Würde aus und die Kraft uneinnehmbarer Berge und Festungen, die Kraft weiter, unberührter Landschaften.

Sie warf Franz einen unpersönlichen Blick zu — ob sie doch etwas gehört hatte? Wie ein von Meisterhand gemaltes Bild sieht sie aus, dachte er, während sie sich lächelnd neben Egon setzte.

»Kann ich noch etwas tun?« fragte sie.

»Nein, Liebes.«

Emmis harte Stimme zitterte, sie legte ihre rauhe Hand einen Augenblick auf die Hände des Mädchens. Egon lächelte schüchtern zurück, obwohl er den Schock noch nicht überwunden hatte. Das Mädchen schien nichts von der Spannung zu merken, die über dem Zimmer lag. Ihr Gesicht war ruhig und klar.

Franz trat näher zu ihr hin und fragte: »Und was wirst du in Amerika machen, Kusine? Was hast du für Absichten?«

Der Blick ihrer Augen blieb unpersönlich, als sie antwortete: »Selbstverständlich werde ich arbeiten. Deshalb bin ich hergekommen; schon morgen sehe ich mich um einen geeigneten Posten um.«

Franz biß sich auf die Lippen. Hatte sie ihr Gespräch vorhin gehört?

»So eilig ist das nicht«, erklärte Emmi. »Ich bin den ganzen Tag allein. Du kannst mir Gesellschaft leisten.«

»Das ist sehr lieb von dir, Tante«, sagte sie herzlich. »Aber ich bin

Arbeiten gewöhnt. Ich kann nicht auf deine Kosten leben, das war niemals meine Absicht.«

Egon fiel eifrig ein: »Aber du hast doch immerzu gearbeitet, Liebling! Du mußt dich ein bißchen erholen. Wir brauchen dich, und wir lieben dich. Du bist bei uns zu Hause, das ist auch dein Heim.«

»Wenn du wünschst, daß es mein Heim ist, Onkel Egon, dann ist es mein Heim«, gab Irmgard weich zurück. »Aber das ändert nichts daran, daß ich arbeite. Ich fühle mich krank, wenn ich nichts zu tun habe.« Sie schaute auf ihre Hände. »Ich bin gewöhnt zu arbeiten«, wiederholte sie.

Die anderen schwiegen. Franz fragte sich: Denkt sie wirklich? Kann sie wirklich denken? Oder ist alles das, ihr Körper, ihre Ruhe, nur der Ausdruck von Beschränktheit, von Dummheit eines unwissenden Landmädchens. Er empfand Abwehr. Sie reizte ihn, sie beunruhigte ihn. Wieder dachte er: Eine hübsche Kuh. Er wiederholte es sich voll Haß: Eine hübsche Kuh. Als er aufschaute, bemerkte er, daß auch Irmgard ihn gerade ansah. Eine Wand erhob sich zwischen ihnen, eine Wand der Abneigung. Franz spürte es jetzt, daß auch sie ihn nicht mochte, ja daß sie ihn verachtete.

Egon war es, der die Stille brach. »Du wirst sehen, daß Amerika ganz anders als Deutschland ist«, sagte er traurig.

»Ich habe keine Ähnlichkeit erwartet. Aber ich muß leben. Ich muß mich eben anpassen, Kompromisse schließen. Ich wußte, daß alles fremd und anders sein wird. Aber was macht das aus? Es wäre Wahnsinn, sich deshalb aufzuregen.«

»Bedauerst du nicht, Deutschland verlassen zu haben?« fragte Emmi angriffslustig.

»Bedauern?« wiederholte sie langsam. »Es ist dumm, etwas zu bedauern, was notwendig ist. Es ist Zeitverschwendung.«

Die Philosophie der Bauern, dachte Franz, während er im Ofen nachlegte. Weiden sind für das Vieh immer Weiden, ob sie nun daheim oder im Ausland sind. Und ohne die Frauen weiter zu beachten, wendete er sich seinem Vater mit der Frage zu: »Sind auch im Büro Männer entlassen worden?«

»Zwei oder drei aus der Schreibstube«, antwortete Egon seufzend.

Trotz ihres Ärgers wurde Emmi sofort hellhörig. Ihre Blicke hefteten sich ängstlich auf den Gatten. »Buchhalter?« fragte sie schnell.

»Noch nicht, Emmi. Aber man kann niemals wissen, wer der nächste ist.«

Emmi erschrak. Wenn die Stahlwerke schlossen und Franz und Egon entlassen wurden, dann war alles vorbei, was ihr Leben hier erträglich machte. Die Sparbücher mußten angegriffen werden, sie konnte nichts mehr zurücklegen.

»Kann nichts geschehen, um die Werke zu retten?«

Niemand antwortete ihr. Einen Augenblick lang vergaß sie ihren Zorn. »Die Zeiten sind doch nicht so schlecht. Was ist los mit den Stahlwerken?« fragte sie ihren Sohn ungeduldig.

Er erwiderte gleichmütig, schaute dabei aber den Vater an: »Schmidt will von den neuen Erfindungen nichts wissen, er stellt seinen Stahl nach den alten Methoden her. Er versteht nichts. Was vor zwanzig Jahren gut war, meint er, muß auch heute noch gut sein. Aber vielleicht ist es nicht seine Schuld. Viele größere und modernere Stahlwerke haben die neuen Herstellungsweisen eingeführt und trotzdem die Schmelzprobleme nicht gelöst. Sogar sie müssen damit rechnen, daß ein Teil ihrer Produktion fehlerhaft und unbrauchbar ist.«

Irmgard schaute ihren Vetter wieder mit diesem seltsam geraden Blick an. Der rote Widerschein des brennenden Feuers meißelte die klaren Linien ihres Gesichts heraus.

»Interessierst du dich für die Werke? Liebst du deine Arbeit?« fragte sie.

Er lachte: »Nein, ich interessiere mich nicht in der Weise für sie, wie du es meinst, und ich liebe sie auch nicht. Aber mit dieser Arbeit habe ich begonnen, und jetzt verstehe ich etwas davon. Sie hat nur einen einzigen Wert für mich, den einzigen Lohn für Schweiß und Schinderei.«

»Und welchen?«

»Das Geld.«

Die anderen schwiegen betreten. Franz konnte in Irmgards Zügen nicht lesen, er fand nun, daß sie überhaupt nichts ausdrückten.

Emmi aber, die den Schmerz, den ihr Franz zugefügt hatte, nicht verbergen konnte, rief: »Für Franz gilt immer nur das Geld! Er kennt nichts anderes!«

»Und was gibt es in Amerika für dich außer Geld?« fragte er kalt.

Emmi war so erregt, daß sie hysterisch auflachte: »Da siehst du es, Irmgard! In Europa sind die Menschen nicht so aufs Geld versessen. Sie halten Familie, Studium, Wissen, Tradition für weit wichtiger. Der Mensch, der Geld, aber nichts anderes hat, wird verachtet ...«

»Das bildest du dir ein!« fiel ihr Franz ins Wort.

Aber sie hörte ihn nicht. Sie überstürzte sich geradezu: »In Amerika haben die Menschen keinen Rückhalt an Familie, Studium, Wissen, Leistungen und Tradition. Deshalb trösten sie sich mit dem Geld — ob sie es verdienen oder stehlen.«

Franz unterbrach sie wieder, mit einem Blick auf seine Kusine, deren Gesicht aber undurchdringlich blieb:

»Meine Mutter übertreibt maßlos. Die Amerikaner wollen das Geld nicht nur um des Geldes willen. Das Geld bedeutet Macht für sie. Sie sind keine kriegerische Nation, und deshalb gewinnen sie ihre Macht nicht aus Eroberungen. Sie knüpfen nicht an eine tote Vergangenheit an, um einer sterilen Tradition willen, und ihre Leistungen teilen sie mit uns allen. Geld ist Macht in Amerika. Ohne diese Macht sind die Dinge, die du Familie, Leistungen und Tradition nennst, überhaupt nichts wert. Vielleicht ist es falsch, so zu denken. Aber es ist eine Tatsache, und ich habe stets an die Tatsachen geglaubt und mich mit ihnen abgefunden.«

Emmi schaute ihre Nichte noch immer mit einem wilden und höhnischen Lächeln an.

»Hörst du, hier gibt's nichts anderes als diesen Kampf ums Geld. Wenn du es hast, dann lebst du. Wenn du es nicht hast, dann stirbst du. Wer kann in einer solchen Atmosphäre leben, wo das Wissen und die Würde nichts gelten, weil sie ja kein Geld machen? Und schlimmer noch als alles sind die Verhältnisse, unter denen die Amerikaner in Amerika leben. Du hast das noch nicht gesehen, Irmgard, aber ich werde dich zu unsern Nachbarn führen. Ich habe Dinge gesehen ...!«

Irmgard sah ihre Tante ernst und voll Verstehen an, aber Franz sagte verächtlich:

»Meine liebe Mutter glaubt, daß Fabriksherren zärtlich mit den Arbeitern umgehen sollen, daß sie ihnen das zahlen, was sie einen angemessenen Lohn nennt, obwohl sie selbst nicht genau weiß, was unter angemessen zu verstehen ist. Sie glaubt, daß es eine Art Versicherung gegen Arbeitslosigkeit, Krankheit und Unfall geben sollte, an einen Zustand also, wo der Chef jeden Arbeiter in Watte wickelt. Sie will nicht einsehen, daß es bei der Industrie genauso zugeht wie bei jedem freien Handel: man tauscht Ware gegen Geld. Kann der Schuster, dem wir Geld für unsere Schuhe geben, von uns verlangen, daß wir vielleicht auch seine Arztrechnung zahlen, daß wir ihn vor schlechten Zeiten absichern? Die einen verkaufen eben ihre Zeit gegen Geld, und die andern, die diese Arbeit kaufen, sind damit aller anderen Verpflichtungen ledig. Wenn ein Mensch nicht imstande ist, seine Arbeit zu verkaufen, dann ist er eben dumm. Aber nicht andere sind daran schuld. So schaut es im wirklichen Leben aus.«

Aber Emmi gab sich nicht geschlagen. »Der Mensch ist aber mehr als Ware und Handelsobjekt!« rief sie außer sich. »Es gibt da noch viele andere, unwägbare Dinge, die in Betracht gezogen werden müssen: die Haltung, Menschlichkeit, Barmherzigkeit, Gerechtigkeit und Anstand. Sind die Menschen denn Stoffballen oder Maschinen oder Waren? Das ist Barbarei, was du da denkst! Und Grausamkeit und Chaos!«

Franz verzog geringschätzig seinen Mund und drehte sich um. Er schaute Irmgard an, als wollte er sagen: »Da siehst du, wie verrückt sie ist!«

Irmgard blickte auf ihre Hände und sagte ruhig: »Ich habe das Leben immer grausam gefunden. Ich habe versucht, herauszubringen, warum es so ist, aber ich weiß es noch immer nicht.« Dann zu Franz: »Warum reißt du dich so um das Geld?«

Der grüne Schein ihrer Augen blendete ihn, er wurde wieder unsicher, und das veranlaßte ihn, noch stärker aufzutrumpfen:

»Warum? Ich hab' es schon gesagt: weil es Macht bedeutet. Und ich brauche Macht, um mich vor der Mitwelt zu schützen. Ich mache mir keine Illusionen über die Menschheit, sie ist verfault, gemein, häßlich, lasterhaft und entartet. Nur Geld kann vor dem Nächsten schützen.«

Irmgard sah Tränen in den Augen ihrer Tante, und das betrübte sie. »Mein Sohn glaubt an nichts, was ich ihn zu lehren versucht und wofür ich so viel Opfer gebracht habe«, sagte Emmi mit zitternder Stimme. »Ein Mensch, der die anderen verachtet, ist selbst ein verächtlicher Charakter.«

Irmgard zögerte mit der Antwort. Endlich sagte sie sehr ruhig: »In mancher Beziehung muß ich Franz recht geben. Die Menschen sind egoistisch und gierig, falsch und gehässig. Sie ziehen die Lüge der Wahrheit vor, die Grausamkeit der Güte. Ich habe mich oft gewundert, warum Gott diese Welt erträgt. Soviel Schlechtigkeit — und einer ist des anderen Feind. Wer hat je echte Freundschaft erlebt? Ich kenne nur Verrat und Geiz, Lüge und Heuchelei. Mein Vater sagte immer, daß die Menschen durch die Verhältnisse zwangsläufig so böse wurden, aber das glaube ich nicht. Die Menschen sind es doch selbst, die die Verhältnisse schaffen. Die Welt ist so, wie sie ist, weil die Menschen sie so und nicht anders wünschen.«

Ihr schönes Gesicht hatte sich verdunkelt, und die grünen Augen funkelten vor Zorn und Verachtung.

Emmi war so bestürzt, daß sie keine Entgegnung fand. Franz aber lachte plötzlich laut auf. Er verließ das Zimmer und ging in die Küche. Irmgard legte die Hand auf Emmis Schulter und versuchte, ihr in das abgewandte Gesicht zu schauen:

»Glaub nicht, daß ich Grausamkeit und Selbstsucht billige«, sagte sie fast drängend. »Nein, wirklich nicht. Aber wer kann die Dinge schon ändern. So sind sie eben. Wir können gar nichts dagegen tun.«

Emmi schaute starr zur Seite, als ob sie von dem Mädchen, von dem sie sich soviel erwartet hatte, nichts mehr wissen wollte.

Irmgard schaute hilfesuchend zu Egon: »Onkel, was denkst du darüber?«

Der alte Mann hob die trüben, matten Augen. Er sagte: »Ich habe ein langes Leben hinter mir, Liebling, aber heute noch finde ich die Welt unerträglich.«

Eine Weile später kam Franz mit einem Krug Bier und ein paar Gläsern herein. Er schenkte das schäumende Getränk ein und bot es an. Egon nahm ein Glas, Emmi, die Bier sonst gern mochte, lehnte es mit einer Kopfbewegung ab. Irmgard griff nach einem Glas und hielt es vor sich hin, als wüßte sie nichts davon.

Franz tat einen tüchtigen Schluck. Er stand neben dem Ofen, groß, breit, mit einem spöttischen Lächeln und blickte auf Irmgard. Dann hob er das Glas. »Auf unser Amerika!«

Emmi saß da, ein Bild des Jammers, die geraden Schultern gebeugt, das Haupt auf die magere Brust gesunken.

X

Franz war allein geblieben und rauchte seine letzte Pfeife. Seine Eltern waren zu Bett gegangen, Irmgard hatte sich in ihr Zimmer zurückgezogen. Das Feuer gloste nur mehr, es begann kalt zu werden. Bevor Emmi sich zurückgezogen hatte, hatte sie vorsorglich alle Gasflammen bis auf eine einzige gelöscht; der Raum war nur notdürftig beleuchtet, schwankende Schatten liefen über die Wand. Es regnete nicht mehr, aber der Wind rüttelte an den Fenstern. Franz war in der Stille der schlafenden Wohnung, der schlafenden Straße eingeschlossen. Selbst wenn ein Zug hinter den Gebäuden wie ein einsamer Wolf aufheulte, dann schien sich der Ton eher in der Stille aufzulösen, als in sie einzudringen.

Franz stützte seine Füße auf die vorspringende Kante des Ofens und schob seinen Stuhl zurück. Er blickte gedankenvoll in das Zimmer, dessen ungemütliche Häßlichkeit er verabscheute. Die riesigen Roßhaarpolsterstühle schimmerten im Dunkeln; das Goethe-Porträt an der Wand bildete einen matten Fleck. Er rieb seine kalten Füße an dem Ofen, aber sie wurden nicht warm. Die Gasflamme zischte. Irgendwo schrie ein Kind auf, dann wurde es wieder stille.

Als Franz auf seine Uhr sah, stellte er fest, daß Mitternacht vorüber war. Aber er war nicht schläfrig. Oft saß er allein des Nachts im Zimmer, die Pfeife im Mund, ein Glas Bier neben sich. Tausend Gedanken gingen ihm durch den Kopf, während er auf seinem Stuhl wippte. Seine eigene Gesellschaft war ihm die liebste, und eine seiner charakteristischsten Eigenschaften war sein unendlicher Drang nach Einsamkeit. Er erinnerte sich an ein Wort Heines, daß jeder Deutsche den Geist eines Philosophen und die Seele eines Soldaten habe. Er wußte, daß er kein Philosoph war, er konnte folglich auch kein Soldat sein. Trotzdem war er ein Einzelgänger. Er war eher beschaulich als philosophisch, er vergeudete seine Zeit nicht mit abstrakten Grübeleien, sondern beschäftigte sich mit Fakten und allen ihren Verzweigungen. Manchmal, wenn er allein war, versenkte er sich in die Lektüre. Er schätzte Nietzsche, obwohl er über dessen verkrampften und aussichtslosen Willen zur Macht lachen mußte. Schon seit langem hatte er erkannt, daß die leidenschaftlichsten Verehrer der Macht Eunuchen waren. Er wollte Macht für sich selbst, er vergötterte sie nicht als Abstraktum, wie Nietzsche sie vergöttert hatte. Für ihn war sie eine Sache, die ihn persönlich betraf, für Nietzsche bedeutete sie Anbetung des Übermenschen. Franz wußte, daß es keine Übermenschen gab. Es gab nur Menschen, die nach persönlicher Macht strebten und auch fähig waren, sie zu erringen, und andere, die mit allen Mitteln darum kämpften, aber niemals ihr Ziel erreichten. Der Wunsch nach Macht war jedem Mann angeboren, aber nur wenige gab es, die sie auch gewannen. Die übrigen schwärmten nur von ihr.

Er stand auf und nahm einen kostbaren Band mit Schillers Gedichten vom Tisch, zündete eine zweite Gasflamme an und blätterte in den Seiten. Er hatte viel für Gedichte übrig, es war wie ein Blick in eine fantastische Welt, wo Wünsche geboren wurden, um in die Welt der Wirklichkeit projiziert zu werden. Der Leib des Unwirklichen gebar das Wirkliche. Aber heute hatte Franz nicht die rechte Stimmung, um sich in Schiller zu versenken. Er war unruhig, seine Nerven vibrierten. Dann hob er den Kopf und lauschte. Seine Augen schauten zu Irmgards Tür und er legte das Buch zur Seite.

Flüchtig dachte er auch an seine Mutter. Er war ihr zugetan, obwohl sie ihn langweilte und belustigte. Er wußte, was sie von ihm erwartete, aber er konnte ihre Erwartungen nicht erfüllen, und seit der Kindheit hatte er ihre starke Hand auf sich lasten gefühlt. Er begriff die Welt instinktiv und fand die Ideen seiner Mutter überspannt. So hatte er sich angewöhnt, sie zu reizen. Er gestand sich nicht ein, daß der Spaß, den ihm das machte, seiner angeborenen

Grausamkeit entsprang. Hätte er es gewußt, wäre er nicht betrübt gewesen, im Gegenteil, es hätte seine Verachtung gegenüber den Menschen gestärkt.

Trotzdem bedauerte er die peinliche Szene mit ihr, denn noch war der angeborene Respekt jedes Deutschen vor seinen Eltern in ihm wach. Aber, dachte er, sie ist so verblendet, so unvernünftig. Wer davon träumt, alle Menschen aus ihrem natürlichen Rahmen, aus ihren Gegebenheiten reißen zu können, ist verrückt. Jesus hat es versucht und war dafür gekreuzigt worden. Hunderte andere Lehrer und Philosophen hatten es versucht. Das Beste, was ihnen von ihren Mitmenschen zuteil werden konnte, war Vergessenheit.

Er schob den Gedanken an Emmi von sich und blickte wieder zu Irmgards verschlossener Tür. Er durchschaute das Mädchen nicht, und das ärgerte ihn. Nicht zu sehr, aber immerhin. Die innere Ruhe, die sie zur Schau trug, war nicht normal bei einem so jungen Geschöpf. Er ließ niemals etwas an sich herankommen, was ihm Rätsel aufgab oder ihn störte. Die Tatsache, daß Irmgard das gelungen war, verstärkte noch die Abneigung, die er von Anfang an gegen sie empfunden hatte.

Er kratzte sich den Kopf und gähnte. Das Gähnen war beabsichtigt, um die Gedanken von Irmgard abzulenken. Aber er brachte ihr helles Haar, ihr blasses Gesicht mit den smaragdgrünen Augen nicht aus dem Sinn. Seine Mutter hätte ihn gern mit Irmgard verheiratet, ihre Andeutungen waren nicht gerade diskret gewesen. Und ebenso hatte sie sichtlich gehofft, daß ihre Nichte von den sozialen Ideen ihres Vaters angesteckt war und etwas davon mitbrachte. Anders gesagt, Emmi hatte Verstärkung gesucht. Ihre deutsche Seele duldete keine endgültige Niederlage. Zum Teufel, warum wollte sie immer Schicksal spielen? Trotzdem empfand er so etwas wie Mitleid mit ihr, denn er konnte sie so gut verstehen. Was für ein Leben mußte das sein, wenn man ständig von Fantastereien und Fanatismus gequält wurde — und dabei so hilflos war!

Er stand auf und streckte sich. Sein Körper vibrierte vor Unruhe. Er wußte, er würde nicht schlafen können, und das ärgerte ihn. Es war das erstemal, daß es einer Frau gelang, ihn so aus der Fassung zu bringen. Niemals fand er Zeit für Frauen, nie beschäftigte er sich mit ihnen, nur dann und wann hatte er ein flüchtiges kleines Abenteuer. Aber Irmgards Gesicht hatte ihn verwandelt.

Nervös blickte er zu ihrer Tür. Es war ganz still in ihrem Zimmer. Irmgard schien ihm plötzlich rätselhaft und voll Geheimnis, er begriff sich selbst nicht mehr. Dann lachte er sich aus: diese Landpomeranze mit den Arbeitshänden, diese dumpfe Passivität! Im allgemeinen berührte ihn Schönheit nicht zu sehr, und Irmgard war durchaus nicht sein Typ. Es war diese höllische Passivität, die ihn reizte, redete er sich ein. Er glaubte nicht, daß Tieferes in ihr steckte. Aber dieses Frauenzimmer konnte wenigstens schweigen, wenn es nichts zu sagen hatte. Und das war schon viel für eine Frau.

Fast ein Uhr, und er verschwendete seine Gedanken! Er klopfte seine Pfeife über dem Ofen aus, schob seinen Stuhl zurück und löschte das Licht. Er wollte zu Bett gehen.

Zu seiner Bestürzung merkte er, daß er leise an ihre Tür pochte. Als es ihm bewußt wurde, wich er hastig einen Schritt zurück. Sein erster Impuls war, davonzulaufen, aber er zwang sich mit Gewalt zum Bleiben, wartete ein paar Augenblicke und drehte sich dann erleichtert um, wofür er sich selbst verachtete. Und gerade in diesem Moment öffnete sich leise die Tür, und Irmgard stand im Schein des Gaslichts vor ihm. Sie trug einen rosa Morgenrock aus dünnem Leinen, den sie fest zugezogen hatte. Ihr Haar fiel dicht und glänzend über ihre Schultern. Sie schaute Franz verwundert, aber ruhig an, doch er bemerkte eine feine Röte unter ihren Augen. Sie hat also geweint, dachte er. Er fühlte einen Stich wie Mitleid, zugleich aber Verärgerung. Unter dieser Passivität gab es also doch eine innere Bewegung. Diese Erkenntnis verwirrte ihn.

Er lächelte unbefangen. »Hast du schon geschlafen? Hoffentlich habe ich dich nicht geweckt. Könnten wir uns nicht noch ein bißchen unterhalten?«

Sie schloß die Tür hinter sich, ging zum Ofen, als sähe sie Franz nicht, und blieb mit dem Rücken zu ihm stehen. »Willst du dich nicht setzen?« fragte er und zeigte auf den Stuhl, aus dem er eben aufgestanden war. Sie setzte sich und faltete die Hände über den Knien. Aber sie schaute ihn noch immer nicht an. Er stand hinter ihr, betrachtete den edlen, geneigten Kopf und die warme Fülle des hellen Haars. Er zog einen zweiten Stuhl zum Ofen und setzte sich neben sie.

»Es ist alles sehr fremd für dich, Irmgard, nicht wahr?« begann er leise. »Aber du wirst dich eingewöhnen, und dann ist alles leichter.«

Sie antwortete nicht, aber sie wendete den Kopf ihm zu. Ihre grünen Augen waren starr, und ihre Lippen bewegten sich, als versuchte sie zu sprechen. Sie sahen einander an und konnten den Blick nicht voneinander lassen. Ihm war, als würde sein Kopf von einer starken Hand festgehalten, die ihn zwang, sie anzusehen.

»Sprichst du Englisch?« fragte er schließlich.

Sie zuckte zusammen. »Ja«, antwortete sie. »Mein Vater lehrte es mich. Ich spreche richtig, aber langsam. Das wird wohl genügen?«

Er entgegnete nichts. Ihre Schultern zeichneten sich voll und kräftig unter dem dünnen Schlafrock ab. Er sah den Ansatz der festen Brust und den Schwung der schönen Arme. Das sonderbare Vibrieren seiner Nerven wurde unerträglich. Und noch immer schaute sie ihn nur ruhig an. Er wußte nicht, was sie dachte, aber er sah, daß sich ihr Mund verhärtete.

»Du findest, daß ich ungezogen gegen meine Mutter war«, begann er fragend. Und da sie noch immer nicht sprach, lehnte er sich in dem Stuhl zurück und bemühte sich, reuig auszusehen. »Meine Mutter versteht Amerika nicht und wird es niemals verstehen. Sie hat sich vorgestellt, daß ein neues Land auch voll von neuen Hoffnungen und Träumen sein muß. Amerika war ihr eine strahlende Vision, die sie sich in der Dunkelheit Europas gebildet hatte. Sie glaubte, daß wir hier all das finden würden, was in Europa schön, bedeutend und unsterblich war, aber vervollkommnet, in Kulmination. Sie erwartete Muße, Besinnlichkeit und die Gemütlichkeit der alten Heimat, und Menschen, die glücklich in Frieden und Freundschaft zusammenleben, eine Gemeinschaft der Seligen. Dazu viel Gespräche und Philosophie. Eine Nation, wo alles voll Verheißung, im herrlichen Stadium des Werdens und Beginnens ist.«

Er verstummte. Irmgard äußerte sich noch immer nicht, aber ihre Augen verdunkelten sich.

Er versuchte zu lachen. »Vielleicht ist dieses Bild nicht vollständig. Sie wußte, daß sich Amerika ausdehnt, daß es wächst, daß es ein Land im Aufbruch ist. Sie stellte sich eine unendliche Schar fleißiger, arbeitender Menschen vor, eine Arbeitsexplosion sozusagen, wo sich jedermann freudig für das allgemeine Wohl und den allgemeinen Nutzen einsetzt. Und wo sie selbst mitschaffen kann, um mit einen schwindelerregenden Aufstieg zu ermöglichen. Ja, so töricht war sie — und hier hat sie geendet!« Er machte eine Handbewegung, die das Zimmer, die Wohnung, die Straße und ganz Amerika einzuschließen schien.

Irmgards Lippen zuckten, sie war sehr blaß geworden. Aber noch immer hörte sie schweigend zu.

»Meine Mutter hat eine Menge über Amerika gelesen«, fuhr er fort. »Sie war mit seinen Philosophen, seiner Politik, seinen Helden vertraut. Das Schlechte daran war nur, daß sie ihnen glaubte. Sie ist nicht wegen des Geldes herübergekommen. Sie floh aus dem unfreien Europa. Ich bin überzeugt, selbst wenn sie mit einer einzigen Mahlzeit im Tag hätte auskommen müssen, sie wäre zufrieden gewesen, vorausgesetzt, daß sie diese Mahlzeit in einer Gesellschaft geistreicher, aufgeschlossener Dichter, Philosophen und politischer

Genies einnehmen durfte. Vorausgesetzt, daß sie auf dem Weg Amerikas zur Erfüllung jener Ideale mitschreiten, an dieser gewaltigen Entwicklung hätte teilhaben dürfen.« Wieder lachte er sein kurzes, freudloses Lachen. »Das ist die schlimmste Art der Selbstgefälligkeit«, sagte er.

Jetzt endlich sprach Irmgard, und ihre Stimme zitterte: »Und du merkst nicht, wie traurig das für sie ist?«

Er schaute sie verblüfft an. Er war fest überzeugt gewesen, daß sie kein Wort von dem erfaßte, was er erzählte, er hatte keine Antwort erwartet, es hatte ihm genügt, sie anzuschauen.

»Traurig? Ja, ich nehme an, daß es traurig ist.« Aber er wußte kaum, was er sprach.

Seine Blicke hingen an ihrem Gesicht. Jetzt erkannte er, daß sie kein beschränktes Mädchen war, sondern in sich ruhend und schön wie eine Sommerlandschaft. Wie war er überhaupt auf den Gedanken verfallen, daß die Tochter Emil Höllers beschränkt sein könnte?

Von ihrem Antlitz blickte er auf ihre Hände. Sie waren verkrampft, als unterdrücke sie ein heftiges Gefühl.

»Nicht ihre Träume sind so schlecht«, sagte sie leise, »sondern deine Einstellung zu diesen Träumen ist es.«

»Und wie bist du eingestellt?« fragte er. Seine Augen wanderten vom Kinn hinunter zu ihrem weißen Hals.

»Ich verstehe, was sie ersehnte, obwohl ich immer wußte, daß Amerika anders ist«, erwiderte sie. »Ich weiß, daß die Welt überall gleich ist, wohin du auch gehst. Alles ist gleich. Das muß einem klar sein, damit muß man sich abfinden.«

Wieder war es still zwischen ihnen. Das Zimmer war kalt und finster, trotz der zischenden Gasflammen. Der Sturm heulte mit erneuter Kraft. Franz glaubte sein Herz in der Stille laut klopfen zu hören und dachte, daß die einzige Wirklichkeit dieses Mädchen mit den grünen Augen und dem statuenhaften Körper war. Jede Faser seines Fleisches zitterte vor dieser Wirklichkeit. Plötzlich hatte er den wilden Wunsch, sie zu berühren, sie zu halten ...

»Du magst mich nicht, Irmgard, nicht wahr?« fragte er leise und beugte sich zu ihr.

Sie schaute ihn gerade an, keine Miene ihres Gesichts verzog sich. »Nein«, entgegnete sie, »nein, ich mag dich nicht.«

Sie stand auf, verließ das Zimmer und zog die Tür leise hinter sich zu.

Er war allein. Es war kalt, er fror am ganzen Körper. Aber er blieb noch immer stehen und starrte auf die Tür, starrte, starrte ...

Endlich, steif gefroren, ging er zu Bett, aber er fand keinen Schlaf. Er wußte nur eines: er haßte dieses Mädchen.

XI

Jahre später wurde oft geschrieben, daß Franz Stössel stets gesagt hätte, der Stahl wäre sein wahres Leben gewesen. Vom Augenblick, da er die riesige Höhle der Schmidtschen Werke in Nazareth betreten habe, sei ihm klar gewesen, daß Stahl ein Teil seines Ichs sei. Vermutlich war das eine sentimentale Lüge oder eine seiner zahllosen zynischen Heucheleien. Andere Menschen heucheln ohne Augenzwinkern, sie halten sich für liebenswürdig und wohlwollend, wenn sie die Unwahrheit sprechen. Franz heuchelte bewußt, denn er war sowohl tüchtig wie realistisch; wo Heuchelei für sein Fortkommen nötig war, übertraf er alle seine Rivalen in der Kunst der Lüge. Aber immer amüsierte er sich darüber. Er war schon lange zu der Erkenntnis gelangt, daß die Menschen die Wahrheit haßten, daß sie Geradlinigkeit und Ehrlichkeit verabscheuten, daß ihnen die Lüge viel lieber war. Lügner wurden mit Ehren und Reichtümern überhäuft, sie kamen zur Macht. Deshalb gab er den Menschen von Anfang an das, was sie wünschten. Es widerte ihn zwar an, aber es amüsierte ihn auch. Er war so geschickt, daß niemand die Ehrlichkeit seiner Unehrlichkeiten durchschaute. Er gab jedem Menschen, was er wollte, und daher vertraute ihm jedermann. Besser noch, er hatte Erfolg, er stieg auf.

Niemand, nicht einmal Hans Schmidt, ahnte, daß Franz die Werke weder liebte noch haßte, daß er sich, hätte ihn der Zufall in einen anderen Betrieb gestellt, ganz ebenso verhalten hätte. Die Stahlwerke waren ihm nur Mittel zum Zweck. Zufälle oder Überraschungen nahm er gelassen hin, er lehnte sich nicht gegen sie auf, er nützte sie. Aber da man von ihm die Vergötterung des Stahls und des Eisens erwartete, so trug er sie eben zur Schau.

Genauso wenig faszinierten ihn die gewaltigen finsteren Werkshallen mit ihrem Qualm und Rauch; gleichgültig blickte er über die halbnackten Männer, über die riesigen Kessel glühenden Metalls hin, die im Dunkel wie Sonnen gleißten. Er hatte nur Sinn für den Nutzen, den die Werke ihm brachten, für das Versprechen, das sie ihm gaben. Das war alles. Er fühlte nicht, daß es Menschen waren, die hier schufteten, die Schienen und Lokomotiven erzeugten. Wenn er aus diesem Inferno, in diesen feuerspeienden Vulkanen mit dem ohrenbetäubenden Lärm, in dem Zischen des geschmolzenen Erzes, das in die Formen schoß, das Heldenlied einer jungen, wachsenden Industrie heraushörte, dann stets nur in Beziehung zu seiner eigenen Person. Das Schrillen und die heiseren Schreie, das Klirren der Krane, der ätzende Geruch der Säuren, der grau wirbelnde Rauch, das Dröhnen der Hämmer erregten ihn. Aber sie erregten ihn, weil sie eine Verheißung für ihn selbst in sich bargen. Es war richtig, daß er nur in den Stunden, die er hier verbrachte, richtig lebte, angestrengt, nackt bis zum Gürtel, schwitzend, mit gestrafften Muskeln; es war richtig, daß dieses Getöse wie eine gewaltige Symphonie in seinen Ohren klang. Aber auch das nur, weil er fühlte, daß seine Zukunft in diesen Werkshallen geschmiedet wurde. Es schien ihm nur das schreckliche, gottgewollte Vorspiel zu etwas Größerem zu sein.

Zu Hause war er mürrisch, abweisend und schroff. Er brachte sonderbare Bücher heim, die er aus der Ortsbibliothek entlehnt hatte. Er studierte die Geschichte des Stahls. Wäre er zufällig Grubenarbeiter geworden, dann hätte er sich für den Bergbau interessiert. Er las alles, was er auftreiben konnte über Chemie, über die Wagnisse, die man auf sich nahm, um neue Energiequellen zu erschließen; alles über die ungeheure Flut der Technik, über das Maschinenzeitalter, das über Amerika hereingebrochen war. Sein Gehirn war wie ein Ordner, in dem er alle Details, die er instinktiv als wesentlich erkannte, aufbewahrte. Sein Lesen und Sammeln war zweckgerichtet, er tat es nicht aus Liebe. Zuweilen, wenn er müde war, haßte er die Werke geradezu.

Fünf Jahre hatte er als Puddler gearbeitet, dann als Gießer. Da er seinen unglücklichen Kumpeln den letzten Tropfen Schweiß auspressen konnte, wurde er zum Vorarbeiter befördert. Seine unmittelbaren Vorgesetzten schätzten ihn, weil seine Mannschaft mehr produzierte als andere. Seine Leute haßten ihn, aber noch waren sie zu hilflos, zu verängstigt, zu elend, um die Hand gegen ihn zu erheben. Wenn er aber durch die Werke ging und die finsteren und rußverschmierten Gesichter der Männer sah, dann wußte er, daß hier eine Gefahr lauerte, die stärker als Stahl und furchtbarer als eine Kriegsmacht war. Die Werke schmiedeten nicht nur Stahl, so dachte er, sie schmiedeten auch Terror. Das störte ihn nicht. Er fühlte die Kraft in sich, diese Männer zu bezwingen. Sie haßten ihn, aber er haßte sie noch mehr, mit einem gefilterten Haß, der nicht durch Rücksicht auf Familie oder Angst vor Hunger getrübt war. Sie haßten ihn, weil er sie unterdrückte. Er haßte sie für das, was sie waren. Sein ganzes Leben war dieser Haß gegen seinesgleichen die Peitsche gewesen, die ihm Macht über sie gab; eine psychologische

Macht, der sie fast immer wehrlos ausgeliefert waren. Vor langem schon hatte er die entsetzliche Wahrheit erkannt, daß man die Menschen nur unterjochen und beherrschen kann, wenn man sie haßt.

Bisher hatte es keine Streiks im Werk gegeben. Aber er wußte, daß sie unausbleiblich waren. Da und dort waren sie bereits ausgebrochen, mit Blutvergießen, Tod und Zerstörung. Er las die Zeitungen genau. Er hatte die Lösung des Problems, das von Tag zu Tag akuter wurde, gefunden, zumindest glaubte er, sie gefunden zu haben.

Die Leute arbeiteten zwölf Stunden täglich, und das sechsmal in der Woche. Er arbeitete genausolang. Aber er besaß dieses Versprechen, das ihm den Rücken stärkte. Sie hatten kein Versprechen. Er bemitleidete sie niemals, er konnte völlig ungerührt einen verunglückten oder sterbenden Arbeiter sehen, obwohl er wußte, daß dessen Familie der Hungertod drohte. Er verachtete jede Sentimentalität, sein lächelnder Haß duldete sie nicht. Diese Menschen waren nicht aus dem gleichen Holz geschnitzt wie er, fand er, denn wenn sie es wären, dann lebte die gleiche Verheißung in ihnen. Aber sie versprachen sich nichts vom Leben, ergo waren sie des Lebens nicht würdig. Sie lebten nur, um zu dienen und zu arbeiten. Wenn sie nicht imstande waren, diese Dienste zu leisten — ihr Pech. Dann hatten sie keinen Lebenszweck mehr und mußten scheitern.

Trotzdem verstand er sich gut mit seinen Gefährten; besonders mit einem anderen Vorarbeiter, Tom Harrow, einem Engländer, hatte er sich angefreundet. Ebenso mit einem zweiten, einem riesenhaften Kroaten, der wie ein Gorilla aussah und Jan Kozak hieß. Franz hatte zeitweise unter Jan gearbeitet und bei ihm die Gießerei erlernt. Denn Franz besaß die Gabe, die Menschen herauszufinden, die ihm einmal nützen konnten. Tom Harrow war zwar kein Haupttreffer, das wußte Franz, aber man fühlte sich wohl in seiner Gesellschaft, man erholte sich an seiner Seite. Der Engländer war witzig, schlagfertig und ständig gut gelaunt; zwar ungebildet, aber scharfsinnig, philosophisch und vulgär. Franz war gern mit ihm beisammen, denn mit ihm gab es immer Spaß, vorausgesetzt, daß er nicht gerade wichtigere Dinge im Kopf hatte.

Vom ersten Tag an hatte sich Franz umgesehen, welche seiner Kameraden er in seine Pläne einschalten könnte. Er war recht enttäuscht. Einige Männer stammten von den kleinen umliegenden Farmen; viele hatte man den anderen Stahlwerken in Pennsylvanien mit dem Versprechen höheren Lohns abgeworben. Die meisten aber waren mit den Auswandererschiffen aus Mitteleuropa und den slawischen Ländern gekommen; es gab Preußen und Bayern, Serben,

Polen, Slowenen, Österreicher und Bulgaren. Franz sah auf den ersten Blick, daß nichts mit ihnen anzufangen war. Nur Jan Kozak interessierte ihn. Bei der Arbeit in der Gießerei hatte er sofort erkannt, daß er von ihm lernen konnte. Jan war überheblich und ein wilder Deutschenhasser, aber sehr bald war er von Franz und seiner Gelehrigkeit, seiner Geschicklichkeit und Fügsamkeit angetan. Er lehrte den jungen Mann alles, was er konnte, erklärte während der Mittagspause in seinem schwerfälligen Dialekt alle Handgriffe und Tricks, ja er wurde seinem ehrgeizigen Schüler zuliebe geradezu beredt. Dem ungebildeten, fast analphabetischen Jan war unklar bewußt, daß dem Stahl eine gigantische Zukunft bevorstand. Aber bei seinen Kumpeln stieß er nur auf stumpfe Indolenz, wenn er davon sprechen wollte. Bei Franz fand er Verständnis, und das befriedigte ihn.

Jan hatte einen Bruder, Boze, und eine Schwägerin samt einer Schar kleiner Neffen und Nichten. Boze gehörte seiner Mannschaft an; er war ein mürrischer, schwerfälliger, stiernackiger Typ, der wie ein Ringer aussah und nichts von der Intelligenz seines Bruders besaß. Jan hatte ihn und seine Familie zwar nach Amerika kommen lassen, aber er schätzte ihn nicht. Bozes stumpfes Ohr hörte nichts von der gewaltigen Symphonie, die Jan in den Werken vernahm.

Jan hatte ein Geheimnis; erst vor gar nicht langer Zeit hatte er Franz eine Andeutung darüber gemacht, aber nur eine Andeutung. Er war sich seiner Sache noch nicht ganz sicher, deshalb wartete er mit der animalischen Geduld eines Bauern seine Stunde ab.

Eines Nachts, lange nach Arbeitsschluß, hatte er Franz mit geheimnisvollen Gesten in eine Ecke der Werkshalle gelockt und auf einen Haufen beschädigter Gußstücke gewiesen, die dort herumlagen.

»Siehst du?« brummte er. »Kaputt. Schrott. Das ganze Geld beim Teufel. Schlecht gegossen. Habe einen neuen Weg gefunden. Jeder Trottel kann mit meiner Erfindung ordentlichen Stahl erzeugen. Und zwei-, dreimal mehr als jetzt. Verstehst du? Und billig! Halb so teuer.«

Franz nickte nachdenklich. Er zeigte sich interessiert, aber nicht zuviel, denn Jan beobachtete ihn bereits mit seinen winzigen schlauen Augen. Später ließ er dann und wann ein Lob, ein bewunderndes Wort fallen, ohne direkt von den Gußstücken zu sprechen. Und dem einfachen Gemüt des Bauern tat das wohl, die kleinen Schmeicheleien freuten ihn. Franz hatte es letzten Endes Kozaks Empfehlung zu verdanken, daß man ihn zum Vorarbeiter machte.

Franz, der dem Geheimnis auf der Spur bleiben wollte, hielt sich auch weiterhin viel in Kozaks Nähe auf. Die drei Männer, Tom Harrow, Franz und Kozak, nahmen ihr Mittagsbrot meist gemeinsam ein; nach Stunden schwerer Arbeit fühlte sich Franz in der Gesellschaft von Tom besonders wohl. Und überdies vertiefte dieses Mahl zu dritt die Beziehungen zu Kozak. Instinktiv spürte Franz, daß er sich diese beiden Männer erhalten mußte, den einen, um sich zu erheitern, den andern, um einen weit realistischeren Nutzen aus ihm zu ziehen. Franz gehörte zu den Menschen mit vielerlei Gesichtern, die ihr Leben auf dem Rücken anderer aufbauen und doch im Ruf stehen, alles allein, aus sich selbst geschaffen zu haben. Er verstand es, die andern richtig einzusetzen. Niemals leistete er etwas aus sich heraus, das wußte er genau. Er war nicht schöpferisch, und nur wenn er seine Mitmenschen, ihre Köpfe und ihre Arme, benützte, kam er zu persönlicher Macht.

Er sagte sich kühl, daß er Verschwendung haßte. Ohne Männer von seiner Sorte wären die wunderbaren Erfindungen der Genies niemals ans Licht gekommen. Denn es war mehr als Erfindungsgabe und Geist erforderlich, um das Ohr und die Anerkennung der Welt zu erlangen. Dazu waren Menschen wie er nötig, die den Geist und das Schöpfertum ausbeuteten.

Wäre er weniger Realist gewesen, dann hätte er sich eingeredet, daß seine Fähigkeiten ebenso bedeutend waren wie jene anderer Begabter. Bald aber wäre er an den eigenen Grenzen gescheitert und hätte den Rest seines Lebens in bitterem Neid und in der Überzeugung verbracht, daß ein unheilvolles Schicksal — und nicht sein eigenes Versagen — den Mißerfolg verschuldet hatte. Fehleinschätzungen liefern den Keim für Revolutionen. Nur bei Revolutionen werden zuweilen mittelmäßige Menschen in schwindelnde Höhen getragen. Da er sich nicht der eitlen Hoffnung hingab, eine Revolution könnte ihm unversehens die große Chance bringen, machte er sich methodisch daran, seine Ziele über Vermittlung größerer Geister zu erreichen. Eine Zeitlang hatte er sich ernsthaft mit dem Gedanken getragen, in den Werken einen Arbeiterbund ins Leben zu rufen. Nach gründlichem Überlegen aber war er davon abgekommen. Vielleicht wäre es ihm sogar gelungen, auf diese Weise nach anstrengender und gefährlicher Tätigkeit selbst zur Macht zu gelangen. Doch die Zeit war noch nicht reif für starke Gewerkschaftsverbände, und er hielt Mühsal, Gefahr und Schwierigkeiten für verschwendet, wenn sie nicht schnell seiner Sache dienten. Schließlich besaß er die Fähigkeit, die Erfindungsgabe und das Wissen anderer auszunützen, ohne selbst genial zu sein — und das war auch eine Art Genie. Das also war der Weg, auf dem sich seine Hoffnungen erfüllen konnten. So durfte er vorerst einmal Jan Kozak nicht aus den Augen lassen.

Wenn der Mittagspfiff ertönte, wischte er sich die Hände an einem Lappen ab, griff nach seiner Eßschale und bahnte sich einen Weg durch die Männer bis zu einer Ecke der Werkshalle, wo es verhältnismäßig ruhig war. Dort hockten Tom Harrow und Jan Kozak bereits auf einem Haufen verdorbener Gußstücke. Er kletterte zu ihnen hinauf, grinste sie mit seinem rußverschmierten Gesicht an, in das die hellen blauen Augen unter dem blonden Schopf nicht zu passen schienen. Tom begrüßte ihn mit einem Rippenstoß und einem derben Witzwort. Jan blieb stumm, aber sein verdrossenes Bauerngesicht erhellte sich.

Diesmal war es nicht anders als sonst. Franz drängte sich durch die Männer, die ihre Mittagspause unter dem riesigen gewölbten Dach der Werkshalle verbrachten. Aus den offenen Hochöfen schimmerte es rötlich. Die Halle widerhallte von Stimmen und Hammerschlägen; die Kranführer saßen in ihren Körben, sangen, schrien und aßen. Ganze Wolken von Ruß und Kohlenstaub schwebten in der Luft des gewaltigen Raumes, der wie eine unterirdische Höhle mit werkenden Dämonen aussah und wo für eine kurze Weile die Arbeit ruhte. Der Boden knirschte unter den Schuhen. Verdrossen traten die Männer zur Seite, als sich Franz durchzwängte, denn er war verhaßt bei seinen Kameraden, nur seine beiden Freunde schätzten ihn wirklich. Er sah Slawen, Deutsche, Ungarn, Neger und Amerikaner. Aber nirgends sah er ein freundliches Lächeln, alle waren sich in ihrer Abneigung einig. Es kümmerte ihn nicht.

Er kam zu dem Stahlhaufen, wo Tom und Jan bereits ihre Mahlzeit verschlangen. »Da ist er ja endlich, der deutsche Bastard!« rief Tom. »He, hast du eine Puppe im Waschraum gefunden, Franz?« Und der schüchterne Jan lächelte breit über das ganze Gesicht und machte seinem Freund Platz.

Wie immer teilten sie das Essen. Jan hatte heute eine köstliche Wurst mit, Tom war von seiner Gattin mit drei Apfelkuchen versorgt worden, und Franz brachte einen dicken Hering mit. Ein paar Minuten kauten sie wortlos. Ihre halbnackten schmierigen Körper glänzten von Schweiß. Von ihrem Hochsitz aus konnten sie die Halle und das Getümmel unten sehen. Das einzige Licht im Raum war der dumpfe rote Schein aus dem Hochofen.

Wie viele Engländer war Tom Harrow kurz, untersetzt und breit. Er war Anfang der Dreißig, ein gälischer Typ, sehr dunkel, mit einem Pferdegesicht, das in einem scharf vorspringenden Kinn endete, wodurch er einem Hanswurst nicht unähnlich war; die große Hakennase trug noch das Ihre dazu bei. Wenn er lachte, schien diese Nase die Oberlippe zu berühren. Manchmal nannte ihn Franz einen »englischen Juden«, aber Tom war ein reiner Cockney, beim Klang der Glocken von Bow geboren. Seine Augen standen über der mächtigen Nase eng nebeneinander, sie waren klein, scharf, schwarz und ruhelos, schlau und funkelnd von sarkastischem Humor. Diese Augen, verbunden mit dem Kinn, dem dichten schwarzen Kraushaar über der niederen Stirn, die Nase und dem großen, beweglichen, grinsenden Mund, trugen beträchtlich zu seinem Hanswursttyp bei. Zum Unterschied von den meisten Engländern war er überaus temperamentvoll und strotzte von Energie, Kraft und Vitalität. Er war zwar kaum gebildet, aber blitzgescheit, und obwohl seine Sprache vulgär und gewöhnlich war, überraschte sie durch ihren Bilderreichtum und ihre erstaunliche Treffsicherheit. Er hatte drei kleine Kinder, lauter Mädchen, in die er ganz vernarrt war, eine Tatsache, die er durch seine mehr als drastischen Bemerkungen nicht verbergen konnte. »Ich habe die falsche Sau gestochen«, sagte er zuweilen; und das war sehr respektlos gegenüber seiner rundlichen, fröhlichen Frau, die vor Sauberkeit blinkte. Aber auch das war eben seine Art, den Stolz über die reizende, tüchtige Person auszudrücken.

»Zum Teufel«, sagt er, »ich bin ein Engländer, ja, das stimmt. Aber ich bin ein Kumpel, der glaubt, daß alle andern Kumpel, egal, woher sie kommen, das gleiche Recht zu leben haben.« Er gab Franz einen kräftigen Rippenstoß. »Darin unterscheide ich mich von dir, Junge.«

»Ein Mensch muß sich das Recht zum Leben verdienen«, antwortete Franz freundlich in seinem langsamen korrekten Englisch.

»Wie soll das einer fertigbringen, wenn ihm solche Kumpel wie du im Nacken sitzen?« gab Tom zurück, aber es klang nicht gehässig. Er hatte Franz sehr gerne, wenn sie auch meistens verschiedener Meinung waren, doch zwischen ihren Auseinandersetzungen fanden sie immer wieder einen Grund zum Lachen. Bei solchen Bemerkungen freilich konnte Franz nicht lachen, sein Gesicht bekam einen unversöhnlichen, harten Zug.

Als sie endlich ihre Mahlzeit beendet hatten, sagte Tom zu Franz: »Nun, Hübscher, gibt's was Neues?«

»Nein, nur daß ich Befehl bekommen habe, drei weitere Männer zu entlassen. Wie steht's bei dir, Tom?«

Toms ohnehin schon dunkles Gesicht verfinsterte sich noch mehr; sonderbarerweise sah er trotzdem noch wie der Hanswurst vom Puppentheater aus.

»Ich auch drei. Zum Kotzen!« Er legte die Ellbogen auf die Knie, stützte das Kinn darauf und schaute düster über die Werkshalle hin. »Was sollen wir tun? Welcher verdammte Ofen wird als nächster gelöscht werden, wenn die Aufträge zurückgehen? Was ist mit diesen widerlichen Gußstücken los?«

Jan leckte sich die letzten Kuchenkrümel von den Fingern und grinste geheimnisvoll. »Vielleicht steht es doch nicht so schlecht. Vielleicht ist mir eine Idee gekommen, wie man den Stahl verbessern könnte.« Er lächelte verlegen und schlau, als wollte er sich verteidigen.

Franz sagte nichts, aber Tom drehte sich schnell um. »He? Was soll das heißen? Ein besserer Guß?« Seine winzigen Augen verengten sich noch mehr, während er den breiten, mächtigen Kroaten musterte, der ruhig wie ein Fels im Meer vor ihm hockte.

»Da soll doch ... Das hast du also in der Nacht ausgekocht ...« Er unterbrach sich, biß sich auf die Lippen und sah listiger drein denn je. Schnell warf er einen Blick auf Franz, der unbeteiligt daneben saß. »Nun, Jan, behalt es für dich. Schau, daß du anständig daran verdienst. Diebe lauern überall, weißt du.«

»Ich passe schon auf«, antwortete Jan gleichmütig. »Bis jetzt hab' ich noch niemandem davon erzählt.«

»Ich hab' ihm selbst geraten, den Mund zu halten«, warf Franz ein.

Toms langes Gesicht schien als Ganzes zu zwinkern: »Ah, ich wette, daß du es getan hast!« Trotz seiner Sympathie gab er sich keinen Illusionen über Franz Stössel hin, und sein flinker Geist arbeitete bereits auf Hochtouren. Er legte die Hand auf Jans breite Schultern.

»Trau keiner Sau ... Ja, mir nicht und dem Hübschen da auch nicht! Niemandem. Halt dein blödes Maul! Dann arbeiten eines Tages ich und Franz und die anderen Kumpel für dich und nicht für diesen stinkenden, fetten Schmidt.« Er schnaubte kräftig und sah Franz von der Seite an. »Für dich, Jan, arbeite ich lieber, auch wenn du ein Zugewanderter bist. Du bist ein Mensch, und nicht ein Schwein, und das ist schon etwas.«

Franz lächelte und sagte nichts.

»Ich traue niemandem«, wiederholte Jan und schaute den Engländer scheu an.

Tom machte eine ausholende Handbewegung. »Wenn du alles im Kopf fertig hast, Jan, dann nimm dir einen Anwalt, einen schlauen Hund.«

Dann aber kehrte er zu seinen trüben Betrachtungen über die Werke zurück. »Sie haben schon ein Drittel der Leute hinausgeschmissen. Es muß ein Mittel geben. Es gibt eines.« Er sah Franz direkt an: »Vorausgesetzt, daß wir alle zusammenhalten und alle samt den Vorarbeitern unter einen Hut bringen. Bist du noch immer dagegen, Franz?«

Franz zuckte die Schultern. »Ich hab' dir schon erklärt, Tom, mir gefallen Gewerkschaften und Streiks nicht. Was erwartest du dir denn davon, wenn Schmidt nichts mehr verdient? Du kannst aus einer Rübe kein Blut zapfen, um deinen eigenen Ausdruck zu gebrauchen.«

»Wieder das alte Lied!« rief Tom gereizt. »Wie oft soll ich dir noch sagen, daß wir Beiträge kriegen, wenn wir eine Gewerkschaft bilden? Damit können wir die Männer unterstützen, falls sie arbeitslos werden oder einen Unfall erleiden. Das ist die eine Seite. Die andere: Was tut Schmidt, wenn die Geschäfte bessergehen? Er stellt wieder Arbeiter ein. Aber nimmt er deshalb die alten Kumpel? Nicht, wenn er billigere Leute kriegt. Es ist ihm scheißegal, ob ein Mann zehn Jahre für ihn geschuftet hat. Die Aufträge steigen, die Löhne sinken, und er kann noch mehr abräumen. Niemand schützt uns. Deshalb frage ich: Warum schließt du dich nicht uns an?«

»Verstehst du noch immer nicht, Tom, ich will keinen Ärger. Ich habe meine eigenen Pläne. Haben sie mich schon einmal ausgesperrt? Nein. Oder dich oder Jan? Nein. Weil wir tüchtig sind, weil wir was verstehen. Die andern verstehen nichts, sie trotten mit der Herde. Deshalb müssen sie auch die Beschwerden und Mühen der Herdentiere ertragen. Die Gewerkschaften beuten den Arbeitgeber aus, weil sie nicht auf Leistung und Können Rücksicht nehmen. Die Gewerkschaften sprechen den Arbeitgebern das Recht ab, sich die besten oder die billigsten Leute zu heuern und ihre Unternehmen nach eigenen Wünschen zu führen. Und das ist doch ein Grundrecht jedes Menschen. Du solltest der letzte sein, der dagegen wettert, du, der die ganze Zeit nach persönlicher Freiheit schreit!«

»Haben denn die Menschen Freiheit und Recht bekommen?« fragte Tom kriegerisch.

Franz hob die Augenbrauen. »Ich hab' dir schon vorhin gesagt: Der Mensch muß sich Freiheit und Recht verdienen, sie dürfen ihm nicht geschenkt werden«, antwortete er ärgerlich.

Aber Tom war in Fahrt. »Wer gab einem Menschen das Recht, zu entscheiden, ob ein anderer das Recht zu leben hat oder nicht?« rief er. »Hat der liebe Gott zu ein paar Kumpeln gesagt: ›Hier, du und du, du bist der Richter. Du sagst mir, welcher Kumpel leben darf und welcher verhungern mußt. Du bist klüger als ich.‹«

»Na, wenn du sogar die Theologie einschaltest«, lachte Franz.

»Was?« Tom verstand ihn nicht. »Was ist Theologie?«

»Was du eben erklärt hast. Aber egal — es ist nicht wichtig. Immerhin, ein Landsmann von dir, Darwin, spricht sehr großartig vom Kampf ums Dasein und von der Auslese und dem Überleben des Stärkeren.«

»Hab' niemals von ihm gehört«, sagte Tom prompt. »Ich wette, es hat ihm ein solches Scheißwerk wie dieses gehört. Aber daran gibt's nichts zu deuteln: Alle Menschen sind gleich. Jeder hat ein Herz, ein Gehirn, und er fühlt Freude und Schmerz.«

Franz hob eine Hand und begann pathetisch zu deklamieren: »Hat ein Mensch nicht Augen wie der andere auch? Hat ein Mensch nicht Hände, Gliedmaßen, Werkzeuge, Sinne, Neigungen, Leidenschaften? Mit derselben Speise genährt, durch dieselben Waffen verletzt, denselben Krankheiten unterworfen, gewärmt und gekältet von ebendem Sommer und Winter als ein anderer? Wenn ihr uns stecht, bluten wir nicht? Wenn ihr uns kitzelt, lachen wir nicht? Wenn ihr uns vergiftet, sterben wir nicht? Und wenn ihr uns beleidigt, sollen wir uns nicht rächen — wie die anderen?«

»Was soll der Blödsinn?« fragte Tom mißtrauisch, wähend Jan verständnislos vor sich hin schaute.

Franz lachte. »Shakespeare, Kaufmann von Venedig, etwas abgewandelt. Hast du schon einmal von ihm gehört? Auch ein Landsmann von dir, Tom.«

»Ah, der!« sagte Tom mit einem wissenden Blick. »Aber was hat ein Deutscher wie du mit dem Burschen zu tun? Er gehört uns, nicht euch. Außerdem: Wann hast du die Stelle gelesen?«

»Ich bin vier Jahre in England zur Schule gegangen, bevor ich nach Amerika kam, das hab' ich dir schon erzählt. Und mein Vater war Lehrer. Übrigens, noch etwas mußt du wissen: Ein zehnjähriger deutscher Junge weiß mehr von Shakespeare als bei euch ein Absolvent. Die Deutschen, auch die ärmsten, halten Bildung hoch in Ehren.«

»Was hat das alles mit unseren Gewerkschaften zu tun?« fragte Tom verstimmt.

»Nichts, überhaupt nichts!«

Schweigen breitete sich aus. Franz sah gleichgültig drein, aber Tom fühlte auf geheimnisvolle Weise, daß er ins Hintertreffen geraten war.

»Du bist ein komischer Kauz«, sagte er. »Vorarbeiter in den Dreckswerken hier und sagt Gedichte auf. Euch Ausländer kann man nicht verstehen.«

»Aber du hast doch gerade behauptet, daß alle Menschen gleich sind?« lachte Franz. »Du predigst Gleichheit und schreist zugleich herum, daß du ein Engländer bist! Das ist unlogisch, Tom. Nun, was mich betrifft, ich leugne die Gleichheit aller Menschen, aber Rassen interessieren mich überhaupt nicht. Da gibt's keinen Unterschied. Du selbst, du bist ein Engländer, aber in Wirklichkeit bist du eine Mischung von Schweden, Norwegern, alten Briten, Franzosen und sogar Deutschen, nicht zu reden von dem Hauptanteil der Angelsachsen. Lauter germanische Rassen.«

»Nenn mich nicht einen Germanen!« rief Tom ärgerlich.

Franz lachte wieder. Aber seine Augen lachten nicht. Er stand auf. Die Pfeife schrillte, er schaute gutmütig auf Tom herab. »Im Ernst, Tom, ich möchte dich warnen. Es kann nicht lange dauern, und die Bosse dort oben erfahren von deinen Plänen und deiner Werbung für die Gewerkschaft.«

»Sie werden es nur erfahren, wenn mich jemand verpfeift«, sagte Tom mit einem harten Blick auf den Freund. Jetzt scherzte er nicht. Er sah böse und gefährlich aus.

»Halt den Mund und red nicht soviel«, sagte Franz noch einmal. Er zögerte. Jan hatte nur einen Teil dieses außergewöhnlichen Gesprächs begriffen, aber Franz traute dem nicht, was er vielleicht doch verstanden hatte. Er wagte nicht, ihn mit dem zornigen Engländer allein zu lassen. »Komm, Jan, deine Leute sind schon beim Hochofen!« sagte er.

Tom grinste spöttisch. »Raffiniert, ja, das bist du!«

Jan erhob sich gehorsam und schwerfällig, um dem Freund zu folgen, der am Fuß des Abfallberges auf ihn wartete.

»Trau keinem Kumpel!« warnte ihn Tom noch einmal.

»Ich traue niemand«, antwortete Jan und winkte ihm zu. Er entfernte sich mit seinem schweren Gang, und auch Tom begab sich mit verkniffenem Gesicht zu seinem Hochofen. Dort fluchte er noch wilder als sonst, aber seine Gedanken waren nicht bei der Sache.

XII

Um drei Uhr, während einer Arbeitspause, ging Franz zu Tom hinüber und borgte sich Tabak für seine Pfeife aus. Sein Beutel war voll, aber er suchte einen Vorwand, um mit dem Engländer zu sprechen. Er wollte keine Feindseligkeit aufkommen lassen, das hätte nicht in sein Konzept gepaßt. Niemals wollte er sich mit Menschen verfeinden, die ihm einmal nützlich werden konnten, das war sein Prinzip. Tom reichte ihm seinen Beutel und beobachtete ruhig, wie Franz die Pfeife stopfte. Die Augen des Engländers waren hart und mißtrauisch, trotz seines Lächelns.

»Kein schlechtes Gewissen?« fragte er schließlich.

Franz hob die Augenbrauen. »Warum?«

»Tu nicht so! Mein Vater hat immer gesagt, daß Elefanten und Deutsche niemals vergessen.«

»Dein Vater hat die Deutschen offensichtlich nicht geliebt. Was hättet ihr in Waterloo ohne uns gemacht, he? Wir sind gute Freunde Englands und werden es immer bleiben.«

»Immer hoch gebildet, die Deutschen, aber ...«

»Schluß, Tom. Bald werde ich amerikanischer Staatsbürger sein. Hier ist dein Beutel. Beeil dich abends, wir gehen zusammen nach Hause.«

Tom nickte und wendete sich seinem Hochofen zu. Aber er schaute Franz aus einem Augenwinkel nach. Der ging mit einem kurzen Gruß an Jan Kozak vorbei. Er hat etwas im Sinn, dachte Tom. Zum Teufel, wir müssen ihn in die Gewerkschaft hineinbekommen. Er darf kein Außenseiter bleiben!

Um vier Uhr erschien der Leiter der Gießerei bei Franz und tippte ihm auf die Schulter. Fritz Detloff, ein Preuße, hatte keine besondere Sympathie für Franz, an dem er ähnliche Eigenschaften erkannte, wie er sie selbst besaß. Aus dem gleichen Grund mißtraute er seinem Landsmann. Trotzdem befleißigte er sich der äußersten Freundlichkeit gegen Franz und blieb oft bei ihm stehen, um über Dinge zu reden, die mit der Arbeit nichts zu tun hatten. Hätte sich dabei eine Gelegenheit ergeben, Franz zu schaden, dann wäre er überaus glücklich gewesen.

Er war ein dicker, kräftiger Mann in den Vierzigern, mit einem rosigen, rundlichen Gesicht, vollen Lippen und kleinen braunen Augen; die joviale Art, die er stets zur Schau trug, täuschte jedermann, nur Franz nicht. Heute hielt er ein kleines schwarzes Notizbuch in der einen Hand, in der anderen einen Bleistift, und blickte den Jüngeren freundlich über seine Brille an.

Er sprach deutsch. »Ich möchte dich ein paar Dinge fragen, Franz. Hast du Zeit?«

Franz nickte. Sein erster Gedanke war, daß noch weitere Arbeiter entlassen werden sollten, und das war ihm unangenehm.

»Wo fehlt's? Ich brauche meine Leute, ich kann keinen entbehren, Fritz. Oder sind die letzten Gußstücke zurückgekommen?«

»Nein, nein, alles in Ordnung. Aber der Lärm! Suchen wir uns einen ruhigen Winkel.«

Franz wischte sich die Hände ab und begleitete seinen Vorgesetzten in die Nähe eines gelöschten Hochofens. Auch dort blieb Detloff eine Weile stumm und blickte Franz nur forschend an. Er lächelte noch immer, aber seine kleinen Augen waren scharf und voll Argwohn.

»Der Direktor, Franz ... Er möchte, daß ich ein paar Fragen an dich stelle.«

Detloff atmete auf, als er die ungeheuchelte Überraschung des jungen Mannes sah. Für ihn war seine Stellung das, was für einen Hund der Knochen ist. Er hätte sich wie ein Rasender gewehrt, wäre sie jemals gefährdet worden. Die Fragen des Direktors hatten den schwarzen Verdacht in ihm erweckt, daß Franz an höchster Stelle Gnade gefunden hatte. War es so, dann gab's zwei Möglichkeiten: entweder Franz stieg in seinen, Detloffs, Rang auf und erhielt einen gleichwertigen Posten, oder aber Detloff mußte gehen, und Franz wurde zu seinem Nachfolger ernannt. Das erste wäre bedauerlich, aber nicht so schlimm wie das zweite; bei dem bloßen Gedanken stellten sich Detloff alle Haare auf. Er hatte Franz niemals empfohlen, im Gegenteil, er war über ihn losgezogen, wo immer sich eine Gelegenheit bot; ja er hatte ihn sogar verleumdet und Arbeiten seiner Gruppe Tom Harrow und Jan Kozak zugeschrieben. So glaubte er seinen ehrgeizigen Landsmann ausschalten zu können, fühlte sich dabei aber etwas unbehaglich. Aus diesem Grund floß er vor Liebenswürdigkeit über und bot Franz sogar eine Zigarre an.

Franz nahm sie an. Detloff war ihm ein Greuel, er kannte seine Machenschaften genau, aber da er ein Deutscher war, mußten sie zusammenhalten, fand er. Er war sogar der Meinung, daß es besser sei, einen freundlichtuenden Feind zu haben als einen bösartigen Gegner.

»Nur ein paar Fragen, Franz. Ich weiß zwar nicht, was für einen Zweck sie haben sollen. Vielleicht will man eine Art Fragebogen über die Arbeiter anlegen. Bist du verheiratet, oder hast du die Absicht zu heiraten?«

»Nein.«

»Du bist vierundzwanzig Jahre alt, stimmt's? Und wo geboren? Danke. Deine Eltern und ihr Beruf in der Heimat?« Er schrieb eifrig. Dann steckte er den Bleistift ein, runzelte die Stirn und lächelte sofort wieder. »So verrückte Fragen! Hast du vielleicht eine Ahnung, warum man sie dir stellt? Wir haben hier noch keinen Arbeiter ausgefragt.«

»Ich habe keine Idee.« Es klang so aufrichtig, daß Detloff befriedigt war. »Niemand anderer wurde befragt?«

»Nein, und deshalb ist mir das Ganze ein Rätsel. Nicht einmal ich mußte Angaben machen ...« Er grinste wohlwollend. »Hast du einmal mit der Polizei zu tun gehabt?«

Franz schüttelte lachend den Kopf. Detloff schlug ihm auf die Schulter und Franz ging gleichmütig zu seiner Arbeit zurück.

Aber die Sache beschäftigte ihn doch. Gestern Schmidt, heute Detloff ... Er war vierundzwanzig, in sechs Jahren war er dreißig, über die erste Jugend hinaus. Was hatte er bis jetzt geleistet? Nichts. Ein gewöhnlicher Vorarbeiter in den Stahlwerken, ein paar Dollar in der Woche. Wenn sich nicht bald eine Gelegenheit ergab, Jan Kozak auszunützen, dann würde er nach Ablauf dieser sechs Jahre genauso weit sein wie heute. Er war unruhig und unzufrieden. Durch Toms Warnung hatten seine Pläne einen schweren Schlag erlitten. Die zähe Arbeit von Monaten war durch ein paar hingeworfene Sätze von Tom gefährdet worden. Nun konnte er wieder mühselig von vorne beginnen, um sich in das Vertrauen des schwerfälligen Kroaten einzuschleichen.

Dann schalt er sich selbst einen Narren. Jan war — wie Tom — in die Untergrundbewegung, diese Gewerkschaft, verwickelt. Er brauchte nur mitzuhalten. Er war eben dabei, zu Tom zu gehen und ihm seine Kapitulation anzubieten, als der Gehilfe des Zahlmeisters durch die Werkshalle kam und den Vorarbeitern die Lohntüten überreichte.

Franz öffnete sein Kuvert und zählte automatisch das Geld. Er wußte, was er zu bekommen hatte. Da stutzte er: Sechs Dollar mehr als sonst! Zweifellos ein Irrtum — oder eine Falle? Er gab den Männern ein paar Anordnungen und ging dann ins Büro des Zahlmeisters, das sich in einem Nebengebäude befand. Franz und der Zahlmeister kannten sich kaum. Um so erstaunter war er, als ihn der Mann freundlich grüßte und lachte:

»Zufrieden mit der Erhöhung, Franz?«

»So? Also eine Erhöhung? Warum, Mister Thomas, wo es so viele Entlassungen gibt?«

Der Zahlmeister wiegte den Kopf. »Willst du mit mir wegen des Geldes streiten? Schön, wenn du es nicht brauchst, dann gib's mir!«

Und er streckte die Hand aus und zwinkerte ihm zu.

»Hat mich Detloff für die Erhöhung vorgeschlagen?« fragte Franz ungläubig.

Der Zahlmeister tat sehr geheimnisvoll. »Ich weiß nicht, wer dich empfohlen hat, Franz. Die Weisung kam vor einer Stunde vom Direktor. Du bist doch ein heller Bursche, du müßtest wissen, daß es nicht auf Detloff zurückzuführen ist.« Und er lachte schlau.

»Aber Detloff hat mir vor einer Stunde ein paar komische Fragen gestellt ...«

Der Zahlmeister wurde plötzlich sehr interessiert. »Ja? Ich glaube, ich habe noch gesehen, wie er mit dir gesprochen hat. Mit deinen Antworten ist er sofort zum Direktor gegangen. Gleich darauf hat dessen Sekretär mir die Order gebracht, deinen Lohn zu erhöhen. Das ist alles, mehr weiß ich nicht.«

»Weiß Detloff von der Sache?«

Der Zahlmeister grinste. »Keine Ahnung. Aber er schien mächtig beunruhigt. Er wollte wissen, ob du einen Abzug bekommen hast, und ich habe ihn in dem Glauben belassen, daß es so ist. Da war er sehr erleichtert. Sag ihm auch du nichts anderes, sonst trifft ihn der Schlag.«

Franz ging nachdenklich zu seiner Arbeit zurück. Er konnte es nicht begreifen. Jetzt bekam er drei Dollar mehr als Tom, der seit zehn Jahren im Werk war und als bester Vorarbeiter galt. Es war unglaublich. An diesem Tag konnte nichts Überraschenderes mehr geschehen. Aber es geschah noch etwas — knapp vor sechs Uhr.

Franz wurde zum Direktor befohlen. Er wusch sich schnell und ging in das Direktionsgebäude, das nicht mit der Fabrik verbunden war. Dabei mußte er über einen Aschenweg zu einem kleinen Haus laufen, in dem sich die Räume des Direktors und das Sekretariat befanden. Hier hatte auch Egon Stössel sein Pult. Das Privatbüro des Direktors war gut geheizt, teppichbelegt, mit holzverkleideten Wänden, einem Mahagonischreibtisch und sauberen breiten Fenstern. Auf der gegenüberliegenden Seite befand sich eine Tür mit der bedeutungsvollen Aufschrift: »Präsident.«

Der Direktor, der »sächsische Schweinehund«, wie Franz ihn nannte, schaute den jungen Mann scharf an. Er selbst war ein kleiner, magerer Mann in mittleren Jahren, mit feinem aschfarbenem Haar, aschfarbenem Gesicht und blassen harten Augen. Als Sachse schaute er auf die Preußen herab, und sein geübtes Auge hatte in Franz Stössel sofort den Preußen erkannt. Das gutgeschnittene Gesicht mit dem blonden Haarschopf, die prachtvolle männliche Gestalt und die starken Muskeln machten wenig Eindruck auf ihn.

Aber da er klug und vorsichtig war, verbarg er seine Abneigung und sein Mißfallen. Er lächelte. Seine Stimme war sanft und einschmeichelnd, aber nach einem flüchtigen Blick zur Tür des Präsidenten wurde er lauter, als spräche er für einen versteckten Lauscher.

»Freuen Sie sich über die Lohnerhöhung, Stössel?« fragte er in deutscher Sprache.

»Ja, Mr. Dietrich. Ich bin sehr dankbar.«

Dietrich lächelte gewinnend. Er schaute auf die Papiere, die auf dem Schreibtisch lagen.

»Glauben Sie, daß Sie fähig sind, Detloff zu assistieren? Oder vielleicht sogar seinen Platz einzunehmen?«

Franz meinte, nicht recht gehört zu haben. Er starrte sein Gegenüber an. Dann fragte er kurz: »Warum?«

Dietrich lachte liebenswürdig. »Sonderbare Frage! Vielleicht, weil wir Sie für fähig und tüchtig halten?«

Franz schwieg. Tiefe Röte stieg ihm in die Wangen. Er lehnte sich in dem Stuhl zurück, auf den er sich gesetzt hatte, ohne aufgefordert worden zu sein, und musterte den Direktor mit seinen harten Augen. Aber seine Gedanken jagten sich, sein Herz schlug zum Zerspringen. Er war objektiv genug, um zu wissen, daß er nicht besser arbeitete als Tom Harrow, er fiel nicht aus der Norm, und selbst wenn er sich zugestand, daß er mit seinen Leuten umgehen konnte und Macht über sie besaß, so war diese Macht nur auf einen winzigen Sektor beschränkt und mußte in einem Werk dieser Größenordnung unbemerkt bleiben. Da steckte etwas dahinter. Sein Gehirn arbeitete fieberhaft.

Der Direktor brach das Schweigen. »Wir glauben, daß Sie diesen Platz ausfüllen können. Trotzdem ist das letzte Wort noch nicht gesprochen.«

Franz überlegte krampfhaft: Wenn er dieses unfaßbare Angebot annahm, dann wurde er auf einen Platz versetzt, der weit von Jan Kozak entfernt war. Niemals würde er dann dessen Geheimnis ergründen. Also mußte er den Posten ablehnen und bei Jan bleiben, bis er alles herausgebracht hatte. Dann war er in der Lage, einen weit höheren Preis zu erzielen als jenen, der ihm jetzt geboten wurde. Freilich, er mußte das Risiko auf sich nehmen, daß Kozaks »Geheimnis« wertlos war. Dann saß er zwischen zwei Stühlen und konnte das Verlorene niemals mehr zurückgewinnen. Günstige Gelegenheiten waren dünn gesät.

»Nun?« fragte Dietrich ungeduldig.

Franz schaute verlegen auf seine Fingernägel. Schließlich hob er die Augen und sah Dietrich gerade ins Gesicht.

»Wer wäre von einer solchen Möglichkeit nicht begeistert?« fragte er, und seine Stimme klang tief bewegt. »Aber wie soll ich wissen, ob ich für diese Stellung tauge? Darf ich Ihnen etwas vorschlagen, Mr. Dietrich: Lassen Sie mich noch vier Wochen auf meinem jetzigen Posten! Es gibt verschiedene Dinge, die ich noch nicht kann. Ich möchte meine Arbeit von Grund auf verstehen und noch vieles lernen, ich muß völlig auf Draht sein, ehe ich aufsteige. Ich ... ich ... beschäftige mich mit einem Versuch ... Nun, ich habe so eine Idee für die Erzeugung von Gußstücken, durch die das jetzige System revolutioniert werden könnte. Das bringe ich nur fertig, wenn ich direkt bei meinem Hochofen bleibe. Vielleicht schaut überhaupt nichts heraus, dann habe ich nicht viel verloren. Aber wenn die Sache gelingt, ergibt sich ein Vorteil für uns alle.«

Dietrich war aus seiner lächelnden Gleichgültigkeit aufgefahren. Gespannt und mit unverhohlener Neugier blickte er Franz an: »Ja? Das ist unglaublich. Können Sie mir etwas Näheres darüber sagen?«

Franz setzte eine kindlich-schüchterne und bittende Miene auf: »Noch nicht, Mr. Dietrich. Wie schon erwähnt, kann alles ein Irrtum sein. Gegenwärtig steckt es noch im reinen Versuchsstadium.«

Dietrich war in heller Aufregung. »Brauchen Sie mehr Arbeiter, mehr Material, mehr Hilfe? Wir geben sie Ihnen mit Freuden. Der Gußvorgang macht uns schwere Sorgen.«

»Ich möchte lieber allein arbeiten, Mr. Dietrich.«

Die beiden Männer sahen einander an. Der Direktor trommelte mit den Fingern auf den Schreibtisch. Dann endlich lächelte er: »Bleiben Sie also noch einen Monat auf Ihrem Arbeitsplatz. Genügt das? Dann werden wir sehen, ob sich etwas in der Gießerei geändert hat. Auf jeden Fall ist Ihnen der neue Posten gewiß.«

Franz neigte ehrerbietig den Kopf und erhob sich.

»Einen Augenblick noch, Stössel. Sie sprechen hochdeutsch. Sind Sie drüben nicht auf dem Land aufgewachsen?«

»Meine Eltern waren Lehrer in Bayern. Ich spreche auch Französisch, denn wir waren zwei Jahre in Frankreich und dann vier Jahre in England, ehe wir nach Amerika auswanderten.«

»Außerordentlich! Ich sehe, daß wir einen guten Griff mit Ihnen getan haben, Stössel. Aber warum sind Ihre Eltern nicht direkt nach Amerika gegangen?«

Franz verzog unmerklich seine Lippen. Er dachte an Emmis irrsinnige und verzweifelte Pilgerfahrt zu Gleichheit, Freiheit und Brüderlichkeit. Aber er sagte nur: »Meine Eltern konnten sich nicht entscheiden.«

Kaum hatte er das Büro verlassen, da stieß Schmidt die Tür auf und stürzte in das Zimmer des Direktors. Sein Gesicht war scharlachrot, schweißbedeckt und strahlend, als hätte er von einem überraschenden großartigen Geschäft und von wunderbaren Neuigkeiten gehört.

»Nun!« rief er aus. »Ist er gut oder nicht? So einen Mann haben wir hier im Werk! Was halten Sie von ihm, Dietrich?«

Der Direktor zögerte. Er wußte, daß Schmidt beim geringsten Widerspruch explodieren würde. Aber er konnte das Interesse seines Chefs an einem gewöhnlichen Vorarbeiter nicht begreifen. Dietrich hatte seine gegenwärtige Stellung nicht durch Kampf und Widerstand gewonnen, er war ein Opportunist, der sein Ziel durch schlaue, wohl dosierte Zustimmung und Schmeichelei erreichte. So lächelte er, obwohl er sich darüber ärgerte, daß Schmidts Urteil richtiger sein sollte als sein eigenes.

»Ich war sehr erstaunt, Mr. Schmidt. Doch jetzt bin ich überzeugt, daß Sie recht haben.«

»Recht?« bellte Schmidt. »Ich habe immer recht, Dietrich! Sie sind stur und tragen Scheuklappen, das hab' ich Ihnen immer schon gesagt! Egal. Wir werden von dem Mann wieder hören, nicht wahr?«

»Gewiß.«

Als Dietrich allein war, biß er sich auf die Lippen und runzelte die Stirn. Er begriff das Ganze nicht. Trotzdem unternahm er nichts, bevor Hans Schmidt nach seinem Wagen rief und wegfuhr. Dann erst ließ er Detloff kommen.

»Dieser Arbeiter, Franz Stössel«, begann er ohne Einleitung, »was wissen Sie von ihm?«

Detloffs Augen funkelten vor Bosheit. »Ein Deutscher. Ich habe ihn niemals leiden können, Mr. Dietrich. Die Leute hassen ihn, er ist ein Antreiber. Ein tüchtiger Arbeiter — nichts weiter. Sollen wir ihn entlassen?«

»Nein«, sagte der Direktor verdrossen. Dann blickte er Detloff nachdenklich an. »Der Alte interessiert sich für ihn. Warum, weiß ich nicht. Aber kennt man sich bei seinen Launen aus? Sie werden besonders freundlich zu ihm sein, ihm jede Hilfe gewähren, die er wünscht. Verstanden?«

Detloff war bestürzt. »Können wir nichts gegen ihn unternehmen ...?«

»Nicht, wenn Ihnen an Ihrem Job etwas liegt«, sagte Dietrich gleichmütig.

XIII

Als Franz Stössel nach Arbeitsschluß weggehen wollte, suchte ihn sein Freund Jan Kozak lebhaft gestikulierend zurückzuhalten. Geheimnisvoll deutete er an, daß abends ein wichtiger Versuch im Werk stattfinden sollte und daß man ihn gerne dabeihätte. Aber Franz lehnte glattweg ab. Er war müde. Früher wäre er einer solchen

Aufforderung schon aus Neugier nachgekommen. Aber er wußte, daß Tom Harrow ihm nicht ganz traute und daß dieser Argwohn allmählich auch dem riesigen Kroaten eingeimpft worden war. Als er den abschätzenden und zweifelnden Blick Jans bei seiner Absage bemerkte, gratulierte er sich zu seinem Entschluß.

Er suchte Tom Harrow auf, der eben in seinen vielgeflickten Mantel schlüpfte. Tom und seine Familie wohnten ebenfalls in der Mulberry Street, und die beiden jungen Männer gingen oft gemeinsam nach Hause.

»Wo steckt Jan?« fragte Tom, als er den Freund allein kommen sah.

»Er ist noch im Werk geblieben — will an seinem Experiment arbeiten.«

Tom lächelte. »Je besser ich dich kenne, Fritzchen« — er redete alle Deutschen mit diesem Kosenamen an —, »desto fester glaube ich, daß du ein verdammt gehauter Bursche bist. Ich gehöre nicht zu den Kumpels, denen es nicht paßt, wenn ihre Freunde Köpfchen haben, ich schätze es sogar. Aber man kann auch allzu clever sein.«

»Ich bin kein bißchen clever«, antwortete Franz und lächelte ebenfalls. Er nahm Toms Mütze, die auf einem kleinen Schlackenhaufen lag, und reichte sie ihm.

Tom lächelte säuerlich. »Meine Alte sagte immer: Halt die Augen offen, wenn dir einer sagt, daß er nicht gescheit ist. So einer kann die Pennies von den Augen eines Toten stehlen.« Er setzte die Mütze auf und betrachtete Franz nachdenklich. »Aber ich mag dich trotzdem«, fügte er hinzu.

Sie traten aus dem Vorhof des Werks und kauften die neuesten Zeitungen. Die Wahl sei endlich entschieden, verkündeten die Schlagzeilen. James A. Garfield war also jetzt der zwanzigste Präsident der Vereinigten Staaten. Konservative Blätter stellten düstere Prognosen für die Zukunft.

»Er ist ein anständiger Mann«, sagte Tom eifrig. »Er wird keine Streikenden morden. Die Großindustriellen, die Bergwerksbesitzer und die Eisenbahnbarone müssen jetzt auf der Hut sein.«

Er erzählte weiter, daß die Zahl der Knights of Labour, der gewerkschaftlich organisierten Arbeiter, schon über zweihunderttausend betrage. »Sie können uns nicht mehr totschweigen!« knirschte Tom und schlug mit der Faust auf das Blatt. »Sie können uns nicht mehr unterdrücken!«

Der gelbliche Schein der Straßenlampen fiel auf sein dunkles, unschönes Gesicht mit den fanatisch funkelnden Augen.

Franz gähnte. »Mich interessiert nur eines: daß ich arbeiten kann und meinen Lohn bekomme«, sagte er gleichmütig. Er fröstelte in dem feuchten Nebel, der dick in den finstern Straßen lagerte, stellte den Mantelkragen auf und versenkte die Hände tief in die Taschen.

»Möchtest du nicht auch mehr Lohn?« fragte Tom gereizt.

»Wenn ich ihn wert bin — gewiß.«

Tom brummte verächtlich. »Ihr Deutschen habt kein Rückgrat«, sagte er geringschätzig. »Wart nur, bis du einmal entlassen wirst oder aussetzen mußt, dann singst du ein anderes Lied.«

»Soviel ich feststellen kann, haben die Gewerkschaften bis jetzt nichts als Blutvergießen und Verwirrung gebracht«, bemerkte Franz ungerührt.

»Deshalb organisieren wir uns ja. Alles Gute muß erkämpft werden. Wenn du nur endlich einmal zu einer Versammlung kommen würdest!«

»Schön, ich werde kommen«, nickte Franz gutmütig und gab sich geschlagen. Tom hatte den Eindruck, daß seine wiederholten Vorstöße endlich den Widerstand des Freundes gebrochen hatten. »Wann ist die nächste Versammlung?«

»Morgen abend«, antwortete Tom. Er schlug Franz freundschaftlich auf die Schulter. »Paß auf, wir machen noch einen guten Gewerkschaftler aus dir.«

»Ich verspreche nichts, merk dir's«, warnte Franz. »Aber ich glaube, daß mir nichts anders übrigbleibt, sonst quälst du mich noch zu Tode!«

Tom war froh, daß er Franz also doch gewonnen hatte. In der Dunkelheit sah er dessen ironisches Lächeln nicht.

Tom besaß ein ärmliches, aber sauberes Häuschen, das Dolly, seine Frau, so freundlich und gemütlich machte, wie es mit 18 Dollar Wochenlohn möglich war. Keine einfache Sache, wenn man drei kleine Töchter hat! Das Haus besaß vier winzige Zimmer, warm, hell, vollgeräumt und spiegelblank. Es wirkte wie Dolly selbst: niedlich, sauber, verspielt und immer heiter. Franz machte häufig einen kleinen Besuch dort, wenn er vom Werk heimging, trank eine Tasse Tee und scherzte mit den Kindern, die er aufrichtig liebte.

Auch diesmal trat er ein, und Dolly begrüßte ihn herzlich und froh wie immer. Sie war eine zierliche Frau und erinnerte mit ihren flinken Bewegungen an einen kleinen Vogel. Ihr hellbraunes Haar war immer in tadellose Wellen gelegt und ihr rundes Gesicht mit den Grübchen und den lustigen Augen hübsch und voll Leben. Sie hatte viel für Mode übrig und bemühte sich rührend, mit ihren kargen Mitteln die Modelle zu kopieren, die sie in den Schaufenstern sah.

Ihre Garderobe und die der Kinder nähte sie selbst. Heute trug sie ein rosa Kleid von hübschem Schnitt, wenn auch aus billigem Material, mit reicher Tournüre, gebauscht und drapiert und mit Rüschen verziert. Ihre kleinen Töchter, Mary, Polly und Pansy, waren nett und rein, hatten ihre blonden Haare sorgfältig zu Korkzieherlocken gedreht und trugen weiße gestärkte Schürzen über ihren karierten Wollkleidern. Der Kessel dampfte auf dem Herd. Franz liebte das Haus, das so verschieden von seinem eigenen war; trotz der Ärmlichkeit war es behaglich und voll Lachen. Ihm wurde warm ums Herz, wenn er es betrat. Dolly empfing ihn durchaus wie eine Lady, lächelnd und in reizender Koketterie.

Sie freute sich immer, wenn Franz kam, er gefiel ihr in seiner Männlichkeit und in seinem Auftreten. Sie fand ihn anziehend und schön, und sie hielt ihn für einen durchaus guten Menschen, weil er so sichtlich von ihren Kindern angetan war.

»Ich hab dir den ›Hübschen‹ wieder zum Tee gebracht«, verkündete Tom und küßte seine Frau und die drei Kleinen.

»Das ist lieb von dir!« antwortete Dolly und zwinkerte Franz zu. Sie eilte zum Herd und gebot der Ältesten, Mary, eine weitere Tasse zu bringen. Dann nahm sie den beiden Männern die tropfnassen Mäntel ab, schüttelte sie und hängte sie auf.

Franz setzte sich nieder und wärmte sich die Hände am Feuer. Mary kam schüchtern auf ihn zu. Sie war sein Liebling — ein dunkles, verschlossenes Ding mit einem scheuen Lächeln. Zwar hatte sie Toms Augen- und Haarfarbe, war aber sehr hübsch in ihrer elfenhaften Grazie und wirkte viel älter als zehn Jahre. Sie ließ sich von Franz auf die Knie heben, worauf ihre kleinen Schwestern eifersüchtig näher traten und sich an seine Seite stellten. Polly und Pansy waren Zwillinge mit runden, frischen Gesichtern und roten Wangen und mit den dunkelblauen Augen der Mutter. Sie konnten ihre Schwester Mary nicht leiden und waren gegen sie verbündet; trotz ihrer sechs Jahre fühlten sie instinktiv, daß die Große anders war als sie selbst — eine Fremde. Sie vergötterten Franz und verstanden nicht, daß Mary sein Liebling war. So zwickte Polly heimlich ihre Schwester, und Pansy versuchte, sie mit dem scharfen Fingernagel am Bein zu ritzen. Mary zuckte zusammen, war aber zu stolz, um sich zu beklagen oder gar zu weinen. Franz jedoch hatte es wohl bemerkt und blickte die Zwillinge tadelnd an:

»Jetzt seid ihr aber sehr schlimm gewesen! Wenn ihr euch so benehmt, bekommt ihr niemals, was ihr möchtet.«

»Wie bekommst du, was du möchtest, Onkel Franz?« fragte Pansy keck.

»Indem ich lieb und freundlich und brav bin«, antwortete er mit einem unwillkürlichen Lächeln.

»Ja, wie Onkel Franz müßt ihr sein!« fiel Tom boshaft ein. »Immer eine liebenswürdige Miene zeigen und grinsen wie eine verdammte angemalte Puppe, dann frißt euch jeder aus der Hand!«

Franz war durchaus nicht beleidigt, er lachte nur gutmütig. Aber Dolly mißfiel die rüde Redensweise ihres Mannes: »Denk doch an die Kinder!« rief sie vorwurfsvoll. Sie schnitt ein paar hauchdünne Scheiben Brot ab und bestrich sie mit Butter, dann öffnete sie einen Topf Pflaumenmus. Auf dem Herd brodelte eine dicke, kräftige Ochsenschleppsuppe für die Abendmahlzeit; Franz sog den würzigen Duft ein. Dolly breitete ein sauberes Tuch über eine Ecke des Tisches und stellte Schalen und Untertassen in eine Reihe darauf; sogar die Kinder hatten ihre eigenen Schalen. Dann goß sie den schwarzen, dampfenden Tee ein, zuckerte ihn ausgiebig und schob Franz einen Topf mit Milch zu.

Ihr hübsches, fröhliches Gesicht strahlte ihn vielsagend an: »Heute hab' ich deine Mutter gesehen, Franz, mit einer jungen Lady. Deine Kusine, wie ich hörte. Mein Gott, ist die schön!«

Tom hob den Kopf: »Ah, das Fräulein, von dem du mir erzählt hast. Sie ist also gut angekommen?«

»Und ein Gesicht, und einen Teint!« schwärmte Dolly, wobei sie Franz nicht aus den Augen ließ. »Wir werden bald eine Hochzeit erleben, paßt nur auf!«

Franz lächelte und tat einen Schluck, ehe er antwortete. Dann legte er seine Hand auf Dollys winzige, rotgearbeitete Finger und sagte:

»Du weißt, daß ich dir treu bin, Dolly. Nie kann mich eine andere Frau betören!«

Dolly lachte fröhlich: »Du hast ein Mundwerk, meiner Seel', Franz! Ich bin ganz geschmeichelt. Aber laß meine Hand los, Tom mag das nicht.«

Tom blickte sie liebevoll an. Er war sehr stolz auf seine kleine, lebhafte, hübsche Frau. Die Zwillinge saßen auf seinen Knien, während Mary Franz nicht von der Seite wich.

»Wehe euch, wenn ich euch einmal hinter der Türe erwische!« scherzte Tom mit einem leise drohenden Unterton. »Ein Ehemann hat seine Rechte.« Dann zu Franz: »Das Mädel wird sich hier einen Dienstplatz suchen, nehme ich an.«

»Wahrscheinlich.« Franz zauberte eine kleine Silbermünze aus seiner Tasche und steckte sie Mary zu, deren Gesicht vor Freude aufleuchtete. Fest hielt sie das Geldstück in ihren kleinen Händen und schaute ihn verzückt und in schrankenloser Liebe an.

»Kauf dir was Süßes darum«, sagte er.

»Nein, auf die Bank damit!« Flink wie ein Vogel flatterte Dolly zum andern Ende des Zimmers, holte ein Sparschwein aus Gips vom Kamin: »Da gib's hinein, Mary!« Die Zwillinge beobachteten den Vorgang voll Neid.

»Laß es doch dem Kind«, bat Franz, der sah, wie sich Marys Gesicht verdunkelte.

Tom schüttelte energisch den Kopf. »Nein, danke. Sie muß sparen lernen. Eines Tages werden wir die Sparschweine der Kinder aufbrechen müssen, um Brot zu kaufen, wenn sich die Zeiten nicht bessern. Komm, Mary, tu, was Mammi dir sagt!«

Mary stiegen Tränen in die Augen, während sie die Münze in den Schlitz des Sparschweins steckte. Die Zwillinge grinsten boshaft. Franz küßte das Mädchen auf die Wange:

»Kränk dich nicht, Mary! Verrat mir, was du dir nächste Woche zum Geburtstag wünschst, und ich bring dir's, und wenn's der Tower von London wäre!«

Sie lächelte zaghaft unter Tränen, doch bevor sie antworten konnte, sagte ihre Mutter vorwurfsvoll: »Franz, du verwöhnst das Kind.«

»Eine Puppe? Ein neues Kleid? Ein kleines Medaillon?« fragte Franz, ohne sich um Dolly zu kümmern. »Oder eine Geldbörse? Ein paar hübsche Taschentücher?«

»Eine Puppe«, flüsterte sie. Die winzigen blauen Blutgefäße an ihren blassen Schläfen zuckten, aber die Augen leuchteten: »Eine Puppe mit Locken, so blond wie deine, Onkel Franz.«

Er hob sie zu sich empor. »Abgemacht, eine Puppe mit blonden Locken. Aber paß auf, daß diese kleinen Rangen da sie nicht in ihre Hände bekommen!«

Die Zwillinge waren neidischer denn je. Sie kletterten von den Knien des Vaters herunter und klammerten sich an den Onkel. »Wir haben auch Geburtstag, im Juni!« riefen sie. »Wir wollen auch Puppen, aber größere!«

»Habt ihr nicht gehört, was Onkel Franz gesagt hat? Durch Schreien und Fordern erreicht man nichts«, meinte Tom sarkastisch.

Als Franz wieder hinaus in die Regennacht trat, spürte er, wie Wärme, Fröhlichkeit und Freude hinter ihm zurückblieben.

Er hatte sich selbst so fest in der Gewalt, daß er den ganzen Tag keinen einzigen Gedanken an Irmgard Höller verschwendet hatte. Nun aber, da er sich dem Haus näherte, überfiel ihn eine plötzliche Erregung und eine sonderbare Angst. Er sah ihr schönes, ruhiges

Gesicht mit den grünen Augen vor sich, er hatte den Klang ihrer Stimme im Ohr.

Der Ofen im Wohnzimmer war nicht geheizt, und er ging direkt in die Küche. Emmi und Irmgard deckten den Tisch, Egon saß mit einem Buch beim Herd, so nah, daß sein Rock fast angesengt roch. Über die Brille hinweg grüßte er seinen Sohn mit dem gewohnten scheuen, freundlichen Lächeln. Aber Emmi nickte ihm nur kurz zu, und Irmgard nahm kaum Notiz von ihm. Franz küßte den Vater auf die Wange, unterließ aber bei Emmi diese Art der Begrüßung. Der Kusine lächelte er zu und versuchte, ihren Blick zu erhaschen.

»Was hast du heute getrieben, Kusine?« fragte er freundlich und stellte sich ihr in den Weg, so daß sie gezwungen war, ihn anzusehen. Ihre blassen Wangen erröteten, sie sah ihn gerade an, aber ihre grünen Augen waren voll Abwehr.

»Ich habe einen Posten bekommen«, sagte sie und beugte sich über den Herd, um den Inhalt eines Kochtopfes zu begutachten. Sein Blick lag auf ihrer hohen, gewölbten Brust, die in das enge Jäckchen gepreßt war, auf der anmutigen Linie ihres weißen Halses und der feinen Kurve des Kinns.

»Einen Posten! So schnell schon! Ja, was denn?«

Irmgard antwortete nicht sofort, aber Emmi, die in der Mitte der Küche mit einem eisernen Löffel in der Hand stand, sagte grimmig:

»Als Stubenmädchen oder Zofe, sie beginnt morgen. Bei Mrs. Schmidt, der Gattin des Stahlwerksbesitzers. Die Wirtschafterin hat den Dienst verlassen, und das bisherige Stubenmädchen von Mrs. Schmidt ist an ihre Stelle getreten. Irmgard wird die Hausfrau zu bedienen haben, sie ist ihr persönlich zugeteilt.«

Franz starrte sie ungläubig an. Dann brach er in schallendes Gelächter aus.

XIV

Emmis tiefe Enttäuschung über Irmgard hatte sich am Morgen bereits etwas gemildert gehabt; sie hatte verwandte Eigenschaften an ihrer Nichte entdeckt: Anstand und Zielstrebigkeit. Dadurch wurde sie mit manchem andern versöhnt. Für sie war der Charakter ihres Sohnes ein Labyrinth, in dem sich gefährliche Feinde und dunkle Abgründe verbargen. Sie wußte nicht, daß sein durchaus amoralisches Gemüt in Wahrheit ebenso einfach und unkompliziert war wie das ihre. Die Abweichung zwischen ihr und Franz bestand darin, daß Franz mit sich und der Welt im Einklang lebte. Ihr einfaches Gemüt hingegen stritt bis zum Ende ihres Lebens mit der

Wirklichkeit, und so litt sie unaufhörlich. Franz hatte sich den Realitäten angepaßt und sich längst mit den unabänderlichen Tatsachen abgefunden, und deshalb waren ihm die Leiden und die Probleme fremd, die seine Mutter quälten.

Eines Tages hatte er ihr mit der ihm eigenen lächelnden Bosheit, die sie stets auf die Palme trieb, gesagt: »Du wirst niemals verstehen, daß unsere Naturen völlig gleich sind; du könntest leicht ich, und ich könnte leicht du sein. Der einzige Unterschied ist der, daß wir die Dinge verschieden sehen, du reagierst anders.« Im Unterbewußtsein fühlte sie, daß er recht hatte, und das brachte sie noch mehr in Harnisch.

»Du glaubst«, fuhr er fort, »daß alle Menschen deine Brüder sind. Ich glaube, daß nicht ein einziger mein Bruder ist; vielleicht sind beide Ansichten übertrieben. Damit sind wir also auch in unseren Übertreibungen identisch.«

»Du siehst den Tatsachen nicht in die Augen«, warfen sie sich gegenseitig vor, Emmi voll bitteren Zorns, Franz belustigt.

Niemals würde Emmi einsehen, daß ihre Ansichten in Wahrheit genauso amoralisch waren wie die ihres Sohnes. Ein wirklich moralischer Mensch findet sich auch mit dem Schlechten und Bösen ab; sie aber ließ das Negative niemals gelten. Sie war der menschlichen Schlechtigkeit gegenüber ebenso unduldsam, wie Franz gegen alles intolerant war, was er Sentimentalität nannte. Er war überzeugt, daß er die Menschen benützen und ausnützen durfte, und kannte keine Skrupel, wenn es darauf ankam. Emmi hielt es für die Pflicht des Menschen, seinem Nächsten beizustehen, und war im Verfolgen dieses Zieles ebenso skrupellos wie er. Sie versuchte Irmgard in Amerika mit der gleichen Selbstsucht zu lenken, mit der Franz das Mädchen auszunützen plante.

So sagte sie am nächsten Morgen zu Irmgard: »Du bestehst darauf, eine Stellung anzunehmen? Gut, dann gehe ich mit dir; ich muß die Leute kennen, bei denen du arbeiten willst. Ohne meine Zustimmung darfst du keinen Posten annehmen.«

Irmgard dachte: Mein Leben gehört mir allein. Aber sie lächelte unbefangen und ruhig, womit sie bewies, daß ihr Wesen nicht so geradlinig war wie das ihrer Tante.

Emmi hätte ihre Nichte gerne daheimbehalten, schon ihres Sohnes wegen — wie hätte ihn Irmgards lauterer Charakter und ihre Schönheit unberührt lassen können? Irmgard jedoch hatte höflich und entschieden abgewunken: sie wolle niemandem zur Last fallen und auf eigenen Beinen stehen. Sonst wäre sie gar nicht nach Amerika gekommen, meinte sie.

Im Grunde gefielen dieser Stolz und dieser Selbständigkeitstrieb der Frau. Und dann mußte man ja auch noch an das Geld denken ...

Sie hatte also Irmgard in ein Vermittlungsbüro für Hausangestellte geführt. In ihrem gesunden Empfinden fand sie nichts Herabsetzendes darin, daß ein Mädchen aus dem Mittelstand, die Tochter kleiner Landwirte, eine dienende Stelle annehmen sollte. Sie selbst war in der festen deutschen Tradition aufgewachsen, daß jede Arbeit ehrenvoll sei; zur Schande wurde sie erst, wenn der Arbeiter sich selbst erniedrigte. Irmgard würde bei einer manuellen Tätigkeit ebenso stolz, ebenso achtunggebietend sein, als stehe sie als Lehrerin am Katheder. Man mußte die aufgetragenen Pflichten, wie sie sich aus den Umständen ergaben, nach besten Kräften erfüllen, dann büßte man nichts von seiner Persönlichkeit ein.

Das Büro der Stellenvermittlung befand sich in einem schmutzigen Lokal in einer trostlosen Geschäftsstraße. Die Leiterin, eine strengaussehende Frau in mittleren Jahren, war den Anblick unbeholfener, bäurischer Arbeitssuchender gewöhnt und erstaunte über Irmgards Schönheit und Haltung. Das bewirkte bei ihr allerdings eine gewisse Voreingenommenheit. Noch mehr überraschte sie das tadellose Englisch des Mädchens, das zwar langsam und überlegend, doch völlig korrekt sprach. Und dabei hatte Irmgard wenig Gelegenheit, zu reden, denn Emmi führte das große Wort, mit einer Arroganz, die keinen Eindruck auf die Stellenvermittlerin machte.

»Meine Nichte spricht ebensogut französisch wie englisch«, erklärte sie, »sie wäre eine ausgezeichnete Gouvernante.«

Die Frau verzog verächtlich den Mund. »Solche Stellen habe ich nicht. Ich vermittle nur Köchinnen, Stubenmädchen und Kammerzofen.« Sie musterte Irmgard feindselig durch ihre funkelnde Brille. »Meine Kundinnen legen keinen Wert auf deutsche Küche, obwohl viele aus Deutschland stammen. Im übrigen ist diese ... Lady zu groß für ein Hausmädchen, meine Kundinnen bevorzugen zierliche Mädchen. Und was die Kammerzofe betrifft —«, sie lächelte, »— da fürchte ich, bestehen auch nicht allzuviel Chancen. Die Damen legen auf hübsche Zofen wenig Wert — wegen ihrer Gatten, Sie verstehen!«

Emmi griff nach ihrem Muff und richtete sich zu ihrer vollen Größe auf: »Dann haben Sie also nichts!« stellte sie hochmütig fest. Und zu Irmgard: »Komm!«

Die Vermittlerin runzelte die Stirn: »Sie haben es aber eilig! Können Sie massieren?« fragte sie Irmgard.

Irmgard dachte an die harten Jahre, da sie den Vater täglich massiert hatte, der seit seiner Haftzeit an schweren Gelenksschmerzen litt. Sie nickte: »Ja.«

Die Frau suchte ein paar Papiere heraus. »Ich habe hier ein Angebot: Eine sehr kränkliche Lady mit rheumatischen Beschwerden sucht eine kräftige Angestellte zu ihrer persönlichen Bedienung. Massage ist Bedingung. Die Betreffende soll außerdem eine angenehme Stimme und gute Manieren haben, kurz, eine Person, die weiß was sich gehört und wo ihr Platz ist.«

Irmgards hübsches, ruhiges Gesicht überzog sich mit glühender Röte. Sie stand neben Emmi in ihrem alten, ländlichen Gewand mit gefalteten Händen. »Ich weiß, wo mein Platz ist«, brachte sie so mühsam heraus, als ringe sie nach Luft.

Der Vermittlerin gefiel ihre Verlegenheit. Sie dachte: Die junge Person muß wirklich etwas Besonderes sein. Ihre Stimme wurde freundlicher: »Vor kurzem habe ich der Dame ein deutsches Mädchen geschickt, Mathilda, die so gut entsprochen hat, daß sie zur Wirtschafterin avanciert ist. Es ist ein sehr vornehmer Haushalt, eine unserer besten Familien. Der Name ist Schmidt; Mr. Schmidt ist der Eigentümer der Schmidtschen Stahlwerke. Sie werden begreifen, daß nur ein sehr tüchtiges und wohlerzogenes Mädchen dort aufgenommen wird. Ein Mädchen aus anständigem Haus.«

Sie kritzelte ein paar Worte auf eine Karte. »Der Lohn beträgt zwanzig Dollar im Monat, was sehr, sehr gut bezahlt ist. Mrs. Schmidt ist für ihre Freundlichkeit und Großzügigkeit bekannt. Sie werden auch ein eigenes Zimmer haben und vierundzwanzig Stunden im Tag zur Verfügung stehen müssen. Jeden zweiten Donnerstag nachmittag haben Sie frei, und ebenso einen Sonntag im Monat. Sehr, sehr nobel. Ich habe gehört, daß Mrs. Schmidt ihre Angestellten überaus rücksichtsvoll behandelt und sie durchaus nicht überfordert. Sie werden in gewisser Beziehung eine Art Gesellschafterin sein.«

Sie reichte Irmgard die Karte, und die beiden Frauen verließen das Büro.

Draußen schüttete es. Emmi spannte ihren großen schwarzen Regenschirm auf und nahm Irmgards Arm. »Es ist nicht weit«, sagte sie, sparsam, wie sie war, »wir brauchen keinen Wagen zu nehmen.«

Sie hasteten durch graue, häßliche Straßen. Emmi stapfte grimmig dahin; in Gedanken überschüttete sie die anmaßende Stellenvermittlerin mit vernichtenden Antworten. Sie atmete heftig und sah sehr zornig aus. So vergaß sie fast das Mädchen an ihrer Seite, bemerkte nicht die nach vorn gesunkenen Schultern und die plötzliche Traurigkeit auf dem jungen Gesicht. Aber dieser Schwächeanfall ging schnell vorbei; Irmgard hob energisch den Kopf, und ein hartes Licht trat in ihre Augen; in einem festen Entschluß schüttelte sie die trüben Gedanken und die Angst vor dem Bevorstehenden ab. Sie erwartete ja nichts vom Leben, also brauchte sie auch nichts zu fürchten, und sie würde sich bestimmt nicht unterkriegen lassen.

»An deinen freien Donnerstagen und Sonntagen kommst du natürlich zu uns«, erklärte Emmi, die endlich die Stellenvermittlerin aus ihren Gedanken verbannt hatte.

Irmgard lächelte, antwortete aber nicht.

»Du sollst nicht einsam sein«, fuhr Emmi fort.

»Ich bin niemals einsam gewesen«, sagte Irmgard und hob ihren Rocksaum, um einer Pfütze auszuweichen.

Emmi brummte: »Das ist eben die Arroganz der Jugend, die glaubt, daß sie mit allem allein fertig werden kann. Natürlich wirst du einsam sein. Aber du mußt lernen, deine Gefühle im Zaum zu halten.«

Wieder lächelte Irmgard unwillkürlich. Sie wußte schon, daß Emmi ihre Gefühle nicht im mindesten in der Gewalt hatte. Sie wußte auch, daß die Leute, die ständig über bestimmte Tugenden sprachen, gerade diese Tugenden selbst nicht besaßen.

»Ich habe mich immer in der Gewalt«, erklärte sie gleichmütig.

Emmi warf ihr einen scharfen Blick von der Seite zu, aber Irmgards Miene war undurchsichtig. In Wirklichkeit freilich ärgerte sie der kleine Wortwechsel mit der Tante ein bißchen, aber das verrieten nur ihre spöttisch funkelnden Augen.

»In der ersten Zeit wirst du es sicher sehr schwer haben und die Arbeit in einem fremden Haus, in einem fremden Land unerträglich finden«, fuhr Emmi gewichtig fort. »Aber du darfst dich nicht kleinkriegen lassen und nicht die Hoffnung verlieren. Du mußt dich tapfer den Umständen anpassen und dich mit ihnen abfinden.«

Aber du, dachte Irmgard nachsichtig, du hast dich niemals abgefunden. Trotzdem nickte sie leicht mit dem Kopf. Emmi schritt noch schneller aus, das Haupt erhoben, angeregt, befriedigt, daß sie ihrer Nichte so gute Lehren erteilte. Ihr eigenes Rückgrat schien sich zu stärken, weil sie so ernst gesprochen hatte. Wie viele Menschen, vermochte auch sie persönliche Tugenden aus den tugendhaften Ratschlägen, die sie anderen gegeben hatte, zu entwickeln.

»Du darfst niemals einer Schwäche nachgeben«, sprach sie weiter und fühlte sich selbst stark und furchterregend.

»Nein, Tante Emmi«, antwortete Irmgard demütig. Sie durchschaute ihre Tante, kannte deren niemals eingestandene Schwäche, und das machte sie mit einem Male sehr traurig.

Emmi wanderte weiter. Ihr schwarzer Rock wehte um die Knopfstiefelchen wie der Mantel eines Generals. Ihr Gesicht wurde hart, ihre Augen schossen Blitze. Sie schien wie von unhörbarem Trompetengeschmetter befeuert. Ihr war so leicht ums Herz, sie fühlte sich unbesiegbar. Irmgard beobachtete die Tante und lächelte wehmütig. Sie ging nur ein wenig hinter ihr, denn Emmis harter Ellbogen stieß sie bei jedem Schritt in die Seite. So kam sie durchnäßt beim Hause Schmidt an.

Emmi strebte energisch zur Haupttreppe, aber Irmgard zog sie am Arm: »Nein, Tante, dort ist der Dieneraufgang!«

Emmi fuhr zusammen und schaute sie zornig an. Dann reckte sie das Haupt noch höher und schlug den Weg zum hinteren Eingang ein. Der Butler, höchst verwundert über diesen weiblichen Dragoner und die schöne junge Begleiterin, ließ sie eintreten. Irmgard reichte ihm schweigend die Karte, mit der sich der Butler entfernte.

Die beiden Frauen standen unter der schmalen, finstern Einfahrt, am Fuß der Dienertreppe. Emmi atmete wieder hörbar, sie sagte: »Du darfst niemals deine guten Manieren vergessen, Irmgard, wenn man dich auch noch so reizt. Du mußt unterwürfig und gehorsam sein und schweigen. Ich hoff, du verstehst mich. Du darfst mich nicht enttäuschen.«

»Nein«, sagte das Mädchen leise. Der Butler kam zurück und meldete, daß Mrs. Schmidt die Bewerberin sehen wolle.

Er führte die beiden ins Stiegenhaus. Am Fuß der Treppe legte Irmgard leicht die Hand auf den Arm der Tante und sagte ruhig: »Tante Emmi, ich werde allein hinaufgehen.«

Emmi war außer sich. Sie stand auf der untersten Stufe, zum Weitergehen entschlossen. »Unsinn«, sagte sie, »du bist ganz unerfahren, du kennst dich nicht aus. Ich muß die Dame selbst sehen, damit ich weiß, ob dieser Posten für dich paßt.«

Sie sprachen deutsch. Der englische Butler wartete auf halber Höhe der Treppe und wirkte ungeduldig.

»Überdies«, fuhr Emmi fort, »weißt du nicht, was du sagen mußt. Du wirst keinen guten Eindruck machen, ich will für dich das Wort führen.«

»Nein«, sagte Irmgard sanft, doch entschieden. Ihre grünen Augen blickten sie gerade an. Emmi wurde blutrot, in ihrem mageren Gesicht arbeitete es. Das war ja unerhört!

»Ich bestehe darauf«, erklärte sie noch lauter als zuvor. »Du wirst die Stellung nicht ohne mich annehmen.«

»Ich muß lernen, selbständig zu sein«, sagte Irmgard, auf der untersten Stufe stehend. Sie schien eisern entschlossen.

Diese Worte besänftigten Emmi etwas und machten sie unsicher. Hatte sie nicht eben selbst dem Mädchen Rückgrat und Selbständigkeit gepredigt? »Ich bin sehr gekränkt«, grollte sie, zog aber doch ihren Fuß zurück.

»Du willst gewiß nicht, daß mich die Dame für eine ängstliche Landpomeranze hält, die den Mund nicht aufbringt?«

»Ich möchte das Fräulein bitten, mit mir zu kommen«, sagte der Butler steif.

Emmi seufzte tief und drückte die Hände in den Muff. »Geh also, und blamiere mich nicht!«

Sie blickte in das so blasse, so lächelnde, so liebevolle junge Gesicht, und eine warme Hand schien über ihr einsames und trauriges Herz zu streichen. Sie bemühte sich, nicht zurückzulächeln, drehte sich um und stellte sich gerade neben die Eingangstür. Voll Mitleid blickte ihr Irmgard nach, wie sie da unten so allein, so wehrlos, so preisgegeben stand. Dann preßte sie ihre Lippen zusammen und folgte dem Butler.

Irmgard fand dieses Haus trotz seiner Pracht unwirtlich und unheimlich, mit seinen großen, hallenden Räumen, den dunklen Möbeln, den finsteren Ecken, in denen graue Schatten lauerten. Als sie durch das riesige Treppenhaus mit der gewundenen Stiege in das zweite Stockwerk kam, überfiel sie heilloser Schrecken. Sie sah das Licht, das durch die bemalten Scheiben fiel, und sonderbarerweise jagten ihr die geisterhaften bunten Flecken Furcht ein. Ein schwerer, unangenehmer Geruch, den sie nicht definieren konnte, lag über den Räumen, unaustilgbar, wie dichte Schwaden ängstlicher und schrecklicher Gefühle. Alles in ihr wehrte sich instinktiv gegen das Haus, sie vermochte keinen Schritt zu tun, ihre Beine zitterten unter den dicken Röcken, es benahm ihr den Atem, als müsse sie ersticken. Sie schaute verzweifelt um sich, und in ihrer lebhaften Fantasie bildete sie sich ein, daß hinter jeder geschlossenen Tür des langen Ganges eine Drohung, etwas Schauerliches, eine tödliche Gefahr lauerte.

Sie war allein. Der Butler war hinter einer der Türen verschwunden, er hatte geglaubt, daß sie ihm folge. Kleine Schweißtropfen drangen aus ihren Poren, alles an ihr war blanke Angst. Kein Laut im Haus, nur dieses grausame, dumpfe Warten ... Ihre Füße versanken in dem dicken Teppich. Der betäubende Geruch legte sich beklemmend auf ihre Brust. Sie blickte über die Schulter und sah den gespenstischen Gang vor sich und hinter sich. Sie hatte den irrsinnigen Wunsch zu fliehen. Sie taumelte, und das ganze Haus verschwamm im dunklen, undurchsichtigen Nebel.

Da plötzlich hörte sie leise, unendlich süße Musik hinter einer der

Türen. Irgend jemand spielte ein Notturno von Chopin, sehr traurig, sehr würdevoll, wie eine göttliche Meditation. Die unheimlichen Laute des Hauses verstummten. Die Musik erhob sich über sie wie eine Flut sanften Lichts. Es war die ernste Stimme eines Freundes, die nach ihr rief. Sie stand und lauschte. Akkorde klangen und brachen sich in den dunklen Wänden und der hohen unsichtbaren Decke in strahlendem, aber trauervollem Versprühen. Tränen traten in Irmgards Augen, und ihre Lippen bebten, ihr Herz schwoll in wehmütigem Entzücken. Niemals noch hatte sie sich so allein gefühlt, niemals aber auch in so tiefem Frieden.

Der Butler kam zurück. »Wollen Sie mir bitte folgen«, sagte er mit leichtem Vorwurf, als er sie so reglos in diesem riesigen, dunklen Flur stehen sah.

Sie folgte ihm. Sie fürchtete sich nicht mehr. Seltsam! — Ihr war, als hätte der Mensch, der da gespielt hatte, ihre Nähe gefühlt und trostreich zu ihr gesprochen. Jetzt war sie nicht mehr allein.

XV

Als Irmgard in das dämmerige, schlecht gelüftete, überladene Zimmer von Mrs. Schmidt trat, hatte sie sich so weit gefaßt, daß sie scheu um sich blicken konnte.

Eine ungewöhnlich zarte, dunkelhaarige Frau lag auf einem rosa Diwan, die Füße in eine Decke gewickelt. Um die spitzen Schultern war ein weißer Schal geschlungen; darüber erhob sich ein von Schmerzen gezeichnetes und ausgemergeltes Gesicht. Das schwarze, von weißen Strähnen durchzogene Haar war über der Stirne gekraust und im Nacken zu einem schweren Chignon gekämmt. Auf einem Stuhl neben ihr saß eine junge Frau, den Kopf zu einer Lampe gebeugt, und stichelte eifrig an einer Handarbeit. Es handelte sich offensichtlich um die Tochter der Älteren, denn die Ähnlichkeit war unverkennbar, obwohl das Antlitz der Jüngeren noch den Ausdruck sanfter Unschuld und den Hauch einer blassen, zerbrechlichen Schönheit trug. Sie steckte in einem gebauschten grauen Samtkleid mit Falbeln, Rüschen und reicher Tournüre und einem hohen weißen Spitzenkragen, den eine goldene, diamantenbesetzte Nadel abschloß. Auf ihrem dichten dunklen Haar, das gekraust und hoch aufgekämmt war wie das der Mutter, lag ein weicher, warmer Seidenglanz. Eine dritte Frau, plump und stiernackig, stand mit verdrossenem Gesicht neben ihr, an ihrer schwarzen Seidenschürze über dem Arbeitskleid hing ein riesiger Schlüsselbund. Ihre Hände lagen gekreuzt auf dem vorgewölbten Bauch, und ihre Augen funkelten Irmgard frech und boshaft an; die ganze Person drückte giftige Abwehr aus. Die beiden Damen des Hauses aber schienen sichtlich betroffen und überrascht von der Erscheinung und dem Auftreten des Mädchens.

»Kommen Sie wegen des Postens?« fragte die Wirtschafterin mit einem harten, häßlichen Akzent.

»Treten Sie näher, meine Liebe«, sagte die Dame auf dem Diwan. Sie lächelte freundlich und streckte Irmgard eine magere, blasse Hand entgegen. Die Dicke, vermutlich die Wirtschafterin, musterte die Fremde noch frecher.

Irmgard trat zum Bett, gefaßt, ruhig, ohne Scheu. Wortlos reichte sie der Kranken die Karte, die ihr der Butler zurückgegeben hatte. Mrs. Schmidt hielt die Karte in den leicht zitternden Fingern, während sie das Mädchen weiterhin forschend betrachtete. Die Wirtschafterin stemmte die Arme in die Seite und redete Irmgard grob in deutscher Sprache an:

»Sie sind eine Deutsche? Bestimmt ohne jede Vorbildung. Wissen Sie überhaupt, was man hier von Ihnen verlangt?«

Es klang trotzdem irgendwie furchtsam; die Frau suchte ihre Unsicherheit offenbar hinter Grobheit zu verbergen. Irmgard konnte sie kaum verstehen, denn sie sprach einen starken Dialekt, und etwas wie Geringschätzung glomm in Irmgards ruhigen grünen Augen auf.

»Ja, ich stamme vom Land, aus Bayern«, antwortete sie höflich, »aber ich bin nicht ohne Vorbildung. Ich habe schon Kranke betreut; mein Vater war lange Jahre bettlägerig, und ich glaube, daß ich von Krankenpflege etwas verstehe.«

Die jüngere Frau, die Irmgards gepflegtes Deutsch gut verstand, während ihr Mathildas Dialekt Schwierigkeiten bereitete, lächelte das Mädchen an:

»Ich bin überzeugt, daß Sie ausgebildet sind«, sagte sie herzlich. »Meine Mutter ist leidend; Sie werden sie gut betreuen, das glaube ich bestimmt.«

Mathilda schnitt eine hämische Grimasse. Sie drehte sich zu Mrs. Schmidt und sagte laut: »Ich kenne diese Mädchen aus der Alten Welt! Eine wie die andere: glauben, sie sind etwas Besseres, aber können nichts!« Wütend schaute sie Irmgard an. Ihr feistes Gesicht war knallrot vor Haß, und ihre wasserblauen Augen schossen Blitze.

»Sie haben hier nichts zu suchen!« zischte sie. »Sehen Sie zu, daß Sie verschwinden!«

Mrs. Schmidt zuckte zusammen und schlang den Schal enger um ihre Schultern. Sie fuhr sich mit der Zunge über die ausgedörrten, aufgesprungenen Lippen und hatte sichtlich nicht die Courage, sich zu wehren.

Aber ihre Tochter stand plötzlich auf und erklärte mit kühler Strenge: »Meine Mutter kann selbst am besten beurteilen, wer die nötigen Fähigkeiten besitzt, um sie zu pflegen, Mathilda.« Und in ihrer sanften Stimme schwang etwas mit, das keinen Widerspruch duldete. Sie beugte sich über den Diwan: »Möchtest du es mit Irmgard versuchen, Mutter?«

Mrs. Schmidt blickte zu ihrer Tochter auf, etwas wie stumme Angst stand in ihren Augen. Ihre Lippen bewegten sich tonlos.

Tina lächelte, streichelte die Wange der Kranken und drehte sich zu Irmgard. »In Ordnung«, sagte sie herzlich. »Wir wollen es mit Ihnen versuchen, Irmgard.«

Nun brach Mathilda in wüstes Schimpfen aus, ballte die dicken roten Fäuste, schäumte vor Wut: »Ihr Vater, Miß Tina, hat befohlen, daß ich mich um alles kümmern soll. Ich weiß am besten, was Ihre Mutter braucht. Diese Person eignet sich nicht für den Posten!«

Tina betrachtete sie ruhig und nachdenklich. Ihr zartes Gesicht war blaß geworden, aber ihre dunklen Augen strahlten in einem ungewöhnlichen Licht. Ihre zarten rosa Lippen verzogen sich vor Ärger und Spott, denn sie wußte genau, worum es ging.

»Mathilda, Sie haben gehört, was Mrs. Schmidt angeordnet hat. Da sie jetzt nichts mehr von Ihnen braucht, verlassen Sie, bitte, sofort das Zimmer!«

Die Tochter wirkte schmal und zart in dem grauen Samt, wie ein Kind, neben der unförmigen deutschen Wirtschafterin. Aber Irmgard erkannte, daß dieses Kind plötzlich ganz geballte Kraft werden konnte, wenn es nötig war. Sie und Mathilda standen einander gegenüber, und Mathilda war es, die schließlich grollend das Feld räumen mußte. Die Wirtschafterin stampfte zur Tür, riß sie wütend auf und schlug sie donnernd hinter sich zu; der Krach war im ganzen Haus zu hören.

Tina lächelte in sich hinein und schien selbst erstaunt über ihre Durchschlagskraft. Sie schob ihren Stuhl näher zur Mutter und setzte sich nieder. »Ich muß wirklich mit Vater über sie sprechen«, erklärte sie, »sie ist in letzter Zeit unerträglich geworden. Seit er sie zur Wirtschafterin gemacht hat, glaubt sie, daß sie uns alle mit Haut und Haaren fressen kann.«

Mrs. Schmidt fiel ihr mit ihrer zitternden, matten Stimme hastig ins Wort: »Nein, Liebes, nein! Sprich nicht mit ihm! Du weißt, wie sehr er Mathilda schätzt. Es würde nicht gut ausgehen. Und ...« Sie befeuchtete ihre trockenen Lippen, und ihr mageres Gesicht überzog sich mit der hellen Röte von Scham und Verzweiflung: »Es wird niemandem nützen, wenn Mathilda ernsthaft böse ist. Vielleicht wäre es überhaupt besser gewesen ...«

»Unsinn«, sagte Tina freundlich, aber entschieden. Sie hob die Augen und lächelte Irmgard an. »Sie sind gerade die richtige Pflegerin für meine Mutter, das spüre ich. Sie braucht jemanden wie Sie. Nehmen Sie den Posten an?«

Irmgard zögerte. Ihr schneller Verstand hatte manches begriffen. Nein, sie spürte wenig Lust, in einem Haushalt zu arbeiten, wo alles, was sie gehört und gesehen hatte, ihren ersten schlechten Eindruck bestätigte. Sie hatte erkannt, daß Mrs. Schmidt bei all ihrer Unsicherheit und Schwäche eine echte Dame war, die unter einer geheimnisvollen, ständigen Bedrohung lebte. Sie schaute schnell über das große Zimmer hin, in dem es dumpf und übel nach Krankheit, Kölnischwasser und Gefahr roch. Es war ein abstoßendes Haus, ein abstoßender Hausalt! Ihre Nasenflügel bebten, und ihre Lippen verzogen sich vor Widerwillen. Dann aber warf sie einen Blick auf Tina und las die flehende Bitte auf dem Antlitz des Mädchens.

»Ja, wenn Sie es wünschen«, sagte sie schließlich in ihrem langsamen, korrekten Englisch. Eine leichte Wärme stieg in ihrem kalten Herzen auf, und die beiden jungen Frauen lächelten einander zu, als hätten sie einen Pakt geschlossen.

Mrs. Schmidt seufzte tief auf, sie schien sich erschöpft mit ihrem Schicksal abzufinden. Dann erschien ein schwaches, trauriges Lächeln auf ihrem abgehärmten Gesicht. Ihre eingesunkenen Augen standen niemals still, sondern flackerten unruhig wie die Augen eines gehetzten Tieres. Außerdem hatte sie die Gewohnheit, ständig ihre Lippen mit der Zunge zu befeuchten. Die Muskeln ihres Gesichts zuckten und zitterten, selbst wenn sie ruhig schien. Aber ihr Lächeln war gut und sanft.

»Ich hoffe, Sie werden sich hier wohl fühlen, meine Liebe«, sagte sie klagend. »Ich ... ich bin nicht sehr gesund, wie Sie sehen. Nur sehr selten kann ich aufstehen. Sie werden viel Plage mit mir haben, fürchte ich.«

Irmgards Herz schwoll vor Mitleid. »Ich werde mein Bestes tun«, sagte sie sehr ernst.

Tina atmete auf. Dann sagte sie lächelnd: »Sie dürfen sich nicht vor Mathilda fürchten. Sie ist erst seit ein paar Tagen Wirtschafterin im Haus, und diese neue Würde ist ihr zu Kopf gestiegen. Wie so viele Angestellte — ich meine solche ihrer Art — neigt sie dazu, ihre

Pflichten zu wichtig zu nehmen. Beachten Sie die Frau gar nicht; in ihrer Arbeit ist sie wirklich sehr tüchtig.«

»Ja, sehr tüchtig«, bestätigte Mrs. Schmidt eilfertig, und ihre Augen liefen wieder unruhig über die Wände, als spreche sie für einen feindlichen und gewalttätigen Lauscher, vor dem sie in tödlicher Angst lebte.

Tina stand auf: »Vielleicht will Irmgard gern ihr Zimmer sehen und hören, was sie zu tun hat«, sagte sie. Sie führte sie in einen kleinen Raum der Schmidtschen Wohnung, und Irmgard war sehr zufrieden mit der sauberen Nüchternheit ihres neuen Heims. Tina erklärte ihr alles, langsam, mit sparsamen Gesten, aber die ganze Zeit hingen ihre scheuen, freundlichen Augen auf Irmgards Gesicht. Und plötzlich sagte sie in einer Art bekümmerten und doch lächelnden Neids: »Sie sind so hübsch!« Und helle Röte stieg ihr bei diesem unwillkürlichen Ausruf in die Wangen.

»Danke, Miß Tina«, antwortete Irmgard, ohne zu lächeln, aber mit einem Blick, der den Glanz ihrer Augen dämpfte.

Tina seufzte und betrachtete sie aufmerksam: »Sie erinnern mich an jemanden«, sagte sie fast unhörbar, »ich weiß nicht, an wen ...« Wieder errötete sie. »Ihr Gesicht ... wie Sie stehen und den Kopf bewegen. Es ist sehr sonderbar ...«

Stille fiel in die kleine Kammer. Tina hatte eine Lampe auf dem Tisch angezündet. Ihr Licht lag auf den beiden jungen Gesichtern.

»Wie alt sind Sie, Irmgard?«

»Fast zwanzig, Fräulein.«

»So jung! Ich bin acht Jahre älter als Sie.«

Irmgard wunderte sich. Sie hatte Tina für gleich alt gehalten, denn das Mädchen war zart und schmal, Körper und Gesicht schienen noch unreif.

»Ich bin so froh, daß Sie zu uns kommen!« rief Tina kindlich. Irmgard fand, daß die unbefangene Kindlichkeit eine ihrer hervorstechendsten Eigenschaften war, eine echte, ungespielte Naivität, die nur aus einem einfachen Herzen und einem schlichten Gemüt kommen konnte. »Mutter braucht jemanden wie Sie, einen gesunden und ruhigen Menschen.« Sie verstummte. Dann: »Sie dürfen sich von Mathilda nicht unterkriegen lassen. Sie ... sie ist wirklich eine gräßliche Person, aber ... aber ... Mein Vater schätzt sie sehr und findet sie überaus tüchtig. Ich fürchte, sie wird versuchen, Sie zu ärgern, aber Sie werden sicher mit ihr fertig. Lassen Sie sich nicht kopfscheu machen. Wenn Sie zu unterwürfig sind, dann quält sie Sie zu Tode.« Sie verkrampfte ihre kleinen Hände, und alle Farbe wich aus ihrem Gesicht. »Sie macht Mutter das Leben schwer. Eine Ihrer Hauptaufgaben wird es sein, Mutter vor ihr zu schützen.«

Sie legte ihre Hand bittend auf Irmgards kräftigen Arm. »Ich kann mich auf Sie verlassen, nicht wahr? Sie werden Mutter beistehen?«

Wieder spürte Irmgard etwas Faules, Unsauberes in diesem Haus; beinahe bereute sie ihren Entschluß, zu bleiben, aber schon jetzt konnte sie diesem flehenden Blick nicht widerstehen.

»Ich werde mich bestimmt bemühen, Miß Tina«, antwortete sie.

Tina senkte das Haupt. »Ich danke Ihnen«, flüsterte sie. Dann war es still zwischen ihnen. Tina schien noch etwas auf dem Herzen zu haben, wagte aber sichtlich nicht zu sprechen. Endlich faßte sie Mut:

»Sie ... Sie werden finden, daß wir eine seltsame Familie sind, Irmgard. Ein unerfreuliches Haus, fürchte ich. Mutter ist ständig krank, und dann ... mein Bruder. Er ist ein Krüppel und kann kaum gehen.« Eine Pause. »Ja, und mein Vater ... Er ist wirklich ein guter Mensch, glauben Sie mir, aber sehr heftig und jähzornig. Manche Leute können ihn nicht verstehen und tun ihm unrecht. Aber wirklich, er ist gut!« wiederholte sie beschwörend und sah Irmgard flehend an.

»Wenn Sie sagen, daß er gut ist, Miß Tina, dann ist es sicher wahr«, sagte Irmgard und spürte dabei immer mehr, daß sie nicht in diesem Haus bleiben sollte. Aber wie konnte sie sich losmachen?

Tina seufzte. Sie zwang sich zu einem Lächeln, und das Lächeln griff Irmgard ans Herz. »Das ist alles. Können Sie schon morgen anfangen?«

»Ja.«

»Wir führen ein sehr zurückgezogenes Leben«, sagte Tina und begleitete sie zur Tür, mit so leichten Schritten, so schwerelos, daß Irmgard schien, als schwebe sie. »Ihre Arbeit wird nicht zu anstrengend sein.«

Als sie in das Schlafzimmer der Kranken zurückkamen, stand ein Mann neben dem Bett. Irmgards Fuß stockte bei seinem Anblick. Er war erwachsen, aber kaum halb so groß wie sie, mit einem edlen, ausdrucksvollen Kopf. Er sah sie groß und erstaunt an, ja so etwas wie Angst malte sich auf dem bleichen, aber anziehenden Gesicht. Er ließ die Hand der Kranken los und starrte auf Irmgard, als hätte er eine Vision.

Tina lief auf ihn zu und küßte ihn. »Das ist Irmgard Höller, Mamas neue Pflegerin, Baldo«, sagte sie. Er faßte sich, und ein rührend sanftes Lächeln erschien auf seinen Lippen.

»Das ist mein Bruder, Mr. Schmidt, Irmgard«, stellte ihn Tina vor.

Irmgard knickste ungeschickt. Die Bewegung war ihr sichtlich ungewohnt. Ihre klaren grünen Augen schauten ihn gerade an, und was sie sah, griff ihr ans Herz. Sie wußte sofort, daß er der Klavierspieler hinter der Tür gewesen war, dessen schöne und mystische Musik ihr Trost und Halt geschenkt hatte. Es wird nicht so schlecht werden, wenn er im Haus lebt, dachte sie.

Tina teilte ihrer Mutter in ein paar Worten mit, daß sie Irmgard mit ihren Aufgaben vertraut gemacht hatte. Die Anwesenheit ihrer beiden Kinder gab Mrs. Schmidt sichtlich Kraft, sie sah jetzt zuversichtlich aus. »Es wird nett sein, noch einen jungen Menschen hier zu haben«, sagte sie und griff nach der Hand der Tochter. »Und eine große Freude für Tina. Ich fürchte, sie ist manchmal sehr einsam.«

Irmgard fand, daß sich ihre Stellung hier im Haus recht ungewöhnlich anließ. Diese seltsamen Menschen nahmen sie als junge Freundin und Gesellschafterin auf und nicht als Dienstmagd. Ohne Hintergedanken schauten sie ihr offen ins Gesicht und schienen Kraft und Hoffnung aus ihrer Ruhe zu schöpfen. Sie spürte, daß sie Kraft ausstrahlte, und zum erstenmal freute sie sich, den Posten angenommen zu haben.

Man entließ sie nicht, sie ging von sich aus. Langsam stieg sie die Treppe ins untere Stockwerk hinab. Plötzlich stockte ihr Fuß. Eine Tür wurde aufgestoßen, und Mathilda stand mit verzerrtem, rotem Gesicht vor ihr.

»Sie werden nicht lang hier bleiben!« schrie sie.

Irmgard maß sie mit einem verächtlichen Blick. Sie hob ihren schweren Rocksaum, um nicht zu stolpern, während sie wortlos vorbeiging. Mathilda rief ihr ein ordinäres deutsches Schimpfwort nach, aber Irmgard tat, als hätte sie es nicht gehört. Doch nur mit Mühe bewahrte sie die äußere Ruhe, am liebsten hätte sie dem Weib ins rote Gesicht geschlagen.

Emmi wartete ungeduldig. »Nun?« fragte sie neugierig, als sie Irmgards Schritte hörte.

»Ich habe den Posten«, antwortete Irmgard gleichmütig. »Können wir jetzt gehen?«

Emmi blickte sie erschrocken an: »Was ist los mit dir? Ist dir nicht gut?« Und nach einer Weile, unsicher: »Ich weiß nicht, ob du wirklich hier arbeiten sollst. Überleg es dir noch! Was ist geschehen?«

»Nichts«, sagte Irmgard. Sie öffnete das Tor und trat hinaus in die kalte Nässe des Novembertags. Auf der Stufe schöpfte sie tief Atem, als könnte sie nicht genug von der reinen Luft bekommen.

XVI

Franz lag im Bett und lauschte den dumpfen Geräuschen der Nacht, während er einzuschlafen versuchte. Er hörte das klägliche Wimmern der Züge, die hinter den Wohnhäusern in der Senke unter dem Straßenniveau vorüberfuhren. Wie ein Wasserfall rauschte der Regen an den Fenstern herunter. Auch das leise Schnarchen seiner Mutter und die leichten Bewegungen des schlummernden Vaters konnte er durch die dünnen Wände hören. Eine Katze miaute im Dunkeln. Dann und wann hallten schwere Tritte langsam über die Straße.

Er fand keine Ruhe, seine Gedanken waren in Aufruhr. Die Szenen mit dem Fabriksdirektor und mit Detloff gingen ihm nicht aus dem Kopf. Immer mehr gelangte er zur Überzeugung, daß hinter den Gesprächen weit mehr steckte, als er sich vorstellen konnte. Er war nicht so eingebildet, zu glauben, daß die beiden Männer ein verkanntes Genie in ihm entdeckt hätten. In Krisenzeiten war er bestimmt der erste Werkmeister, der entlassen wurde. Zwar spürte er, daß er seine Leute richtig zu führen wußte, aber schließlich brachten das andere ebenso zusammen. Im übrigen war ihm bewußt, daß er durchaus nicht das Lieblingskind bei Detloff und beim Direktor war. Ja, sie haßten ihn, besonders der »sächsische Schweinehund«.

Was steckte also hinter dem Ganzen? Realist wie er war, vermutete er stark, daß sich die beiden über irgend etwas wütend ärgerten und daß er unverständlicherweise in diesen Krach mitverwickelt war. Plötzlich fielen ihm die Fragen ein, die Hans Schmidt ihm gestellt hatte. Er setzte sich kerzengerade im Bett auf und begann krampfhaft nachzudenken. Es hatte ja durchaus nicht so ausgesehen, als sei Schmidt übertrieben beeindruckt von ihm gewesen, seine Fragen hatten scharf und verächtlich geklungen. Immerhin, da konnte es einen Zusammenhang geben. Aber welchen? Es war allgemein bekannt, daß Schmidt seinem Direkor niemals in die Arbeit dreinredete, und Franz war vernünftig genug, um zu wissen, daß sich dieser Direktor sicher nicht übermäßig für ihn eingesetzt hatte.

Nein, er konnte das Rätsel nicht lösen, er konnte nur abwarten. So lehnte er sich zurück und schloß die Augen.

Und dann erkannte er plötzlich, daß er sich nur deshalb so angestrengt den Kopf zerbrach, damit er seine Gedanken von Irmgard ablenkte. Nun, da er das Berufliche zur Seite schob, kehrte seine Kusine mit verstärkter Kraft in seine Sinne zurück, und er starrte mit schmerzenden Lidern in die Dunkelheit. Sein Fleisch fühlte sich trocken und heiß an, als hätte er Fieber, und er spürte jede seiner Fasern, als schmerzten alle Zellen seines Körpers. Er setzte sich wieder im Bett auf, fluchte hörbar, er wütete gegen sich selbst, gegen das Feuer, das ihn verbrannte und das er nicht löschen konnte. Er blickte zur Tür. Die Stille schien zu atmen, als stehe jemand draußen und warte. Es war ihm, als sähe er ihr Antlitz vor sich, in hellen Farben auf schwarzem Hintergrund gemalt.

Er begriff sich selbst nicht, als er plötzlich aufsprang, zornig seinen abgetragenen Morgenrock über den Schlafanzug zog und mit den Füßen in die eiskalten Schuhe schlüpfte. Er schien unter einem geheimnisvollen Zwang zu handeln. Er öffnete die Tür. Die Küche war noch warm. Unschlüssig stand er neben dem Herd und wunderte sich über sich selbst. Ein dummes Ding, ein Mädchen vom Land, er begehrte sie nicht wirklich, ihre Schönheit berührte ihn nicht, erregte ihn nicht — das zumindest versuchte er sich einzureden. Es war die Schönheit einer unendlichen, unpersönlichen Landschaft, die ein Mann bewundert, die er aber bestimmt nicht in die Arme nehmen will. Wenn er an sie dachte, hatte er nur dumpfen Ärger verspürt; ja mehr als einmal hatte ihn die wilde Lust gepackt, diese blasse Ruhe mit einem Schlag zu zerstören und in rot gesprenkelte Verwirrung und Furcht zu verwandeln. Sie war ein Eisblock mit starren grünen Augen. Er hatte seine Gefühle stets eisern im Zaum gehalten, niemand und nichts konnte an ihn heran. Sie aber störte ihn, und wohin er sein ruheloses inneres Auge wandte, sie war da, reglos, unvertreibbar, unvermeidbar.

Er konnte sich nicht verstehen. Er konnte seine Erregung, sein Verlangen, seine Angst und seinen Haß nicht verstehen. Denn jetzt war er überzeugt, daß er sie abgrundtief haßte. Dieses Eingeständnis demütigte ihn ebenso, wie ihn ein Bekenntnis der leidenschaftlichen Zuneigung gedemütigt hätte. Seit jeher war er entschlossen, niemanden in sein Inneres eindringen zu lassen, weder durch die Tür der Liebe noch der Angst, noch des Hasses. Ein Mann, der sich in Gefühle verliert, seien es nun glückliche oder peinigende, war verloren, ein Krüppel. Er hatte sich nicht den Luxus erlaubt, seine Feinde zu hassen, noch seine Zeit mit Racheplänen zu vergeuden. Und doch, da tauchte ein nichtssagendes Mädchen auf, ohne Bedeutung und ohne Reiz, stand vor ihm mit zwingender Kraft und umfaßte seine Gedanken mit ihren beiden kraftvollen Händen!

Warum? knurrte er. Er konnte sich an kein Wort erinnern, das sie gesprochen hatte. Trotzdem tönte ihre Stimme in ihm wider wie rauschender Wind. Er konnte ihr aschblondes Haar und die zarten Löckchen im Nacken sehen. Ihre Gegenwart war so lebendig, daß er sich in der Dunkelheit heftig umdrehte, als stünde sie in Fleisch und Blut hinter ihm.

Sein Staunen und seine Wut steigerten sich noch, als er sich selbst in dem finsteren, kalten Wohnzimmer fand, in das nur ein schwacher Schein der Straßenlampe fiel. Dann schien sich sein Herz zu bewegen und den Körper zu verlassen. Er sah einen winzigen Streifen Licht unter Irmgards Tür, hielt den Atem an und lauschte. Undeutliche Geräusche, wie das Knistern von Kleidungsstücken, war zu hören. Zweifellos packte Irmgard ihre Koffer, da sie morgen früh aus dem Haus mußte.

Er schaute wie gebannt auf den Streifen Licht. Plötzlich verlosch dieser, augenscheinlich stand sie zwischen Lampe und Tür. Sie seufzte, er hörte es deutlich. Zu seiner maßlosen Bestürzung klopfte sein Herz schmerzhaft, und das Fieber in seinen Adern wuchs zu einem verzehrenden Feuer. Er schlich zur Tür, legte seine Hand auf das Holz. Er wußte, daß sie nur ein paar Zentimeter von ihm entfernt stand, daß er bloß durch eine dünne Wand von ihr getrennt war. Die Tür schien unter seiner heißen Hand zu leben, zu pulsieren wie atmendes Fleisch. In seinen Ohren dröhnte es, und er hörte ein tiefes, fernes Pochen, und er ahnte, daß es sein Herz war. Er hatte das seltsame Gefühl, daß sich etwas von seiner unerklärlichen Leidenschaft dem Mädchen dort drüben mitgeteilt, daß er es wie in einer Falle gefangen hatte, in der sie sich hilflos zuckend wand. Er wußte, daß er ganz still gewesen war, aber in einer mystischen Erkenntnis fühlte er, daß sie seine Nähe spürte und daß auch sie den Atem anhielt. Sie rührte sich nicht. Da standen die beiden Menschen, kaum einen Fuß voneinander entfernt, und die hölzerne Tür war keine trennende Wand, sondern ein starkes Band, das sie noch fester aneinander fesselte.

Äonen mußten vergangen sein. Er konnte nicht denken. Seine Hand lag noch immer an der Tür. Jetzt hörte er sogar ihren Atem, der schnell und erregt ging. Franz preßte seine Lippen fest zusammen und atmete kaum. Seine Hand schien einen elektrischen Kontakt ausgelöst zu haben, und er vermochte sich nicht zu rühren. Sein Wille ertrank in den aufsteigenden Wellen. Er war kein Mensch mehr, er war nur ein Bündel von Impulsen, ein wirbelnder Schwarm feuriger Funken, die durch das Holz gegen den Leib des jungen Mädchens sprühten. Stahl wird unwiderstehlich durch den Magnet angezogen; ebenso mußte sie zu ihm gerissen werden. Er spürte, daß sich die Tür dieser geballten Energie nicht widersetzen konnte, sich in ihr auflösen mußte, und daß sie beide — willenlos aneinanderprallend — in einer verzehrenden Flamme vergehen würden.

Plötzlich wurde die Tür aufgerissen, und mit verstörtem Gesicht, wie überwältigt von den eigenen Gefühlen, stand das Mädchen vor ihm. In tödlicher Stille starrten sie einander an. Die Umrisse ihrer Gestalt zeichneten sich in dem schwachen Schein der hinter ihr brennenden Lampe ab, das Licht wob einen Heiligenschein um ihr stolzes Haupt. Er konnte ihre Gesichtszüge kaum erkennen, aber er wußte, daß ihr Antlitz weiß, hart und gespannt war.

Dann fragte sie leise: »Was willst du hier?«

Dich, sagte er zu sich selbst. Er war so überwältigt, daß er sie nur stumm betrachten konnte, war wie gelähmt, als hätte er sich in etwas Schreckliches eingelassen.

Dann hörte er sich sprechen: »Darf ich einen Augenblick eintreten?«

Sie zögerte. Die Luft war geladen von Spannung. Und er begriff, daß sie ihm etwas Bedeutenderes verwehren wollte als nur den Eintritt in ihr Zimmer.

»Nur einen Augenblick«, bat er lächelnd.

Ihre Hand lag an der Klinke. Sie blickte ihn mit blassem Ernst an. Das Lampenlicht fiel auf sein Gesicht, und sie sah die kantigen Züge, scharf wie mit einem Kohlestift gezeichnet. Eine geheimnisvolle Kraft sprang von seinem Körper auf sie über, schloß sie in eine Kapsel ein, lähmte sie. Und mehr um diesem unerträglichen Zwang zu entrinnen, als um seine Bitte zu erfüllen, gab sie den Weg frei.

Er trat ein und drückte die Tür rasch hinter sich zu. Helle Röte flog über die Wangen des Mädchens. Sie wich vor ihm zurück. Er lächelte ein wenig, während er über die halb gepackten Schachteln, das schmale weiße Bett und den Stuhl blickte.

»Ich werde dich morgen früh nicht mehr sehen«, sagte er, »deshalb möchte ich mich jetzt von dir verabschieden.«

Irmgards Lider flatterten wie in plötzlicher primitiver Angst. Mit ineinander verkrampften Händen und leicht geöffneten Lippen stand sie vor ihm. Franz sah die heillose Angst in ihren Augen und wurde davon erregt wie das Raubtier vom Geruch des gehetzten Wildes. Mit einem Gefühl wilden Triumphs trat er einen Schritt auf sie zu. Er war ihr jetzt so nahe, daß er die winzigen Schweißtropfen auf ihren Schläfen und den Glanz der Zähne zwischen den halb geöffneten Lippen sehen konnte. Sie war totenblaß.

Aber sie war stärker, als er dachte. Im Augenblick, da er die Hand nach ihr ausstreckte, trat sie einen Schritt zurück. Sie lehnte an ihrem Bett, und er sah die kalte Abwehr in ihren Augen.

»Gute Nacht und leb wohl«, sagte sie kaum hörbar.

Ernüchtert, verärgert und belustigt zugleich, fragte er leise: »Warum kannst du mich nicht leiden, Irmgard?«

Sie atmete tief. »Ich weiß es nicht«, sagte sie. Und dann drehte sie sich schnell um, griff nach einem Schal, faltete ihn und legte ihn in eine Schachtel. Ihre Hand zitterte, aber ihre Bewegungen wirkten sicher. Sie stand mit dem Rücken zu ihm, und sein Blick lag auf ihren geraden Schultern und dem schlanken Hals. Ein amimalischer, nicht zu bändigender Hunger nach ihr erfaßte ihn, löschte alle Logik, alle Vernunft in ihm aus; eine Gier stieg in ihm hoch, die noch gesteigert wurde durch den blinden Haß darüber, daß ein Mensch imstande war, ihm solches anzutun.

»Wirst du oft kommen und uns hier besuchen?«

Sie antwortete nicht. Er wiederholte die Frage lauter. Sie blickte ängstlich über ihre Schulter: »Still! Deine Mutter kann uns hören. Sie wird nicht begreifen, warum du noch so spät zu mir ins Zimmer kommst.«

»Dann mußt du so gütig sein, mir zu antworten.«

Sie warf das Kleid zur Seite, das sie in der Hand gehalten hatte, und blickte ihn wütend an. Ihre grünen Augen funkelten wie Eis, auf das die arktische Sonne fällt. »Ich habe dich nicht ersucht hereinzukommen. Ich brauche dir nicht zu antworten. Bitte, geh! Ich bin müde und muß morgen sehr zeitig aufstehen.«

Ihre Stimme klang erstickt, als versuche sie eine innere Qual zu verbergen. Er sah sie überrascht und erfreut an. Er hätte nicht gedacht, daß dieses beherrschte und anscheinend so unberührbare Geschöpf aus sich herausgehen und eine Erregung zeigen konnte, die weder in einem Verhältnis zu seinen Worten noch zu seiner harmlosen Gegenwart stand.

Er tat zerknirscht: »Ich bedaure, daß ich eingedrungen bin, da du müde bist. Aber noch mehr bedaure ich, daß du mich verabscheust. Was habe ich dir getan? Wir verstehen uns in vielen Dingen. Gestern abend hast du meine Mutter gekränkt, weil du der gleichen Ansicht warst wie ich. Ist es denn ganz unmöglich, daß wir Freunde werden?«

»Unmöglich!« rief sie, wich vor ihm zurück und stellte sich hinter das schmale Bett.

»Warum?« fragte er sanft und geduldig.

Sie schwieg und wendete den Kopf ab, er sah die weißen, zarten Sehnen ihres Halses. Ihre Hand schien sich an der Wand hinter ihr festzuklammern.

»Was habe ich getan?« fragte er noch leiser.

Ihre Lippen bewegten sich, und sie flüsterte mit abgewandtem Blick: »Nicht, weil du etwas getan hast. Weil du etwas bist!«

Er lachte nachsichtig und trat noch näher. Seine Knie preßten sich an das Bett. »Und was bin ich?« fragte er belustigt.

Jetzt schaute sie ihn voll an. Ein so tiefer Ernst, eine so schmerzliche Trauer sprach aus diesem klaren Gesicht, daß er erstaunt zurückwich. Sie sah mit einem Male jünger, weicher, verletzlicher aus, wie ein gequältes Kind.

»Du hast kein Herz«, flüsterte sie mit bebenden Lippen. »Du bist nur eine Maschine. Du bist nicht einmal wirklich schlecht. Du, du ... du bist leer ... einfach leer. Ich fürchte mich nicht vor schlechten Menschen oder vor boshaften Menschen. Manchmal finde ich sogar etwas in ihnen, das mich anspricht. Aber ich vertrage keine leeren Menschen. Sie ... sie leben ja gar nicht!« Echte Angst brannte in ihren Augen, und das berührte ihn sonderbar. »Du bist wie ein Nachtmahr!« rief sie, und ihre Stimme war plötzlich laut und klar. »Du hast keine menschlichen Gedanken. Du bist überhaupt nicht menschlich! Du bewegst dich wie ein Mensch und sprichst wie ein Mensch und lachst wie ein Mensch. Aber in Wirklichkeit bist du gar nicht lebendig!«

Da ertönte ein leises Geräusch im Zimmer der Mutter, ein Murmeln und das Knarren eines Bettes. Irmgard hörte nichts, sie war außer sich und außer Atem, sie öffnete den Mund, um weiter zu sprechen, doch Franz war mit einem Sprung hinter dem Bett und preßte seine Hand auf ihre Lippen. Ihre grünen Augen funkelten in unbeschreiblicher Angst und Wut. Sie hämmerte mit den Händen auf sein Gelenk, um ihn wegzustoßen, aber es gelang ihr nicht.

»Sei still!« zischte er. »Hast du nichts gehört? Meine Mutter ist wach.«

Sie ließ die Hände sinken und wehrte sich nicht mehr. Die beiden lauschten angestrengt. Ihr Blick verließ ihn nicht, aber ein Schleier legte sich über ihre Augen, und ihre Lider senkten sich. Sein Arm lag auf ihren Schultern, zog sie zu sich. Ihr Fleisch war warm und fest, und ihr Körper strömte einen leichten, frischen Duft aus, der ihm den Verstand raubte. Irmgard rührte sich nicht. Ihr war, als würde sie träumend von einem Fluß getragen. Sie lehnte an ihn und schloß plötzlich die Augen. Sie spürte nichts, nur ihr Herz, das wie ein Feuerball Ströme heißen Bluts durch ihre Adern jagte. Niemals noch hatte sie etwas Ähnliches erlebt, und es war so tief, so schrecklich, daß sie nicht zu widerstehen mochte. Ein scharlachrotes Licht brannte hinter ihren geschlossenen Lidern.

Emmi war offenbar wieder eingeschlafen. Franz hörte ihren regelmäßigen Atem. Er blickte hinunter auf das Mädchen in seinen Armen, deren Haupt an seiner Schulter lag. Ein sanftes, rosiges Licht bedeckte ihr Gesicht, und ihre Lippen flammten. Er beugte sich über sie und küßte sie. Die Berührung ihres Mundes, die warme Nähe ihres Körpers steigerten seine Leidenschaft zu einer nie geahnten Raserei. Er schüttelte sie wie in ohnmächtigem Zorn, bog ihren Kopf zurück, eine Strähne ihres hellen Haares lockerte sich und fiel auf ihre Schultern. Nun wehrte sie sich verzweifelt, versuchte ihm ihren Mund zu entziehen. Etwas Erschreckendes war in diesem stummen, gnadenlosen Kampf der beiden Menschen, denn keiner wagte einen Laut. Verzweiflung und Scham hatten alle Farbe aus dem Gesicht des Mädchens gelöscht, während sie mit den Fäusten auf seine Brust trommelte und ihn mit aller Kraft wegzustoßen suchte.

Da plötzlich ließ er sie los und lachte. Sie fiel zurück gegen die Wand, wilder Haß funkelte in ihren Augen.

»Geh weg!« schrie sie und fuhr mit zitternden Händen über ihr zerrauftes Haar. »Geh weg, oder ich rufe deine Mutter!«

Sein Gesicht war erschreckend rot. »Irmgard«, sagte er unsicher.

Sie aber war plötzlich ganz ruhig. »Geh endlich!« befahl sie.

Nun rührte es sich neuerlich im oberen Zimmer. Franz hörte seine Mutter nach den Pantoffeln langen und dazu Egons dünne, fragende Stimme.

Einen Augenblick erschienen seine blitzenden Zähne hinter den geöffneten Lippen wie die Zähne eines Raubtiers. Irmgard starrte ihn haßerfüllt an wie ein widerwärtiges Reptil, Mord stand in ihren Augen. Er bemerkte es wohl und lächelte in widerstrebender Bewunderung. Ihr Haß reizte ihn und gefiel ihm.

Er öffnete die Tür. Emmi tastete sich bereits durch die dunkle Treppe hinunter. Er lief schnell in sein Zimmer, eben als Emmi die Küchentür aufmachte, warf sich in sein Bett und zog die Decke über sich.

Emmi kam brummend in die Küche: »Wer ist da?« Nur der Wind antwortete ihr. Franz fühlte förmlich ihr angestrengtes Lauschen in der Finsternis. Dann brummelte sie ärgerlich in sich hinein und ging wieder die Treppe hinauf.

Franz lag lange steif auf seinem Bett. Sein Körper war heiß und fiebrig, sein Kopf schmerzte, es dröhnte in seinen Schläfen.

Mit einem Male begann er leise vor sich hin zu lachen.

XVII

Am nächsten Morgen kam er früher in die Küche als gewöhnlich. Er hatte kaum geschlafen. Zum erstenmal in seinem Leben hatte es ihn wirklich gepackt, und das war etwas so Unbekanntes für ihn, ein so unerklärliches Mysterium, daß es ihn tief beunruhigte. Anscheinend hatte diese Verwirrung sehr wenig mit bloßem sinnlichen Begehren, wie er es kannte, zu tun. Irmgard hatte wie eine Krankheit seinen Körper ergriffen, hatte sein Blut ausgesogen, es ausgetauscht und seinen Leib mit unstillbarem Fieber und tobendem Schmerz verheert. Wenn das Haß war, dann konnte er ihn nicht erkennen, weil er in seinem ganzen Leben noch niemals einen bestimmten Gegenstand gehaßt hatte, er hatte höchstens eine unpersönliche, allgemeine Abneigung empfunden. Als der erste Lichtschein durch sein kleines Fenster drang, war er überzeugt, daß sein Gefühl Haß war. Sicher war es der Haß, der ihn zwang, so früh aufzustehen und hinunterzugehen. Er zündete seiner Mutter das Feuer im Herd an, worüber diese sehr erstaunt war. Es stimmte sie versöhnlich.

»Das ist sehr lieb von dir, Franz«, sagte sie mit einiger Überwindung, aber ihre Augen waren freundlicher als sonst.

»Unsinn!« antwortete er mit seinem bezwingenden Lächeln. »Das hätte ich wirklich schon öfter tun können. Ich werde dir von nun an täglich einheizen.«

Er bestand darauf, ihr beim Aufdecken zu helfen, und das wunderte und besänftigte sie so sehr, aß sie ihm schüchtern mit ihrer rauhen Hand über den Schopf fuhr. Sie zeigte ihre Liebe immer nur widerstrebend, ihre Gefühle äußerten sich meistens in Schelten und Vorwürfen, aber jetzt war sie so gerührt, daß es ihr die Sprache verschlug.

Egon kam hinunter und freute sich, Frau und Sohn so einträchtig zu sehen. Er war friedliebend, er hatte ein so weiches Herz, daß ihn nichts schwerer kränkte als Unordnung und laute Stimmen, als Zank und Streit; sein zartes, durchscheinendes Gesicht erhellte sich, ja er konnte sogar leise über die unbeholfenen Bemühungen seines Sohnes lachen, der seiner Mutter half. Eine wohlige Wärme, die nicht nur vom Herd kam, erfüllte die gemütliche Küche, obwohl der Herbsttag draußen düster und bedrückend erschien.

Es war Frühstückszeit, und trotzdem war Irmgard noch nicht erschienen. Emmi verlor kein Wort darüber. Franz wartete ungeduldig. Endlich sagte er anscheinend gleichgültig: »Es wird spät. Wo ist meine Kusine?«

Emmi war überrascht und erfreut über das Interesse, das Franz an dem Mädchen nahm. »Ja, weißt du es nicht?« fragte sie. »Irmgard mußte schon weggehen, ein Wagen hat sie abgeholt. Sie wollte uns nicht stören, sagte sie.«

Sie verstummte und sah ihren Sohn erschrocken an. Er war ganz bleich geworden, wie Asche lag es plötzlich auf seinem Gesicht. »So«, sagte er langsam, »sie ist also nicht mehr im Haus.«

Emmis Herz tat einen heftigen Schlag.

»Hast du Irmgard gern?« fragte sie ungläubig. »Franz, das wäre ...«

Er aber sprang wortlos auf, ging in sein Zimmer, um Mantel und Mütze zu holen. Emmi strahlte ihren Mann an: »Egon! Meine Träume werden wahr! Er liebt Irmgard! Mein Gott, ich kann es kaum glauben!«

Egon lächelte seiner Frau liebevoll zu. Es tat ihm so wohl, wenn sie glücklich und froh war, und jetzt leuchtete ihr mageres Gesicht vor Freude, ja, Tränen standen in ihren Augen.

»Schon gut, schon gut«, sagte er beruhigend und drückte ihre Hand.

Franz kam aus seinem Zimmer zurück. Emmi lächelte ihn mit ungewohnter Zärtlichkeit an: »Aber dein Frühstück, Franz?«

»Ich bin nicht hungrig«, murmelte er, ohne seine Eltern anzuschauen. »Ein komischer Dank für eure Gastfreundschaft, einfach so davonzulaufen«, fügte er wie zu sich selbst hinzu.

»Aber sie wird uns oft besuchen, Franz!« sagte Emmi eifrig und blinzelte ihn schlau an. Plötzlich weiteten sich ihre kleinen blauen Augen, und das Blut schoß ihr in die Wangen; bevor sie aber etwas sagen konnte, hatte Franz schon seine Eßschale genommen und die Küche verlassen. Emmi war ganz aufgeregt:

»Natürlich, jetzt begreife ich! Denk dir, sie haben heute nacht miteinander gesprochen. Ich hab's gehört, bin hinuntergegangen und hab' gerufen, aber es hat niemand geantwortet. Und dabei hab' ich ihre Stimmen ganz genau gehört, sie waren sogar ziemlich laut, fast, als ob sie gestritten hätten ... Egon, du weißt: was sich liebt, das ...«

Sie klatschte wie ein Kind in die Hände. Egon war ganz gerührt über das Licht und die Freude in ihren Augen.

»Dann wird alles so kommen, wie du es dir erträumst, Liebling«, sagte er liebevoll; er war immer glücklich, wenn sie glücklich war. Er nahm seine Brille ab und putzte sie.

Emmi griff nach einem Zipfel ihrer Schürze und wischte über ihre Augen. Sie lächelte, seufzte und lächelte wieder. Ihr Gesicht war ganz weich geworden.

»Wir werden Enkel haben, Egon«, flüsterte sie und sah ihn zärtlich an.

Inzwischen hastete Franz die Straße entlang, die im grauen Nieselregen wie unter einem Schleier von Ruß und Schmutz lag. Er lief mit vorgebeugten Schultern, er war zornig und fühlte sich elend. Seine Augen brannten wie Feuer unter den trockenen Lidern. Er haßte sich selbst und haßte Irmgard noch mehr. Er grollte ihr, weil sie es wagte, in sein Leben einzudringen. Er warf seinen Kopf zurück, als wollte er einen Inkubus ausstoßen. Das Nieseln ging in heftigen Regen über, der über sein Gesicht rann, aber er spürte es nicht. Seine Knie wankten vor Schwäche, und jetzt fiel ihm selbst das Atmen schwer. Er blieb an einer Straßenecke stehen und sog tief die Luft ein. Zum Teufel mit ihr! fluchte er und schüttelte wütend sein Haupt, zum Teufel mit ihr!

Er begriff seine Schwäche nicht. Niemals zuvor hatte er ein so starkes Gefühl gekannt. Es lag in seiner Natur, jedes Gefühl streng abzuschalten, und bis heute war ihm das auch immer gelungen. Er hatte ein einziges Ziel, und das war jetzt ernstlich bedroht. Plötzlich überfiel ihn animalische Angst: Wenn ihn ein Gefühl so bezwingen konnte, dann durfte er sich selbst nicht mehr trauen. Sein ganzes Leben war durch ein eigensinniges und unbedeutendes Mädchen bedroht! Sie hatte ihm gezeigt, wie schwach er war; und war er wirklich so schwach, so leicht zu überwältigen, dann war er ein Versager, dann war er verloren, dann endete sein Leben in Niederlage und Schmach. Seine Angst steigerte sich zu blanker Panik. Er verabscheute sich selbst. Ich bin nicht der, für den ich mich bisher gehalten habe, dachte er verzweifelt.

»Du bist leer«, hatte Irmgard gesagt. Sie hatte es gewußt! Sie allein konnte ihn verstehen. Und bei dieser Erkenntnis überfiel ihn ein so tiefer Schmerz, eine so abgrundtiefe Trauer, daß sein Fuß stockte. Da stand er und starrte mit brennenden Augen in den Regen. Zum erstenmal wurde ihm bewußt, daß er nicht allein in der Welt war. Es gab noch einen anderen Menschen ... Vermochte ihn eine andere Seele zu verstehen, ohne daß er dadurch an Kraft und Können verlor? Ja, er konnte durch Verständnis gewinnen und stärker werden. In einem Blitz der Erkenntnis hatte er erfaßt, daß er immer einsam gewesen war. Niemals noch war ihm das in den Sinn gekommen. Diese Einsamkeit nun war es, die ihn verzehrte, und gewiß nicht das Gefühl, unfähig und schwach zu sein.

Mit einem Schlag verwandelte sich aller Haß gegen Irmgard in schmerzhafte Sehnsucht. Sie hatte ihm nichts angetan, ihm nicht seine Kraft geraubt, sie hatte ihm nur vor Augen geführt, wie allein er war. Hatte er die Einsamkeit so lange ertragen, würde er sie, wenn nötig, weiter ertragen. Aber sie war ihm nicht mehr nötig. Irmgards Verstehen konnte ihm eine feste Stütze sein. Er sah sie vor sich, wie sie in seinen Armen gelegen war, sah ihr verstörtes Gesicht, in dem doch einen Augenblick lang aller Widerstand ausgelöscht schien. Heiße Wellen liefen über seinen Körper; plötzlich aber lachte er laut auf. Die Arbeiter, die vorübergingen, schüttelten den Kopf, sie hielten ihn wohl für betrunken.

Da packte ihn jemand am Arm. »Bist du besoffen, Alter?« fragte Toms fröhliche Stimme. »Ich beobachte dich schon die ganze Zeit, während ich wie eine Ente im Regen stehe.«

»Ich hab' auf dich gewartet, Tom«, antwortete Franz mit dem bewußten Lächeln, dem Tom immer dunkler mißtraute, dem er aber nicht widerstehen konnte. Es sah so unbefangen und so herzlich aus. »Zum Teufel«, hatte Tom oft zu seiner Frau gesagt, »ich krieg' nicht heraus, ob der Bursche ein Lump ist oder nicht, wenn er mich so angrinst. Aber ich hab' schon Verbrecher mit Kindergesichtern gesehen, was beweist also dieses Lachen?« Dann versicherte Dolly ihm eifrig, daß Franz der liebste, der lustigste, der anständigste Mensch von der Welt sei. Tom war freilich niemals ganz zu überzeugen — auch jetzt nicht. Oft hatte er vorgeschlagen, daß er und Franz gemeinsam des Morgens zur Arbeit gehen sollten, aber Franz hatte immer abgewunken. Er war ein Einzelgänger, und Tom fühlte mit dem Instinkt des einfachen Mannes, daß ein Einzelgänger stets ein Feind seiner Mitmenschen ist. Aber wenn sie beisammen waren, dann tarnte sich der Einzelgänger mit Herzlichkeit und Humor und mit freundschaftlicher Offenheit. Wer sollte sich da auskennen?

»Dolly hat uns wieder Schweinepasteten gebacken«, sagte Tom, während er in einer Toreinfahrt stehen blieb, um seine Pfeife anzuzünden. Seine gebeugten Schultern waren schmal unter dem geflickten Mantel, und der Regen rann über seine scharf vorspringende Nase.

»Fein, und ich hab' ein paar Stück Apfelkuchen mitgebracht.«

»Mary hat mir einen Apfel für dich mitgegeben«, sagte Tom lächelnd beim Weitergehen, »ihren Schulapfel. Das Ding ist vernarrt in dich, Franz, Gott weiß, warum.«

»Sie ist ein goldiges Kind«, antwortete Franz.

»Du hast nicht vergessen, daß wir heute die Versammlung in Elks Hall haben?« fragte Tom nach einer Weile.

»Nein, nein! Ich warte vor deinem Haus auf dich.«

»Du wirst einiges dort lernen«, sagte Tom ganz aufgeregt und kam auf den geplanten Streik zu sprechen. »Wenn wir nur die Reaktionäre und die Holländer zusammenbringen könnten!« rief er. »Aber diesen Burschen, die in Ländern ohne Freiheit und ohne Menschenwürde aufgewachsen sind, ist nur schwer etwas einzutrichtern. Man muß dahinter sein, man muß sie schulen.«

»Und du willst sie schulen?«

»Warum nicht?« fragte er kriegerisch. »Ich hab' schließlich eine Zunge im Mund! Und ich weiß, was los ist. Ist mein Vater nicht im Bergwerk verunglückt? Und sind daraufhin nicht drei meiner Geschwister buchstäblich verhungert? Wer könnte den Einwanderern besser erklären als ich, worauf es ankommt?«

Die Hochöfen glühten schon in der Sonne, als die beiden im Stahlwerk ankamen. Männer standen auf kleinen Plattformen und schaufelten die Kohle hinab in die Schmelzmasse, die großen Kräne liefen laut klingelnd unter dem Dach, an riesigen Haken schwangen die Schöpfer mit dem flüssigen, weißglühenden Metall. Sie wurden über den stählernen Gußformen gekippt, und das Metall rann in einem dünnen Strahl aus; er war zu grell für das menschliche Auge, und die Dampfwolken hüllten die Werkshalle in blaßrosa Dunst wie in Höllenschwaden.

Schmidts Stahlwerk war eines der wenigen im Staat, das sowohl Roheisen herstellte wie fertigen Stahl. Seine Konkurrenten waren der Meinung, daß bei Schmidt die Augen größer seien als der Magen. Demnächst, so meinten sie bissig, wird er seinen eigenen Koks erzeugen und seine eigene Kohle im Bergwerk fördern. Aber soweit ging Schmidt denn doch nicht, er bekam Angst vor der eigenen Courage.

Tom und Franz gingen durch eine Halle, die kaum mehr als ein Flugdach war, durch das die bitterkalten Winterstürme über die Bessemerbirnen und die Schmelztiegel pfiffen. Im Anschluß daran befanden sich die Hochöfen, die man mit Holzkohle heizte und die täglich fünfzig bis hundert Tonnen ausspuckten — eine Rekordleistung, wie sie noch keinem von Schmidts Konkurrenten gelungen war.

Im Vorübergehen tippte Tom seinem Freund Kozak auf die Schulter und rief ihm zu: »Vergiß nicht! Die Versammlung!«

Jan nickte lächelnd.

Franz war übler Laune. Die schlaflose Nacht hatte seine Stimmung nicht verbessert, und er trieb seine Leute grob an. Tom konnte ihn hören, sein Schreien übertönte das dumpfe Dröhnen des Werks. Einmal ging er sogar zu ihm hinüber und schaute ihm kopfschüttelnd in das fahle Gesicht, in dem die Augen feindselig funkelten. »Halt dich zurück«, warnte er ihn, »treib's nicht zu weit, und reize die

Kumpel nicht! Sonst kriegst du noch einmal einen Tritt von hinten und verschwindest in der roten Sauce da unten. Und niemand hat etwas bemerkt! Es ist gar nicht so schwer, hier jemanden umzulegen!«

»Hau ab und kümmere dich um deine eigenen Angelegenheiten!« fuhr ihn Franz grob an. Er lächelte nicht wie sonst, nein, ein brutaler Zug lag um seinen Mund. Tom erschrak: »Du hast ja wahrhaftig eine Teufelsfratze!« murmelte er. »Deine Kumpel merken das auch, sie würden dich am liebsten ...«

Franz ballte die Faust, als hielte er eine Peitsche in der Hand. Tom begriff die Veränderung des Freundes nicht, und doch, hatte er es nicht immer geahnt? Er konnte die Augen nicht von dem Burschen wenden. Zwei der Hochofentüren standen offen, der grellweiße Schein fiel in die dunkle Werkshalle und beleuchtete das Gesicht des jungen Mannes. Seine weit aufgerissenen blauen Augen, das kantige Wikingergesicht mit dem harten Kinn und der arroganten Nase, der breite Mund mit den halbgeöffneten Lippen, hinter denen die Zähne blinkten, der kräftige, bis zur Taille nackte, wohlgeformte Körper, das alles war in rötliches Licht getaucht, wie im Schein der Abendsonne. Wie eine Erscheinung aus einer anderen Welt stand Franz da, alle Muskeln gespannt, zum Sprung bereit, wild, brutal und gewalttätig. Er blickte auf die Arbeiter wie ein Dompteur auf seine Raubtiere, und die Männer schienen wie gebannt unter diesem Blick; stumm, die Hände zum Schutz gegen das gleißende Licht vor die Augen gehoben, starrten sie zurück.

»Was bist du für ein Mensch!« sagte Tom. Ihm wurde plötzlich angst, er sah Mord in den Augen der geschundenen Männer. Aber das war nicht das ärgste; Franz war es, der ihm Schrecken einjagte. Tom war im Lauf des Lebens vielen Menschen begegnet und glaubte, ihn könnte nichts mehr erschüttern. Aber da entdeckte er etwas in dem Freund, das ihm fremd war, etwas, das er nicht begriff. Jede Gemeinheit, jeder Verrat, jede Niedrigkeit, ja sogar Grausamkeit war ihm bekannt. Aber wie er Franz dort oben stehen sah, statuengleich, da schauderte ihn, als sähe er eine Erscheinung aus dem Jenseits, unmenschlich, übermenschlich.

Es dauerte nur einen Augenblick. Die Leute senkten eingeschüchtert die Köpfe und machten sich wieder an die Arbeit. Sie schlossen die Türen des Hochofens. Nun waren sie wieder im Dunkeln.

Franz drehte sich zu seinem Freund. »Nun, was ist?« fragte er und runzelte die Stirn.

»Nichts«, sagte Tom. Es war sonderbar still zwischen den beiden. Dann fügte er hinzu: »Glaub mir, eines Tages stößt dir einer die Schaufel in den Rücken. Paß auf!«

»Warum? Weil ich ihnen gezeigt habe, wer der Herr ist?« Franz legte die Hand auf Toms Schulter.

Aber Tom lächelte nicht: »Du haßt die Kumpel, nicht wahr?«

»Hassen?« fragte Franz spöttisch. »Möglich.«

Tom zuckte die Achseln und ging zu seiner Arbeit zurück. Aber er war nicht bei der Sache, er war bedrückt und konnte sich nicht recht erklären, warum. Er war selbst hart, heftig und zäh, er kannte die Menschen von Grund auf. Aber Franz kannte er nicht. Und da er nicht fähig war, ihn zu begreifen, erwachte sein altes Mißtrauen wieder. Ein sonderbarer Bursche, murmelte er.

Einer seiner eigenen Leute war ein Deutscher, ein riesenhafter Kerl von freundlichem und scheuem Wesen, mit gigantischer Arbeitskraft. Tom trat auf ihn zu, sprach ihn mit dem Namen an, den er arglos allen Deutschen gab: »Sag, Fritzchen, du kommst doch auch aus Deutschland — hast du dort schon solche Burschen getroffen wie unseren Franz Stössel?«

Der Hühne stützte sich auf seine Holzkohlenschaufel und blickte lang und ernsthaft hinüber zu dem Hochofen, wo Franz stand. Sein breites, flaches Gesicht verdunkelte sich, dann sagte er stockend, als scheue er sich vor den eigenen Worten: »Ja, manche in der preußischen Armee waren so. Deshalb bin ich herübergekommen.« Er lächelte verlegen. »Ich bin gekommen, sonst hätte ich vielleicht einmal so einen umgelegt, verstehst du?«

»Du lieber Gott!« rief Tom aus. Er stellte sich die Erde überrannt von Männern wie Franz vor. Dann lachte er über seine eigene Fantasie. »Geh an die Arbeit, Fritzchen«, sagte er mit einem freundschaftlichen Rippenstoß. Er allerdings blieb noch eine Weile reglos stehen. Die Gedanken arbeiteten heftig in seinem dunklen schmalen Gesicht, und seine winzigen schwarzen Augen schienen näher an die kräftige Brücke seiner Nase zu rücken. Er kratzte sich mechanisch den Kopf mit dem dichten, gekrausten Haar.

Aber als Franz zur Mittagszeit auftauchte, konnte es nichts Freundlicheres geben als sein Gesicht. Er teilte sein Eßpaket großzügig wie immer mit Tom, der ihm hatte ins Gewissen reden wollen, aber kein Wort herausbrachte.

Seit langem schon bemühten sich Tom Harrow und zwei oder drei Gleichgesinnte, die Arbeiter des Schmidtschen Stahlwerks gewerkschaftlich zusammenzuschließen. Zur ersten Versammlung in Elks Hall vor fast einem Jahr war nur ein halbes Dutzend Leute gekommen, und die hatten sich sichtlich unbehaglich gefühlt. Aber Tom verfolgte sein Ziel mit britischer Zähigkeit. Diesmal waren mehr als zweihundert erschienen.

Tom war dankbar und freudig erregt. War er in gehobener Stimmung, dann wuchs er über sich selbst hinaus. Dann hatte er ein sicheres Auftreten, einen energischen Gang, er reckte die Schultern kriegerisch und blickte herausfordernd um sich. Wenn er oben auf dem Podium stand, dann sah er mit seiner langen Nase und dem spitz vorspringenden Kinn zwar wie ein Spaßmacher aus, der einen derben Witz erzählt, aber etwas unbeugsam Entschlossenes lag hinter dieser lustigen Maske. Es entmutigte ihn nicht, daß mehr als die Hälfte seiner Zuhörer die englische Sprache nur sehr mangelhaft beherrschte. Geschickt und in einer Art Bauernschläue fühlte er genau, daß ein echtes Gefühl, begeistert vorgetragen, eine allgemein verständliche Sprache ist und daß Stimme und Gesten jeden mitreißen können. Die Menschen sind Wachs in den Händen eines guten, überzeugten Redners. Er hatte das niemals gelernt, aber er begriff es instinktiv.

Ein feinfühliger Mann mit Minderwertigkeitskomplexen hätte vielleicht gefürchtet, daß sich sein wenig ansprechendes Äußeres ungünstig auswirken und die Hörer abschrecken könnte. Denn die Menschen sind atavistisch, und die offene Angst eines andern flößt ihnen nicht etwa Sympathie oder Mitleid ein, sondern den unwillkürlichen Wunsch zu töten, zu morden. Tom jedoch litt nicht unter seiner Häßlichkeit, denn er dachte niemals über sich selbst nach, nur seine Umwelt bewegte ihn; rückhaltlos konnte er sich ebenso einem schönen Tag wie einem Mitmenschen hingeben. Niemals empfand er sich als Individuum, das sich von anderen Individuen unterscheidet. Er war in den anderen, sie waren in ihm. Und wäre er auch doppelt so häßlich gewesen, es hätte ihn nicht berührt, denn er sah sich selbst gar nicht an, weder objektiv noch subjektiv. Er war reine Emotion, reiner Affekt. Dieses hochgesteigerte Nichtbewußt-Werden der eigenen Person faszinierte die Menschen und zwang sie, ihm zuzuhören, wo immer er sprach oder wo immer er in Aktion trat. Denn er schien ihnen nichts als eine Erweiterung ihres eigenen Ichs zu sein.

Die Halle war unsagbar schmutzig, nieder, eng und düster und wurde in löbliche Unparteilichkeit für alle möglichen Gelegenheiten verwendet. Kein Lichtstrahl fiel durch die hohen, staubigen Fensterschlitze; die Decke war nicht fertiggebaut, von den rohen Balken hingen bunte Tapetenreste mit ganzen Bündeln von Spinnweben herab, der Fußboden war von Kautabakresten bedeckt; an den schlecht getünchten Wänden brannten zischend dünne Gasflammen, deren gelbliches Licht häßliche Schatten auf die Gesichter der Arbeiter warf, die gekommen waren, um Tom Harrow zu hören. Da saßen sie in ihren dicken Arbeitsgewändern, denn die Halle war nicht geheizt, und ihr Atem dampfte. In diesem Dunst schienen sich die faulen Gerüche der Halle sichtbar verdichtet zu haben, Gerüche nach Schweiß, Ruß, ungewaschenen Leibern, Alkohol, Tabak und den Säuren, die ständig im Werk verwendet wurden. Jedermann rauchte oder kaute und spuckte unbekümmert auf den Boden.

Tom stand grinsend auf seinem Podium. Er sah herab auf diese zweihundert verdrossenen Gesichter, ungewaschen, stumpf und tierhaft von endlosen Entbehrungen und harter Arbeit. Der Gestank störte ihn nicht, denn er war überzeugt, daß er selber nicht besser roch. Er sah in den Anwesenden keine blöden und unwissenden Geschöpfe, die die Verachtung der denkenden und bessergestellten Gesellschaft verdienten, sondern leidende Kreaturen, die über jedes erträgliche Maß ausgenützt wurden. Sie waren von seinem Blut, ob sie nun Ungarn oder Slawen, Deutsche oder Amerikaner, Weiße oder Schwarze waren. Sie waren kein Herdenvieh. Sie waren ein Teil von ihm, und er war ein Teil von ihnen. Er fühlte sich ihnen auch nicht überlegen oder übergeordnet. Wenn er sie aufrüttelte, dann deshalb, weil er selbst aufgerüttelt worden war. Nicht die Leidenschaft eines Messias, der eine Heilsbotschaft bringen will, brannte in ihm, sondern nur glühendes Mitleid und der angeborene Haß gegen Gemeinheit und Unrecht.

Er sah Franz ruhig neben Jan Kozak sitzen. Franz paffte aus seiner Pfeife, seine Arme lagen über der Brust gekreuzt. Nichts konnte aufmerksamer und unpersönlicher wirken als diese Haltung. Aber aus einem unerfindlichen Grund verlor Tom bei diesem Anblick seine gewohnte Objektivität und wurde dadurch seltsamerweise noch mitreißender.

Er stampfte auf den Boden, schwenke die Arme und brüllte. Die Unruhe im Saal ärgerte ihn. »Wenn ich mir die Lungen herausschreie, dann verlange ich von euch Bastarden, daß ihr mir wenigstens zuhört!« schrie er. »Und wenn ihr schon unbedingt quatschen müßt, dann kommt selbst aufs Podium und redet!« Die Leute verstummten mit einem Schlag. »Gut also«, sagte Tom und blickte über die Köpfe. »Haltet das Maul und hört einem Mann zu, der mehr versteht als ihr!«

Lautes Gelächter erscholl. Selbst die Männer, die ihn kaum verstanden hatten, lachten zustimmend, weil sie begriffen, was er meinte.

Franz betrachtete die breite, untersetzte Gestalt seines Freundes dort oben. Er wunderte sich über die Autorität, die Tom ausstrahlte;

sein Interesse erwachte. Das war nicht der Tom, den er kannte. In dem gelblichen Licht der flackernden Gasflammen verwandelte er sich plötzlich in eine Persönlichkeit, die etwas zu sagen hatte. Selbst wenn er grinste wie jetzt, wirkte er überlegen. Man vergaß sein unschönes Gesicht, die hängenden Schultern, seine langen, schlenkerigen Arme, seine stämmigen kurzen Beine, seine gedrungene Gestalt. Die anderen mußten es ebenso empfinden, denn sie starrten gebannt hinauf zum Rednerpult. Ihre Gesichter gewannen Leben, als erwache der unterdrückte Geist in ihren dumpfen Köpfen und dränge hinaus an die Oberfläche ihres schwieligen, geschändeten Fleisches.

Tom sprach nicht laut, aber deutlich und akzentuiert: »Nun gibt's unter euch verdammten Hundesöhnen da unten einen, der weiß, warum wir hier sind?«

Die Leute murmelten und schauten sich dumm an. Tom nickte grimmig: »Ich sehe eine Menge Gesichter, die noch niemals auf unseren Versammlungen waren. Das muß doch einen Grund haben.« Er zeigte auf einen der Teilnehmer: »Du, Thomas, warum bist du hier, he?«

Die Männer kicherten wie Schulkinder, wenn eines von ihnen plötzlich die unliebsame Aufmerksamkeit des Lehrers erregt hat. Thomas, ein langbeiniger Slowake mit dunkel gegerbtem Gesicht und schmutzigen Händen, wurde knallrot bis unter die Haarwurzeln. Toms Stimme zwang ihn auf die Beine, und er blickte verschreckt um sich. Seine Genossen brüllten vor Lachen über sein Unbehagen. Schließlich stotterte er halbtot vor Verlegenheit: »Ich denke, du verschaffst uns mehr Lohn«, und setzte sich schnell nieder.

Tom wartete, bis der donnernde Applaus und das Gelächter verstummt waren. Sein Gesicht war grimmig und voll Hohn. Er stemmte die Arme in die Seite und nickte entschieden.

»So, du glaubst, daß ich uns mehr Geld verschaffe«, spottete er. »Das ist alles, was eure Schafshirne zustande bringen, he? Ein paar Cents mehr in der Stunde! Freilich, das hätte ich mir denken können.«

Die Männer grinsten verlegen, aber verständnislos. Und Tom fluchte drauflos, er war voll Zorn, voll mitleidigen Verstehens, ja, voll Liebe und Verzweiflung über diese getretenen Geschöpfe. Ein paar Cents mehr in der Stunde! Und wenn sie durch Gottes Gnade tatsächlich ein paar Cents mehr in der Stunde bekamen, was dann? Ein paar den Unternehmern abgerungene Münzen waren gar nichts. Die Arbeitsstunden und die Arbeitsbedingungen würden die gleichen bleiben. Und wenn alle Arbeiter in Amerika ein paar Cents mehr bekämen, dann würden die Lebenskosten im gleichen Verhältnis steigen, und es blieb erst recht alles beim alten. Nichts war damit gewonnen.

Franz lauschte aufmerksam mit vorgebeugtem Kopf; die klare Logik des Freundes überraschte ihn, sein Respekt wuchs. Nur wenige Männer im Saal verstanden, was Tom meinte, die wenigsten vermochten abstrakt zu denken. Aber gefühlsmäßig begriffen fast alle, wie recht er hatte und daß eine bloße Geldforderung nicht an den Kern des Problems herankam, das sie so beschäftigte.

»Es geht nicht ums Geld, verdammt!« schrie Tom und schüttelte die erhobenen Fäuste. »Das ganze verfluchte System muß geändert werden! Die verfluchte Meinung der Herren, daß wir Kumpel, die wir für sie schuften, nichts anderes sind als Vieh, als Hunde und Schweine, gehört ausradiert! Vieh ohne menschliche Rechte! Ja, sicher, sie werden uns ein paar Münzen extra hinschmeißen, wenn wir genug schreien. Damit wir die Mäuler halten. Aber wird dadurch etwas geändert? Nein, nein! Wird deshalb unsere Arbeitszeit kürzer, wird man uns entschädigen, wenn uns in ihren verdammten Fabriken was auf den Schädel fällt? Nein! Wird es uns vor Entlassungen schützen, wird es unsere Frauen und Kinder vor dem Verhungern bewahren, wenn es soweit kommt? Wird man damit den Geldprotzen beibringen, daß wir auch Menschen aus Fleisch und Blut sind, die genauso bluten, wenn man sie sticht? Wird es uns zu Menschen unter Menschen machen, zu Gleichgestellten, mit anständigen Lebensbedingungen? Nein, ihr stumpfsinnigen Idioten!«

Er hieb mit beiden Fäusten auf seine Brust.

»Ihr müßt dem widerlichen Problem auf den Grund gehen!« rief er, und die Stimme schwoll wieder an. »Schluß mit der Niedertracht der Fabriksherren! Solange wir das nicht ändern, haben wir gar nichts erreicht. Und wer ist schuld an dieser saumäßigen Gemeinheit? Die Unternehmer! Bestimmt, zum Teil. Aber im Grund seid ihr schuld, ihr Kumpel, weil ihr euch niemals als Menschen gefühlt habt! Und deshalb stehe ich hier und brülle mir die Lunge aus dem Leib — damit ich euch endlich beibringe, daß ihr auch Menschen seid, daß ihr euch als Menschen erkennt!«

Die Männer saßen mit offenem Mund da, äußerste Verblüffung malte sich auf den schmutzigen Gesichtern. Endlich schaute einer nach dem andern auf, blickte zu seinem Nachbarn, als erwache er zu einer überraschenden Erkenntnis. Es ist wahr, sagte jedes Augenpaar, es ist wahr, ich habe mich niemals als ein Mensch mit Rechten und Wünschen gefühlt. Ich war nur ein Stück Vieh, das unter der sausenden Knute schuftete. Aber ich bin ein Mensch! Der Gedanke war so erregend, so tief, daß alle von leidenschaftlicher Verwunderung erfaßt wurden. Ihr Leben schien vor ihnen ausgebreitet, von der Geburt bis zum Tod, ein Leben, in dem sie niemals Menschen gewesen waren, sondern nur leidende Roboter, die zufrieden waren, wenn man sie notdürftig ernährte, zufrieden, wenn man ihnen zu atmen erlaubte.

Nun tanzte Tom förmlich auf dem Podium. »Diese Welt gehört auch uns!« schrie er. »Wer darf behaupten, daß es nur ihre Welt ist? Die andern sagen das, und ihr habt euch nicht gewehrt. Nun ist die Zeit gekommen, um das zu bestreiten. Wird es einen Kampf geben? Ja, einen furchtbaren Kampf! Aber was, zum Teufel, hat denn einen Wert, was nicht erkämpft werden muß? Haben die Menschen jemals etwas bekommen, ohne darum zu kämpfen? Aber ist es auch wirklich wert, daß man darum kämpft? Antwortet mir, Kameraden!«

Und sie schrien ihm ihr Ja zu, nicht gehorsam, nicht gezwungen, sondern spontan und voll Wut. Noch standen sie unter dem Zwang ihrer ungeheuren, unfaßbaren Erkenntnis. Einige sprangen auf, mit roten Gesichtern, und schwangen die Fäuste. Tom sah mit grimmiger Befriedigung hinunter und nickte.

Franz saß mit gekreuzten Armen da und blickte nur auf Tom. Sein beherrschtes Gesicht verbarg die Gedanken. Aber er dachte: Tom ist gefährlich. Viel gefährlicher als einer der gewöhnlichen Agitatoren, die sich an die Arbeiter heranmachen.

Wie eine Woge der Freude flutete es plötzlich über den Saal. Die Männer atmeten schwer, sie wippten auf ihren hölzernen Stühlen, das trübe Gaslicht fiel auf ihre erregten Gesichter und ihre flammenden Augen. In den Leibern geduldiger Tiere erwachte das Menschentum.

Alle Augen waren gierig auf Tom gerichtet. »Was sollen wir tun, Mister?« riefen einige.

Er lächelte. Er hatte gesiegt. »Zuerst müssen wir uns organisieren. Jeder dreckige Kumpel muß mittun. Nicht da und dort einer, sondern alle zusammen.«

Er sprach noch lange, aber keiner wurde müde oder ungeduldig. Sie hörten ihm eifrig zu. Er erzählte ihnen von den Knights of Labour, dem geheimen Gewerkschaftsbund, und den großen Arbeiterkämpfen, die man in Minen und Fabriken anderer Städte und Länder austrug. Er erzählte von der schrecklichen Rache der Industriellen, von ihren Spitzeln und Polizisten, die Männer, Frauen und Kinder niederknüppelten und abknallten, erzählte von bestochenen Richtern, von Unterdrückung und von Straßenschlachten. Er erzählte ihnen von den Kindern, die sich in Gruben und Fabrikshallen zu Tode arbeiteten.

»Nun sind wir erwacht!« rief er. »Wir alle in ganz Amerika sind erwacht! Zwar noch nicht in einer einzigen Masse, aber in Gruppen. Amerika wurde für alle Menschen geschaffen, es gehört uns allen, nicht nur den wenigen großen Herren, die da glauben, alles auf der Welt sei ihnen allein bestimmt. Und wir, so meinen sie, sind vom Herrgott auf die Erde geschickt worden, damit wir ihnen bei ihrer fetten Ernte helfen. Wir sagen: Nein, nein, nein! Auch wir sind für uns selbst erschaffen, auch wir haben Anspruch auf ein wenig Glück und Freude. Wir werden unsere Arbeit tun und unsere Pflicht erfüllen. Aber wir wollen auch Menschen sein. Wir fordern unser Recht!«

Er verstummte, und seine schwarzen Augen leuchteten wie im Fieber. Er lächelte, aber es lag etwas Schreckliches, etwas Gefährliches in diesem Lächeln. »Gebt uns unser Menschenrecht, fordern wir. Denn wenn ihr es uns nicht gebt, nehmen wir es uns. Und wenn wir das tun, dann gnade euch Gott!«

Franz und Tom gingen miteinander heim. Es hatte zu regnen aufgehört, die Nacht über den grauen Dächern war frisch und sternenklar.

»Ich glaube, ich habe was Anständiges geleistet«, murmelte Tom nach einer Weile.

»Aber was erwartest du dir davon?« fragte Franz neugierig.

Tom sah ihn erstaunt an. »Was ich mir davon erwarte?«

Franz zuckte die Schultern: »Du brauchst mir nichts vorzumachen, du weißt, was ich meine. Mit deinem guten Mundwerk hast du die Leute in der Hand. Also, worauf gehst du aus?«

Tom blieb mitten auf der Straße stehen. Eine tiefe Blässe überzog sein müdes Gesicht, aber seine Augen leuchteten gefährlich. Leise wiederholte er: »Worauf ich ausgehe?«

Franz lächelte, obwohl ihm nicht wohl in seiner Haut war.

»Oh, spiel mir nichts vor, Tom«, sagte er ärgerlich. »Du bist am besten Weg, einen starken Verband zu bilden, und er wird noch stärker werden, wenn nichts Unvorhergesehenes eintritt ... und wenn dir nichts passiert.« Eine Pause. Dann: »Tom, kein Mensch tut etwas aus bloßer Nächstenliebe. Ich bin alt genug, um das zu wissen. So frage ich dich mit deinen eigenen Worten: Was erwartest du dir davon?«

Tom schwieg. Seine Augen bohrten sich in die Augen des Freundes, sein Gesicht war ganz grau geworden. Er fuhr mit der Zunge über die Lippen. Eine Ewigkeit standen sie einander so unter der Straßenlampe gegenüber.

Plötzlich packte Tom den Arm seines Gefährten und zog ihn weiter. Erst vor seiner Haustür brach er das verbissene Schweigen. »Du hältst dein Maul, verstanden?« sagte er, und etwas Tödliches glomm in seinen Augen auf.

Das war keine Bitte, das war ein Befehl.

Franz nickte mit einem schattenhaften Lächeln. Er setzte seinen Weg allein fort. Tom blickte ihm nach, bis er um die Ecke gebogen war. Mit einemmal war er sehr niedergeschlagen, ja traurig.

»Ich hätte ihn niemals mitnehmen sollen«, dachte er. »Ein Typ wie er wird es niemals begreifen.«

Im Lauf seines an Aufregungen und Nöten reichen Lebens hatte Tom niemals Angst verspürt. Nun spürte er sie, scharf und dick lag sie auf seiner Zunge. Er wußte selbst nicht so recht, was er fürchtete. Aber seine Schultern schwankten unter einer unsichtbaren Last, als er die Tür aufsperrte und eintrat.

Dolly hatte auf ihn gewartet; wie immer dampfte der Kessel auf dem Herd. »Eine Tasse Tee, Liebste!« rief Tom und küßte sie. »Mein Gott, heute hab' ich eine Tasse Tee verdammt nötig!«

XVIII

Irmgard zog die schweren Gardinen im Schlafzimmer ihrer Herrin zur Seite und blickte hinaus in den klaren, farblosen Dezembertag. Der Regen hatte Himmel und Erde blankgewaschen. Aber sie sah die lange ruhige Straße da unten nicht und auch nicht den braungrauen Rasen und die mächtigen kahlen Bäume. Sie sah die Hügel und Felder ihrer Heimat vor sich, wie sie unter einer bleichen Herbstsonne schlummerten. Ihre Augen trübten sich vor Sehnsucht, die Hände an den Gardinen verkrampften sich in unerträglichem Schmerz. Nun war sie acht Wochen in Amerika, aber zum erstenmal überwältigte sie das Heimweh in dunklen Wogen. Da sie wenig vom Leben erwartete, hatte sie sich stets mit allem abgefunden. Niemals hatte sie sich etwas Besonderes erwartet, niemals strahlenden Glanz nach der Dämmerung erhofft. So war ihr Leben friedlich und eintönig verlaufen, ohne Höhen und Tiefen. War ihr etwas Schönes begegnet — ein Sonnentag voll Duft und Bienengesumme, eine Tasse heißen Kaffees an einem kalten Abend oder ein Frühlingswald im weißen Licht und voll vom Geruch feuchter Erde —, dann hatte sie es mit einem leichten Schauer im Herzen aufgenommen, ohne dadurch in ihrer tiefen inneren Ruhe berührt zu werden.

Freilich hatte es in der Gleichmäßigkeit ihres Lebens ohne Jugend und Freude auch hin und wieder einen kleinen Schock, eine Sorge oder seelische Erschütterung gegeben. Aber selbst der Tod ihres Vaters hatte sie nicht so geschmerzt wie diese dunkle Trauer, der sie nicht entrinnen konnte, die sich wie ein scharfes, dünnes Messer in ihr Herz bohrte. Ihr sonst so ausgeglichenes Gemüt war erschreckt, als hätte ein Verbündeter sie im Stich gelassen. Vor kurzem erst war sie sich kühn, voll zerstörerischer Kraft des Geistes und des Körpers vorgekommen — damals in der Nacht, als Franz in ihr Zimmer eingedrungen war. Ihre Selbstbeherrschung hatte sie zwar rasch wiedergewonnen, aber bis die Wunde verheilt war, hatte es lange gedauert. Und nun kam der Schmerz als Heimweh wieder.

In diesen Kummer mischten sich Scham und Angst. Ihre Hand verkrampfte sich noch fester in die Vorhänge. Heiß und kalt überlief es ihren Körper, wie bei einer physischen Krankheit. Sie biß die Zähne zusammen, und ihr junges blasses Gesicht wirkte wie aus Stein gemeißelt.

Mrs. Schmidt tauchte aus der Tiefe ihrer Kissen auf; das grau durchzogene dunkle Haar hing in Strähnen um die eingefallenen Wangen. Sie blinzelte ins blasse Morgenlicht.

»Wie ist das Wetter, Irmgard?« fragte sie mit ihrer dünnen Vogelstimme.

»Sehr schön, Madam«, antwortete Irmgard. Sie seufzte tief, richtete sich auf und drehte sich zu ihrer Herrin. »Vielleicht können wir heute ausfahren.« Nun trat sie zum Bett, groß, ruhig, beherrscht, ihr goldenes Haar leuchtete wie ein Heiligenschein über ihrem Haupt.

Mrs. Schmidt schaute sie dankbar an. Sie schien Kraft aus der Berührung dieses Mädchens zu schöpfen, Frieden aus ihrem leicht zurückhaltenden Lächeln, Ruhe aus ihrer Wärme und Herzlichkeit. Irmgard gelang es, das widerspenstige Kissen zu glätten und den lästigen Schmerz aus ihrem siechen Körper zu vertreiben.

»Ich glaube, ich fühle mich heute nicht wohl genug, um auszufahren«, flüsterte Mrs. Schmidt und schloß wehleidig die Augen, während Irmgard ihr Haar bürstete und flocht. Irmgard lächelte flüchtig; sie war solche Klagen gewöhnt und überhörte sie.

»Vielleicht fühlen Sie sich nach dem Kaffee besser«, sagte sie tröstend und holte eine Schüssel mit Wasser und ein reines Handtuch, um der Vergrämten Gesicht und Hände zu waschen. »Es ist so schön draußen. Eine Ausfahrt wird Ihnen sicher guttun.«

»Ich bin überzeugt, daß ich es nicht imstande bin«, seufzte Mrs. Schmidt.

»Haben Sie nicht gut geschlafen?«

»Sehr wenig«, antwortete Mrs. Schmidt unter neuerlichem Seufzen. Irmgard wußte, daß es nicht stimmte. Sie hatte ihr abends zuvor die heiße Milch gebracht und dann einige Male nach ihr gesehen. Mrs. Schmidt hatte geschlafen wie das Kind aus dem Bilderbuch.

»So böse Träume!« sagte die Kranke und schauderte.

Nun war es Irmgards Aufgabe, sich liebevoll nach den Träumen zu erkundigen. Aber statt dessen sagte sie mit ungewohnt energischer Stimme: »Träume sind Unsinn! Es gibt nur den Tag und die Wirklichkeit. Sie sehen sehr gut aus, Madam, ganz jung und hübsch.«

Über dieses unerwartete Kompliment war Mrs. Schmidt so verblüfft, daß sie die Augen weit aufriß. Dann verzog sie die Lippen zu einem bitteren Lächeln. »Jung und hübsch«, murmelte sie. Ein Schatten flog über ihr Gesicht und trübte den Blick. »Man hat mir gesagt, daß ich ein hübsches Kind gewesen bin«, flüsterte sie beschämt.

»Wie Miß Tina«, nickte Irmgard.

»Finden Sie Tina hübsch?« fragte Mrs. Schmidt lebhaft. »Sie hält sich für sehr häßlich. Und sie kümmert sich überhaupt nicht um ihr Aussehen. Keinen Schick! Sie macht sich nichts aus Mode. Sie werden es nicht glauben, Irmgard, aber es hat sich eine ganze Menge netter junger Männer für Tina interessiert, doch von keinem hat sie etwas wissen wollen. Wie oft habe ich ihr gesagt, daß ein Mädchen nicht so eigensinnig und wählerisch sein darf, sonst wird es eine alte Jungfer.«

»Tina ist wirklich noch sehr jung«, fuhr sie nach einer Weile fort und sah Irmgard mißtrauisch an. Lachte die Zofe sie vielleicht aus? Aber Irmgards Blick war offen und ohne Arg.

»Ja, sehr jung«, bestätigte sie fast traurig.

Plötzlich raffte sich Mrs. Schmidt auf, helle Röte stieg ihr in die Wangen: »Vielleicht können wir Tina dazu überreden, mit uns einkaufen zu fahren! Es ist wirklich sehr schön draußen. Glauben Sie, wird sie mitkommen?«

Mrs. Schmidt strich sich über ihre Frisur und setzte sich ohne Kissenstütze auf: »Irmgard, bevor Sie mein Frühstück holen, bringen Sie mir doch bitte die Modezeitschriften! Ich möchte mir gern die neuesten Modelle anschauen. Und wollen sie Tina bitten, daß sie zu mir kommt, sobald sie angekleidet ist?«

Irmgard lächelte. »Gewiß.« Sie warf Mrs. Schmidt einen mitleidigen und liebevollen Blick zu. Ein so armes, hinfälliges, kränkliches Wesen mit tiefen Furchen im Gesicht, mit leidendem Blick und aufgesprungenen Lippen! Jetzt aber funkelten ihre Augen — und es waren wirklich schöne schwarze Augen —, sie war animiert, und wenn auch etwas Hektisches in dieser Erregung steckte, so wurde dadurch doch Farbe in ihre fahlen Wangen gezaubert.

Das Mädchen verließ das Zimmer mit ihren schnellen, leichten Schritten, und Mrs. Schmidt sah ihr nach. Was für ein reizvolles Ding, dachte sie, von so königlicher Heiterkeit! Was würde ich ohne sie anfangen! Sie versteht mich, und auch Tina scheint viel glücklicher, seit sie im Hause ist. Aber was geschieht, wenn sie heiratet, was sicher bald der Fall sein wird? Wie können wir sie trotzdem halten?

Es gibt einen Weg, dachte sie aufatmend. Irmgard muß einen anständigen, fleißigen, nüchternen und gut erzogenen Mann heiraten, den man als Kutscher oder Butler im Haus anstellen könnte — dann brauchte sie nicht wegzugehen! Die Kranke wurde ganz aufgeregt bei diesem Gedanken und begann sofort Pläne zu schmieden. Gillespie, der englische Butler! Freilich, er war Witwer und schon vierzig, aber kinderlos, ernst und verantwortungsbewußt, fast ein Gentleman. Sie hatte ihn bereits gefragt, was er von Irmgard denke, und er hatte zwar zurückhaltend, aber mit offensichtlicher Bewunderung erklärt, sie sei »eine sehr fähige junge Person, die ihren Platz kennt«. Leider war Mathilda anderer Meinung und äußerte sich auch laut, aber Mathilda war vermutlich eifersüchtig auf soviel Schönheit und gute Manieren.

Schon malte sich Mrs. Schmidt mit ungewohnter Lebhaftigkeit Irmgards Hochzeit aus. Einfache graue Seide, nicht zu sehr drapiert und nicht zuviel Rüschen — das wäre unpassend bei ihrer Stellung. Aber eine Seide von ausgesuchter Qualität, wie man sie nur in New York bekam. Irmgard könnte das Kleid dann später an Feiertagen oder in der Kirche tragen. Eine graue Samthaube, gezogen und gesäumt, vielleicht mit einem Veilchentuff, und eine Maulwurfstola. Mrs. Schmidt besaß ein solches Ding; es hing eingemottet, unbenützt im Schrank. Es war sehr teuer gewesen.

Das Paar mußte selbstverständlich auch Flitterwochen haben, dafür würde sie schon sorgen. Ihr Geschenk an Irmgard würden zweihundert Dollar sein, von denen natürlich ein Teil als Notpfennig auf der Bank bleiben mußte. Und auch einen Trousseau würde es geben, in guter, einfacher Ausführung; dazu ein warmes schwarzes Tuch für den Winter und ein leichteres für den Frühling. Unterröcke und Hemden aus solidem Pikee, mit geschlungenen Säumen. Mrs.

Schmidt fühlte sich geradezu beschwingt. Irmgard mußte natürlich in der Ersten Lutherischen Kirche vom Pfarrer Wettlaufer getraut werden. Das verstand sich von selbst. Mrs. Schmidt gehörte der Episkopalkirche an; wegen des Standesunterschiedes war es undenkbar, daß ihr Hausmädchen in der gleichen Kirche heiratete. Falls sie nicht am Ende sogar römisch-katholisch war — eine gräßliche Vorstellung! Was hatte Hans Schmidt einmal gesagt? »Ein deutscher Katholik ist eine Beleidigung für Luther!«

Sie mußte sich Gillespie einmal vornehmen ... vielleicht eine kleine diskrete Andeutung ...

Irmgard kam mit dem Frühstückstablett herein. Zwei rote Flecken brannten auf ihren Wangen, denn sie hatte wieder einen Zusammenstoß mit Mathilda gehabt. Äußerlich blieb sie völlig ruhig; sie schritt wie eine Prinzessin über den Flur in ihrem altmodischen schwarzen Kleid und der gerafften weißen Schürze. Lächelnd stellte sie das Tablett auf Mrs. Schmidts Decke. »Da, ein gutes Ei und sehr feiner Toast«, sagte sie mit ihrer tiefen, warmen Stimme. »Und duftender Kaffee!«

Mrs. Schmidt betrachtete sie liebevoll, während sie das Ei schälte und den Kaffee aus der kleinen silbernen Kanne goß. »Meine Liebe«, fragte sie, »haben Sie schon einmal ans Heiraten gedacht?«

Einen Augenblick stockte Irmgards Hand, aber nur einen Augenblick. Sie tat den Zucker in die dünne chinesische Porzellantasse mit der schwarzen Flüssigkeit.

»Nein, Madam«, sagte sie gleichmütig. »Ich habe noch nicht daran gedacht.«

»Aber ein junges Mädchen wie Sie, Irmgard! Und so hübsch dazu! Ah, es wäre zu schön, um wahr zu sein. Ich fürchte doch, daß ich Sie heute oder morgen verlieren werde.« Ihr Blick hing an dem klassischen Profil, dem langen weißen Hals und der gutgeformten Brust ihrer Helferin.

Irmgard lächelte neuerlich. »Ich bleibe bei Ihnen, Madam, bis Sie mich wegschicken«, sagte sie, »aber jetzt müssen Sie Ihr Ei essen.«

Ein wohliger Schauer lief Mrs. Schmidt über den Rücken. Sie war glücklich und zufrieden. »Dann müssen wir gemeinsam einen Gatten suchen, der auch mir gefällt. Denn ich lasse Sie nicht irgendeinen Dahergelaufenen heiraten, Irmgard.« Und dann: »Er darf Sie uns nicht wegnehmen. Vielleicht jemand, der bereit ist, hier im Haus zu arbeiten.«

Das Mädchen lächelte belustigt. »Gut! Jetzt aber zum Frühstück, Madam, sonst wird es kalt«, sagte sie fröhlich.

Aber Mrs. Schmidt spielte die Trotzige: »Ich esse nichts. Erst bis Sie versprechen, daß Sie uns nicht im Stich lassen.«

»Ich verspreche es«, nickte Irmgard, »aber ich halte das Versprechen nur, wenn Sie heute ausfahren.«

»Oh, Sie sind so nett, meine Liebe!«

Die kränkliche Frau aß mit ungewohntem Appetit. Währenddessen beschäftigte sich Irmgard in dem großen, ungemütlichen, luxuriösen Zimmer. Verstohlen öffnete sie das Fenster; die frische, kalte Luft strömte herein und vertrieb die dumpfen Gerüche der Nacht; die Vorhänge bewegten sich leicht im Wind, Sonnenstrahlen fielen auf die Mahagonimöbel. Draußen war es morgendlich still, nur das Geräusch einer vorüberfahrenden Kutsche war zu hören. Irmgard sah die Räder in der Sonne blinken und sah das glänzende Fell der grauen, flinken Pferde. Die Lakaien saßen steif und gerade hinten, der Kutscher war ein korpulenter, bejahrter Mann; im Fond thronte eine fette alte Frau im Zobel, sehr hochmütig und sehr aufrecht.

»Gefällt Ihnen Amerika, Irmgard?« fragte Mrs. Schmidt vom Bett her, während sie den Kaffee in kleinen, schnellen Schlucken trank.

Irmgard drehte sich um und senkte den Kopf. »Jeder ist gut zu mir«, sagte sie zurückhaltend, aber Mrs. Schmidt merkte das Abweisende ihres Tones nicht.

»Deutschland ist ganz anders, es muß Ihnen alles sehr fremd vorkommen!«

»Aber die Menschen sind überall gleich«, bemerkte Irmgard.

»Finden Sie Amerika nicht eigenartig?«

Irmgard schwieg. Eigenartig! Sie stand den meisten Dingen so gleichmütig gegenüber, daß sie immer davor bewahrt wurde, wirklich berührt zu werden. Vielleicht dachte sie, ist beim Fortgehen aus der Heimat etwas in mir gestorben, und deshalb konnte ich das Fremde nicht erkennen. Die Tage kamen ihr grau und eintönig vor, ohne Farbe und ohne Leben.

»Ich lebe, wie ich kann«, sagte sie.

Mrs. Schmidt fand die Antwort sehr befremdend, aber ihr müder Kopf wehrte sich gegen jede mühsame Überlegung. So trank sie schweigend ihren Kaffee zu Ende.

Tina öffnete leise die Tür, steckte den Kopf herein und glitt schüchtern lächelnd zum Bett der Mutter.

»Guten Morgen, Mama! Guten Morgen, Irmgard! So ein schöner Tag nach dem Regen!« Sie küßte die Kranke auf die eingefallenen Wangen. »Wie gut es uns heute geht! Vielleicht könnten wir ausfahren?« Sie hatte ein hübsches rotes Seidenkleid mit schwarzer

Samtverzierung an, als fühle sie sich nach den langen verregneten Tagen befreit. Sie sah reizend aus mit ihrem dunklen Chignon, aus dem kleine Löckchen in den Nacken fielen, und den Stirnfransen, die ihren unschuldigen Augen koketten Glanz verliehen. Ihr kindliches Gesicht war frisch und klar, sie trug kostbare Ringe an ihren zarten Fingern, und ein feiner Duft von Rosenwasser schwebte um sie. Mrs. Schmidt betrachtete sie nachdenklich und zärtlich.

»Auch Irmgard hat eine Spazierfahrt vorgeschlagen, mein Schatz. Und denk dir, ich habe Lust dazu. Vielleicht können wir ein paar Einkäufe machen.«

»Einkäufe!« Tina jubelte geradezu. »Wunderbar!« Sie klatschte in die Hände wie ein Kind. »Ich bin ganz in Einkaufsstimmung! Hast du gehört, daß Mlle. LeClair ein paar reizende neue Modelle hat, Schutenhüte, angeblich gerade aus Paris eingelangt. Auch wenn sie bloß aus New York stammen — sicher sind sie trotzdem apart.«

Mrs. Schmidt war entzückt. Sie konnte sich nicht erinnern, Tina je so sprühend, so froh, so glücklich und jung gesehen zu haben. Sie selbst hatte seit Tagen das Bett nicht verlassen, aber die Krankheit steckte in ihrem Gemüt, nicht in ihrem schmerzenden Körper. Irmgard hatte das von Anfang an begriffen, sie vermutete auch, daß Mrs. Schmidt in die Krankheit geflüchtet war, um einer unerträglichen Welt zu entrinnen; es war eine Flucht, die einer Agonie, einem langsamen Selbstmord glich. Jetzt, da sie angeregt und froh war, erwachte mit einem Male der Lebenswille in ihr und trieb ihr träges Blut schneller durch die Adern. Sie fühlte sich wohl und voll Energie. Ach, wie lange war es her, daß sie voll Energie gewesen war!

»Ich fühle mich so wohl«, sagte sie plötzlich, und dabei zitterte ihre schwache Stimme, und Tränen traten in ihre Augen. Sie sah so erstaunt aus, als traue sie den eigenen Worten nicht, als habe ein anderer mit ihrer Stimme gesprochen und nicht sie selbst.

»Fein!« rief Tina, klatschte nochmals in die Hände und vollführte einen kleinen Freudentanz auf dem dicken Teppich. »Ich wußte ja, daß dir Irmgard guttun würde! Sie tut jedermann gut, selbst Baldo. Vielleicht können wir ihn zum Mitfahren überreden, obwohl es für einen Herrn nicht sehr amüsant ist, Damen bei Besorgungen zu begleiten.«

Sie blinzelte Irmgard zu, stellte sich auf die Zehenspitzen, reckte sich und drückte impulsiv einen Kuß auf die Wange des Mädchens. Irmgard zuckte zusammen, rot schoß ihr das Blut in die Wangen, und ums Herz wurde ihr ganz warm.

»Sie sind es, die gut zu mir sind«, sagte sie tonlos.

»Wir haben Sie so lieb, Irmgard«, rief Tina mit kindlicher Unbefangenheit. »Das Haus hat sich völlig verändert, seit Sie hier sind.«

»Ja, wirklich«, stimmte Mrs. Schmidt zu und schob die Kissen zurück. »Tina, Liebes, komm her und schau dir das neue Modeheft an. So was kannst du dir nicht vorstellen! Nein, was man heuer trägt . . .! Die Tournüre wird anscheinend bald passé sein, kaum mehr angedeutet. Und die Schuhe! Wirklich verrückt!«

Irmgard ergriff das leere Frühstückstablett, trug es aus dem Zimmer und ließ die Damen bei ihrer angeregten Betrachtung der Modemagazine allein.

Das Haus gefiel ihr kaum besser als am ersten Tag, seine Atmosphäre bedrückte sie noch immer. Wenn sie durch die dumpfen Gänge schritt, durch die düsteren Räume mit den schwarzen Schatten in allen Ecken, in denen ständig Angst und Verschwörung zu lauern schienen, dann meinte sie oft, es nicht länger auszuhalten, dann wäre sie am liebsten verzweifelt davongelaufen. Nur sehr selten kamen Besuche zur Familie Schmidt. Die Kränklichkeit der Hausfrau, die Menschenscheu der Tochter, das Gebrechen Baldos, die Grobheit und Ungezogenheit des Hausherrn — das alles zusammen machte das Haus nicht gerade anziehend für Gäste. Fast zwei Monate befand sich Irmgard nun schon hier, aber es hatte noch keine Parties, keine Abendeinladungen oder sonstige Unterhaltungen gegeben. Die Bewohner des großen Hauses lebten isoliert und im Halbdunkel, fast wie in der Verbannung. Irmgard hatte den Tanzsaal und das Billardzimmer gesehen, in denen die Luster und ebenso die zierlichen goldenen Stühle mit Tüchern verhüllt waren. Die Fenster blieben fest geschlossen, und dicker Staub lag auf dem gebohnerten Boden. Die Billardtische waren ebenfalls zugedeckt. Die Bibliothek mit ihrem Gewölbe, die riesigen Salons, das trostlose Eßzimmer wurden kaum betreten, die Räume wirkten wie ausgestorben. Tina hatte Irmgard erzählt, daß der letzte Ball fast zwei Jahre zurücklag, und das letzte Dinner sechs Monate. Irmgard hatte schon erkannt, daß die beiden Frauen und der Sohn dieses Haus haßten, nicht aktiv, sondern passiv, so wie Gefangene ihren Kerker hassen.

»Wenn wir nur ein kleines hübsches Haus in der Vorstadt oder am Land hätten!« seufzte Tina. »Mit einem großen Garten und reiner Luft. Aber Papa liebt dieses Haus, er hat es gebaut. Deshalb sagen wir nichts. Selbst im Sommer bleiben wir hier, obwohl das Klima für Mutter sehr schädlich ist.«

Also gab es auch kein Ausweichen, keine Flucht ans Meer, ins Gebirge oder aufs Land. Diese gedrückten Menschen hier führten nicht das normale Leben anderer Leute, sie vegetierten freudlos dahin, abgeschnitten von der Welt. Sie kannten weder Wärme noch Freude, noch Lachen, noch Wünsche, als lebten sie in einem großen Grab ohne Hoffnung und ohne Zukunft.

Selbst in den Dienstbotenquartieren breitete sich die allgemeine Öde und Unlust aus. Mrs. Flaherty, die Köchin, gestand, daß sie nur wegen des außerordentlich hohen Lohns im Haus blieb. Ganz offen gab sie zu, an ihren freien Tagen und oft auch des Abends »nach der Flasche zu greifen«. »Wenn ich es nicht täte«, sagte sie, »dann könnte ich verrückt werden, so allein ist man hier.« Gillespie, der Butler, schätzte das Haus ebensowenig, auch er wurde nur durch die gute Bezahlung gehalten. Er verstand sich sehr gut mit Mrs. Flaherty, die Witwe war, und verbrachte seine Freizeit meistens in ihren Räumen, vermutlich ebenfalls mit der Flasche. Die drei primitiven slowakischen Zimmermädchen wohnten gemeinsam in einer Stube und sprachen meist nur im Flüsterton miteinander. Zuweilen aber lachten und sangen sie in ihrer Dachkammer, sie waren überzeugt, daß man unten nichts davon hören konnte. Die beiden Kutscher und die drei Stallburschen hatten ihre Zimmer über den Ställen. Die Lampen im Herrenhaus wurden meistens um zehn Uhr abends gelöscht, doch die lustigen Lichter über den Stallungen konnte Irmgard von ihrem Fenster aus bis tief in die Nacht sehen.

Irmgard war bis zur Schlafenszeit durch ihre Pflichten festgehalten, trotzdem hatte sie sich bereits mit Mrs. Flaherty und Gillespie angefreundet. Manchmal gelang es ihr, eine Stunde blauzumachen, wenn sie Mrs. Schmidt zu Bett gebracht und für die Nacht versorgt hatte. Dann lief sie schnell die schmale Hintertreppe zu Mrs. Flaherty hinauf. Dort konnte sie sich in der Gesellschaft der rundlichen irischen Köchin und des distinguierten Engländers ein bißchen erholen.

Alle aber, vom kleinsten Zimmermädchen bis zu Gillespie, haßten Mathilda, die im dritten Stock ein hübsches Wohnzimmer und ein Schlafzimmer mit Bad besaß. Die Dienstleute steckten die Köpfe zusammen und kicherten, denn sie wußten, daß der Hausherr häufig Gast in dieser Wohnung war und daß dann die Türe stundenlang verschlossen blieb. Trotzdem, wäre Mathilda freundlich, angenehm und kameradschaftlich gewesen, dann hätte niemand über ihre Sonderstellung ein Wort verloren. Aber sie war tyrannisch und bösartig, eingebildet und gemein und so anmaßend, daß Mrs. Flaherty oft drohte, sie werde sie noch einmal »mit einer gußeisernen Küchenpfanne« erschlagen. »Eine hergelaufene Person aus Preußen!« sagte Gillespie verächtlich mit gerümpfter Nase. Seine Bildung und Weltgewandtheit imponierte Mrs. Flaherty sehr, die zwar nichts von

Preußen wußte, aber mißtrauisch gegen alles war, was vom Kontinent kam.

»Warten Sie nur«, prophezeite Gillespie dunkel, »eines Tages rechnen wir schon mit diesen Leuten ab.«

Darüber freute sich Mrs. Flaherty unbändig, die sich in ihrer blühenden Fantasie schon mit einer ganzen Menge Eisenpfannen auf Mathilda losdreschen sah, ohne dafür bestraft zu werden.

Bald merkte das Personal, daß die neue Angestellte von Mathilda mit Haß verfolgt wurde. Das allein schon hätte genügt, um Irmgard Sympathien zu gewinnen; ihre eigenen Vorzüge taten noch ein übriges. So revidierte Mrs. Flaherty dank Irmgard ihr Urteil über die Deutschen, und Gillespie zollte ihr würdevolle Bewunderung. »Einwandfrei eine Lady«, stellte er fest. Man liebte sie wegen ihrer Schönheit, ihres freundlichen Wesens, ihrer grünen Augen, in denen es so belustigt aufblitzen konnte, wegen ihrer guten Manieren und ihrer uferlosen Geduld.

Alle wußten, daß Mathilda unablässig bohrte, Irmgard möge entlassen werden. Einmal hatten sie laute Stimmen hinter Mathildas Tür gehört, und eine der Stimmen war die des Hausherrn gewesen. Sie sprachen deutsch, aber Gillespie, der in der Halle horchte, konnte den Namen Irmgard hören. Sie wußten auch, daß Miß Tina die Zofe verteidigte und sich beim Vater für sie einsetzte.

Aus Angst vor Entlassungen wagten sie nicht, ihren Haß gegen Mathilda offen zu zeigen, aber durch tausend kleine Stiche verrieten sie unmißverständlich, was sie von ihr hielten. Mathilda hingegen konnte wegen ihrer Sonderstellung offen Rache nehmen. Da Irmgard ausschließlich mit Mrs. Schmidt beschäftigt war, sah sie Mathilda nur selten. Die wenigen Male aber, die sie ihr in den Gängen begegnete, wurde sie mit Schimpfwörtern überschüttet und angeschrien. »Wie sie das aushält, verstehe ich nicht«, sagte Mrs. Flaherty häufig. »Aber gerade diese Stillen ... eines Tages wird sie den Spieß umdrehen.«

Irmgard ertrug die Schmähungen in schweigender Würde. Sie schien sie kaum zu hören, ging ruhig ihres Weges, aber manchmal stieg ihr die Röte ins Gesicht, und ihre smaragdgrünen Augen schossen Blitze. Die andern Angestellten wußten natürlich, daß Irmgard die Wirtschafterin ebenfalls verabscheute, daß sie das Gekeife aber aus Stolz und Verachtung mit steinerner Miene überhörte. Sie bewunderten sie deshalb noch mehr; verstehen konnten sie soviel Zurückhaltung nicht.

Was sie nicht wußten, war, daß Irmgard am liebsten geflüchtet wäre, aber Mrs. Schmidt und deren Kindern zuliebe in dem düsteren

Haus aushielt. Für Mrs. Flaherty hingegen, so gutmütig sie war, hatten nur die materiellen Vorzüge Bedeutung. »Sentimentalitäten« zählten für sie nicht. »Die gnädige Frau«, so sagte sie oft zu Irmgard, »ist zwar unzurechnungsfähig und krank, aber sie ist eine echte Lady, da gibt's nichts. Miß Tina ist auch nicht ganz normal, aber unschuldig wie ein Lamm. Und Mr. Baldo ist anständig und nett, obwohl mir's trotz seines hübschen Gesichts kalt über den Rücken läuft, wenn ich ihn sehe. Aber der Herr, das ist einer! Gillespie nennt ihn einen Bock ohne Hufe!« Sie kicherte. »Dabei würde es mich gar nicht wundern, wenn er doch welche hätte. Man sollte einmal Mathilda fragen!« So war es Irmgard bald klar, daß keiner der Dienstleute die Herrschaft leiden konnte, ja, sie verachteten sie, die einen mitleidig, die andern gleichgültig. Sie hätten es niemals begriffen, daß Irmgard bloß aus Mitgefühl und Sympathie für die beiden freudlos dahinlebenden Frauen und den verkrüppelten jungen Mann im Hause blieb.

»Mrs. Schmidt kann ihre Zofen nie länger als ein paar Wochen halten«, erklärte Mrs. Flaherty. »Wahrscheinlich werden auch Sie bald abhauen.«

Irmgard lächelte nur. Die Wochen vergingen, und sie wurde noch schmäler und noch stiller. Niemals hatte sie rote Wangen gehabt, aber trotz ihrer Blässe hatte sie frisch und gesund ausgesehen. Nun spannten sich ihre Züge und wurden scharf.

An diesem Morgen schwand ihre anfängliche Freude über den sonnigen Dezembertag dahin, als sie mit dem Frühstückstablett in die Halle hinunterschritt. Das Licht konnte den weiten, unfreundlichen Raum nicht erhellen und auch den Eindruck von Kälte und Verstaubtheit nicht aus ihm vertreiben. Zwar lagen die Fenster im Morgenlicht, doch die Helligkeit vermochte nicht durch die bunten Scheiben zu dringen; sie zauberte nur hier und da einen roten, gelben, blauen Fleck auf die Treppe. Dadurch wirkte die Halle noch düsterer, noch ähnlicher einer Gruft.

Irmgard kam an Baldos Zimmer vorbei. Der junge Mann stand in der offenen Tür. Bei Irmgards Anblick lächelte er so glücklich, daß sein Gesicht von innen heraus zu leuchten schien.

»Kommen Sie doch nur herein, Irmgard«, bat er und trat zur Seite.

Sie stellte das Tablett auf einem Stuhl ab und folgte ihm zu seiner Staffelei.

Er hatte sie gemalt; freilich hatte sie ihm nur selten Modell stehen können, gerade nur, wenn sie sich ein paar Minuten von ihrer Arbeitszeit abstehlen konnte. Das Porträt war halb vollendet. Es stellte sie dar, wie sie war, ohne kunstvollen Hintergrund und im Alltagsgewand. Die ernsten Augen in dem reinen, klaren Gesicht blickten gerade auf den Beschauer.

»Heute früh ist das Licht ausgezeichnet, können Sie mir ein paar Minuten schenken?« fragte Baldo mit flehendem Blick.

»Mrs. Schmidt und Miß Tina wollen heute vormittag ein wenig ausfahren«, gab sie lächelnd zurück. »Es ist ein so schöner Tag. Vielleicht haben Sie Lust, mit uns zu kommen?«

Er schaute unsicher zum Fenster hin. »Ein schöner Tag?« murmelte er und drehte sich zu ihr. »Es dauert nur ein paar Minuten, Irmgard.«

Gehorsam setzte sie sich nieder, und er griff zu seiner Palette. Er malte schnell und schweigend. Von ihrem Stuhl aus betrachtete sie den großen Engel in der Ecke. Ihre Lippen preßten sich aufeinander, sie fühlte einen Stich im Herzen, und daran war der Engel schuld. Sie haßte ihn, weil er sie so sehr an Franz erinnerte, mit seinem faszinierenden Antlitz, das flehend und hochmütig zugleich aussah. Aber sie konnte den Blick nicht von ihm wenden, und ihr Mund verzog sich schmerzvoll. Als Baldo sie ansprach, zuckte sie zusammen.

»Sie haben sich verändert, Irmgard«, sagte er mit seiner weichen Stimme. »Sie sind blaß und müde. Sie arbeiten zuviel.«

Nun hob sie die grünen Augen zu ihm auf. »Ich fühle mich ausgezeichnet«, sagte sie.

Er ließ den Pinsel sinken und betrachtete sie ernsthaft. Offenbar wollte er etwas sagen, aber er schwieg. So stand er vor ihr in seiner tragischen Schönheit. Oft stand er so da, stumm, wie in Meditation versunken. Nur die Augen lebten, groß und leuchtend.

»Aber Sie sind nicht glücklich?« fragte er endlich.

Sie antwortete nicht. Nach einer kurzen Pause malte er weiter; seine feinen Hände zitterten. Er legte Pinsel und Palette nieder.

»Genug für heute, Irmgard«, sagte er.

Sie stand auf. Er wartete. Lange und eindringlich blickten sie einander an.

»Kann ich Ihrer Mutter sagen, daß Sie mit uns kommen?«

»Wollen Sie denn, daß ich mitkomme?« fragte er zögernd, fast unhörbar.

Sie schwieg. Noch immer blickten sie seine blauen Augen mit diesem inneren Leuchten an, aber sein Gesicht war sehr ernst und voll bitteren Flehens. Ein Schauer lief ihr über den Rücken. Instinktiv wich sie zurück, als er nach ihrer Hand griff, nicht hastig, sondern unendlich liebevoll. Und seine Augen bettelten.

»Ja, ich möchte es gern«, flüsterte sie. Sie verspürte einen plötzlichen Schmerz, und Tränen brannten hinter ihren Lidern. Mühsam lächelte sie.

»Das sagen Sie, weil Sie gut sind«, meinte er, aber seine dünnen Finger hielten sie fest. »Nur deshalb, weil Sie gut sind, nicht wahr?«

Wieder zwang sie sich zu einem schwachen Lächeln. »Ich bin gar nicht gut«, murmelte sie.

Nun gab er ihre Hand frei, und nur seine verzweifelten, armen Augen hielten sie noch fest.

»Ich fahre mit«, sagte er leise. Sein Gesicht zog sich förmlich zusammen, verengte sich. Er öffnete die Lippen, als wollte er Dinge sagen, die unausgesprochen bleiben mußten.

Rasch griff sie nach dem Tablett und verließ das Zimmer. Als sie schon längst verschwunden war, stand er noch so da, wie sie ihn verlassen hatte — ein unglücklicher, gebrochener Mensch, verstrickt in bittere Gedanken, in Verzweiflung.

XIX

Mrs. Schmidt wollte im Brougham fahren, aber Irmgard redete ihr zu, den offenen Victoria zu nehmen. »So warm, und die Sonne!« sagte sie bittend. »Der Winter kommt ohnehin bald. Wir müssen die letzten schönen Tage ausnützen!«

Also wickelte sich Mrs. Schmidt fest in ihr Pelzcape, in dem ihr kleines blasses Gesichtchen fast verschwand. Aber der Widerschein einer ungewohnten, zaghaften Freude leuchtete auf den blassen Zügen. Irmgard brachte ihren schönsten Hut, den aus braunem Samt mit dem dunklen Federgesteck, und ließ Ziegel für ihre Füße wärmen. »Ich bin so aufgeregt!« rief sie und sah Irmgard mit großen, verschreckten Augen an. Tina erschien in einer schwarzen Astrachanjacke, doch ihr kleiner Hut mit den Samtblumen wirkte fröhlich, und ihre zarten Wangen glühten. In einem Anfall von Übermut hatte sie sich zwei Rosenknospen an den Muff gesteckt und eine an die Brust. Als Baldo in seiner Pelerine aus feinem Tuch mit Pelzkragen, den flachen Hut in der Hand, die Treppe hinunterkam, lächelte er. Die Pelerine hing ihm fast bis zu den Knöcheln herab, er hätte ein Knabe im Mantel seines Vaters sein können, wären nicht die von Leid gezeichneten Gesichtszüge und die melancholischen blauen Augen gewesen.

Bevor sie aufbrachen, schrieb Irmgard schnell ein paar Zeilen an ihre Tante. »Leider muß ich mich auch heute bei Dir entschuldigen, liebe Tante; ich kann diesen Donnerstag wieder nicht kommen. Mrs. Schmidt braucht mich, wir fahren aus. Zum erstenmal, seit ich hier bin, hat sie Lust, aus ihrem trostlosen Käfig auszubrechen. Leider werde ich auch am Sonntag nicht frei sein, obwohl ich Ausgang habe. Verzeih mir, bitte! Aber ich habe wirklich viel zu tun.«

Sie versiegelte das Kuvert und seufzte leise, denn es war ihr klar, daß Tante Emmi sich kränken würde. Sie mußte alles daransetzen, wenigstens am nächsten Donnerstag ausgehen zu können; bevor Franz nach Hause kam, würde sie schon weg sein. Sie hält mich für undankbar, dachte das Mädchen bekümmert. Aber das muß ich auf mich nehmen. Am meisten tut mir leid, daß ich Onkel Egon nicht sehen kann ... Durch einen Stallburschen schickte sie den Brief in die Mulberry Street und blickte ihm seufzend nach.

Nun fuhren sie in der bleichen Wintersonne, die kaum wärmte, durch die Stadt. Der frische Wind blies ihnen entgegen, die Straße lag leer im schattenlosen Licht, die Räder ratterten über das Pflaster. Kutscher und Groom saßen in ihren pflaumenblau und goldenen Uniformen steif auf ihrem hohen Sitz und überragten die Frauen und Baldo; die Peitsche blinkte in der Sonne. Tina plapperte munter drauflos und blickte mit den strahlenden Augen eines jungen Mädchens um sich, das eben eine neue Welt für sich entdeckt. Sie sprach wie im Fieber, ihre Lippen leuchteten dunkelrot, sie lachte unaufhörlich, küßte die Mutter impulsiv auf die Wange oder lehnte sich vor, um Irmgards oder Baldos Hände zu fassen und zu drücken.

Baldo lächelte seine Schwester zärtlich an, er freute sich daran, daß sie so vergnügt war. Irmgard saß still und würdevoll in ihrem unvorteilhaften schwarzen Kleid neben ihm; ihre Hände, die auf ihren Knien lagen, steckten in schwarzen Zwirnhandschuhen. Aber er sah ihr Haar unter dem Hut in der Sonne golden aufleuchten und sah die blauen Funken, die in den grünen Augen sprühten. Wenn er ihr klares Profil, so gelassen in seiner Ruhe, betrachtete, dann löste sich der ständige dumpfe Schmerz in seinem Herzen, und er fühlte sich schwebend wie in einem Traum.

Er hatte gelernt, für den Augenblick zu leben und sich nicht über die Möglichkeiten des Morgen den Kopf zu zerbrechen. Es gab nur das Jetzt, und das war schön, das war Erfüllung. Er war so klein, daß sein Haupt nur in die Höhe ihrer Brust reichte. Einen kurzen Augenblick hatte er den unwiderstehlichen, heißen Wunsch, seinen Kopf an diese schön gewölbte Brust zu lehnen und in einem ekstatischen Rausch alles zu vergessen. Aber der Augenblick verging, nur eine leichte Wärme blieb in seinem Fleisch zurück wie ein Traum. Er war niemals wirklich glücklich gewesen. Jetzt hatte er nur den einen Wunsch: daß diese Fahrt niemals enden, daß die Zeit stillstehen, daß er immer den Duft ihres Körpers spüren und niemals die Nacht kommen möge.

Sie fuhren durch endlose, leere Straßen mit hohen Häusern und braungrünen Vorgärten. Hin und wieder begegneten sie einem Dienstmädchen, das einen Kinderwagen vor sich her schob oder ein davonlaufendes Kind schalt. Am Straßenrand standen vollbeladene Gemüsewagen, deren Pferde an dem kümmerlichen winterlichen Gras zupften. Einmal hörten sie in der Ferne hämmern, und die Sperlinge flatterten in den kahlen Bäumen auf. Irgendwo ertönte die klagende Melodie eines Leierkastens. Verschlafenes Dezemberlicht lag über der Stadt.

Irmgard war rührend um Mrs. Schmidt bemüht, die fast in ihrem dicken Pelz verschwand und deren Füße sich an die heißen, in roten Flanell eingehüllten Ziegel preßten. Sie sprach kaum, aber sie schaute ihre Kinder, Irmgard, die Straße mit ihren glanzlosen Augen wie in einer plötzlich erwachenden schwachen Hoffnung an. Sie hatten das Haus verlassen, während Mathilda beim Einkaufen war. Wie würde sie, die Despotin, es aufnehmen, wenn sie von ihrer Ausfahrt erfuhr? Vergeblich versuchte Mrs. Schmidt sich vorzusagen, daß schließlich sie die Herrin des Hauses sei und Mathilda nichts weiter als ihre Untergebene. Aber selbst in ihrer Schwäche wollte sie sich nicht eingestehen, wie sehr sie sich vor dem groben, ordinären Weib fürchtete. Mathilda konnte so tyrannisch sein, dachte sie unglücklich, so bösartig, wenn man ihr zuwiderhandelte. Gewiß, sie ist eben sehr um meine Gesundheit besorgt — deshalb ist sie auch so streng zu Irmgard, weil sie glaubt, daß sie ihre Pflichten nicht erfüllt und meine Pflege vernachlässigt. Aber vielleicht bin ich doch nicht so krank, wie Mathilda meint. Heute jedenfalls fühle ich mich sehr kräftig.

Trotzdem lief ihr ein Schauer über den Rücken, wenn sie an Mathilda dachte. Gestern zum Beispiel, wie wütend war die Wirtschafterin geworden, als Irmgard darauf bestanden hatte, die Fenster zu öffnen, die dicken Vorhänge wegzuschieben, damit ihre Herrin, fest eingepackt, die frische Luft genießen konnte. »Wollen Sie die Lady umbringen?« hatte Mathilda mit zornrotem Gesicht geschrien, hatte die Fenster zugeschlagen, die Vorhänge geschlossen, so daß der Raum wieder in dumpfer Dämmerung lag. Dann hatte sie Mrs. Schmidt gepackt und ins Bett getragen, und in diesem Bett hatte es ihr eigentlich gar nicht behagt, es war heiß und unangenehm. »Die arme Lady!« hatte Mathilda getobt, »ihr Kopf glüht, und die Hände sind wie Eis! Mörderin!«

Irmgard hatte keine Miene verzogen, plötzlich aber hatte sie ein paar deutsche Worte zu Mathilda gesagt, die Mrs. Schmidt nicht verstehen konnte. Die Wirkung war furchtbar gewesen. Mathilda war aufgefahren, ihr derbes Gesicht war leichenblaß geworden und ihre Augen starr vor Wut. Unbeschreiblicher Haß glühte in diesen boshaften kleinen Augen auf. Sie wollte etwas antworten, brachte aber kein Wort heraus. Wie eine Wahnsinnige stürzte sie aus dem Zimmer. Irmgard hatte daraufhin Mrs. Schmidt gefragt, ob sie sich wieder zum Fenster setzen wolle, aber Mrs. Schmidt hatte ängstlich abgelehnt.

Am Abend dann hörten die anderen Hausangestellten laute Worte aus Mathildas Räumen; offenbar gab es eine Auseinandersetzung zwischen ihr und dem Herrn. Sie verstanden zwar nicht alles, aber sie konnten sich zusammenreimen, daß wieder einmal Irmgard der Stein des Anstoßes war.

»Mathilda wird sehr böse auf uns sein, glauben Sie nicht, meine Liebe?« fragte Mrs. Schmidt aus ihrer Unruhe heraus, ohne zu beachten, daß sie das atemlose Geplapper ihrer Tochter jäh unterbrach.

Irmgard lächelte unbefangen: »Ich fürchte, sie verzärtelt Sie zu sehr, Madam.« Aber das Lächeln stand nur auf ihren Lippen; ihre Augen waren hart und kalt wie Jade.

»Diese fürchterliche Person!« rief Tina. »Ich habe Papa so sehr gebeten, daß er sie entläßt. Sie ... tyrannisiert uns alle. Im Anfang war sie weich wie Butter. Jetzt ist sie arrogant und bösartig und glaubt, sich alles erlauben zu dürfen.«

Mrs. Schmidt erschrak: »O Tina, sei nicht so herzlos! Sie hat nur unser Wohlbefinden im Sinn. Dein Vater sagt, daß wir so undiszipliniert sind, vielleicht brauchen wir einen Menschen wie Mathilda. Der Haushalt läuft jetzt sehr gut. Wir müssen ihr viel nachsehen, weil sie uns so ergeben ist.« Und zu Irmgard: »Mein liebes Kind, was haben Sie ihr gestern gesagt, daß sie so wütend geworden ist? Ich möchte es wirklich gern wissen.«

Irmgard hatte in Wahrheit gesagt: »Sie wollen diese Frau töten. Sie glauben, daß Sie dann ihren Platz einnehmen werden. Aber da müssen Sie erst über mich steigen, und das wird Ihnen niemals gelingen.« Aber jetzt erklärte sie: »Ich habe sie nur darauf aufmerksam gemacht, daß ich allein für Sie verantwortlich bin und daß ich am besten weiß, was Ihnen guttut und was nicht.«

»Das war sehr mutig von Ihnen!« rief Tina bewundernd.

»Müssen wir denn unbedingt über diese widerliche Person sprechen?« fiel ihnen Baldo lächelnd ins Wort. »Wir machen doch schließlich eine Vergnügungsfahrt.« Er rückte etwas näher an Irmgard heran. Eine Woge warmer Kraft schien von ihrem Körper auf den seinen überzufließen. Er blickte auf ihre Lippen. Bemerkte er, daß sie blaß geworden waren?

In Nazareth gab es eine einzige Straße mit großen Geschäften, es waren aber kaum mehr als ein Dutzend. Eigentlich war die Straße ein weiter Platz mit Bäumen und einem Brunnen in der Mitte, der von Statuen der Helden aus dem Bürgerkrieg umrahmt war. Auf der Ostseite befanden sich die Geflügel- und Fischgeschäfte, der Fleisch- und der Gemüsemarkt. Eine Ecke war den Klempnern und den Läden mit landwirtschaftlichen Geräten gewidmet, und gegenüber, ebenfalls in einer Ecke, waren Futtermittel und Möbel ausgestellt. An der Westseite des Platzes aber gab es die Modesalons und Schuhgeschäfte. Nur eines dieser Geschäfte fand Gnade vor den Augen der vornehmen Damen der Stadt, denn wer auf sich hielt, kaufte in Philadelphia oder in New York ein. Dieses Geschäft, Morgan, wurde vom Mittelstand als »übertrieben« abgelehnt, die Modelle waren zu extravagant, die Mäntel und Kleider zu sehr »New York« und vor allem zu teuer. Dicht daneben befand sich der Modistensalon Mlle. LeClairs. Auch ihre Kreationen waren zu »exzentrisch« für den Geschmack der soliden Mittelklasse. Aber das hinderte die Damen — von den Frauen und Töchtern der Farmer über die Matronen des Bürgertums bis zu den eleganten Gemahlinnen der Honoratioren — nicht, in ekstatischer Bewunderung vor den drei oder vier hinreißenden Schöpfungen in den breiten Schaufenstern zu verharren.

Mlle. LeClairs Salon war ganz in grauem Seidenplüsch mit Gold gehalten. Die drei Verkäuferinnen trugen gebauschte graue Satinkostüme mit Rüschen, mit gelben Bändern eingefaßt, dazu den ganzen Tag lang winzige Watteau-Hütchen in leuchtendem Gelb und Grün. Es waren reizende Mädchen aus Philadelphia, alle drei blond, mit dünnen piepsenden Stimmen und exquisiten Manieren. Die Kundinnen saßen auf grausamtenen Diwans, während man ihnen mit dem nötigen Ernst und voll Ehrfurcht die Hutmodelle präsentierte. Die Verkäuferinnen hielten ihnen goldgerahmte Spiegel vor, und wenn sich die Damen in voller Größe sehen wollten, dann führte man sie zur Spiegelwand auf der anderen Seite. Eine einzige Kreation nur wurde der Kundin jeweils gebracht; lehnte sie das Wunderwerk ab, dann trug man es gravitätisch in die Werkstatt zurück. Vornehme Stille herrschte in dem Salon, man sprach nur mit gedämpfter

Stimme wie in einem Tempel, in dem die Verkäuferinnen, schönen Priesterinnen gleich, ihren Dienst versahen.

Mlle. LeClair war angeblich Französin. Die Werkstatt hinter dem Laden verließ sie nur, wenn eine wichtige Kundin erschien. Sie war eine große, hagere Dame, rosig geschminkt, mit kontinentalem Auftreten und einem ausgezeichneten Akzent. Immer war sie schwarz gekleidet, sie verlieh dem Geschäft Eklat und Würde. Eigentlich hieß sie Mamie Murphie und war die Tochter eines Farmers, aber ihre Seele war, wie sie immer wieder betonte, französisch. Ihr Herz war französisch. Sie selbst war Frankreich. Sie beherrschte nur ein Dutzend französischer Vokabeln, die sie aber mit so schmelzender Stimme, mit solchen Gesten, mit solchem Tremolo und Augenzwinkern und Kopfschütteln, mit Handbewegungen und »Olalas!« von sich gab, daß die kargen Worte völlig ihren Zweck erfüllten und die einfachen und arglosen Gemüter tief beeindruckt waren. Einige der hochgestellten Damen Nazareths wollten mit der Hilfe Mlle. LeClairs ihre mageren Französischkenntnisse aus der Internatszeit auffrischen und waren bezaubert von ihrer Abwehr: »Nein, nein, Madame, jetzt bin ich ganz und gar Amerikanerin! Ich bin Patriotin! Ich spreche nicht französisch in Amerika!« Sie fanden das »süß« und rührend und verzichteten sogar auf ihre Besuche bei den Putzmacherinnen New Yorks, um ausschließlich bei dieser Patriotin einzukaufen.

Mlle. LeClair entwarf alle Hüte selbst, und sie waren originell und schick zugleich. Mehr als einmal hatte die Konkurrenz in New York schamlos ihre Modelle kopiert. Mlle. LeClair liebte Hüte und schien völlig gleichgültig gegenüber Kleidern und modischem Beiwerk. Sie selbst trug weder Schmuck noch Spitzen, und wenn sie ihre Garderobe wechselte, war es nicht zu merken, denn sie blieb immer bei ihrem puritanischen Schwarz. Eigentlich mußte sie nicht von ihrem Salon leben, denn sie war Miteigentümerin eines sehr exklusiven und gutgehenden Bordells in Nazareth; daher stammten ihre Haupteinnahmen. In diesem Bordell wurden auch andere diskrete Dienste geleistet, und so manches junge Mädchen und so manche Matrone trafen heimliche Abmachungen in der Werkstatt hinter dem Laden. Mlle. LeClair besaß ganz entschieden eine charakteristische französische Eigenschaft: eine leidenschaftliche und ungeteilte Liebe zum Geld. Sie überwachte die Börsenkurse wie ein gefinkelter Makler und verborgte, wenn nötig, Geld zu Wucherzinsen, die sie gnadenlos eintrieb.

Außerdem war sie immer auf der Suche nach »Material« für ihr Unternehmen und beobachtete die Kammermädchen genau, die ihre

Herrinnen in das Geschäft begleiteten. Als sie beim Einzug der Damen Schmidt schnell in den Laden gerauscht kam, hatte sie daher nur einen flüchtigen Blick auf die Kundinnen geworfen, einen um so ausgiebigeren, ja geradezu faszinierten aber auf Irmgard. Diese blitzschnelle Prüfung war niemandem aufgefallen, denn sofort darauf begrüßte sie die Damen mit entzückendem Murmeln und devoten Gesten.

Nach einem kurzen Kopfnicken in Richtung Baldos und einem geflüsterten »Monsieur!« führte sie Mrs. Schmidt und Tina zum Diwan, verbeugte sich und klatschte in die Hände:

»Ach, welch ein seltener Gast, Madame Schmidt! Und Mademoiselle! Ich bin so glücklich, Sie wiederzusehen! Ich bin, wie man hier sagt, außer mir. Einen Hut für Mademoiselle? Oder einen Hut für Madame? Für den Winter oder für den Vorfrühling?«

Irmgard und Baldo saßen etwas abseits ebenfalls auf einem Diwan. Irmgard war erheitert, fasziniert und abgestoßen zugleich von dieser Frau mit dem rosa geschminkten Gesicht, den winzigen grausamen Augen und der kunstvollen Frisur. Ihr Körper war anscheinend fleischlos, er schien nur aus Sehnen, Nerven und Muskeln unter der gebauschten schwarzen Seide zu bestehen. Ihre Hände, braun und häßlich, flatterten wie Raubvögel in der Luft. An einem Finger trug sie einen riesigen Solitär, ihr einziges Schmuckstück. Sie lächelte, stieß spitze Schreie aus, und ihre bösen und obszönen Augen lachten nicht eine Sekunde.

Sie brachte Mrs. Schmidt einen Hut aus purpurrotem Samt, mit einem lavendelfarbenen Gesteck und Schleifen, die vom blassesten Rosa bis zum Malvenviolett getönt waren. Hingerissen hielt sie ihn in die Höhe, dabei wiegte sich ihr magerer Oberkörper über der dünnen Taille. Die Sonne fiel auf ihr Haar und verriet, daß dessen tiefes Schwarz anscheinend das Werk eines geschickten Friseurs war, denn es hatte einen metallischen Purpurglanz; die Sonne lag auch auf ihren Wangen und enthüllte gnadenlos die fleischlose, rotgeäderte Häßlichkeit unter der dicken Schminke. Grell bemalte Lippen verzogen sich zu einer Grimasse, die sie wohl für ein ekstatisches Lächeln hielt.

»Als ich diesen chicken Chapeau kreierte, Madame, da sagte ich mir: Nur Madame Schmidt kann ihn tragen, keine andere Lady ist würdig, ihn zu besitzen, nicht einmal eine Dame aus New York.«

Mrs. Schmidt wand sich vor Verlegenheit. Ängstlich schaute sie auf Tina.

Tina klatschte in die Hände, hüpfte in die Höhe, daß ihre Röcke knisterten: »Ja, probier ihn, Mama! Er ist wunderschön, ganz dein

Stil! Siehst du! Und jetzt binde die Schleifen unter dem Kinn — so! Entzückend! Du siehst so vornehm aus.« Und eifrig, zu Irmgard und Baldo gewendet: »Ist er nicht reizend? Gebt zu, daß ich recht habe.«

Baldo sagte gemessen und betont, aber mit einem boshaften Funkeln in seinen blauen Augen: »Mademoiselle LeClair, croyez-vous que le chapeau va bien à ma mère?«

Mlle. LeClair warf ihm einen wütenden Blick zu, und eine jähe natürliche Röte schoß ihr in die Wangen. Dann schüttelte sie kokett den Kopf und drohte ihm lächelnd mit dem Finger: »Oh, Monsieur Schmidt, Sie sind ein schlimmer, schlimmer Junge! Ich bin Amerikanerin! Ich spreche hier nur Englisch.«

»Und wirklich sehr gut, zweifellos«, nickte Baldo ernsthaft, aber das Funkeln verstärkte sich in seinen Augen. »Gut, sprechen wir englisch, wenn Sie durchaus wollen. Aber meine Frage können Sie mir doch beantworten?«

Nun verzog sich das Gesicht in solchem Haß, daß es Irmgard war, als greife eine eiskalte Hand nach ihrem Hals. Sie zog den Kopf ein, und ihre Ellbogen berührten zufällig Baldos Arm.

Aus Verlegenheit stand sie auf und näherte sich Mrs. Schmidt und Tina, die sie erstaunt ansahen. Irmgard bückte sich ein wenig und betrachtete den Hut genau von allen Seiten. Mademoiselle, die alles begriff, lächelte, schnitt Grimassen, flatterte mit den Händen, stieß bewundernde Laute aus, und die ganze Zeit hingen ihre Blicke in feindseliger Bosheit an dem jungen Mädchen. »Der Blinde kann sehen, mein Kind, daß Sie einen ganz wunderbaren Geschmack haben. Steht der gnädigen Frau dieser Hut nicht entzückend?«

Irmgard musterte die Tuffs violetter und malvenfarbener Schleifen, die einen gelblichen Schimmer auf den ohnehin schon kränklichen Teint von Mrs. Schmidt warfen.

»Der Hut ist sehr schön«, gab sie zögernd zu, »aber die Farbe ... Finden Sie wirklich, Mademoiselle, daß sie kleidsam ist?«

»Oh, Irmgard!« rief Tina schmollend und etwas ungeduldig. »Der Hut ist doch bezaubernd! Sieh, wie Mamas Profil zur Geltung kommt.«

Mlle. LeClair, deren pulsierende Adern sich auf den Schläfen abzeichneten, hielt Mrs. Schmidt den Spiegel vor das Gesicht. Die Arme war ganz verstört und unsicher und wagte kaum, sich anzusehen. »Vielleicht hat Irmgard recht, Tina«, stotterte sie, »die Farbe paßt vielleicht doch nicht?« Sie seufzte und schaute flehend auf.

Irmgard sagte schnell: »Der Hut gefällt Ihnen, Mrs. Schmidt?

Dann nehmen Sie ihn doch, bitte. Man wirkt immer gut in einem Kleid oder einem Hut, von dem man meint, es schmeichle. Das innere Auge sieht es so, und auf irgendeine Weise überträgt sich das Empfinden des Trägers auf seine Umgebung.«

»Bravo!« sagte Baldo ironisch und klatschte leicht in die Hände.

Die vier Frauen überhörten ihn geflissentlich. Mlle. LeClair, Tina und Irmgard beschäftigten sich eifrig mit Mrs. Schmidt, als handle es sich um eine lebenswichtige Angelegenheit, und die arme Dame, die jahrelang weder an einen Hut gedacht noch einen gewünscht hatte, betrachtete sich nun mit schüchternem Vergnügen im Spiegel. Irmgard begriff, daß die Farbe gleichgültig war; wichtig war nur, daß dieses extravagante Gebilde Wünsche in dem matten, bedrükkenden Gemüt zu entfachen vermochte.

»Ich hatte unrecht«, murmelte sie, »die Farbe steht Ihnen wirklich gut, Mrs. Schmidt.«

»Siehst du, Mama!« rief Tina glücklich.

Aber Mrs. Schmidt war noch immer unschlüssig, drehte und wendete den Kopf, verrenkte den Hals. Unter der rötlichen Farbe wirkte ihr Hals braun wie Erde, und dunkle Schatten zogen sich wie Streifen über die fahlen Wangen. Dann blickte sie furchtsam in die jungen Gesichter ihrer Tochter und ihrer Zofe: »Seid ihr überzeugt, Kinder?«

Baldo verlor jede Spottlust bei dem Klang dieser armen Stimme. Er stand auf, gnomenhaft und zerbrechlich in seinem langen Mantel, und wendete sich zu der kleinen Gruppe.

»Mama, die Mädchen haben recht. Sehr hübsch siehst du damit aus.« Er legte seine Hand mit zärtlichem Druck auf ihre Schulter: »Du wirst wieder jung und reizend, wie damals, als ich noch ein Knirps war. Du darfst keinen andern Hut nehmen.« Er drehte sich zu Mlle. LeClair, die ihn anschaute, als wollte sie ihn anspringen. »Bitte packen Sie den Hut ein, wir nehmen ihn gleich mit.«

Mrs. Schmidts Wangen röteten sich vor Freude: »Er gefällt dir also wirklich, Baldo?«

Mlle. LeClair, fest entschlossen, sich kein Geschäft entgehen zu lassen, nahm den Hut vorsichtig von Mrs. Schmidts Haupt, als wäre er eine kostbare Krone, und bettete ihn in ein Nest von Papier in einer runden schwarzen Seidenschachtel. Mrs. Schmidt verfolgte die Zeremonie mit dem unschuldigen und eifersüchtigen Blick eines Kindes.

»Und jetzt«, sagte sie, laut und tief Atem holend, »jetzt einen Hut für Tina, Mademoiselle.« Es war offensichtlich, daß sie von der Pseudofranzösin eingeschüchtert wurde, so wie sie von allen tüchtigen, weltgewandten Leuten eingeschüchtert wurde. »Etwas Junges und Hübsches, wenn ich Sie bitten darf.«

»Ich habe genau den richtigen Chapeau für Mademoiselle«, flüsterte die andere. Sie stemmte ihre Arme in die Seite und betrachtete das Mädchen so kritisch, daß Tina errötete. »Ah!« seufzte sie plötzlich wie in einer jähen Eingebung. »Ich hab's! Ich hab's!«

Unauffällig nahm sie die seidene Hutschachtel mit, um eine neuerliche Anprobe während ihrer Anwesenheit zu verhindern und allfällige Zweifel erst gar nicht aufkommen zu lassen.

Als sie hinter dem grauen Vorhang verschwand, sagte Tina leise: »Baldo, was ist dir eingefallen? Du hast die Arme absichtlich schockiert.«

Aber Baldo bereute kein bißchen, und von der Nähe Irmgards befeuert, antwortete er leichthin: »Meine Liebe, ich hasse nur zwei Eigenschaften auf der Welt: Herzlosigkeit und Heuchelei. Mlle. LeClair, recte Murphy, besitzt beides.«

»Aber sie ist doch ganz unbedeutend«, meinte Tina mit einem vorsichtigen Blick zum Vorhang hin.

Irmgard versuchte ihren Vorwurf in einen respektvollen Ton zu kleiden: »Vielleicht ist Mr. Baldo nicht klar, daß die meisten von uns ein bißchen angeben müssen. Wir könnten es schwerlich ertragen, uns so zu sehen, wie wir tatsächlich sind.«

Er wendete sich ihr zu, und mit einem Male gab es in diesem Laden nichts anderes für ihn als das ernste, schöne Gesicht, mit den Augen von der Farbe frischen Wassers, in dem sich das Grün jungen Laubs spiegelte.

»Irmgard, das weiß ich nur zu gut, glauben Sie mir.« Seine Stimme klang ruhig, aber so bedeutungsschwer, daß Irmgard erschrak.

Mlle. LeClair rauschte hinter dem Vorhang hervor. Sie hatte die natürliche Gabe, alles zu sehen, eine Eigenschaft, die durch ihren Beruf noch verstärkt wurde. Als sie auf Baldo und Irmgard blickte, verengten sich ihre Augen hämisch, und ihr Lächeln wurde niederträchtig. In der Hand hielt sie einen hübschen, kleinen Hut aus weicher hellblauer Seide mit gelben Margeriten und Teerosen und langen blauen Seidenbändern. Es war wirklich ein hübsches Modell, und jeder, einschließlich des zurückhaltenden Baldo, bewunderte es aufrichtig. Dem herzförmigen Gesicht Tinas verlieh es Lebendigkeit und Licht, ihre Augen und Lippen schienen plötzlich zu erblühen.

»Kokett, Tina!« sagte Baldo, der sein Urteil über den Hut der Mutter gutmachen wollte, »du wirst massenhaft Herzen brechen!«

»Liebling, er ist entzückend!« Mrs. Schmidt weinte fast vor Bewunderung und Zärtlichkeit. Sie klatschte in ihre mageren Hände, niemals noch hatte sie Tina so fröhlich, so ungezwungen, so jung und so unaussprechlich hübsch gefunden.

»Ist er nicht zu keck?« fragte Tina entzückt. Sie lief leichtfüßig zum Wandspiegel, wippte und drehte sich, wirbelte um die eigene Achse.

»Aber du bist ja ein keckes kleines Mädchen«, lachte Baldo und wünschte, daß es so wäre.

Und wieder wurde ihm schwer ums Herz.

Mademoiselle sprach nichts. Sie stand nur da, in der Haltung völliger Entrücktheit, bewegte den Kopf unmerklich hin und her, als wäre sie einfach überwältigt von Tinas Anblick.

»Unglaublich«, seufzte sie leise, aber natürlich durchaus hörbar.

Tina schaute mit wachsender, atemloser Freude von einem zum andern, wie ein Kind, das ein unverhofftes köstliches Geschenk erhalten hat. Ihre Lider zitterten, ihre Lippen lächelten und brachten kein Wort heraus. Heimlich dachte sie: Wenn er mich so sehen könnte, vielleicht ... Wenn er eines Morgens wieder unten steht ... Ihr Gesichtchen war plötzlich in tiefes Rot getaucht. Fast sah es so aus, als wollte sie aufschluchzen.

»Bitte, nehmen Sie den Hut nicht ab«, sagte Irmgard. »Er ist zu hübsch.«

»Natürlich!« rief Mademoiselle und steckte Tinas alten Hut flink in eine andere schwarze Hutschachtel. »Wie klug! Mademoiselle Schmidt muß den Hut im Wagen tragen, die Leute werden toll vor Bewunderung sein!«

»Es könnte regnen«, meinte Tina unsicher, aber ihre schüchternen Augen flehten um Widerspruch.

»Unsinn!« rief Baldo kurz. »Irmgard hat recht. Es ist ein sonniger Tag, und du mußt den Leuten auf der Straße Freude machen, das Leben ist bei Gott trüb genug.«

Der Handel war geschlossen, aber Mrs. Schmidt stand noch nicht auf. Sie zögerte und errötete. Dann griff sie ungeschickt nach Irmgards Hand.

»Meine Liebe, seien Sie bitte nicht beleidigt ... Es wäre mir ein solches Vergnügen ...« Es klang geradezu flehend.

Tina sprang auf und legte ihre Hand fest auf Irmgards Arm.

Irmgard schwieg. Sie kannte keinen plebejischen Stolz, aber trotzdem zauderte sie. Nicht, weil sie ein Geschenk als beleidigend angesehen hätte! Sie wußte genau, daß die Annahme eines Hutes, der ihr selbst völlig gleichgültig war, vor allem ihrer Herrin und Tina Freude machen würde, und die durfte sie ihnen nicht vorenthalten.

Mademoiselle hatte wieder begriffen und war schnell nach hinten gelaufen. Gleich darauf kam sie mit einem Schutenhut aus schwerem grünen Samt heraus, einfach, aber nobel, mit zarten Samtschleifen garniert.

In tiefem Schweigen setzte sie den Hut auf Irmgards goldblondes Haar, und mit priesterlicher Gebärde band sie die Schleifen unter dem weißen Kinn. Der Hut umrahmte ihr klares, schönes Gesicht wie ein dunkler smaragdgrüner Heiligenschein und vertiefte die grünen Lichter ihrer Augen. Tina stieß einen entzückten Aufschrei aus und schlug ihre Hände vor der Brust zusammen. Ach, wenn ich so aussehen könnte! dachte sie in rückhaltloser Bewunderung und mit einem kleinen Stich im Herzen. Sie neidete Irmgard die Schönheit nicht, sie bedauerte nur, sie nicht selbst zu besitzen. Mrs. Schmidt betrachtete Irmgard sprachlos. Der alte Hut war schwarz und formlos gewesen, hatte sie älter gemacht, als sie war. Dieser hier schenkte ihr Jugend, Glanz, weiblichen Liebreiz.

Irmgard lächelte über die Bewunderung der anderen. Unwillkürlich schaute sie zu Baldo hin. Er blickte sie an, er war sehr blaß, er lächelte nicht. Sie fröstelte plötzlich — eine unerklärliche Angst befiel sie.

»Vielen Dank, Mrs. Schmidt«, sagte sie schnell. Sie hatte nicht einmal in den Spiegel gesehen, den ihr Mademoiselle hinhielt.

Mrs. Schmidt stand mühsam auf. Dann nahm sie Irmgards Gesicht zwischen ihre beiden welken Hände und küßte sie zärtlich auf die Wange.

Mademoiselle lächelte, aber sie schaute nur mit einem unergründlichen Blick auf Baldo, und in ihren Augen glomm ein böses Licht auf.

XX

Das Zwielicht des späten Dezembernachmittags hüllte die Straße wie in feinen Nebel, und die Lampen bestirnten diesen Nebel schon mit verschwommenen gelben Monden, als die Gesellschaft in das ungastliche Haus in der Grove Street zurückkehrte. Sie waren alle bester Laune, wenn auch müde, und die gestreiften Schachteln, Kartons und Pakete füllten jedes verfügbare Plätzchen des Wagens. Perlmutterschimmernde Seide für Tina, viele Meter schwarzer, glänzender Taft für Mrs. Schmidt und grüner Foulard im Ton des Schutenhuts für Irmgard; von den bänderverzierten Schuhen, den Handschuhen, den spitzengesäumten Taschentüchern, den köstlichen Parfüms erst gar nicht zu reden, das war die Beute, die sie aus

Morgans Salon heimtrugen, der durch die anscheinend unerschöpfliche Geldbörse von Mrs. Schmidt geplündert worden war. Einer der Grooms mußte drei Pakete halten, was er wohl als unter seiner Würde fand, denn er saß mit grimmiger und abweisender Miene auf seinem hohen Sitz.

»Miß Zimmermann ist wirklich eine ausgezeichnete Schneiderin, und ich glaube, es ist nichts als Angabe, wenn so manche Lady ihre Toiletten nur in den Salons von Philadelphia oder New York herstellen läßt«, sagte Tina, die aufgeregt herumwetzte. Dann drehte sie sich zu ihrer Mutter: »Aber nun, Mama, müssen wir wirklich eine Gesellschaft geben!«

Da Tina noch nie in ihrem Leben um eine Gesellschaft gebeten hatte, war Mrs. Schmidt so verblüfft, daß es ihr die Rede verschlug. Sie konnte nur unsicher lächeln, die Hand ihrer Tochter drücken und nach Atem ringen. Erst nach einer Weile sagte sie: »Liebling, möchtest du ein Weihnachtsdinner geben? Nur ein paar Freunde — wenn sie uns nicht schon vergessen haben«, fügte sie traurig hinzu.

Tinas Augen funkelten: »Wir könnten Mrs. Harcourt und Emily bitten, und Mr. und Mrs. Burton, und Cecilia, und Mr. und Mrs. Uhl mit ihren drei Mädchen und ihren beiden Brüdern, und Doktor und Mrs. Browning, und Fritz und Grete ...«

»Und meine arme Schwester«, schlug Mrs. Schmidt schüchtern vor. Mrs. Trenchard war verwitwet und seit dem Tod ihres Mannes nur mit ihren ewigen Wehwehchen beschäftigt. »Sie könnte ihren kleinen Dickie und Marcia mitbringen.« Mrs. Schmidt schaute ihre Tochter und ihren Sohn flehend an. »Freilich, euer Vater würde sich nicht sehr darüber freuen. Er konnte Elisabeth niemals leiden.«

Auch Tina und Baldo hatten für die larmoyante Witwe wenig übrig, aber sie reagierten pflichtschuldig begeistert. Mrs. Trenchard war ungeheuer reich, doch ihre Kinder waren nach Ansicht der Schmidts einfach unerträglich.

Nun unterhielten sich Mutter und Tochter angeregt darüber, ob Miß Zimmermann wohl bis zu Weihnachten mit den Kleidern fertig sein würde. Baldo saß stumm daneben. Er schaute Irmgard an, deren Antlitz in dem dämmerigen Licht verschwamm.

Mrs. Schmidt verriet nicht, wie erschöpft sie nach diesem Ausflug war. Sie schaute hinauf zu dem düstern Haus, in dem kein Fenster erleuchtet war; nur aus der Empfangshalle fiel schwacher Schein. Ihre frohe Laune schwand. Wieder überfiel sie das Gefühl der Hilflosigkeit, der Schwäche, die sie immer in diesem Haus empfand; wieder hatte sie den Eindruck, nicht wirklich zu leben, sondern wie im Traum als körperloser Geist durch die Räume zu schleichen.

Kaum aber hatten sie das Haus betreten, gefolgt von den mit Paketen und Kartons beladenen Dienern, als auch schon Mathilda mit geballter Kraft auf sie losstürzte. Ein Dienstmädchen in ihrem Kielwasser zündete die Gasflammen an. Mathilda stand vor den heimkehrenden »Verbrechern« und kochte vor Wut, ihre Augen flackerten, doch ihr ganzer Zorn sammelte sich völlig auf die Kammerfrau.

»So!« schrie sie, »kaum ist die Katze aus dem Haus, dann haben die Mäuse Kirchtag! Und man schleift die arme Lady in den Tod!«

Die Hände in die Seiten gestemmt, tobte sie wie eine Furie. Ihre derben Hände spreizten sich wie Krallen.

»Mathilda«, stammelte Mrs. Schmidt verstört.

Tina war ganz blaß geworden, ihr kleines Gesicht wurde hart. »Was fällt Ihnen ein, Mathilda?« sagte sie ruhig. »Wie führen Sie sich auf? Ist das der Ton, der einer Wirtschafterin zusteht? Wir sind Ihnen keinerlei Rechenschaft schuldig. Sie werden so gut sein und Irmgard helfen, unsere Mutter in ihr Zimmer zu bringen.«

Irmgard schaute Mrs. Schmidt mitleidig an. Wußte sie etwas? Wie war es möglich, daß sie nichts wußte? Aber vielleicht hegte sie doch einen dunklen Verdacht? Sie sah wie der Tod aus, alle Freude war aus ihrem blassen Gesicht gewichen, in dem es krampfhaft zuckte.

Dann sagte Baldo energisch: »Haben Sie nicht gehört, Mathilda, was Ihnen Miß Tina befohlen hat? Also, bitte!«

Mathilda drehte sich um und starrte ihn an, als wollte sie ihn schlagen. Aber vor dem Blick seiner kühlen blauen Augen, in denen es mit einemmal so ungewohnt gefährlich aufblitzte, sackte sie zusammen. Sie krümmte sich und keuchte: »Mister Baldo, Ihre Mutter ... Sie ist eine kranke Lady. Eine sehr kranke Lady. Sie darf das Bett nicht verlassen!«

»Tun Sie endlich, was Ihnen gesagt wurde!« war die kalte Antwort.

Sie zögerte noch immer. Ihr riesiger Busen wogte, und ihr Gesicht sah aus, als träfe sie der Schlag. Dann nahm sie Mrs. Schmidt bei einem Arm, während Irmgard den anderen ergriff. Sie half der Zitternden die endlose gewundene Treppe hinauf, bis sie im oberen Stockwerk verschwanden.

Tina sagte mit bebenden Lippen: »Diese Bestie hat hier ausgespielt. Noch heute werde ich mit Papa über sie sprechen.«

»Wozu, was hätte das für einen Sinn? Die Sultana wird das letzte Wort behalten«, antwortete Baldo zynisch. Er bereute das unüberlegte Wort sofort, denn Tina wurde aschfahl vor Entsetzen und Abscheu.

»Nein ... nein ... was soll das heißen ...?« stöhnte sie und rang die Hände.

»Tut mir leid«, murmelte Baldo unglücklich und verlegen. »Aber es ist so.«

»Baldo, was sollen wir machen?«

Er zuckte die Achseln und nahm die Pelerine von seinen runden Schultern. »Sie wird alles daransetzen, daß Irmgard hinausgeworfen wird. Heute nacht schon, bestimmt. Du bist die einzige, die Einfluß auf Vater hat.« Nach einer Weile fuhr er tonlos fort: »Das Unglück ist, daß wir alle miteinander keinen Mut, keine Kraft haben. Versuch's du, Tina, nimm dich zusammen!«

»Aber ... Papa und Mathilda ...«, flüsterte sie. Plötzlich brach sie in Schluchzen aus. »Nein, ich kann es nicht ertragen! Baldo ... Mama ...«

»Ich glaube nicht, daß sie es weiß. Vielleicht steckt gar nichts dahinter, reg dich doch nicht so auf, Tina«, fügte er unsicher hinzu. »Geh lieber in dein Zimmer und ruh dich vor dem Abendessen ein wenig aus.«

Er bereute seine Offenheit. Er besaß kein Recht, so dachte er, diese jungfräuliche Unschuld zu kränken, kein Recht, ihre Reinheit zu verletzen. Aber anderseits fand er, daß die übliche Vogel-Strauß-Politik den Tatsachen des wirklichen Lebens gegenüber nur Ziererei und Heuchelei war. Wie konnte eine junge Frau in Tinas Alter so unaufgeklärt und unerfahren dahinleben und nichts wissen von den Trieben, den dunklen unterirdischen Strömen? Hatte ihr unreifer, zarter Körper niemals noch die Forderungen des Blutes gespürt?

Da stand sie, aufgelöst in Tränen, im trüben Gaslicht, in ihrem gerafften Kleid, das ihre mädchenhafte Gestalt verhüllte. Er betrachtete sie forschend, mit neuerwachtem Interesse.

Er dachte an seinen starken, sinnlichen Vater, für den nur die Tatsachen galten, der fest mit beiden Füßen auf der Erde stand; aber nicht mit Hohn und Haß wie sonst dachte er an ihn, sondern mit plötzlichem Verständnis, ja mit Sympathie. Wie sollte ein Mann das Leben in diesen grauen Wänden aushalten, ohne verrückt zu werden, wenn er nicht Zuflucht bei einer drallen Mathilda fand, die ebenso erdhaft war wie er? Seine arme Mutter — welcher Mann könnte sie heute noch begehren?

Er legte seine Arme ungeduldig auf die Schultern der Schwester. »Du wirst darüber hinwegkommen, Tina. Du bist kein Kind mehr.«

»Aber, Mama!« stammelte sie schluchzend. »Es ist doch entsetzlich für Mama!« Sie schlug die Hände vor das Gesicht, das vor Scham glühte. »Sie ist ... sie ist doch seine Frau!«

»Nein«, antwortete er gepreßt. »Nein, sie war niemals wirklich seine Frau. Genausowenig, wie wir wirklich seine Kinder sind. Auch er ist betrogen worden. Sei nicht unvernünftig, Tina, geh und wasch dir das Gesicht.« Und dann fügte er hinzu: »Du wärst noch unvernünftiger, wenn du deine Einstellung zu deinem Vater jetzt ändern würdest.«

Er schob sie leicht zur Treppe hin und schaute ihr nach. Er selbst blieb in dem flackernden Gaslicht tief in Gedanken versunken stehen. Was soll aus uns allen werden? dachte er. Haben wir keine Lebensberechtigung auf dieser Welt? Müssen wir immer so weitervegetieren, als halbe Menschen, jeden Tag einen Schritt näher dem Tod?

Er war aufgewühlt und voll Verzweiflung. Seit Jahren hatte er vermeint, sich mit der Qual und der Bitternis seines Lebens abgefunden zu haben. Was war ihm widerfahren, daß der Schmerz von neuem so heftig aufbrach? Er schaute zum Treppenhaus empor, und plötzlich war ihm, als stehe Irmgard dort oben in ihrer lichten Schönheit und fülle das Dunkel mit strahlendem Licht und mit Glorie.

Aber die Glorie erlosch, als er sich der Wirklichkeit bewußt wurde. Die Glorie erlosch durch die Drohung des Morgen, durch die Drohung der Zeit, die alles verschlang, die alles wegwischte. Was wußte er von Irmgard, was vom Morgen? Nur das Heute war heute gewesen, Freude und Glück, aber es gab ein Morgen, und sein langer gespenstischer Schatten fiel über Irmgards strahlende Erscheinung.

Er ging in die finstere Bibliothek, die nur durch die Straßenlampen etwas Licht erhielt, und setzte sich in einen riesigen Lehnstuhl. Seine Füße reichten nicht bis zum Boden. Dann schloß er die Augen, und wieder befielen ihn grausam und scharf die Gedanken, die unerträglichen Gedanken, wie die Gedanken eines Mannes, der langsam aus einem Trinkgelage erwacht, bei dem alles rosig, möglich und warm gewesen war.

Er stellte sich einfache Fragen und wand sich unter ihnen: Ich bin ein Krüppel, wie kann ich wagen, mich für einen Mann zu halten? Wie kann ich erwarten, daß eine junge und schöne Frau nicht nur ein Objekt des Mitleids in mir sieht? Wie kann ich in ihren Augen ein Mann sein? Was habe ich ihr zu bieten? Geld? Ich weiß, daß ihr an Geld nichts liegt, ich kann sie nicht kaufen. Wenn ich sie kaufen könnte, dann fände ich nichts an ihr. Sie ist klug, verständnisvoll, überlegen, sie hat gezeigt, daß sie meine Gesellschaft schätzt. Wir sprechen ohne Worte miteinander. Aber kann ihr das genügen?

Sein Gesicht verzerrte sich in der Dunkelheit. Würde sie mich im

Bett verabscheuen? Würde sie fühlen, daß sich unter der Ruine noch ein Mann verbirgt, mit den Wünschen und den Fähigkeiten eines Mannes? Könnte sie den Gedanken an Kinder ertragen, die vielleicht Krüppel sein würden wie ihr Vater?

Als er sich vorstellte, wie sein geschundener, mißgebildeter Körper neben ihrer Schönheit, ihrer Lieblichkeit lag, da erschien ihm der Gedanke allein schon ein Sakrileg. Trotzdem raste das Blut wie Feuer durch seine Adern, und er stöhnte in unerträglichem Schmerz auf. Ich bin ein Mann! schrie sein Herz. Trotz allem bin ich ein Mann! Man kann mich nicht ausschließen vom Leben, nein! Ich kann mich nicht mit einem Leben abfinden, das nichts anderes als langsames Sterben ist!

Eine Tür hatte sich ihm aufgetan, hinter der Licht und Rausch loderten, und er stand in der grauen, vergifteten Dämmerung. Was er jemals erlitten hatte, war nichts gegen die Qualen, die er jetzt empfand. Er spürte es in jedem Nerv, in jeder Faser seines Seins.

Vielleicht braucht man den Tod nur zu wollen, dachte er. Er wußte aus eigener Erfahrung, daß Menschen bloß aus ihrem Willen heraus lebten oder starben. Vielleicht brauchte er sich nur fallen zu lassen, den Atem anzuhalten und sich nicht zu wehren ...

Und dann wußte er, daß er nicht sterben konnte. Solange Irmgard lebte, konnte er nicht sterben. Vielleicht war es besser, hoffnungslos in Kummer und Leid zu leben, als überhaupt nicht am Leben zu sein.

Eine gewaltige Woge aus Glück und Schmerz strömte von neuem über ihn hin, als er an Irmgard dachte, an ihr Verständnis, ihre Güte, ihre Geduld. Er wußte, daß sie jung war, und doch war ihr Geist nicht jung. Unter ihrer Ruhe, ihrer Gelassenheit spürte er die eiserne Selbstbeherrschung, den nicht zu brechenden Willen. Tiefes Mitgefühl erfaßte ihn. Meine Liebste, dachte er, aber seine Lippen bewegten sich dabei, meine Liebste, ich kann dir keinen gesunden Leib, keine starken Schultern schenken. Aber ich kann dir meine Seele schenken. Ich kann dir mein ganzes Leben geben. Ich kann dir die Furcht nehmen, die du dir selbst nicht eingestehst, die tiefe heimliche Furcht vor dem Leben, die dich bedrückt. Ich verstehe sie, diese Qual, ich habe sie selbst gespürt.

Er mußte aus reiner Erschöpfung eingeschlafen sein, denn als er die Augen wieder öffnete, sah er überrascht, daß der Kristalluster am anderen Ende der Bibliothek brannte.

Draußen war es dunkel; das Versprechen der Dezembersonne hatte nicht gehalten. Wieder schlug der Regen gegen die Fensterscheiben, die matt im Dunkel schimmerten. Kein Laut war hörbar, nur der gleichmäßige, melancholische Fall des Regens. Baldo kauerte tief in seinem Plüschsessel. Drüben saß sein Vater und las mürrisch die Zeitung, im Kamin neben ihm brannte ein schwaches Feuer.

Hatte er die kleine, verkrüppelte Gestalt im Stuhl nicht bemerkt? Kaum. Der Stuhl stand abgekehrt, ziemlich im Finstern. Baldo betrachtete seinen Vater, der sich in die Kissen zurücklehnte; er sah den kurzen, dicken Oberkörper in der schwarzen Tuchjacke, den vorgewölbten Bauch, die gespreizten dicken Oberschenkel. Das Licht der Lampe fiel auf die rosige Kopfhaut, die durch das spärliche graublonde Haar schimmerte; die Zeitung verbarg einen Teil seines Gesichts. Was Baldo davon sah, war aufgeschwemmt, verdrossen und trotzdem aggressiv, die Wangen rot wie die eines Schlagflüssigen. Der Zwicker versteckte die Augen, die in angestrengter Aufmerksamkeit in das Blatt vertieft schienen, das er hin und wieder wütend schüttelte, als ärgere er sich über die Lektüre. Seine Uhrkette blinkte im Schein der Lampe, ebenso der Diamant in der Krawattennadel und der Stein in dem einzigen Ring an seiner kleinen, fetten Hand.

Aus halbgeschlossenen Augen beobachtete Baldo seinen Feind, seinen Peiniger. Aber jetzt mengte sich in den Hohn und den Haß ein dünner goldener Faden von Mitleid und Verstehen. Das große, öde Haus, stumm und unheimlich, belastete sie alle wie das tödliche Gewicht eines mächtigen Gruftdeckels. Welche Freuden wurden diesem kleinen, kämpferischen Mann in all seiner Brutalität und Härte zuteil? Was konnten sie ihm bieten, seine kränkliche, verschreckte Frau, die ihn fürchtete und kaum je sah, die verkrampfte Tochter, die schattenhaft und blutlos dahinlebte, der verkrüppelte Sohn, der sich wie ein Mönch in seinen vier Wänden einschloß? Die einzige Freude, die er hatte, fand er in den Armen einer ungeliebten, derben Frau vom Land, die ihm nichts anderes schenkte als ihr festes, gesundes Fleisch. Er besaß keine Freunde, keine Kameraden, kaum Bekannte. Er lebte, umgeben von Düsternis, von Leere, von Feinden. Selbst seine Angehörigen waren Feinde, ja sogar Tina, die ihn doch liebte. Er führte ein armseliges, kaltes, lichtloses Leben, dieser Mann, der vom Lande stammte, der Erde, Gesundheit, Kraft, rastlose Tätigkeit und Kampf liebte. Er war ebenso ein Gefangener in diesem Haus wie alle anderen. Sie aber, die anderen, fügten sich schweigend. Er brüllte in seinen Kerkermauern und hämmerte verzweifelt gegen die Tore.

Eine lebenslustige, gesunde Frau müßte er haben, dachte Baldo. Eine, die lachte und den Luxus liebte, die scherzte und tanzte, die ihm die Zeit vertrieb. Aber nicht einmal das besaß er. Sein Geld hatte ihm nur Enttäuschung und Verzweiflung gebracht. Wer trug daran

Schuld? Er selbst? Vielleicht. Aber ein Mann, der sein eigenes Opfer ist, verdient nicht weniger Mitleid als jener, der das Opfer anderer wird. Vielleicht hatte er mit seiner Brutalität alle Freude und Liebe aus seinem Leben vertrieben. Aber nun war er es, der in den Ruinen saß, voll Haß und Groll und Schmerz.

Mit einemmal vergaß Baldo die Kränkungen, die tödlichen Beleidigungen, die ihm dieser Mann angetan hatte, sein Herz wurde von Mitgefühl erfüllt. Er setzte sich gerade auf. »Guten Abend, Vater«, sagte er mit seiner ruhigen, wohlklingenden Stimme.

Hans sah ihn nicht an. Er raschelte nur mit der Zeitung. Seine Oberschenkel bewegten sich, als wollte er den Platz wechseln, während er etwas Unverständliches knurrte, ohne seine Lektüre zu unterbrechen. Nur das Rot in seinen Wangen vertiefte sich.

Baldo wartete. Was sagt man zu einem Feind, der alles getan hat, um einen zu vernichten, und für den man plötzlich Mitleid verspürt? Seit Wochen hatten sie sich kaum gesehen, sie beachteten sich nicht, wenn sie einander zufällig in der Halle begegneten.

»Heute sind wir alle ausgefahren«, sagte er in einem neuen Anlauf.

Diesmal antwortete ihm nicht einmal ein Knurren, nur der Regen rauschte von den Fenstern. Baldo biß sich auf die Lippen. Dann mit äußerstem Mut: »Ich würde gern einmal ins Werk kommen, wenn du erlaubst, Vater.«

Die Reaktion war unvorhersehbar und grauenhaft. Hans schlug die Zeitung knallend auf den Tisch, starrte seinen Sohn an, sein ganzer Haß, seine Verachtung, seine wilde Enttäuschung, sein Hohn funkelten durch die Gläser. Das fette, grausame Gesicht schwoll an, als wollte es zerplatzen.

»Du!« brüllte er schließlich wie ein Stier, und noch einmal: »Du!« In der Stimme lag nun ein erstickter Ton, als würge ihn eine in Jahren gespeicherte Abneigung, Verzweiflung, Enttäuschung.

Baldo blieb stumm. Er war sehr blaß geworden, seine Augen weiteten sich in namenloser Pein. Langsam erhob er sich von seinem Stuhl, stellte sich vor seinen Vater, klein, mißgestaltet, bucklig, hilflos. Plötzlich brach Hans in ein lautes tierisches Gelächter aus, das seinen ganzen fetten Körper erschütterte.

Baldo drehte sich um und verließ ruhig und beherrscht den Raum. Er stieg langsam die Treppe empor. Das Gelächter des Vaters folgte ihm; es traf ihn wie Peitschenhiebe, wie Stockschläge. Trotzdem konnte er aus diesem grausamen Lachen den ganzen Jammer und das ganze Elend eines zerstörten Lebens heraushören.

Seine Hand glitt an dem Mahagonigeländer aufwärts. Sie zitterte, und sie war feucht.

XXI

Gillespie, der englische Butler, klopfte diskret an Irmgards Tür. Es gab zwei Türen in ihrem Zimmer, eine führte in das Apartment Mrs. Schmidts, die gegenüberliegende in den Vorraum des Dienertrakts, und an dieser klopfte er an.

Es war neun Uhr. Mrs. Schmidt schlief schon nach ihrem warmen Bad und der heißen Milch, und Irmgard saß bei ihrer ruhig brennenden Lampe und las. Sie hatte wenig Geld und wenig Kleider nach Amerika mitgebracht, hatte aber so viele Bücher ihres Vaters, als sie nur mitnehmen konnte, in vier oder fünf Schachteln verpackt. Das Beste von Goethe und Schiller, Heine und Lessing, dazu deutsche Übersetzungen der Werke von Shakespeare, Victor Hugo, Boswell, Dickens, Dumas, Voltaire, Emerson und Thoreau. Sie las sie immer und immer wieder und bekam nicht genug davon. Gegenwärtig war Thoreau ihr Liebling; eines seiner Bücher hielt sie in der Hand, während sie dem Butler öffnete.

»Der Chef möchte Sie sehen, Irmgard«, flüsterte er und hüstelte verlegen. »In Mathildas Zimmer.«

Irmgard sagte nichts, aber ihr Gesicht verzog sich unmerkbar, und der Blick wurde kalt. Sie schloß die Türe wieder und ging auf Zehenspitzen in Mrs. Schmidts Schlafzimmer, um sich noch einmal zu überzeugen, daß alles in Ordnung war. Die Frau schlief, ein Ausdruck völliger Entspanntheit lag auf ihrem kränklichen Gesicht. Irmgard blies die Kerze auf dem Nachttisch aus, dann ging sie hinaus auf den Flur. Alle Farbe war aus ihrem Gesicht gewichen, selbst die Lippen waren blaß.

Wie immer war es still in dem riesigen Haus. Aber als Irmgard den Korridor entlangging, begann Baldo in seinem Zimmer zu präludieren. Sie verharrte einen Augenblick vor der Tür und lauschte. Die Akkorde wurden stärker, wie Sturmwind klang es, dann wie angstvolle Rufe, kraftvoll, gewaltig, sie schienen das ganze Haus bis in den letzten Winkel zu füllen. Irmgard hielt den Atem an.

Endlich ging sie weiter, stieg die Treppe zu Mathildas Zimmer hinauf und klopfte fest an die Tür. Mathilda selbst öffnete ihr, dick, blond, glotzend, sie blähte sich in dem schwarzen Kleid mit dem Spitzenkragen, die Seide spannte über der mächtigen Brust, der weite, reichgebauschte, mit Borten und Rüschen verzierte Rock machte sie noch voluminöser. Sie war aufdringlich parfümiert; ihr helles Haar war hochgekämmt und in zahllosen Locken und Löckchen gedreht, Gehänge aus Goldfiligran steckten in den Ohrläppchen, am Hals glitzerte ein Perlenkollier und am Handgelenk hingen funkelnde Ketten. Kurz, sie hatte sich herausgeputzt, sie hatte nichts mehr mit der schlichten, unauffälligen Hausangestellten gemein.

In Mathildas Salon, der mit Möbeln vollgestopft war, brannte ein starkes Feuer in dem weißen Kachelkamin. In allen Winkeln standen riesige Vasen mit Pfauenfedern und künstlichen Blumen. Viel roter Plüsch, und über dem Kamin ein paar Meissener Nippesfiguren. Ein großer, goldgerahmter Spiegel reflektierte das Licht der Lampen, deren Prismen in der warmen Luft leise zitterten und in bunten Farben blitzten. Auf jedem freien Fleck standen kleine Tischchen mit befransten roten Samtüberwürfen. Es war ein heißer, häßlicher und vulgärer Raum. In einem rosa Lehnstuhl neben dem Ofen saß Hans Schmidt, noch immer in seinem schwarzen Tuchrock, aber ohne Schuhe; seine Füße in den schwarzen Seidensocken waren zum Feuer ausgestreckt. Neben ihm stand ein Tischchen mit einem Silbertablett und einer blinkenden Kaffeekanne, daneben zwei Tassen, Besteck und Kuchen. Seine feisten Oberschenkel waren mit Krumen besät, und als Irmgard eintrat, wischte er sich den fetten Mund mit einer weißen Serviette ab.

Irmgard blieb mitten im Zimmer stehen, grüßte kurz, die Hände verschlungen. Sie wartete. Sie hatte den Chef selten gesehen und nur ein einziges Mal gesprochen. Mathilda setzte sich gewichtig und höhnisch grinsend auf einen Stuhl an der anderen Seite des Kamins. Irmgard war überrascht von der Ähnlichkeit dieser beiden kräftigen und gesundheitsstrotzenden Menschen, deren Abkunft vom Land nicht zu verleugnen war. Sie hatte daheim viele solche Typen gesehen, die hinter dem Pflug und auf den Feldern arbeiteten. Die Vorstellung, daß Mrs. Schmidt zu diesem Mannsbild gehörte, war grotesk, und unwillkürlich erwachte so etwas wie Sympathie für ihren Brotgeber in Irmgard.

Schmidt betrachtete sie nicht ohne Wohlgefallen und sprach sie in seinem deutschen Dialekt an:

»So, Sie sind also das Mädel, das Unfrieden in unseren Haushalt bringt?«

Irmgard antwortete bescheiden; sie wollte ihn nicht reizen:

»Ich bedaure sehr, wenn ich Unfrieden gestiftet habe. Es war nicht meine Absicht, mein Herr. Wenn es wirklich der Fall war, dann ist es unbewußt geschehen.«

Hans grunzte. Er pickte eine dicke Krume von seinem Knie, steckte sie in den Mund und betrachtete Irmgard aufmerksam. Ihre Schönheit machte ihm sichtlich Eindruck. Seine winzigen Augen wanderten über ihren Hals, ihre Brust und Hüften und kehrten dann zu ihrem Mund zurück, an dem sie genießerisch hängenblieben.

Nun war es mit Mathildas Beherrschung vorbei. Sie lief knallrot an und schrie:

»Das ist nicht wahr! Du bist eine falsche Schlange, du! Du hast hinter meinem Rücken intrigiert und meinen Befehlen nicht gefolgt, du hast Frau Schmidt in die Kälte hinausgeschleppt, wo sie sich den Tod holen kann! Wenn ihr etwas passiert, dann hast du sie umgebracht!« Ihre Knopfaugen sprühten Haß, sie trommelte mit den Fäusten auf die Knie und kreischte: »Mörderin!«

»Ruhig, Frau!« sagte Hans kurz. »Still jetzt!« Seine Blicke ließen Irmgard nicht los und lächelten, obwohl sein Gesicht zornrot war. »Rede, Mädchen!«

Mathilda keuchte, sie schien zu zerspringen, aber sie schwieg.

Irmgard verkrampfte ihre Hände noch fester und sah Hans herausfordernd in die Augen. Niemals noch hatte sie ihre Schönheit eingesetzt, wenn sie etwas erreichen wollte. Jetzt aber, das fühlte sie, war der Moment dafür gekommen; sie lächelte strahlend und ließ den Schein der Lampen in ihre irisierenden Augen fallen. Ja, es war schändlich, aber der Zweck heiligt die Mittel.

»Ich hatte nie die Absicht, Befehle zu mißachten, mein Herr. Aber das Wetter war schön, und Mrs. Schmidt fühlte sich viel wohler als sonst. Ich hatte ihr eine Ausfahrt vorgeschlagen, und sie war ganz begeistert von der Idee. Ich fragte Miß Tina, und auch sie war überzeugt, daß die frische Luft ihrer Mutter guttun würde. Das war alles.«

»Du hast die Ausfahrt vorgeschlagen, du!« schrie Mathilda und stemmte sich aus dem Stuhl hoch. »Du weißt doch, wie leidend die arme Lady ist, und bringst sie hinaus in die Kälte! Tausendmal hab' ich gepredigt, daß Luft und Nebel Gift für sie sind!«

Irmgard drehte sich zu ihr und sagte, jedes Wort betonend: »Ich bin es nicht, die den Tod von Mrs. Schmidt wünscht.«

Hans erfaßte den tieferen Sinn dieser Worte nicht. Er warf Mathilda einen Blick zu, der ihr die Rede verschlug. Da saß sie, den Mund halb geöffnet, die Nasenflügel gebläht. Sie sah wie ein rosiges, fettes Riesenferkel aus, mit gefletschten Zähnen, zum Angriff bereit, den sie aber zugleich zu fürchten schien.

»So«, sagte Hans langsam und kehrte genußvoll zu der Betrachtung des Mädchens zurück. »Sie glaubten also, es würde Ihrer Herrin guttun? Dann haben Sie sich eben geirrt und sind unüberlegt gewesen.«

»Sie schläft friedlich und gut«, rechtfertigte sich Irmgard. »Viel besser als in den letzten Nächten. Die Ausfahrt hat sie erfrischt, sie ist nicht so krank, als es den Anschein hat. Man muß sie zwingen, auszugehen und ein normales Leben zu führen. Ich habe sie ermuntert und bin sicher, daß mir der Arzt zustimmen wird.«

Hans lächelte: »Sie sind ein couragiertes Frauenzimmer, das muß ich sagen. Ein richtiger Dickschädel.« Sein Mund verbreiterte sich zu einem Grinsen. »Ein Dickschädel«, wiederholte er, als mache er ihr ein Kompliment. »Sie müssen aber zugeben, daß Sie Mathildas Anordnungen nicht befolgt haben, und Mathilda ist für den Haushalt verantwortlich.«

Irmgard strahlte ihn wieder an. Ihre jadefarbenen Augen wurden weich, als sie lächelnd sagte: »Aber die Herrin im Haus ist immer noch Mrs. Schmidt, nicht wahr, mein Herr?«

Mathilda grunzte bösartig. Hans wendete seinen Kopf zum Feuer und befeuchtete seine dicken Lippen mit der Zunge. »Stimmt«, murmelte er. »Aber Mrs. Schmidt weiß nicht immer, was gut für sie ist. Sie ist eine weiche, nachgiebige Natur. Wenn Sie ihr etwas einreden, dann hat sie nicht die Kraft zu widersprechen.«

»Es ist nichts Schlechtes geschehen«, sagte Irmgard sehr ruhig. »Im Gegenteil, nur Gutes. Sie schläft fest.«

»Dickschädel«, wiederholte Hans und lächelte wieder. Eine Weile drehte er schweigend die Daumen. »Trotzdem, Ihre Meinung und die Meinung Mathildas gehen auseinander. Es ist nicht meine Sache, Streitereien zwischen Dienstboten zu regeln. Mathilda ist die Wirtschafterin, sie muß für den Frieden im Haus sorgen, und wenn sie etwas anordnet, dann muß man sich fügen. Ich hätte mich nicht eingemischt und es ihr überlassen, Sie wegzuschicken, wenn sie es richtig findet. Aber es scheint, daß Sie die Sympathien von Mrs. Schmidt und Tina gewonnen haben.«

»Eine Schlange, eine intrigante, falsche Person!« zeterte Mathilda.

»Ruhe«, befahl Hans. Dann milde zu Irmgard:

»Ich will meinen Frieden haben, Mädchen. Mathilda erzählte mir, daß Ihre Widerborstigkeit Unfrieden und Mißstimmung ins Haus gebracht hat. Das ist für alle Teile unangenehm. Die Disziplin wird untergraben, und das kann ich nicht dulden. Sie sind intelligent, Sie werden das einsehen. Wenn man einer einzigen erlaubt, aus der Reihe zu tanzen, dann haben wir bald die Anarchie in unseren vier Wänden.«

Irmgard war sehr blaß geworden. Sie verkrampfte ihre Hände, aber ihre Stimme war beherrscht: »Es tut mir sehr leid. Ich werde mich bemühen, in Zukunft alle Anordnungen zu befolgen.« Sie war zu Tod erschrocken, das Herz tat ihr weh. Sie dachte an Mrs. Schmidt, an Tina und Baldo, an das bißchen Freude, das sie ihnen schenken konnte. Sie allein stand zwischen ihnen und der rohen Gemeinheit. Sie wollte alles versprechen, wenn man ihr nur erlaubte, weiter bei ihnen zu bleiben und sie zu beschützen.

Hans knurrte. Seine Hände tappten unschlüssig über die Knie. Er fühlte sich mit einemmal recht unsicher. Aber dann schüttelte er den Kopf:

»Glauben Sie nicht, daß ich verkenne, wie brav Sie sich meiner Frau angenommen haben. Miß Tina lobt Sie über den grünen Klee, sie hat öfter mit mir über Sie gesprochen. Aber dieser Kriegszustand im Haus muß aufhören.« Er holte tief Atem und fügte versöhnlich hinzu: »Seien wir doch vernünftig. Sie selbst können sich in dieser Atmosphäre nicht wohl fühlen. Aber ich schätze aufrichtig, was Sie hier im Haus geleistet haben. Ich beabsichtige, Ihnen 500 Dollar Abfertigung und ein ausgezeichnetes Zeugnis zu geben.«

Irmgard schwieg.

Im gleichen Augenblick klopfte Gillespie mit gewohnter Diskretion an Tinas Tür. Sie öffnete und stand in ihrem weißen Schlafrock vor ihm.

Gillespie verbeugte sich: »Miß Tina, ich dachte, Sie müßten es erfahren. Irmgard wurde in Mathildas Zimmer gerufen. Sie wissen, daß Mathilda sehr schlecht auf Irmgard zu sprechen ist.« Er räusperte sich. »Der Chef ist auch dort.«

Das kleine Gesicht Tinas erblaßte, ihre Lippen wurden trocken. Sie warf entschlossen ihren Kopf zurück, preßte die Lippen zusammen, und die Augen wurden hart. In diesem Moment glich sie ihrem Vater.

»Danke, Gillespie«, sagte sie sehr ruhig. Sie verließ das Zimmer, schlug die Tür hinter sich zu, lief den Korridor entlang und verschwand oben bei der Treppe. Gillespie lächelte befriedigt und ging zur Küche zurück, wo Mrs. Flaherty und er der Dinge harrten, die da kommen sollten.

»Wie eine kleine weiße Flamme ist sie die Treppe hinaufgerannt«, berichtete er. »Kein Wort hat sie gesagt.«

»Es wird mehr als einer kleinen Flamme nötig sein, um diese fette Sau Mathilda zu sengen«, stellte Mrs. Flaherty grimmig fest.

Und in der gleichen Minute sagte Hans zu Irmgard in fast väterlichem Ton: »Es tut mir leid, mein Mädchen. Aber es gibt keinen anderen Ausweg.«

Irmgards Antwort war an Mathilda gerichtet: »Nun haben Sie es erreicht. Ich kenne Ihre Beweggründe. Sie sind niedrig.«

Mathilda grinste breit und voll Schadenfreude: »Sie haben gehört, was der Chef wünscht. Hinaus, und packen Sie Ihr Zeug zusammen, aber sofort. Von morgen an werde ich die Lady bedienen, bis wir eine Nachfolgerin für Sie gefunden haben.«

Da öffnete sich die Türe und Tina kam mit flatternden Locken und wehendem Rock in das Zimmer gerannt. Sie lief zu Irmgard und ergriff ihre Hände. Der Vater starrte sie fassungslos an. Keinen Blick verschwendete Tina an Mathilda, die sich aus dem Stuhl gewälzt hatte und sprachlos mit wutverzerrtem Gesicht dastand.

»Papa!« rief Tina heftig. »Was soll das heißen?«

»Das geht dich nichts an«, entgegnete Hans und bemühte sich, so grob wie sonst zu sein. Seine Tochter war so klein, so kindlich, und dabei so zornig und aufgebracht hereingestürzt, und unwillkürlich freute ihn dieses ungewohnte Temperament. Das Kind verändert sich, endlich wird es lebendig, dachte er zärtlich. Seine Stimme wurde mild, ja liebevoll:

»Geh, Tina, das ist eine Angelegenheit zwischen Dienstboten. Du hast nichts damit zu tun.«

»Glaubst du!« rief Tina wütend. »Ich habe sogar sehr viel damit zu tun, und ich bleibe nicht einfach untätig und schaue zu, wie Irmgard verleumdet und hinausgeworfen wird!« Wie eine Furie sprang sie Mathilda an: »Sie sind es allein, Sie! Sie haben Irmgard immer gehaßt, weil sie jung und hübsch und gut ist, und Sie haben Angst vor ihr! Sie sollte man hinausschmeißen und niemand sonst! Sie haben genug Unheil angerichtet, Sie haben genug am Gewissen! Beißzange! Falsche, freche Person! Ich wollte schon längst mit Vater über Sie reden ...«

»Tina!« brüllte Hans und erhob sich von seinem Stuhl.

»Papa!« Sie flog an seinen Hals. Und der Zorn dieses zarten Geschöpfs war etwas so Unerhörtes, daß Schmidt mit offenem Mund, bestürzt, zurückfiel. »Papa, wie kannst du auf dieses Weib ... hören! Sie hat Irmgard vom ersten Augenblick an gehaßt. Sie hat ihr alles angetan, was nur möglich war!« Plötzlich schoß tiefe Schamröte in das kindliche Gesicht, Tränen der Demütigung und des Kummers brannten in ihren Augen. »Papa«, stammelte sie, »ich ... ich weiß, daß du immer Mathilda geglaubt hast. Papa ... es ist mehr, als ich ertragen kann ...«

Er starrte sie an. Und da, sehr langsam, wurde ihm klar, daß sie es wußte. Seine Lider senkten sich, seine Lippen zitterten. Er war bestürzt, voll Mitleid und dumpfer Angst. Aus einem Augenwinkel sah er, wie entsetzlich es ihr war. Nein, das hielt er nicht aus. In der ganzen Welt liebte er nur diesen einzigen Menschen, seine Tochter. Und sie verachtete ihn. Ein kleiner Schritt noch, und sie haßte ihn. Sein Herz schlug zum Zerspringen. Plötzlich überfiel ihn rasender

Zorn, ganz unpersönlich, als hätte jemand, aber nicht er, Tinas Unschuld verletzt und ihre jungfräuliche Reinheit angetastet.

Sein Zorn richtete sich gegen Mathilda, die ihm und seiner Tochter das angetan hatte. Mit einem Male haßte er sie tödlich. Seine Augen blitzten sie an, und dieser Blick traf sie wie ein Peitschenhieb. Das Blut stieg ihm zu Kopf, es hämmerte in seinen Schläfen:

»Stimmt das, daß Sie und Sie allein das Mädchen draußen haben wollen?«

Mathilda glotzte Hans blöde an. Sie begriff überhaupt nichts.

Tina schluchzte herzzerreißend. Sie preßte die Hände vors Gesicht, als könnte sie den Anblick des Vaters nicht mehr ertragen. Ihre Tränen sickerten durch die Finger. Es war zuviel für Hans. Er sprang auf.

»Führen Sie Miß Tina in ihr Zimmer«, sagte er zu Irmgard. »Bringen Sie das Fräulein zu Bett. Ich komme später zu ihr.« In seinem Gesicht zuckte es. »Alles bleibt beim alten«, fuhr er heiser fort. »Wenn Sie bleiben wollen, Irmgard, dann bleiben Sie.«

Er wollte Tina umarmen, aber er wagte es nicht. Er schämte sich und litt Höllenqualen. Irmgard fühlte tiefes Mitleid mit ihm, als sie sah, wie demütig, wie traurig, wie verstört und gebrochen er war.

Sie nahm das weinende Mädchen bei der Hand. »Sagen Sie Ihrem Vater doch ein gutes Wort, Miß Tina«, flüsterte sie beschwörend.

Tinas Hand fiel herab, sie hob ihr tränenüberströmtes Gesicht. Sie wollte sprechen, aber ihre Stimme versagte. Sie ließ sich von Irmgard aus dem Zimmer führen.

Hans sah ihr nach. Er keuchte und rang nach Atem. Mathilda hockte stumpf in ihrem Lehnstuhl — vergessen.

XXII

Baldo hörte unterdrücktes Schluchzen, als er sein melancholisches Spiel unterbrach. Auf Zehenspitzen ging er zur Tür und öffnete sie gerade in dem Augenblick, als seine Schwester, auf Irmgard gestützt, in ihrem Zimmer verschwand. Etwas so Armes, so Trostloses lag in diesem Schluchzen, daß er erschrak. Es war das Weinen eines Menschen, der von Gott und den Menschen verlassen ist. Nach einer Weile ging er den beiden nach und klopfte leise an Tinas Tür. Irmgard öffnete ihm und bedeutete ihm schweigend einzutreten.

Da lag Tina auf ihrem Bett, das Gesicht in die Kissen vergraben, der Körper zuckte konvulsivisch. Er hatte sie schon oft weinen gesehen, niemals aber war sie ihm so zerstört, so aufgelöst erschienen.

Im ersten Moment glaubte er, daß der Mutter etwas widerfahren wäre. Humpelnd lief er durch das Zimmer, faßte Tina bei den Schultern und rief: »Tina ... was ist ...? Die Mutter ...?«

Aber die Schwester schluchzte hemmungslos weiter und antwortete nicht. Baldo verlor jede Beherrschung und schrie: »Seid ihr beide auf den Mund gefallen? Will mir niemand sagen ...«

Irmgard blickte ihn blaß und ernst, aber voll Mitleid an: »Nein, Mr. Baldo, es handelt sich nicht um Ihre Mutter.« Sie errötete leicht. »Es ist nur ... Mr. Schmidt wollte mich entlassen. Er rief mich in Mathildas Zimmer. Irgend jemand berichtete es Miß Tina ...«

In Baldos blauen Augen blitzte ein kaltes Licht auf: »Sie entlassen, Irmgard? Das kommt nicht in Frage. Wir dulden es nicht.« Eine heillose Angst würgte ihn und erstickte seine Stimme.

Irmgard aber sprach ruhig weiter, als hätte er sie nicht unterbrochen: »Miß Tina kam herein. Sie ... warf Mathilda in meiner Gegenwart vor, mich zu verleumden ...« Sie errötete noch tiefer: »Mr. Schmidt war sehr freundlich. Er glaubte ihr. Ich bin nicht entlassen worden.«

»Warum dann?« Baldo sah seine Schwester kopfschüttelnd an. Plötzlich begriff er. Im ersten Moment tat es ihm leid, daß er den schmutzigen Verdacht gegen seinen Vater in ihr erweckt hatte. Aber eines Tages hätte sie es ohnehin erfahren. Es war lächerlich bei einer Frau ihres Alters, sich so zu gehaben. Dann aber schalt er sich: Wußte er nicht, daß sie trotz ihrer achtundzwanzig Jahre das Gemüt und die Seele eines Kindes hatte?

Er trat an ihr Bett und streichelte zärtlich die zerrauften Locken:

»Tina, reg dich doch nicht so auf. Du bist kein kleines Kind mehr. Es gibt Dinge, die man nicht auszuhalten glaubt, wenn sie beim eigenen Vater passieren ... Aber es sind kleine Fische.«

Tina richtete sich jäh auf, ihr Schluchzen verstummte. Wie eine kleine Flamme schoß sie in die Höhe, so wild, daß Baldo bestürzt einen Schritt zurücktrat.

»Baldo, wie kannst du so sprechen! Demütigend, undankbar ist es ... Unserer Mutter das anzutun, im eigenen Haus!« Sie trommelte mit den Fäusten auf die Bettkante. »Gemein und niederträchtig ist es!«

Sie schüttelte den Kopf, und ihre Locken flogen um ihr nasses, vom Weinen angeschwollenes Gesicht. Baldo schwieg. Er betrachtete sie ernst, versonnen, als sähe er sie zum ersten Mal. Irmgard brachte ein Glas Wasser, aber Tina wies es zurück. Sie stöhnte und war wie von Fieber geschüttelt. Der Prozeß des Reifens, dachte Baldo, ist sehr schmerzhaft für einen Menschen, der so lange Kind geblieben ist. Und so stieß Tina wütend die nasse, heiße Hand des Lebens zurück, die sich plötzlich auf ihr nacktes Fleisch legte. Sie verleugnete die Wirklichkeit, sie schauderte zurück, sie fühlte sich befleckt, unrein durch ihre Berührung.

»Heute nacht noch, wenn er zu mir kommt, wie er versprochen hat, verlange ich, daß er diese Kreatur hinauswirft. Heute noch! Sie muß fort! Ich werde ihm sagen ...«

Baldo faßte sie bei den Schultern. Unglaublich, welche Kraft diese zarten Finger besaßen.

»Du wirst nichts dergleichen tun«, erklärte er sehr ruhig. »Du kleine Närrin! Nichts wirst du von ihm verlangen!«

Es klang hart und kalt, noch niemals hatte er in solchem Ton zu ihr gesprochen. Tinas Hysterie schwand mit einem Schlag, als hätte man sie mit kaltem Wasser übergossen. Sie kuschelte sich in ihr Bett, ihr Schluchzen wurde zu einem leisen Wimmern.

Baldo ging im Zimmer auf und ab, die Hände hinter dem verkrümmten Rücken verschränkt. Dann begann er zu sprechen, gleichförmig, überlegend, als rede er zu sich selbst:

»Man muß es von allen Seiten betrachten. Man darf nicht voreilig sein.« Tina folgte ihm mit den Blicken, sie begriff ihn nicht. Aber Irmgard, die in einer dunklen Ecke stand und deren Gesicht im Kerzenlicht weiß aus dem Schatten leuchtete, verstand ihn.

»Bedenk doch ...«, sprach Baldo leise weiter, und jetzt klang es bitter und mitleidig. »Bedenk doch ...«, mit einer weiten Geste deutete er über das Zimmer hin. »Schau das an, schau uns an. Was hat er von uns, was hat er vom Leben? Die Mutter? Seien wir objektiv: wir lieben sie beide, und anfangs, so glaube ich, war sie — wahrscheinlich wie du — ein unerfahrenes, verschrecktes kleines Ding, das vom Leben nichts wußte und auch nichts wissen wollte. Als sie erkennen mußte, wie es wirklich im Leben zuging, zog sie sich in ihr Schneckenhaus zurück; schaudernd flüchtete sie in ihre Bresthaftigkeit — genauso wie du wahrscheinlich fliehen wirst.«

Tina schrie empört auf. Er aber brachte sie mit einer Handbewegung zum Schweigen:

»Schau uns doch an, Tina, offen und ehrlich. Erst einmal mich: ich bin sein Sohn, er hat sich so sehr einen Sohn gewünscht, einen, der ihm zur Seite stehen, ihm nachfolgen und das Erbe übernehmen kann, das er geschaffen hat. Einen Mann.« Er lachte spöttisch: »Na, und? Bin ich vielleicht der Sohn, den er sich erhoffte? Mag sein, daß es nicht meine Schuld ist. Aber ebensowenig seine.«

Irmgard wurde weh ums Herz vor Mitleid. Er beachtete sie nicht. Seine Stimme klang wärmer, als er weitersprach:

»Und du, Tina? Bist du die heitere, glückliche, lebensvolle Tochter, die er sich wünschte? Hand aufs Herz! Er ist ein geselliger Mensch, er möchte ein volles Haus mit fröhlichen Menschen haben, Parties, Bälle, Lachen. Er will eine gesunde Tochter, die ihm Enkel schenkt. Er kann seine bäuerliche Abkunft nicht verleugnen. Aber wir sind wie seine Frau, wir haben kein Blut und kein Mark und keine Eingeweide.« Tina zuckte zusammen. »Eingeweide«, wiederholte er unbarmherzig. »Hast du vielleicht Eingeweide, Tina?«

»O Baldo, sei nicht ekelhaft!« schluchzte sie.

Er lächelte spöttisch: »Das Wort gefällt dir nicht, aber es ist wahr, wir haben keine Eingeweide.«

Er humpelte weiter auf und ab und fuhr nach einer Weile fort:

»Wir sind verschreckt, weil er grob zu uns war, könntest du sagen. Er hat uns unterjocht und tyrannisiert, wir verstecken uns vor ihm. Er hat uns das Rückgrat gebrochen, so daß wir vergessen haben, was Leben ist, wir haben uns in diesem Haus selbst unser Grab geschaufelt. Aber wir haben auch versucht, unserm Vater ein Grab zu schaufeln. Er ist, Gott sei Dank, stark und gesund genug, nicht hineinzufallen, aber wenn wir vor ihm zittern, ist es unsere eigene Schuld. Er haßt uns, weil er weiß, daß wir ihn hassen. Oder vielleicht, weil er uns soweit gebracht hat, ihn zu hassen.«

Wieder verstummte er, um dann noch leiser fortzufahren:

»Ein Mensch, der haßt, erntet Haß. Aber seine tiefe menschliche Sehnsucht, geliebt zu werden, bleibt bestehen. Haß brütet Haß aus. Hätten wir seinen erschreckten und enttäuschten Haß mit Liebe und Verständnis vergolten, wer weiß, vielleicht hätte er uns dann auch geliebt. Aber wir waren weder mutig noch klug genug, das zu begreifen. Wir hätten ihn trösten können. Für mich und für meine Mutter ist es zu spät geworden. Aber für dich, Tina, ist es nicht zu spät. Es ist nicht zu spät für dich, ihn mit deinem Verständnis und deiner Zuneigung glücklich zu machen.«

»Baldo«, flüsterte sie, »was verlangst du von mir? Daß ich dieses Weib in unserm Haus dulde?«

Er seufzte. Es schien hoffnungslos zu sein. Aber er gab noch immer nicht auf, er faßte die Hände seiner Schwester und sah ihr gerade in die nassen Augen:

»Tina, versteh mich doch, es ist so wichtig. Wenn er jetzt zu dir kommt und dir alles verspricht, damit du ihm glaubst und ihm dein Vertrauen wieder schenkst, dann mußt du sagen: ›Es ist alles gut. Ich will, daß du glücklich bist. Du sollst Mathilda nicht wegschicken, es täte mir leid. Spechen wir nicht mehr davon.‹«

Sie konnte es nicht fassen. Langsam, nicht ohne Grausamkeit, antwortete sie: »Du, Baldo, du kannst so gut von ihm sprechen? Du, dem er soviel angetan hat?«

Er schien ihre Hände wegstoßen zu wollen. Irmgard sah sein Gesicht und sah die Geste, und ihr Mitleid vertiefte sich.

Er aber sprach weiter, noch ruhiger als zuvor: »Sei nicht kleinlich, Tina, und sei nicht dumm. Wir dürfen nicht an uns selbst denken, wir müssen Verständnis für ihn aufbringen. Tina, ich würde es dir niemals verzeihen, niemals, wenn du ihn endgültig zerstörst. Ich wäre mitschuldig daran und könnte das nie vergessen, ich wäre ebenfalls zerstört. Ich wehre mich dagegen, noch elender zu werden, als ich es jetzt schon bin. Wenn du ihn dazu bringst, Mathilda wegzuschicken, dann verlasse ich das Haus ebenfalls. Dann siehst du mich niemals wieder.«

»Baldo!« stöhnte sie. Sie glaubte, schlecht gehört zu haben.

Er nickte grimmig: »Es ist mein Ernst, Tina. Wir werden ihn nicht noch unglücklicher machen. Mathilda muß bleiben — ihren Denkzettel hat sie ja erhalten. Du aber wirst dich aufraffen und zu dem Menschen werden, wie er ihn braucht. Befreie dich endlich von deiner verteufelt verkapselten Selbstsucht! Du mußt den Weg heraus finden, ihm und dir selbst zuliebe. Denk nicht an Mutter und mich, denk nicht mehr an uns, wir sind schon lange gestorben.«

Sie war gebrochen und zerstört und atmete schwer.

»Werden Sie ihr helfen, Irmgard?« fragte er.

»Immer«, antwortete sie einfach, aber ihre grünen Augen leuchteten Baldo an, und — als hätten sie sich verabredet — verließen sie beide das Zimmer.

Tina blieb zurück, steif und starr. Gedanken gingen ihr durch den Kopf, die sie noch nie gedacht hatte. Tiefe Röte flog in Wellen über ihre Wangen, und ihr Körper zuckte. Endlich beruhigte sie sich, ein letztes kindliches Aufschluchzen, dann sank ihr Haupt auf die Brust.

Als sie sich vom Bett erhob, war sie reifer und älter geworden. Ein frauliches Verständnis war in ihr erwacht, das sie weit über sich selbst hinaushob. Sie badete ihre Augen in kaltem Wasser, bürstete das zerraufte Haar, ging zurück zum Bett, nahm ein Buch zur Hand und tat, als lese sie darin. Regungslos wartete sie, blicklos, gefaßt.

Es klopfte schüchtern an der Tür.

»Komm herein, Papa!« rief sie fröhlich. Er trat zögernd ein, klein, dick, durchaus nicht kriegerisch, sondern schlaff, hoffnungslos und besiegt. Er schaute sie ängstlich an und kratzte sich verlegen den Kopf. Es war eine plebejische Geste, und ihr Groll und ihre Härte schmolzen vor seiner Befangenheit. Sie lächelte.

»Papa, ich habe schon geglaubt, du kommst überhaupt nicht

mehr! Ich wollte eben das Licht auslöschen, ich bin so schläfrig.«

Ein unterdrücktes Lachen schien in ihrer zärtlichen Stimme aufzuklingen. Er sah ihr kindliches, liebevolles Gesicht und die Hände, die sich ihm entgegenstreckten. Wie ein Schlafwandler kam er näher, und bei jedem Schritt wurde sein bekümmertes Gesicht heiterer. Noch als er unsicher neben ihrem Bett stand, wagte er nicht zu hoffen. Aber sie schloß die Augen und neigte sich zu ihm, um seinen Gutenachtkuß zu empfangen.

Er seufzte, es war ein herzzerreißender Laut. Sie fühlte seine Lippen auf den ihren und dachte: Eben noch hat er dieses fürchterliche Weib geküßt. Aber sie wies sich selbst zurecht, sie unterdrückte ihren Abscheu und gab ihm den Kuß zärtlich zurück. Das Bett knarrte, er ließ sich neben sie nieder, legte seine dicken Arme um ihre Schultern, und sie lehnte sich an seine Brust. Lange fiel kein Wort, kein Laut war in dem Zimmer mit den flammenden Kerzen hörbar als der Regen, der draußen fiel.

Dann sagte Schmidt heiser und in tödlicher Verlegenheit: »Tina, mein Liebling, wenn ... wenn dich Mathilda ärgert, dann schicke ich sie sofort weg. Wir ... nehmen eben eine neue Wirtschafterin.«

Sie sah ihn mit geheucheltem Erstaunen an:

»Papa, das wäre doch unvernünftig. Mathilda ist sehr tüchtig und hält das Haus tadellos in Ordnung. Alles läuft wie am Schnürchen. Gewiß, sie hat Irmgard niemals leiden können und ständig gegen sie gehetzt, aber jetzt hast du ihr deine Meinung gesagt, und es wird nicht mehr vorkommen. Ich möchte die Frau wirklich behalten, selbst wenn du, lieber Papa, die Absicht hättest, sie zu entlassen.«

Er sah ihr fragend in die Augen. Sie leuchteten unschuldig wie immer in dem jungen, klaren Gesicht. Er ahnte nicht, welche Überwindung es Tina kostete, er war überzeugt, daß er sich alles nur eingebildet hatte, er atmete auf, wie von einer schweren Last befreit. Der Zwicker rutschte von seiner kurzen Nase und landete auf seiner Brust.

»Nun«, brummte Schmidt und schien sehr widerstrebend, »sie hat sich heute unmöglich benommen. Sie war impertinent. Aber wenn du darauf bestehst, daß sie bleibt, Tina ...«

»Ich bestehe darauf!« antwortete sie munter und küßte ihn auf die Wange. »Man muß doch nicht gleich jemanden entlassen, wenn man sich über ihn geärgert hat!«

Er schaute sie demütig und mit unverhohlener Liebe an. Dieser Ausdruck war es, der sie endgültig bezwang, der ihr neu erwachtes Verständnis in schmerzvolles Mitleid verwandelte. Sie schlang die

Arme um ihn und küßte ihn stürmisch: »Papa, Papa, ich fürchte, wir sind schrecklich garstig zu dir gewesen!«

»Nein, nein!« rief er und preßte sie so fest an sich, daß er sie fast zerdrückte. »Du bist mein Liebling, mein Kleines, mein Alles, Tina!« Er war in seinen heimatlichen Dialekt verfallen, und seine kehlige Stimme klang wie Gesang. »Meine kleine Blume, mein Sternchen! Mein Glück. Niemand kann meiner Tina das Wasser reichen!«

Er preßte seine Lippen auf ihre Stirn, und sie spürte seinen stacheligen Schnurrbart. Sie lächelte und schluchzte zugleich:

»Papa ...« Und dann flüsternd, in gespielter Schüchternheit: »Würde es dir etwas ausmachen, wenn wir eine Party gäben? Zu Weihnachten? Ich hätte so gerne eine Party!«

Sie hob den Kopf und bemühte sich glücklich auszusehen.

»Papa, ich habe mir heute so schöne Sachen gekauft, Kleider, Hüte und Schuhe. Ich möchte sie dir gerne morgen zeigen.«

»Morgen? Nein!« Die Freude machte ihn unbeholfener denn je. »Ich möchte sie sofort, jetzt, sehen!«

Sie flatterte vom Bett auf wie ein kleiner Vogel, lief zum Schrank und holte die Schachteln heraus. In wenigen Minuten war das Bett von glänzenden Stoffen, neuen Hüten, den Schuhen und den lustigen Quasten, Handschuhen und Reticules und den kostbaren neuen Seidenstrümpfen bedeckt. Hans strahlte, lachte, hob jedes Stück einzeln mit seinen dicken Fingern hoch, bewunderte es, schaute in das übermütige Gesicht seiner Tochter, die den neuen Hut schief aufgesetzt hatte und sich kokett vor ihm drehte. Hans war in Ekstase. Er lachte wie toll. Dann hob er Tina auf seine Knie, und da saßen sie beide mitten in dem Haufen von Samt und Seide und Flitter. Er streichelte ihre Wange.

»Tina«, begann er stockend. »Dieser junge Mann, der zum Haus hinaufschaut ... Er arbeitet in meinem Werk. Ich ... ich habe mich erkundigt. Er ist ein feiner Bursche, ganz in Ordnung. Hat eine Zukunft vor sich ... Ich möchte ... wenn es dir recht ist ... ich möchte ihn einmal des Abends einladen.«

Sie lag ganz still in seinen Armen. So still, daß er plötzlich erschrak. Dann schaute er auf ihr Gesicht hinab. Ihre Augen waren geschlossen, und Tränen rannen über ihre rosigen Wangen. Aber sie lächelte.

XXIII

Irmgard saß ruhig vor dem Fenster, den Brief in der Hand, las ihn aber nicht. Sie hatte ihn schon mehrmals gelesen und nach jedem Mal war sie entweder ärgerlich oder belustigt gewesen. Aber jetzt galt ihre ganze Aufmerksamkeit der Turbulenz, die in der Nähstube des Schmidt'schen Hauses herrschte.

Alles war Farbe, Stoff, Seide, Bewegung in diesem Zimmer, mitten drin Miß Zimmermann, die Schneiderin, und ihre zwei emsig stichelnden Gehilfinnen. Tina stand auf einem Stuhl, feierlich und ängstlich, das Kleid, das sie probierte, war fast fertig. Das Modell aus perlfarbener Seide, das sie gewählt hatte, war verhältnismäßig einfach, nur mit schwarzem Schlung am Hals und an der Taille verziert, dazu gab es ein passendes Cape aus dem gleichen Stoff. Der Rock war gebauscht und reich drapiert und mit schwarzem Samt eingefaßt. Miß Zimmermann hockte auf ihren Absätzen und blickte stolz auf ihre »Création«.

»Sehr schick, ganz Paris!«

Aber Irmgard schaute nicht auf das Kleid, sondern auf Tinas Gesicht, das lebhaft war und von innen zu leuchten schien, als ob das Mädchen ein Geheimnis und eine jubelnde Freude verberge. Ihre Locken waren offen und ihr Mund rot wie eine feuchte Rose, die Augen strahlten, funkelten und tanzten. Wenn sie sprach, klang es wie verhaltenes Lachen. Mrs. Schmidt saß daneben, in ihren Schal gewickelt und lächelnd, die Füße auf einem Kissen, ein Bild aus Harpers Modemagazin auf den Knien. Sie konnte den Blick nicht von ihrer Tochter wenden. Sie hatte selbst eine Anprobe hinter sich und war sehr müde. Aber sie war heiter und zufrieden, und wenn auch die Spuren ihrer ständigen Beschwerden nicht zu leugnen waren, so lag doch ein Hauch von Genesung auf ihren Zügen.

»Entzückend, Tina«, sagte sie mit einem leisen Seufzer.

»Sehr hübsch«, bestätigte Irmgard langsam.

Tina lachte und zeigte mit dem Finger auf Irmgard: »Die längste Zeit warte ich schon darauf, daß Sie etwas sagen! Sie sind so in Ihren Brief vertieft gewesen. Von einem Verehrer, Irmgard? Wenn Sie mir nichts verraten, dann bin ich richtig böse auf Sie!«

Irmgard steckte den Brief in ihre Schürzentasche: »Nein!«

Es war Zeit für Mrs. Schmidts Nachmittagsruhe. Irmgard führte ihre Herrin ins Schlafzimmer.

»Irmgard«, fragte Mrs. Schmidt unruhig, »Irmgard, sind wir nicht sehr schlecht, daß wir am Sonntag arbeiten? Diese drei armen Frauen ... ich finde, es war sehr unchristlich, sie für Sonntag zu bestellen. Aber es ist so dringend, wenn die Kleider zu Weihnachten fertig sein sollen ...«

»Ich bin überzeugt, daß Sie nicht schlecht sind«, lächelte Irmgard. »Und überdies zahlen Sie sehr großzügig dafür. Geld verdeckt viele Sünden!«

»Aber Irmgard, sind Sie nicht etwas zynisch?« fragte Mrs. Schmidt erschrocken und sah Irmgard vorwurfsvoll an. »Wo Sie noch so jung sind! Ich fürchte, Sie wollen mein Gewissen beschwichtigen. Der Sabbath ...«

»Wenn es die Schneiderinnen nicht stört, dann braucht es Sie auch nicht zu stören, Mrs. Schmidt.«

»Aber ich habe sie doch hergebeten«, beharrte Mrs. Schmidt eigensinnig. »Wir haben sie angestiftet, und das ist auch eine Sünde.«

Irmgard wollte ungeduldig werden, als sie aber das ängstliche Gesicht ihrer Dienstgeberin betrachtete, erkannte sie, daß ihr diese Frage eine echte Sorge bedeutete. »Der Sabbath wurde für die Menschen gemacht und nicht umgekehrt«, antwortete sie tröstend. »Es ist sehr wichtig für Miß Tina, daß die Kleider fertig werden. Drum bin ich überzeugt, daß ihr der liebe Gott vergibt. Wer könnte Miß Tina böse sein?«

Nun entspannte sich das Gesicht der Mutter, ihre Augen wurden feucht, aber sie lächelte:

»Niemals noch habe ich Tina so lustig und übermütig gesehen, Irmgard. Sie haben Sonnenschein in dieses Haus gebracht, und Gesundheit und Fröhlichkeit. Tina ist seit kurzem ganz verändert, ich erkenne sie kaum wieder. Wie eine Braut sieht sie aus.«

»Sie wird auch bald eine Braut sein, gewiß«, bestätigte Irmgard in ehrlicher Überzeugung. Mrs. Schmidt beugte sich vor und küßte sie impulsiv auf die Wange; sie war ihrer Tochter in diesem Augenblick sehr ähnlich. »Meine Liebe«, murmelte sie, zu Tränen gerührt.

Irmgard deckte sie gut zu. Aber da fiel Mrs. Schmidt noch etwas ein. Sie tauchte aus den Kissen auf:

»Ich bin ein häßlicher Egoist, Irmgard. Heute ist doch Ihr freier Sonntag. Nein, nein, hören Sie mir zu, Liebes. Alle Ihre Sonntage haben Sie uns geopfert.«

»Ich bin freiwillig geblieben«, sagte Irmgard eigensinnig.

»Aber es ist nicht gut für Sie, mein Kind. Sie müssen Ihre Tante besuchen, sie wartet sicher schon lange darauf. Heute ist ein schöner Tag, fast wie im Frühling. Bitte, gehen Sie doch aus! Wollen Sie vielleicht den Wagen haben und ausfahren? Sie müssen endlich einen freien Tag haben, ich bestehe darauf. Ärgern Sie mich nicht, sagen Sie nicht nein. Tina ist ja bei mir.«

Irmgard zog ihr die seidene Steppdecke bis zum Kinn hinauf und lächelte freundlich: »Ich werde es mir noch überlegen. Vielleicht gehe ich wirklich aus, aber ich komme bestimmt zeitig wieder zurück.«

Dann ging sie in ihr Zimmer und zog den Brief heraus, den sie tags zuvor erhalten hatte. Er war in deutscher Sprache geschrieben, die Schrift war zügig und energisch. Sie las ihn wieder, und ihre Wangen röteten sich:

»Meine Mutter beklagt sich ständig, daß Du sie vernachlässigst; die Briefe und Geschenke waren kein Ersatz für Dich. Du hast sie in fast zwei Monaten nur ein einziges Mal aufgesucht, und da nur für eine Stunde. Sicher bist Du sehr angestrengt in Deiner neuen Stellung, aber vergißt Du denn ganz, daß wir Deine einzigen Blutsverwandten in Amerika sind, ja, auf der ganzen Welt? Die Deutschen vergessen solche Bindungen sonst nicht.«

Nur du denkst niemals daran, dachte sie ärgerlich. Sie las weiter:

»Wenn das Wetter am Sonntag schön ist, werde ich an der Ecke der Howard Street auf Dich warten. Ab zwei Uhr. Wenn Du bis drei Uhr nicht kommst, dann gehe ich ins Haus und frage nach Dir. Das wird Dir unangenehm sein, aber es kümmert mich nicht. Ich werde Dich so lange belästigen, bis ich Dich erwischt habe. Schließlich bist Du Deinen Verwandten doch etwas Rücksicht schuldig!«

Irmgard warf einen Blick auf die kleine goldene Uhr auf ihrem Toilettetisch. Es war zehn Minuten vor drei. Bis jetzt hatte sie gedacht, daß Franz seine Drohung nicht wahrmachen würde. Nun zweifelte sie plötzlich daran — es war gleich drei Uhr. Sie stand auf. Gillespie brauchte ihm nur mitzuteilen, daß sie nicht daheim sei, damit war die Sache abgetan. Sie machte einen Schritt zur Tür, dann stockte sie. Es wäre zu unfreundlich. Sie mußte selbst hinausgehen und ihn auffordern, diese Belästigungen einzustellen. Sie hatte keine Lust, ihn zu treffen. Sein Brief war eine Frechheit. Sie wollte ihm gehörig ihre Meinung sagen.

Warum sie plötzlich am ganzen Körper zitterte, konnte sie sich selbst nicht erklären. Sie schaute durch das halboffene Fenster. Es war einer jener trügerisch warmen Tage, wie es sie in Süd-Pennsylvanien immer wieder gibt, mit ihrem falschen Versprechen, obwohl der Frühling noch in weiter Ferne liegt. Es war mild, fast balsamisch an diesem Sonntagnachmittag. Eine sanfte Brise wehte, und die Spatzen zwitscherten hoffnungsvoll in den kahlen Bäumen. Rötliches Licht lag auf dem Dachvorsprung, der bis zu Irmgards Zimmer reichte, und dieses Licht auf dem dunklen Schiefer war es, das Irmgard seltsam erregte und ihr fast den Atem benahm. Sie begriff selbst nicht, wie es kam, schnell holte sie das neue dunkelgrüne Tuchkleid aus dem Schrank. Sie knöpfte es mit kalten, zitternden Fingern zu; das Leibchen, das am Hals durch eine Krause aus echter Spitze aufgehellt war, umschloß eng die schöne Brust und die zarte Taille. Die kurze Jacke mit dem schwarzen Astrachankragen und dem Muff — Geschenke von Mrs. Schmidt, die sie trotz ihres Wehrens annehmen mußte — war dazu abgestimmt, und ebenso der neue grüne Hut mit den Schleifen unter dem Kinn.

Sie schaute in den Spiegel und errötete vor Vergnügen über den eigenen Anblick. Zum ersten Mal in ihrem Leben benahm sie sich wie eine richtige Frau, sie lächelte ihrem Bild zu, wiegte sich in einem Anflug von Koketterie, ja, sie griff nach einem Flakon feinen Parfüms, das ihr Tina gegeben hatte, und betupfte Ohren und Hals mit dem Stöpsel. Sie schämte sich sehr.

Über die Dienertreppe verließ sie das Haus, ihre Knie wankten ein wenig, und sie schlenderte traumverloren durch die Allee, in einem Gefühl des Unwirklichen, das noch durch das ungewöhnlich warme Wetter vertieft wurde. Was fiel ihr eigentlich ein, das war doch Unsinn, was sie da trieb! Sie wollte Franz Stössel gar nicht sehen, sie brauchte Gillespie nur zu verständigen ... Aber sie ging weiter mit glühendem Gesicht und gefühllosen Beinen.

Als sie zur Straßenkreuzung kam, war weit und breit niemand zu sehen, außer drei Kindern, die auf dem Bürgersteig spielten. Kein Laut war zu hören als der Wind und die tschilpenden Spatzen. Sie schaute in alle Richtungen. In einiger Entfernung stand ein Einspänner, das Pferd zupfte an dem spärlichen Gras des Fahrweges, das war alles. Sonntägliche Stille lag über der Stadt.

Er ist nicht hier, er ist doch nicht gekommen, dachte Irmgard. Er hat vergessen. Er hat überhaupt niemals die Absicht gehabt, herzukommen.

Sie fror plötzlich, die Sonne hatte ihre Wärme verloren, die Luft war ohne Verheißung. Und da stehe ich auf der Straße, sagte sich Irmgard zornig und beschämt, und warte wie ein dummes Dienstmädchen auf einen Mann, der niemals erscheint. Dabei war es Franz durchaus zuzutrauen, daß er sich in einer Hauseinfahrt versteckte und sie von dort beobachtete und sich königlich über ihr Warten und ihre Schmach amüsierte. Ihr Zorn schwoll. Jetzt gehe ich aber, dachte sie. Trotzdem wartete sie noch zehn Minuten. Ein Wagen fuhr vorbei, dessen Insassen mißbilligend das Mädchen musterten, das da allein durch die Straßen schlenderte.

Irgendwo schlug eine Kirchenuhr die halbe Stunde. Sie machte kehrt, blutrot vor Scham und Ärger, lief an dem Einspänner vorbei und hörte plötzlich ihren Namen rufen. Hastig drehte sie sich um. Franz saß auf dem Bock, die Peitsche in der Hand.

Einen schrecklichen Augenblick lang glaubte sie, daß ihr ganzer Körper in einer Flamme der Freude aufloderte, daß ihr Blut dröhnte und sang. Sie sah nichts als sein Gesicht, das von unterdrücktem Lachen zuckte, und seine wissenden Augen. Sie war wie gelähmt.

Dann kehrte ihr Zorn mit erneuter Kraft zurück. Da war er also gesessen, hatte sie beobachtet, hatte gesehen, wie sie nach ihm ausschaute und hatte sie ausgelacht. Alles hatte er in ihrem Gesicht gelesen. Mit übermenschlicher Kraft zwang sie sich weiterzugehen, mit stolz erhobenem Haupt, wortlos, und ihn zu übersehen. Ihre Beine trugen sie kaum, sie hätte weinen können vor Schmerz und Enttäuschung.

Der Wagen folgte ihr, sie hörte die trappenden Hufe, die rollenden Räder und das Peitschenknallen.

»Ich fahre dir nach, weißt du, bis ich dich eingeholt habe!« rief Franz fröhlich.

Sie lief schneller und schneller, der Wagen rumpelte hinter ihr her. Es war lächerlich und peinlich. Sie bog um die Ecke in die Straße, wo das Haus Schmidt stand, aber das Pferd trabte hinter ihr, Franz sang laut, ja, er begann lustig zu pfeifen.

»Ein hübscher Tag für einen Spaziergang!« rief er ihr in ihrer Muttersprache vom hohen Bock aus zu. »Sei nicht albern und bleib stehen. Du weißt, daß ich dich nicht weglasse. Wenn du ins Haus gehst, komme ich dir nach. Willst du einen Skandal provozieren?«

Sie war so wütend, daß sie sich umdrehte, um ihm ihre ganze Verachtung ins Gesicht zu schreien. Aber er sah sie so unbefangen und vergnügt an, daß sie kein Wort herausbrachte. Sie glaubte zu ersticken, die grünen Augen in dem weißen Gesicht schossen Blitze. Er war zu allem fähig. Wenn sie ihm Widerstand leistete, kompromittierte er sie vor ihren Dienstgebern. Die Vorstellung, daß er gewaltsam in das Haus eindringen und dort eine Szene machen könnte, trieb sie zur Weißglut.

»Laß mich in Ruhe!« schrie sie.

Er sah sie ehrlich erstaunt an: »Ja, wolltest du mich nicht treffen?«

»Nein!« schrie sie noch lauter.

Er schien verblüfft, dann aber brach er in lautes Lachen aus: »So eine Schwindlerin!« Er schüttelte, noch immer lachend, den Kopf und schob seinen runden Hut aus der Stirn. Jetzt erst fiel ihr auf, wie elegant er war, in einem sichtlich neuen Rock und dunkelblauer Hose. Auch er hatte sich herausstaffiert für dieses Rendezvous, genau wie sie es getan hatte. Und auch er musterte sie anerkennend:

»Sehr hübsch! Viel zu elegant, um allein spazierenzugehen!«

Er sprang leichtfüßig vom Wagen herunter, zog tief den Hut und verbeugte sich zeremoniell:

»Gnädige Frau, wollen Sie mir die Ehre erweisen, mich auf einer Fahrt zu begleiten?«

Sie bebte noch vor Zorn. Dann aber, plötzlich, ließ sie sich von seinem Lachen anstecken, und aller Ärger war wie weggeblasen.

»Du bist so unverschämt und so verrückt!« sagte sie lachend. Die Freude kehrte zurück, die Freude, die sie bei seinem ersten Anblick durchzuckt hatte. Ich bin ja selbst närrisch, dachte sie, daß ich ihm so deutlich gezeigt habe, wie enttäuscht ich war, das hätte ich wirklich nicht nötig gehabt. Jetzt sitzt er auf dem hohen Roß.

Aber ich werde ihm meinen Standpunkt gründlich klarmachen, beschloß sie und suchte nicht zu analysieren, warum sie dieser Gedanke so erleichterte. Kühl reichte sie ihm die Hand, und er hob sie an seine Lippen. Und plötzlich glaubte sie zu brennen, von der Hand zum Herzen, vom Herzen durch den ganzen Körper raste die Flamme, und ihre Pulse flogen. In tödlicher Scham, verwirrt über den nie gekannten Aufruhr ihrer Sinne, ließ sie sich auf den hohen Tritt heben und auf den Sitz helfen. Ihr schien, als drehe sich das Universum nicht mehr und sie stehe keuchend in seinem Mittelpunkt, hilflos, preisgegeben.

Er setzte sich neben sie und griff nach den Zügeln. Wieder pfiff er leise vor sich hin. Schweigend fuhren sie die Straße entlang; Irmgard rückte von ihm ab, so weit es die schmale Bank erlaubte, und sah starr geradeaus. Sie fühlte die Sonne auf ihren Wangen und staunte, wie heiß sie brannte. Ihr Herz klopfte so laut, daß sie fürchtete, auch er könnte es hören.

Um das drückende Schweigen zu brechen, fragte sie beiläufig: »Und wie geht es meiner Tante und meinem Onkel?«

»Recht gut, außer daß sie sich wundern, warum du sie vernachlässigst.« Er blickte fröhlich über die schwarze Kruppe des Pferdes.

»Ich habe sie nicht vernachlässigt«, antwortete sie langsam. »Aber Mrs. Schmidt ist kränklich und braucht mich ständig.«

Er äußerte sich nicht. Aber sie wußte genau, daß ihm klar war, warum sie die Mulberry Street mied, und das verdroß sie noch mehr. Dumm war sie gewesen. Sie hätte ihre Tante regelmäßig besuchen müssen, um Franz zu beweisen, wie wenig sie seine Anwesenheit im Haus berührte. Alles, was ich getan habe, hat sein Selbstbewußtsein nur gehoben, dachte sie ärgerlich, er stellt sich vor, daß ich ihm aus dem Weg gehe, weil er Eindruck auf mich macht.

»Am nächsten Donnerstag werde ich Tante Emmi besuchen«, murmelte sie.

Er sprach noch immer nicht. Sie wagte ihn nicht anzuschauen, aber ihr Blick fiel auf seine Hände, die stark, schön und brutal waren, Hände, die auch trotz heftigen Schrubbens die Spuren der harten Arbeit trugen. Sie wollte wegschauen, aber sie konnte es nicht. Die Hände faszinierten, hypnotisierten sie. Wieder lief ihr Blut schneller, und eine nie gekannte Sehnsucht erwachte in ihr, die ihr die Schamröte in die Wangen trieb. Ihre Lider brannten, als hätte sie geweint.

Sie fuhren durch fast menschenleere Straßen in einem Schweigen, das sie verband wie eine körperliche Berührung. Über eine halbe Stunde ging es so dahin, bis sie die letzten Häuser am Stadtrand erreichten. Der kurze Wintertag schien im Zwielicht zu vergehen. Der Wind wurde frischer und kühler. In schnellem Trab fuhren sie hinaus auf das flache Land, aus der Ferne heulte klagend ein Zug auf, und in den Ästen zwitscherten die Spatzen.

Irmgard fühlte den kalten Wind auf den Wangen, einen Wind, der den falschen Frühling Lügen strafte: Es gab keinen Zweifel — der Winter stand vor der Tür. Tiefe Trauer senkte sich in ihr Herz, eine Hoffnungslosigkeit, die wie mit Bleigewichten auf ihrer Brust lastete, zu schwer, um atmen zu können, zu geheimnisvoll, um analysiert zu werden.

Dann sagte Franz milde: »Du siehst nicht glücklich aus, Kusine.«

»Ich bin sehr glücklich«, antwortete sie, aber es klang nicht aufrichtig. Sie fühlte, wie er sie forschend betrachtete.

»Wenn das Glück sein soll, dann habe ich niemals Kummer gesehen«, meinte er.

Sie errötete vor Ärger über seine Ungezogenheit. Was ging ihn das an?

»Ich habe das Haus oft beobachtet«, fuhr er fort. »Eine Gruft. Mit Leichen statt Menschen als Bewohnern, nehme ich an. Wie könnten sie es sonst in diesen Katakomben aushalten?«

»Das ist nicht wahr«, widersprach sie indigniert. Ihre Schwermut verging und machte richtigem Ärger Platz. »Es sind liebenswerte Leute, die sehr gut zu mir sind.«

»Ha!« rief er höhnisch. »Ich habe genug von ihnen gehört. Eine altjüngferliche Tochter, ein verkrüppelter, debiler Sohn — das erzählt man sich in den Werken. Und die Frau Gemahlin ist voll von Gebresten, seit Jahren. Schmidt schaut sie niemals an; wahrscheinlich aus guten Gründen.«

Erst viel später sollte sie erkennen, daß er sie geschickt über die Verhältnisse im Herrenhaus ausfragte und daß er mit seinen beiläufig hingeworfenen Bemerkungen einen ganz bestimmten, höchst egoistischen Zweck verfolgte. Zu ihrem Glück wußte sie es im Augenblick noch nicht.

»Miß Tina ist nicht alt«, erklärte sie energisch. »Sie sieht viel jünger aus, sie ist hübsch und hat ein gutes Herz. Die Mutter kränkelt seit langem, aber jetzt befindet sie sich auf dem Weg der Besserung, kein Zweifel. Und Baldo ist nicht debil; er ist wohl körperlich behindert, leider, aber geistig auf der Höhe, begabt, gebildet, ein feiner Mensch. Er spielt wunderbar Klavier und er malt; er hat mich porträtiert.«

Sie verstummte, denn das Gesicht ihres Vetters war plötzlich hart und böse geworden, seine Augen verengten sich zu schmalen Schlitzen. »So, der Krüppel ist also doch ein Mann?« fragte er hämisch.

Baldos Gesicht stand mit einem Mal vor ihr, die melancholischen, stillen und dabei so lebendigen blauen Augen, voll von alldem, was er ihr nicht zu sagen wagte. Eine heiße Angst befiel sie, aber nicht für sich, sondern für Baldo. Franz las eine Wärme und Teilnahme auf ihren Zügen, deren er sie niemals für fähig gehalten hätte. Er begriff selbst nicht, was ihn so aufbrachte, als hätte man ihm ins Gesicht geschlagen. Er riß an den Zügeln, und das Pferd bäumte sich auf.

»Dein Bild?« sagte er mit beißendem Hohn. »Und was wird das nächste sein? Wirst du mit ihm schlafen? Mit dem Krüppel?«

Irmgard meinte nicht recht gehört zu haben. Sie starrte ihn verständnislos an. So unfaßbar gemein ... »Wie kannst du es wagen?« rief sie. »O du ...!«

Sie glaubte, er würde lachen, und die ganze Sache mit einem Scherz abtun, wie er es sonst tat. Aber seine Augen blieben hart und schimmerten bläulich wie Stahl, als er ihr zuschrie:

»Das paßt dir nicht, was? Nun, ich sage dir, daß mir dein Blick nicht paßt, wenn ich von ihm spreche. Ich bin es, der dir ins Gesicht sagen müßte: Wie kannst du es wagen! Und ihm auch!«

»Du bist widerlich!« Helle Röte bedeckte ihr Gesicht. »Bring mich sofort nach Hause. Wenn du nicht augenblicklich umkehrst, springe ich aus dem Wagen und laufe zu Fuß zurück.«

Langsam, sehr langsam veränderte sich sein Gesicht, wurde weicher, und die Augen begannen zu lächeln.

»Verzeih«, bat er und spielte den Zerknirschten. »Aber der Gedanke, daß sich meine Kusine mit einem Krüppel einlassen könnte, auch in unschuldigster Form, ist mir nicht erträglich. Vielleicht, weil ich selbst so normal bin. Vergib mir meine Aufrichtigkeit, ich bin eben ein gerader Michel.«

»Du bist dein ganzes Leben nicht aufrichtig gewesen«, gab sie böse zurück. »Ich dulde solche Bemerkungen nicht!«

»Ich habe dich um Verzeihung gebeten«, stellte er ruhig fest. »Du bist hart wie Stahl, Irmgard. Und ebenso ohne Gnade. Ich durchschaue dich, glaub mir. Aber warum sollen wir an einem so schönen Tag streiten? Vergessen wir es.«

»Ich kann es nicht vergessen«, sagte sie traurig. Aber sie redete nicht mehr vom Umkehren und Heimbringen. Er freilich hörte aus ihrer Stimme das tiefe Mitgefühl heraus, das sie für den bresthaften Mann empfand, und das reizte ihn tödlich. Trotzdem lächelte er gewinnend, als er sagte:

»Du bist meine Kusine und stehst allein in der Welt. Es ist meine Pflicht, mich um dein Wohlergehen zu kümmern.«

»Du!« zischte sie verächtlich.

»Du tust mir unrecht«, antwortete er gutmütig.

Sie rollten über die schmale Straße durch die einsame Gegend. Rechts ging es steil bergan auf einen niedern Hügel mit einem Friedhof. Die Grabsteine hoben sich gespenstisch gegen den blaßblauen Himmel ab, und die winterlich kahlen Bäume wirkten wie Skelette. Links dehnte sich eine weite Ebene, deren Horizont geisterhaft mit dem Abendhimmel verschwamm. Es hätte Frühling sein können, aber die süßen Töne erschollen nicht, die alle Verheißungen des Frühlings in sich einschließen. Das Jahr erstarb, und die Erde starb mit ihm, braun, still, vergehend.

Sie waren ganz allein, kein Haus weit und breit. Franz stieg aus und streckte ihr die Hand entgegen um ihr aus dem Wagen zu helfen. Sie übersah die Hand, faßte ihren langen Rock und sprang aus dem Wagen. Warum führte er sie hierher, in diese Einsamkeit? Aber sie war zu stolz, um ihn danach zu fragen.

Er sagte: »Ein Seitenweg, ganz nah von hier, führt zu einem Gasthof, dort können wir essen. Aber es wäre nett, ein bißchen spazierenzugehen, Luft zu schöpfen und zu plaudern, solange noch die Sonne scheint. Es ist bestimmt der letzte schöne Tag des Jahres.«

»Ich habe nichts mit dir zu reden«, antwortete sie trotzig und wußte selbst, wie kindisch ihre Worte waren.

Sie schritt vor ihm zum Friedhof hinauf, an dessen Rand eine weiße Bank voll braunen Laubs stand. Er wischte die Blätter mit seinem Taschentuch weg. Irmgard setzte sich nieder, und er nahm neben ihr Platz.

Lange Zeit sprachen sie kein Wort und blickten nur über die Landschaft zu ihren Füßen, aber wieder wurde ihr brennend bewußt, daß ihr Kopf ganz nah seiner breiten, kräftigen Schulter war und daß es nur einer winzigen Bewegung bedurfte, um ihn zu spüren. Sie hatte ihn bis jetzt nur im Arbeitsgewand gesehen und fand, daß es besser zu seiner muskulösen Gestalt paßte als der moderne Anzug, den er jetzt trug. Er hatte seinen schwarzen runden Hut neben sich auf die Bank gelegt und, ohne daß sie es sah, wußte sie, daß der leichte Wind mit seinem hellen Haar spielte.

Sie fühlte seinen kühnen Blick auf ihrem Gesicht ruhen, aber sie tat, als merke sie es nicht. Und sie spürte auch, daß er behutsam näher rückte und daß er sein Haupt zu ihr neigte.

»Niemals noch habe ich Gelegenheit gehabt, so ungestört mit dir zu reden«, begann er. »Ich weiß von deinem Leben in Deutschland nur, was mir meine Mutter erzählt hat.«

»Es gibt nichts zu erzählen«, antwortete sie abweisend und bemühte sich verzweifelt, die Kraft aufzubringen, um von ihm abzurücken und seiner Nähe zu entgehen, die ihren Widerstand so sehr schwächte.

»Nichts? Aber du hast es doch nicht leicht gehabt?«

Sie entsann sich der harten Zeiten auf dem kleinen Bauernhof, der Entbehrungen, der schweren Arbeit, der Monate und Jahre, die eintönig, ohne Höhen und Tiefen, vorübergezogen waren. Niemals mehr konnte das Leben sie ernstlich verletzen, niemand konnte den Wall durchbrechen, den sie eisern, Stein für Stein, zwischen sich und ihren Wünschen aufgebaut hatte. Vielleicht hatte sie die Fähigkeit verloren, glücklich zu sein, vielleicht aber auch die Fähigkeit zu leiden.

»Und dein Vater?« fuhr Franz fort. »Es muß schrecklich für dich gewesen sein.«

Das Leben mit ihrem Vater hatte sie gelehrt, jedem Fanatismus, jedem Ungestüm, jeder irregeleiteten Leidenschaft zu mißtrauen. Sie hatte erfahren, wie tief solche Gefühle die menschliche Seele verwunden können und wie sinnlos sie waren. Sie verachtete sie und fand sie lächerlich. Menschen wie ihr Vater waren brennende Fackeln, die in der ewigen Nacht versprühten, ohne eine Spur zu hinterlassen. Sie leben in großartigen und furchtbaren Halluzinationen, in Visionen, die niemals Wirklichkeit werden. Was hatten sie Gutes vollbracht? Sie handelten ohne Verstand, ohne Logik. Sie hatte ihren Vater sterben gesehen, einsam, verlassen, enttäuscht und hilflos. Nichts hatte er erreicht, nichts vollendet. Er hatte ihrer Mutter nur Leid und Tod gebracht und sich selbst endlose Qualen und Gebrechen nach den Jahren im Gefängnis.

Sie erinnerte sich an die Nacht seines Todes. Sie allein hatte am Lager des abgezehrten Mannes mit den ekstatisch brennenden Augen gewacht, im flackernden Kerzenlicht, traurig und verbittert; ja, sie hatte sogar etwas wie Verachtung für dieses sinnlos vertane Leben empfunden. Mit gefalteten Händen war sie neben ihm gesessen, auf das Unabänderliche wartend, kalt und still, ohne Schmerz, ohne Trauer.

All die Jahre vorher hatte er sie kaum beachtet, er hatte Größeres im Sinn: die Rechte der Menschen und die Freiheit, die am fernen Horizont schimmerte. Die Tochter war nur da gewesen, um Haus und Hof zu führen, die Mahlzeiten zu bereiten, die Kühe zu melken; sie war ein Schatten im Hintergrund, der ihm diente und der ihm des Abends die angeschwollenen Glieder massierte. Seine Träume ließen ihm nicht Zeit, mit Liebe an sie zu denken, mit ihr zu sprechen.

In seiner Todesnacht wurde ihm plötzlich bewußt, daß er eine Tochter hatte. Sie war das einzige, was er hinterließ, alle seine gefährlichen Manuskripte hatte er längst verbrannt, und was er später geschrieben hatte, taugte nichts. Der Traum war verblieben, der Traum von Frieden und Gerechtigkeit, von Heiterkeit und Glück, in einer Welt, wo alle Menschen Brüder waren. Und wenn er jetzt starb, dann starb dieser Traum mit ihm. Die Todesangst war nichts, verglichen mit diesem gräßlichen Gedanken. Er durfte nicht vergebens gelebt haben!

»Liebling«, flüsterte er.

Niemals hatte er Kosenamen gebraucht, und dieses Wort rührte sie zu Tränen.

»Weine nicht«, murmelte er und legte seine durchscheinende Hand auf ihren Arm. »Hör mir zu, Kind, ich habe so wenig Zeit mehr. Niemals habe ich Zeit gehabt! Es war immer für alles zu spät!«

Zum ersten Mal wurde ihr klar, wie schwer er an seinem eigenen Versagen litt.

»Sieh«, keuchte er und zeigte auf die Bücher, die in den Regalen standen. »Darin ist alles, woran ich geglaubt habe. Ich kann dir nichts anderes hinterlassen. Aber lies sie, lies sie immer wieder, du bist nur ein Mädchen, aber du wirst einmal Kinder haben, meine Enkelkinder, und ihnen erzählen, was du da gelesen hast.« Noch einmal flammten die toten Augen auf: »Geh nach Amerika! Meine Enkelkinder sollen in Amerika geboren werden, dort gibt es noch Hoffnung für die Menschen.«

»Ich werde nach Amerika gehen«, versprach sie, und ein Schauer lief ihr über den Rücken. Sie wollte nicht nach Amerika, niemals hatte sie daran gedacht.

Kurz darauf war er gestorben. Und sie hatte das Versprechen erfüllt.

Jetzt, als sie neben Franz saß, lachte sie plötzlich trocken auf. Franz sah sie verwundert an.

»Ich denke an meinen Vater«, sagte sie. Und nach einer Weile: »Er war so verblendet, er steckte voller Hirngespinste ...«

Franz schaute sie scharf an:

»Du bist noch jung, Irmgard. Vergiß deinen Vater, vergiß alles. Du hast ein ganzes Leben vor dir. Wenn du nur etwas mehr Lebensfreude hättest ... Du bist so abgeklärt, du hast kein Blut in den Adern.«

Sie zuckte die Schultern: »Du glaubst soviel zu wissen, Franz. Aber eigentlich verstehst du gar nichts. Ich bin weder passiv noch abgeklärt und schon gar nicht tot. Ich könnte das Leben lieben und alles genießen, was es zu bieten hat. Aber da es mir nicht bestimmt ist und ich keine Gelegenheit habe, die schönen Dinge zu bekommen, verwehre ich mir, nach ihnen zu jammern und unglücklich zu sein.«

Sie hatte sich wohl noch niemals so offen ausgesprochen, und das erschütterte ihn. Sie war so anständig, so jung. Er hatte sie aus simpler Neugier gefragt, und sie hatte sich ihm rückhaltlos erschlossen.

»Hier findest du alle Möglichkeiten«, murmelte er lahm und lachte beschämt.

»Du glaubst das — du?« fragte sie und sah ihn mit den klaren Augen an, die alles durchschauten.

Er lachte, um sich vor diesem Blick zu schützen.

»Mit Vorbehalt, stimmt. Die Möglichkeiten gibt es für die Menschen, die stark genug sind, sie zu ergreifen. Die Schwachen haben freilich nichts zu erwarten.«

»Und du hältst dich für stark genug, alles zu erreichen?«

Jetzt war er in seinem Element. »Ja, ich halte mich für stark genug«, erklärte er überzeugt. »Ich kämpfe darum. Ich kenne meine Fähigkeiten genau. Ich bin intelligent, ich verstehe die Menschen und das Leben. Genie besitze ich nicht, und es wäre Zeit- und Energieverschwendung, deshalb zu jammern. Aber ich weiß, was ich aus meinen Mitmenschen herausholen kann. Ich nütze sie zu meinem eigenen Vorteil aus. Hältst du das für verwerflich?« fragte er lächelnd und zündete sich seine Pfeife an.

Sie antwortete erst nach einer Weile mit einer Gegenfrage: »Und was ist dein Ziel?«

»Geld zu verdienen. Nicht nur so ein bißchen, um gerade durchzukommen, das ist der Wunsch der kleinen Leute, die mit dem Abfall zufrieden sind. Ich will Millionen. Ich will so reich werden, daß ich unangreifbar bin, daß mir niemand schaden kann.«

Sie unterbrach ihn mit höhnischem Triumph: »Aber du fürchtest dich ja!«

Er starrte sie fassungslos an, helle Röte stieg in seine Wangen.

»Natürlich, du fürchtest dich vor dem Leben!« rief sie wieder, wie berauscht von der eigenen Erkenntnis. »Es wäre mir niemals von selbst in den Sinn gekommen, aber du hast dich verraten!«

Sie lachte ihn aus, und das war unerträglich. Aber er wußte, daß sie recht hatte, und das war noch schlimmer. Er grollte ihr, daß sie ihm sein Spiegelbild vorgehalten hatte, zugleich jedoch fühlte er dunkel, daß sie einander nähergekommen waren. Er war menschlicher in ihren Augen geworden, ja, sie empfand sogar etwas wie Mitgefühl für ihn. Aber gerade dieses Mitgefühl brachte ihn auf; er hätte sie am liebsten zornig angefahren.

»Es steckt mehr dahinter, aber du kannst es nicht begreifen«, sagte er gepreßt.

Sie aber blickte ihn nur aufmerksam an. »Ja, es ist mehr als Furcht, ich begreife es. Du haßt die Menschen. Alle.«

Jetzt konnte er wieder lächeln. »Vielleicht. Aber was ist schon liebenswert an unseren Nächsten? Sie sind Bestien im Dschungel, die nur von dem einen Wunsch beseelt sind: einander aufzufressen. Wer das leugnet, ist ein Heuchler. Man hat im Leben nur die Wahl, selbst zu fressen oder gefressen zu werden, das ist oberstes Gesetz. Beileibe keine neue Theorie, glaube mir. Die denkenden Menschen haben das längst erkannt. Und da ich überleben und nicht aufgefressen werden will, werde ich die anderen fressen.«

»Und das mit Vergnügen!« sagte Irmgard verächtlich. »Glaubst du, daß dir Geld Sicherheit verleiht, Franz? Daß du mit Geld gegen alles gefeit bist?«

»Ja«, antwortete er kurz. Erst nach einer Weile sprach er weiter: »Man muß Realist sein. Die alten Männer aus der Bibel waren Realisten. Einer hat gesagt: ›Der Mann, der verachtet wird und einen Sklaven besitzt, ist besser dran als einer, den man ehrt und der am Hungertuch nagt.‹ Und ein anderer: ›Reichtum schafft viele Freunde, aber um den Armen kümmert sich nicht einmal der Nachbar.‹ Und wie weise war der Alte, der erklärte: ›Der Arme wird von allen seinen Brüdern gehaßt, um wieviel mehr von seinen Freunden, die ihn verlassen ...‹ Und das letzte, aber bestimmt nicht das unbedeutendste Wort für mich, willst du es hören? ›Der Reichtum des reichen Mannes ist eine starke Stadt.‹«

Er sprach ungezwungen, ohne zu überlegen und vorzufühlen, wie es sonst seine Art war. Das tat ihm wohl. Sie verstand ihn, wenn sie ihn auch verachtete. Ja, es tat ihm wohl, so wie sich ein Mensch erleichtert fühlt, wenn er ein zu enges Kleid, das ihn einschnürt, oder Schuhe, die ihn zwicken, Gürtel, die beengen, ablegen kann. Es scheint, daß auch ein Skrupelloser zuweilen einen Beichtvater braucht.

»Aber das alles schließt nicht aus, daß du dich fürchtest«, trumpfte Irmgard auf.

Er ärgerte sich nicht, es langweilte ihn nur, obwohl er errötete: »Wie du auf der Furcht herumreitest! Aber vielleicht hast du recht. Jeder fürchtet irgend etwas, und weil wir es fürchten, hassen wir es. Wo gibt es jemanden ohne Angst?«

Nirgends, wollte Irmgard sagen. Aber da fiel ihr plötzlich der Vater ein. Zum ersten Mal wurde ihr bewußt, daß er der einzige Mensch war, der keine Furcht gekannt hatte. Alles hatte er auf sich genommen, um eines Größeren und Stärkeren willen, als er selber war, etwas, das er für unvergänglich, für unzerstörbar hielt, und deshalb hatte er nichts gefürchtet.

»Er war ein Idealist, und alle Idealisten stecken voller Hirngespinste«, sagte Franz.

Irmgard hörte ihn nicht. Sie war in die Erinnerung an ihren Vater versunken, den sie mit einem Male in neuem Licht sah. Er hatte eine Vision gehabt, aber ein Mann mit einer Vision lebt ewig. Sein Leben war wie ein Spiegel, der die Sonne einfängt und in die finstersten und verstecktesten Winkel widerstrahlt, selbst in den Kerker und in den Abgrund der Hölle.

Tränen traten ihr in die Augen, und es waren Tränen, die sie über sich selbst vergoß, weil sie niemals solche Visionen besessen hatte. Sie schaute Franz an, und er schien ihr dürr und blutlos. Wo war die Vision, die ihn zum Menschen machte? Und sie sagte das gleiche, was sie vor langer Zeit zu ihm gesagt hatte: »Du bist leer.«

Diese Leere fand sie traurig und schauerlich zugleich, sie selbst fühlte sie in sich.

Er sah ihr junges Gesicht, so blaß, so schwermütig. Er sah ihre Lippen und ihre Augen. Und er dachte: In der ganzen Welt gibt es niemand anderen für mich als diese Frau. Was auch geschieht, sie muß mir gehören. So zärtlich, so liebevoll wurde sein Blick, daß sie es nicht zu ertragen glaubte.

»Sprich nicht so zu mir, Irmgard«, bat er.

Er berührte sie nicht, aber ihr war, als hätte er sie in die Arme genommen. Eine Woge der Freude überflutete sie.

»Mein Vater wollte, daß ich nach Amerika gehe«, sagte sie, um etwas zu reden, was diese Freude verbarg.

»Glaubte er, daß du hier die Erfüllung seiner Träume finden

würdest?« fragte Franz. Und wenn seine Stimme auch spöttisch klang, so war sie doch voll Wärme. »Gut, daß er selbst niemals hergekommen ist. Amerika ist eine grüne Frucht, die am Baum verfault, ehe sie reift. Gestern wurde es geboren, morgen stirbt es. Die meisten Völker steigen von der Barbarei zur Kultur und Reife auf, entwickeln Kunst und Ideen. Aber Amerika ist von der einen Art Barbarei in die andere hinübergewechselt, wie ein Affe, den man in ein Menschenkleid steckt. Keine Kultur, keine Kunst, keine Idee.«

»Warum bleibst du hier, wenn das deine Meinung ist?« fragte sie mit einem bitteren Gedanken an ihren Vater, der geglaubt hatte, in Amerika wären alle Ideale zu verwirklichen. Ihr war, als trample man mit Stiefeln über sein totes Antlitz.

»Weil in Amerika ein starker Mensch alles erreicht, wonach er strebt. Es ist der dichteste Dschungel, den die Welt jemals gekannt hat.«

»Und du glaubst, daß du stark bist?« fragte sie und erhob sich.

»Ja, ich bin stark«, sagte er ruhig.

Sie gingen nebeneinander den Hügel hinab. Es war jetzt merklich kühler geworden, und die Landschaft lag in blauem Zwielicht da. »Es gibt keinen Frühling in Amerika«, hatte Emmi gesagt. Emil Höller aber hatte an den Frühling in Amerika geglaubt.

XXIV

Sie rollten über die Landstraße, aber das Wetter hatte sich plötzlich verändert. Der Wind verstärkte sich und trieb schwere Wolken vor sich her. Es roch nach Regen, und in wenigen Minuten sank die Temperatur so tief, daß Irmgard vor Kälte zu zittern begann.

»Sollten wir nicht umkehren?« fragte sie und schaute in die trübe Landschaft hinaus. Es war mit einem Mal sehr dunkel geworden, der Wind heulte so stark, daß man nicht einmal den Hufschlag des Pferdes hörte. Dann kam der Regen und prasselte auf das Dach. Der leichte Wagen rumpelte über die schlechte Straße, und Irmgard wurde immer wieder gegen die Schulter ihres Vetters gestoßen. Sie konnte ihn nicht sehen, aber sie hörte seinen Atem in dem winzigen Käfig, der sie umschlossen hielt. Einmal dachte sie: Es würde mir nichts ausmachen, wenn es ewig so weiterginge. Sie schämte sich zutiefst, daß sie zwischen ekstatischer Freude und Furcht schwankte, bis er schließlich — da der Wagen immer heftiger rüttelte — den

Arm um ihre Schultern legte. In einer wohligen Entspannung schloß sie die Augen, sie fühlte sich geborgen und vernahm nichts als den Regen und den ruhigen Atem des Mannes an ihrer Seite.

Endlich blinkte ein Licht vor ihnen auf, sie waren angekommen. Sie wunderte sich, daß breite Bäche über die Erde rannen. Die Bäume bogen sich im Wind, während Irmgard, ihren Hut festhaltend, über die Pfützen springend, in den Gasthof lief. In wenigen Augenblicken war sie tropfnaß geworden, aber lachend rannte sie in das Haus, nachdem sie das Pferd unter einem Vordach versorgt hatten.

Der Gasthof war klein, schäbig und verwahrlost. Irmgard, die sich unbewußt so etwas wie ihre heimatlichen sauberen Wirtsstuben erwartet hatte, licht und gemütlich, war sehr enttäuscht. Es war nichts anderes als eine schmierige Kneipe für Handlungsreisende, die zwischen Nazareth und Windsor unterwegs waren, eine Holzbaracke mit Rissen zwischen den Balken und grob getüncht. Im Saal gab es nur eine große, unappetitliche Theke, einen Ofen und ein paar mit roten Tüchern bedeckte Tische. Daran schloß sich ein klägliches Extrazimmer mit hölzernen Schaukelstühlen, zwei Ledersofas und einem wackeligen Klavier. Eine einzige Gaslampe auf einem entfernten Tisch verbreitete gerade so viel Licht, daß man die gekalkten Wände und eine Vase mit Straußenfedern auf einem Kamin ausnehmen konnte.

Sie hatte einen einzigen Wunsch: Weglaufen! Aber der Wirt, ein mächtiger dicker Mann in Hemdsärmeln und Schürze, kam herein, musterte sie verwundert und führte sie an einen Tisch. Er schaute Irmgard ungeniert ins Gesicht und wischte sich die Hände an der Schürze ab. Zugleich teilte er Franz mit, daß er ihnen kein warmes Abendessen servieren könne, daß er nur Landschinken, Eier, Kaffee und Brot im Haus hätte.

»Ich will wirklich gar nichts«, sagte Irmgard hastig. Aber Franz überhörte ihre Worte und gab seine Bestellung auf.

Anscheinend waren sie die einzigen Gäste. Über die verschmierten, vorhanglosen Fenster strömte der Regen. Irmgard nahm ihren Hut ab und betrachtete unglücklich den verdorbenen Samt. Sie glättete ihr Haar. Franz setzte sich neben sie und lachte über ihren Unmut.

»Ein scheußliches Lokal«, bestätigte er, aber es klang nicht im geringsten entschuldigend. »Man hat es mir empfohlen, aber ich hätte auf der Hut sein sollen!«

Der Wirt schlurfte zum Tisch und brachte ihnen zwei Gläser Bier. Er sprach zu ihnen beiden, aber er schaute nur Irmgard frech ins Gesicht. »Ein schauerlicher Abend. Kein vernünftiger Mensch reist in einem solchen Wetter. Geht's nach Windsor?«

»Nein«, sagte Franz kurz. Der Mann trollte sich. Sie tranken einen Schluck, das Bier war schal, und sie stellten die Gläser angewidert nieder.

»Nur die Deutschen kennen das Geheimnis, ordentliches Bier zu brauen«, meinte Franz.

Irmgard wußte nicht, warum sie sein Ton reizte, doch sie antwortete nicht und preßte die Lippen zusammen. Mir scheint, wir müssen immer streiten, dachte sie, schaute auf und begegnete seinem Blick. Sie lachte nervös, um ihre plötzliche Verlegenheit zu verbergen.

»Ich war noch nie in einem amerikanischen Gasthof«, murmelte sie.

Ihre Wangen waren von dem kurzen Lauf durch Regen und Kälte gerötet, und ihre Augen glänzten in dem trüben Lampenlicht. Franz lächelte. »Du hast nichts versäumt.«

Irmgard wendete ihre Augen mit einiger Mühe von ihm ab und schaute durch das Zimmer. Eine Gänsehaut überlief sie. Die Luft war abgestanden und dumpf und trotz des Feuers sehr kalt. Es roch nach Kerosin und ranzigem Bratenfett. Eine leichte Übelkeit stieg in ihr auf.

»Die Amerikaner haben nicht zu leben gelernt«, sagte Franz.

»In einiger Zeit werden sie es können«, gab Irmgard zurück.

»Nein, das glaube ich nicht. Es fehlt ihnen etwas, im Deutschen nennt man es ›Seele‹. Vielleicht lernen sie besseres Auftreten, vielleicht erwerben sie höhere Bildung, aber die Seele wird ihnen fehlen. Ich habe es gefühlt, und jetzt weiß ich es. Vielleicht deshalb, weil soviel Abschaum aus der Alten Welt hier eingewandert ist. Ein Gemisch sämtlicher plebejischer Rassen Europas.«

»Eingeschlossen die Deutschen«, sagte Irmgard hart. »Denk daran, wie viele, viele Deutsche es hier im Lande gibt.«

Franz lächelte: »Vielleicht besitzt Amerika die Eigenschaft, die Seele der Menschen zu töten und Herdenvieh oder Maschinen aus ihnen zu machen.«

»Dann wäre es am besten, du fährst heim«, sagte Irmgard noch gereizter, »ein so sensibles Seelchen wie du hat in Amerika nichts verloren.«

Der Wirt, der sie in der fremden Sprache reden hörte, war enttäuscht. Das Paar war so ungewöhnlich, so gut aussehend, so elegant, daß er die beiden für eine Lady und einen Gentleman gehalten hatte. Und nun waren sie anscheinend doch nichts anderes als »Ausländer«. Sichtlich verstimmt brachte er den Schinken und die Eier und brummte:

»Ich möchte, daß Sie sofort zahlen.«

Franz musterte den Mann mit seinen kalten blauen Augen. »Ich werde zahlen, wenn wir gegessen haben.«

»Es ist aber üblich«, murrte der Wirt, etwas aus der Fassung gebracht.

»Sie bekommen Ihr Geld nach dem Essen«, wiederholte Franz hartnäckig.

Der Wirt blieb eine Weile stehen, schlurfte dann zu seiner Theke zurück, hinter der er sich verschanzte, und schielte frech zu ihrem Tisch. Verdammte Ausländer! Amerika sollte sie hinausschmeißen. Wenn es nach ihm ginge, dann würde man sie samt und sonders auf Schiffe verladen und zurückschicken, woher sie gekommen waren. Bald wird es so weit sein, daß ein echter Amerikaner in seinem eigenen Land nichts mehr zu reden hat. Unverschämtes, fremdes Pack!

Der Schinken schmeckte versalzen, die Eier waren verbrannt. Irmgard versuchte zu essen, aber sie brachte keinen Bissen hinunter. Franz kostete nur und runzelte die Stirn.

»Die einfachsten Speisen verderben sie«, schimpfte er und klopfte mit dem Glas laut auf die Tischplatte. Der Wirt ließ sich gehörig Zeit, bis er zu ihnen geschlurft kam.

»Was gibt's?« fragte er grob, aber er vermied es, Franz dabei anzuschauen.

»Das Essen ist ungenießbar. Haben Sie nichts Besseres?«

»Was paßt Ihnen daran nicht?«

»Es ist ungenießbar, wie ich schon gesagt habe. Die Lady verträgt es nicht. Wenn Sie nichts anderes haben, dann bringen Sie uns Milch und Brot und Butter.«

»Wählerisch seid ihr, he?« murrte der Mann. »Das anständige amerikanische Essen ist nicht gut genug für euch?«

»Nein, das ist es nicht«, antwortete Franz kühl. Er stützte die Hand auf den Tisch, als wollte er aufspringen. Der Mann sah die Bewegung und trug schnell die Teller hinaus.

»Du bist grob«, tadelte Irmgard.

»Ich weiß, wann ich grob und wann ich liebenswürdig sein muß«, entgegnete Franz lachend. »Ich glaube, darin liegt das Geheimnis des Erfolgs. Bin ich nicht ein helles Köpfchen? Ich habe eine einfache Regel entdeckt.«

»Wenn er uns hinauswirft, dann ist deine Regel weniger gut«, gab sie lächelnd zurück.

»Das wird er nicht tun. Er wird uns statt dessen etwas Anständiges zu essen bringen; ich hoffe es wenigstens.«

Während sie auf Brot und Milch warteten, zündete er seine Pfeife an. Draußen tobte der Sturm, und die Lampe in dem häßlichen, ungemütlichen Raum bewegte sich im Luftzug, der durch das Zimmer strich. Irmgard fand die Stube beklemmend und bedrükkend, aber dies nur im Unterbewußtsein, denn Franz saß neben ihr. Wie ein Gift floß ein leichtes Fieber durch ihre Adern.

»Wenn es genügend Deutsche in Amerika gäbe, dann könnte man hier etwas aufbauen und Amerika zu einem soliden und reichen Land machen«, sinnierte Franz. »Dann würde man sich da wohl fühlen, mit ein bißchen Gemütlichkeit.«

Irmgard schaute ihn groß an. Sie sah ihn mit einem Mal so klar, daß es fast unerträglich wurde.

»Du hast doch nicht das geringste für Gemütlichkeit übrig, Franz«, sagte sie ruhig. »Sie paßt nicht zu dir. Du gehörst nirgends hin, weder nach Amerika noch nach Deutschland. Du bist fremd in beiden Ländern. Ja — ich spüre es: Du bist ein Fremder überall. Es gibt viele Menschen wie dich, die nirgends in der Welt eine Heimat haben. Du hast nur Jagdgründe, da wie dort. Du bist eine Gefahr für jedes Volk, unter dem du lebst.« Sie sprach wie zu sich selbst: »Das hängt nicht mit Rasse und Abstammung zusammen. Menschen wie du gehören keiner Rasse an.«

Sie glaubte, daß er jähzornig auffahren würde, aber statt dessen lächelte er strahlend, als hätte sie etwas bemerkenswert Komisches oder bemerkenswert Wahres gesagt.

Er legte seine Hand auf ihren Arm. »Ich habe dich gern, Kusine. Weil du mich so genau kennst. Es tut mir wohl, daß du aussprichst, was du denkst, und nicht heuchelst und nicht schmeichelst.«

Baldos Worte über Rohlinge und Heuchler, die ihm beide verhaßt waren, fielen ihr ein.

»Aber du gehst über Leichen, und du bist ein Heuchler!« rief sie unbeherrscht aus. Sie versuchte ihre Hand wegzuziehen, doch er hielt sie eisern fest und lächelte noch immer. Härte, aber auch Tücke standen in seinen blauen Augen.

»Du hast doch nicht die Absicht, mich zu bessern?«

»Nein.« Sie entzog ihm ihre Hand.

Er lehnte sich bequem zurück: »Das erleichtert unsere Beziehungen. Du bist anders als meine Mutter, die von klein auf alles an mir ändern wollte. Du bist aus anderem Holz, Gott sei Dank.«

Der Wirt brachte einen Laib schwarzes Brot und einen Topf Milch, den er so hart auf den Tisch stellte, daß er überschwappte.

Er war wütend, er suchte Händel. Irmgard war zusammengezuckt, und er schaute ihr wieder unverschämt ins Gesicht:

»Paßt was nicht, Lady?«

»Alles paßt. Schauen Sie, daß Sie weiterkommen«, sagte Franz scharf und stützte die Hände auf den Tisch wie vorhin.

»Mit wem reden Sie eigentlich, Sie ...«

»Mit Ihnen. Hinaus!«

»Franz«, sagte Irmgard beschwichtigend. Aber die Männer standen einander wie zwei Kampfhähne gegenüber. Der Wirt war es, der schließlich das Feld räumte. »Verdammter Kerl!« sagte er laut.

Franz hatte den Mann besiegt, nun interessierte er ihn nicht mehr. Wieder wandte er seine ganze Aufmerksamkeit seiner Kusine zu. Sie war blaß vor Empörung. Er schenkte erst ihr, dann sich selbst ein Glas Milch ein. »Nein, du bist anders als meine Mutter«, redete er weiter, als wäre nichts geschehen. »Du bist eine Realistin, du nimmst die Dinge, wie sie sind. Obwohl du mich durch und durch kennst, magst du mich.«

Irmgard trank die Milch, sie fühlte sich elend.

Eine Weile aßen sie schweigend, während der Wirt unentwegt zu ihnen glotzte. Dann sagte Franz nachdenklich:

»Ja, wir Deutschen könnten eine Menge für Amerika tun. Aber es besteht eine große Schwierigkeit, die schon Bismarck als wichtigsten politischen Faktor erkannt hat: daß man in Amerika englisch spricht.«

Irmgard war so müde, daß ihr alles gleichgültig wurde. Sie antwortete mechanisch: »Vielleicht. Aber die Amerikaner stellen keine eigene Rasse dar. Sie sind nur ein Volk aus vielen Völkern. Vielleicht liegt darin die größte Hoffnung für die Zukunft.«

Sie stand auf: »Können wir jetzt gehen?«

Draußen wütete der Sturm. Franz trat auf den Wirt zu und legte eine Banknote auf die Theke. »95 Cents«, sagte der Wirt.

»Wofür? Für zwei Gläser Milch und eine Schnitte Brot? Nicht mehr als 25 Cents. Ich bekomme 75 Cents zurück.«

»Sie haben auch Schinken und Eier gehabt und Bier!« schrie der Wirt.

»Der Fraß war ungenießbar, das wissen Sie«, entgegnete Franz, ohne die Stimme zu erheben, und trommelte mit den Fingern auf die Theke: »75 Cents retour, bitte.«

Irmgard glaubte sich nicht mehr auf den Beinen halten zu können. Sie sah, wie der Wirt unter das Pult griff und etwas herausholte, und schrie auf. Aber Franz hatte den Mann schon gepackt, ihm den Arm verdreht und einen kurzen dicken Knüppel entwendet, den er quer durch das Zimmer schleuderte. »75 Cents«, sagte er leise, aber sein Griff war eisern.

Der Wirt gab auf. Er hatte die Kraft des anderen gespürt, er hatte dessen harte Augen gesehen. Also warf er 75 Cents auf die Theke, Franz steckte sie ein und sagte: »Gute Nacht.«

Dann nahm er Irmgard beim Arm und führte sie hinaus in Regen und Wind. Franz lief hinüber zu der Scheune, unter deren Vordach er das Pferd festgebunden hatte. Aber das Pferd war verschwunden, es hatte sich verschreckt losgerissen und war nun samt dem Wagen zweifellos in seinem heimatlichen Stall gelandet.

Franz rannte zum Eingang zurück, wo Irmgard wartete, und rief: »Das Pferd ist durchgebrannt!«

Irmgard schrie auf. »Wir können bei diesem Wetter nicht zu Fuß gehen«, sagte er. »Wir verirren uns bestimmt, außerdem ist es viel zu weit, und die Straßen sind grundlos.«

»Was ist los?« fragte höhnisch der Wirt, der zum Tor gekommen war. Er hatte durch das Fenster genau gesehen, wie sich das Pferd losgemacht hatte und in die Stadt zurückgaloppiert war.

Jetzt war Grobheit oder Arroganz nicht angebracht. Franz ging langsam mit dem Wirt in die Schankstube zurück. »Können Sie uns einen Wagen und ein Pferd borgen oder besorgen?« fragte er.

»Hab' nichts«, antwortete der Wirt hämisch. »Bin nicht reich. Von 25 Cents kann ich nicht reich werden.«

Franz ballte die Faust, beherrschte sich aber: »Wie können wir in die Stadt zurückkommen?«

»Morgen um fünf Uhr früh fährt der Milchwagen vorbei«, sagte der Mann scheinheilig und reinigte die Theke mit minutiöser Sorgfalt.

Franz sah Irmgard fragend an. Sie zitterte vor Kälte.

»Ich muß heute abend zu Hause sein«, murmelte sie.

Der Wirt schaute aus dem Fenster. »Mir scheint, es beginnt zu hageln«, sagte er und schnalzte genießerisch mit der Zunge. »Da watet man knietief durch den Dreck und kommt todkrank heim. Wenn man sich nicht verirrt ...« Er seufzte tief. »Eine Lady schafft das nicht ...«

Franz trommelte auf die Theke. Der Wirt grinste: »Fünf Dollar für die Nacht, für Sie beide. Im vorhinein zu zahlen. Zwei nette zusammenhängende Zimmer oben. Um fünf Uhr kommt der Milchwagen vorbei.«

Franz schaute auf eine Tafel über dem Schanktisch: »Betten, 1 Dollar die Nacht«, las er. Der Wirt sah seinen Blick und feixte:

»Für Sie fünf Dollar«, und wischte dabei emsig über die Theke. »Dazu freies Frühstück. Billig zu diesem Preis«, und er zwinkerte.

Franz wußte immer genau, wann er geschlagen war. So lachte er nur kurz auf, trat zu Irmgard, die schlotternd vor Kälte in der Tür stand. Sie tat ihm sehr leid. Angstvoll schaute sie ihm entgegen.

»Du siehst, wie es ist, Irmgard«, sagte er beschwörend. »Wir können nicht hinaus. Wir müssen bis morgen bleiben.«

»Unmöglich!« rief sie heftig. »Ich muß zurück. Ich habe es versprochen. Wenn du nicht mit mir gehst, dann laufe ich allein nach Nazareth.«

»Sei kein Kindskopf«, redete er ihr zu. »Niemals kommst du in die Stadt. Es sind zehn Meilen, und es beginnt zu schneien. Du verläufst dich rettungslos.«

»Ich kann aber nicht hierbleiben«, klagte sie mit bleichen Lippen und sah Franz an.

Er zuckte die Achseln. »Schön! Ich bin nicht so verrückt, dich zu begleiten. Wenn du unbedingt zu Hause sein mußt, dann geh allein. Ich war nie galant, ich bleibe bis morgen früh.«

Irmgard wankte zur Tür, öffnete sie und sah hinaus in den Hexenkessel. Der Regen peitschte ihr ins Gesicht. Es war hoffnungslos. Sie war weiß wie die Wand, als sie die Tür hinter sich schloß.

»Gut also. Zeigen Sie uns die Zimmer«, sagte Franz zu dem Wirt.

»Fünf Dollar im voraus«, schnarrte der Mann.

Franz legte fünf Dollar auf den Tisch, und der Wirt steckte sie liebenswürdig lächelnd ein. Er kam hinter der Theke hervor, war aber auf gehörige Distanz bedacht. »Wenn mir die Lady und der Gentleman folgen wollen ...«

Er nahm eine Laterne in die Hand und führte seine Gäste die enge Treppe mit den ausgetretenen Stufen hinauf in einen schmalen, dunklen Flur. Von den schmutzigen Wänden hingen die Tapeten in Fetzen herab, es war kalt wie in einer Gruft. Der Wirt stieß eine Türe auf, und sie traten in ein eisiges, muffiges Zimmer. Im dürftigen Licht der Laterne sah Irmgard ein schmales weißes Eisenbett, eine Kommode, einen Stuhl und einen zerrissenen Vorleger auf dem abgetretenen Boden. Es gab eine Feuerstelle mit weißer Asche. Eine noch kleinere Tür führte in eine winzige Kammer ohne Ofen, die ebenso armselig möbliert war wie die größere.

»Hübsch, nicht wahr?« grinste der Wirt und rieb sich die Hände. »Ich nenne sie die Hochzeitszimmer.«

»Und ich nenne sie Schweineställe«, sagte Franz. »Können Sie einheizen?«

»Natürlich, natürlich! Kostet einen Dollar zusätzlich.«

Einen Augenblick glaubte Irmgard erschrocken, daß Franz dem Mann ins Gesicht springen würde. Aber er fand es offensichtlich klüger, nachzugeben, und zog einen Dollar aus der Tasche.

»Ich brauche kein Feuer«, protestierte Irmgard unglücklich.

»Aber ich brauche eines«, sagte Franz kalt. »Ich friere bis ins Mark.«

»Nichts ist so angenehm wie ein gutes Feuer in einer lauschigen Nacht«, bestätigte der Wirt und griff nach einem Kohleneimer. »Die Lady wird es im Nu warm haben.« Und er trollte sich.

»Der Schweinehund!« murmelte Franz, aber ohne Groll. Er lachte, und es klang fast anerkennend. Er trat zu Irmgard, die steif und verzweifelt mitten im Zimmer stand.

»Was soll ich Mrs. Schmidt morgen erzählen?« flüsterte sie mit versagender Stimme. »Wie kann ich noch jemandem in die Augen schauen, nach einer Nacht in diesem Loch mit dir allein?«

»Fürchtest du am Ende, du würdest nun kompromittiert?« fragte er belustigt. »Keine Sorge, es braucht kein Mensch davon zu erfahren. Du erzählst einfach, daß du bei meinen Eltern übernachtet hast, die dich bei diesem gräßlichen Wetter nicht allein weggehen lassen wollten.«

»Die Lügen fließen dir leicht von den Lippen«, sagte sie bitter.

Er zuckte ungeduldig die Achseln: »Sei nicht dumm, Irmgard.«

Der Mann kam mit Holz und Kohlen zurück, und bald prasselte ein Feuer im Ofen. Sie schauten ihm zu, Irmgard starr und steif in Jacke und Hut, die Hände im Muff vergraben. Der Wirt zündete die Öllampe neben dem Bett an und sagte mit gemeinem Augenzwinkern: »Angenehme Träume wünsch' ich!« Beim Hinausgehen warf er Irmgard einen letzten hungrigen Blick zu.

»Ich traue dem Schwein nicht.« Franz ging zur Tür und sperrte sie ab. »So, und jetzt erlaube, daß ich dir aus der Jacke helfe. Wenn wir schon bleiben müssen, dann mach's dir wenigstens bequem.«

Sie ließ ihn widerstrebend gewähren. Ihr Gesicht schimmerte jung und verstört zwischen dem halb gelösten hellen Haar.

Sie rang die Hände. »Es ist entsetzlich. Das überlebe ich nicht, ich schäme mich zu Tode.« Und mit einem verzweifelten Blick: »Was wirst du deiner Mutter sagen?«

»Nichts«, antwortete er unbekümmert. »Ich bin öfter des Nachts nicht daheim.«

Eine jähe Röte schoß ihr in die Wangen, und sie wendete die Augen ab. Er lächelte nachsichtig, und das brachte sie noch mehr in Verlegenheit. Sie setzte sich kerzengerade auf einen Stuhl neben dem Ofen, aber ihre Hände zitterten ein wenig. Er holte einen Sessel aus der Nebenkammer und schob ihn an ihre Seite. Sie begriff nicht, warum er auflachte.

»So ein Gauner! Aber er hat mich schön hineingelegt. Ein schlauer Kerl. Hut ab!«

»Ich finde es gar nicht lustig«, sagte sie ärgerlich und blickte auf das eingesunkene Bett. »Um nichts in der Welt schlafe ich ... da. Bis morgen früh bleibe ich hier sitzen.«

Franz schaute seelenruhig auf seine Uhr: »Erst acht. Es wird sehr unbequem die ganze Nacht auf diesem Stuhl sein. Du kannst auf der Decke liegen, mit meinem Mantel, wenn du willst.«

»Ich bin gerührt über diese Großmut ...« Dann aber: »Im Ernst, was ist mir dir, Franz? Ich habe wenigstens ein Feuer hier, in der Kammer nebenan ist es aber eiskalt!«

»Ich bin nicht so verwöhnt wie du, mein Kind«, lächelte er. »Doch wenn du mildtätig sein willst, dann laß mich hier auf dem Boden vor dem Ofen schlafen.«

»Unmöglich!« rief sie errötend.

»Diese Frauen!« Er schüttelte den Kopf in liebevollem Spott. »Alles muß in Ordnung sein, auch wenn es niemand sieht! Ist es kompromittierender für dich, wenn ich hier vor dem Feuer statt in der Nebenkammer schlafe?«

Sie schwieg, sie wußte nichts zu erwidern. Aber ihr Herz begann laut und schmerzhaft zu pochen. Draußen pfiff der Wind. Mit einem Mal glaubte sie seine Nähe in diesem versperrten, häßlichen Raum nicht ertragen zu können. Er beobachtete sie, und plötzlich waren seine Augen hungrig und wild wie die eines Tiers auf der Lauer. Sie wich seinem Blick aus und senkte den Kopf. Das Feuer wärmte ihre Füße und schien in ihren ganzen Körper aufzusteigen. Ihre Pulse schlugen, sie preßte ihre Hände so fest zusammen, daß ihre Fingernägel die Haut ritzten.

Er kam näher: »Darf ich vor dem Feuer schlafen?«

Sie fuhr zurück: »Natürlich.«

Ihre Angst vor ihm wuchs, aber sie suchte sich selbst zu beruhigen: Es war doch kein fremder Mann, mit dem sie diese Nacht zusammengesperrt war! Es war ihr Vetter Franz; ihre und seine Mutter waren Schwestern gewesen, er war also fast ihr Bruder! Wie konnte sie nur diesem lächerlichen Zufall solche Bedeutung beimessen und ihn so aufbauschen!

Sie zwang sich ein Lächeln ab und schaute ihn an. Und da merkte sie, daß er nicht ihr Vetter war und nicht ihr Bruder. Er war ein Fremder, ein räuberischer Fremder mit brennenden Augen und gierigem Blick. Er berührte sie nicht, aber er schaute sie an, und es war dieser Blick, durchdringend, fordernd, hungrig und gnadenlos, der sie vor Angst erschauern ließ. Ich muß reden, dachte sie wie im Fieber, reden, reden ... Eisige Kälte kroch über ihren Rücken.

»Es wäre schrecklich, wenn es Mrs. Schmidt einfiele, mir einen Wagen nachzuschicken«, murmelte sie.

»Hat sie das vor? Darfst du denn nicht über Nacht ausbleiben?«

Seine Stimme war so ruhig, daß sie aufatmete. Sicher hatte sie sich diesen Blick nur eingebildet. Sie sah Gespenster in ihrer Angst! Wie hätte er sonst so gleichmütig sprechen können!

Sie versuchte ebenso ruhig zu antworten: »Mrs. Schmidt weiß, daß ich abends zurückkommen wollte.« Plötzlich wurde ihr das ganze Ausmaß ihrer schrecklichen Lage bewußt. »Wenn sie mir einen Wagen zu deinen Leuten schickt, dann kann ich das Haus nie mehr betreten! Und deine Mutter! Sie wird draufkommen, daß wir beisammen sind!«

»Muß durchaus nicht sein«, meinte Franz. »Ich habe ihr nicht erzählt, daß ich dich treffe. Wenn der Wagen kommt, wird sie freilich besorgt sein. Hast du keine anderen Bekannten in der Stadt? Niemanden, wo du eine Nacht bleiben könntest?«

»Nein, ich kenne keinen Menschen.« Sie war verzweifelt.

»Dann müssen wir eben hoffen, daß sie keinen Wagen schickt. Und wenn ich es genau überlege, dann wird sie es auch nicht tun. Sie denkt sicher, daß du bei diesem Wetter lieber bei meiner Mutter bleibst.«

Ja, sie versuchte krampfhaft, sich an diese Hoffnung zu klammern. Aber es gelang ihr nicht. Seine Nähe war wie ein verzehrendes Feuer. Ihre Muskeln waren steif, so sehr suchte sie diesem Feuer auszuweichen. Sie sah seine kräftigen Hände, die ruhig auf den Knien lagen, und mußte die Augen schließen vor Scham über den jähen Schmerz, der ihr Herz wie eine Rose des Begehrens erschloß. Sie kämpfte dagegen an. Vergebens. Matt ließ sie ihr Haupt sinken.

Er mußte seine Pfeife angezündet haben, denn sie roch den Rauch. Er saß zum Ofen vorgebeugt und blickte gedankenvoll in die Flammen. Sie seufzte erleichtert auf.

»Und wie geht's dir in der Fabrik?« fragte sie gedämpft.

Er lächelte überrascht: »Ich habe gerade an sie gedacht, Irmgard. Kannst du Gedanken lesen? Ab morgen bin ich zum Assistenten des Direktors bestellt.« Tiefe Befriedigung malte sich auf seinen Zügen.

»Wirklich!« rief sie aus. »Das ist ja großartig! Und sehr schmeichelhaft für dich.«

»Noch nicht genug«, entgegnete er. »Noch lange nicht genug. Ich habe viel höhere Pläne.« Nach einer Pause: »Hast du vor Mr. Schmidt einmal erwähnt, daß du einen Vetter in seinen Werken hast?«

»Nein«, antwortete sie erstaunt. »Ich sehe ihn sehr selten und grüße ihn nur. Ich bin die Angestellte seiner Frau.«

Er drückte den Tabak in die Pfeife und sagte, ohne sie anzuschauen: »Dann, bitte, sag es ihm auch niemals. Es ist zwar nicht wichtig, aber die Dienstgeber stellen nicht gerne Verwandte in ihrem Betrieb ein.«

In ihrer Unschuld ahnte sie den wahren Grund seiner Bitte nicht.

»Ich werde nichts sagen«, versprach sie.

Franz schürte das Feuer, die roten Flammen züngelten. Sie sah sein energisches, hartes Gesicht, seine Vitalität und Kraft. Und wieder erwachte die Angst in ihr, eine Angst, in der ein Gift verborgen schien, etwas, was ihre Nerven vibrieren ließ. In ihren Ohren dröhnte es.

Er setzte sich wieder nieder und fragte nachlässig: »Und die Tochter — Miß Schmidt? Sie soll der Liebling ihres Vaters sein?«

Er vermied ihren Blick, während sie antwortete:

»Ich glaube, sie ist das einzige auf der Welt, das er liebt. Er vergöttert sie.« Sie biß sich auf die Lippen: »Aber ich spreche nicht gern von meiner Herrschaft. Das kommt mir respektlos und indiskret vor. Müssen wir über sie reden?«

Er sagte mit einem unpersönlichen und entwaffnenden Lächeln: »Ich wollte nur wissen, ob du dich im Hause Schmidt wohl fühlst.«

Ihre Nervosität schwand, und sie blickte ihm in die Augen. Sie war kühl und ruhig: »Das glaube ich dir nicht, Franz. Du beschwindelst mich.«

Er lachte gekonnt überrascht: »Du bist mir eine Zynikerin! Kannst du nur Schlechtes von mir glauben, Irmgard?«

»Was sollte ich sonst glauben?« fragte sie fast unhörbar und traurig.

Sie schwiegen. Er betrachtete ihr geneigtes Profil, zog die Stirn in Falten und sagte schließlich: »Ich bin nicht schlecht, ich bin nicht gut. Ich bin nur natürlich, ich bin eben ein Mensch. Warum glaubst du es mir nicht? Warum erkennst du nicht, daß wir uns beide sehr ähneln, daß wir über Gut und Böse stehen?« Und da sie nicht reagierte, fuhr er nachdenklich fort, während sein Blick auf die Pfeife gerichtet war:

»Soll ich dir von mir erzählen, Irmgard? Als Kind hörte ich von nichts anderem als von edlen Gefühlen. Wenn ich einem skrupellosen Fürsten einen Rat geben sollte, wie er sich eine Rasse skrupelloser Maschinenmenschen ohne Gnade, ohne Herz schaffen könnte, dann würde ich ihm vorschlagen, seinen Untertanen von Kindheit an nur edle Gefühle zu predigen. Und dann sollte er diesen Kindern die Welt zeigen, wie sie wirklich ist. Das genügt. Mein Vater und meine Mutter waren nichts als Charakter, Edelmut — das Dümmste, was man sein kann. Was sie mir eintrichtern wollten, stand in krassem Widerspruch zu der Welt, wie ich sie heranwachsend kennenlernte. Sie waren verblendet gewesen. Von allen Seiten sprang mich die harte Wirklichkeit an, der ich wehrlos ausgeliefert war. Ich begann meine Eltern zu hassen, weil sie mich so verwundbar gemacht hatten. Sie hätten mich mit entsprechenden Waffen gegen die Menschheit ausrüsten sollen. Aber sie taten es nicht. Ich war von Wunden übersät. Ich mußte mir schnell einen Schild beschaffen, sonst hätte man mich endgültig vernichtet. Ich schmiedete mir den Schild. Daß er zu stark und schwer wurde, war ihre Schuld und nicht meine. Wenn ein Hummer eine Schere verliert, so sagt man, dann wächst ihm eine neue nach, und die ist stärker und größer als die ursprüngliche. So wuchsen mir Scheren, sie wurden größer und härter, als sie gewesen wären, hätte ich weniger törichte Eltern besessen.«

Irmgard unterbrach ihn, und in ihren jadegrünen Augen blitzte es verächtlich auf: »Es ist sehr bequem, die Eltern zu schelten. Und sehr feig. Man muß eben lernen, allein in der Welt durchzukommen und nicht von andern zu verlangen, daß sie einem alles abnehmen. Ich fürchte, du bist ein Feigling. Das habe ich von Anfang an geahnt. Warum hast du nicht den Mut, auf eigenen Füßen zu stehen und dich für dich selbst verantwortlich zu fühlen? Du hast dich der Wirklichkeit nicht anpassen können, wie es andere tun, und deshalb bist du ein Schwächling.«

Er schaute sie wortlos an. Feuer brannte auf ihrem blassen Gesicht, ihr zerrauftes Haar leuchtete wie gesponnenes Gold im matten Lichtschein. »Warum haßt du mich, Irmgard?« fragte er sanft.

Sie wollte ihm ärgerlich antworten, aber plötzlich konnte sie es nicht. Dich hassen? dröhnte es in ihrem Herzen. Dich hassen?

Er stand auf und ging in dem kleinen Zimmer auf und ab. Sie hörte, wie er zuweilen stehenblieb, aber sie hob den Kopf nicht.

»Warum bist du so gehemmt, Irmgard, so unfrei? Du hast kein Blut, und du willst nicht denken, weil du dich fürchtest. Und mich nennst du Feigling! Du fürchtest dich vor dem Leben, obwohl du überhaupt noch nicht gelebt hast!«

Sie schwieg. »Es ist spät«, sagte er nach einer Weile. »Ich glaube, ich werde doch zu Bett gehen.«

Er blieb hinter ihr stehen und legte seine Hände auf ihre Wangen. Eine Flamme spang in ihr auf, heiß, überwältigend. Sie versuchte dagegen anzukämpfen, aber es gelang ihr nicht. Ihr schien, als antworte jede Fiber ihres Körpers seiner Berührung, wie trockenes Holz der Flamme antwortet. Sie fühlte, wie er sich über sie neigte und einen Kuß auf ihr Haar drückte, und brannte vor Verlangen und zugleich in namenlosem Schmerz.

»Liebste ... meine Geliebte ...«, flüsterte er.

Noch einmal raffte sie sich auf, verzweifelt spürte sie, daß sie den heilsamen Zorn nicht unterdrücken durfte, der sie befiel, sonst war sie verloren. »Du lügst«, flüsterte sie, »du wirst nie jemanden lieben außer dich selbst.«

Er setzte sich neben sie, ergriff ihre Hände und zwang sie, ihn anzuschauen. Nie hatte sie ihn so gesehen, so menschlich, so weich. Er preßte seine Lippen auf ihre Hand, lang, stumm.

Endlich redete er: »Ich liebte dich vom ersten Augenblick an, als ich dich sah. Glaub es mir, Irmgard. Das ist wahr. Wenn ich niemals wieder die Wahrheit spreche, jetzt spreche ich sie. Schau nicht weg, schau mich an, und du wirst sehen, daß ich nicht lüge.«

Sie hob den Kopf und blickte mit einem schwachen Lächeln zu ihm auf. Aber ihr Lächeln schwand. Seine Augen hatten alle Härte, allen Spott verloren, nur ein tiefer Ernst, eine dunkle Trauer standen in dem schönen, männlichen Antlitz. Er spielt mir etwas vor, sagte sie sich verzweifelt, aber sie wußte, daß sie unrecht hatte. Eine goldene Flut strömte durch ihren Körper. Nein, er liebt mich, dachte sie, er liebt mich wirklich, und es schien ihr ein unfaßbares Wunder. Er liebt mich, wie ich ihn liebe, dachte sie mit einem Entzücken, einem Jubel, so stark, daß sie glaubte, vergehen zu müssen. Tränen flossen über ihre blassen Wangen, und sie lächelte ungläubig wie ein Kind.

Er hielt ihre Hand fest und neigte sich über sie:

»Anfangs glaubte ich, daß ich dich hasse. Du hast mich zu gut durchschaut. Und dann wurde mir klar, daß ich einen Menschen brauchte, der alles von mir weiß. Es ist eine Qual, allein zu sein und immer Komödie spielen zu müssen. Vor dir mußte ich nicht spielen. Und es traf mich wie ein Schlag: Ich habe niemals einen Menschen gebraucht, wie ich dich brauche, Irmgard! Meine Liebste ...«

Jetzt wird er mich fragen, ob ich ihn heiraten will, dachte sie selig. Sie würden heiraten und bis ans Ende ihrer Tage beisammen bleiben und einander verstehen. Nichts mehr konnte sie verletzen ...

Ihr kurzes, freudloses Leben schmolz dahin wie dunkles Eis und wurde zu lebendigem Wasser, das über sie hinwegfloß und sprudelte und Glanz und Glück in ihr dürftiges Dasein brachte. Sie blickte ihn an und sah dieses lebendige Wasser in seinen Augen widerscheinen. Ihre Lippen öffneten sich.

Er wußte, was sie dachte, und er würde es immer wissen. Zart streichelte er ihre Hand und spürte ihr Zittern. Einen Augenblick empfand er Scham, und sein Gewissen regte sich. Aber nichts konnte ihn aufhalten, wenn er sich etwas vorgenommen hatte, und niemals bereute er etwas, wenn es geschehen war. Es war noch nicht geschehen, und fast zögerte er, aber seine starke Natur duldete keine Schwäche und kein Schmachten. Ein Mann durfte sich alles leisten, alles verlangen, wozu er die Kraft besaß, das war seine Überzeugung.

Trotzdem fühlte er Mitleid mit ihr. Niemals vorher hatte er Mitleid empfunden, und niemals nachher würde er es empfinden. Auch Mitleid war eine Schwäche.

Sein Weg lag klar vorgezeichnet vor ihm. Niemand durfte ihn aufhalten, auch Irmgard nicht. Deshalb brauchte er sich nicht zu beherrschen, selbst wenn sie sich wehrte. Aber er wußte, daß sie sich nicht wehren würde.

Er küßte leidenschaftlich ihre Hände: »Nur dich will ich, meine Liebste, dich allein ...«

Er hat nicht gesagt, was ich erwartete, aber er meint es, dachte sie. Der Gedanke an ihre Tante schoß ihr durch den Kopf; wie erfreut sie sein würde. Und mit einem Lächeln stammelte sie: »Auch ich, Franz, auch ich will nichts als dich ...«

Ihre mädchenhafte Einfachheit griff ihm ans Herz, ihr Vertrauen, ihre reine Hingabe. Niemals habe ich eine Frau wie sie gekannt, dachte er erstaunt, und neuerlich überkam ihn Scham. Die Frauen, mit denen er zu tun gehabt hatte, waren entweder prüde gewesen oder Huren. Die Huren waren aufrichtig. Er hatte niemals eine Frau gekannt, die keusch und zugleich aufrichtig war, die ihr Herz rückhaltlos darbot. Einen Augenblick dachte er: Ich darf sie nicht berühren! Ich muß weggehen und darf sie niemals mehr wiedersehen. Es wäre ein Verbrechen, wenn ich sie nehme.

Und so erhob er sich und ließ ihre Hand fallen. Sie schaute ihn verständnislos und erstaunt an. Langsam stand auch sie auf, ihr

Gesicht war ernst, ja, feierlich. Sie wartete. Und dann streckte sie einfach die Arme nach ihm aus.

Es sprach für ihn, daß er selbst jetzt noch zögerte, obwohl ihm eine heiße Blutwelle zum Herzen schoß. Es war mehr Mitgefühl als Begehren, als er sie jetzt innig an sich zog. Ja, er wollte sie beschützen, er wollte sie trösten, sie aber hob den Mund zu ihm und lächelte, und in ihren Augen funkelte das Licht.

Er hatte die Absicht, sie zu küssen, wie ein Bruder seine Schwester küßt. Als er sie aber küßte, war alles vergessen. Seine Pläne wurden von dem dunklen brausenden Strom der Leidenschaft weggespült wie totes Laub, aber in einem Blitz seines kalten Verstandes wußte er, daß sie morgen wieder erstehen würden, morgen — aber jetzt war es Nacht, diese eine Nacht.

Sie umschlang ihn, und immer noch war er von ihrer rückhaltlosen Hingabe bestürzt. Er spürte ihren festen, jungen Körper, das Feuer ihrer Lippen. Mit einem heiseren Laut riß er sie an sich.

Er löschte die Lampe, und nun gab es nur mehr Dunkel, schwach erhellt durch das glosende Feuer im Kamin, und dazu den Sturm, der den Regen an die Fenster peitschte.

XXV

Der graue Schein der Morgendämmerung, der durch die trüben Fenster fiel, weckte sie. Irmgard fuhr erschrocken und verstört auf. Franz schlief noch an ihrer Seite, seine Hand lag auf ihren langen blonden Haaren. Sie erschauerte wie unter einem Guß kalten Wassers. Was habe ich getan? Sie fühlte den warmen Atem des Mannes an ihrer Brust, aber er wärmte und tröstete sie nicht. Sie blickte auf das schlummernde Antlitz. Es war das Antlitz eines erschreckend fremden Mannes, der sie zerstört hatte.

Tränen brannten in ihren Augen, und ihr Herz schlug schmerzhaft vor Scham und Reue. Im Morgenlicht sah sie so richtig, wie schäbig, wie widerwärtig das Zimmer war. Das Feuer war ausgegangen, nur kalte Asche lag unter dem Rost. Trostlos knarrten die Jalousien.

Vorbei war die Nacht der ekstatischen Freude, der Leidenschaft, des Glücks, des Selbstvergessens und der Erfüllung. Verloschen der Glanz, der die Erde zu einem Ort der Seligen gewandelt hatte. Vorbei das Mysterium der Liebe. Nichts war geblieben als das tote graue Licht, tote Asche, Scham und Verzweiflung und namenlose Angst.

Mrs. Schmidt hatte einmal diskret von »Frauen, die sich vergessen« gesprochen, und dies im Zusammenhang mit einer früheren Angestellten, die das Haus bei Nacht und Nebel durch den Hintereingang verlassen mußte.

Auch ich vergaß mich, dachte Irmgard voll Abscheu. Ja, sie hatte sich so vergessen, wie sich eben eine Dirne vergaß, und jetzt fror und zitterte sie vor Angst. Sie fürchtete das Erwachen ihres Geliebten, den ersten Blick, mit dem er das Geschehene erfaßte. Das war es, was sie so elend machte. Vielleicht haßte er, verachtete er sie jetzt. Sie haßte ihn nicht, sie haßte nur sich selbst.

Es klopfte laut an der Tür; es war der Wirt, der an der Klinke rüttelte. Sie versteckte sich unter der Decke und antwortete leise.

»Der Milchwagen kommt in einer knappen Stunde, es ist Zeit, Lady. Frühstück ist unten.«

Franz wurde durch das Klopfen geweckt. Er fuhr auf, gähnte, öffnete die Augen und war sofort hellwach. Ruhig schaute er Irmgard an, während sie, die Knie hochgezogen, das Gesicht hinter den Händen verbarg. Nichts erinnerte an die erste Freude, die sie heute erlebt hatte, die erste Erfüllung, den ersten Rausch. Unter seinen Küssen und Umarmungen war sie zum Leben erwacht wie ein dürrer Baum im Winter, der zum erstenmal die Wärme der lebendigen Sonne spürt. Sie hatte nur einen Wunsch gehabt: im Augenblick dieses Glücks zu sterben.

Er zog ihr die Hände vom Gesicht. »Irmgard, mein Liebes. Was hast du? Sieh mich doch an?«

Angstvoll erhob sie die Augen, sie erwartete, Verachtung und lächelnden Spott zu sehen. Aber plötzlich vergaß sie die Scham und Furcht und erinnerte sich nur mehr der warmen Glut, die über ihren kalten Leib gesprüht war, der Geborgenheit und der Ruhe, des Entzückens und der Seligkeit, die sie in seinen Armen gefunden hatte. Sie sank hingegeben an seine Brust, voll Vertrauen, und preßte die Lippen an seinen Hals. Er bedeckte ihr Haar, ihre Wangen, ihr Ohr und ihre Brust mit Küssen.

»Franz«, schluchzte sie, »du darfst mich niemals, niemals verlassen.«

Er antwortete zärtlich, aber mit einem sonderbaren Unterton in der Stimme: »Dich verlassen, mein Liebes, dich verlassen? Nein, niemals, niemals bis ans Ende meiner Tage. Zweifelst du daran?«

Ihre Tränen versiegten, wie ein Kind kuschelte sie sich in seine Arme.

»Selbst wenn du wolltest, daß ich dich verlasse, bleibe ich bei dir«, sagte er, und nun wurde seine Stimme härter. »Wo immer du hingehst, folge ich dir und hole dich zurück. Du gehörst mir. Das habe ich vom ersten Augenblick an gewußt.«

Sie lauschte, und die Freude erwachte von neuem. Sie glaubte ihm. Sie wußte, daß er sie nicht belog.

»Ich würde sterben, wenn du mich verläßt«, flüsterte sie.

»Du wirst nicht sterben, Liebste, du wirst leben. Was auch geschieht, du gehörst mir.«

Sie hob ihr Gesicht und lächelte unter Tränen. Er sah ihre feuchten grünen Augen, das wiedererwachende Leben in dem schönen Gesicht. Plötzlich regte sich sein Gewissen, und um es zu übertönen, überschüttete er sie neuerlich mit Küssen.

»Und ich habe geglaubt, daß ich dich hasse!« rief sie, und ihr glückliches Lachen griff ihm ans Herz. »All die Wochen hab' ich es geglaubt, und dabei war es Liebe. Ist das nicht sonderbar?«

Vorbei die Angst, vorbei der Kummer. Sicher würden sie bald heiraten. Sie würden sich ein Heim schaffen. Ein Heim mit Franz — unfaßbares Glück!

»Und soll ich es Tante Emmi erzählen?« fragte sie endlich.

Er erriet ihre Gedanken. Sein Mund verhärtete sich. Er blickte zu dem schmutzigen Fenster. Dann sagte er: »Jetzt noch nicht, Liebste. Es gibt noch einige Dinge zu regeln. Ich muß erst sicher sein, daß ich dir wirklich etwas bieten kann ... Nicht lange. Kannst du warten?«

Sie war enttäuscht. Blanke Angst sprach aus ihren Augen: »Franz, ich kann nicht warten!« rief sie. »Ich ertrage es nicht!«

Er griff nach ihren Händen und schaute sie eindringlich mit seinen harten blauen Augen an.

»Irmgard, du darfst nicht in Hysterie verfallen. Ich habe dir gesagt, daß ich heute oder morgen Assistent des Direktors werden soll. Ich muß mich erst einarbeiten, fest im Sattel sitzen. Ich will nicht, daß du ein Leben wie meine Eltern führst, oder wie andere ... Ich will nur dein Bestes!«

»Ich will aber nur dich!« flüsterte sie unglücklich, und wieder flossen Tränen über ihre Wangen. »Ich bin an Entbehrungen, an Unsicherheit, an Arbeit gewöhnt. Das zählt alles nicht, wenn wir nur beieinander sind. Ich weiß es. Ich bin keine Romantikerin, ich bin durch eine harte Schule gegangen.«

Er spielte lächelnd mit ihrem Haar: »Ich wiederhole dir: Es ist zu deinem Besten. Vertrau mir doch, mein Einziges, versteh mich!«

»Ich muß dich wohl verstehen«, sagte sie nach einer Weile fast unhörbar.

Er preßte seine Lippen wieder auf ihre nackte Schulter: »Ich will alles für dich: Komfort, Sicherheit, Wohlstand, ja, Luxus, Glück. Nur mit Geld kann ich das kaufen. Ich verspreche dir alles. Jetzt aber stehe ich mit leeren Händen da, ich würde dich in ein armseliges Leben zwingen, und das erträgt mein Stolz nicht. Ich will nicht, daß wir, wie so viele andere, mürrisch und verdrossen werden, weil uns die täglichen Sorgen zu Boden drücken, ich will nicht, daß es zu Ärgernissen zwischen uns kommt, die unsere Liebe zerstören. Wenn wir glücklich sein wollen, dann muß ich noch eine Zeitlang frei sein, um Karriere zu machen — und das für dich, mein Liebstes.«

Seine Augen wurden hart, und seine Stimme bekam einen drohenden Klang: »Für dich will ich arbeiten, vergiß das nicht — und merk dir, daß ich dir niemals erlaube, mich zu verlassen. Das ist kein Versprechen, sondern eine Warnung.«

Er ging in die Kammer nebenan, in der er nicht geschlafen hatte, und sie hörte, wie er sich in dem blechernen Becken wusch. Auch sie wusch sich schnell, kleidete sich hastig an und betrachtete sich in dem halbblinden Spiegel über dem Waschtisch. Sie sah müde aus, und ihre Augen waren umrandet. Aber zugleich lag ein Ausdruck von weicher Fraulichkeit in den Zügen, den sie früher nicht bemerkt hatte. Sie war glücklich, sie vertraute Franz. Er hatte sie nicht belogen, sie gehörte ihm, und er würde sich niemals von ihr trennen.

Das graue Licht war nun nicht mehr häßlich. Es war ein Versprechen, es versprach den Frühling, den Sommer, es war das starke, leuchtende Versprechen Amerikas. Er kam zu ihr zurück, und sie umarmten sich ein letztes Mal. Dann gingen sie Hand in Hand hinunter. Der Milchwagen stand bereits vor dem Tor, es war zu spät für das Frühstück, und sie stürzten nur schnell eine Tasse heißen Kaffees hinunter. Franz schaute auf die Uhr; es war schon fünf. Er runzelte die Stirn, er würde zu spät kommen — und das am wichtigsten Morgen seines Lebens.

»Wie lange brauchen Sie, um uns in die Stadt zu fahren?« fragte er den jungen Farmer. Hinter ihm stand der Wirt, der dem Burschen sichtlich einen Tip gegeben hatte, bevor seine Gäste erschienen waren.

»Hängt davon ab«, erklärte der und blinzelte schlau, »wenn ich zwei Dollar bekomme, dann bin ich um acht in der Stadt. Wenn ich fünf bekomme, dann um sieben. Wie Sie wünschen.«

Franz zählte sein Geld. Noch besaß er sechs Dollar. Die Nacht war teuer gewesen. Aber er wehrte sich niemals, wenn die Sache aussichtslos war. »Gut, fünf Dollar.«

»Im voraus!« grinste der Bauer und streckte ihm die schwielige Hand entgegen. Der Wirt nickte schadenfroh.

»Nein«, sagte Franz ruhig, »nicht im voraus. Hier haben Sie zwei Dollar. Wenn Sie pünktlich sind, kriegen Sie die restlichen drei.«

»Fünf Dollar oder acht Uhr!« beharrte der andere.

Franz legte die zwei Dollar auf den Sitz neben den Bauern. »Das ist für Sie«, wiederholte er. »Sie haben die Chance, auch die andern drei zu bekommen.«

Er half Irmgard auf den Wagen und setzte sich neben sie. »Los«, befahl er.

»Ich traue euch Ausländern nicht«, maulte der Bauer. Es war ein sturer Kerl.

»Das trifft sich gut«, antwortete Franz gleichmütig. »Ich traue euch auch nicht. Hebt sich also auf.«

Die Pferde zogen an und fuhren los. Es war sehr kalt am frühen Morgen. Franz schlug seinen Mantel um Irmgard, und sie legte den Kopf an seine Schulter. Der ungefederte Wagen ratterte und rüttelte mit seinen klirrenden Milchkannen, aber sie merkte es nicht, sie schlief vor Erschöpfung ein. Er sah ihren Mund und die Lider mit den langen Wimpern unter dem Tuch, und er hielt sie fest wie ein Kind. Er dachte: Sie darf mich niemals verlassen, ich laufe ihr nach bis ans Ende der Welt.

Eine sonderbare schwarze Kutsche kam ihnen entgegen, verschlossen, auf dem Bock saß ein junger, bärtiger Mann mit asketischem Gesicht und finsterem Blick, an seiner Seite eine pausbäckige junge Frau mit Grübchen in den Wangen. Der Bauer tippte an seine Kappe und grüßte: »Morgen, Mr. Barbour!« Der junge Mann antwortete mit einem steifen Kopfnicken, und die Frau lächelte freundlich. Der Wagen fuhr weiter.

Der Farmer, der seinem Fahrgast nichts nachtrug, plauderte drauflos: »Das war Mr. Barbour, sicher der reichste Mann in der Gegend. Vielleicht im ganzen Staat. Aber er hängt nicht am Geld, der junge Herr. Er hat ein armes Mädel, eine Amish, geheiratet, hier aus diesem Bezirk, und sie wohnen ein Stück weiter oben, wo die nächste Straße abbiegt. Eine gute Farm, vielleicht die beste im Land.«

»Die Amish stammen von Deutschen ab, nicht wahr?« fragte Fanz.

»Ja«, brummte der Mann, »aber für uns sind sie keine Fremden. Nette Leute. Kümmern sich nur um ihre eigenen Dinge, wenn sie auch manchmal ein bißchen sonderbar sind. Anständig, fleißig und bescheiden. Die Mädel hübsch wie aus dem Bilderbuch, auch wenn sie so komische Hauben tragen und nur Männer aus ihren eigenen

Familien heiraten. Die besten Frauenzimmer weit und breit, ja, das sind sie, die nicht immer in die Stadt rennen und das Geld ihrer Männer für Seidenkleider mit Rüschen und sündhafte Schuhe mit Quasten hinausschmeißen. Sie bleiben brav zu Hause und kümmern sich um die Kühe und die Hühner und den Garten und die Kinder. Die Männer sind so tüchtig, daß ihre schlechten Farmen doppelt soviel produzieren als andere in den fruchtbarsten Gegenden. Und sehr fromm, gehen viel in die Kirche, singen Hymnen und halten Bibelstunden ab ...«

Franz wußte, daß sich die Amish nach Jakob Ammann nannten, einem Mennoniten des 17. Jahrhunderts, dessen Vorschriften sie heute noch streng einhielten.

In eine solche Familie hat Barbour geheiratet? »Barbour«, sagte er nachdenklich, »Sie meinen doch nicht Barbour-Bouchard von den Stahl- und Munitionswerken?«

»Doch, Sir. Das sind sie. Aber der junge Barbour will nichts mit ihnen zu tun haben. Man sagt, daß sein Vater bös und schlecht wie der Teufel ist. Der junge Herr ist ganz anders, jeder hier schätzt ihn, sogar die Amish, obwohl er kein Deutscher ist.«

»Er muß ein Narr sein«, bemerkte Franz trocken und drehte sich nach der Kutsche um, die in einem Seitenweg verschwand.

»Das sagen Sie«, der Farmer grinste spöttisch, »aber nicht alle Leute sind aufs Geld versessen, wie ...«

»Wie Sie zum Beispiel«, sagte Franz kühl.

»Sonst nicht«, der Farmer kicherte wieder, »aber der Wirt, Bill, mein Verwandter, hat mich gewarnt. Sie wollten die Rechnung gestern nicht bezahlen. Meinte, ich soll mir das Geld besser im voraus geben lassen.« Er warf einen Blick zur Seite, zu Irmgard. »Ihre Frau ist müde, nicht wahr? Die hübscheste Frau, die ich jemals gesehen habe. Komisch, sie sieht Ihnen ein bißchen ähnlich.«

»Sie ist meine Kusine«, sagte Franz. Wirklich, dachte er, während er das Profil des schlafenden Mädchens betrachtete, wir haben viel Ähnlichkeit. Die gleiche gerade Nase, den gleichen festen Mund, das gleiche energische Kinn. Diese Feststellung vertiefte seine Gefühle für Irmgard noch; der in jedem Mann lebende Narzißmus war sehr stark in ihm entwickelt. Er drückte sie fester an sich, als wollte er sich selbst beschützen. Wir gehören zusammen, dachte er, wir sind füreinander geschaffen. Wir sind in Wirklichkeit eine einzige Person — und lächelnd fügte er in Gedanken hinzu: Diese Person bin ich.

Die Liebe zu ihr schwächte ihn nicht, sie schenkte ihm noch zusätzliche Kraft. Nie würden sie sich trennen, wenn er sie auch niemals heiraten konnte. Das hatte er von Anfang an gewußt. Sie durfte ihn nicht verlassen, obwohl er sie weder ehelichen wollte noch konnte. Eine Ehe wäre blanker Unsinn. Irmgard und er waren über solche lächerliche Förmlichkeiten erhaben. Eines Tages würde er sich vermählen, vielleicht schon bald. Das hatte mit seiner Beziehung zu Irmgard nichts zu tun. Er war überzeugt, daß er ihre Vorurteile besiegen konnte, daß es keine Szenen und keine kleinlichen Vorwürfe geben würde. Niemals darfst du von mir gehen, dachte er und küßte ihre Stirn und ihre Lippen.

Vereinzelte Häuser und schwarze Rauchwolken kündeten die Vororte Nazareths an. Eine Pferdetram ratterte über die Straße.

»Wie weit fahren Sie?« fragte Franz.

»Muß die Milch am Bahnhof abliefern, dann fahre ich, wohin Sie wollen, wenn Sie mir jetzt meine drei Dollar zahlen.«

Franz lachte und gab ihm das Geld. Eine Kirchenuhr in der Ferne schlug sieben. Er war also doch nicht allzu spät dran, obwohl ihm keine Zeit blieb, sich daheim umzuziehen. Bedauernd blickte er auf seinen neuen Anzug und Mantel.

»Bringen Sie mich in die Schmidt-Werke, und dann fahren Sie die Dame nach Hause«, befahl er.

Sie erreichten den baufälligen Bahnhof, und der Farmer lud mit Hilfe einiger Männer die Milchkannen ab. Franz weckte Irmgard vorsichtig, sie richtete sich auf, schaute scheu um sich, ohne zu wissen, was mit ihr geschehen war.

»Wir sind da, Liebste«, sagte er. »In einer halben Stunde kannst du zu Hause sein.«

Irmgard brachte kein Wort heraus. Franz drückte zärtlich ihre Hand. »Auf bald«, flüsterte er.

»Ich habe keinen freien Tag mehr bis Weihnachten«, sagte sie, und ihr Lächeln schwand. Mit tiefem Ernst blickte sie ihn durchdringend an.

»Am Weihnachtsabend selbst? Da kommst du doch zu uns?«

»Ja!« Plötzlich lächelte sie wieder und preßte seine Hand. »Ja, bestimmt, ich komme, Franz.«

»Sicher, meine Liebste?«

»Du ... du denkst nicht schlecht von mir?«

Er antwortete nicht und sah ihr nur gerade in die Augen. Eine warme Welle des Glücks durchrieselte ihren kalten, steifen Körper; sie hätte jubeln können. Hand in Hand saßen sie auf dem unbequemen Wagen, während der Bauer weiter zur Fabrik fuhr. Sie sprachen nichts, sie lächelten nur. Als Franz absprang und durch das Gittertor lief, winkte sie ihm nach. Aber er war schnell verschwunden.

Der Farmer, der nun allein mit der hübschen Frau war, wollte Konversation machen.

»Schaut gut aus, Ihr Gatte, Missis. Einer, der weiß, was er will.« Er kicherte. »Ich mag Männer, die Grips im Schädel haben. Schaut Ihnen ähnlich, Missis.«

Irmgard hörte ihm kaum zu, sie war mit dem unmittelbar bevorstehenden Problem des Heimkommens beschäftigt. Wie konnte sie unbemerkt das Haus betreten? Sie hatte Herzklopfen vor Scham und Verlegenheit. Und das verdrückte Kleid, das zerraufte Haar ... Mit steifen Fingern versuchte sie, sich ein wenig zurechtzumachen. Sie setzte den Hut gerade, dann kletterte sie vom Wagen herunter und rannte durch den Dienereingang ins Haus. Wenn sie nur niemand begegnete! Die ungute Kälte des Flurs sprang sie an, das Gebäude war eine Gruft. Franz hatte recht. Lautlos eilte sie die Treppe hinauf, ohne jemanden zu sehen, obwohl sie Mrs. Flaherty und deren Gehilfinnen in der Küche werken hörte. Und sicher hatte Gillespie schon den Frühstückstisch für Mr. Schmidt gedeckt.

Sie atmete tief auf, als sie ihr Zimmer betrat, das sie so still erwartete. Ja, hier war ihre Zuflucht, ihr Asyl, ihr Heiligtum. Plötzlich strömten Tränen aus ihren Augen, sie warf sich schluchzend auf das Bett, trostlos, verzweifelt. Ihr Gesicht vergrub sie in den reinen weißen Kissen, sie spürte die weiche Decke unter sich. Es war, als wäre sie eben aufgestanden. Das Bett hatte auf sie gewartet!

Endlich raffte sie sich auf und zog sich in fieberhafter Eile aus: Die verstreuten Kleidungsstücke bildeten einen unordentlichen Haufen zu ihren Füßen. Dann rieb sie sich am Waschbecken mit kaltem Wasser ab, schlüpfte in ihr schwarzes Arbeitsgewand und band die weiße Schürze um. Sie bürstete und kämmte ihr Haar und flocht Zöpfe, schaute in den Spiegel und betrachtete ihr blasses Gesicht, in das eine lichte Röte stieg. Dann wandte sie sich schnell um, lief auf Zehenspitzen zu Mrs. Schmidts Tür und trat ins Schlafzimmer. Frances schlief noch friedlich in dem verdunkelten Raum. Leise öffnete Irmgard das Fenster einen Spalt breit und zog die seidene Decke vorsichtig über den nackten Arm der Schlafenden. Dann machte sie sich ans Einheizen. Einen Augenblick blieb sie gedankenverloren im Zimmer stehen.

Bald werde ich das Haus verlassen, dachte sie. Ja, es wird mir leid tun, aber das Bedauern wird mein Glück noch steigern. Vielleicht erlaubt mir Mrs. Schmidt, sie zu besuchen und Franz mitzubringen ... Sie würde dieses traurige und kalte Gebäude verlassen! Freilich, sie hatte dort die einzigen Freunde gefunden, die sie je besessen hatte, Verständnis und Wertschätzung waren ihr zuteil geworden. Aber schließlich war das Haus kein Kerker; Mrs. Schmidt, Tina und Baldo konnten gehen und kommen, wie sie wollten, konnten sie aufsuchen, wann immer es ihnen paßte. Sie brauchten ihr nicht durch Kerkergitter verzweifelt nachzuschauen, sie waren frei.

Dann aber wurde ihr bewußt, daß diese Menschen nicht durch Mauern auf ewig in ihrem Haus eingeschlossen waren, sondern durch ihre eigene Schwäche. Sie brauchten nur das Tor aufzustoßen, und die Welt stand ihnen offen. Aber sie brachten nicht die Kraft auf, das zu tun.

Langsam ging sie in die Küche hinunter, um das Frühstück für Mrs. Schmidt zu holen. Sie hatte die große, luftige Küche gern, den einzigen Raum des Hauses, in den breit und golden das Sonnenlicht fiel. Sie mochte die blanken roten Fliesen, die mächtige verglaste Anrichte, in der, ordentlich gereiht, die Teller, Terrinen und Gläser blinkten. Sauberkeit und Wärme strahlte diese Küche aus, deren Fenster in den Gemüsegarten und zu den Ställen gingen. Mrs. Flaherty zog Petersilie, Majoran, Minze und Schnittlauch in Töpfen, die dicht gedrängt auf den Fensterbrettern standen und deren würziger Duft auch im Winter Garten und Sommer vortäuschte.

Irmgard hatte ein ungutes Gefühl, als sie Mathilda am Frühstückstablett von Mrs. Schmidt hantieren sah, während Mrs. Flaherty mit verschränkten Armen zornrot dabeistand. Niemand bemerkte das Mädchen, die beiden Frauen waren in einen heftigen Wortwechsel begriffen.

»Und ich sage Ihnen, Miß Mathilda, daß sie sofort kommen wird. Sie hat Verwandte in der Stadt und ist über Nacht dort geblieben!«

»Eine Schlampe«, stellte Mathilda befriedigt fest. »Ich hab' immer gewußt, daß sie eine Schlampe ist. Sie kommt nicht zurück. Gut, daß wir sie los sind.«

Irmgard hielt den Atem an. Aber nein, vielleicht war sie zu empfindlich. Wahrscheinlich sprach Mathilda von einem Dienstmädchen, das ausgeblieben war. Vielleicht ... Sie machte ein paar Schritte, Mrs. Flaherty drehte sich um, und an ihrem freudig überraschten Gesicht und der hellen Röte, die in ihre Wangen stieg, erkannte Irmgard, daß man doch von ihr gesprochen hatte.

»Da ist sie ja!« rief sie, »ja, wo haben Sie denn gesteckt, Miß?«

Mathilda war wie vom Schlag gerührt. Ihr vulgäres Gesicht verzog sich vor Wut und Enttäuschung. »Wo sie gewesen ist?« schrie sie mit überkippender Stimme. »Fragen Sie die Person nur! Die arme Lady liegt oben ohne Frühstück, niemand kümmert sich um sie.«

»Das ist eine Lüge«, sagte Irmgard ruhig, »ich bin eben bei ihr gewesen. Sie schläft noch. Ich habe in ihrem Zimmer eingeheizt und gelüftet.« Dann zu Mrs. Flaherty: »Ich glaube, eine Eierspeise und etwas Schinken wird das beste für sie sein, wenn sie aufwacht, bitte. Keinen Kaffee, sondern heiße Schokolade. Sie hat so gut geschlafen, Kaffee schadet ihren Nerven.«

»Ihr Frühstück ist schon fertig!« schrie Mathilda und griff nach dem Tablett. »Schau, daß du weiterkommst, du ... Heute bediene ich die Lady, sie wird froh sein, daß sie endlich etwas zu essen kriegt!«

Irmgard wich einen Schritt zurück, sehr blaß und sehr aufrecht stand sie da. Wenn Mathilda an ihr vorbei wollte, dann mußte sie physische Kraft anwenden, und sie schien durchaus bereit dazu. Aber Mrs. Flaherty schritt ein:

»Laß das Tablett los! Was bildest du dir ein, du aufgeblasene Gans, du?« Sie ballte die Fäuste. »Ein Wort, und ich wische den Boden mit dir auf, du Fetzen! Ja, lauf nur, schwärze mich an — lieber heute als morgen geh' ich aus diesem Haus, aber du, du wirst schwer jemanden finden, der es mit dir aushält!«

Mathilda platzte buchstäblich vor Wut. Da standen sich die beiden Frauen gegenüber, beide dick, untersetzt, knallrot, jeden Moment bereit, aufeinander loszugehen. Es war grotesk, Irmgard fand es fast komisch. Aber sie blieb fest auf ihrem Platz.

Immerhin, der energische Ausbruch von Mrs. Flaherty schüchterte Mathilda ein. Sie war noch zu kurz in Amerika, um gehörig erwidern zu können. Aber die verhaßte Irmgard stammte immerhin aus dem gleichen Land wie sie. Die Augen sprangen der Wirtschafterin fast aus dem Kopf, als sie in deutscher Sprache losgeiferte:

»Ich hab' dich gesehen in der Früh', du Schlampe! Beim Fenster vorbeigeschlichen, den Kopf geduckt, und drauf der schiefe Hut! Wie ein Dieb hereingekrochen, das schlechte Gewissen in Person! Weißt du nicht, daß du in einem anständigen Haus bist?«

»Nein«, antwortete Irmgard, »das wußte ich nicht.«

Mathilda brüllte und machte einen Schritt auf das Mädchen zu, als wollte sie ihr an die Gurgel fahren. Mrs. Flaherty benützte die Gelegenheit, ihr das Tablett aus der Hand zu reißen und es krachend auf die Anrichte zu stellen. Mathilda schrie wie eine Furie. Sie wird mich doch nicht schlagen, dachte Irmgard ungläubig. Aber sie war auf alles gefaßt.

»Schlampe! Hure!« kreischte Mathilda wie von Sinnen, »ich werde es dem Herrn erzählen! Eine Kreatur wie dich duldet er nicht im Haus!«

»Warum nicht?« fragte Irmgard. »Er duldet ja auch Sie!«

Nun wurde es Mrs. Flaherty zu bunt. »Schluß, ihr beiden! Warum könnt ihr nicht englisch reden? Irmgard, bitte richten Sie das Frühstück für oben, es ist Zeit. Ich habe genug Arbeit in der Küche.«

In diesem Augenblick trat Gillespie erwartungsvoll ein. Er hatte draußen das Geschrei gehört und hoffte, zu einer deftigen Rauferei zurechtzukommen. Er hatte allerdings nur Mrs. Flaherty und Mathilda in der Küche vermutet und war nun angenehm überrascht, auch Irmgard dort zu finden, obwohl er über ihr bleiches Gesicht erschrak. »Wie schön!« rief er. »Mathilda hat behauptet, daß Sie die ganze Nacht außer Haus gewesen sind und nicht mehr wiederkommen werden. Es freut mich wirklich, daß Sie wieder da sind, Irmgard.«

Sie lächelte ihn an. »Ich war bei meinen Verwandten, der Sturm war scheußlich, und so bin ich lieber dort geblieben. Ich bin sehr froh, daß Sie mir keinen Wagen geschickt haben und ich niemanden belästigen mußte.«

Sie wartete mit Herzklopfen auf seine Antwort. Aber Gillespie schaute sie nur bewundernd an wie immer und räusperte sich: »Ja, ich wollte Ihnen einen Wagen senden, Miß. Ich selbst habe es Mrs. Schmidt vorgeschlagen, als sich das Wetter so verschlechterte. Aber sie meinte, Sie hätten sich die letzten Wochen so sehr im Haus geplagt, daß sie Ihnen einen langen Abend bei Onkel und Tante gönnen wollte. Hoffentlich haben Sie einen schönen Tag verbracht?«

»O ja«, sagte sie stockend, »einen ... sehr netten Tag.«

Gillespie übersah Mathilda, er schaute nur verliebt das blasse Mädchen an, in dessen Augen ein neues, warmes Licht schimmerte. Wie hübsch sie ist, wie reizend ... Eine Lady, wenn auch nur eine Deutsche. Und so wohlerzogen! Seit Jahren suchte er nach einer solchen Frau ...

Mrs. Flaherty riß ihn unsanft in die Wirklichkeit zurück und erinnerte ihn an das Frühstück für den Herrn. Irmgard ihrerseits machte das Frühstück für die Herrin am Herd zurecht. Mathilda wurde von niemand beachtet, als wäre sie gar nicht vorhanden. Man hörte sie mit ihren hohen Schuhen über die Fliesen stapfen und die Tür heftig hinter sich zuschlagen. Gillespie, der zwischen Speisekammer und Küche beschäftigt war, blieb einen Augenblick stehen und legte nachdenklich den Finger an die Nase.

»Sturmwarnung!« sagte er.

»Können uns auf allerhand gefaßt machen«, bestätigte die Köchin und nickte kräftig mit dem Kopf. Als Gillespie die Küche verlassen hatte, drehte sie sich zu Irmgard und sagte bärbeißig:

»Merk dir's, Mädchen! Die Männer sind gut, solange sie brav auf ihrem Platz bleiben. Darauf müssen die Frauen achten. Laß sie niemals die Oberhand gewinnen, dann sind sie über Ja und Nein draußen, und du bleibst heulend und jammernd am Herd sitzen.«

Irmgard zwang sich zu einem Lächeln. »Ja«, sagte sie.

»Ein so hübsches Ding wie Sie«, fuhr die Köchin fort, »dem rennen alle nach, Sie können sich's aussuchen. Aber lassen Sie sich Zeit! Vernünftig bleiben!«

Irmgard trug das Tablett hinaus. Knapp vor der Tür des Schlafzimmers tauchte im finstern Gang plötzlich ein kleiner, geisterhafter Schatten auf. Es war Baldo.

»Hab' ich Sie erschreckt, Irmgard?« fragte er schüchtern.

»Nein, Sir. Ich fürchte, ich war mit meinen Gedanken abwesend«, antwortete sie mit unsicherer Stimme.

Die Stille war schwer von ungesprochenen Worten. Er schaute zu ihr auf, und in seinem schönen, klaren Gesicht stand stumme Trauer. Seine Augen sahen sie leidenschaftlich forschend an. Dann nickte er ernst mit dem Kopf und ging ruhig den Flur entlang.

XXVI

Inzwischen war Franz Stössel im Werk eingetroffen und hatte alles abgeschaltet, was nicht mit der unmittelbaren Zukunft zusammenhing. Jetzt galt nur die Stunde, die vor ihm lag, und die anderen vielen Stunden, die noch geschlossen, wie in militärischer Formation auf ihn zumarschierten. Er glaubte ihren festen Marschtritt zu hören. Franz besaß den systematischen Verstand der Deutschen, nicht den mechanischen, der ihnen von ihren Feinden angedichtet wird; er nahm erst das eine Ding in Angriff, beendete es, legte es zur Seite, um mit dem nächsten zu beginnen und es ebenso zu erledigen. Irmgard war aus seinen Gedanken geschwunden, als hätte sie niemals existiert. Es zählte nur das Jetzt.

Da er weder Intuition noch Inspiration besaß, studierte er jede Stunde, jede Minute, jede Situation genau, um alle Möglichkeiten für seine Person herauszuholen. Laßt den Fantasten ihre Träume, laßt den Genies ihre Verschrobenheiten — das war nichts für ihn. Ohne glasklare Logik, ohne systematischen Plan und Aufbau, brachte er, der Einfallslose, nichts zustande. Er kannte seine Grenzen genau, er wußte, daß er keine Flügel besaß und nicht in höhere Sphären aufsteigen konnte. Aber er besaß ein Paar feste, nimmermüde Beine, die ihn geradeaus trugen. Er sah keine Regenbogen, sah keine goldenen

Arkaden und keine schimmernd weißen Säulenhallen, er sah nur die harte, unerbittliche Wirklichkeit.

Und er sah, wie man das Ingenium der anderen ausnützen konnte.

Jetzt besaß er Jan Kozaks Geheimnis. Monatelang hatte er dem Kameraden geschmeichelt, hatte ihn mit Lügen, Heuchelei, Schöntun umgarnt und mit einer Herzlichkeit, die so grausam war wie der Tod. Das Geheimnis war von geradezu haarsträubender Einfachheit. Das hätte auch mir selbst einfallen können, dachte Franz. Jan Kozak hatte den Vorgang den Hausfrauen abgeschaut, die das Blech der Pfanne einfetten, bevor sie den Teig darauflegen, damit sich das Backwerk leicht abheben läßt, ohne zu zerbrechen. So schmierte auch er die Gußform mit Pech oder Teer aus, und man konnte die Gußstücke entfernen, ohne sie zu beschädigen oder zu verderben. Die einfachste Sache der Welt! Trotzdem ein genialer Einfall. Dieser bauernschlaue Tölpel, der kaum lesen und schreiben konnte, besaß eben die Intuition, die ihm, Franz, fehlte.

Er hatte Jan alles versprochen. Versprechungen, das wußte er, waren Falschgeld. Es waren glitzernde Münzen, die bald matt und blind wurden. Als Kind hatte er oft kleine Spielmünzen in das Stanniol des Christbaums gewickelt und sich eingebildet, daß sie so kostbar waren, wie sie aussahen. Aber unter ihrer Hülle waren sie wertlos.

Genauso war es mit den Versprechungen. Er hatte ihre Leere mit dem glitzernden Papier der Lüge und Falschheit umwickelt, und Jan hatte sie arglos angenommen, hatte sie für einen Schatz gehalten.

Ein kluger Mann verteilt großzügig seine Versprechungen; sie kosten nichts und verschaffen ihm den Ruf der Freigebigkeit und des Edelmuts, dachte Franz zufrieden. Als Gegenwert erhielt der Skrupellose Macht und Ansehen, wenn er es schlau genug anstellte. Kam die Zeit, da der Betrogene die Münze, den Ring verwerten wollte, dann entdeckte er, daß er Papier und Tand in den Händen hielt. Aber er hatte dem Tausch zugestimmt, es war sein Fehler. Er konnte nur über seine eigene Dummheit fluchen. Seine Augen, sein Wissen, sein Vertrauen hatten ihn betrogen, nicht der Mann, der ihm die falsche Münze zugesteckt hatte.

Nun war Franz bereit, die Stelle anzutreten, die ihm Direktor Dietrich unfaßbarerweise angeboten hatte. Es war ein enormer Schritt vorwärts. Er beschloß, sich nicht umzuziehen, obwohl er zwei Arbeitsanzüge im Werk hatte, sondern direkt zu Dietrich zu gehen. Er hatte alles, was nötig war, erledigt.

Als er die Werkshalle durchquerte, kam er an Tom Harrows Arbeitsplatz vorbei. Tom winkte ihm zu, und Franz blieb unschlüssig stehen. Er brauchte den englischen Freund nicht mehr, aber er setzte automatisch sein gewinnendes Lächeln auf, das er immer praktizierte, das nichts zu bedeuten hatte und jedermann täuschte. Sogar Tom zuweilen. Im übrigen hatte Franz den Kameraden aufrichtig gern.

Tom kam herbeigelaufen, sein langes dunkles Gesicht zuckte aufgeregt. Er mußte etwas Wichtiges mitzuteilen haben. Da aber sah er, daß Franz in seinem Sonntagsanzug steckte, und für einen Augenblick war er von seinem Thema abgelenkt: »Schau mir einer das feine Herrchen an! In dieser Kluft willst du arbeiten?«

»Ich war außer Haus über Nacht und konnte mich nicht mehr umziehen«, sagte Franz leichthin. Er ärgerte sich, er wäre Tom, der bald sein Feind sein mußte, gern aus dem Weg gegangen. Tom war in dem neuen Rang, der neuen Sphäre, in die Franz aufstieg, nicht unterzubringen und nicht zu gebrauchen. Das tat Franz aufrichtig leid, aber für einen Aufwiegler und Störenfried gab es keinen Platz in seinem neuen Leben. Unterwürfigkeit, Gehorsam und scheue Furcht, das waren die Parolen, die jetzt ihrem Verhältnis entsprachen. Tom Harrow besaß diese Tugenden keineswegs, die den Armen, den Gedrückten, den Wehrlosen zukommen. Franz ahnte, daß Tom nicht ungefährlich war; er war eine lodernde Fackel, die das neue Gefüge, das neue System, dem Franz nun angehörte, niederbrennen konnte. Ein Mann wie er mußte entlassen werden. Einen Augenblick sah Franz seinen Liebling, die kleine Mary, vor sich. Nun, dafür hatte er eben hundert andere Marys gerettet. Er nahm sich vor, der Kleinen anonym hundert Dollar zu schicken. Aber es stand fest: Tom mußte fort aus Nazareth, mußte aus der Stadt eliminiert werden, die er gefährdete. Er und sein embryonaler Arbeitnehmerverband!

Tom grinste und zwinkerte: »Bei einer Puppe, he? Ein junger Kumpel hat mit einer nicht genug, was? Aber das ist kein Vorwurf. Ich war auch einmal ein forscher Kerl, bis Dolly gekommen ist ...« Er rieb sein Hanswurstgesicht und wurde wieder ernst. »Schluß, alles zu seiner Zeit. Ich hab' anderes mit dir zu reden.«

Franz fluchte innerlich. Er wollte Tom abschütteln; die alte Animosität, die er bei so vielen Diskussionen mit dem Engländer empfunden hatte, die wie eine verglimmende Glut unter dem Haufen weißer Asche gloste, glühe wieder auf. »Was ist, Tom? Ich hab's eilig. Ich muß meinen Overall holen.«

»Ich werd' bis zu meinem Lebensende in diesem Sch ... betrieb schuften, ich hab' Zeit genug. Ich kann warten.« Er trat an Franz heran, und der Lärm der Halle übertönte seine leise Stimme. »Heute abend haben wir eine Versammlung.«

»Es hat doch geheißen, erst nächste Woche?« Franz wurde ungeduldig, aber er lächelte noch immer. Dieser idiotische Arbeiterbund und das Gewäsch von Streik ... Jetzt mußte er vorsichtig sein!

Tom schüttelte den Kopf und trat noch näher an ihn heran. Sein Gesicht war hart und böse: »Heute oder nie! Du kannst dich niemals auf die ausländischen Kumpel verlassen. Jetzt entlich hab' ich sie in der Hand — wer weiß, wie lange? Heute rufe ich zum Streik auf. Morgen werden diese verdammten Stahlwerke fester geschlossen sein als meine Faust!« Er lachte höhnisch.

Aber Franz war das Lächeln vergangen, er hätte Tom morden können.

»Ist das nicht sehr überstürzt? Werden dir die Männer folgen?«

Tom nickte kurz. »Das werden sie. Jetzt sind sie in der richtigen Verfassung, aufgeputscht. Nächste Woche ist es zu spät, das weiß ich. Heute rufe ich den Streik aus.«

Franz schwieg und ballte die Fäuste in den Taschen. Morgen sollte er den ersten Tag Dienst beim Direktor tun, heute gab es noch Vorbereitungen. Dienst in einer stillgelegten Fabrik? Er mußte den Streik verhindern.

»Wo können wir unter vier Augen sprechen?« fragte er und schaute schnell um sich. »Wir könnten ... hinaus auf den Abort gehen«, schlug Tom vor. In einem plötzlichen Anfall von Humor dachte Franz, daß dort wirklich der geeignete Ort für ein solches Gespräch wäre.

Laut aber sagte er: »Da weiß ich was Besseres! Wart einen Augenblick auf mich.«

Tom ging zu seinem Team zurück, Franz aber machte sich eilends auf den Weg ins Büro des Geschäftsführers. Dietrich schaute ihn schief an, als Franz eintrat, aber bevor er noch den Mund auftun konnte, sagte Franz schnell:

»Herr Dietrich, ich habe nur wenig Zeit. Aber es ist sehr ernst. Tom Harrow ruft heute nacht zum Streik auf.«

Das verkniffene Gesicht des Direktors veränderte sich, er war zu Tode erschrocken, wollte etwas entgegnen, aber Franz schnitt ihm mit einer autoritären Handbewegung, die Dietrich die Zornröte in die Wangen trieb, das Wort ab:

»Lassen Sie mich ausreden, Herr Dietrich. Ich muß die Einzelheiten herausbekommen. Ich beobachte die Arbeiter schon seit längerer Zeit, habe aber nie darüber gesprochen, weil die Sache noch nicht reif war.« Er unterbrach sich. Aus einem Augenwinkel hatte er bemerkt, daß die Tür ins Nebenzimmer nur angelehnt war und daß ein kurzer schwarzer Schatten dahinter stand.

Nun sprach er noch lauter. »Ich trat dem Verband bei.« Dietrich lehnte sich in den Stuhl zurück und hörte mit ausdrucksloser Miene zu, aber seine Hände spielten nervös mit dem Papiermesser.

»Ich trat ihm bei«, wiederholte Franz, »denn ich mußte wissen, was geplant war. Verstehen Sie, Herr Dietrich? Es war nötig. Die Versammlung von heute abend kann unabsehbare Folgen haben. Wir müssen den Streik verhindern, auf welche Weise immer. Deshalb will ich heute noch als Vorabeiter in der Fabrik bleiben, ich darf keinen Verdacht erregen, ich muß der heutigen Versammlung beiwohnen.«

»Gut so«, sagte Dietrich salbungsvoll. »Sie sind ein cleverer junger Mann. Tun Sie, was Sie für richtig halten.« Und nach einer Pause mit spöttisch verzogenem Mund: »Sie lassen sich sehr brauchbar an.«

Hans Schmidt hielt es nicht länger hinter der Tür aus. Mit einem heiseren Wutschrei stürzte er ins Zimmer. Dietrich erhob sich, Franz klappte die Hacken zusammen und stand in strammer, militärischer Haltung da wie ein Soldat beim Befehlsempfang.

»Ein Streik!« rief Hans Schmidt, und seine kleinen Augen funkelten die beiden Männer an. »Was soll der Blödsinn?«

Franz antwortete nicht, das überließ er dem Vorgesetzten. Dietrich berichtete, was ihm Franz mitgeteilt hatte, und der spöttische Zug auf seinem Gesicht vertiefte sich. »Herr Schmidt, ich habe Anlaß zu vermuten, daß die Meldung des ... Stössel auf Wahrheit beruht«, schloß er respektvoll. »Ich habe selbst Gerüchte vernommen ...« Und mit einem sauren Blick auf den jungen Mann fügte er hinzu: »Stössel ist zu gratulieren.«

Aber Schmidt kochte vor Wut. Sein Haar sträubte sich wie der Kamm eines Ebers, und der Schweiß rann über sein fettes, breites Gesicht.

»Nicht möglich!« herrschte er Franz an. »Jetzt ein Streik! Wer hat den Arbeitern diesen Blödsinn in den Kopf gesetzt? Gerade jetzt, da ich endlich einen Staatsauftrag bekommen habe, direkt vom Landtag in Windsor! Mein erster guter Auftrag seit Monaten! Ich dulde es nicht!« Er schnaufte, als müsse er ersticken. »In meiner Fabrik hat noch niemand auch nur einen Augenblick an so etwas gedacht! Der Streik muß verhindert werden!« Er fuchtelte wild mit den Händen in der Luft, als wolle er einen imaginären Feind angreifen.

»Ich werde ihn verhindern, Herr Schmidt«, sagte Franz ruhig.

Schmidt verstummte jäh. Er sah Franz an, als sähe er ihn erst jetzt. Sein Gesicht gewann die alte Farbe wieder.

»Wie?« fragte er kurz.

»Ich werde einen Weg finden«, gab Franz gelassen wie zuvor zurück. »Vielleicht gibt es ein paar Tage Unruhe, aber keinen Streik. Vorbeugend möchte ich in aller Ergebenheit vorschlagen, ein paar Detektive aufzunehmen. In Windsor gibt es ein solches Büro. Die Barbour-Bouchards und die offiziellen Stellen benützen es häufig. Bestellen Sie die Leute womöglich schon für heute abend. Es ist dringend.«

Die drei Männer sahen einander schweigend an. Hans hob die Hand und kaute heftig an seinem Fingernagel, er schien krampfhaft zu überlegen. Dabei ließ er den jungen Mann nicht aus den Augen. Dann, zu Dietrichs grenzenlosem Staunen, begann er plötzlich laut zu lachen. Er schien gänzlich verwandelt.

»Ich kenne Sie«, sagte er mit einem sonderbaren Unterton in seiner heiseren Stimme. »Ich vertraue Ihnen. Ich habe von Anfang an gewußt, daß in Ihnen etwas steckt.« Und zu Dietrich: »Sofort ein Telegramm nach Windsor.« Dann wieder zu Franz: »Ich muß mit Ihnen ein Wort unter vier Augen reden. Aber vorerst gehen Sie zurück in die Fabrik.«

Sonst sagte er nichts. Er war zu Ansehen und Reichtum gelangt, weil er seine Zeit nicht verschwendete, weil er sie nicht mit unnützen Fragereien vergeudete. Er hatte einen sicheren Blick, er wußte, wem er trauen konnte, und diesem jungen Mann traute er. Der Direktor, der vorsichtig und langsam war, der seine Entscheidungen erst nach umständlichen Diskussionen und Überlegungen traf, begriff diese Kürze und diese Entschlußkraft nicht. Auch diesmal nicht.

Aber er schluckte seinen Ärger hinunter und sagte höflich: »Das Telegramm wird sofort abgeschickt.« Und dann, ungehalten: »Gehen Sie, Stössel, worauf warten Sie noch?«

Franz verneigte sich tief, aber nicht vor dem Direktor, sondern vor Schmidt, und verließ das Büro.

Nun konnte es sich Dietrich nicht verkneifen: »Herr Schmidt ... war das nicht etwas voreilig? Hätten wir nicht Details von Stössel verlangen sollen? Mehr herausbekommen ...?«

Schmidt aber verzog den Mund zu einem freudlosen Grinsen. »Dietrich, Sie sind ein ausgezeichneter Mann. Aber Ihr ewiges Zögern ... Bis Sie alles herausgequetscht haben, ist das Malheur schon passiert. Ich weiß, wann man schnell zuschlagen und wann man langsam vorgehen muß.« Er tippte seinem Direktor mit dem dicken Finger auf die schmale Brust: »Deshalb eben bin ich Schmidt, und Sie sind Dietrich.«

Er ging zurück in sein Büro. Obwohl der Gedanke an den Streik wie ein Orkan in seinem Hirn tobte, lächelte er noch immer. Dieser

Stössel! Mit ihm, Schmidt, konnte der Junge rechnen, besonders, da seine eigenen Interessen im Spiel waren. Auf den alten Eber durfte man sich verlassen, auf seine Loyalität, auf seine Unterstützung, denn er zog selbst seinen Profit daraus. Schmidt war Realist. Er lachte glucksend und rieb sich die Hände.

Aus den Essen quollen dicke Rauchwolken, trotzdem lief das Werk nicht auf vollen Touren. Einige Arbeiter brachten die Maschinen in Gang, es würde noch eine Stunde dauern, bis es soweit war. Tom Harrow wartete ungeduldig, auf und ab gehend, die langen Gorillaarme am Rücken gekreuzt, die Hände verschlungen.

Als er Franz kommen sah, rief er ihm aufgebracht entgegen: »Wo steckst du denn, Bursche? Glaubst du, ich habe den ganzen Tag Zeit, hier herumzustehen und zu warten?«

Franz lächelte unbefangen. Aber er wich dem harten und offenen Blick des Engländers aus. Er führte ihn zu den leeren Fässern, die an der Wand standen, und setzte sich. Tom nahm neben ihm Platz. Und dann geschah etwas Seltsames. Ein unerklärlicher Schauer rann Franz über den Rücken, als er Tom so neben sich sitzen sah, und sein Magen verkrampfte sich wie in einer aufsteigenden Übelkeit. Eine innere Stimme sagte ihm: Wenn es nicht gerade er wäre! Franz mußte alles versuchen; er hatte eine letzte kindische Hoffnung.

Ohne dem Kameraden ins Gesicht zu schauen, murmelte er: »Ich meine ... ist es nicht doch etwas verfrüht? Warum der Firma nicht Anträge stellen, Vorschläge machen, gemäßigte natürlich, die sie auch erfüllen kann? Verhandeln ...« Er lächelte den Freund geradezu flehend an.

Toms Gesicht verschloß sich. Er zog ruhig seine Pfeife heraus, stopfte sie und sagte, ohne Franz anzusehen: »Du weißt, daß wir schon Anträge gestellt haben, noch und noch. Die Bastarde haben uns nicht einmal geantwortet. Und das wird diesmal genauso sein.«

Franz aber drängte weiter: »Tom, ich bitte dich, gib mir die Anträge, die Forderungen. Ich werde sie Dietrich persönlich übergeben ...«

Tom blickte ihn so sonderbar an, daß Franz jäh verstummte. »Dietrich«, murmelte Tom, »was hast du mit dem Schurken zu tun?«

»Er ist Deutscher ... Er würde mich vielleicht verstehen«, sagte Franz und fixierte einen imaginären Punkt.

Tom sagte nichts, zog an seiner Pfeife und blies kleine Wolken Rauch in die Luft, die sich mit dem Qualm der Halle vermengten. Franz fuhr eifrig fort: »Sieh, Tom, die Firma hat jetzt den ersten richtigen Auftrag seit Monaten bekommen. Die Arbeiter ... Wir brauchen die Arbeit.«

Tom sprach ruhig, ohne die Stimme zu erheben: »Jede Woche haben wir Anträge gestellt und Gesuche eingebracht. Die letzten am Freitag. Da müssen sie den Auftrag schon gehabt haben. Keine Antwort.« Er hieb sich mit der Faust aufs Knie: »Es hat keinen Sinn. Ich rufe heute abend den Streik aus. Wenn sie vernünftig sind, dann einigen sie sich mit uns.«

»Warum nicht noch eine Woche warten?« bat Franz. »Eine Woche, wenn die Arbeit für den neuen Auftrag auf vollen Touren läuft?«

»Dann ist es zu spät«, sagte Tom schroff. »Dann arbeiten die Kumpel, verdienen ein paar Dollar, und sind zufrieden. Ich sag' dir's: Ein bißchen Geld, ein Stückchen Brot, und sie halten das Maul. Wenn dann die Lieferung fertig ist, stehen sie da und haben keinen Penny erspart; dann können sie wieder hungern.« Nach einer Weile: »Das weißt du genau, Fritzchen.«

Franz senkte den Kopf.

Tom berührte seinen Arm. »Du weißt es«, wiederholte er still. Und lauter: »Wie gut du es weißt!«

Franz wollte antworten, aber er verstummte, als er den Ausdruck auf Toms Gesicht sah. »Siehst du«, nickte Tom, »ich wußte ja, daß du selbst nicht daran glaubst.«

Aber Franz wagte einen letzten Versuch: »Hör mich an, Tom, sei kein Narr! Ich verrate dir was, frag mich nicht, woher ich es weiß, aber es ist wirklich wahr. Ruf den Streik nicht aus, und du wirst keinen Schaden erleiden ...«

Tom rührte sich nicht. Er saß da wie ein Klumpen grauen Steins, auf den dünnen Lippen lag ein sonderbares Lächeln, und die Augen starrten auf den Boden. Franz lief rot an. Zum erstenmal befiel ihn Scham, und er verachtete sich selbst. Er mußte unverzüglich etwas tun, um den Freund zu retten, um ihn zu befreien, denn in diesem Blick lag nicht nur Verstehen, sondern zerstörte Illusion.

»Seien wir vernünftig«, begann er hastig, »wer wird am meisten darunter leiden, Tom? Dolly, Mary, die Zwillinge. Glaubst du, daß du das Recht hast ...«

Tom fuhr so zornig auf, daß Franz zurückwich. Seine Augen funkelten wie glühende Kohlen.

»Meine Kinder! Dolly! Zum Teufel, du Narr, glaubst du, daß sie jetzt die geringste Bedeutung haben? Was ist denn mit all den anderen Frauen und Kindern? In ganz Amerika! In der ganzen verdammten Welt! Ein Mann muß irgendwo beginnen, selbst wenn es im eigenen Heim ...« Seine Stimme brach. »Aber ich spreche gegen eine Wand. Du wirst es niemals begreifen.«

»Bist du denn, zum Teufel, ein Messias, ein Retter der Menschheit auf einsamem Posten?« Nun kam auch Franz in Fahrt. »Glaubst du, daß diese ... diese Tiere sich darum scheren würden, was dir und deinen Kindern passiert? Warum bist du so verrückt?«

Tom stand plötzlich auf, seine Fäuste fielen herab. Er schaute Franz nicht an, er schaute in die Ferne. Er begann zu sprechen, als sähe er einen langen Strom von Gesichtern und Ereignissen, die an ihm vorbeizogen.

»Wenn ich jetzt zu dir rede, dann weiß ich, daß ich Perlen vor die Säue werfe. Ich weiß, daß du ein verdammter Judas bist. Ja! Aber ich muß es dir trotzdem erzählen. Wie es bei euch in Deutschland war, weiß ich nicht. Aber ich weiß, wie es in England zugeht. Ich weiß, wie es in Amerika zugeht. Ich weiß, wie es meiner Mutter und meinem Alten ergangen ist. Mein Alter ...«, er lachte freudlos, aber nicht vorwurfsvoll, nur verstehend, »war Bergarbeiter. Hatte Angst vor dem eigenen Schatten. Sechs Kinder waren wir im Haus. Ich weiß noch, was er uns immer geraten hat: ›Kinder, wenn ihr einen Job habt, dann duckt euch. Haltet's Maul und zieht den Kopf ein!‹«

Tom zog an der Pfeife, dann riß er den großen ruppigen Kopf in die Höhe; er sah jetzt weder grotesk noch komisch aus.

»›Duckt euch, zieht den Kopf ein!‹« schrie er. »Weißt du, was das heißt? Alle Kumpel, überall, auf der ganzen Welt, müssen den blöden Kopf einziehen! Allen Kumpeln auf der ganzen Welt wird es von ihren Vätern eingebleut! Und da hast du sie jetzt, schau sie dir an, geduckt, mit eingezogenem Kopf, den Hintern mit Grundeis, mit herausstehenden Rippen wie alte Mähren ... Wie stumpfes Vieh, scheppernd vor Angst, verhungert ...« Er keuchte, fuhr sich mit einer verzweifelten Geste durch das wollige Haar und sah zu Franz hinunter.

»So war's bei uns zu Hause. Der Alte kam halbtot von der Arbeit heim, schwarz vom Kohlenstaub. Die Alte stand am Herd und braute irgendwas zusammen. In drei Löchern hausten wir und darüber ein Dach, durch das es regnete, und mit Ritzen in den Wänden, durch die der Wind pfiff. Und unsichtbar waren immer die Bosse im Haus, immer hat er uns gepredigt, der Alte: ›Duckt euch!‹ Und wir acht haben uns geduckt, wie es sich gehört, und der Alte saß unter uns und aß die Suppe und ein Stück Brot ...

Früher einmal ist er ein Mann gewesen, so hat's mir meine Mutter erzählt. Ein großer, gesunder Bursche mit roten Wangen. Vom Land, wo er an seinen Liter Milch im Tag, an seinen fetten Schinken und an gute Butter gewöhnt war. Dann ist er ins Bergwerk gegangen. Ich hab' es meiner Mutter nicht glauben können, daß dieses schlotternde Gerippe einmal ganz anders gewesen ist ... Sechs Kinder und nur ein paar Stück Brot. Und Entlassung und Aussperrung, sooft es dem Boß gepaßt hat ..., wenn der Markt schlechter geworden ist. Den Herren war das scheißegal. Wir waren nur Hunde, denen man einen Knochen hinschmeißt, und die darauf warten ...« Er schluckte. »Ich weiß, was Frieren ist, und was es heißt, bloßfüßig auf die Straße zu gehen, was es heißt, Suppe zu schlürfen, wenn der Magen nach Fleisch und Brot und Kartoffeln schreit.« Er unterbrach sich wieder. Erst nach einem langen Schweigen fuhr er fort: »Mein Alter ging vom Land in die Stadt, um sein Glück zu machen. Erst arbeitete er bei der Marine, dann hat er meine Mutter kennengelernt und sie aus dem Dienst geholt. Dann ... sechs Kinder. Er mußte mehr verdienen. Also: Bergwerk. Ich weiß, was das ist«, sagte er unhörbar. »Meine drei älteren Brüder, hübsche Jungen. Nach zwei Jahren Schule mußten sie in die Fabrik, gerade zwölf und dreizehn waren sie alt. Drei sind in drei Jahren gestorben, Schwindsucht von Rauch und Kohlenstaub. Haben ihre Lunge herausgehustet bei uns daheim unter dem löcherigen Dach und bei dem Vater: ›Duckt euch, zieht den Kopf ein!‹«

Tom lachte laut auf. »Sie haben seinen Rat befolgt, sechs Fuß unter der Erde!« Er schien seinen stummen Zuhörer vergessen zu haben. Ein Dröhnen rollte durch das Werk. »Manchmal habe ich die Herren Chefs gesehen, von weitem natürlich. In ihren Kutschen, auf ihren Pferden. Mit blankgeputzten Schuhen, mit Zylinder und weißen Taschentüchern, mit denen sie sich schneuzten, die Bastarde! Ah, ich hätte sie umbringen können! Damals war ich zehn — und schon in der Fabrik.«

Er machte eine lange Pause, als wären die Erinnerungen zu schrecklich, um erzählt zu werden. Dann: »Mein Alter ging im Bergwerk zugrunde mit hundert anderen. Was ist aus den Frauen und Kindern geworden? Sie erhielten den Befehl, das Haus zu verlassen, und sechs Shilling bekamen wir dazu. Das war alles. Wir waren noch drei. Die Mutter ist mit uns zurück nach London gegangen und hat einen Job als Putzfrau gekriegt. Ich war damals zwölf, meine Schwester acht und ein Baby zwei. Ich hab' auf sie aufgepaßt in einer elenden Dachkammer. Wenn es nicht geregnet hat, dann sind wir barfuß hungrig in den Straßen herumgelaufen und haben alte Brotrinden und Knochen zusammengeklaubt. Manchmal haben wir unter Haustoren geschlafen, wenn es geregnet hat, und dann sind die

Bobbies gekommen und haben uns vertrieben und geprügelt. Mutter war abends so müde, daß sie zusammengefallen ist. Sie war nicht älter als Dolly heute, aber ihr Haar war schlohweiß. Ich hab' alle möglichen Jobs gehabt, Fenster geputzt, Aborte gereinigt, und sonst was; manchmal verdiente ich nur einen ganzen Shilling in der Woche.«

Er lachte wieder, und es klang schrecklich. »Am Sonntag, da hat uns Mutter ›an die frische Luft‹ geführt, manchmal. Drei jämmerliche, verhungerte Kinder, in zerrissenen Schuhen, aber sauber gewaschen. Die Alte hat uns fest geschrubbt, wenn sie Zeit hatte. Das Baby hat sie im Arm getragen, und wir sind losgezogen. In die Parks? Nach Kensington, wo die Kinder der Bosse die Blumen betrachten durften? Jesus, nein! Das war nichts für uns. Wir waren nur Herdenvieh aus den Slums. Wir wanderten wie Herdenvieh durch die Straßen. Da sind wir oft bei einem großen Haus vorübergekommen, mit einem Garten, von einer Mauer mit hohen Gittertüren eingeschlossen.«

Er schwieg. Er sah die efeubewachsene Mauer vor sich, die riesigen Gitter, den weichen grünen Rasen, auf dem elegante Damen promenierten. Und weit hinten das braune sonnenbeschienene Haus.

»Eines Sonntags, als die Ratten zu lästig in der Dachkammer wurden, und die Sonne schien, führte uns Mutter hinaus. Wir kamen zu dem Haus. Es war Sommer, sie hatten eine Gartenparty mit Musik und Lachen und feinen Damen in Seidenkleidern und kleinen Hauben und Spitzensonnenschirmen. Elegant, sag' ich dir. Und die Bosse mit den Zylinderhüten und goldenen Spazierstöcken und silbernen Westen und braunen Röcken. Wir haben alles durch das Gitter sehen können. In der Nähe war ein Tisch, und an ihm ein verdammter Bischof oder Vikar, er plaudert mit den Ladys, trinkt und ißt, und die Dienstmädchen flattern herum wie die Spatzen. Es war großartig. Alles so schön und friedlich, und der fette Bischof in seinem schwarzen Habit hofiert die Damen. Allerliebst. Und das Gras ist grün und die Musik so hübsch!

Die Frau in ihren Lumpen, das Baby im Arm, uns beide neben sich, bleibt beim Gitter stehen und schaut hinein. O Gott, o Gott, stöhnt sie, und uns läuft das Wasser im Mund zusammen.«

Franz schaute krampfhaft auf den Steinboden zu seinen Füßen. Sein Ausdruck war unergründlich. Aber er dachte: ›Du Narr, kannst du nicht verstehen, daß du nicht zu ihnen gehörst, weil sie dir überlegen waren? Von hoher Geburt?‹

»Die Diener drüben sehen uns, wie wir uns ans Gitter pressen, und da kommt einer daher, groß, dick, mit einer geblumten Weste, und schreit: ›Haut ab, Diebsgesindel, haut ab!‹ Und meine Alte wimmert: ›Meine Kinder haben Hunger. Nur ein paar Krumen, Mister, um Christi Barmherzigkeit willen!‹ Die Tränen sind ihr über die Wangen gelaufen, und wir Kinder haben zu heulen begonnen vor Angst. Da hat der verdammte Bischof sein Taschentuch zur Nase gehoben, ist indigniert aufgestanden und hat dem Diener gesagt, er soll die Bobbies rufen. Dann ist er mit den feinen Damen ins Haus gegangen.«

Tom ballte die Fäuste. Die gräßliche Szene stand lebendig vor seinen Augen: »Die Bobbies sind gekommen mit ihren Prügeln und haben Mutter weggestoßen und niedergeschlagen. Sie hat geschrien, doch da lag sie schon im Rinnstein, voll Blut, der Bobby hat gebrüllt: ›Das soll dir eine Lehre sein, das nächstemal kommst du in den Kotter!‹ Verflucht ...«

Franz hörte schweigend zu. Immer mehr Männer kamen in die Werkshalle, auf die Plattform und schaufelten Kohle in die schwarzen Schlünde der Hochöfen. Aber Tom merkte und sah nichts davon, er war versunken in seine quälenden Erinnerungen.

»Ich war erst ein kleiner Junge, aber ich hab' mir's geschworen, und es war der Schwur eines Mannes. Ich werde ihn halten, selbst wenn ich unter den Knüppeln der Bobbies krepiere. Ich hab' bald einen Job im Hafen bekommen und konnte der Mutter helfen. Da begann ich zu denken. Mutter hat viel gewußt, sie war nicht auf den Kopf gefallen. Früher hat sie in den großen Häusern gedient und manches gehört. Sie sagte: ›Glaub mir, Junge, die Bosse und die Ladies und die Lords, die ruinieren England. Einmal wird mit ihnen abgerechnet werden, bestimmt!‹ Ich hab' begonnen, in den Slums herumzustreifen und bei den Kumpeln herumzuhorchen, ich hab' mir die Reden im Hyde-Park angehört, und ich hab' Bücher gelesen, wenn ich welche erwischt habe, oder ich hab' sie gestohlen. Und bin draufgekommen, daß die Alte recht gehabt hat; das Volk hat immer gewußt, was gut für das Land war, und das Volk muß mitreden können. Ich hab' alles über Geschichte gelesen und hab' entdeckt, daß die Bosse nur für sich und nicht fürs Land da waren, und daß die Kleinen nie den Lohn erhalten haben, der ihnen zugestanden wäre. Deshalb hab' ich mir geschworen, etwas für sie zu tun.«

Er hatte sich in Hitze geredet. »Begreifst du jetzt, warum wir streiken müssen? Streik ist ja nichts Neues. Es ist der alte Kampf, seit die Welt besteht. Wer regiert die Welt, die Gott für alle Menschen geschaffen hat? Ein paar an der Spitze oder das ganze Volk? Freiheit oder der Knüppel? Das müssen die Menschen in jeder Generation entscheiden. Und jedesmal, wenn sie gewinnen, wächst ihre Kraft.

Jedesmal, wenn sie verlieren, schließt man sie in Ketten. In jeder Generation müssen sie entscheiden, ob sie Menschen oder Sklaven sein wollen. Es hängt ganz allein von ihnen ab.

Schau dir doch Amerika an! Ein neues Land, das sich der Freiheit verschworen hat, in dem alle Möglichkeiten offen sind. Und sind die Bosse deshalb still? Zum Teufel, nein! Niemals werden sie das Maul halten, wenn wir es ihnen nicht zustopfen. Bis jetzt war Amerika ein unabhängiges Land. Aber die Herren fangen auch hier mit ihrem dreckigen Getue an. Auch hier gibt es Großstädte und Fabriken, Gruben und Eisenwerke — ein guter Boden für die Sklaverei. Ganz Amerika muß kämpfen, bis zum allerkleinsten Arbeiter. Jede Schlacht, die wir verlieren, macht die nächste Schlacht härter, und die Bosse stärker. Wenn Amerika dem amerikanischen Volk erhalten bleiben soll, dann muß es alle diese Schlachten gewinnen. Das ist klar wie Stiefelwichs.«

»Bedenk doch, daß nicht alle gleich geboren sind ... Ich hab' dir hundertmal erklärt, daß der Stärkere siegen muß. Das ist ein Naturgesetz.«

Tom explodierte: »Das Volk ist am stärksten, nicht die Bosse! Aber die Menschen wollen ihre Ruhe haben und nichts riskieren und lassen sich die Ohren vollügen, weil ihnen Streitereien unbequem sind. Das Volk hat immer den richtigen Instinkt, und wenn du es nicht glaubst, so bist du ein Narr. Die Industrieherren heuern sich die Geistlichen an, und die helfen ihnen. ›Seid milde‹, sagen sie und nicken mit ihren blöden Köpfen. ›Ertragt eure Leiden mit Geduld. Euer Lohn ist nicht von dieser Welt. Er ist im Himmel. Leidet in Demut!‹ Das ist eine gottverdammte Lüge! Gott hat die Menschen nicht geschaffen, damit sie leiden. Er hat die Erde nicht nur für einige wenige gemacht, sondern für jedermann, denn die Erde ist reich genug, um uns alle zu ernähren und uns allen ein Heim zu schenken. Aber die Bosse, die wollen die Welt für sich allein und dazu ein Heer von Sklaven, von denen sie sich bedienen und die Betten aufschütteln lassen und die ihnen gleich die Huren beistellen! Die ihnen Wein und gutes Essen auf den Tisch bringen. Und weil es Naturgesetze gibt, die das Volk vor den Großmächtigen schützen, wollen sie selbst Gesetze machen, Gesetze zu ihrem Nutzen, die dem Volk den Kopf niederdrücken, wie mein Alter gepredigt hat.«

Schweiß rann über Toms Gesicht, und er ballte die Fäuste: »Sogar den allmächtigen Gott wollen sie einschalten, die Schweine! Sie gehen in die Kirche und schlagen das Kreuz und sagen den Leuten, daß sie der Obrigkeit untertan sein müssen. Aber sie vergessen, daß Jesus ein Mann aus dem Volk war, der die Großen haßte, weil er gewußt hat, was sie sind. Er tut nicht mit, wenn sie das Volk unterdrücken wollen! Und das Volk hat das richtige Gespür und durchschaut ihre verdammten Lügen. Es wird seinen Kampf um Freiheit zu Ende führen!«

Franz versuchte ihm vernünftig zuzureden: »Tom, laß dir von mir selbst erzählen. Meine Familie war arm in Deutschland, aber ich hab' sehr bald herausgefunden, daß jeder selbst daran schuld ist, wenn es ihm schlechtgeht. Jeder ist seines Glückes Schmied. Der eine kann sich durchsetzen und steigt auf, der andere bleibt unten, und er hat es verdient, weil er weder gescheit noch tüchtig war.«

»Nein«, fiel ihm Tom leidenschaftlich ins Wort. »Nein, weil er belogen wurde und alles für bare Münze nahm, was man ihm vorschwindelte! Man hat alles getan, damit die Arbeiter blöd bleiben. Aber wenn du ihnen die Augen öffnest, dann wirst du sehen, wie sie aufwachen. Freilich, du mußt sie wecken! Sie müssen erkennen, daß die Herren nur an sich selbst denken, wenn sie die armen Teufel Syndikalisten und Anarchisten schimpfen!«

Franz gab es auf, seufzend schüttelte er den Kopf.

Tom aber holte tief Atem und wischte sich mit den nackten Armen den Schweiß von der Stirn. Er war erschöpft, doch entschlossener denn je.

»Deshalb rufe ich den Streik aus. Die Menschen sollen nicht verhungern und wie Ratten in Löchern hausen. Wir müssen den Kampf austragen. Es ist nur ein kleines Gefecht im großen, weltweiten Krieg.« Plötzlich schaute er Franz gerade an, und eine kalte Drohung stand in seinen Augen: »Du stehst auf unserer Seite, Fritzchen?«

Franz zuckte die Schultern und stand auf: »Ich hab' dir schon früher mein Versprechen gegeben. Wenn du auf diesem Streik beharrst, dann kann ich nichts dagegen tun. Du bist der Führer.«

Aber er sah Tom Harrow nicht in die Augen. Er dachte: Er hat recht, ich weiß, daß alles richtig ist, was er sagt. Gerade deshalb muß ihm das Handwerk gelegt werden, koste es, was es wolle. Wozu dem Volk die Augen öffnen? Wir können keinen Aufruhr brauchen. Und alle Sympathie für den Freund wandelte sich in Abneigung.

Später, als er sich unbeobachtet glaubte, stahl er sich ins Büro des Chefs, wo er mehr als eine Stunde blieb.

XXVII

Franz kamen die trüben Lichter in der Halle unerträglich grell vor. Das war Einbildung, er wußte es, es war die Fieberglut in ihm selbst, die Toms langes, häßliches Gesicht leuchten und blenden ließ, der oben auf dem Podium stand und zu den Arbeitern redete, die zu seinen Füßen saßen. Die Halle war kalt und dumpf, aber Franz fühlte es feucht über seinen Rücken rinnen, und ein bohrender Schmerz saß in seinem Kopf.

Ein riesiger Mann an Franz' rechter Seite sagte zu seinem jungen Nachbarn: »So, das ist er also? Ein Krakeeler, he? Na, wir werden ihm den Spaß verderben!«

Ohne den Kopf zu bewegen, zischte ihm Franz zu: »Merkt euch, keine Gewalt! Das ist ausgemacht. Ihr dürft ihn nur niederhalten und zur nächsten Polizeistation bringen. Verstanden? Er darf nicht verletzt werden. Wenn dann die Arbeiter morgen ins Werk kommen und streiken wollen, ist ihr Führer verschwunden.«

Der riesige Mann nickte: »Ja, so lautet der Befehl, wir wissen es. ›Festnahme eines Betrunkenen.‹ Wenn er aus dem Knast kommt, dann sind die Männer abgekühlt, und keiner denkt mehr an Streik. Das glauben Sie?«

»Ich weiß es.«

Franz drehte sich unauffällig zu dem andern, einem schlanken Mann mit kalten, gnadenlosen Augen.

»Wenn einer von euch beiden Harrow verletzt, wenn Tom mehr als höchstens ein paar Beulen abbekommt, wie es bei der Festnahme eines Betrunkenen passieren kann, dann mache ich euch beide verantwortlich. Verstanden?«

John Brent nickte ernsthaft und schaute Tom Harrow mit feindseligen Blicken an. Aber eigentlich galt seine Gehässigkeit dem Ausländer Franz. Hatte es ein echter Amerikaner nötig, sich von einem Zugereisten Befehle geben zu lassen? Tief war man in Amerika gesunken!

In der Nähe, fast direkt hinter Franz, saß Jan Kozak. Franz hatte nach dem Kroaten ausgeschaut, ihn aber nicht gefunden. Er vermutete, daß Jan gar nicht anwesend war, und fühlte sich grenzenlos erleichtert. Jan Kozak jedoch hatte ihn gesehen. Er beugte sich vor, um seinen »Freund« zu begrüßen, doch in diesem Augenblick wurde Franz von seinem Nachbarn angesprochen: »Woher wissen Sie, daß er mit Ihnen nach Hause geht? Vielleicht überlegt er sich's.«

»Nach einer Versammlung gehen wir immer gemeinsam heim. Folgen Sie uns unauffällig in eine menschenleere Straße, dann gebe ich Ihnen ein Zeichen mit dem Taschentuch. Aber nochmals: keine Gewalt!«

Jan Kozak hörte, was Franz sagte, trotz des Lärms im Saal und trotz Toms donnernder Rede. Jan, der das Dröhnen der Maschinen gewöhnt war, hatte ein feines Ohr für menschliche Stimmen, aber sein Verstand arbeitete langsam. Er entschloß sich, Franz nicht zu stören, und fragte sich nur, wer dessen Sitznachbar war. Er hatte den Mann noch nie gesehen. Es dauerte gute fünf Minuten, bis sein schwerfälliger Kopf, in dem das sonderbare Gespräch noch immer nachklang, hellwach wurde.

Dann begriff er. Er ballte die Fäuste, er keuchte, er starrte auf das helle Haar seines Vordermannes, er fletschte die Zähne wie ein reißender Wolf. Er hörte nicht mehr, was Tom Harrow sprach, seine ganze Aufmerksamkeit war auf Franz gerichtet.

Er saß da wie ein sprungbereites Tier und bemühte sich krampfhaft, Franz zu verstehen. Doch der sprach nichts mehr zu dem Fremden. Jan Kozak streckte den Arm aus, als wollte er dem Ahnungslosen da vorn den Schädel zertrümmern. Aber dann ließ er die Hand sinken, und seine Fäuste lagen wie schwere Waffen auf seinen Knien. Er wartete.

Die Gedanken wirbelten durch sein ungeschultes Hirn wie Rauch, den er nicht fassen konnte. Da schlug die gräßliche Erkenntnis wie ein Blitz in ihm ein: Es wurde ihm klar, daß der Todfeind Jahre neben ihm gewesen war, Tag für Tag, und daß er dem Feind sein Geheimnis verraten hatte. Der Feind war ein Freund Tom Harrows gewesen, und nun war er bereit, ihn zu vernichten. Jan konnte es nicht fassen. Sein Mund stand offen, als ringe er nach Luft, und er legte den Kopf in den Nacken, als wäre er am Ersticken. Ihm war, als entdecke er etwas Unbegreifliches, Fremdes in einer vertrauten Form.

Schwerfällig, doch tödlich stieg der Haß in dem einfachen Gemüt auf, nicht schnell, sondern bedächtig, methodisch, wie man bei einem Bau jeden Stein sorgfältig zurechtrückt, ehe man den nächsten zur Hand nimmt. Und dann schaute er hinunter auf Franz Stössel. Franz aber ahnte nicht, daß der Tod hinter ihm lauerte.

Wenn Franz in späteren Jahren an jenen Abend zurückdachte, verstand er sich selbst nicht. Von Gewissensbissen gequält, hatte er sich immer wieder wie eine Beschwörungsformel vorgesagt: ›Wenn man sich für einen bestimmten Weg entschieden hat, darf es kein Hindernis als den Tod geben, kein zaghaftes Zurückweichen, keinen Kompromiß, keine Überlegungen. Jedes Stolpern kann tödliche Folgen, kann eine Kette von Fehlschlägen verursachen. Der erste

Schritt ist oft der letzte.‹ Ja, er lächelte mitleidig über den jungen Franz Stössel, der noch von menschlichen Gefühlen geleitet wurde. Sentimentale Regungen kann sich erst ein alter Mann auf der Höhe seines Erfolgs leisten; dann darf er nachsichtig, großmütig, herzlich sein, dann darf er auf sein Gewissen hören, ohne sich zu schaden. Es hatte nichts zu bedeuten, wenn hinter freundlichen Gesten kein Herz steckte, sondern bloße Berechnung; war das Herz einmal eingeschaltet, dann war der Mann bereits verloren.

Damals aber, an jenem Abend, als Franz eingezwängt in dem übelriechenden Saal saß, hörte er nicht, was Tom sprach. Alles verschwamm vor ihm, wurde nichts als vager Hintergrund, vor dem er mit den ungeheuren und unmenschlichen Kräften, die aus ihm hervorbrachen, den letzten Kampf ausfocht. Endlich, ausgehöhlt, befreit von jeder Emotion und Qual, kehrte er an die Oberfläche, in die Wirklichkeit zurück und lauschte.

Toms dunkles Gesicht war verändert, seine Augen blitzten und funkelten, während er wild gestikulierend auf dem Podium auf und ab schritt. Er kauerte sich nieder, um mit geballten Fäusten wieder aufzuspringen, seine Stimme sank zu einem Flüstern herab, wurde fast unhörbar und schwoll dann wieder zu mitreißender Kraft an. Die Männer rührten sich nicht; mit offenem Mund, laut atmend, hörten sie ihm zu. Er war wie ein Sturmwind, der sie nach seinem Wunsch wie herbstliche Blätter vor sich hertrieb.

»Männer!« schrie er und schüttelte die Fäuste, bannte die Arbeiter mit seinen Augen, seiner Stimme, seinem brennenden dunklen Gesicht, seinen Händen: »Es gilt: sie oder wir! Immer war es so: sie oder wir! So war es, seit der erste dreckige Kerl die Erde betreten hat. Immer hat es die Fresser gegeben und die andern, die gefressen wurden! Immer hat es die Wölfe gegeben und die Lämmer in Menschengestalt. Das ist die Wahrheit Gottes, ihr könnt es in der Bibel lesen. Aber sollen wir dastehen und zuschauen, wie die armen Lämmer, die nichts als ihren Frieden und ein paar Gräser wollen, von den Wölfen zerrissen werden? Nein, bei Gott, nein! Ich bin der Meinung, daß das Lamm die gleiche Daseinsberechtigung besitzt wie der Wolf. Und noch mehr, Jesus Christus war das Lamm und hat die Wölfe verjagt. Wenigstens für eine Weile.«

Er machte eine Pause. Seine Sprache war derb und ohne jede rednerische Kunst. Aber was ihr an Gewandtheit fehlte, das gewann sie durch Leidenschaft, durch das echte Empfinden, durch die heilige Überzeugung, die aus jedem Wort klang und aus jeder Geste sprach. Die Männer starrten zu ihm hinauf und warteten. Und er riß sie mit.

»Ihr Kumpel glaubt vielleicht, wir machen einen Streik, damit wir ein paar Dollar mehr verdienen und damit wir schöner und bequemer leben können mit unseren Frauen und Kindern. Aber so ist es nicht, bei Gott, nein! Es ist mehr als das. Jeder Streik ist mehr. Es ist ein Kampf um die Rechte des Menschen, überall, wo Menschen leben, ob im fernsten Rußland, in Polen oder Deutschland, in Frankreich, China oder gerade hier in unserer Stadt. Überall, wo ein Streik Erfolg hat, haben die Schwarzen und die Gelben, die Roten und die Weißen eine Schlacht gegen den Wolf gewonnen. Eine Schlacht gegen den Wolf!

Vergeßt nicht, wenn ihr morgen antretet, dann tretet ihr nicht für euer lächerliches, kleines Ich an. Ihr tretet für jeden Unterdrückten in der ganzen Welt an. Ihr seid Soldaten in einem weltweiten Krieg für jedes atmende Geschöpf, für eure Brüder in jedem Winkel dieser verdammten Erde!«

Verstiegene, lächerliche, verrückte Fantastereien! Mystische Worte, an Herdenvieh verschwendet, das sie unmöglich verstehen konnte. Dieser Narr rief stumpfe Tiere auf, das blanke Schwert für eine übersinnliche Mission zu ziehen, sich für einen heiligen Kreuzzug zu umgürten, einen Kreuzzug voll Mystik und Glorie. Franz lächelte in sich hinein. Harrow, der Wirrkopf, glaubte, daß diese Burschen Seele und Verständnis hatten, daß sie etwas anderes im Sinn hatten als körperliche Bedürfnisse und Wünsche! Plötzlich kam er Franz nicht mehr gefährlich vor. Menschen, die gefährlich waren, redeten zu den Leuten in deren eigener Sprache. Tom hatte Dinge gesagt, die über das Verständnis der Primitiven und über ihr Verlangen gingen, und deshalb waren sie ihm entglitten. Man brauchte ihn nicht mehr zu fürchten.

Franz lächelte noch immer verächtlich und prüfte die Gesichter der Zuhörer. Da, zu seiner namenlosen Bestürzung, erkannte er in den derben Gesichtern und in den ausdruckslosen Augen das erschreckende Aufdämmern eines Verstehens. Er konnte es nicht fassen — und doch, hatte er es nicht schon bei früheren Versammlungen gespürt? Er hatte es eben nicht wahrhaben wollen. Es war, als ob eine rohe, unfertige Masse zum Leben erwachte, zu Fleisch und Blut wurde, mit Gefühlen und Leidenschaften — langsam, ja, aber unaufhaltsam.

Die Männer waren totenstill, sie scharrten nicht mit den Füßen und schienen kaum zu atmen. Aber auf ihren Stirnen und Wangen lag ein seltsames Licht, das nicht von außen kam, das vielmehr der Widerschein einer Vision war. Jeder dieser einfachen Arbeiter schien plötzlich von einer geheimnisvollen Macht berührt, von einem geheimnisvollen Feuer erleuchtet. Jedes Auge war eine Lichtquelle, weit und strahlend. Zum erstenmal sahen diese Menschen eine Vision über dem dunklen Himmel ihres dumpfen Lebens aufsteigen, und zum erstenmal sahen sie über sich selbst hinaus in eine Welt, in der alle Menschen Brüder waren. Und sie gehörten dieser Gemeinschaft an. Was jeder von ihnen tat und dachte, war von lebenswichtiger Bedeutung für alle anderen. Sie gehörten einander in tiefer brüderlicher Liebe an, und jeder hatte seinen Auftrag zu erfüllen. Unfaßbar, daß diese schlichten und ungebildeten Männer, die wie Höhlenmenschen in ihre niedrigen Sorgen und ihre Ichbezogenheit eingekapselt waren, als lebende Seelen auferstehen konnten und die Vision begriffen.

So mußten einst die Hirten und Bauern der Bergpredigt gelauscht haben, als der Mann aus Galiläa zu ihnen sprach. Wie ihnen, wurde diesen Männern die Liebe ins Herz gesenkt, der Opfermut und die Erkenntnis. Sie verloren sich selbst, aber sie gewannen damit die ganze Welt.

Tom Harrow fühlte instinktiv, ohne bewußte Logik, daß man sich in der Flut der Seelen verströmen mußte, wenn man stark und unbesiegbar, wenn man zum Menschen werden will. Und er erkannte, daß er auch niedere, stumpfe Gemüter mitreißen konnte, wenn er seine eigene Liebe, sein eigenes Gewissen, seine eigene Vision auf sie übertrug.

So hatte der ungebildete Engländer seine Mitbrüder zu Fanatismus und Opferbereitschaft emporgerissen. Er war gefährlicher, als Franz befürchtet hatte! Solche Männer waren eine Bedrohung jener ruchlosen Welt, die auf Ausbeutung und hemmungslosem Eigennutz basiert. Er war eine Bedrohung für die Wölfe in aller Welt, die das Recht hatten, die anderen zu verschlingen, zu zerstören, zu zerreißen, aus dem einzigen Grund, weil sie eben Wölfe waren. Tom war der Wortführer der Armen, die nur geboren werden, um die Starken zu nähren. Er war der Tor, der auszog, um die Naturgesetze zu widerlegen, die Jagd zu verkehren und dem Kampf eine neue Wendung zu geben.

Franz konnte es noch immer nicht glauben, aber würgende Angst stieg in ihm auf. Er fühlte sich belauert, bedroht, gefährdet.

Tom sprach weiter. Seine Zuhörer waren wie in Trance. Franz sah geballte Fäuste, feuchte Augen und entrückte Gesichter. Tom weinte fast, und die Menschen, die seine Rührung verstanden, weinten mit ihm.

»Merkt euch also, Burschen, morgen früh führen wir nun den alten Kampf weiter: Sie oder wir! Kampf zwischen Lämmern und

Wölfen. Wir werden siegen! Wir werden siegen, wenn wir siegen wollen! Niemand kann uns aufhalten, nur wir selbst!«

Franz berührte den Ärmel seines Nachbarn. »Es ist soweit«, sagte er. »Sie wissen, was Sie zu tun haben.« Und er schaute mit den Augen eines unbarmherzigen und wilden Feindes zu Tom Harrow hinauf, eines Feindes, der sich selbst tödlich bedroht fühlt.

XXVIII

Franz Stössel, der nüchtern und realistisch dachte, fühlte trotzdem, daß er in der schmutzigen, stinkenden Halle die Manifestation einer Macht erlebt hatte, die drohend und majestätisch, erhaben und schrecklich werden konnte. Er hatte gesehen, wie ein Mensch weit über sich selbst hinauswuchs und wie auch in einem ungeformten Klumpen Fleisch ein Funke Unsterblichkeit glüht. Das kam ihm weder heroisch noch schön vor, sondern grotesk, vor allem aber bedeutete es eine Bedrohung seiner eigenen Pläne. Die Starken bauten ihre Häuser aus Stein; wenn aber die Schwachen über eine dunkle und geheimnisvolle Macht verfügten, dann konnten sie mit der Gewalt eines Erdbebens die Steinhäuser zerstören und in Trümmerhaufen verwandeln. Wehe den Tyrannen, wenn das Volk seine Träume verwirklicht!

Die rohe Formel Toms »Wir oder sie« war nur allzu gültig. Franz war fest davon überzeugt, daß er nicht zu Toms »Wir« zählte. Die Herausforderung war also auch gegen ihn gerichtet. Er durfte sie nicht unbeantwortet lassen. Als er so unauffällig wie möglich mit John Brent aus dem Saal schlüpfte, steigerte sich sein Unbehagen. Und das war ihm nur recht; nun konnte er unsentimental handeln, ohne diese dumpfe Trauer, die ihn im Saal befallen hatte. Beim Ausgang schloß sich den beiden Männern ein dritter an, Collins, der noch athletischer, noch härter und noch bedenkenloser war als Brent. Nach einem kurzen Gespräch zu dritt entfernten sich Collins und Brent und verschwanden schnell in einer dunklen Straße.

Jan Kozak, dessen einfältiges Gemüt sich nun in eine Masse brodelnden Hasses verwandelt hatte, versuchte sich zu Tom Harrow durchzuschlagen. Aber obwohl er nach allen Seiten stieß und boxte, konnte er nicht zu ihm durchdringen. Tom war, zu Tode erschöpft, sofort nach Beendigung seiner Rede davongelaufen; er hatte schon im vorhinein eine Verabredung mit Franz getroffen. Sie wollten gemeinsam nach Hause gehen und die Einzelheiten des morgigen Streiks besprechen. Als sich Jan Kozak endlich einen Weg durch die aufgeregte, schreiende Masse gebahnt hatte, war sein Freund nicht mehr zu sehen.

Der Kroate war verzweifelt. Die Kameraden, die ihn zurückhalten und über Toms Rede mit ihm diskutieren wollten, schüttelte er grob ab und rannte zum Ausgang. Vor ihm war die Straße schwarz und leer. Die Gaslampen schimmerten im Dunst und Nieselregen, die ärmlichen Speicher und Magazine zu beiden Seiten der Straße waren gesichtslos und blind. Über der Stadt schwebte rötlicher Nebel wie der Widerschein eines fernen Brandes. Jan Kozak schluchzte fast, während er durch die leeren Straßen lief. Jetzt schrie er sogar. Ein Nachtwächter, der ihn für betrunken hielt, wollte sich ihm in den Weg stellen. Jan schmetterte ihn mit einem Faustschlag zu Boden und raste weiter. Er war wie besessen, wie ein wildes Tier im Dschungel. So war er als Knabe durch die heimischen Wälder gelaufen, und wie damals glaubte er sich in einem schrecklichen Alptraum befangen.

Eine Pferdetram rasselte vorbei, er schwang sich auf das Trittbrett und musterte die Fahrgäste. Nein, der Freund war nicht unter ihnen. Er sprang wieder ab, glitt aus und fiel krachend auf den Kopf. Eine Weile lag er besinnungslos auf dem Boden, und der Regen rauschte auf ihn herab.

Inzwischen hatte Franz den Freund an der verabredeten Stelle getroffen. Toms mageres Gesicht leuchtete auf, als er ihn sah, er hängte sich in ihn ein und rief stolz: »Eine verteufelt gute Rede, nicht wahr? Was hältst du davon, Hübscher?«

»Ausgezeichnet«, bestätigte Franz mit einem freundlichen Lächeln, das nichts zu bedeuten hatte.

Tom schluckte, stellte den Kragen seines alten Mantels hoch und zog die Mütze tiefer. Er war aufgekratzt und redselig.

»Ich könnte eine starke Tasse Tee vertragen, was hältst du davon?« Er drückte seinen Arm. »Dolly wartet sicher schon auf uns.« Dann hängte er sich aus und rieb sich die Hände. »Morgen gibt's einen richtigen Streik, mein Junge, da möchte ich ihre Gesichter sehen!«

Franz blieb einen Augenblick stehen, offensichtlich bemüht, seine Pfeife trotz Wind anzuzünden. »Tom, muß es wirklich morgen sein? Ich verstehe deinen Standpunkt sehr gut. Aber was wird bei dem Streik schon herausschauen? Kannst du dich auf die Männer verlassen? Was ist, wenn sie sich's bis morgen überlegen?«

Eine tiefe Falte erschien zwischen Toms Augen, während er das klare Profil des Freundes in dem matten Licht scharf musterte: »Sie lassen mich nicht im Stich — sie streiken.« Und nach einer Weile, barsch: »Und du, Fritzchen? Gehst du mit uns?«

Franz zog angelegentlich an seiner Pfeife. »Ja. Ich habe es dir versprochen, ich tue mit.«

Jetzt sah er Tom Harrow, seinem Freund, gerade ins Gesicht und sagte nachdenklich: »Du könntest viel erreichen, wenn du nicht so verstiegen, so halsstarrig wärst.« Und wieder befiel ihn Unbehagen. »Tom«, sagte er unvermittelt, »willst du die ganze Sache nicht noch einmal mit mir besprechen? Bei dir zu Hause vielleicht ...«

Tom aber antwortete so fest, daß Franz unwillkürlich einen Schritt zurücktrat: »Nein, Schluß mit dem Geschwätz.« Und mit einem Seitenblick auf Franz: »Ich nehme dich beim Wort, Fritzchen.«

Sie setzten ihren Weg durch die Regennacht schweigend fort. Die Sirene eines Flußdampfers heulte auf, unten fuhr ein Zug vorbei und füllte die feuchte Luft mit seinem gespenstischen Laut.

Franz blickte unauffällig zurück. Zwei dunkle Gestalten schlichen die Mauer entlang. Sein Herz klopfte wild, er nahm Tom beim Arm und schritt schneller mit ihm aus. Die Nacht war kalt, aber seine Stirn bedeckte sich mit Schweiß.

»Tom«, sagte er erstickt, »wir gehen zu dir, ja? Wir sprechen noch einmal darüber?«

Tom blieb plötzlich stehen. Er befreite sich von der Hand des Freundes und schaute in das blasse, schmale Gesicht. Eine jähe Angst befiel ihn, mit einemmal spürte er eine unmittelbar drohende Gefahr. Seine Knie wankten, aber seine Stimme klang fest: »Franz, was führst du im Schild?«

Franz wagte einen letzten, verzweifelten Versuch. »Tom, du kannst es nicht tun, glaub mir! Es ist aussichtslos. Ich weiß es. Sprechen wir doch irgendwo in Ruhe darüber ...«

Und da machte Tom im düstern Licht dieser Regennacht eine entsetzliche Entdeckung: er sah das Gesicht seines Todfeindes vor sich, grausam und erbarmungslos.

»So«, sagte er fast unhörbar, »das also bist du, du Lump.«

Er atmete rasselnd wie ein Schwerkranker. Sein Gesicht verfiel. Er spürte die tödliche Gefahr, aber nur wie einen schmerzhaften Stich in der Brust, wie eine Anwandlung von Mutlosigkeit und Bitternis. Wie zu sich selbst sagte er: »Ich hätte es wissen müssen. Du gehörst zu den andern. Einem Menschen deiner Art kann man nicht trauen. Ich kenne die Sorte, ob es Engländer oder Amerikaner, Deutsche oder Franzosen sind, man findet sie überall. Sie verkörpert alles, was wir bekämpfen. Das war immer so.«

Ein Anflug von Verachtung huschte über das Gesicht des Deutschen und verschwand sofort wieder. Tom hatte diesen Zug trotz der Dunkelheit bemerkt, aber er erzürnte ihn nicht. Er verstärkte nur den Schmerz in seiner Brust, den er kaum mehr zu ertragen glaubte.

Er war zutiefst enttäuscht. Niemand noch war ihm so nah gestanden wie Franz, nie noch hatte er sich mit einem Kameraden so angefreundet. Er hatte Franz zwar nicht völlig vertraut, hatte ihn aber auf seine Weise geliebt. »Ein Kumpel, mit dem man reden kann«, hatte er oft zu Dolly gesagt.

Nun war er von dem Verrat des Freundes so tief getroffen, daß kein Raum für Haß oder Zorn in seinem Herzen blieb. Sein Blick verdunkelte sich. Darum sah er nicht das Grauen im Gesicht seines Begleiters, das Grauen über den gemeinen Betrug, der Franz schlagartig bewußt wurde. Es war zu spät.

Zwei dunkle Gestalten näherten sich im Schatten der Mauer, und auch Franz bemerkte sie erst, als sie knapp hinter Tom auftauchten.

Er schrie: »Tom, gib acht! Gib acht!«

Zu spät! Wie in einem gräßlichen Traum sah Franz den hochgerissenen Arm, die Hand, die einen kurzen, stumpfen Gegenstand hielt, und hörte den dumpfen Schlag, und noch einen und noch einen, und dann ein ersticktes Stöhnen. Er tat einen Schritt, seine Beine versagten den Dienst, und er lehnte hilflos an der Steinmauer.

Tom stürzte nicht sofort. Er schwankte wie ein Betrunkener unter den Schlägen der Männer. Das Blut rann ihm über das Gesicht, und seine Augen blickten auf Franz, der wie gelähmt an der Wand kauerte. Dann sackte Tom lautlos zusammen und fiel in das Rinnsal neben dem Gehsteig, wo er im schwarzen Wasser reglos liegen blieb.

Ein rasender Wirbel roter Sterne drehte sich um Franz, er taumelte und suchte verzweifelt nach einem Halt. Die Sinne schwanden ihm, und er konzentrierte seine ganze Kraft darauf, wieder zu sich zu kommen, das Bewußtsein zu erlangen. Ihm war, als versänken seine Beine langsam in eisigem Wasser, er fühlte es aufsteigen bis zu den Schenkeln, dann zu seinen Lippen und schließlich strömte es mitten in sein Herz. Er wußte nicht, daß seine Beine nachgaben, daß er schwer auf den Gehsteig sank und dort sitzen blieb, den Rücken an der Wand, den Kopf vornübergeneigt.

XXIX

Franz tauchte wirbelnd aus dem schwarzen Nebel auf, wand sich wie in sausenden Spiralen empor. Er schaute hilflos über unauslotbare Tiefen und dachte: Ich muß in einem Boot auf hoher See sein. Natürlich, ich bin in dem drittklassigen Auswandererschiff auf der Fahrt von England nach Amerika. Er glaubte, die Stimme seiner Mutter zu hören, die zu seinem Vater sagte: »Das Land ist schon in Sicht. Wir werden um sechs Uhr in New York sein.« Sonderbar, ging es ihm durch den Kopf, daß ich New York so gut kenne, obwohl ich doch noch nie dort gewesen bin. Er entsann sich der fernen Häuserzeilen, der hohen Gebäude und des schäumenden braunen Wassers mit grauschimmerndem Himmel und leichtem Sprühregen, mit viel Lärm und Geschrei und Durcheinander. Lächerlich, zu glauben, daß er New York noch niemals betreten hatte! Seine Eltern waren komisch. Er hörte die aufgeregte Stimme seiner Mutter, die ihn aus dem Schlaf rüttelte und verlangte, daß er auf Deck ging, um den ersten Schimmer der Neuen Welt zu sehen. »Ich bin doch schon in New York gewesen«, erklärte er laut. Die Mutter hörte ihn offenbar nicht. Sie schalt: »Ein vierzehnjähriger Junge und liegt faul im Bett herum!«

Vierzehn Jahre alt, Unsinn! Franz lachte laut, verstummte jäh. Er fühlte sich sehr elend. Wieder wirbelte er durch die Luft und hatte nur den einen Wunsch: schlafen! Aber die Mutter rief: »Steh auf, es ist spät! Du schläfst, und man kann schon New York sehen!«

»Schlafen, schlafen«, murmelte er.

Nein, er durfte nicht schlafen. Er mußte aufwachen und Tom helfen. »Tom!« rief er in die kreisende Dunkelheit. Dann zu seiner Mutter: »Du mußt Tom helfen!« Sie antwortete: »Willst du nicht endlich aufstehen, Junge?«

Er schlug die Augen auf, und wieder drehte sich alles um ihn. Er begriff nicht, wohin das blasse Licht, die hohe Häuserzeile, entschwunden war. Er sah nur eine graue Mauer, über die das Wasser wie in Katarakten stürzte, und ein gelbliches Gaslicht. Funken stoben zwischen ihm und dieser Mauer. Er hörte Wasser neben sich glucksen und das Pfeifen eines Zuges, der irgendwo vorüberfuhr. Es wurde ihm totenübel, er preßte die Lider krampfhaft zusammen, seine Hände waren kraftlos und fühlten sich feucht und kalt an. Sein Körper wurde wie vom Fieber geschüttelt.

Dann mit einem Male kehrte das Gedächtnis zurück. Sein Herzschlag stockte. Verzweifelt wehrte er sich gegen den Schwindel, der ihn wieder befallen wollte, es wurde ihm schwarz vor den Augen, aber auch diese Schwäche überwand er mit übermenschlicher Kraft. Nun sah er die Straße klar vor sich. Er war ganz allein, bis auf die Haut naß, und eisige Kälte kroch durch seine Glieder. Er zwang sich zum Aufstehen — keine Seele weit und breit. Was hatten sie mit Tom getan? Ach ja, jetzt fiel es ihm ein: er saß auf der nächsten Polizeistube, weil er angeblich betrunken und aufgegriffen worden war und randaliert hatte. Es war alles vorbei. Es gab keinen Streik. Nach ein oder zwei Tagen wurde Tom wieder freigelassen, die Gefahr war gebannt und Tom zur Vernunft gelangt. Aber ... hatte ihn nicht jemand niedergeknüppelt, hatte Franz nicht die dumpfen Schläge gehört? Ein Alptraum ... War Tom wirklich verletzt worden? Ausgeschlossen, das war gegen die Verabredung. Aber das viele Blut ... Nein, auch leichte Wunden können zuweilen stark bluten ... Er mußte sofort herausbekommen, wie es um Tom stand. Sofort. Er mußte sich überzeugen, daß Tom unverletzt war.

Franz schüttelte nachdenklich den schmerzenden Kopf und merkte, daß er seine Mütze verloren hatte. Er bückte sich, um sie zu suchen, und da sah er Tom im Rinnsal liegen, den Kopf halb aus dem strömenden Wasser ragend.

Er schrie entsetzt auf, stolperte ein paar Schritte weiter und fiel auf die Knie neben seinem Freund. Seine Hände und Arme waren gefühllos vor Kälte, ungeschickt bemühte er sich, die schlaffen Schultern aus dem Wasser zu heben und den Kopf auf den Gehsteig zu betten. Das trübe Gaslicht fiel auf das entstellte, blutverschmierte Gesicht, auf das Haar und die geschlossenen Augen.

Er nahm Tom in seine Arme, legte den Kopf an seine Brust, schüttelte ihn, rieb die verschwollene Wange. Er wußte nicht, daß er laut schluchzte. Tom, mein Gott! In seiner Brust wütete brennender Schmerz. Tom! Tom! Wach auf, ich bin es, Franz! Tom, das wollte ich nicht! Tom, schau mich an!

Tom hörte ihn nicht, aber andere hörten ihn. Franz merkte erst, daß er nicht mehr allein war, als man ihn unsanft an der Schulter packte. Er sah sich von Menschen umringt, zwei Polizisten schrien ihn an. Aber er brachte kein Wort heraus, das Schluchzen schüttelte ihn, während er den Freund an sich preßte.

»Was ist geschehen?« fragte ein Polizist, »was haben Sie ihm getan?«

Der andere Polizist kniete neben dem Verletzten nieder und betastete dessen Kopf. Er blickte auf und sagte kurz: »Den hat's arg erwischt.« Dann pfiff er auf seiner Trillerpfeife. Der erste faßte den Knienden bei der Schulter: »Leg ihn lieber nieder, mein Sohn. Bist ja selbst voll Blut. Und hör um Gottes willen mit dem Heulen auf!«

Franz schaute auf seine Hände, sie waren rot von Blut, von Toms Blut. »Wer hat das getan?« fragte einer der Männer.

»Ich weiß es nicht«, flüsterte Franz und schaute seine Hände an.

Sie legten Tom vorsichtig auf den Gehsteig. Jetzt kamen von allen Seiten Leute gelaufen, Franz beachtete sie nicht und starrte nur seine Hände an. Er fühlte die Nähe der Neugierigen mehr als er sie sah, er spürte den Regen auf seinem Gesicht und schluchzte konvulsivisch.

»Er kommt zu sich«, sagte jemand.

Franz rutschte auf den Knien zu seinem Freund hin, Tom öffnete mühsam die Augen. Man wischte ihm das Blut von der Stirn.

»Ruhig, nicht bewegen«, befahl der Polizist. »Vorsicht! So ist es gut. Wer hat dich überfallen?«

Tom wollte sprechen, aber blutiger Schaum brach aus seinem Mund. Und dann sah er das Gesicht des Freundes über sich.

Die Polizisten, die aufgeregten Menschen ringsum in ihren schäbigen Kleidern, sie wußten nicht, was geschehen war. Aber selbst sie verstummten plötzlich, betroffen von dem Blick, den die beiden Männer tauschten. Ein so durchdringender, so begreifender Blick, ein so furchtbarer Blick, daß auch dem Abgebrühtesten ein Schauer über den Rücken lief. Ein Licht, scharf und schmal wie eines Messers Schneide, blitzte zwischen den halbgeschlossenen Lidern des Liegenden auf, und die verschwollenen Lippen zuckten.

Tom schaute seinem Mörder ins Antlitz, und Franz gab den Blick zurück. Kein Wort wurde laut, aber unhörbar sprachen sie mit inneren Stimmen zueinander. Als alles gesagt war, versanken sie in Schweigen.

Was der Geist Tom Harrows zu dem Geist Franz Stössels gesprochen hatte, war nicht Haß, nicht Verdammung, nicht Zorn gewesen, sondern nur Sorge und Reue. Die schwache und zitternde Hand, die Tom jetzt mühsam hob und auf Franz' eisige Finger legte, war nur eine Bestätigung dieses tiefen, ewigen Gesprächs.

»Dolly«, flüsterte er.

»Ja«, sagte Franz sehr sanft und sehr ernst. »Und die Kinder.« Er hielt Toms Hand fest.

Tom schloß wieder die Augen. Der Polizist, der sah, daß der Mann am Erlöschen war, versuchte es ein letztes Mal: »Wer hat dich überfallen?«

Toms Lippen bewegten sich. »Kenne die Bastarde nicht«, murmelte er fast unhörbar. Er seufzte noch einmal, seine Brust hob sich, sein Kopf zuckte wie im Krampf. Dann war er still, das Licht der

Straßenlampe fiel auf das arme, geschundene Gesicht, auf das Blut, das groteske Ornamente darauf malte.

Franz stöhnte. Er hielt die Hand des Freundes fest. Sie erkaltete in seinen Fingern.

Und da, wie von einem starken Schlag getroffen, hob er den Kopf. Er stand auf. Über den Häuptern der Neugierigen und der Polizisten sah er Jan Kozak.

XXX

Geschäftsführer Fritz Dietrich schlich leise in das Büro des Chefs. Er warf einen kurzen Blick auf den riesigen roten Teppich und den polierten Schreibtisch, hinter dem Hans Schmidt vierschrötig und gedunsen saß. Grauseidene Draperien hielten das Dezemberlicht ab, in dem Kamin aus schwarzem Marmor flackerte ein Feuer, das rote Lichter über das Zimmer und seine braunen Wände warf und das sich in den Diamanten von Schmidts Krawattennadel und Ring brach.

Es gab keine Stühle in dem Zimmer außer dem einen, auf dem der Chef thronte. Er wolle seine Besucher nicht zu überflüssigen Gesprächen ermuntern, behauptete Hans; in Wirklichkeit aber war er zu anmaßend, um anderen in seiner Gegenwart das Sitzen zu gestatten. Wenn wichtige Gäste von auswärts kamen, dann brachte man Stühle herein, die sofort wieder abtransportiert wurden, sobald Hans allein war. Zwischen den beiden Fenstern hinter dem Schreibtisch stand ein niederer Diwan mit einer roten Samtdecke, auf dem Schmidt seine kurze Siesta hielt. Ja, manchmal blieb er sogar über Nacht hier, wenn er keine Lust hatte, nach Hause zu gehen. Auf dem Pult stand eine goldgerahmte Miniatur seiner Tochter Tina, und darüber hing das Porträt seines verstorbenen Schwiegervaters, in bester Rembrandt-Manier gemalt und entsprechend nachgedunkelt, so daß die Züge kaum erkennbar waren. Trotzdem schien das schmale, aristokratische Antlitz kalt und hochmütig auf den feisten Bauern hinunterzublicken, der sein Nachfolger geworden war.

Oft, wenn Hans allein war, versenkte er die Hände in die Taschen seiner Rockschöße und grinste höhnisch und triumphierend hinauf in das abweisende Gesicht, das ihn so verächtlich zu mustern schien. Er schätzte den Adel und die vornehme Welt mit dem tiefen, angeborenen Respekt des Dienenden. Aber er haßte sie zugleich, weil er wußte, wie sehr sie ihn verachteten. Er kroch zwar vor Intellekt und hoher Geburt, aber er trat beides mit Füßen, sooft sich eine Gelegenheit bot.

Hans grunzte unwillig, als der Geschäftsführer eintrat. Dietrich berichtete gleichmütig, in deutscher Sprache: »In der Fabrik wird gearbeitet, Chef, aber die Leute sind unruhig und unsicher. Es laufen Gerüchte um, doch es sieht nicht nach Aufruhr aus. Burnley ist gekommen ...«

»Lassen Sie mich in Frieden! Was geht mich das an? Belästigen Sie mich nicht mit Lappalien ...!« Er brüllte wie ein Stier. »Verschonen Sie mich mit solchen Gesprächen, verstanden!«

Dietrich senkte den Kopf und murmelte respektvoll: »Selbstverständlich, Herr Schmidt. Es ist unverschämt, Ihnen mit solchen Sachen zu kommen. Aber die amerikanischen Gesetze machen leider keinen Unterschied zwischen Niedrigen und Hochgestellten, und wir müssen uns danach richten. Es ist abscheulich.«

Hans keuchte, warf sich in den Stuhl zurück und trommelte wütend auf der Tischplatte. Seine kleinen Schweinsaugen blitzten bösartig.

»Was geht das mich an, wenn sich zwei betrunkene Arbeiter aus meiner Fabrik prügeln?« schrie er. Aber in seinem Zorn steckte etwas anderes als bloße Überheblichkeit und Verachtung: Furcht. Dietrich durchschaute ihn. Er lächelte spöttisch und neigte scheinheilig den Kopf.

»Sie haben ganz recht, Herr Schmidt. Trotzdem, leider: Herr Burnley ist im Haus. Er behauptet, daß er seine Leute, Collins und Brent, decken muß, wenn sie in diese Sache verwickelt werden sollten. Er besteht darauf, mit Ihnen persönlich zu sprechen.«

Das warf Hans buchstäblich vom Stuhl. Mit blutunterlaufenen Augen wie ein wilder Stier glotzte er seinen Direktor an.

»Und diese Frechheit wagen Sie mir auszurichten?« rief er ungläubig. »Das unverschämte Ansinnen eines dreckigen kleinen Agenten — mir, dem Chef? Mir?«

Dietrich hüstelte diskret, wie in übermäßigem Bedauern. »Aber es geht um Mord, Herr Schmidt«, murmelte er mit halbgeschlossenen Augen.

»Ich habe nichts damit zu tun, verstanden! Sie haben dieses Gesindel aus Windsor geholt, nicht ich!«

Dietrich schwieg, ein unmerkliches Lächeln zuckte über seine Lippen. Dann sagte er ölig: »Gut. Sie wollen Burnley nicht empfangen, Herr Schmidt. Dann werde ich selbst mit ihm verhandeln. Ich muß Ihnen allerdings gestehen, daß er unverschämt ist; er behauptet, wir hätten seine beiden Leute, Collins und Brent, zu Stössel geschickt, der ihnen nähere Informationen geben sollte. Sie beteuern, auf ausdrückliche Weisung Stössels gehandelt zu haben.«

»Dann soll es Stössel ausbaden!«

Dietrich seufzte. »In diesem Fall wird Stössel bestimmt auch die Firma belasten. Er war mir immer verdächtig.«

Hans antwortete nicht und steckte sich eine Zigarre in den Mund. Dietrich beeilte sich geschmeidig, ihm Feuer zu geben.

»Sie ermächtigen mich also, Herr Schmidt, mit Burnley nach meinem besten Können zu verhandeln?« fragte er liebenswürdig.

»Tun Sie, was Sie wollen. Aber ich verbiete Ihnen, meinen Namen zu nennen.«

Dietrich wollte das Zimmer verlassen, drehte sich aber unter der Türe nochmals um: »Haben Sie schon einen Termin für die Besprechung mit Mr. Jules Bouchard von der Sessions-Stahl-Compagnie bestimmt, Herr Schmidt?«

»Dieser schmierige Gauner!« rief Hans verächtlich, konnte aber nicht verhindern, daß flüchtig ein Schein von Genugtuung über seine Züge lief. »Die Sessions-Stahl tritt uns in den Dreck, wo sie nur kann, und hält uns für einen drittrangigen Betrieb; aber wenn es um Mangan geht, dann erinnert sie sich gnädig unserer Existenz. Lassen Sie die Herrschaften ein oder zwei Tage dunsten. Dann werden wir ihnen schreiben.«

Dietrich verbeugte sich und ging in sein Büro zurück, wo ihn ein untersetzter Mann mit kahlem Kopf — wie eine Billardkugel —, einem borstigen Schnurrbart und verschlagenem Blick rauchend erwartete. Er trug einen auffallend schwarz-weiß gemusterten Anzug und eine dicke goldene Uhrkette über der weißen Weste. Seinen runden Hut und den Spazierstock mit dem goldenen Knauf hatte er ungeniert auf den Schreibtisch des Geschäftsführers gelegt. Der ganze Mann war geballte, rücksichtslose Energie. Er konnte gefährlich werden, das war nicht zu übersehen.

»Nun?« fragte er kurz und machte eine Bewegung, als wollte er sich erheben. Dietrich deutete ihm, sitzen zu bleiben, und setzte sich dann selbst. Jetzt erst bemerkte er die beiden anderen finster blickenden Männer neben der Türe, tat aber, als sähe er sie nicht. Er legte die dünnen Finger wie zu einem kleinen Zelt aneinander und sah Burnley wohlwollend an. Aber Burnley war gewöhnt, in peinlichen Situationen wohlwollend betrachtet zu werden; es machte ihn nur mißtrauisch und bösartig. Im übrigen schüchterten ihn das schmale Fuchsgesicht und die farblosen Augen seines Gegenübers kein bißchen ein.

Dietrich lächelte zuvorkommend und schob ihm eine Zigarrenkiste zu. Burnley brummte, holte sich eine Handvoll Zigarren heraus und steckte sie in die Rocktasche. Er wartete.

»Ich habe mit Mr. Schmidt gesprochen«, begann Dietrich. »Er bedauert unendlich. Aber im Augenblick ist er durchaus unabkömmlich, so gerne er Sie sprechen möchte. Er muß mit den Buchhaltern einige neue Aufträge durchkalkulieren ... Aber er beauftragte mich, Ihnen auszurichten, daß er ... sollte sich die Notwendigkeit ergeben ... nicht verabsäumen wird, Ihnen einen Teil der Kosten für einen sehr guten Anwalt zu ersetzen ...«

Burnley war eitel Spott und Hohn. »Was sagt Ihr, Burschen?« rief er Collins und Brent über die Schulter hin zu, »ist das nicht rührend von Mr. Schmidt? Er ist bereit, ein paar Tränen zu vergießen, wenn ihr gehängt werdet! Famos, was?«

Die Männer lachten kurz auf, es klang wie ein gefährliches Grollen. Burnley faßte Dietrich ins Auge, das Grinsen war verschwunden. »Danke für das Anerbieten«, sagte er eisig. »Wir sitzen alle im selben Boot, und wenn einer von meinen Jungen hängt, dann hängt er nicht allein. Verstanden?«

Dietrich betrachtete angelegentlich seine polierten Fingernägel. Leise sagte er: »Seien wir doch vernünftig und sehen wir die Sache objektiv. Ihre Agenten waren nicht beauftragt ... gewalttätig zu werden. Das hätte absolut den Grundsätzen unserer Firma widersprochen.« Burnley wollte auffahren, wurde aber von einer Geste Dietrichs zurückgehalten: »Es kann freilich zuweilen passieren, daß ein unvorhergesehenes Mißgeschick eintritt. Wir warten nur auf die Rückkehr von Franz Stössel, der Ihren Agenten die Weisungen gab und der eben jetzt bei der Polizei ist, wo die Sache untersucht wird. Er wird sich hüten, sich selbst oder einen Ihrer Agenten hineinzuziehen. Wie ich höre, ist das ... unglückliche Opfer gestorben, ohne jemanden zu beschuldigen.«

Burnley antwortete nicht sofort und schaute Dietrich nur drohend an. »Wir werden auf Stössel warten«, sagte er kurz.

»Gut.«

Die beiden Agenten setzten sich zur Tür, zündeten sich bedächtig ihre Zigarren an und pafften. Ihre Hände sahen wie Knüppel aus. Sie waren ungemütliche Typen.

»Sie werden mich bitte entschuldigen«, sagte Dietrich geschäftsmäßig und wendete sich den Schriftstücken auf seinem Schreibtisch zu. Er schien völlig von seiner Arbeit absorbiert. Minute um Minute verrann, Burnley rauchte in stoischer Ruhe seine Zigarre, die Männer taten dasselbe.

Eine halbe Stunde war vergangen, als die Türe plötzlich aufgestoßen wurde und ein großer, breitschultriger Mann eintrat. Sein Gesicht war eisern, kalt und abweisend.

»Ah, Stössel, da sind Sie ja«, begrüßte ihn Dietrich. »Wir haben auf Sie gewartet, wir wollten hören, was die Polizei festgestellt hat.« Und mit einer höflichen Bewegung auch zum Agenten hin: »Das ist Franz Stössel, der uns das Resultat der Untersuchung mitteilen wird.«

Aber Franz überhörte die Floskeln, trat direkt auf den Schreibtisch zu und hieb mit der Faust auf den Tisch. Er sprach nur zu Dietrich, und zwar in deutscher Sprache.

»Die Untersuchung ist abgeschlossen. Sie hat ergeben, daß Tom Harrow von unbekannten Tätern überfallen wurde. Ich habe sie niedergeschlagen, und sie sind geflüchtet.« Er schaute Dietrich mit einem blassen, aber schrecklichen Lächeln an. »Ich bin somit ein Held. Ich tat alles, um den Freund zu retten. Die Polizei war anwesend und ist Zeuge. Sie haben die letzten Worte Tom Harrows vernommen, er sagte, daß er seine Mörder nicht kennt. Ein Haftbefehl gegen unbekannte Täter ist bereits ausgestellt. Drei Nachtwächter vor den Lagerhäusern in der Nähe konnten ermittelt werden, die bestätigten, die Gewalttäter gesehen zu haben. Sie beschreiben sie als drei übel aussehende Burschen mit Knüppeln und über die Augen gezogene Mützen.«

Dietrich dankte Franz mit einem geradezu liebevollen Blick und atmete erleichtert auf. Er wollte Burnley die Nachricht übersetzen, dieser aber wehrte ab: »Überflüssig. Ich verstehe Deutsch.« Und ironisch zu Franz Stössel: »Wir gratulieren dem Helden. Oder zumindest dem hellen Kopf. Vielleicht haben Sie ein gewisses Kitzeln in Ihrem Nacken verspürt. Meine Burschen wären nicht allein gehängt worden.«

»Nein«, sagte Franz sehr ruhig, sah aber nur Dietrich mit seinen roten und verschwollenen Augen an. »Wir wären nicht allein gehängt worden.«

Dietrich fühlte sich plötzlich unbehaglich und zwang sich zu einem wohlwollenden Lächeln. »Damit ist die Sache erledigt«, sagte er leichthin. »Alles erledigt. Ich rate Ihnen, mit Ihren Agenten unverzüglich die Stadt zu verlassen, Mr. Burnley. Eine Sonderentschädigung ist hiermit hinfällig geworden.«

Burnley hieb mit aller Kraft auf das Pult. »Meine Entschädigung, jawohl. Es waren zweitausend Dollar für gestern Nacht ausgemacht, und für heute, wenn es zu Unruhen gekommen wäre. Ich bin zur Überzeugung gelangt, daß der Betrag zu gering ist. Ich verlange viertausend. Meine Burschen haben sie verdient. Sie haben für euch Bastarde saubere Arbeit geleistet. Was meint ihr, Jungs? Ist das ein angemessener Preis dafür, daß ihr euren Hals riskiert habt?«

»Unverschämt!« Dietrich war aufgesprungen. Franz stand noch immer mit undurchdringlichem Blick vor ihm; Dietrich bemühte sich, ihn zu ignorieren.

»Nun ja«, meinte Burnley nachdenklich, »wenn man genau überlegt, haben Sie vielleicht recht. Vielleicht ist es unverschämt; meine Burschen haben einen Kerl unschädlich gemacht, der Mister Schmidt leicht fünfundzwanzigtausend Dollar Schaden zugefügt hätte. Viertausend ist zuwenig für die geleistete Arbeit. Wir verlangen sechs. Wenn es einen Prozeß gegeben hätte, und meine Jungen auf der Anklagebank gesessen wären, dann könnte Mister Schmidt seinen Betrieb zusperren und nach Hause gehen, wenn nicht noch Schlimmeres ... Also, es bleibt dabei, Mister Dietrich.«

Franz stand kerzengerade da. Sogar Dietrich bemerkte, daß er diese Haltung nur mit äußerster Anstrengung bewahrte. Schweißtropfen erschienen auf seinem grauen Gesicht, und jetzt sah er Burnley an. Es lag etwas Gefährliches in diesem Blick, und Burnley versteifte sich, als erwarte er einen Angriff.

»Zweitausend Dollar«, sagte Franz fast tonlos. »Zweitausend Dollar für einen Mord. Das ist eine Menge Geld. Judas bekam nur dreißig Silberlinge.«

Dietrich öffnete den Mund, als wollte er etwas sagen, schwieg aber. Die Tür zu Schmidts Büro hatte sich unmerklich geöffnet.

Burnley funkelte Franz drohend an. »So, große Töne! Was geht dich das an, du Grünschnabel! Halt das Maul, wenn du nicht gefragt bist.« Dann zu Dietrich: »Los jetzt. Fünftausend Dollar, mein letztes Wort. Entweder — oder.«

Dietrich antwortete nicht und schaute auf Franz.

»Reizen Sie mich nicht«, sagte Franz ebenso tonlos wie zuvor. »Ich bin an dem Punkt angelangt, wo mir alles gleichgültig geworden ist. In fünf Minuten wird der Preis tausend sein. Überlegen Sie!«

Dietrich räusperte sich, ehe er sprach: »Zweitausend Dollar waren als Honorar versprochen, Mister Burnley. Wir müssen natürlich bei unserer Abmachung bleiben.«

Nun erhob sich Brent, kam tänzelnd wie ein Boxer auf Franz zu und griff nach seiner Schulter.

»Halt's Maul, du«, sagte er kurz und holte mir der andern Faust zu einem Kinnhaken aus. Aber Franz war schneller, mit einem Ruck stieß er die Faust zurück. Dabei lächelte er.

»Du warst's, nicht wahr! Du, Brent, hast Harrow den ersten Schlag versetzt! Das kann ich beschwören.«

Brent holte wieder aus, ließ aber den Arm sinken. Was er in den Augen des jungen Mannes las, erschreckte ihn. Unschlüssig schaute er seinen Chef an.

»Master, nehmen wir das Geld und hauen wir ab. Ich möchte heraus aus der Stadt«, murmelte er.

Burnley schwieg lange und kaute an der Oberlippe. Seine Augen wanderten von Brent zu Franz, von Franz zu Dietrich. Dann stand er auf und streckte seine Hand aus:

»Gut also, zweitausend Dollar, du Gauner.«

Dietrich lächelte breit und schüttelte den Kopf. »Tut mir leid, Burnley, keine Schecks, das werden Sie verstehen. Sie können das Geld in bar haben.« Er zog ein Bündel Banknoten aus der Lade und überreichte es ihm. Dann lehnte er sich zurück und lächelte befriedigt und amüsiert.

Burnley nahm das Bündel an sich, setzte den kleinen, steifen Hut auf, nahm den Spazierstock und ließ ihn in der Hand tanzen.

Dann: »Stets zu Ihren Diensten, Mr. Dietrich. Vergessen Sie nicht, das Detektivbüro Burnley arbeitet prompt und verläßlich.« Und zu den Burschen gewendet: »Kinder, sie haben uns balbiert. Aber der Hals bleibt ganz, das ist auch etwas.«

Die drei Männer verließen das Zimmer, krachend fiel die Tür hinter ihnen ins Schloß.

Jetzt brach Franz zusammen. Er sank in den Stuhl, auf dem Burnley gesessen war, und schien einer Ohnmacht nahe. Dietrich betrachtete ihn gönnerhaft.

»Stössel. Sie haben uns sehr geholfen. Sie haben uns auch eine beträchtliche Stange Geld erspart. Mr. Schmidt ...«

Mit einem Ruck richtete Franz sich auf. Er beugte sich vor, als wollte er Dietrich anspringen. Sein Gesicht und seine Augen waren furchtbar, auf seinen Lippen erschienen winzige Blutstropfen. Dietrich erschrak tödlich und wich zurück. Dann begann Franz zu sprechen, und seine Stimme klang beherrscht wie immer.

»Ich habe Ihnen nichts erspart, Dietrich. Nein, diese kleine Affäre wird der Schmidt-Stahl-Compagnie eine Menge Geld kosten. Tom Harrow hat eine Witwe hinterlassen und drei kleine Kinder. Die Firma Schmidt wird Mrs. Harrow als Beweis ihrer Teilnahme an dem schweren Verlust fünftausend Dollar überweisen.«

»Sie sind verrückt!« keuchte Dietrich.

Franz schüttelte den Kopf. Er fuhr fort: »Fünftausend Dollar. Die Schmidt-Stahl-Compagnie ist tief betroffen über den Tod eines wertvollen Vorarbeiters und spricht der Witwe ihr Beileid aus. Eine noble Geste.«

»Sie sind verrückt!« wiederholte Dietrich höhnisch. »Wir geben keinen Penny.«

»Doch, Sie werden«, sagte Franz mit dem gleichen gefährlichen Lächeln. »Zuerst aber werden Sie zuhören, was ich Ihnen zu sagen habe. Erstens: Es gibt einen Mann im Werk, der es weiß. Woher er es weiß, ist mir selbst nicht bekannt. Aber er ist im Bilde. Entweder hat er eine Abmachung belauscht, oder er hat es einfach erraten. Ein Vorarbeiter, einer von Harrows treuesten Anhängern. Ich brauche nur ein Wort zu ihm zu sagen, und dann bricht ein Streik aus, ein verheerender Streik. Das ist nur eine der Folgen — die kleinste.«

Franz stöhnte auf, als empfinde er unerträgliche Schmerzen. Dietrich war sehr blaß geworden. Die Tür zum Chefzimmer hatte sich weiter geöffnet, aber keiner von beiden merkte es.

»Das ist also die erste Folge. Die zweite wiegt schwerer. Wenn Mrs. Harrow das Geld nicht erhält, würde ich mich gezwungen sehen, zur Polizei zu gehen und dort zu erzählen, was ich weiß ...«

»Und zu verraten, was Sie selbst auf dem Kerbholz haben?« höhnte Dietrich. »Vergessen Sie nicht, daß Sie persönlich den Agenten Anweisungen gaben!«

»Ich habe ihnen nur aufgetragen, eine harmlose Rauferei ohne Verletzungen zu inszenieren und Harrow dann auf die Polizeistation zu bringen, wo er zwei bis drei Tage bleiben sollte, bis sich die Gemüter abgekühlt haben. Die ganze Sache war ungesetzlich. Wenn Harrow durch einen unglücklichen Zufall getötet wurde, dann geschah es während eines ungesetzlichen Akts. Und dieser ungesetzliche Akt wurde durch Leute ausgeführt, die Sie angeheuert haben, nicht ich. Ich brauche wohl nicht näher darzulegen, was die Folgen einer gerichtlichen Untersuchung wären.«

»Sie werden hängen«, ächzte Dietrich. Und wiederholte genußvoll: »Hängen werden Sie.«

Franz nickte. »Mag sein. Aber, wie Burnley sagte, ich werde nicht allein hängen.«

Jetzt war es um Dietrichs Fassung geschehen. Er wurde leichenblaß. »Das ist Erpressung, du Schuft!«

Franz schüttelte nur den Kopf, und seine Augen schienen sein Gegenüber nicht zu sehen. Es klang sehr sanft, als er sprach: »Nein, es ist nur der Preis für das Leben meines Freundes.«

»Und du glaubst, das Leben eines stinkenden Arbeiters ist fünftausend Dollar wert?« schrie Dietrich.

Franz stand auf, aber er mußte sich auf den Schreibtisch stützen.

»Er war mein Freund«, sagte er still. Und dann wieder, wie zu sich selbst: »Er war mein Freund.«

»Und du hast diesen Freund umgebracht!« bemerkte Dietrich fast vergnügt und blinzelte.

»Nein«, murmelte Franz, »nein, ich habe ihn nicht umgebracht. Etwas anderes hat ihn getötet.« Er schwankte, während er hinaus zu den rauchenden Essen des Stahlwerks blickte.

Er glaubte die Stimme Tom Harrows zu hören. In den letzten gräßlichen Minuten des Todeskampfes, da hatte er sie vernommen, die innere Stimme seines Freundes: »Ein Teufel ist in dir, Franz. Gott helfe dir!«

Ja, ein Teufel ist in mir, dachte er. Ein Teufel, der mich nicht losläßt. Tom hat die entsetzliche Wahrheit erkannt, daß kein Mensch sich selbst widerstehen kann, daß er seiner Natur folgen muß, selbst wenn sie ihn in die Hölle führt. Tom, der ungebildete Arbeiter, der gelitten hatte, Tom, der alles begriff, der hatte auch das verstanden, die schauderhafte Wehrlosigkeit des Menschen gegen die eigenen Triebe. Am Ende hatte Tom nur Mitleid für ihn empfunden.

Es läutete. Dietrich sprang auf und glitt in Schmidts Zimmer. Franz bemerkte es nicht. Nein, dachte er, es ist doch nicht ganz wahr. Noch kann ich zurück. Selbst jetzt noch ...

Aber dann wurde ihm klar, daß er es nicht mehr konnte. Der Teufel hatte ihn zu fest in seinen Krallen. Er leistete nicht einmal mehr Widerstand. In späteren Jahren sollte er glauben, daß darin seine eigentliche Kraft lag.

Dietrich kam zurück und lächelte liebenswürdig.

»Stössel, ich freue mich, Ihnen mitteilen zu können, daß ich Ihren ... Ihren Vorschlag ... Mr. Schmidt unterbreitet habe. Wie immer, hat er sich großzügig erwiesen. Mrs. Harrow wird fünftausend Dollar von den Schmidt-Werken erhalten ... Der Chef empfindet tiefes Mitgefühl für die trauernde Witwe ...«

Franz warf Dietrich einen scharfen Blick zu. Dann fuhr er mit der Hand langsam über Lippen und Kinn.

»Dieser Beweis der Teilnahme wird ein ausgezeichnetes Ablenkungsmittel für die Streikwilligen sein.«

Plötzlich begann er gellend zu lachen und wippte auf den Absätzen. Er klammerte sich an die Sessellehne, um nicht umzufallen. Und während er sich noch vor Lachen schüttelte, schossen ihm Tränen in die Augen.

Dietrich wich zurück, flüchtete zum Fenster und zerrte nervös an der Jalousienschnur.

»Ein Wahnsinniger«, murmelte er.

XXXI

Am Morgen des Begräbnistages von Tom Harrow wachte Egon Stössel auf und blieb ruhig, aber mit einem nagenden Schmerz im Herzen liegen.

Jeden Abend betete er demütig und zitternd, daß es morgens anders sein sollte. Ja, dachte er verzweifelt und doch mit einer leisen Hoffnung, morgen wird es anders sein. Er würde das graue Morgenlicht heller sehen, wenn es durch die Fenster fiel. Nicht wie schon seit Wochen, daß er erst eine Weile in völliger Dunkelheit lag, allmählich einen leichten Schimmer und dann plötzlich wirbelnd rote Kreise sah, die nur sehr langsam verglommen, bis sich endlich das schwarze Rechteck vor den grauen Mauern abzeichnete. Morgen, so sagte er sich tröstend, morgen werde ich die Augen öffnen und sofort scharf und klar das Fensterkreuz erkennen, ohne das beängstigende Vorspiel, das seine Augen und seine Sinne in den letzten Wochen quälte.

Aber heute morgen rasten die roten Räder wilder denn je, und als sie sich endlich in Nichts auflösten, da tauchte kein Fenster auf. Es blieb finster, entsetzlich finster. Egon Stössel erschrak tödlich, griff neben sich zu Emmis Bett, aber es war leer. Dann hörte er Geräusche aus der Küche, die Tür mußte also offen sein; er hätte den Lichtschein der Lampe sehen müssen, der über die Treppe heraufschimmerte. Aber es gab keinen Schein. Alles war pechschwarz wie der Abgrund eines tiefen Brunnens um Mitternacht.

Er stand auf und tastete sich zur Tür. Sie war weit offen, und er stolperte die Treppe hinab. »Emmi!« rief er, »Emmi, ich kann nichts sehen! Ich bin blind!«

Da stand er, verzweifelt und hilflos mitten in der Küche, ein alter, gebrechlicher, armer Mann, mit offenem Mund und weit aufgerissenen Augen, mit verrauftem Haar, in namenlosem Entsetzen.

Emmi war wie gelähmt, ihr Gesicht wurde grau vor Angst. Sie sah nichts als die Jammergestalt, die wie vor dem Ertrinken die mageren Arme nach ihr ausstreckte.

Der Kochlöffel, den die Frau in der Hand hielt, fiel zu Boden, und sie stürzte auf ihren Mann zu. Egon fühlte ihren starken Arm, der ihn stützte; er ließ sich wie ein Kind wiegen, und sie spürte, wie sein Körper zitterte und wie sich seine Hände in sie verkrampften.

»Unsinn«, sagte sie und bemühte sich, ihre Angst hinter Forschheit zu verbergen. »So ein Unsinn! Das geht bald vorüber. Nimm dich zusammen, Egon.«

Nein, sie mußte sich beherrschen. Er durfte nicht ahnen, wie sie die Angst vor einem drohenden Unheil ergriff. Sie führte Egon zu einem Stuhl neben dem Herd, dort streichelte die seine Hände, redete ihm gut zu. Er riß die Augen auf, so weit er konnte, er warf den Kopf hin und her, aber wie Nebel lag es auf seinen Pupillen. Schweiß rann ihm über das Gesicht, und er ließ willenlos geschehen, daß Emmi ihm die Hände und schließlich die gefühllosen Füße rieb.

»Du frierst«, stellte sie fest. »Du hast dich verkühlt. Und das hat sich auf die Augen geschlagen. Nimm dich zusammen.«

»Emmi«, stammelte er.

»Beruhige dich, Liebster. Das geht vorüber, gleich wirst du wieder sehen. Ich hab' es selbst schon so oft mitgemacht«, log sie tapfer.

Er brach in lautes Weinen aus und drückte ihre Hand an seine Brust. Er versuchte ihr Gesicht zu sehen, aber es gab nur völlige Dunkelheit. Sie merkte, wie er sich zu schauen bemühte, und es zerriß ihr das Herz.

»Es ist mir schon früher einmal passiert«, stammelte er; seine Stimmbänder waren wie gelähmt. »Ich hab' mich gefürchtet, aber gehofft, daß es vorübergeht.«

»Es wird auch diesmal vorübergehen«, tröstete Emmi und hielt seine Hand fest. In der Küche duftete es nach Kaffee und frischem Brot. »Keine Angst, Lieber, bald wirst du wieder sehen.«

Sein Zittern ließ nach, aber seine Augen hingen noch immer blicklos an ihrem Gesicht. »Emmi, Emmi«, wimmerte er.

»Schon gut, schon gut, Lieber«, sagte sie. Sie nahm ihren Schal von der Sessellehne und legte ihn auf seine Schultern. Sein dünner Hals ragte aus der dicken grauen Wolle, es war ein erbarmungswürdiger Anblick. Aber ihre beruhigende Gegenwart, ihre Kraft, die ihn so viele Jahre gestützt hatte, verfehlten auch diesmal ihre Wirkung nicht. In einer Aufwallung schlang er seine mageren Arme um ihren Hals, lehnte sich fest an ihre Brust und weinte wie ein Kind. Die Tränen taten ihm wohl. Sie spürte diese Tränen durch das dünne blaue Leinenkleid, und es war ihr, als wären es Blutstropfen.

Sie und Egon befanden sich allein in der dunklen, kalten Wohnung. Franz hatte die Nacht mit ein paar Kameraden in Tom Harrows Haus verbracht, während Dolly vor Erschöpfung eingeschlummert war. Es gab niemanden, den Emmi um Beistand hätte rufen können. Nur aus sich selbst mußte sie Kraft schöpfen — aber so war es immer gewesen. Deshalb durfte sie auch jetzt dem Unglücklichen um nichts in der Welt zeigen, wie ihr selbst die kalte Angst in die Knochen kroch. Mit eiserner Selbstbeherrschung unterdrückte sie das Zittern ihrer Glieder, und die Tränen, die in ihren Augen brannten, konnte er nicht sehen.

Endlich fragte er mit gebrochener Stimme: »Emmi, was sollen wir tun, wenn ich blind werde?«

»Du bist nicht blind«, erklärte sie energisch. »Glaub mir, du bist nicht blind. Aber es war falsch, daß du mir nicht längst schon davon erzählt hast, dann wäre dir das erspart geblieben. Ich habe dich gebeten, zum Arzt zu gehen, als deine Brillen zu schwach wurden. Aber du hast es abgelehnt. Jetzt sind deine Augen überanstrengt. Wenn du ausspannst und dich erholst, wirst du wieder sehen.«

»Ja, ja«, wisperte er, die zitternden Lippen in ihrem Hals vergraben. Er glaubte ihr. Emmi hatte ihn noch niemals belogen.

Es wurde still in der Küche. Egons magerer alter Körper entspannte sich, wärmte sich an ihren Armen, am Ofen und an dem dicken Schal. Sie hielt ihn fest. Eine tiefe und traurige Zärtlichkeit flutete durch ihr Herz und ihre Seele. Es schien ihr, als könnte ihr Fleisch diese Flut nicht ertragen, als müsse sie aus ihr brechen. Immer hatte sie Egon mit einer kühlen, eifersüchtigen und beschützenden Leidenschaft geliebt, in einem fast gierigen Besitztrieb. Er war ihr Kind, wie es Franz niemals hatte sein können. Franz war ihr anfangs ebenbürtig und dann überlegen gewesen, und jetzt haßte er sie. Plötzlich wurde ihr erschreckend klar, daß auch sie soweit gekommen war, ihn zu hassen. Aber sonderbar, trotz dieses Hasses verstand sie ihn, und tief im Innersten liebte sie ihn wie eh und je. Es war eine Haßliebe, die sie selbst nicht begriff. Niemals war sie um Franz so besorgt gewesen wie um ihren Mann, niemals so bemüht, alles Böse von ihm abzuhalten, ihn zu verwöhnen, ihn zu behüten, nicht einmal in seiner Kindheit. Instinktiv mußte sie immer gefühlt haben, daß Egon ein reiner Tor war, stets mit Wunden bedeckt, stets leidend, still, gütig und ahnungslos. Jetzt gestand sie sich auch ein, daß sie längst schon den Ausbruch dieser Krankheit gefürchtet, aber die Augen davor verschlossen hatte. Sie überschüttete sich mit Selbstvorwürfen — sie hatte versagt, obwohl sie Egon so liebte.

Liebe ist nicht genug, klagte sie sich an, und der Eispanzer, mit dem sie sich gewappnet hatte, schmolz. Es muß Verständnis dazukommen, das dem reinen Gefühl entspringt. Sie hatte Egon niemals verstanden, obwohl sie ihn aufrichtig geliebt und stets beschützt hatte. Er reizte sie, machte sie ungeduldig, weil sie ihn nicht begriff.

Er hatte diese Ungeduld erkannt und war schweigsam geworden, nicht vorwurfsvoll, nur traurig und hoffnungslos.

Wie in einem Spiegel sah sie mit einemmal sein Heimweh, sie fühlte seinen Schmerz in ihrem eigenen Leib. Oh, sie hatte ihn aufgeopfert! Sie hatte ihn in ein hassenswertes Land gezerrt, das er zwar nicht gehaßt, das ihn aber erschreckt und verwirrt hatte. Ein kaltes Land, in dem für seine anfällige Zartheit, sein demütiges Herz, für Güte und Frieden kein Platz war. Sie hatte seine Ohren mit dem Dröhnen der Maschinen gefüllt, sie hatte ihn mitten in den Hexenkessel von Stahl, Eisen, Kränen, Kolben, Greifern und Rädern gestellt, die ihre eisernen Gliedmaßen nach ihm ausstreckten wie ein riesiger stählerner Moloch. Sie war überzeugt, daß keine Seele in diesem Mechanismus, diesem rohen Irrenhaus steckte. Egon war rettungslos in den Strudel von Lärm und züngelnden Flammen gerissen worden, er lebte wie in einem Alptraum von schrecklichen Gesichtern, glühender Hitze, Gestampfe und Getöse, die ihn in ihrem pulsierenden Rhythmus zermalmten. Hilflos wie eine Motte flatterte er in einem Inferno, er sah keine Menschen, nur Schatten, die dem trügerischen Idol nachjagten, er ertrug das Antlitzlose dieses Landes nicht, denn sein Leben lang hatte er nur den Menschen und nicht die Masse gesehen. Die Kargheit dieses Lebens , das kalte Fieber, das gierige eiserne Herz Pennsylvaniens vernichteten ihn.

»Es ist zuviel für dich, Egon. Wir gehen nach Deutschland zurück, es war ein Fehler von mir, herzukommen. Hier können sich unsere Träume nicht erfüllen. Ich habe Lügen für Wahrheit genommen, oder ich habe an Dinge in Amerika geglaubt, die längst nicht mehr bestehen. Wir sind zu früh oder zu spät gekommen. Wir kehren heim.«

»Emmi«, wisperte er zaghaft, »tätest du das wirklich? Du wirst die Rückkehr als schuldhaften Fehlschlag empfinden.«

Sie biß die Zähne zusammen: »Es ist idiotisch, aus einem Versagen keine Konsequenzen zu ziehen. Im übrigen, was bin ich schon? Bin ich wichtig? Kein bißchen. Nicht einmal die Träume, die ich hegte, waren von Bedeutung.«

Ihr Stolz war tief getroffen, die Wunde würde niemals heilen. Aber sie war stark genug, sich damit abzufinden.

»Und Franz?« flüsterte Egon. Ein Funken Hoffnung zitterte in ihm, den er sich selbst nicht eingestehen wollte.

»Franz geht mit uns, davon bin ich überzeugt. Er hängt sehr an dir. Er läßt dich nicht allein.«

Egon schwieg. Dann plötzlich, als wären ihm neue Kraft, neue

Freude, neue Hoffnung geschenkt, hob er den Kopf und lächelte verzückt. Seine blinden Augen schienen zu leuchten.

»Nach Hause! Nach Hause, in die Heimat!«

Seine jubelnde Freude schnitt ihr ins Herz. »Ja, nach Hause«, wiederholte sie und war froh, daß er ihre trockenen, verkniffenen Lippen nicht sehen konnte.

Er schlug die Hände vors Gesicht und weinte. Sie ließ ihn gewähren. Niemals hatte sie geahnt, wie bitter er unter Heimweh litt. Seine geduldige Ruhe hatte sie betrogen. Jetzt fühlte sie sich elend und schuldbewußt.

Egon ließ die Hände sinken. Dann fuhr er plötzlich auf, bewegte ungläubig den Kopf, schaute Emmi an, seine blassen Lippen öffneten sich, er wollte sprechen, aber er brachte keinen Laut heraus. Er konnte es nicht fassen.

»Ich sehe!« stammelte er endlich. »Ich sehe wieder!«

»Ja, ja ...«, ihre Stimme brach. »Jetzt verstehe ich es. Nicht deine Augen waren krank, Egon, dein Herz war es, dein Gemüt. Du konntest das Leben hier nicht mehr ertragen.«

Sie umarmten sich, und die Tränen flossen über ihre Gesichter. Noch nie waren sie einander so nahe gewesen.

Sie verlangte, daß er sich wieder niederlegte, und brachte ihm das Frühstück zum Bett, obwohl er protestierte und mit lachendem Gesicht erklärte, sich noch niemals so wohl gefühlt zu haben. Er beobachtete sie, während sie im Zimmer umherging, und erlaubte, daß sie ihn fütterte. Wie ein glückliches, vertrauensvolles Kind war er, das eben dem Tod entgangen ist.

»Du bist so gut zu mir, Emmi«, sagte er und küßte ihre schwieligen Hände. Sie blickte hinab auf den grauen Kopf, und ihr Herz zuckte.

Niemals mehr darf er in dieses Kontor gehen, nahm sie sich vor. Es lagen fünftausend Dollar auf der Bank. Das war genug. Sie hatte noch eine andere Idee. Irmgard besaß den kleinen Bauernhof in Deutschland. Sie, Emmi, würde diesen Hof kaufen. Sie schmiedete Zukunftspläne. Alle würden sie heimkehren, sie und Egon, Franz und Irmgard. Franz und Irmgard würden heiraten. Sie wollte sich bescheiden und alle ihre sinnlosen Träume begraben. Nur für Egon leben, und für ihre Enkelkinder. Ein zufriedenes Alter in Deutschland ...

Immer habe ich nur für mich selbst gelebt, bekannte sie sich und überschlug sich nun förmlich in Verzicht und Reue. Ich habe geglaubt, eine Berufung zu haben — ich war töricht.

Trotzdem war ihr bewußt, daß der Verzicht auf die Träume und

Ideale eines ganzen Lebens qualvoll sein würde. Kalte Leere breitete sich in ihrem Inneren aus, unausgefüllt und unausgelastet lag das zukünftige Leben vor ihr. Sie war zu stark, um einzig für die anderen zu leben und dabei glücklich zu sein. Die Starken leben für sich selbst, denn das ist ihre Natur, so meinte sie. Wenn sie sich aufgeben, dann sind sie geistig in ein Kloster eingetreten, wo nur Kälte und Unfruchtbarkeit herrscht, wo alles Natürliche stirbt.

Trotzdem, sie mußte es tun. Es war kein freudiges Opfer, das sie brachte. Es war Galle auf ihren Lippen, Essig in ihrer Seele. Nicht in jauchzender Verzückung schlug sie sich an ihr selbstgezimmertes Kreuz, nicht im Glauben, daß sie Erfüllung und Frieden im Verzicht finden würde. Nein, sie erwartete nur unbelohnten Tod.

Ich bin stärker als Egon, dachte sie. Ich kann Leiden besser ertragen als er. Deshalb bin jetzt ich an der Reihe.

Egon schlief bald vor Erschöpfung ein. Sie schaute auf die Uhr und erhob sich. Um elf Uhr war das Begräbnis Tom Harrows, und sie hatte Mrs. Harrow versprochen, um neun Uhr bei ihr zu sein. Nun war es spät geworden. Sie machte sich sachte von seinen Händen los, verließ das dunkle Schlafzimmer, lief schnell hinunter, warf das Umhängetuch über Kopf und Schultern und steckte die Schlüssel ein.

Da klopfte es an der Eingangstür. Sie holen mich, dachte sie. Als sie öffnete, sah sie aber zu ihrem Erstaunen Irmgard vor sich stehen, hübsch, lächelnd, in einem grünen Tuchkleid, schwarzer Samtjacke und grünem Hut.

»Du, Irmgard ...«, sagte sie hilflos und wickelte sich fester in den Schal.

»Tante Emmi, ich habe diesen Donnerstag freibekommen«, sagte Irmgard. »Ich wollte euch besuchen.« Sie machte einen Schritt in den kleinen, dunklen Vorraum und merkte erst jetzt, wie verändert die Tante war.

»Das freut mich«, sagte Emmi mechanisch. Aber Irmgard fühlte sich plötzlich unbehaglich, die Tante kam ihr geistesabwesend und fremd vor. Dann endlich drückte sie einen Kuß auf Irmgards Stirn. Es war ein flüchtiger Kuß, und die Lippen waren kalt und leblos. Irmgards Verlegenheit wuchs.

»Komme ich ungelegen?« fragte sie hastig. »Ist etwas passiert?«

»Nein, nein, Kind ... Nur ... dein Onkel fühlt sich nicht wohl. Erschrick nicht, es ist keine körperliche Krankheit, es ist sein Gemüt. Er hält es hier nicht mehr aus.«

Sie wartete gereizt, daß Irmgard jetzt noch um Einzelheiten

fragen würde. Aber das Gesicht des Mädchens blieb unbewegt wie immer, nur die Augen verdunkelten sich.

»Kann ich helfen? Darf ich ihn sehen?«

»Nein!« Emmi ärgerte sich. Sie hätte soviel zu erzählen gehabt, aber sie hatte Irmgard noch nicht aufgefordert, weiterzukommen. Irmgard merkte, daß etwas Besonderes vorgefallen war, und ahnte dunkel, daß die Sache auch sie betraf.

»Ich bin froh, daß du gekommen bist«, sagte Emmi plötzlich. »Du hast dich lang genug nicht um uns gekümmert. Wir dachten schon, du hättest uns vergessen.«

»Ich habe euch niemals vergessen«, antwortete Irmgard, ohne die Tante anzuschauen. »Aber meine Herrschaft braucht mich.«

Emmi machte eine ungeduldige Handbewegung, und Irmgard spürte, daß sie ihren Vorwurf nicht so ernst gemeint hatte. Sie dachte sicherlich an ganz andere Dinge. Auch als Emmi weitersprach, sagte sie offensichtlich nicht das, was ihr am Herzen lag.

»Erinnerst du dich an die kleine Engländerin, die wir gemeinsam besucht haben? Zwei Tage nachdem du gekommen bist. Die mit den netten kleinen Mädchen. Ihr Mann ist in der Nacht überfallen und getötet worden. Franz war bei ihm.«

Alle Farbe wich aus Irmgards Wangen. »Franz?« rief sie und schlug die Hände zusammen.

Emmi schüttelte ungehalten den Kopf. »Franz ist nichts geschehen, er hat die Gewalttäter vertrieben, aber erst, nachdem sie den armen Harrow erschlagen hatten.«

»Wie schrecklich«, murmelte Irmgard und blickte zu Boden.

»Es ist furchtbar, ja«, sagte Emmi. »Es war Franz' einziger Freund. Ich gehe zum Begräbnis. Das Haus ist nur eine Straße weiter.« Und nach einer Pause: »Gehst du mit mir?«

Irmgard zögerte. »Wäre es nicht besser, wenn ich bei Onkel Egon bliebe, da er doch krank ist?«

Emmi war unschlüssig. Nein, es war besser, Irmgard ging mit ihr. Egon konnte der Nichte von der großen Neuigkeit erzählen, und das wollte sie lieber selbst tun, um keine Unordnung in ihre Entschlüsse und Pläne zu bringen. Ihr scharfer Verstand arbeitete wieder auf vollen Touren.

»Er schläft jetzt, er braucht Ruhe. Ich möchte lieber, daß du mich begleitest.« Es klang wie ein Befehl.

Jetzt erst glaubte Irmgard zu erkennen, wie nah ihrer Tante dieser Unglücksfall ging. Nur deshalb war sie so bleich, so eigenartig, gewiß. Irmgard hob ihren grünen Rocksaum und trat hinaus auf die schmutzige Straße. Sie trug hohe Knöpfelschuhe, die sehr schick und offensichtlich neu waren. Emmi stellte es mißbilligend fest. Sie warf einen schnellen Blick auf den hübschen grünen Hut mit den hellgrünen Schleifen unter dem Kinn und auf die schwarzen Lederhandschuhe. Irmgard war nicht mehr das unbeholfene, verkrampfte Mädel vom Land, die weltfremde Einwanderin, als die sie vor kurzem nach Nazareth gekommen war. Sie bewegte sich sicher und ungezwungen wie eine Dame.

»Du bist schon eine Amerikanerin geworden«, sagte Emmi, während sie durch die menschenleeren Straßen gingen.

Irmgard lächelte: »Enttäuscht dich das, Tante?«

Emmi zuckte mit den mageren Schultern unter dem Umhängetuch. »So schnelle Veränderungen sind verdächtig«, erklärte sie in ihrer alten Schroffheit. »Das paßt nicht zu deinem Charakter. Du bist ein Mädchen aus Deutschland und gibst dir den Anschein, eine Amerikanerin zu sein.«

»Ich bin eine Amerikanerin«, sagte Irmgard und lächelte nicht mehr.

Sie wunderte sich über die Reaktion ihrer Tante. »Du bist verrückt und weißt nicht, was du redest«, erklärte sie und beschleunigte ihren Schritt. Es war fast, als befände sie sich auf der Flucht. »Auf die Dauer kann man in Amerika nicht leben! Wo solche Dinge passieren, und die Polizei bekommt nichts heraus!«

Irmgard war die hohen Absätze ihrer neuen Schuhe noch nicht gewohnt und konnte kaum mit Emmi Schritt halten, sie mußte sich auf die holprige Straße konzentrieren, und die Anstrengung färbte ihre Wangen rosig. Ein großer Bierwagen mit zwei kräftigen grauen Rössern rumpelte vorbei, der Kutscher schaute Irmgard frech unter den Hut und pfiff. Der Wind wirbelte Schmutz und Staub auf und blies sie ihnen ins Gesicht. Irmgard war plötzlich niedergeschlagen. Die Armut der verwahrlosten Gegend bedrückte sie, die elenden Baracken und der Unrat in den Höfen. Daheim in der benachbarten kleinen Stadt hatten nicht einmal die Ärmsten in so einem Schmutz gehaust. Es gibt keine Entschuldigung für Schmutz, dachte sie. Eine solche Atmosphäre ist ein Abklatsch der Seele dieser Menschen. Sind nur tote Seelen aus Europa nach Amerika gekommen? fragte sie sich traurig.

Sie kamen zu Tom Harrows sauberem Häuschen mit den gestärkten weißen Vorhängen und dem blankpolierten Türknauf. Irmgard wunderte sich über die vielen Menschen, die in langer Reihe geduldig vor dem Haus warteten, in ihren Arbeitsanzügen und Overalls, schäbig, ja zerlumpt, mit dicken Wollschals als einzigem Schutz gegen die Kälte. Sie bewegten sich nicht, sie hatten die Köpfe zwischen die Schultern geduckt und die Hände tief in den Hosentaschen vergraben. Irmgard mußte bei ihrem Anblick an krankes Herdenvieh in Dürrezeiten denken, so ergeben, so hoffnungslos schien ihr die triste Ansammlung. Sie sah den Kummer auf den verbrauchten grauen Gesichtern, aber auch die Furcht und die unaustilgbare Verzweiflung. Waren auch diese Menschen einmal voll Hoffnung nach Amerika gekommen, wie Emmi? Mit Träumen? Ach, sicher hatte sie nicht der Traum betrogen, sondern eine Handvoll ausbeuterischer, geldgieriger Gauner, die hatten die Farben der Hoffnung von ihren Gesichtern gewischt. So würde es Tante Emmi sagen ...

Ein Leichenwagen kam angerattert, der Leichenwagen der Armen, und blieb vor dem netten Häuschen stehen. Irmgard sah die regennassen hängenden Pfauenfedern auf den Köpfen der mageren Pferde, die kotigen Räder. Der Leichenbestatter in seiner schwarzen Pelerine hatte ein rosiges, ordinäres Gesicht, auf seinem Kopf thronte ein hoher Zylinder. Er band die Pferde los, zog eine halb angerauchte Zigarre heraus und zündete sie an. Dann ging er wartend, die Hände in den Taschen, vor dem Haus auf und ab.

Emmi, die einen Eßkorb trug, klopfte an die Tür. Die Frau eines Arbeiters mit verweintem Gesicht öffnete ihnen und führte sie in einen dunklen, kalten Vorraum, voll von Frauen. Irmgard hörte unterdrücktes Schluchzen und Stöhnen und sah dann den billigen Sarg mit dem schwarzen Tuch auf einem Gestell vor den verhängten Fenstern. Nur ein einziger Kranz aus weißen Rosen lag auf dem Leichentuch. Irmgard zuckte zurück, sie wollte das Antlitz des Toten nicht sehen. Zwei lange, dünne Kerzen brannten links und rechts vom Sarg. Als sie sich an die Dunkelheit gewöhnt hatte, nahm sie die kleine Mrs. Harrow inmitten schwarzer Gestalten aus, die auf einem Stuhl neben dem Sarg saß und verzweifelt schluchzte. Drei kleine Mädchen standen in schwarzen Kleidern daneben, über ihre feierlichen blassen Gesichter, die vom Kerzenlicht beleuchtet waren, liefen Tränen.

Dann plötzlich tat Irmgards Herz einen heftigen Schlag. Franz stand am Fuß des Sarges, die Arme über der Brust gekreuzt, das Haupt geneigt, die Augen auf den Toten geheftet. Er blickte nicht auf, als seine Mutter und seine Kusine eintraten, er war völlig versunken und sah und hörte nicht, was um ihn vorging. Hinter ihm, in eine finstere Ecke gedrückt, stand ein riesiger Arbeiter, der alle überragte. Irmgard konnte sich selbst nicht erklären, warum dieser Mann, nach ihrem ersten, schmerzhaften Blick auf Franz, ihre Augen mechanisch anzog; sie sah nicht sein Gesicht, sie sah nur die groben Umrisse der hünenhaften Gestalt. Zufällig fiel das Kerzenlicht auf seine Hände, sie waren zu Fäusten geballt, riesige gefährliche Brocken, zum Zuschlagen bereit. Eine unerklärliche Angst befiel sie, sie erschauderte beim Anblick dieses wie zu Stein erstarrten Mannes mit den beleuchteten Fäusten, der wie der Rächer einer unbekannten Schuld auf den Augenblick der Vergeltung wartete.

Von ihrem Platz aus konnte Irmgard den Raum mit den weinenden Frauen übersehen, und sie sah auch die kleine Dolly mit ihren Kindern. Eine Frau hatte in der Küche Kohlsuppe gekocht, und der aufdringliche Geruch des Gemüses vermischte sich mit den Gerüchen der ungepflegten Trauergäste. Franz, vor dem Sarg, rührte sich nicht und ebensowenig der drohende Schatten mit den geballten Fäusten hinter ihm.

Emmi hatte einer der Frauen den Korb gegeben, damit sie ihn in die Küche trug. Sie ging direkt auf Mrs. Harrow zu und legte ihr wortlos die Hand auf die Schulter. Die drei kleinen Mädchen mit den weißen Gesichtern und blauen Lippen schlotterten vor Kälte.

»Ist in der Küche geheizt?« fragte Emmi plötzlich.

Die angeredete Frau nickte verwundert. Emmi winkte den drei Kleinen mit einer energischen Handbewegung. Sie folgten ihr verschüchtert in die Küche. Irmgard hörte, wie sie das Feuer schürte, dann mit Geschirr hantierte und kurze Anweisungen gab. »Ein bißchen heiße Milch für die Kinder, ja? Und ein Stück Kuchen dazu; na, und der Schinken ist auch nicht übel, nicht wahr? So, und jetzt ein dickes Butterbrot. Die Hände her zum Feuer, Kälte tut Kindern nicht gut. Nein, Kinder dürfen sich niemals erkälten. So, jetzt wascht euch schön die Hände und, bitte, nicht an den Kleidern abtrocknen! Die müssen sauber bleiben.«

Irmgard hörte ein kindliches Kichern aus der Küche. Der Laut drang in das dunkle Totenzimmer mit seinem Schluchzen und Stöhnen. Der Laut des Lebens in der tödlichen Stille der Auflösung. Das tat gut. Der arme Vater im Sarg war sicher dankbar. Jetzt sah Irmgard zum erstenmal das schlummernde Gesicht, von Schrammen entstellt, aber erhaben in seinem tiefen Schlaf des Vergessens.

Es war ein häßliches Gesicht, von häßlichem schwarzem Kraushaar gekrönt. Aber eine Majestät und eine Güte sprachen aus den Zügen, die nicht einmal der Tod hatte auslöschen können. In tiefer Trauer stand Irmgard vor diesem Fremden, so versunken, daß sie nicht die neugierigen Blicke der Frauen bemerkte, die verwundert die elegante Dame in ihrem mondänen Kleid musterten. Mißtrauische und feindselige Blicke trafen sie; was wollte sie hier, die Fremde?

Die Frauen wisperten miteinander und zeigen mit den Fingern auf sie.

Jetzt sah Irmgard auch das Gesicht ihres Vetters; es war wie aus Stein gemeißelt, wie erstarrt in Schmerz. Der Tote war sein einziger Freund gewesen, hatte Tante Emmi gesagt.

Er trauert, dachte sie, und eine Woge von Liebe und Zärtlichkeit strömte ihr zum Herzen. Er trauert, wie ich niemals gedacht hätte, daß er um einen Menschen trauern kann. Ihre Gedanken liefen zu ihm hin, boten ihm Trost und Liebe an, und ihre Augen schimmerten zärtlich.

Als hätte er ihre Nähe endlich gefühlt, hob er den Kopf, und ihre Augen begegneten sich. Der Ausdruck seines Gesichts blieb unverändert, er sah sie zwar, aber er schien sie nicht zu sehen. Sie hatte mit dem allen hier nichts zu schaffen, sie gehörte nicht hierher. Sie war ihm fern wie eine Fremde, und seine Augen senkten sich wieder.

Franz, dachte Irmgard, mit einem schmerzhaften Stich im Herzen, warum erlaubst du nicht, daß ich dich tröste? Daß ich dir zur Seite stehe? Er verstieß sie. Aber es bedrückte sie nicht wirklich. Nein, eine seltsame traurige Hoffnung erwachte in ihr: Er war mehr, als sie je in ihm gesehen hatte.

Emmi trat energisch ein, mit einer Tasse Milch in der Hand. Sie schob die greinenden Frauen kurz zur Seite. Jetzt konnte Irmgard die kleine Mrs. Harrow besser sehen, es war eine rundliche, adrette Frau, trotz ihres Kummers hübsch frisiert. Ihre Wangen waren naß von Tränen. Sie schüttelte matt den Kopf, als Emmi mit der Milchtasse vor ihr stand.

»Unsinn«, sagte Emmi laut. »Bitte, das tut Ihnen gut.«

Die umstehenden Frauen schauten sie empört an — was für eine Zumutung, das Hauptopfer der Tragödie ins Leben zurückholen zu wollen!

Dolly verbarg das Gesicht in den Händen und schrie auf: »Er war alles, was ich hatte, mein Tom! Er war alles, was ich hatte!«

»Nein«, sagte Emmi unerschüttert. »Sie haben drei kleine Töchter. Es ist nicht gut für Sie, das zu vergessen. Sie, ihre Mutter, sind alles, was die Kleinen haben.«

Dolly schluchzte hemmungslos, ihr Körper schüttelte sich. Emmi faßte sie bei der Schulter: »Und jetzt trinken Sie. Nehmen Sie sich zusammen. Die Kinder trinken draußen ihre Milch und essen. Sie warten auf ihre Mutter.«

Sie setzte die Tasse an Dollys Lippen. Die tränennassen armen Augen blickten das Gesicht über sich verzweifelt an. Dann, gehorsam schluckend, trank das unglückliche kleine Geschöpf die warme, kräftigende Flüssigkeit. Die Frauen traten zurück, sie waren entrüstet über soviel mildtätige Schroffheit. Die armen Leute, so dachte Irmgard, sind böse, wenn man ihnen ein leidendes Opfer entzieht, sie nehmen es übel, wenn man Schmerzen lindert. Den Mühseligen und Beladenen bereiten die Tränen ihres Nächsten eine seltsame Befriedigung. Dollys Schluchzen wurde schwächer, nachdem sie getrunken hatte. Emmi sah sie grimmig, aber voll Mitleid an.

Es klopfte an der Tür, und der Geistliche trat ein, ein kleiner, verschrumpelter Mann im schwarzen Habit mit weißen Koteletten und einem kleinen weißen Bart, aber ohne Schnurrbart. Er sah gebrechlich, unterwürfig und zugleich bedeutend aus. Ein Schein des winterlichen Lichts fiel in das Zimmer, und als man die Tür hinter ihm schloß, sah es noch düsterer aus als zuvor.

Die Frauen traten zur Seite, und der Priester schritt auf den Sarg zu. Feierlich blickte er auf das tote Antlitz. Er hielt sein Buch in den Händen, das Kerzenlicht beleuchtete sein weißes Haar. Dann hob er die Hände und begann zu beten.

XXXII

Die Frauen genossen die heilige Handlung, obwohl der Geistliche so schnell als möglich sprach, denn die Bezahlung für dieses Armenbegräbnis war gering, das wußte er. Er kannte den Toten und seine Frau nicht, sie hatten niemals das kleine Gotteshaus besucht, obwohl er die Kinder, Mary, Polly und Pansy, in der Sonntagsschule gesehen hatte. Außerdem fand er es unwürdig und degradierend, mitten in der Nacht auf der Straße überfallen und getötet zu werden; ordentliche Christen starben dekorativ zu Hause im Bett, umgeben von sauberen Leintüchern und weinenden Angehörigen. Übrigens empfand er auch keine besondere Sympathie für die Arbeiterkreise, obwohl seine Pfarre mitten in einem Arbeiterviertel lag. Die Leute waren mühsam und schmutzig, immer jammernd, immer hungrig und unzufrieden, und immer aufbegehrend. Revolution war etwas Unchristliches. Man mußte bescheiden und demütig sein, und diese Tugenden waren etwas Erbauliches, wenn sie mit einem anständigen Einkommen verbunden waren. Seine Pfarrkinder bezogen niedrige, unregelmäßige Löhne. Die Weisheit Gottes hatte es so beschlossen, und deshalb war daran nicht zu rütteln. Je niedriger das Einkommen war, desto bescheidener hatte man zu sein.

»Ich bin die Auferstehung und das Leben«, sagte er mit seiner sonoren Stimme. »Wer an Mich glaubt, wird ewig leben.«

Irmgard fand es unpassend, daß ein so unscheinbarer Mann mit hagerem und salbungsvollem Gesicht, der es sichtlich eilig hatte, wagte, diese ernsten und heiligen Worte auszusprechen. Aber das war nur ein flüchtiger Gedanke. Sie beobachtete Franz und den ungefügen Schatten hinter ihm. Franz rührte sich noch immer nicht und schien nicht zu merken, was um ihn vorging. Dolly schluchzte leise, doch Emmi stützte sie; sie hatte den Kindern verboten zurückzukommen, und man hörte sie in der Küche kichern und plappern. Die Kerzen beschienen die Gesichter der Trauernden, beschienen Dollys Haupt mit der frivolen Frisur, das Leichentuch auf dem Sarg und das starre Antlitz des Franz Stössel. Ein paar Frauen bewegten die Lippen im stummen Gebet, einige bekreuzigten sich.

Die Einsegnung war beendet, die Tür öffnete sich wieder, und die Frauen blinzelten in das jäh einfallende Tageslicht. Diesmal wurde sie nicht wieder geschlossen, der Leichenbestatter in seiner grünlich spiegelnden schwarzen Pelerine und den weißen Handschuhen trat ein. Er hielt einen Hammer in der Hand, und als Dolly ihn sah, brach sie neuerlich in haltloses Schluchzen aus. Sie sprang auf, lief zum Sarg und klammerten sich an das Tuch. Die Frauen weinten laut mit ihr.

Jetzt bewegte sich Franz zum erstenmal. Sein Gesicht verzog sich, mit ausgestreckten Armen beugte er sich über Dolly, um sie sanft wegzuziehen. Irmgard trat mit wankenden Beinen einen Schritt näher, und auch der Schatten im Hintergrund schien sich plötzlich zu beleben.

Während der Geistliche und der Leichenbestatter verharrten, ging Emmi auf die junge Witwe zu, die sich so verzweifelt an ihren toten Gatten klammerte. Sie hob sie liebevoll auf:

»Nein, nein, lassen Sie Ihren Mann in Frieden ruhen. Er muß seine Ruhe haben.« Die kleine Frau fiel an ihre Brust und ließ sich, von Schluchzen geschüttelt, wegziehen, während der Geistliche und der Leichenbestatter sich dem Sarg näherten.

Zwei billige Kutschen warteten draußen hinter dem Leichenwagen, Emmi führte Dolly zur Tür. »Holt die Kinder«, sagte sie zu den Frauen, »aber bitte, mit Mantel und Mütze.«

»Die Kinder!« jammerte Dolly und schluchzte noch lauter. »Die armen Dinger! Sie haben keinen Vater mehr und haben den besten gehabt! Was bleibt uns? Das Arbeitshaus für mich und die Kinder! Das Arbeitshaus!«

Jetzt trat Franz wieder zu Dolly. Er schloß ihre zitternde, nasse Hand fest in die seine und blickte sie lächelnd an. Irmgard fühlte, wie schwer ihm dieses Lächeln fiel.

»Nein, Dolly«, sagte er liebevoll und hob das verweinte Gesicht mit dem schiefsitzenden Hut hoch. »Nein, nicht das Arbeitshaus. Ich habe gehört, daß dir die Schmidt-Stahl-Compagnie fünftausend Dollar geben wird. Fünftausend Dollar, Dolly, weil sie den Tod Toms sehr bedauert. Er war einer ihrer besten Leute.«

Sie schaute ihn mit ihren verweinten Augen an und verstand ihn kaum.

»Fünftausend Dollar«, wiederholte Franz.

Eine heftige Bewegung entstand unter den Frauen. Der Geistliche stand da, als hätte er nicht recht begriffen, der Leichenbestatter betrachtete die Witwe mit einem Mal respektvoll. Dolly wankte und lehnte sich an Franz, der sie stützte. Der Geistliche näherte sich ihr, eitel Sympathie und Mitgefühl.

»Mein armes Kind, es ist Gottes Wille«, sagte er feierlich. »Wir dürfen uns gegen Seinen Ratschluß nicht auflehnen. Wir müssen uns fügen, wir müssen an unsere Kinder denken.«

Irmgard war die erste, die sah, wie sich der riesige Schatten hinten in der Ecke bewegte. Sie sah die Fäuste, und sie sah das Gesicht, in das Haß und Mord gezeichnet waren.

»So«, sagte der Mann mit seiner heiseren, rauhen Stimme. »So, sie zahlen also fünftausend Dollar dafür, daß sie meinen Freund umgebracht haben. Du hast's ihnen abverlangt, Franz, nicht wahr!?«

Franz fuhr auf und blickte in das haßverzerrte Gesicht und die blutunterlaufenen Augen Jan Kozaks. Es wurde totenstill. Alle, die Frauen, der Geistliche, der Leichenbestatter, Emmi, Irmgard, ja, selbst die weinende Dolly spürten lauernden Mord und tödliche Gefahr in dem düstern Gemach.

Franz antwortete nicht. Eine gräßliche, unmenschliche Angst lähmte ihm die Zunge. Irmgard sah sein krampfhaftes Bemühen, aber er brachte keinen Laut heraus.

Jan Kozak überragte ihn mit seiner mächtigen Gestalt; wie ein wildgewordener Stier schien er sich auf Franz stürzen zu wollen.

»Ich war dort, damals. Ich hab' dich gehört. Bei der Versammlung. Hast dem Mann gesagt, wie er meinen Freund umbringen soll. Sie sollen ihn nicht verletzen, hast du gesagt. Der Streik muß abgeblasen werden. Haben ihn aber erschlagen. Vielleicht hast du es nicht gewollt, vielleicht war es ein Unglücksfall. Aber du warst schuld.«

Eine laute, scharfe Stimme durchschnitt die Stille: »Nein!« Und noch einmal: »Nein!« Es war Emmi, die plötzlich neben ihrem Sohn stand. Sie schien gewachsen zu sein, so gerade und aufrecht war ihr Kopf. Das Umhängetuch war ihr von den Schultern geglitten, und ihr Gesicht war hart, wie aus Stein gehauen.

»Nein«, sagte auch Irmgard leise mit geschlossenen Augen und suchte nach einem Halt, den sie nicht fand. Niemand beachtete sie, alle schauten auf die Menschen neben dem Sarg — Emmi, Franz, Dolly und Jan Kozak. Aber Franz hielt Dolly noch immer in seinen Armen.

»Ich hab' dich gehört«, wiederholte Jan. »Bist ein Lügner. Ein böser Mensch. Hast gesagt: Ich geb' ein Zeichen, wenn wir allein in der Straße sind. Ich war hinter dir. Bei allen Versammlungen bist du gewesen, damit du hörst, was wir reden. Und damit du's den Bossen erzählen kannst. So ... hast du geholfen, meinen Freund umzubringen. Und dann bist du zu den Herren gegangen und hast gesagt: Der Mord kostet euch fünftausend Dollar. Es war doch gute Arbeit in der Nacht, nicht wahr!«

»Nein«, sagte Emmi wieder. Aber niemand sprach. Dolly hatte sich von Franz freigemacht und starrte Jan Kozak an.

»Jan«, flüsterte sie, »das ist nicht wahr.«

Jan hob seine riesige Hand und zeigte auf Franz: »Frag ihn selbst, da steht er und bringt das Maul nicht auf. Er traut sich nicht zu lügen, wo Tom tot vor ihm liegt.«

Jetzt erst blickte die Witwe Franz ins Gesicht. Fast unhörbar flehte sie: »Franz, nicht wahr, es ist eine Lüge? Sag, daß es eine Lüge ist. Du hast meinen Tom nicht getötet.«

Franz fühlte die mörderische Nähe Jan Kozaks, ein Schauer lief ihm über den Rücken. Seine Zunge war wie angeschwollen, das Sprechen kostete ihm unendliche Mühe.

»Nein, Dolly, ich habe Tom nicht getötet. Glaub mir das, Dolly. Jan Kozak hat sich nur eingebildet, daß ich mit ... jemandem geredet habe ... Glaubst du mir, Dolly?«

Da brach Jan Kozak in ein lautes, brüllendes Gelächter aus. Die Leute zuckten zusammen, nur Emmi stand wie zur Salzsäure erstarrt aufrecht da. Jan lachte noch immer, während er auf Franz zeigte.

»Er ist ein Lügner. Er traut sich nicht, die Wahrheit zu sagen. Er fürchtet sich vor der Polizei. Ich habe keinen Beweis, wird er sagen. Nein, ich hab' keinen Beweis. Aber er weiß, daß ich die Wahrheit sage. Und Gott weiß es auch. Und mein toter Freund.« Dann, heiser: »Wir zwei rechnen noch ab. Du hast meine Arbeit gestohlen, du hast das Leben meines Freundes gestohlen. Wir zwei — rechnen noch ab.«

Franz nahm Dolly beim Arm, deren Augen jetzt trocken waren und fiebrig glänzten. »Dolly, es ist alles Lüge«, sagte er und schüttelte sie leicht. »Tom und ich, wir waren Freunde. Glaubst du mir, Dolly?«

»Ich glaube dir, Franz«, flüsterte sie nach einer Weile.

Jan knurrte etwas Unverständliches. Der Geistliche sah ihn strafend an: »Lieber Mann, das gehört sich nicht. Wenn sie mit diesem Herrn etwas auszutragen haben, dann doch nicht hier, vor ...«

Jan stand über den Sarg gebeugt und schaute in das tote Gesicht. »Schlaf wohl, mein Freund«, murmelte er. »Eines Tages gibt es Gerechtigkeit. Gottes Mühlen mahlen langsam, aber sicher.« Ohne einen Blick auf die Trauergemeinde zu werfen, verließ er mit schweren Schritten das Haus.

Dolly klammerte sich an Franz und beteuerte ihm schluchzend, daß sie ihm glaube, daß sie wisse, was für ein treuer Freund er ihrem Mann gewesen sei. Er sprach liebevoll und tröstend auf sie ein.

Aber Emmi stand still abseits, die Augen ins Nichts gerichtet, sie schien eine schreckliche Vision zu haben. Sie spürte nicht, daß Irmgard sie wegführen wollte. Sie sah nur diese schreckliche Vision.

XXXIII

Irmgard spürte, daß sie die Zeremonie am Friedhof und die kleine Leichenfeier nachher, zu der Emmi geladen war, nicht ertragen würde. Dolly war bereits in eine der alten Kutschen gestiegen, die Franz selbst lenkte.

Sie wolle in die Mulberry Street zurückgehen und ihrem Onkel Gesellschaft leisten, erklärte sie. Emmi schien ihr kaum zuzuhören. Sie war wie erstarrt seit der häßlichen Szene im Totenzimmer. Erst als sich Irmgard schüchtern nach der Krankheit des Onkels erkundigte, sagte sie geistesabwesend: »Es geht ihm schlecht. Ich habe ihm versprochen, daß wir nach Deutschland zurückkehren.«

»Nach Deutschland!«

»Geh, Kind«, sagte Emmi ungeduldig und schob Irmgard fort, wie jemand, der über das erträgliche Maß hinaus litt. »Hör ihm zu, wenn er spricht, aber verrate ihm nichts. Ich rede später mit dir darüber.« Damit ging sie zu Dolly zurück.

Irmgard schritt langsam, den Blick zu Boden gesenkt, durch die Straßen. Sie konnte nichts denken, nichts fühlen. Wenn ihr Franz in den Sinn kam, dann stieß sie den Gedanken schaudernd zurück. »Nein, nein«, sagte sie laut. Ihr grüner Rock fegte durch den Straßenschmutz, der Regen verdarb ihren hübschen grünen Hut. Sie spürte es nicht, oder es war ihr gleichgültig. Sie fühlte sich physisch krank, ihr Kopf schmerzte zum Zerspringen.

Sie fand Egon in eine Decke gewickelt beim Küchenherd. Er war freudig überrascht, sie zu sehen. Es fiel ihr auf, wie abgemagert er war und wie schlecht und alt er aussah, aber seine Augen waren klar.

»Wie schön, dich wiederzusehen, Kind«, lächelte er und küßte ihre Wange, als sie sich über ihn beugte. Er nahm ihre Hand und machte ihr keinen Vorwurf wegen ihres langen Fernbleibens. Er schaute sie nur glücklich an. Sie erzählte ihm, daß Emmi zum Begräbnis gegangen war, und sein Gesicht wurde traurig.

»Es ist sehr schlimm«, murmelte er. »Ich habe Tom Harrow nur ein paarmal gesehen. Auch er hatte seine Träume.«

Irmgard konnte sich nicht beherrschen. Sie rief: »Es ist ein Irrsinn, in Träumen zu leben, alles zu glauben und jedermann zu glauben! Die Welt ist furchtbar. Für einen Träumer ist es nur ein Glück, von dieser Erde erlöst zu werden!«

Egon fragte verwundert: »Was sollte denn aus den Menschen werden, wenn keiner mehr träumen wollte, Kind? Das wenige, das wir haben, verdanken wir den Träumern, die unter uns leben.«

Irmgard wendete sich heftig ab. Sie wollte dem Onkel ihr verstörtes Gesicht verbergen. Träumer! Schnell legte sie Mantel und Hut ab und band sich eine Schürze von Emmi über das neue Kleid, ging zum Herd und schaute in den Kochtopf: »Ah, da gibt's ja noch eine gute Suppe! Ich wärme sie dir, Onkel Egon.«

Er schaute ihr schweigend zu, wie sie Kohlen nachlegte und die Aschenkiste leerte. Sie zündete die Lampe an, denn es begann dunkel zu werden. Das Licht fiel auf ihr dichtes, seidenes Haar und ihre jungen, blassen Wangen. Egon fühlte, daß sie Kummer hatte, und das betrübte ihn.

»Der Todesfall ist ein schwerer Schlag für Franz«, murmelte er.

Irmgard antwortete nicht. Aber ihre Hände zitterten so stark, daß sie den Löffel fallen ließ, mit dem sie im Topf rührte, und er klirrend zu Boden fiel. Egon sprach wieder, und nun klang die Stimme fester.

»Es wird ihm daher guttun, mit uns nach Deutschland zurückzukehren.«

»Glaubst du denn, daß er mit euch geht?« fragte Irmgard und biß sich auf die Lippen.

Vater Stössel erschrak: »Ja, warum sollte er denn nicht mitkommen? Wir können ihn doch nicht allein hier zurücklassen! Ich kann mir nicht vorstellen, daß ich ihn niemals mehr wiedersehen sollte. Wir wären sehr unglücklich, Emmi und ich. Dann würde ich lieber in Amerika bleiben.«

Irmgard drehte sich heftig um. »Nein, Onkel Egon, nein!« rief sie. »Ob mit oder ohne Franz, du mußt nach Deutschland zurück. Dorthin gehörst du, hier gehst du zugrunde. Du bist nicht gesund. Amerika ist zuviel für dich.«

Er schüttelte den Kopf und lächelte traurig: »Nein, wir sind es, die nicht genug für Amerika sind. Es gibt etwas, das wir hier nicht gefunden und nicht verstanden haben. Das ist unsere Schuld. Emmi ist voll von Illusionen hergekommen, und das war falsch. Man darf sich nicht einbilden, daß einen der Himmel erwartet, man muß den Himmel schaffen, muß sich mit den Menschen vereinigen, die ihn bilden. Was mich betrifft« — er seufzte — »ich war alt, als ich kam. Vielleicht war ich immer zu alt. Ich habe immer das Glück im Winkel gesucht. Es gibt keine heimeligen Winkel in Amerika. Hier ist viel Raum, viel zuviel Raum für mich.« Und dann: »Ich mag das Kleine, die kleinen Gemeinschaften, die kleinen Siedlungen. Aber Amerika ist zu groß für getrennte Einheiten, für Menschen, die von Natur aus beiseite bleiben müssen. Es klingt paradox, aber gerade das kleine Land ist es, das sich selbst in kleine Gemeinschaften teilt. Das große Land ist wie ein Meer, in das alles fließt und mündet und zu einer Gesamtheit wird. Wenn es sich in Flüsse, Bäche, Teiche und Seen teilt, dann ist es nicht mehr Meer, kann es nicht als Meer existieren. Der Ozean Amerika ist groß. In ihm werden alle Menschen zu einem Ganzen. Das ist eine erhabene und großartige Idee. Amerika kann nur überleben, wenn es diese Idee verwirklicht. Sollte sich Amerika in kleine Staaten, in kleine Regionen, in Bezirke und Parteien teilen, dann zerfiele die Idee Amerika, und nichts bliebe als ein Haufen zerstrittener, unruhiger Länder und Siedlungen, von innen und von außen bedroht.«

Irmgard hörte ihm verwundert zu. Niemals hatte der schweigsame Mann so ausführlich und flüssig vor ihr gesprochen. Sein altes, schmales Gesicht leuchtete, eine neue Freude schien ihn zu beflügeln, eine Hoffnung, die ihm die Zunge löste.

»Meine arme Emmi hat das nie wahrgenommen. Amerika hat sie beleidigt und abgestoßen, vielleicht hat sie nie begriffen, worum es ging. Sie sah ganz Amerika in dieser häßlichen Stadt. Wenn sie das

Leben und die Verhältnisse hier abscheulich fand, dann waren eben für sie das Leben und die Verhältnisse in ganz Amerika abscheulich. Sie versuchte, im eigenen Herzen eine Gemeinschaft in Amerika zu bilden, und verstand nicht, daß Amerika als Ganzes eine Gemeinschaft ist und seine tausend Aspekte nur ein einziger Aspekt sind. Da sie von einem alten, müden Erdteil kam, der vor seinem Ende steht, glaubte sie in Amerika einen Erdteil zu finden, der jung und stark ist. Wenn sie das Heute sieht, dann sieht sie ebenso das Morgen, und alle späteren Tage. Aber für Amerika ist das Heute niemals das Morgen. Die Idee Amerika hängt wie eine Sonne über wechselnden Aspekten, über dem Wachsen, der Sturm und der Tollheit, dem Aufruhr. Immer ändert sich etwas, aber die Sonne scheint über alle diese Veränderungen. Solange Amerika seine Sonne behält und liebt, so lange bedeuten die Veränderungen nichts. Die Gefahr für Amerika liegt in jenen Menschen, die — wie Emmi — glauben, daß sich die Sonne für immer verfinstert hat.«

Irmgard hatte mit wachsendem Staunen zugehört.

»Tante Emmi glaubt aber, daß du Amerika haßt, Onkel Egon!«

Er schüttelte den Kopf. »Was sie glaubt, ist falsch. Ich ... ich war nie fähig, es ihr beizubringen. Ich kann mich so schlecht ausdrücken. Ich weiß nicht, was heute mit mir los ist, daß ich so offen, so frei zu dir reden kann, mein Kleines.«

Sie lächelten einander zu, und Irmgards Herz war schwer.

»Nein, ich hasse Amerika nicht«, fuhr er fort. »Ich liebe die Idee Amerika. Aber ich bin draufgekommen, daß ich zu klein, zu furchtsam, zu schüchtern, zu schwach für diese Idee bin. Sie erschreckt mich, denn ich passe nicht zu ihr. Ich hab's schon gesagt: Ich liebe das Herdfeuer, den gemütlichen Winkel ... der Wind und der freie Raum in Amerika sind zu groß, zu kalt für mich. Sie machen mir bange. Ich muß mich in meinem Eckchen begraben, oder ich gehe vor Kälte, Einsamkeit und Hilflosigkeit in der endlosen Weite Amerikas zugrunde. Das ist meine eigene Schuld. Ich bin eben ein bescheidener Europäer, der sein Häuschen, sein Gärtchen, sein Wäldchen und seinen Weiher liebt.«

Gedankenverloren fügte er hinzu: »Ja, jetzt wird mir klar, daß Franz in Amerika bleiben muß. Er glaubt nicht an die Idee — und das ist traurig. Aber er versteht die Weite des Landes. Der echte Amerikaner, der weiß, daß man nicht nur die physische Größe Amerikas begreifen muß, sondern auch die ideelle. Noch ist Franz nicht soweit — wahrscheinlich wird er es niemals sein. Aber vielleicht seine Kinder?«

»So willst du ohne Franz nach Europa zurückkehren?«

»Ach«, Egon seufzte tief. »Wer weiß, was mein Herz spricht, wenn der Augenblick gekommen ist? Während wir hier reden, ist mir soviel klar geworden. Noch vor kurzem habe ich erklärt: Er muß immer bei uns bleiben, und wenn wir zurückgehen, dann muß auch er zurück. Jetzt denke ich: Was wird aus seinen Kindern? Wie kann ich wünschen, daß er ihnen die Idee Amerika vorenthält? Habe ich ein Recht dazu?«

»Ja«, fuhr er nach einer Weile traurig fort. »Es wäre schlecht von mir. Wenn er bleiben will, werde ich vielleicht auch bleiben. Ich bin ein alter Mann. Ich liebe meinen Sohn, ich verstehe ihn und zürne ihm nicht, obwohl ich ihn durchschaue. Emmi versteht ihn nicht und zürnt ihm. O ja ... glaube mir, sie haßt ihn. Und trotzdem hängt sie an ihm. Er ist ihr einziges Kind, sie wird denken: Wenn ich geblieben wäre, dann hätte ich ihm vielleicht beistehen können. Diesen Trost darf ich ihr nicht nehmen.«

Er seufzte tief, aber er wirkte nicht mutlos, nein, seine Augen schienen zu lächeln: »Vielleicht findet sich auch in Amerika ein versteckter Winkel, wo ich mich verkriechen kann, und der auch ihm gefällt. Schließlich bin ich alt, ich werde keine anderen Kinder haben, die ich die Liebe zu den kleinen Winkeln lehren kann, den Winkeln, die so gefährlich für Amerika sind.«

Jetzt erst bemerkte er, wie unglücklich Irmgard aussah, ja, daß Tränen in ihren Augen standen. Erschrocken griff er nach ihrer Hand.

»Mein Kind, was fehlt dir?«

Zu seiner Bestürzung fiel sie vor ihm auf die Knie und verbarg den Kopf an seiner Schulter. Sie schluchzte nicht, und sie sprach kein Wort. Sie kniete nur da, in einer Haltung tiefsten Schmerzes, mit hängenden Armen. Er zog sie an sich, er fragte nichts, er verstand ihre stumme Angst, ohne deren Ursache zu kennen.

Er flüsterte: »Mein liebes Kleines, alles geht vorüber. Der Kummer von heute ist nichts als die Erinnerung von morgen.«

»Es gibt Dinge, die man nicht vergessen kann«, murmelte sie erstickt, das Gesicht an seine Schulter gepreßt. »Nicht vergessen und nicht vergeben.«

Er schaute sie liebevoll an: »Die Franzosen sagen, daß alles verstehen auch alles verzeihen heißt. Die Menschen werden von ihrer eigenen Natur zu Taten getrieben, es sind unsichtbare Kräfte in ihrem Inneren, denen sie nicht widerstehen können. Wir, die wir es verstehen, dürfen nur Mitleid für sie empfinden. Wenn dich jemand beleidigt oder gekränkt hat, dann nur deshalb, weil er nicht stark genug war, Herr über seine eigene Natur zu werden. Die Menschen, die widerstehen können, sind stark und einsichtig, die anderen, die es nicht zustande bringen, leer, Opfer ihrer Selbst, und sie leiden schwer unter ihrer eigenen Schwäche.«

»Leer«, murmelte Irmgard und sah ihren Onkel sonderbar an, »das habe ich ihm gesagt: Du bist leer. Aber er füllt seine Leere mit Handlungen, die zu Tragödien für seine Mitmenschen werden.«

Sie sah so unglücklich aus, daß Egons Herz vor Mitleid schmerzte. Sanft streichelte er ihre Wangen:

»Ich weiß nicht, wer ›er‹ ist, du brauchst es mir nicht zu verraten. Aber du mußt zu verstehen und zu vergessen trachten. Und wer weiß, ob du nicht etwas falsch siehst, ob du dich nicht täuschst? Man muß glauben können, muß sich zum Vertrauen durchringen.«

»Ja«, sagte sie nach einer Weile mit blassen Lippen, »man muß glauben können.«

»Und selbst wenn das Schlimmste wahr ist«, fuhr Egon eifrig fort, »selbst dann muß man noch glauben. Selbst dann muß man noch verstehen. Der Mensch, der dich kränkt, ist genauso Opfer, wie du es bist. Er tut dir doch sicher leid?«

Er blickte sie flehend an, er wollte so gerne allen Kummer und Gram aus diesem jungen, klaren Gesicht löschen. »Ich verstehe nicht, wie dich überhaupt jemand beleidigen kann, Kind. Es ist kein Funken Schlechtigkeit in dir, und nichts Kleinliches, du ähnelst so sehr deiner Mutter. Du bist erst seit kurzer Zeit im Land. Ich verlange keine Geständnisse, das wäre anmaßend von mir. Aber der Schmerz, so behauptet man immer wieder, ist ein Teil unseres Lebens. Der Schmerz wird tiefer, wenn er uns von einem geliebten Menschen zugefügt wird. Die Schläge der Fremden sind hart, doch die Hand eines Geliebten ist härter. Ein liebendes Herz kann man nicht zerstören, weil es immer noch den Glauben besitzen und alles ertragen muß.«

Sie sah ihn trostlos an, aber sie hatte ihm zugehört und ihn begriffen. Sie fühlte sich getröstet.

Dann stand sie auf, gelassen, und beschäftigte sich in der Küche. Sie goß seine Suppe in eine weiße Schale, und er schaute ihr zu. Er dachte an ihre Mutter Hertha, wie sie sich in der Küche bewegte, Milch in weiße Tassen gefüllt hatte und wie die Morgensonne auf ihrem süßen, stillen Gesicht und dem hellen Haar gelegen war. Nur eines Herzschlags Länge hatte er sie wie körperlich vor sich gesehen, aber alles war mit ihrem Bild auferstanden: weite grüne Wiesen und das Lied einer Drossel im lavendelfarbenen Abendlicht. Eine Woge der Sehnsucht überschwemmte ihn, es war nicht das Heimweh nach Deutschland, es war der tiefe Wunsch nach Einsamkeit, nach einem geheimnisvollen Land, das nur seine Seele kannte, und nicht sein Körper. Ein Durst nach Frieden und Dämmerung brannte in ihm, nach Hügeln, die im matten Himmel verschwimmen, nach einem Bach, der glitzernd wie Quecksilber über grüne Erde zwischen sanften Ufern rauscht, nach dem Duft von Getreide und regennassen Wiesen und dem linden Wind, der über die Felder streicht, nach dunklen Bäumen, die sich sanft unter einem riesigen Vollmond wiegen.

Es ist nicht die Heimat, nach der ich mich sehne, erkannte er, es ist der Tod.

Mechanisch aß er die Suppe, die ihm Irmgard gereicht hatte.

Der Gedanke an die Ewigkeit im Jenseits, der ihm manchmal durch den Kopf ging, hatte ihn immer bedrückt und — wenn er es auch nicht eingestehen wollte — entrüstet. War es möglich, daß ein Mensch dazu verdammt werden konnte, sich selbst, mit allen seinen Brüdern, dem Erdenstaub, seiner Schwäche, durch die Ewigkeit zu schleppen? Seine Gedanken, seine Erinnerungen wären eine unerträgliche Last, die seine Seele zermalmen, seine Vision trüben müßte. Er wäre wie ein Wanderer, der mit wunden Füßen durch endlose Weiten zieht, der nicht schauen, der sich nicht freuen kann, wegen des schweren Gewichts, das auf seinen Schultern lastet. Das wäre die Hölle und nicht das Glück des Himmels. Mit allen seinen Sinnen sehnte er sich nach Flucht, nach Abgeschiedenheit, nach Vergessen. Am Ende ist der Mensch seiner selbst überdrüssig, dachte er. Gott kann nicht so grausam sein, den Menschen durch alle Ewigkeit ziehen zu lassen, einzig und allein mit sich selbst als Gefährten. Sogar Gott müßte dessen überdrüssig werden. Gab es irgendwo in Zeit und Raum eine Zuflucht, wo die Seele ausruhen und allen Makel der Erinnerung wie im Lethestrom abwaschen und rein und leuchtend neu erstehen kann, zu neuen Abenteuern und schöneren Träumen?

Er glaubte es, während er vor dem Herd kauerte. Und deshalb war ihm so sonderbar froh zumute wie in seliger Vorfreude.

Emmi trat ein. Der Regen hatte ihr graues Umschlagtuch mit funkelnden Tropfen besät. Das faltige Gesicht war nicht weniger grau. Ihre Lippen waren blau und die Augen verschwollen, sie schienen nach innen zu schauen und etwas zu sehen, was zu schrecklich war, um ausgesprochen zu werden.

»Franz ist noch nicht heimgekommen?«

Irmgard schüttelte den Kopf.

Egon aber sagte bekümmert: »Heute ist ein trauriger Tag für Franz. Wann wird er da sein?«

Emmi nahm ihr Tuch ab, faltete es sorgfältig und verstaute es im Schrank. »Ich habe mich am Friedhof von ihm getrennt. Es gab noch einiges zu erledigen, ich brachte Mrs. Harrow heim«, sagte sie tonlos.

»Was wird das arme Ding jetzt tun?« fragte Egon teilnehmend.

»Es ist etwas Geld vorhanden.«

»Gott sei Dank«, seufzte Egon.

Emmi breitete ein reines Tuch auf den Tisch, rüttelte kräftig den Rost des Herdes und hantierte mit dem Geschirr energischer als sonst, als ob sie ihre Gedanken abschalten wollte. »Bleibst du hier?« fragte sie Irmgard, und die Worte klangen wie ein Befehl.

Das Mädchen schnitt das Brot und wusch dann die Kaffeekanne aus. Egon rieb sich die Hände vor dem warmen Ofen. Eine Weile hörte man nichts in der Küche als das Geräusch des knisternden Feuers, des Klirrens der Teller und das leise Brodeln der Speisen.

Dann, nach einigem Zögern, griff Egon nach dem Zipfel von Emmis Schürze und sagte stockend: »Meine Liebe, wir haben heute früh davon gesprochen, daß wir nach Deutschland zurückkehren. Ich hab' mir's überlegt, ich möchte bleiben.«

»Unmöglich!« rief Emmi.

Egon schüttelte den Kopf. »Doch, Liebling. Ich bin entschlossen. Franz würde nicht mitfahren, und das wäre sehr bitter für uns. Ich habe begriffen, daß ich mich nicht nach der Heimat sehne, sondern nur nach Ruhe und Frieden in einer hübschen Gegend, und das werden wir auch hier finden.« Er unterbrach sich und fuhr erst nach einer Weile bittend fort: »Aufs Land möchte ich, weg von der Stadt. Wir haben etwas Geld. Ich bin müde und ausgehöhlt. Die weite Reise nach Deutschland würde ich kaum überstehen.«

Emmi schwieg. In ihrem strengen Gesicht arbeitete es. Er kannte ihre Gedanken nicht, aber er spürte dunkel, daß sie ungeheuer erleichtert war. Doch es lag nicht in ihrer Natur, sofort nachzugeben. Sie hatte sich nun einmal zu Opfer und Verzicht durchgerungen, sie konnte sich nicht so schnell umstellen.

»Davon reden wir später«, erklärte sie mürrisch.

»Ihr würdet mir sehr fehlen, Tante Emmi«, sagte Irmgard.

»Ich habe heimlich damit gerechnet, daß du mit uns kommst«, antwortete Emmi und vermied es, ihre Nichte anzusehen.

»Ich? Niemals, niemals!« rief Irmgard entschlossen.

»Ich wollte deinen Bauernhof kaufen«, redete Emmi unbeirrt weiter, aber ihre blassen Wangen hatten etwas Farbe gewonnen.

»Meinen Hof?« fragte Irmgard erstaunt. »Hab' ich dir nicht erzählt, daß ich ihn verkaufen mußte, weil ich bis über die Ohren verschuldet war? Es ist mir gerade noch genug für die Überfahrt geblieben. Es gibt keinen Hof mehr.« Und leise fuhr sie fort: »Ich bin froh. Ich kann nicht zurück. Ich kann niemals und zu nichts zurück.«

Emmi musterte ihre Nichte scharf. Sie ist aus dem gleichen Holz geschnitzt wie ich, dachte sie verwundert. Ihre Stimme wurde weicher:

»Manchmal muß man aber zurückkehren, auch gegen den eigenen Willen. Einem Menschen zuliebe, den man sehr liebt.«

Und manchmal, dachte Irmgard, muß man einem Menschen zuliebe, den man sehr liebt, bleiben. Aber sie antwortete nicht.

Egon hatte lange Jahre mit seiner Frau gelebt, und obwohl es ihm selten gelungen war, sie zu durchschauen und ihre Gefühle zu enträtseln, so spürte er doch instinktiv, daß sie einen tiefen Kummer verbarg. Er konnte nicht glauben, daß es mit seinem Entschluß, in Amerika zu bleiben, zusammenhing. Er hätte sie sehr gerne bei der Hand genommen, als sie an ihm vorbeiging. Sie hatten vor Franz eine Tochter gehabt, die im Kindesalter gestorben war. Damals und noch Jahre nachher hatte Emmi den gleichen leeren Blick gehabt wie jetzt.

Was ich mir alles einbilde! dachte Egon. Sie ist nur niedergeschlagen, weil sie auf dem Begräbnis war. Er zwang sich, das zu glauben. Es gab keine andere Erklärung.

»Du hast dich heute sehr abgehetzt, Liebling.«

»Ja«, antwortete sie, und er wunderte sich über den bitteren Ton in ihrer Stimme. »Es war ein anstrengender Tag.«

Er schaute hilfesuchend auf Irmgard, aber das Mädchen bückte sich eben zur Kommode, um Servietten herauszuholen. Egon seufzte. Er rückte noch näher zum Ofen hin, denn er fror noch immer.

»Wo ist Franz? Er sollte doch längst daheim sein?«

Irmgard vermied es, Emmi anzusehen. »Wahrscheinlich noch bei Mrs. Harrow, es gibt eine Menge Dinge zu regeln. Es ist viel zu tun.«

Emmi konnte sich nicht mehr beherrschen. Sie stand mitten in der Küche — das Inbild der Verzweiflung. Ihr verstörtes Gesicht war eine tragische Maske.

Egon erschrak zu Tode. Er erhob sich halb vom Stuhl, aber Irmgard kam ihm zuvor, sie lief zur Tante hin und ergriff sie am Arm.

»Tante Emmi, ich bitte dich ... Tante Emmi.«

Emmi machte eine Bewegung, um die Hand abzuschütteln. Dann

gewann sie ihre Selbstbeherrschung zurück. Ihr Gesicht glättete sich, aber sie zitterte am ganzen Körper.

»Was fehlt dir, Emmi?« Egon stand mühsam aus seinem Stuhl auf. Er taumelte. »Was hast du, Liebes?«

»Es ist nichts, Onkel«, sagte Irmgard beruhigend. »Aber deine Krankheit ... das Begräbnis, ein bißchen viel für die Tante.« Sie zwang sich zu einem ermunternden Lächeln: »Tante Emmi, bitte ...«

Egon streichelte seine Frau liebevoll, und zum erstenmal war er es, der sie beschützte. Emmi war nicht mehr der tapfere Soldat, der ihn einschüchterte, sondern eine hilfsbedürftige Frau, die er trösten mußte.

»Ja, ja«, sagte er schuldbewußt, »wir schonen dich niemals, Emmi. Wir bürden dir alles auf und vergessen, daß auch du nur ein Mensch aus Fleisch und Blut bist. Verzeih mir, meine Liebe.«

»Egon«, sagte sie mit gebrochener Stimme. Sie legte ihren Kopf an seine Schulter und schluchzte laut; Egon redete ihr zärtlich zu, er war stark, er gab ihr Kraft. Aber Irmgard wußte, daß nicht Egon stark war, sondern Emmi, die ihre tödliche Qual schweigend trug, die alles auf sich nahm, damit er niemals die Wahrheit erfuhr. Sie duldete seine Trostworte, weil sie spürte, daß er selbst Kraft daraus zog, und weil sie zu schwach war, sich ihnen zu entziehen.

Sie erlaubte ihm, sie zu einem Sessel zu führen. Er setzte sich neben sie und rieb ihre kalte Hand. Ihr Kinn fiel auf seine eingesunkene Brust, sie saß so still, als ob sie nicht atmete. Irmgard bereitete die Mahlzeit mit wehem Herzen und lauschte gerührt den tröstenden Worten des Onkels, der so unschuldig, so ahnungslos war.

Dann plötzlich bekam sie Angst. Würde sich Emmi auch beherrschen können, wenn Franz auftauchte? Konnte sie ihren Zorn unterdrücken, ihren Schmerz verbergen?

Übergangslos begann sie: »Tante Emmi, Onkel Egon und ich, wir haben uns heute sehr angeregt über viele Dinge unterhalten, als wir allein waren. Ich war bedrückt, und er hat mich aufgerichtet. Es wäre immer nötig, den Glauben an einen Menschen zu bewahren, meinte er, auch wenn der Augenschein gegen ihn spricht.«

»Ja, ja«, bestätigte Egon eifrig und warf seiner Nichte einen dankbaren Blick zu.

Emmi fuhr auf, sie schien eine scharfe Antwort bereit zu haben. Aber sie schwieg und machte sich am Herd zu schaffen. Egon beobachtete sie besorgt. Manchmal streckte er seine dünne Hand nach ihr aus, als wollte er, der Schwache, sie, die Starke, stützen.

Franz kam nicht heim. Sie warteten. Schließlich setzten sie sich zu Tisch und begannen ohne ihn zu essen.

Wird er überhaupt zurückkommen, dachte Emmi. War es möglich, daß er niemals mehr heimkehrte, weil sie Zeugen der schrecklichen Szene am Totenbett Tom Harrows gewesen waren? Hatte er das Gesicht seiner Mutter gesehen und ihren furchtbaren Verdacht darin gelesen, aus ihrem Schweigen die Anklage gehört, die sie gegen ihn erhob? Fürchtete er, sie könnte es dem Vater erzählen? Der einzige Mensch, den Franz wirklich liebte — wenn er einen liebte —, war sein Vater, das wurde Emmi mit einemmal bewußt. Gewiß, wenn er glaubte, daß sie mit dem Vater gesprochen hatte, dann kam er niemals heim.

Tödliche Angst befiel sie, sie legte die Gabel nieder, sie brachte keinen Bissen mehr herunter. Nein, das durfte nicht sein! Dann müßte sie sich selbst mit den Augen ihres Sohnes sehen und ihre eigene Härte und Strenge, die sie für Tugend, für Kraft und Anstand gehalten hatte, in ihrem ganzen Ausmaß erkennen. Er war sicher überzeugt, daß sie sich rächen wollte und, um ihm zu schaden, dem Vater reinen Wein eingeschenkt hatte. Mit einem Stich im Herzen fühlte sie, daß sie zeitlebens eifersüchtig auf die enge Bindung zwischen Vater und Sohn gewesen war, daß sie sich darüber geärgert und Franz oft in schlechtem Licht dargestellt hatte, um ihn in Egons Augen herabzusetzen. Vor Egon schalt sie den Sohn am heftigsten und erhob die schwersten Vorwürfe gegen ihn. War das wirklich nur geschehen, weil sie fürchtete, Egon könnte ihn verwöhnen, könnte zu nachsichtig zu dem geliebten Sohn sein? Oder steckte etwas anderes dahinter, etwas Schändlicheres, das sie sich kaum einzugestehen wagte?

Und dann dachte sie: Franz hat Courage, und er ist unverschämt. Er weiß, daß er vor seinem Vater nur alles abzuleugnen braucht, damit ihm geglaubt wird. Egon konnte Schlechtigkeit, Tücke und Gemeinheit einfach nicht fassen, sie bestanden nicht für ihn. Franz würde also kommen, ja, er kam bestimmt. Und schon war die Scham, die sie einen Augenblick lang gefühlt hatte, in ihrer Bitterkeit, ihrem Kummer und ihrem Abscheu vergessen. Sie hatte sich niemals eingestanden: Ich hasse meinen Sohn und alles, was er darstellt. Aber jetzt wußte sie, daß sie ihn haßte.

Mit einemmal hatte sie es sehr eilig. Egon mußte vor der Heimkunft seines Sohnes hinauf zu Bett gebracht werden. Sie hatte mit Franz zu reden, und da durfte Egon nicht dabei sein. Sie war wie im Fieber, sie malte sich aus, welche Vorwürfe sie erheben, welches Gift sie verspritzen würde, um ihn endlich zu treffen.

Denn keinen Augenblick hatte sie bezweifelt, daß Jan Kozak die Wahrheit sprach. Der Charakter ihres Sohnes, die Rücksichtslosigkeit, mit der er seine Ziele verfolgte und durchsetzte, sein hemmungsloser Egoismus, waren unwiderlegliche Schuldbeweise.

XXXIV

Egon wehrte sich: Er fühle sich ganz wohl und wünsche seinen Sohn zu sehen, ehe er zu Bett ging.

»Denk an deine Augen«, warnte Emmi.

Er lächelte sie an, liebevoll wie stets. »Ich fürchte nicht mehr für meine Augen, Liebling. Ich weiß, daß ich nicht blind werde.«

»Es wäre aber doch gut für dich, Onkel, ruh dich aus!« redete ihm auch Irmgard zu. Sie saß wie auf glühenden Kohlen, bei jedem Laut zuckte sie zusammen und fürchtete, daß Franz kommen könnte, ehe sein Vater oben war. Eine Szene zwischen Mutter und Sohn schien ihr unausbleiblich, und die wollte sie dem alten Mann um jeden Preis ersparen.

So gab Egon schließlich seufzend nach und stieg resigniert hinauf in sein Schlafzimmer. Emmi legte ihn ins Bett, als ob er ein Kind wäre. Er war immer mein Kind, dachte sie, in Wahrheit hatte ich kein anderes. Das machte ihre Hände weich und zart und fürsorglich.

Sie küßte ihn und ging wieder hinunter in die Küche, wo Irmgard Teller und Besteck abräumte und in den eisernen Spülstein stellte. Sie bewegte sich voll Anmut in ihrem grünen Rock, und ihr blondes Haar warf einen warmen Schimmer auf ihre Wangen. Emmi setzte sich schwerfällig auf einen Stuhl, aber sie entspannte sich nicht, sie war die Verkörperung gierigen Wartens.

Draußen regnete es wieder, und trotz der Wärme, die der Ofen ausstrahlte, lag etwas Trostloses, eine tödliche Kälte über dem Raum. Die Frauen schwiegen. Irmgard trug den kupfernen Teekessel weg, wusch das Geschirr und räumte alles ordentlich in den Küchenschrank. Plötzlich brach Emmi das Schweigen. Sie schlug mit der Hand auf den Tisch und stöhnte: »Ich halte es nicht aus ... Es ist entsetzlich. Mein Sohn ...«

Irmgard legte tröstend die Hand auf ihre Schulter. »Du hast ihn noch nicht gehört, Tante Emmi. Du mußt dem Fremden doch nicht glauben. Du kannst Franz nicht verdammen, ehe du mit ihm selbst gesprochen hast.«

Emmi schaute ihre Nichte scharf an. »Du selbst hältst ihn nicht für unschuldig.«

Irmgard blickte zur Seite und antwortete sehr leise: »Manchmal muß man sich zum Glauben zwingen — um seiner selbst willen.«

Dann hob sie den Kopf, und in ihrem jungen Gesicht stand so offene Qual, daß es Emmi trotz ihres Schmerzes auffiel.

»Wenn dein Sohn unheilbar krank wäre oder ein anderes Gebrechen hätte, dann würdest du ihn nicht hassen!« rief sie. »Wenn er mit Schwären bedeckt wäre, dann würde dich nicht vor ihm ekeln! Weißt du nicht, daß es Krankheiten und Schwären der Seele und des Gemüts gibt? Warum graut dir vor ihm? Warum versuchst du nicht, ihn zu heilen?«

Emmis kalte Lippen bewegten sich, und sie sagte fast unhörbar: »Es ist zu spät.«

»Nein!« rief Irmgard. »Nein!«

Emmi richtete sich auf und schaute das Mädchen forschend und sehr erstaunt an. »Irmgard, du liebst ihn!« rief sie ungläubig.

Irmgard atmete heftig und brach in Tränen aus. Emmi war wie vor den Kopf geschlagen, aber es war nur Zorn, den sie bei diesem stummen Geständnis empfand. Sie ballte die Fäuste.

»Früher, da habe ich davon geträumt, daß ihr zwei ein Paar würdet. Was ist mir nur eingefallen! Ich kannte doch meinen Sohn, ich wußte, daß etwas Faules in ihm steckt. Ich war verrückt. Ich dachte, daß du mit deinem Blut diese Fäulnis wegwaschen könntest. Wie konnte ich nur eine solche Närrin sein! Du darfst ihm nicht in die Nähe kommen, du darfst dich nicht an ihm beschmutzen. Du darfst keine Kinder von ihm haben, die vielleicht so werden wie er. Es wäre ein Verbrechen an deinen Nachkommen.«

Die Verzweiflung des Mädchens stimmte sie milder.

»Dein Vater und deine Mutter, die waren gute Menschen. Ich kannte meine Schwester, ich kannte deinen Vater. Sie fänden keine Ruhe im Grab, wenn sie von dieser Verbindung wüßten. Schon ihretwegen verbiete ich dir, ihn zu heiraten. Hier in diesem Land bin ich deine Mutter, bin ich der einzige Mensch, der dich behütet, und ich untersage dir, meinen Sohn zu heiraten und Kinder von ihm zu haben.« Fast unhörbar fügte sie hinzu: »Er würde dich mit seiner Fäulnis anstecken, er würde dich verderben ...«

Irmgards Hände verkrampften sich. Ihre Augen waren feucht, aber sie sah der Tante in die Augen.

»Ich liebe ihn. Das ist das einzige, was für mich Bedeutung hat. Vielleicht ist er so gemein, wie du ihn schilderst, du bist seine

Mutter, du kennst ihn. Aber alles das zählt nicht. Ich liebe ihn. Wenn er mich haben will, dann muß ich mit ihm gehen. Ich kann nicht anders.«

Die Eingangstür wurde aufgestoßen. Die beiden Frauen zuckten zusammen. Dann rief Irmgard leise. »Nicht hier herein! Onkel Egon hört uns. Gehen wir in das andere Zimmer.«

So liefen sie schnell in den kalten und dunklen »Salon« mit der häßlichen Roßhaargarnitur. Die Lampe in Irmgards Hand zitterte; sie stellte sie auf den Tisch, und ihr Herz klopfte zum Zerspringen. Aber Emmi wartete in eiserner Ruhe.

Franz hatte offensichtlich kein Empfangskomitee erwartet, er hatte überhaupt an nichts gedacht, und als er mit gesenktem Kopf, zögernd, wie tastend, in das Zimmer schritt, zuckte er beim Anblick der beiden Frauen heftig zusammen.

Dann verhärtete sich sein Gesicht, und er schaute seine Mutter an, ohne Scham, unbefangen, ohne Reue. Nein, es war nur nackter Haß, der aus seinen Augen sprach.

Er beachtete Irmgard nicht, die noch immer neben dem Tisch stand.

»Was du mir auch vorwerfen willst, Mutter, es interessiert mich nicht«, sagte er kalt. »Ich brauche es nicht anzuhören. Wir haben uns in den langen Jahren genug gesagt.«

Emmi fuhr zurück, als hätte er sie geschlagen. Aber sie blieb stehen und verzog keine Miene.

»Lügner«, sagte sie halblaut. »Mörder, Räuber.«

»Nein!« rief Irmgard verzweifelt. »Sprecht doch nicht so miteinander! Das dürft ihr nicht. Es ist ein Alptraum!«

Jetzt wendete sich Franz das erstemal zu ihr, und sein Blick wurde weicher, der harte Zug um seinen Mund wurde mild.

»Das ist kein Ort für dich, Kusine«, sagte er fast zärtlich. »Bitte, verlaß uns!«

»Sie bleibt«, rief Emmi schroff. »Sie hat mir gesagt, daß sie dich liebt. Und ich habe ihr erklärt, daß ich jede Heirat, jede Beziehung zwischen ihr und dir verbiete. Du bist nicht mein Sohn, du bist niedrig, du bist ein Unmensch.«

Da lächelte er, und dieses Lächeln war tödlicher als jede Beleidigung. Irmgard legte schüchtern die Hand auf Emmis Arm. »Das meinst du nicht ernst, Tante. Er ist dein Sohn, du bist seine Mutter. Bis an dein Lebensende würdest du dir selbst nicht verzeihen.«

Emmi entzog ihr so grob die Hand, daß Irmgard erkannte, wie gespielt ihre Ruhe war und wie schrecklich sie litt.

»Vielleicht hast du recht«, meinte Franz nachdenklich. »Du bist meine Mutter. Du mußt diese Fäulnis genau kennen, denn sie muß auch in dir stecken — oder? Wir sind aus demselben Holz. Du kannst selbst am besten beurteilen, ob Irmgard deine Tochter werden darf oder nicht.«

Irmgard schlug die Hände vor die Augen, als könnte sie den Anblick dieser beiden Menschen in ihrer tödlichen Auseinandersetzung nicht ertragen.

»Ich kann in diesem Haus nicht mehr bleiben«, fuhr Franz fort. »Wir müssen uns trennen. Wir verstehen einander zu gut. Die gleichen Eigenschaften, die dich veranlaßt haben, dich den edlen Idealen — wie du sie nennst — zuzuwenden, haben mich, der ich sie geerbt habe, dazu gebracht, deine Heuchelei, deine bewußte Abkehr von den Realitäten zu verachten. Ich tue, was ich tun muß, ebenso wie du tust, was du tun mußt. Wir waren immer uneins. Wir haben uns immer gehaßt, weil wir uns nichts vorspielen konnten. Deshalb muß ich gehen.«

Emmi schwieg. Sie schien kaum zu hören, sie stand steif vor ihren Sohn, mit gekreuzten Armen, aber trotz ihrer starren Haltung wirkte sie gebrochen und zerstört.

»Franz«, flehte Irmgard, »so darfst du nicht gehen. Dein Vater ist krank. Er kann nicht mehr arbeiten. Deine Mutter und ich haben beschlossen, die Stadt zu verlassen, ein kleines Haus auf dem Land zu kaufen, eine Farm, wo wir in Frieden leben werden. Du kannst uns doch nicht im Stich lassen!«

»Mein Vater?« Die höhnische Kälte wich plötzlicher Besorgnis, ja Trauer. »Nein, er darf von diesem ... Gespräch, von diesen Anklagen nichts wissen. Du hast recht, Irmgard. Ich gehe erst, bis er die Stadt verlassen hat.« Dann hastig: »Ist es etwas Ernstes?«

Irmgard senkte traurig den Kopf. »Sein Gemüt ist krank, Franz, nicht sein Körper. Er erträgt das Leben hier nicht mehr.«

Franz lachte zynisch und warf seiner Mutter einen bösen Blick zu. »Kein Wunder«, sagte er bedächtig. »Verzeih mir, Kusine. Diese Frau hat das Leben meines Vaters zur Hölle gemacht, mit ihren Hirngespinsten, ihren ›Träumen‹, hat ihn von seinem friedlichen, kleinen Nest vertrieben. Das Vaterland war ihr zu klein, zu eng, zu konservativ. Für sie gab es dort weder Freude noch Ideale, noch Hoffnung. Aber in Wirklichkeit war kein Platz für ihre Streberei dort, für ihr Geltungsbedürfnis, für ihre Selbstbeweihräucherung und ihren Hochmut. Sie hat es niemals zugegeben, aber sie wollte Geld, viel Geld.«

»Das ist nicht wahr!« rief Irmgard empört. Wieder faßte sie Emmi am Arm. Die unglückliche Frau war wie erstarrt, sie schaute ihren Ankläger an, gebannt, wie das Kaninchen die Schlange.

Franz nickte. »Doch, es ist wahr«, sagte er höhnisch. »Obwohl sie es vielleicht selbst nicht weiß. Aber sie hat gehört, daß Amerika reich ist. Das war der Traum, der sie hergetrieben hat. Wäre sie hier reich geworden, dann würde sie das Land nicht so wüst beschimpfen. Sie hätte alle ihre Ambitionen vergessen, die nur Selbsttäuschung waren, um ihre wirkliche Leidenschaft zu verbergen. Genau wie ich, wünschte sie sich nichts als Geld und Gut. Ich bin ehrlich und gebe es zu. Sie ist unaufrichtig. Das ist der einzige Unterschied zwischen uns. Sie sagt, daß ich vieles geopfert habe. Sogar ... meine Freunde.«

Für einen Augenblick veränderte sich der Ausdruck seines Gesichts. Gleich aber sprach er hämisch weiter. »Sie opferte meinen Vater, der sie liebt. Und sie trieb dieses Opfer nach Frankreich, nach England. Sie wird dir sagen, daß sie ›nichts‹ dort gefunden hat, und den Eindruck zu erwecken trachten, als wäre ihr ›Traum‹ in diesen Ländern gestorben. Aber der wahre Grund ist, daß sie in England und Frankreich keine Aussicht auf Reichtum entdeckte. So kamen wir nach Amerika. Ich bin froh. Wir hegen beide die gleichen Wünsche, wir verfolgen das gleiche Ziel. Sie hat versagt. Ich werde nicht versagen.«

Er schwieg. Dann wiederholte er: »Nein, ich werde nicht versagen. Hier liegt alles griffbereit, man muß es nur packen. Ich werde zupacken. Ich bin ein Mann, und sie ist nur eine Frau. Sie hat viel geopfert, aber es war nicht genug. Ich werde alles opfern.«

»Alles?« flüsterte Irmgard. »Auch mich?«

Sie streckte die Hände nach ihm aus, und die Süße und der Schmerz in ihren Augen griffen ihm ans Herz. Er berührte ihre Finger und sagte leise: »Nein, dich nicht, Liebste. Dich brauche ich nicht zu opfern.«

Für einen Augenblick versank alles um sie, alles schwand, auch die Frau, die verzweifelt neben ihnen stand.

»Du glaubst nicht an die Beschuldigung? Du weißt, daß ich es nicht getan habe?«

»Ich kann es nicht glauben«, antwortete sie schlicht, und ihre Lippen waren weiß wie die Wand.

»Das genügt mir«, sagte er zärtlich, obwohl er begriff, wie zweideutig ihre Antwort gewesen war. Er wollte sie an sich ziehen, aber sie beugte sich zurück. »O nicht, bitte, nicht!«

Da war ihm klar, daß sie die Wahrheit wußte. Aber das bedrückte ihn nicht, nein, es erleichterte und es freute ihn. Sie sahen einander fest an.

Von oben erklang eine schwache Stimme: »Franz? Du, Franz?«

»Vater«, sagte Franz schnell. »Ich gehe zu ihm hinauf.« Nach kurzem Zögern verließ er das Zimmer, und sie hörten ihn die Treppe hinaufgehen.

Emmi stand noch immer wie versteinert da, ihre Augen waren aufgerissen, als hätte sie etwas Gräßliches gesehen, etwas, das sie getötet hatte. Irmgard verging vor Mitleid und Kummer und umarmte die Tante wortlos.

Dann brach Emmi zusammen. Verzweifelt schluchzend klammerte sie sich an ihre Nichte. »Nein, nein! Es kann nicht sein ...«

Ihr Stolz gebrochen, ihr Leben zerstört, vernichtet — es war mehr, als ein Mensch ertragen konnte. Dann aber flüsterte sie: »O Gott, was wird ihm die Zukunft bringen? Was wird aus ihm werden?«

Keine Anklage, kein Haß, kein Zorn lagen in dieser Stimme, nur die tödliche Angst einer Mutter: »Was wird aus ihm werden? Wie wird er enden?«

Irmgard antwortete ihr nicht und zog sie fester an sich.

Franz zwang sich zu einem unbefangenen Lächeln, als er das Schlafzimmer seines Vaters betrat. Egon war beunruhigt und saß aufrecht im Bett, neben dem brennenden Nachtlicht. Er atmete tief auf, als Franz eintrat, und war sofort voll Mitgefühl.

»Mein Sohn«, sagte er. Franz setzte sich an den Bettrand und blickte den Vater zärtlich an. Egon sah, wie erschöpft er war.

»Es tut mir so leid, Franz«, sagte er leise. »Er war dein Freund, dieser arme Engländer. Ich fühle mit dir.«

Franz beugte sich über den alten Mann und wurde sehr ernst.

»Ja, er war mein Freund. Der einzige Freund, den ich jemals hatte.«

Dann verstummte er. Seine kalte Hand lag in der seines Vaters. Egon spürte, daß ein Fremder neben ihm saß, nicht ein Mensch seines Blutes, sondern einer aus einem andern Stamm, den er trotz aller Liebe niemals begreifen konnte.

XXXV

Es war eine raffinierte Tortur, die sich Franz am nächsten Morgen für seine Mutter ausdachte. Er gab sich angeregt, und obwohl sie mit unbewegtem Gesicht bei Tisch saß und den Mund nicht auftat, stellte er Fragen. Der Vater saß schüchtern daneben; um ihn das tragische Zerwürfnis zwischen Mutter und Sohn nicht merken zu lassen, war sie gezwungen, Franz zu antworten, einsilbig zwar, aber immerhin. Es war ihr eine Qual, mit Franz zu sprechen, aber sie zeigte es mit keinem Zittern der Stimme, mit keiner Geste und keinem Blick. Egon zuliebe ertrug sie es heroisch. Franz verspürte weder Mitleid noch Verständnis, noch Gnade, er freute sich des grausamen Spiels. Egon fand, daß er ungewohnt redselig war, aber es rührte ihn, daß sein Sohn sich bemühte, die Eltern seinen Schmerz um den Verlust des Freundes nicht merken zu lassen. Liebevoll folgte er dem Dialog, und dieses Mitleid des Vaters steigerte Emmis Qual ins Unermeßliche. Ihr Magen verkrampfte sich, doch niemand hätte ihr angemerkt, wie elend ihr war. Freilich, Franz wußte es, und ein weniger brutaler und weniger nachtragender Mensch hätte sich geschämt oder Gewissensbisse empfunden. Bei Franz gab es nichts dergleichen. Nein, es bereitete ihm so etwas wie ein perverses Vergnügen und eine Ablenkung von seiner eigenen Trauer, wenn er sie leiden ließ.

Egon, der an diesem Morgen besser als sonst aussah, sprach von der Farm, die er und Emmi kaufen wollten. Eine kleine Farm — sie hatten ja beide immer die Natur und das Landleben geliebt. Fünftausend Dollar müßten genug sein, und zweifellos gab es auch hier so schöne Gegenden wie drüben in Deutschland. Sie würden bescheiden leben, und Franz würde ihnen helfen, einen Hof zu finden, es sollte doch auch seine Heimat sein. Emmi öffnete den Mund, als wollte sie etwas einwerfen, aber sie schwieg.

»Zum Wochenende besuche ich euch dann«, versprach Franz seinem Vater.

»Wir wissen doch noch nicht, wo wir etwas finden werden; vielleicht ist die Farm zu entlegen«, bemerkte Emmi, ohne eine Miene zu verziehen.

»Das macht nichts!« rief Franz. »Wie könnte ich eine Gelegenheit versäumen, meine Eltern zu besuchen!«

Egon lächelte dankbar und etwas verlegen. »Wir hätten gar nicht gedacht, daß du solchen Anteil an unserem Leben nimmst, Franz. Wir werden uns freuen, dich regelmäßig zu sehen und zu erfahren, wie es dir geht.«

Franz stand auf und legte Abschied nehmend die Hände auf die Schultern des Vaters. »Mir wird es immer gutgehen. Ich weiß, was ich will, und sehe die Dinge richtig. Das habe ich den Narren voraus.«

Sein bösartiger Sieg über die Mutter hob seine Stimmung und stärkte ihn. Er war selbstsicher und davon überzeugt, daß er das Problem Jan Kozak leicht lösen konnte. Die Angelegenheit hatte ihn eine schlaflose Nacht gekostet und das Bild Tom Harrows verdrängt.

Er besaß die Fähigkeit, Vergangenes zu vergessen, es hinter einer schwarzen Tür zu verschließen, denn er hielt es für Schwäche und Unsicherheit, in der Vergangenheit zu wühlen. Was tot war, war tot. Tom Harrow lebte nur unterschwellig in ihm weiter, es war ein wehmütiges Gedenken, auf dem seine Pläne und Intrigen munter und ungebrochen schwammen wie auf einer dunklen Woge. Dolly Harrow und ihre Kinder waren versorgt, ja er sagte sich zynisch: Bei Lebzeiten hätte sich Tom niemals fünftausend Dollar ersparen können! Er selbst war überzeugt, daß diese fünftausend Dollar ein annehmbarer Tausch für ein Leben waren, wie Tom es führte, ruhelos, gehetzt, mühselig und beladen. Ja er mutmaßte sogar, daß Tom, wenn er ehrlich war, der gleichen Ansicht wäre wie er.

Er glaubte, daß Tüchtigkeit, Unversöhnlichkeit, die Überwindung von Schmerz und Reue, das Anpassen an die jeweilige Situation Zeichen von innerer Stärke seien. Wie viele Menschen vergötterte er die Kraft oder das, was er Kraft nannte. Irmgard hatte zum Unterschied von ihm erkannt, daß in solcher »Kraft« etwas Unwürdiges lag, daß sie, wenn auch unbewußt, das Eingeständnis totaler Schwäche, Sterilität und Leere war, vor allem aber ein Zeichen nagender Angst. Er begriff nicht, daß die wahre Kraft darin bestand, alles gelten zu lassen, alles zu verstehen, die Folgen seiner Handlungen voll auf sich zu nehmen und sie nicht durch Sophistereien und Verdrehungen zu verwässern. Ein Mensch, der echten Mut und echte Kraft besaß, nahm Lasten und Mühen auf sich und entwickelte die Fähigkeit, sie zu tragen. Franz hielt sich für einen Realisten; er wußte nicht, daß ein Realist die Ergebnisse seiner Taten und derer der andern weise und abgeklärt hinnimmt und das Beste aus ihnen macht. Bewußtes und unbewußtes Abschieben und Vergessen von Tatsachen war das Kennzeichen des Feiglings, der es nicht wagt, sich mit sich selbst zu konfrontieren.

Als er am Morgen äußerlich ruhig und mit festen Schritten die Werkshalle betrat, befiel ihn leise Trauer, daß er Tom Harrow nicht an seinem gewohnten Platz begrüßen konnte. Die Arbeiter blickten ihn seltsam an, und er fragte sich unbehaglich, ob ihnen Jan Kozak die Geschichte erzählt hatte. Ein selbstsicherer Mann wäre solchen Blicken ruhig begegnet und hätte die Männer durch seine überlegene Ruhe bezwungen. Er aber wagte sie nicht anzusehen und ging nur hocherhobenen Hauptes mit verächtlicher Miene durch ihre Reihen. Doch der Haß, der ihm entgegenschlug, jagte ihm Schauer über den Rücken.

Unwillkürlich hielt er nach Jan Kozak Ausschau. Da stand der riesige Kerl schon vor ihm und verstellte ihm den Weg.

Es schoß ihm durch den Kopf, daß er Kozak nur zu entlassen brauchte, er war doch jetzt dem Direktor zugeteilt und hatte alle Möglichkeiten. Aber er verwarf den Gedanken sofort wieder. Dietrich haßte ihn und würde sich mit größtem Vergnügen eine Geschichte berichten lassen, die ihm, Franz, nur schaden konnte. Vielleicht aber hatte Kozak Dietrich schon von seiner Erfindung erzählt, die ihm Franz gestohlen hatte? Dietrich würde Kozak nur zu gerne glauben, und Franz hatte das Nachsehen, wenn er nicht gar entlassen wurde.

Halbnackt, die Arme in die Seiten gestemmt, reckte sich der Hüne vor ihm. Franz sah die mächtige, dunkel behaarte Brust, die gewaltigen Muskeln, und er sah auch den tückischen Blick und das wolfsähnliche Gebiß.

»Du bist also zurückgekommen, du Hund«, murrte Jan. »Tom ist tot. Aber du und ich, wir sind nicht tot! Wir haben noch abzurechnen.«

Die Männer bei den Hochöfen hielten mit der Arbeit inne und schauten zu ihnen herüber, Schaufeln und Hämmer in der Hand. Es war, als setzten sie zum Sprung an. Oben in den Körben der Kräne saßen die Kranführer wie Spinnen in ihren Netzen, schauten hinunter und lauschten. Es war wie ein böser Alptraum. Einer der Kräne bewegte sich langsam, und obwohl es sicher nur eine krankhafte Einbildung war, glaubte Franz, er komme auf ihn zu. Die verrußten Gesichter der Arbeiter verwandelten sich im Schein der Hochöfen in Dämonenfratzen, die aus Höllentiefen aufgestiegen kamen. Und vor ihm stand der Höllenfürst selbst, umgeben von seinen Schergen, und seine ungeheure Gestalt schien den Raum auszufüllen.

»Aus dem Weg!« rief Franz, und seine Stimme widerhallte von den Wänden.

Ein Kran kam näher mit seinem mächtigen Schöpfer voll geschmolzenem Stahl, der wie eine Miniatursonne gleißte. Der grelle

Schein fiel auf Jans schwarzes Gesicht und auf die bösen, lauernden Gesichter der andern; sie schienen ohne Rumpf im Dunkel zu schweben wie furchterregende Masken. Der Stahl strahlte glühende Hitze aus, aber Franz merkte es nicht, seine ganze Aufmerksamkeit war auf Jan Kozak gerichtet, und sein Herz klopfte in wilden Stößen.

Jan rührte sich nicht vom Fleck. Sein Gesicht verzog sich zu einer höhnischen Grimasse.

»Du ... du Räuber ... du stiehlst mir mein Hirn nicht. Du Lügner, du gibst mir mein Hirn zurück, oder ...« Und er ballte die riesigen Fäuste.

Das Gesicht des Mannes oben im Kran hob und senkte sich und grinste tückisch. Zentimeter für Zentimeter, langsam, stetig und gnadenlos wie der Tod näherte sich der Arm mit dem Stahl. Jan Kozak und Franz waren grell beleuchtet. Die Schmelzmasse war augenscheinlich für die Gußform drüben an der andern Wand bestimmt. Trotzdem wichen die umstehenden Arbeiter scheu zurück, als witterten sie Unheil.

»Aus dem Weg, du Narr!« wiederholte Franz.

Da gellte ein gräßlicher, mehrstimmiger Schrei aus dem Hintergrund der Halle. Franz und Jan drehten sich um. Der Behälter schwankte und neigte sich, und mit ohrenbetäubendem Zischen rann die glühende Flüssigkeit funkenstiebend über den schwarzen Boden. Der Mann auf seiner winzigen Plattform hantierte fieberhaft mit Hebeln und Schwengeln, aber vergebens, die Männer sprangen in blinder Angst zurück, um dem roten Tod auszuweichen, der auf sie zufloß.

Franz stand direkt auf dem Pfad der feurigen Flut; jetzt erst spürte er die unerträgliche Hitze und erblickte den kochenden rotgoldenen Strom, der brodelnd wie eine höllische Feuersuppe auf ihn zukam. Da begriff er, daß er verloren war.

Er konnte sich nicht rühren, seine Füße schienen von unterirdischen Händen festgehalten, sein Körper war zur Salzsäule erstarrt. Er konnte nur hinaufschauen zu dem schwankenden Gefäß, seinen versengenden Atem spüren, er glaubte, Jahrhunderte so zu stehen und zu warten, einfach zu warten, daß sich der brennende Tod über ihn ergieße. Die Welt bestand nur aus roten Flammen, glühendem Nebel, und er selbst war mittendrin, ein hilfloses Staubkorn, unwiderruflich der Vernichtung preisgegeben.

Da erscholl ein lauter Schrei: »Nein, nein, du verdammter Narr!«

Es war Jan Kozaks Stimme. Franz fühlte sich heftig emporgerissen und zur Seite geschleudert. Er wußte nicht, ob er lag oder stand, ein fürchterlicher Schlag wie von einem Hammer traf seinen Kopf, alles drehte sich, wirbelte um ihn. Unklar spürte er, wie ihm jemand half, wie sich Hände nach ihm ausstreckten und ihn in ruhige Gewässer zogen.

Endlich spürte er wieder Boden unter den Füßen, nur aus der Ferne tönten zischende Geräusche und erstickte Rufe. Er öffnete die Augen.

Er lag auf dem Rücken. Sein Kopf war auf den Boden geprallt, als ihn Jan Kozak gepackt und von der Feuerstraße weggestoßen hatte. Jan Kozak hatte Franz das Leben gerettet, zugleich aber war er selbst in die tödliche Bahn geraten, seine Beine waren bis hinauf zu den Schenkeln verbrannt. Man trug ihn weg, und auch Franz. Jan lag stöhnend auf einem niederen Schlackenhaufen, nahe einem Hochofen, und die Männer standen schreiend, händeringend, ja weinend um ihn herum, blickten auf sein schmerzverzerrtes Gesicht und wagten nicht, den verstümmelten Körper anzuschauen. Der Kranführer kniete neben ihm, stützte seinen Kopf und schluchzte wie ein Kind.

Mühsam richtete Franz sich auf und sah die brodelnde Lache flüssigen Metalls, von der kleine Bäche zischend auseinanderliefen. Einer kam ihm gefährlich nahe, er wich zurück. Da gewahrte er ganz hinten Dietrich und Detloff mit schreckensbleichen Gesichtern.

Mit übermenschlicher Anstrengung quälte sich Jan ein paar kaum verständliche Worte ab: »Verdammter Narr ... Er ist nicht wert, daß du seinetwegen hängst, he? Jetzt hängst vielleicht du. Wenn die Burschen nicht lügen. Burschen, werdet ihr lügen?«

»Ja, ja, wir lügen«, riefen die Männer. »Der Arm hat zu wackeln begonnen. Von selbst. War kaputt. Wir lügen. Boze wird nicht für diesen Bastard hängen.«

Nebel schwirrten Franz vor den Augen. Boze, der Bruder Jans, hatte ihn ermorden wollen. Er kannte die Stimmung der Männer, er war auch jetzt seines Lebens nicht sicher. Jan starb unter gräßlichen Schmerzen. Geschüttelt von Entsetzen, fand Franz eine schmale Stelle zwischen den glühenden Bächen, er sprang hinüber zu den beiden Männern.

Dietrich sprach ihn deutsch an: »Vielleicht bleiben Sie ein paar Tage zu Hause, was meinen Sie? Wir können keine Morde in unseren Werken brauchen.«

Franz preßte die Hand an die Schläfe, von der eine lange, warme Blutspur über seine Wange lief.

Plötzlich wurde ihm totenübel. Dietrich und Detloff beobachteten ihn zynisch, ja mit einer Art grausamen Interesses. Dann plötzlich kehrten auch sie sich um und verließen eilends die Werkshalle. Franz folgte ihnen.

XXXVI

Fritz Dietrich war eitel Wonne und Triumph. Die ersehnte Stunde war gekommen, da er Franz, der ihm gefährlich war, vernichten konnte. Hans Schmidt war noch nicht im Werk erschienen, und Dietrich beschloß, schnell zu handeln. Er hatte seinen Entschluß auf dem kurzen Weg von der Werkshalle ins Büro gefaßt, während Detloff und Franz hinter ihm gingen. Nun setzte er sich bedächtig nieder, spielte mit den dünnen Fingern und maß Franz mit feindseligen Blicken. Detloff lehnte am Fenster und wartete, während Franz ruhig das Blut von seinem grauen Gesicht wischte. Er ist arg mitgenommen, stellte Dietrich befriedigt fest, aber auch beunruhigend gefaßt. Franz begriff bereits, daß der Direktor die Stunde des Siegs für gekommen erachtete.

»Ich habe es mir überlegt«, erklärte Dietrich, »es ist für alle Teile, und im besondern für die Schmidt-Werke am besten, wenn Sie uns unauffällig und so bald als möglich verlassen und nicht mehr wiederkommen.«

Franz antwortete nicht und rieb sein Gesicht ab. Dann steckte er das blutige Taschentuch ein und stand kerzengerade wie ein Soldat beim Befehlsempfang.

Das Schweigen und die respektvolle Haltung ermutigten Dietrich zum Weitersprechen.

»Wir haben in der letzten Zeit viel Mühe gehabt, die Männer unter Kontrolle zu halten. Ich glaube nicht, daß es uns noch sehr lange gelingen wird, das müssen sogar Sie merken. Die Arbeiter haben wahrscheinlich die ... die Geschichte gehört. Sie sind aufgebracht. Wenn Sie plötzlich als unser Assistent erscheinen, dann kriegen sie bald alles heraus. Wer weiß, was das für Unruhen im Werk zur Folge hat. Und wer garantiert, daß Sie hier Ihres Lebens sicher sind?«

Er schien diesen Gedanken durchaus nicht unangenehm zu finden. Franz aber wartete.

Nun wurde Dietrich feierlich: »Nein, wir dürfen Ihr Leben nicht leichtsinnig aufs Spiel setzen. Es wäre unmenschlich.«

Zum erstenmal zeichnete sich der Schatten eines Lächelns auf den Lippen des jungen Mannes ab, aber er wartete noch immer.

»Im übrigen« — Dietrich wurde scharf — »wollen wir nicht vergessen, daß die Schmidt-Werke für den Mord an Ihrem Freund fünftausend Dollar bezahlen mußten.«

Er sah das Gespräch für beendet an und stand auf. »Ich sehe, daß Sie vernünftig genug sind, unsere Reaktion zu verstehen. Ich habe Sie immer für außerordentlich intelligent gehalten. Wir sind bereit, Ihnen hundert Dollar als Zeichen unserer Dankbarkeit auszuhändigen und Ihnen unser Bedauern über Ihr Scheiden aus dem Betrieb auszusprechen.«

Dietrich warf Detloff einen Anerkennung heischenden Blick zu. Franz aber rührte sich nicht vom Fleck. Und jetzt endlich sprach er:

»Es sind Ihnen einige wesentliche Punkte der Angelegenheit entgangen, meine Herren. Sie erlauben, daß ich Sie daran erinnere. Die Folge wird sein, daß Sie mich bitten werden zu bleiben.«

Dietrich hob die Hand mit einer befehlenden Geste: »Die Unterhaltung ist abgeschlossen. Im übrigen rate ich Ihnen, nicht durch die Werkshalle hinauszugehen, die Stimmung der Arbeiter ist sehr schlecht. Außerordentlich schlecht. Sie werden das Haus durch meine Tür verlassen.«

Franz antwortete nicht sofort. Dann ließ er sich mit einem unverschämten Blick gemächlich auf der Ecke von Dietrichs Schreibtisch nieder und rieb gedankenvoll sein Kinn. Die andere Hand spielte mit einem langen Federkiel.

»Doch, doch, meine Herren«, sagte er dann geradezu gemütlich. »Ich muß noch sprechen. Sie können mich nicht vor die Tür setzen. Wenn Sie es mit Gewalt versuchen, dann wende ich mich an Herrn Schmidt persönlich. Einen Augenblick, bitte, lassen Sie mich ausreden. Dann können Sie entscheiden, was Sie unternehmen.«

»Frecher Lümmel!« rief Dietrich, und zu Detloff: »Bringen Sie diesen ... diesen Burschen sofort hinaus!«

Franz warf dem Mann, der erheblich älter als er selbst war, nur einen Blick zu. Das genügte, daß Detloff zögerte. Als ob nichts geschehen wäre, redete Franz aufreizend ruhig weiter.

»Bedenken Sie, daß ich überfallen wurde, weil ich die Interessen der Firma vertrete, und das unter großer persönlicher Gefahr. Ich opferte Tom Harrow, der mir nichts zuleide getan hat und der mein Freund war. Ich bedaure sehr, daß er gestorben ist; das war nicht geplant und nicht beabsichtigt. Aber es ist eben geschehen. Es wäre sinnlos, Unabänderliches zu bedauern. Immerhin bewahrte ich die Firma vor einem katastrophalen Streik und riesigen Verlusten. Das haben Sie selbst zugegeben. Dies ist meine erste Überlegung.

Zweitens: Sie behaupten, die Männer seien in gereizter Stimmung und zum Aufruhr bereit. Aber was können sie tun, wenn ihnen der Führer fehlt? Die beiden Männer, die dazu geeignet waren, sind tot. Wenn es aber brodelt unter den Leuten, dann hat ein Mann mit Verstand und Energie zwei Möglichkeiten: er kann einen Streik ausrufen oder ihn — im Gegenteil — im Keim ersticken. Ich glaube, daß ich fähig bin, die aufgeregten Gemüter zu beruhigen; die Stellung der Firma war noch niemals so günstig, die Männer sind verschreckt, führerlos und fürchten um ihre Arbeit. Geben Sie mir Gelegenheit, mit ihnen zu sprechen. Ich schaffe Ihnen Ruhe im Werk.«

Dietrich wußte genau, daß Franz recht hatte. Um so heftiger wünschte er ihn wegzubekommen und ihn bei Schmidt, der ihn so unbegreiflich protegierte, unmöglich zu machen.

»Hinaus!« sagte er kurz. »Ich brauche mit Ihnen nicht zu diskutieren.« Er warf einen kurzen Blick auf die Uhr; in weniger als einer Stunde mußte Schmidt kommen. Bis dahin wollte er die lästige Angelegenheit erledigt haben. Schweißperlen standen auf seiner Stirn.

Franz begriff, warum es der Direktor eilig hatte. Aus dem gleichen Grund hatte er es durchaus nicht eilig. Nachlässig fuhr er fort:

»Ich bin noch nicht fertig. Ich fürchte die Kumpel nicht. Sie sind selbst entsetzt, daß mich einer von ihnen umbringen wollte. Im übrigen brauche ich ihnen nur zu drohen, daß ich den Anschlag bekanntgebe und Boze ins Gefängnis oder sogar an den Galgen bringe, und sie fressen mir aus der Hand. Vielleicht hat Boze auch Komplizen gehabt, die jetzt ebenso zittern? Kurz, ich kann die Panikstimmung zugunsten der Firma ausnützen.«

Franz erhob sich. »Sie haben die Wahl, Herr Dietrich. Sie können mein Angebot selbstverständlich abweisen. Dann allerdings, das möchte ich Ihnen zu bedenken geben, drehe ich den Spieß um. Ich berufe eine Versammlung ein, ich brauche nur zu erzählen, daß Tom Harrow mit Vorbedacht von Ihren Killern getötet wurde und daß ich mich vergebens bemüht habe, sein Leben zu retten. Ich werde einen Streik ausrufen, und das wird verheerende Folgen für die Firma haben. In den Augen der Leute werde ich als Held dastehen, als der Mann, der sich für seinen Freund einsetzte und der ihnen jetzt selbst gegen die Unterdrücker helfen will. Ich überlasse es Ihrer Fantasie, wohin das führen kann. Sie haben die Wahl.«

Dietrichs Gesicht hatte sich erschreckend verändert. Es war nur mehr ein Stück lederfarbenes Fleisch mit den farblosen Augen eines Reptils.

»Das ist Erpressung«, zischte er.

Franz lachte unbekümmert. »Und was ist Mord? Erpressung ist ein böses Wort, ich habe es nicht ausgesprochen. Sie haben eine üble Art, die Dinge anzusehen. Ich habe Ihnen nur offen dargelegt, was geschehen wird oder kann.

Aber weiter. Ich bin von Anfang an stark im Vorteil. Die Tatsache, daß ich für die Witwe Tom Harrows fünftausend Dollar herausgeschlagen habe, kann sich entweder für Sie oder für mich günstig auswirken. Für Sie, indem sie alle bösen Gerüchte zum Schweigen bringt, für mich, wenn ich den Männern erkläre, daß ich Sie zu dieser Zahlung zwang, als ich hörte, daß Ihre gekauften Killer Harrow ermordeten. Sie begreifen, in welchem Licht mich dann die Leute sehen. Ich wiederhole: Sie haben die Wahl zwischen den beiden Möglichkeiten.«

Dietrich atmete schwer. Er brachte kein Wort heraus.

Franz aber schien plötzlich zu überlegen. Dann sagte er fröhlich:

»Wenn ich alle Für und Wider erwäge, finde ich es doch vernünftiger, Ihren Betrieb zu verlassen. Selbst wenn Sie mich zum Bleiben bitten, müßte ich ablehnen.«

Die Farbe kehrte in Dietrichs Wangen zurück, er atmete auf. Franz aber redete unbefangen weiter.

»Es ist nämlich so: Ich habe Ihnen ja schon einmal angedeutet, daß ich eine neue Methode gegen die Schäden an den Gußstücken entwickelt habe. Die Versuche sind abgeschlossen, niemand außer mir kennt das Verfahren. Ich war ein sentimentaler Narr, daß ich das Patent einem so kleinen Stahlwerk wie diesem überlassen wollte, wo ich kaum daran verdiene. Es wäre natürlich ein kolossaler Nutzen für die Firma. Aber Sie haben mir gezeigt, wie wenig Verständnis Sie für meinen Einsatz haben, ja, daß Sie meine Bemühungen für Ihr Werk mit Bosheit und Verrat belohnen. Warum sollte ich dann ausgerechnet dieser Fabrik ein Geheimnis verraten, das ihr Erfolg und Gewinn bringt?«

Dietrich erschrak. Er befeuchtete seine trockenen Lippen.

»Ich glaube nicht, daß Sie ein solches Geheimnis besitzen ...«

Franz seufzte. »Es ist Ihre Sache, ob Sie es glauben oder nicht. Heute fahre ich nach Windsor zur Sessions-Stahl-Compagnie. Dort werde ich die Sache vortragen und glaube, daß man sie entsprechend belohnen wird. Die Sessions sind das bedeutendste

Stahlwerk des Landes, zumindest sind sie auf dem Weg, es zu werden. Nicht nur wird mein Patent den Profit der Sessions-Stahl enorm vergrößern, es wird auch den Ruin der Schmidt-Werke bewirken, die, wie ich weiß, mehr als fünfundzwanzig Prozent ihrer Gußstücke wegschmeißen müssen.«

Er nahm die Mütze aus der Tasche und zog sie über seinen schmerzenden Kopf.

»Sie entlassen mich nicht, ich gehe auf eigenen Wunsch. Die Folgen haben Sie sich selbst zuzuschreiben.«

Dietrich war wie erschlagen. Er kochte vor Zorn und Haß. Detloff zog sich in den Hintergrund zurück.

Niemand von ihnen wußte, daß Hans Schmidt heute ausnahmsweise schon um acht Uhr in sein Büro gekommen war und die Auseinandersetzung belauscht hatte. Als er — klein, fett, gereizt wie ein wilder Stier — hereinstürzte, starrten ihn alle drei fassungslos an.

Er aber zeigte nur auf Franz Stössel, und seine winzigen Augen funkelten. Man wußte nicht, ob es ein Lachen oder eine wütende Grimasse sein sollte.

»Sie kommen sofort zu mir herein«, grunzte er, »Sie gerissener Bursche!«

Franz richtete sich kerzengerade auf. Dann warf er Dietrich einen boshaften Blick zu, machte eine leichte, ironische Verbeugung und ging an ihm vorbei zur Tür des Chefs, durch die er respektvoll eintrat. Sie fiel hinter ihm zu.

Dietrich blieb bleich wie Wachs an seinem Schreibtisch sitzen. Er blickte nicht auf, als Detloff belustigt auflachte. Es klang wie das Wiehern eines Pferdes.

XXXVII

Hans Schmidt saß unter dem Porträt seines Schwiegervaters. Der Gegensatz zwischen dem rosigen Schweinegesicht und dem schmalen, blassen Antlitz darüber war verblüffend und komisch zugleich. Rothkohl, der unter einer lombardischen Pappel wächst, dachte Franz und freute sich selbst seiner so selten zutage tretenden bilderreichen Fantasie.

Er benahm sich ungezwungen und respektvoll zugleich. Schnell hatte er herausgebracht, daß Schmidt ein forsches Auftreten, aber keine Anbiederung schätzte und daß ihm nur derber Humor gefiel; Geistreichelei und Feinheiten würden kaum bei ihm auf Verständnis stoßen. Schmidt war ein Bauer, das wußte Franz, und einem Bauern durfte man nur direkt und geradezu ohne Umschweife kommen; aber dieser Bauer war zugleich sein oberster Chef, und deshalb war Respekt am Platz.

Hans saß breitspurig an seinem Schreibtisch und musterte Franz ungeniert, aber mit einem gewissen Wohlwollen. Schließlich zündete er sich eine Zigarre an und paffte vor sich hin. Auch Franz beobachtete sein Gegenüber, der Diamant an seinem Ring faszinierte ihn. Hans war so sauber wie ein für den Markt frisch geschrubbtes Ferkel. Franz fand in dieser übertriebenen Reinlichkeit etwas Vulgäres, als hätte sich Hans selbst blankgerieben, um den Stallgeruch loszukriegen.

Hans dachte: Das ist ein durchtriebener Junge, Dietrich hat recht. Aber seine Durchtriebenheit gefällt mir. Dietrich hat recht: Er geht über Leichen. Aber ich brauche jemanden, der über Leichen geht. Außerdem steckt mehr in ihm, als ich gedacht habe: ein Gentleman. Ich habe die Gentlemen immer gehaßt, aber ich brauche einen Gentleman ... Und dann: meine Tochter. Er ist ein verdammt hübscher Bursche.

Dann sprach er in seinem breiten deutschen Dialekt, um Franz zu treffen oder herauszufordern: »So, Sie drohen uns also?«

Franz lächelte. »Ich bin es, der bedroht wurde. Ich wehre mich nur. Ich bin angegriffen worden. Läßt sich ein Mann beleidigen, ohne zurückzuschlagen?«

Hans paffte. Sein rosiges Gesicht war in Rauchwolken gehüllt.

»Sie sind ein frecher Kerl«, sagte er mürrisch. »Sie wissen nicht, wo Ihr Platz ist. Sie haben keinen Anstand und keine Disziplin. Sie fordern Ihre Vorgesetzten heraus. Kurz, Sie sind ein Amerikaner geworden.«

Franz lächelte wieder und antwortete ruhig: »Das sind Beschuldigungen, die ich nicht auf mir sitzen lassen kann, denn sie sind falsch. Bin ich denn ein Wurm? Muß ich im Namen der Disziplin Beleidigungen und Unrecht vom Direktor einstecken? Ein anständiger Mensch braucht sich nicht alles gefallen zu lassen.«

Hans drehte seine Zigarre zwischen seinen Fingern. »Sie glauben, daß Dietrich Sie haßt?«

»Er fürchtet mich«, erwiderte Franz.

»Sie fürchten? Sie, einen Fabriksarbeiter?« Hans sah ihn mit einem spöttischen Lächeln ungläubig an.

»Wäre ich nichts anderes als ein kleiner Fabriksarbeiter, dann wären Sie nicht bereit, hier mit mir zu sprechen«, gab Franz mit einer steifen Verbeugung zurück.

Jetzt lachte Hans dröhnend: »Sie sind ein Fuchs! Ein gelber Fuchs! In Ihnen steckt preußisches Blut, wenn Sie sich auch als Bayer gehaben. Soso, Dietrich fürchtet Sie also. Und warum?«

»Beschränkte Menschen fürchten immer die Klügeren«, antwortete Franz kühn. Er ging seinen Weg vorsichtig und tastete sich nur soweit vor, als Hans es erlauben wollte. Ein sicherer Instinkt sagte ihm, wann Kühnheit geraten war.

»Und Sie leugnen, unanständig, unverschämt, disziplinlos zu sein?« schalt Hans. Aber Franz fühlte wieder, daß der Chef nicht so ungehalten war, als er vorgab. »So sprechen Sie von Ihrem Vorgesetzten?«

Franz wagte einen noch kühneren Schritt: »Herr Dietrich ist ein sächsisches Kaninchen, soll ich mich da nicht überlegen fühlen? In Amerika diktieren oft geistig Niedrigere den Überlegenen.«

»Sie sind also überlegen?«

»Ich bin eben ein Bayer«, antwortete Franz und warf sich in die Brust. Heimlich lächelte er über sich selbst — aber er wußte, womit er Eindruck machen konnte.

Hans grinste spöttisch. »Und ich sage, Sie sind ein Fuchs«, antwortete er grob. »Glauben Sie nicht, daß Sie mich täuschen können. Ich kenne alle Ihre Tricks. Ich habe sie selbst angewendet und erprobt ... Sie werden neue erfinden müssen, wenn Sie mich beschwindeln wollen. Wenden Sie die alten Mätzchen bei Narren an.«

Franz überlegte, ob er sich beleidigt und gekränkt geben sollte oder ob Forschheit am Platz war. Er entschied sich für letzteres.

»In meiner Lage muß man alles versuchen«, sagte er mit einem Anflug von gespielter Treuherzigkeit.

In Wirklichkeit wunderte er sich immer mehr. Was fiel Hans Schmidt ein, ihn so auszufragen und ihn zu beobachten? Letzten Endes war er ja doch nichts anderes als ein Vorarbeiter. War es vielleicht das Geheimnis des Gußverfahrens? Franz bezweifelte es. Hans war so jähzornig und impulsiv, daß er jeden persönlichen Vorteil und jede Berechnung außer acht ließ, wenn er in Fahrt kam. Ein Gentleman oder ein überlegener Geist vergaß das niemals und verstellte sich. Aber Hans, der Bauer, verstellte sich kaum. Was steckte also dahinter?

Als hätte er seine Gedanken erraten, sagte Hans schroff: »Sie sind ein Heuchler. Und ein Lügner.«

Franz, der erproben wollte, wie weit er gehen durfte, um den Grund dieses sonderbaren Interviews heauszubekommen, verneigte sich und sagte steif: »Dann erlauben Sie mir, daß ich mich entferne, mein Herr?«

Hans beugte sich vor, daß sein Stuhl knarrte, und wiederholte: »Sie geben also zu, ein Heuchler und ein Lügner zu sein?«

Franz war jetzt überzeugt, daß ein anderes Motiv hinter diesem Gespräch steckte als das Verfahren im Gußwerk. Sein Herz klopfte, aber äußerlich wirkte er eiskalt. »Wie sollte ich Ihnen widersprechen, Chef?«

Nun warf sich Hans lässig in den Stuhl zurück. »Was für eine Idee soll das sein, dieses Gerede mit den Gußformen?«

Franz war nicht zu überrumpeln, wie Hans gehofft hatte.

»Ich habe die Idee patentieren lassen, Herr Schmidt«, sagte er. Es klang, als bedaure er es ehrlich. »Anfangs wollte ich sie nicht patentieren, sondern einfach dem Direktor unterbreiten. Die späteren Ereignisse jedoch und seine verletzende Unterschätzung meiner Verdienste für die Firma brachten mich zur Überzeugung, daß ich mich sichern müßte. Erlauben Sie mir bitte, daß ich mich entferne.«

Hans schrie mit blaurotem Gesicht: »Ich habe nicht die geringste Absicht, Sie zu entlassen! Und Sie selbst, Sie Fuchs, Sie denken ja selbst nicht daran, zu kündigen! Schluß mit diesen neckischen Kindereien. Zur Sache! Was wollen Sie?«

Franz hatte nur den ersten Satz gehört: Ich habe nicht die geringste Absicht, Sie zu entlassen. Es gab also wirklich ein besonderes Motiv. Seine Wangen färbten sich rot vor unbändiger Freude, und er verkrampfte seine Hände. Aber äußerlich wirkte er ganz ruhig, und seine Stimme klang fest wie immer. »Ich will Direktor werden.«

Einen Augenblick war es sehr still, während sich die Männer anblickten. Dann sprang Hans so zornig auf, daß der Stuhl hinter ihm umkippte. Er stand vor Franz, ein schwabbelnder Klumpen rosiges Fleisch, jedes einzelne Haar schien ihm zu Berge zu stehen. Er wollte sprechen, schreien, aber nur gurgelnde Laute kamen aus seiner Kehle.

Die Wirkung wurde etwas beeinträchtigt, als Franz den Stuhl ruhig aufhob und wieder an seinen Platz rückte.

Hans keuchte: »So, ein Kaiser wollen Sie werden, ein preußischer König, was weiß ich! Mein Direktor! Was bilden Sie sich ein, Sie freches Luder, Sie Grünschnabel! Ich sollte Sie auf die Straße setzen! Hinausschmeißen! Eine Unverschämtheit sondergleichen!«

Franz erblaßte. War er zu weit gegangen? Wenn ja, dann war alles verloren. Zugleich stieg mörderischer Zorn ihn ihm auf. Was erlaubte sich dieser Fettwanst, der durch Zufall im kastenlosen

Amerika reich und mächtig geworden war, während bessere Männer für ihn schuften mußten! Wenn wir in Deutschland wären, dann solltest du etwas erleben, du ... Dann wäre ich es, der dich abkanzelt!

Oder benahm sich der Emporkömmling gerade deshalb so, weil er die Gedanken seines Gegenübers kannte und sich für seine geistige Inferiorität rächen wollte?

Franz wußte, was er zu tun hatte. Er setzte eine abweisende Miene auf und griff nach seiner Mütze: »Ich empfehle mich.« Er ging zur Tür, nicht langsam, sondern entschieden. Wenn seine Annahme stimmte, dann rief ihn Schmidt zurück. Stimmte sie nicht, war auch nichts verloren.

Er hatte die Tür erreicht. Schluß also, dachte er. Da aber schrie Hans, der ihn tückisch beobachtet hatte: »He, zurück, Bursche. Wie können Sie sich erlauben, ohne meine Genehmigung das Zimmer zu verlassen?«

Franz, der die Tür bereits geöffnet hatte, sah Dietrich draußen boshaft grinsend an seinem Schreibtisch sitzen, Dietrich, der das Gebrüll seines Chefs gehört hatte und Schlüsse daraus zog.

Franz stieß die Tür noch weiter auf und sagte kalt: »Ich bleibe nicht in einem Haus, wo man mich beleidigt.«

Hans trippelte ein paar Schritte auf ihn zu: »Kommen Sie zurück! Ich befehle es!«

Franz warf einen schnellen Blick auf Dietrich, dem das Lächeln vergangen war und dessen Gesicht sich zu fahler Asche verfärbte. Scheinbar widerstrebend kam er zum Schreibtisch zurück. »Bitte, Chef?«

Hans zog schnaufend seinen Stuhl zum Tisch und zeigte auf einen Sessel am andern Ende des Zimmers. »Setzen Sie sich!« knurrte er.

Franz hatte gesiegt. Er bedauerte, die Tür hinter sich so fest geschlossen zu haben. Aber noch immer spielte er den Trotzigen. Dann ließ er sich in den Sessel fallen und steckte die Mütze in die Tasche.

»So. Sie wollen also Direktor werden. Sie, der Sie nichts können und nichts wissen.«

»Wenn Sie den Umgang mit den Arbeitern meinen, dann wäre es falsch, zu behaupten, daß ich nichts weiß. Ich kenne sie durch und durch. Freilich, gewisse theoretische Kenntnisse fehlen mir noch. Deshalb bitte ich Sie, mich vorderhand zum Assistenten von Herrn Dietrich zu ernennen. Nicht zum gewöhnlichen Assistenten, wie es vorher geplant war. Sobald ich über genügend Praxis verfüge und alles gelernt habe, möchte ich selbst Direktor werden.«

Schmidt war sprachlos. Franz aber beugte sich vor und redete eindringlich weiter: »Es klappt vieles nicht in der Fabrik. Ich habe meine Beobachtungen angestellt und die Sache studiert. Es sind Fehler unterlaufen, es gibt Mißstände, es wurde mangelhafte Ware hergestellt. Und es wird noch mehr verdorben werden, selbst wenn Sie mein Patent verwerten. Ich weiß genau, was falsch gemacht wird. Binnen zwei Jahren oder noch früher kann ich diese Dinge in Ordnung bringen.« Gedankenverloren fügte er hinzu: »Ich könnte diese Fabrik zur größten im Staat, vielleicht zur bedeutendsten in ganz Amerika machen.«

Hans glotzte ihn ungläubig an: »Das bilden Sie sich ein, Sie Grünschnabel!« Er wollte ihn auslachen, ihm zeigen, daß er ihn nicht ernst nahm.

Doch plötzlich begriff er, daß Franz die Wahrheit sprach. Unglaublich! Nicht zu fassen! Verrückt! Aber eine innere Stimme, die ihn niemals getäuscht hatte, sagte ihm, daß Franz nicht übertrieb und nicht fantasierte. Er sah ein Wunder. Die Adern in seinem Nacken schwollen an, er fühlte die alte Kraft in sich, die ihn in seiner Jugend zu dem gemacht hatte, was er heute war. Er hatte es fast vergessen, er war in den letzten Jahren nicht weitergekommen, er war stehengeblieben in der Überzeugung, den Gipfel erreicht zu haben, von dem aus es keinen Aufstieg mehr gab. Somit habe eigentlich ich versagt! dachte er in plötzlicher Erkenntnis. Wenn ein Mensch glaubt, alles geleistet zu haben, was er leisten kann, steht er still, beginnt sein Abstieg. Dann gibt es keine Inspiration, keine Träume, keine echte Befriedigung mehr. Er lebt am Rand des eigenen Grabes, nicht weil er müde und alt geworden ist, sondern weil er nicht mehr an Wunder glaubt.

Nun aber schlug sein Herz, als wollte es ihm die Brust zersprengen vor Tatendrang und freudiger Erregung. Er fühlte sich jung wie damals, als er seine Kämpfe ausgetragen und sie durchgefochten hatte. Seine Augen funkelten. Er war ein anderer Mensch geworden. Trotzdem bemühte er sich, herablassend und verächtlich zu wirken.

Mit einem heiseren Lachen sagte er: »Närrische Fantastereien; Überheblichkeit sondergleichen! Es ist unverschämt, so hohe Töne zu reden, wenn man nichts geleistet hat, noch dazu einem Mann wie mir gegenüber, der etwas geleistet hat. Sie sind ein Aufschneider, ein Maulheld wie alle jungen Schnösel mit vielen Flausen im Kopf.«

»Ich fantasiere niemals«, lautete die ruhige Antwort. »Ich plane und kombiniere.«

»Wollen Sie mir weismachen, daß Sie diesen Tag geplant haben?« fragte Hans und lachte schallend.

»Ja.« Franz stand auf, legte seine Hand auf den Tisch und beugte sich zu Hans vor: »Ja. Vielleicht nicht in dieser Weise. Aber ich lebte für den heutigen Tag, und ich lebe für die Dinge, die wir heute besprochen haben.«

Schmidts Lachen verstummte jäh. Er verzog spöttisch den Mund, aber in seinen Augen stand kein Hohn.

»Ich glaube Ihnen«, sagte er endlich und schien sich selbst nicht zu verstehen.

Er konnte seine Erregung nicht verbergen. Er stand auf, sein dickes Gesicht war sehr blaß geworden.

»Es ist Wahnsinn«, murmelte er. »Es ist nicht zu fassen. Trotzdem glaube ich Ihnen.« Dann, als spräche er zu sich: »Gut. Soll sein.« Er stellte sich zum Fenster und schaute hinaus zu den qualmenden Schornsteinen. Einst hatte er geträumt, daß seine Fabrik gewaltig, allesbeherrschend sein würde — ein starkes Königreich. Nun hatte er den Traum wiedergefunden. Es war noch nicht zu spät. Plötzlich sah er Tinas schmales Gesicht vor sich.

Er drehte sich schnell um. Franz stand noch immer beim Schreibtisch, blaß und ruhig. Seine Augen blitzten.

»Es wird geschehen, was Sie wollen«, sagte Hans abschließend und drückte auf den Klingelknopf. Der Direktor trat ein.

»Zu Silvester geben wir eine Party. Sie sind eingeladen. Um acht Uhr.«

Dann zu Dietrich, der sich kaum auf den Beinen halten konnte: »Begleiten Sie den Herrn hinaus. Für heute habe ich genug verrücktes Zeug gehört.«

XXXVIII

Wenn Emmi einmal einen Entschluß gefaßt hatte, dann verschwendete sie keine Zeit mehr mit überflüssigen Diskussionen, Überlegungen und Gerede. Wie mit der Degenspitze zielte sie dem Problem mitten ins Herz. Es mußte eine Farm gekauft werden, und da gab es keine Flausen, kein »Warten auf besseres Wetter«, auf »den Frühling« oder »vielleicht sollten wir uns einmal in der Gegend umschauen«. Sie konnte die schwächlichen Charaktere und die Zauderer nicht leiden, die »eine Sache genau von allen Seiten betrachten«, ehe sie etwas unternehmen, die sich vor »Übereilung« fürchten, und die ihre Unentschlossenheit hinter »gewissenhafter Überprüfung des Problems« verbergen. In einem solchen Verhalten sah sie nichts als mangelndes Selbstvertrauen, Ängstlichkeit und Scheu vor der Verantwortung.

Sie machte sich also auf, verhandelte mit Realitätenbüros und fuhr in Kutschen, Einspännern und Schlitten hinaus in die nähere und weitere Umgebung, um sich im Land umzuschauen. Sie besichtigte Dutzende von Farmen. Wenn die Agenten geglaubt hatten, es mit einer unerfahrenen und leichtgläubigen Kundin zu tun zu haben, so hatten sie sich gründlich getäuscht. Emmi erkundigte sich ungeniert um alle Details, inspizierte die Gebäude vom Keller bis zum Boden, sagte dem Agenten grob ihre Meinung, wenn er sie hinters Licht führen wollte, und kehrte mit energischen Schritten zu ihrem Fahrzeug zurück. Ihr Rock schwang um ihre Beine und wurde durch Schmutz und Schneematsch geschleift; sie hob ihn bis zum Knie hinauf, wenn sie über Zäune stieg, über Leitern in die Dachböden kletterte oder durch Hühnerställe und Scheunen stapfte; es kümmerte sie nicht, daß man ihre kräftigen Beine in den weiß-schwarz gestreiften Strümpfen sah. Ein Agent, ein gebürtiger Neu-Engländer, zog nach einem erfolglosen und anstrengenden Tag seinen Hut und machte ihr ein bemerkenswertes Kompliment: »Ma'am, Sie sind eine Ausländerin, aber Sie könnten die Schwester meiner alten Großmutter in Ottawa sein. Sie war eine von den Energischen, verzeihen schon, aber eine Lady, die gewußt hat, was sie will, und die sich kein Blatt vor den Mund genommen hat.«

»Ich will mich nicht beschwindeln lassen«, antwortete Emmi laut und verächtlich. »Wir haben unser Geld sauer verdient, und dafür will ich auch etwas Ordentliches haben.«

»Sie meinen, mehr als Ihr Geld wert ist«, sagte der Agent respektvoll.

»Warum nicht?« gab Emmi mit einem verkniffenen Lächeln zurück.

Unermüdlich wanderte sie durch Regen und Sturm, durch Schnee, Eis und grundlose Straßen. Ihr Hut, ihr Rock und ihre Schuhe waren verklebt und tropfnaß, ihr schwarzes Jackett hatte alle Fasson verloren, aber ihr strenges Gesicht und ihre harten blauen Augen waren unverzagt. Sie gab ihre Meinung deutlich kund, wenn sie vernachlässigte Farmen und Äcker sah.

»In Deutschland würden wir auf einem solchen Boden zehnmal mehr Weizen ernten, und unser Vieh wäre doppelt so fett, obwohl wir nicht so gute Weiden haben. Von den Hühnern nicht zu reden! Die möchte ich nicht einmal für die Suppe!«

Sie schalt über zerlumpte Bäuerinnen und ihre unterernährten Kinder. Sie schalt über verdreckte Küchen und rauchende Herde. Sie schimpfte mit den Bauern wegen ihrer Faulheit und Interesselosigkeit.

»So ein herrlicher Boden! Hier müßte Milch und Honig fließen. Aber ich sehe nichts als Unkraut und Steine. Schauen Sie sich diese Scheune an! Da regnet es ja durchs Dach, und der Wind bläst von allen Seiten herein! Ein Verbrechen so was!«

Die Agenten gaben es bald auf. Nun zog sie auf eigene Faust los; sie ließ sich von den Bauern gegen ein kleines Entgelt in ihren holprigen Karren über schlechte Straßen fahren, saß mit aufgespanntem Regenschirm oben auf dem Bock und blickte kriegerisch in die Gegend. Verächtlich betrachtete sie die sumpfigen Wiesen, die verwahrlosten Häuser mit den kaputten Kaminen. Dann wieder trampelte sie von Hof zu Hof und fragte, wo jemand verkaufen wolle, und wunderte sich, wie viele Farmen man ihr anbot. Sie erboste sich über die stumpfen und mißmutigen Gesichter der Eigentümer.

»Ein Volk, das sein Land nicht liebt, ist verloren«, sagte sie zu einem Bauern, der sie nur blöd anglotzte und weder ihre Aussprache noch den Sinn ihrer Worte begriff. »Wir Deutschen lieben unsere Erde. Deshalb geht dort auch nichts zugrunde, und wir verschwenden nichts. Schaut euch eure Obstgärten an! Es ist Winter, aber ich sage Ihnen heute schon, daß die Bäume im Frühling schwarz sein und nicht blühen werden.«

Sie entdeckte, daß die meisten Bauern nur den einen Wunsch hatten, ihren Besitz zu veräußern und sich »bei der Eisenbahn« oder »bei öffentlichen Arbeiten« zu verdingen. Der Begriff »öffentliche Arbeit« war ihr fremd, sie verband damit den Bau bedeutender Regierungsgebäude oder breiter Nationalstraßen. Als sie draufkam, daß die Leute damit die Fabriken meinten, konnte sie nur hohnlachen.

Knapp vor Weihnachten besichtigte sie eine heruntergekommene Farm, deren Besitzer anscheinend etwas mehr Grips besaß als seine Landsleute. Er fand die »Ausländerin« in ihrer »Aufgeblasenheit« und mit ihrer »spitzen Zunge« reichlich unsympathisch. Als auch er von »öffentlichen Arbeiten« zu sprechen begann, bei denen man gut verdienen konnte, ohne sich zu plagen, fuhr sie ihn an.

»Was soll denn aus dem Land werden, wenn ihr alle in die Städte rennt? Ja, Riesenstädte werden wir haben, aber brachliegendes Land, und am Ende werden alle Amerikaner für eine Handvoll großer Unternehmer schuften? Habt ihr denn keinen Stolz, keinen Verstand, keine Selbstachtung? Für ein paar lumpige Dollar wollt ihr eure Freiheit und eure Seelen verkaufen!«

Der Mann spuckte vor ihr aus und sagte gehässig:

»Hier haben die Amerikaner ganz allein zu reden gehabt, bevor ihr verteufelten Ausländer in Massen dahergekommen seid. Und wenn euch unser Land nicht paßt, dann könnt ihr abfahren, alle miteinander!«

»Das ist keine Antwort«, sagte Emmi verächtlich. »Entweder Sie sind zu dumm, oder Sie trauen sich nicht zu reden.«

Der Mann fuhr zornig auf: »Ich brauche mich von niemandem beleidigen zu lassen, Ma'am, und von einer Frau schon gar nicht. Warum gehen Sie nicht zu den anderen Ausländern, den Amish, und bleiben bei Ihren eigenen Leuten?«

Emmi horchte auf. »Amish?« Ihre Stimme klang bedeutend freundlicher. »Wo sind sie? Ich wollte Sie nicht beleidigen, es tut mir leid. Erzählen Sie mir etwas von diesen Amish!«

Der Mann maulte noch eine Weile, dann aber, da sie fast liebenswürdig bat, entschloß er sich zu reden: »Nun, Ma'am, es sind Ausländer wie Sie, nur vermute ich, daß sie schon sehr lange im Land sind. Schon wie mein Großvater sich hier angekauft hat, waren sie da. Er mochte sie gern, aber ich mag sie nicht. Hochnasiges Volk, das immer unter sich bleibt und seine eigene heidnische Kirche hat. Kommt niemals in unsere. Die Weiber tragen kleine, komische Hauben und die Männer lange Bärte und hohe Hüte. Heiraten nur untereinander, als ob ihnen unsere Burschen und Mädel nicht gut genug wären.« Das schien ihn zu wurmen, denn er schaute Emmi böse an. »Solche Ausländer sollten kein Recht in Amerika haben. Unser Pfarrer sagt, daß wir Schlangen an unserem Busen nähren.«

Emmi wartete geduldig.

»Haben auch die besten Farmen bekommen«, fuhr der Bauer grollend fort. »Vor unserer Nase weggestohlen. Kein Wunder, daß uns nur die sauren Wiesen geblieben sind. Das eben, was ihnen zu schlecht war. Eine Gemeinheit! Manche sagen, daß sie die besseren Bauern sind, aber das ist eine Lüge. Die Amerikaner sind die besten Farmer der Welt. Wir brauchen keine verdammten Ausländer, die uns zeigen wollen, wie man das Feld bestellen muß. Wir sind Amerikaner und damit basta!«

»Gewiß«, murmelte Emmi. »Aber vielleicht haben die Amish keine Abscheu vor der Arbeit.«

»Was soll das heißen, Ma'am?« fragte der Mann mißtrauisch und fuhr dann ärgerlich fort: »Fahren in ihren komischen Wagen herum, die Nasen in der Luft und quatschen ihre eigene Sprache. Sie nennen sich ›Dutch‹, Holländer, aber ich schwöre, daß sie Deutsche sind.«

Emmi war plötzlich ganz aufgeregt. »Wie kommt man zu ihnen? Wo liegen ihre Gehöfte?«

Der Farmer musterte sie vorsichtig. Er stellte fest, daß ihr Kleid zwar nicht besser war als das seiner Frau, aber ihr Auftreten und ihre Sprache ließen ihn vermuten, daß sie kein armer Teufel sein konnte.

Er kratzte sich den Kopf. »Nun, Ma'am, ich könnte Sie mit meinem Wagen hinbringen. Ziemlich weit, fast zehn Meilen. Nicht unter zwei Dollar.«

»Bringen Sie mich sofort hin!« befahl Emmi schroff.

Sie wartete, während er etwas eifriger als sonst das Pferd vor den kotbedeckten Wagen spannte. Es hatte kürzlich geschneit, und das Wasser floß in zwei kleinen Bächen durch die Fahrtrinne. Es lag fast etwas von Frühling in der klaren, frischen Luft. Der Wagen schaukelte wie ein Schiff auf bewegter See; Emmi saß kerzengerade neben dem Farmer, den Regenschirm fest in der behandschuhten Hand. Die Felder längs der Straße sahen ärmlich und vernachlässigt aus; ein paar Hunde rannten kläffend dem Wagen nach, sie drohte ihnen mit dem Schirm, was die Köter noch mehr in Rage versetzte.

Nach ein paar Meilen veränderte sich die Landschaft. Niedrige Hügel mit rotbraunen Flecken schimmerten in der Ferne, die Erde war fett und glänzend. Ein junger Bauer mit einem langen Bart streute die Saat aus; es war Zeit für Winterweizen. Die Häuser schienen sauberer, fester gefügt; viele waren aus Stein, andere aus weißbemalten Schindeln, mit grünen Fensterläden und roten Schornsteinen, aus denen Rauch zum Himmel stieg. Die Zäune waren höher und ordentlicher, die Scheunen und Ställe grellrot bemalt; die Höfe rein und voll von pickendem Federvieh. Die Kinder auf der Straße sahen rund und pausbäckig aus, in warmen Kleidern, gestrickten Jacken und Hauben. Ein Hauch von Wohlstand lag über der Gegend. Eine junge Frau in einem schwarzen Kleid und einer karierten Schürze, mit einem eigenartig geformten Hut, pumpte Wasser aus einem Brunnen vor dem Haus und winkte freundlich.

»Guten Tag, Frau!« rief Emmi in deutscher Sprache, und die Bäuerin gab den Gruß freudig überrascht zurück.

Sie fuhren an einigen kleinen, schmucken Kirchen vorbei und an einem Friedhof am Hang eines niederen Hügels; die Grabsteine schienen mit Seife und Wasser abgerieben. Eine Hecke aus Immergrün umschloß den Gottesacker, deren tiefes, dunkles Grün dem Wanderer ein Versprechen von Frieden und Ewigkeit gab.

Der Bauer schalt: »Sie haben die besten Äcker bekommen.«

»Unsinn«, entgegnete Emmi. »Sie sind fleißiger und verstehen etwas von Landarbeit.«

»Schlechte Böden haben wir«, murrte der Bauer stur. »Arbeiten wie die Rösser. Aber saure Felder ...«

Emmi gab keine Antwort und schaute ungeduldig auf ihre silberne Uhr. Es war halb vier. Wenn der Mann nur schneller fahren wollte!

Endlich kamen sie bei einem weißen, langgestreckten Bauernhof an. Die Fenster waren blankgeputzt, hinter den Scheiben hingen gestärkte Vorhänge vor rosa Geranien und Efeu in Töpfen. Ein kleines Schild teilte in deutscher und englischer Sprache mit, daß ein Hof zu verkaufen sei.

»Da sind wir«, sagte der Bauer mürrisch. »Ich warte hier auf Sie, Ma'am.«

Emmi sprang herunter und eilte mit schnellen Schritten über den schmalen, mit Terrakottafliesen ausgelegten Weg zur Eingangstür. Sie hörte Kinderlachen und drückte auf den Messingknopf. Drinnen wurde es plötzlich still, dann näherten sich Schritte, und eine junge, rundliche, hübsche Frau öffnete. Sie trug einen verwaschenen blauen Leinenkittel und hatte eine gestärkte weiße Haube auf dem Kopf, deren lange weiße Schleifen unter dem Kinn gebunden waren. Kleine Locken hatten sich unter der strengen Haube gelöst und rahmten das liebliche, rosige Gesicht mit den fröhlichen blauen Augen ein. Ihre Lippen waren scharlachrot, die Zähne eine Reihe weißer Perlen. Die Schürze konnte die feste junge Brust nicht verbergen. Aus der Küche duftete es nach frisch gebackenem Brot und würziger Suppe.

»Ja, bitte?« fragte die Bäuerin schüchtern. Zwei kleine Mädchen standen verlegen neben ihr und hielten sich an ihrer Schürze fest. Auch sie trugen wie die junge Frau die altmodische Tracht mit den weiten, gezogenen Röcken, die bis zu den winzigen Füßen hinabfielen. Ihr Haar war blond.

Emmi sprach sofort deutsch. Sie lächelte wie ein Wanderer, der heimgefunden hat.

»Sie haben eine Farm zu verkaufen, höre ich? Ich suche einen Bauernhof.«

Die junge Frau bat sie einzutreten. »Ja, das stimmt. Nicht diese hier, Ma'am, aber die Nachbarfarm. Wollen Sie bitte hier warten, ich werde meinen Mann holen.«

Sie benahm sich einfach und unbefangen, und ihr Lächeln war offen und freundlich. Emmi schritt über die Schwelle in einen langen, blitzsauberen »Salon«, die gute Stube, mit roßhaargepolsterten Stühlen, auf denen Spitzendeckchen lagen, mit runden Nußholztischen, auf denen Stöße von Büchern und religiösen Schriften lagen; mit einem Teppich in Rosenmuster. Der riesige Kachelofen in der Mitte strömte angenehme Wärme aus, auf ihm stand ein summender kupferner Teekessel, die Sonne fiel durch die hohen schmalen Fenster, lag auf dem glänzenden Holz und fuhr mit Lichtfingern liebkosend über die Blumentapete.

»Nehmen Sie bitte Platz«, sagte die junge Frau. Emmi schaute mit Heimwehaugen um sich. »Ich bin Frau Barbour.«

»Und ich bin Frau Stössel«, stellte sich Emmi vor. Sie betonte jedes Wort, um verstanden zu werden, denn das Deutsch Mrs. Barbours klang fremdartig und ungewohnt. Ein Dialekt, dachte Emmi, aber sie konnte sich nicht entsinnen, einen ähnlichen Akzent in Deutschland gehört zu haben.

Mrs. Barbour sagte auf englisch zu einem Mädchen: »Geh zu Hans in die Scheune, er soll deinen Papa holen.« Auch ihr Englisch klang fremdartig. »Lauf jetzt, Liza, und du auch, May!«

Die beiden Kleinen rannten kichernd mit fliegenden Zöpfen davon. Emmi setzte sich in einen niedrigen Schaukelstuhl vor den Ofen. Das helle Zimmer war voll von warmen, heimatlichen Gerüchen. Mrs. Barbour fragte schüchtern mit ihrem gewinnenden Lächeln:

»Darf ich Ihnen eine Tasse Kaffee und ein Stück Apfelkuchen anbieten?«

»Bitte«, sagte Emmi und lehnte sich in den Stuhl zurück. Sie fühlte sich wohl wie seit langem nicht.

Mrs. Barbour murmelte eine Entschuldigung und ging in die Küche. Es war ein hoher Raum mit einem roten Steinboden und Ziegelwänden, weißgestrichenen Möbeln, Blumengardinen und einer großen schwarzen Anrichte.

Hier ist man zu Hause, dachte Emmi mit einem Anflug von Neid. Ihr war es niemals gelungen, eine so behagliche Atmosphäre zu schaffen, das wußte sie genau. Hier wohnten Liebe und Glück und Frohsinn, vergoldet durch Glauben und Zufriedenheit. Wenn ich doch auch so unkompliziert sein könnte, dachte Emmi. Aber ich habe immer zuviel überlegt und gegrübelt. Hier würde es Egon gefallen! Vielleicht kann ich ihm doch noch ein Heim schaffen, das ihm endlich Frieden gibt.

Mrs. Barbour kam leichtfüßig herein, sie trug ein weißgedecktes Silbertablett mit einem blauen Kuchenteller, einer blauen Kaffeeschale, Zuckerdose und Kanne in den Händen. Als sie das Tablett auf den Tisch stellte, schob sie eine schwarze Bibel zur Seite. Der Kuchen war noch warm, goldener Sirup troff von den Apfelspalten. Der Kaffee war ausgezeichnet und sehr heiß. Emmi aß fast gierig und dachte mit Widerwillen an ihre eigene eintönige Küche. »Köstlich«, lobte sie. »Ich koche schlecht. Ich habe mich viel zuviel mit unwichtigen Dingen beschäftigt.«

»Wirklich?« murmelte Mrs. Barbour und sah sie freundlich an.

»Ich habe mir über das geistige und soziale Wohl der Menschheit den Kopf zerbrochen«, fuhr Emmi spöttisch fort. »Das war sehr dumm. Es ist klüger, zu kochen, Möbel zu pflegen und kleine Mädchen mit blonden Haaren großzuziehen. Und vielleicht einen Garten zu betreuen.«

Mrs. Barbour lächelte wieder liebenswürdig, aber ein bißchen befangen. Die sonderbaren Redensarten ihres Gastes stießen sie nicht ab, aber sie wußte nichts mit ihnen anzufangen.

»Gott ist sehr gut zu uns gewesen«, sagte sie verlegen, und ihr Gesicht strahlte wieder in kindlichem Vertrauen.

»Und ich habe Ihn so lange gesucht, bis ich Ihn endgültig verlor.«

Mrs. Barbour sah sie mit ihren blauen Augen verwundert und fragend an. Die Eingangstür ging auf, und ein großer, hagerer junger Mann trat ein. Er hatte einen dunklen Bart, seine ernsten braunen Augen blickten melancholisch und versonnen. Auch er trug einen breitrandigen altmodischen Hut auf dem Kopf. Sorgfältig reinigte er seine Schuhe auf der Matte, ehe er ins Zimmer trat. Sein Arbeitsanzug schlotterte um seinen mageren Körper. Als er aber Emmi und seiner Frau zulächelte, schien sein Gesicht von innen zu leuchten.

Er verneigte sich höflich, und Mrs. Barbour berichtete ihm, daß die Dame wegen der Farm gekommen sei. Als er selbst dann sprach, wunderte sich Emmi über sein tadelloses, akzentfreies Englisch, das verriet, daß er kein gebürtiger Deutscher war. Er setzte sich nieder und sagte:

»Ja, die Farm. Meine Frau hat sie von ihrem verwitweten Onkel geerbt; unsere Farm ist groß genug, über 200 acres. Meine Frau wollte, daß sie in der Familie bleibt, aber sie hat keine Verwandten mehr. Es ist eine sehr gute Farm, 100 acres Weideland, 15 acres Ackerland. Ein ordentlicher Viehbestand, zwölf Kühe, vierhundert Hühner, vierzehn Schweine, vier Pferde und eine Menge Puten und Perlhühner. Außerdem Wagen und Pflüge und alles andere Inventar. Johannas Onkel starb im September, wir verkaufen auch die Möbel mit. Ein junger Bauer betreut gegenwärtig den Hof, vielleicht wollen Sie ihn behalten, wenn Sie die Farm kaufen, oder haben Sie einen Sohn?«

»Nein, ich habe keinen Sohn«, sagte Emmi kurz. Und nach einer Weile: »Wir sind nur zwei, mein Mann und ich.«

»Ich muß offen zu Ihnen sein«, fuhr Mr. Barbour fort. »Das hier ist Amish-Land. Wir haben den Hof zuerst unseren eigenen Leuten angeboten, aber jeder besaß selbst genug. Ich sehe, daß Sie Deutsche sind, dann wird es Ihnen nicht so sonderbar vorkommen. Die Amish sind sehr freundlich, nur anfangs etwas zurückhaltend.«

Er lächelte seiner hübschen Frau zu, die wie ein junges Mädchen errötete und ihn verliebt anschaute.

»Als ich nach meiner Heirat herkam, wurde ich sehr herzlich aufgenommen, obwohl ich ein Fremder war. Jetzt aber gehöre ich ganz zu ihnen.« Die leise Trauer in seinen Zügen schwand. »Es wird Ihnen ebenso gehen, gewiß.«

»Soll ich dir Kaffee bringen, Reginald?« fragte Mrs. Barbour und sprang auf. Während sie sich in der Küche beschäftigte, musterte Mr. Barbour sein Gegenüber forschend. Und auch ihr Herz erwärmte sich allmählich. Dieser Mann ist ein Träumer wie ich. Unerfüllbare Träume vielleicht, wie meine eigenen. Aber er hat seinen Frieden gefunden. Ihr schien, als verständen sie sich ohne Worte.

»Sind Sie Amerikaner, Mr. Barbour?«

»Ja, Mrs. Stössel. Ich bin in Windsor geboren.« Sein Gesicht verdunkelte sich, er wich dem Thema sichtlich aus. So erkundigte sich Emmi nach Einzelheiten der Farm und fragte nach dem Preis.

»Viertausend Dollar«, antwortete er. »Aber wir verlangen nur die Hälfte sofort. Paßt Ihnen das? Ich möchte Ihnen auch raten, Hermann auf der Farm zu behalten. Sie brauchen ihm nur zehn Dollar im Monat zu bezahlen und die Verpflegung zu geben. Ich kann ihn wärmstens empfehlen. Die Amish sind fleißige und anständige Arbeiter. Ich selbst stehe Ihnen jederzeit mit Rat und Tat zur Seite. Johannas Onkel hat mindestens tausend Dollar Einnahmen im Jahr gehabt, das ist ein sehr schöner Ertrag.«

Er trank den Kaffee aus. »Wollen Sie, daß ich Sie hinfahre?«

Er ging hinaus und spannte die Pferde an.

»Er ist so niedergeschlagen«, sagte Johanna und blickte ihm zärtlich besorgt nach. »Seine Schwester ist vor kurzem im Kindbett gestorben. Und vorher ist sein Bruder von Bergleuten während eines Streiks getötet worden.«

Emmi hob den Kopf: »Ach ja ... Barbour ... Ich erinnere mich. Es ist in der Zeitung gestanden. War da nicht etwas ungeklärt, bestand nicht der Verdacht, daß der junge Mann von einem Mitglied der eigenen Familie versehentlich erschossen worden ist?«

»Reginald glaubt es«, flüsterte Johanna verzweifelt. »Aber das kann nicht wahr sein. Das darf man nicht glauben. Es wäre zu schrecklich.«

Emmi schaute sie mitleidig an und überlegte. Was hatte sie damals in der Zeitung gelesen? Sie wußte es nicht recht. Gewiß, die Farm war schön und behaglich, und das Haus spiegelte die Liebe einer glücklichen Familie wider, aber bestimmt keinen Luxus.

»Der Vater Ihres Gatten ... ist er nicht ein sehr reicher Mann? Herr Ernest Barbour?«

»Richtig, ja«, sagte Johanna verlegen. Sie nahm das Tablett und verschwand in der Küche.

Was geht in diesem Haus vor? dachte Emmi. Hat der junge Mann Reichtum und Luxus für harte Bauernarbeit und Genügsamkeit aufgegeben? Franz hätte nur verächtlich über ihn gelacht. Beschämt gestand sie sich ein, daß sie über Gebühr neugierig war. Ohne es selbst zu wissen, hatte sie sich immer mehr für das Menschliche als für die sachlichen Zusammenhänge interessiert. Franz hatte einmal behauptet, daß Idealisten und Reformer nur höher entwickelte Wichtigtuer und Schwätzer seien, mit dem unstillbaren Drang, sich in die Angelegenheiten ihrer Nächsten einzumischen. Emmi hätte niemals zugegeben, daß darin ein Körnchen Wahrheit lag.

Reginald Barbour trat ein, er hatte einen schwarzen Mantel über sein Arbeitsgewand angezogen. Nun führte er Emmi hinaus, und sie sah zum erstenmal den viereckigen schwarzen Einspänner der Amish, der wie eine große sonderbare Schachtel wirkte. Sie ersuchte den Bauern, auf sie zu warten, und nach einem verdrossenen Blick auf Reginald nickte er kurz.

Emmi fand den Einspänner bequemer als eine Kutsche. Reginald erklärte ihr die Landschaft. Ein leichter Wind war aufgekommen, das Wetter hatte sich verschlechtert, vereinzelte Schneeflocken tanzten in der Luft. Aber Emmi war durch die Ledervorhänge des Wagens geschützt und blickte aufmerksam durch die Marienglasscheiben hinaus. Sie fühlte, daß der junge ernste Mann hinter seinem kühlen und zurückhaltenden Äußeren Wärme und Güte verbarg. Seine braunen Hände waren zwar abgearbeitet und schwielig, aber fein geformt und sensibel. Seine Haltung, so höflich er sich auch benahm, verbot jede Anbiederung und jede noch so diskrete Frage. Der junge Mann gefiel ihr außerordentlich, er war ihr sympathisch, sie bewunderte ihn.

Barbour war sichtlich um das Wohl der zu verkaufenden Farm besorgt und fragte sie, ob sie Erfahrung in der Landarbeit habe. Als sie das bejahte, wurde er lebhafter, und die Fahrt verging in angeregter Unterhaltung.

Das Land war fruchtbar und reich. Nun sah Emmi in der Ferne den roten Backsteinbau der Farm, fest gebaut, schlicht, aber freundlich. Kahle Ulmen standen in Gruppen auf der weiten Wiese. Hinter dem Haus erblickte sie die riesige Scheune und die Ställe; sie hörte das Brüllen des Viehs, das darauf wartete, gemolken zu werden. Das Land dehnte sich in flachen Wellen bis zum Horizont, es war friedlich und still. Aus den hohen Schornsteinen der Häuser stieg Rauch auf, und in der Luft lag der frische Geruch nach Schnee. Trotz des winterlichen Bildes war die Landschaft heimelig und ansprechend.

Hier bin ich zu Hause, dachte Emmi. Sie atmete tief die würzige Luft ein. Fast demütig betrat sie die Schwelle des Hofes. Ein untersetzter, stämmiger, sehr blonder junger Mann öffnete ihnen mit einem verlegenen Grinsen und wischte sich die Hände an der Hose ab. Er verbeugte sich respektvoll vor Emmi.

Eine große Stube mit hohen Fenstern, eine mächtige Feuerstelle, in der Apfelbaumscheiter brannten. Emmi war erstaunt über die Möbel, die zwar glatt und schmucklos, aber aus feinstem Mahagoni waren und ausgezeichneten Geschmack bewiesen. Der weinrote Teppich war weich und fast luxuriös. An der einen Seite des Zimmers standen Bücherschränke mit ledergebundenen Bänden. Mit einem Blick überzeugte sich Emmi, daß die besten Werke der Weltliteratur hier auf einen geneigten und verständnisvollen Leser warteten.

Reginald bemerkte ihre Überraschung und ihre Bewunderung. »Der Onkel meiner Frau war sehr weltoffen«, sagte er lachend.

Sie besichtigte die vier Schlafzimmer mit den Baldachinbetten aus Mahagoni, die Spiegel an den Wänden, die Öfen, die Teppiche in zarten Farben. Hier hatte ein Mensch mit dem Instinkt eines Aristokraten und der Zurückhaltung eines Fürsten gelebt.

Da kann ich glücklich sein, dachte Emmi. Und wieder: Da bin ich zu Hause.

Nach dem Rundgang durch den Wirtschaftshof und die Gärten erklärte Emmi: »Ich kaufe die Farm.«

Reginald wunderte sich über diesen schnellen Entschluß. »Ihr Gatte wird sich das Haus doch auch ansehen wollen?«

»Er ist krank. Ich muß die Entscheidung allein treffen«, antwortete sie kurz.

Sie gingen zurück auf die Straße zu dem wartenden Wagen. Emmi blickte zum Haus zurück, das fast so wirkte, als sei es enttäuscht, daß sie nicht blieb. Sie seufzte tief und schaute nach Westen. Über den mächtigen kahlen Bäumen lag ein intensiv grünes Licht. Niemals noch hatte sie ein solches Licht gesehen, so grenzenlos, so rein, so kalt. Es griff ihr ans Herz, so wie den Gläubigen eine Anwandlung demütiger Frömmigkeit überfällt. Ihre Augen wurden feucht.

Auf der Heimfahrt in dem ungefederten Bauernwagen sprach sie kein Wort. Sie war tief bewegt und bis ins Innerste ihres Wesens aufgewühlt. Sie spürte weder die Kälte noch die Nässe des wässerigen Schnees auf ihren Wangen und Lippen, sie fühlte nur eine nie gekannte stille, ekstatische Freude im Herzen.

XXXIX

Egon war gewohnt, daß Emmi in Schwärmerei und Begeisterung schwelgte, wenn ihr etwas gefiel, und er wußte, daß ein gut Teil ihrer Schilderungen abzubuchen war. Als sie ihm aber von der Farm erzählte, sprach sie leise, in unterdrückter Bewegung.

»Es ist eine Heimat«, sagte sie tonlos, und ihre Augen schwammen in Tränen.

»Heimat«, wiederholte Egon. Er nahm ihre Hand und drückte sie an seine Wange. Er spürte, wie sie zitterte.

Niemals in seinem Leben hatte er sich über Krankheiten des Körpers oder des Gemüts beklagt. Und so erzählte er ihr auch nicht, daß er krank war. Er war wie eine mit Wasser gefüllte Schale, die einen Sprung bekommen hat und langsam ausrinnt. Jeden Morgen beim Erwachen fühlte er sich schwächer. Jeden Morgen fiel es ihm ein bißchen schwerer, aufzustehen und hinunterzugehen, und am schwersten war es ihm, freundlich und unbefangen zu lächeln. Er fühlte nichts anderes mehr als dieses langsame Versickern von Vitalität und Leben. Manchmal konnte er die Tasse kaum in der Hand halten. Wenn er aufstand, rang er nach Luft. Zuweilen fühlte er sich so schwer, daß er nicht begriff, wie die Matratzen und Federn dieses ungeheure Gewicht aushalten konnten. Sicher würde er durchbrechen und durch den Fußboden bis tief in die Erde fallen. Bei diesem Gedanken wurde ihm leicht ums Herz, er dünkte sich frei wie ein Vogel in der Luft. Dann schloß er die Augen, und er glaubte das Wachsen des Grases über sich zu hören, und er spürte die linde Wärme des Sonnenlichts tief in seinen Körper dringen.

Wann es ihm eigentlich klargeworden war, daß er bald sterben mußte, wußte er nicht. Er wußte nur, daß diese Erkenntnis wie eine warme, lautlose Flut auf ihn zugeströmt kam, und er war voll Dankbarkeit. Manchmal empfand er tiefes Mitleid mit Emmi, dann aber sagte er sich: Sie wird nicht trauern, sie wird wissen, daß ich glücklich bin, daß ich mich nicht fürchte, daß der Tod keinen Schrecken für mich hat. Er spürte eine seltsam wohlige Wärme in sich brennen, wie ein mildes Herdfeuer.

Trotzdem erzählte er Emmi nichts. Sie war eifrig mit den Vorbereitungen für die Übersiedlung beschäftigt, ständig in Bewegung, in freudiger Erwartung, rastlos; seine müden alten Augen beobachteten sie voll Liebe. Niemals war sie ihm so nahe gewesen, niemals hatte er sie so verstanden. Er saß in seinem Lehnstuhl beim Ofen und hörte ihr zu, wie sie Pläne schmiedete, berichtete, was zu geschehen hatte. Er war zufrieden. Wenn er einmal gestorben war, würde ihr diese Farm ein Trost sein. Sterben draußen auf dem Land, in der Natur, ist das notwendige Vorspiel zum Frühling, zu Geburt und strahlendem Himmel. Emmi würde das begreifen, dessen war er gewiß.

Gott ist gut, dachte er einfach. Er dachte viel an Gott in diesen Tagen. Gott war nicht mehr ein unbegreifliches Wesen irgendwo in unendlichen Fernen eines feurigen Sonnensystems, jetzt war er das Sonnenlicht selbst, das auf das Fenstersims fiel, das Zwitschern der Sperlinge im Schnee, der Schimmer auf einem fernen Dach, der erste Stern in den unauslotbaren Tiefen des grünen Abendhimmels. Er war der Blick eines geliebten Auges, vertrauter als ein heimlicher Seufzer. Er war nur Frieden, Wohlbefinden, Trost und Glück. Egon wußte nicht, ob es nach dem Tod ein Denken oder Wissen gab. Ihm genügte es, gelebt und Gott erkannt zu haben.

Er ahnte nicht, daß ihn Emmi oft heimlich besorgt anschaute. Sein Gesicht war so durchsichtig geworden. Franz hatte ihr vorgeworfen, daß sie der Wirklichkeit nicht ins Auge sah. Sie errichtete eine Barriere des Ableugnens gegen die Wahrnehmung ihrer Sinne, die das Urteil der Wahrheit erkannten. Egon hatte keine Schmerzen, das versicherte er ihr immer wieder. Er war sehr zufrieden, er lächelte mehr als sonst, er war nur müde. Der Wunsch war der Vater ihrer Gedanken. Ich wüßte es ganz genau, sagte sie sich eigensinnig vor, wenn es ihm wirklich nicht gutginge. Und da sie sich so entschieden weigerte, die Realität anzuerkennen, schob sie die Sorge ab, die unbewußt drückend auf ihrer Seele lastete.

Allmählich jedoch überstieg es seine Kraft, sich vor ihr zu verstellen. Es kostete ihn schwere Mühe, aufzustehen und sich das Ansehen eines gesunden Menschen zu geben. Sein einziger Wunsch war, liegen zu bleiben und auszulöschen. Wenn sie mich nur endlich verstehen wollte! murmelte er kleinmütig. Aber sie begriff nicht, und er mußte weiter unbefangen reden, obwohl ihn jedes Wort anstrengte. Es war die letzte Last, die er zu tragen hatte. Er trug sie innerlich stöhnend, aber ohne laut zu klagen.

Es war nur gut, daß Franz in ein hübsches Hotel der Mittelklasse in Nazareth gezogen war, denn das war er seiner neuen Stellung schuldig, wie er erklärte. Seinen Sohn hätte er nicht täuschen können. Wenn Emmi ihn fragte, ob er Franz nicht vermisse, den sein unglaublicher Aufstieg selbstsüchtig gemacht hatte, antwortete er: »Nein, ich bin sehr froh für ihn.« Wie gewöhnlich verstand sie ihn nicht.

Früher hatte ihn der Gedanke bedrückt, daß er einmal in fremder Erde ruhen werde. Es wäre so wundervoll gewesen, in dem Land, in dem er geboren war, begraben zu sein, unter der Sonne seiner Heimat und unter Menschen, die seine Sprache redeten. Dann war er draufgekommen, daß die Erde und die Menschen eine Einheit waren, und das tröstete ihn. Und wenn einst über seinem Grab auch fremde Menschen in einer fremden Sprache reden würden, so war ihm doch die Stimme ihrer Herzen vertraut. Die Sonne Amerikas war die gleiche wie in Deutschland, und die Winde, die über die beiden Länder brausten, vermischten sich zu einem einzigen Sturm, so wie Freude und Kummer sich vereinen.

Gern wäre er über Weihnachten in Nazareth geblieben, aber Emmi bestand darauf, auszuziehen, sobald der Vertrag geschlossen war. Sie wurde von der uneingestandenen Furcht getrieben, daß Egon in dieser verhaßten Stadt sterben könnte, mit dem Donnern der Maschinen im Ohr, in Ruß und schwelendem Dunst. Sein letzter Blick sollte nicht durch das Fenster auf eine schmutzige Wand fallen, er sollte das sanfte Rieseln reinen Schnees hören und den unendlichen Himmel mit den fernen Hügeln am Horizont sehen. Sie hoffte so inbrünstig, daß er »draußen« genesen würde.

Ihr war, als müßte sie mit einem geliebten, gefährdeten Wesen aus einem pestverseuchten Gebiet flüchten.

Am Morgen der Reise war Egon außerstande aufzustehen. Emmi kam in Hausschuhen ins Schlafzimmer und fand ihn nach Luft ringend im Bett. Sie erschrak zu Tode. »Ich hole einen Arzt!« rief sie.

Ihre Worte zwangen Egon zu einer übermenschlichen Anstrengung. Er griff nach ihrer Hand, lächelte, und das Lächeln war wie das eines Sterbenden. Der Besuch des Arztes mußte um jeden Preis verhindert werden, denn der hätte Emmi reinen Wein eingeschenkt.

»Nein, ich fühle mich nicht schlecht«, flüsterte er fast unhörbar. »Es ist nichts. Ich bin zu schnell aufgestanden. Ich bin kein junger Mann mehr.«

Sie zwang sich, ihm zu glauben. »Wir reisen sofort«, erklärte sie, und ihr Herz klopfte in wilden Stößen. Wie gehetzt lief sie hinunter.

Er versuchte aus dem Nebel aufzutauchen, der ihn einhüllte. Wenn ich hier sterbe, dachte er, dann geht Emmi niemals hinaus aufs Land, auf ihre Farm. Dann ist sie bis zum Lebensende in dieses Grab, diese Stadt gesperrt. Niemals wird sie glücklich sein. Aber wenn ich draußen sterbe, bleibt sie bei meinem Grab und findet dort selbst ihren Frieden.

Der große Packwagen kam um acht Uhr und lud alle Koffer, Schachteln und Bündel auf. Die alten, häßlichen Möbel hatte Emmi einer Wohltätigkeitsorganisation geschenkt. Egon war fest in seinen warmen Mantel gewickelt, Schulter, Hals und Kopf hatte Emmi in einen dicken Schal und ein Umhängtuch gehüllt, aus denen das Gesicht des alten, kranken Mannes geduldig heraussah. Es stürmte und schneite. Die rußigen Mauern verschwanden im weißen Gestöber.

Emmi kam herunter, energisch, in Hut und Handschuhen. Sie fuhren im Transportwagen mit. Emmis Augen sprühten, ihre Wangen waren gerötet vor Freude und Aufregung. Sie drückte Egon einen kleinen Kuß auf die Stirn und wickelte ihn noch fester in seinen Schal.

XL

Am Weihnachtsmorgen begrüßte Mrs. Schmidt ihre junge Betreuerin mit Tränen der Rührung in den Augen. Sie lag noch zu Bett, nahm Irmgard bei beiden Händen und hielt sie fest.

»Meine Liebe, ich weiß nicht, wie Ihnen das gelungen ist; zum erstenmal seit Jahren freue ich mich auf Weihnachten.«

»Das ist nicht mein Verdienst«, antwortete Irmgard in ihrem langsamen, korrekten Englisch. »Was habe ich schon getan?«

Mrs. Schmidt sprach nicht sofort. »Was Sie getan haben? Ich kann es nicht schwarz auf weiß niederschreiben. Ich kann nicht sagen: ›Das und das ist Irmgards Werk.‹ Vielleicht war es nur Ihre Gegenwart, die das Wunder bewirkt hat. Sie eben, Irmgard. Ihre Person.«

Irmgard strich die Kissen glatt und stellte das Tablett auf den kleinen Tisch. Wie immer hatte sie die schweren Vorhänge zur Seite gezogen, und der blausilberne Wintertag brach wie ein Fanfarenstoß in das dumpfe Schlafzimmer ein. Die bereiften Bäume funkelten wie Kristall und waren glitzernde Monumente ihrer selbst. Auch auf den Gehsteigen schwammen weiße Flocken über das Wasser. Jetzt aber war der Himmel reingefegt und wolkenlos, unendlich weit und unendlich fern.

»Ein schöner Tag«, sagte Irmgard. Sie strich zart über die blassen Teerosen auf dem Frühstückstablett, die heute morgen aus dem Treibhaus gekommen waren.

Aber Mrs. Schmidt drohte mit dem Finger: »Nein, nein, meine Liebe. Heute können Sie mich nicht verlocken. Fangen Sie nicht wieder mit Ausfahrt und Spaziergang an! Heute bin ich wirklich sehr beschäftigt. Ah, da fällt mir etwas ein. Bitte, geben Sie mir die rote Schachtel dort!«

Irmgard brachte die Schachtel, und Mrs. Schmidt öffnete sie mit einem schlauen, triumphierenden Lächeln. Sie holte ein samtschimmerndes schwarzes Sealskinjäckchen mit blitzenden Knöpfen heraus und reichte es Irmgard.

Sprachlos nahm Irmgard das kostbare Geschenk und zog es über ihr schwarzes Wollkleid; seine Wärme umfing sie wie die Umarmung eines Geliebten. Sie errötete vor Freude, und ihre grünen Augen funkelten vor Freude.

»Reizend!« seufzte Mrs. Schmidt beglückt und klatschte in die Hände. »Wie bezaubernd Ihr Haar zur Geltung kommt, mein Liebes!«

Irmgard knickste und küßte ihrer Herrin die Hand. Die aber beugte sich vor und berührte die Stirn des Mädchens mit ihren trockenen Lippen in einer einfachen, herzlichen Geste.

Die Weihnachtsgesellschaft hatte abgesagt werden müssen, weil Mrs. Schmidt wenig zuvor eine Herzattacke erlitten hatte. Statt dessen sollte eine Silvesterparty stattfinden.

»Das ist doch viel lustiger, Herzchen«, hatte Mrs. Schmidt tröstend zu ihrer Tochter gesagt, die sichtlich enttäuscht gewesen war.

Tina stürzte ins Schlafzimmer, mit Päckchen beladen, in strahlender Laune. Sie küßte die Mutter, umarmte Irmgard kurz und setzte sich an den Bettrand.

»Ein prachtvoller Tag!« rief sie und schüttelte die Locken aus ihrem kleinen, rosigen Gesicht. »Niemals noch bin ich so glücklich gewesen. Irmgard! Wie elegant! Mama und ich haben diese Jacke erst nach langem Suchen und Überlegen gewählt. Ah, wie schön Sie sind! Drehen Sie sich, damit ich Sie richtig bewundern kann. Sie sitzt wie angegossen. Kein Wunder, bei Ihrer Gestalt!«

Ein bißchen Neid, ein bißchen Trauer, aber auch ehrliche Zuneigung klang aus diesen Worten. Tina fühlte sich klein und unbedeutend in Irmgards Nähe, sie kam sich linkisch und ältlich vor. Ihr Gesicht bewölkte sich.

Die Anwandlung ging schnell vorbei, sie gab ihrer Mutter ein winziges rundes Etui. Mrs. Schmidt öffnete es und fand darin eine zierliche goldene, mit Email eingelegte Uhr und eine lange Kette, die am Gürtel festzustecken war. »Jetzt, da du eine Modedame geworden bist, brauchst du wirklich eine neue Uhr«, sagte Tina und küßte die Mutter. Sie bestand darauf, die Uhr an Mrs. Schmidts Bettjäckchen zu stecken, und trat einen Schritt zurück, um sie besser bewundern zu können.

Dann legte sie das Geschenk des Vaters — Tina hatte es ausgesucht und gekauft, er hatte es nicht einmal gesehen — auf das Bett: eine Schachtel mit einem Dutzend schwarzer und weißer Handschuhe aus Glacéleder. Mrs. Schmidt strich über das feine französische Material und lächelte wortlos.

Eine Sealskinkappe und ein Muff, zum Jackett passend, waren die Geschenke Tinas an Irmgard, und auch sie mußten angelegt und bewundert werden. Und dann gab es noch ein Kuvert mit Zwanzigdollar-Goldmünzen vom Herrn des Hauses.

»Baldo wird Ihnen sein Geschenk selbst geben«, sagte Tina.

»Sie sind zu gütig«, murmelte Irmgard gerührt. Ihr Gesicht wurde ernst, fast traurig. Sie trug die Geschenke in ihr Zimmer und breitete sie auf dem Bett aus.

Ja, sie waren zu gütig mit ihr. Wie bald mußten sie erfahren, daß sie das Haus verließ, um zu heiraten. Sicher freuten sie sich über ihr Glück, aber es würde eine getrübte Freude sein. Auch ihr selbst würde der Abschied schwerfallen. Es war nicht leicht, diese großzügigen Freunde im Stich zu lassen. Wie durch ein Wunder hatte sie ihnen Lebensfreude und einen neuen Lebensinhalt gegeben, und nun mußte sie diese lieben Menschen enttäuschen. Sie begriff es selbst nicht ganz, sie war nicht eitel und schmeichelte sich nicht, es kam ihr eher wie ein Wunder vor, was sie in diesem Haus vollbracht hatte. Ich habe nichts dazu getan, dachte sie bescheiden.

Ein Brief lag auf ihrer Kommode, und als sie die Schrift erkannte, verschwamm alles vor ihren Augen. Es mußte die Antwort auf ihren Brief sein, den sie Franz wenige Tage zuvor geschrieben hatte. Aber als sie ihn las, flog ein tiefer Schatten über ihr Gesicht.

»Verzeih mir, wenn ich Dich nochmals bitte, Deinen Dienstgebern nichts von unseren Beziehungen zu verraten. Es wäre nicht ratsam, wie ich Dir schon gesagt habe. Deshalb kann ich Dich auch nicht im Haus Schmidt besuchen, obwohl es dort einen Aufenthaltsraum für das Personal gibt, wie Du schreibst. Wenn Du Dich aber für ein paar Stunden freimachen kannst, dann bitte ich Dich, mich in meinem Hotel zu besuchen und den Abend mit mir zu verbringen. Ich wohne ganz allein, wie Du weißt, und ich habe nicht die Absicht, meine Eltern auf der Farm zu besuchen. Die Fahrt wäre zu lang, und sie sind sicher noch völlig mit dem Einrichten beschäftigt. Es wird dort drunter und drüber gehen, und dem Trubel weiche ich lieber aus. Du wirst mir vorhalten, daß ich ein Egoist bin, und damit hast Du leider recht. Aber ich kann eben nicht aus meiner Haut heraus. Ich habe bereits ein Dinner für uns im Hotel bestellt. Wir werden unter uns und sehr glücklich sein. Es gibt soviel zu besprechen.«

Ja, dachte Irmgard ärgerlich, es gibt soviel zu besprechen. Aber ihr Herz schlug heftig. Trotz ihres Unmuts schaute sie zufrieden auf die neue Jacke, den Hut und den Muff und strich liebkosend über das samtweiche Fell. Was wird Franz zu dieser Pracht sagen? dachte sie, und helle Röte stieg ihr in die Wangen.

Dann ging sie ins Schlafzimmer zurück. Tina kauerte in einem Stuhl am Fenster und las ihrer Mutter aus einem Roman vor, den auch Irmgard kannte, »East Lynne«. »Ach«, sagte sie und schüttelte den Kopf, »das ist kein fröhliches Buch, keine Lektüre für einen so schönen Morgen!«

Aber die arme Mrs. Schmidt gehörte zu den Menschen, die gerne von Kummer und Sorgen anderer lesen, es versetzte sie in gute Stimmung. Es war, als wäre reine Freude zu grell für die leidenden Augen, das Licht mußte gedämpft werden, damit sie sich daran ergötzen konnte. Irmgard wußte es und ließ Tina mit ihrer hohen, singenden Stimme weiterlesen.

Mrs. Schmidt seufzte und sah ihre Tochter zärtlich an: »Oh, die arme Isabel!« Sie identifizierte ihre Tochter mit der beklagenswerten Heldin: »Ich hoffe, daß du einmal glücklicher mit deinem Gatten wirst, mein Kind!«

Tina lachte hell auf, errötete aber bis über beide Ohren.

»Ich habe keinen Gatten, Mama, bis jetzt jedenfalls nicht. Vielleicht bekomme ich niemals einen.« Sie ließ das Buch in ihren Schoß sinken und vermied es, die Mutter anzusehen.

Aber Mrs. Schmidt gab das Thema nicht auf: »Denk doch an den jungen Mann aus dem Stahlwerk, Liebes, von dem du mir gestern erzählt hast und den dein Vater zur Silvesterparty einladen will. Er soll ein heller Kopf sein, wie Papa sagt, er wird eines Tages sogar Direktor werden!«

Irmgard war beim Fenster gestanden und hatte auf die Straße hinuntergeschaut, aber jetzt horchte sie auf. Sie fühlte sich mit einemmal unklar von einer ungeheuren Gefahr bedroht. Ihre Hand klammerte sich an die Draperie, sie drehte sich nicht um, doch ihr Herz begann wild zu klopfen. Und in das Dröhnen hinter ihren Schläfen tönte die schüchterne Stimme Tinas.

»Mama, was du dir einbildest! Ich kenne den jungen Mann doch überhaupt nicht. Vielleicht ist er sogar schon verheiratet oder was ähnliches Schreckliches ...« Nach einer kurzen Pause fuhr sie noch scheuer fort: »Papa hat gesagt, daß er etwas Besonderes ist ... sehr tüchtig, mit einer großen Zukunft vor sich. Deshalb lädt er ihn ein und den armen Mr. Dietrich nicht. Ich hoffe, daß sich Papa nicht über ihn ärgern mußte.«

Mrs. Schmidt war voll glücklicher Zukunftspläne für ihre Tochter. Tina wollte ihrem zärtlichen, vieldeutigen Blick entfliehen und stellte sich neben Irmgard ans Fenster.

Sie sah freilich nicht das Gesicht des Mädchens, das im Schatten lag. Aber sie spürte, daß Irmgard die verkörperte Abwehr und Unzugänglichkeit war. Tina wunderte sich. Wieder fiel ihr die Ähnlichkeit mit einem Menschen auf, den sie kannte, aber sie wußte nicht gleich, mit wem. Ach ja, natürlich! Eben mit diesem jungen Mann, von dem sie gesprochen hatten, Franz Stössel hieß er, hatte der Vater gesagt. Aber sie wagte keine Bemerkung darüber zu machen, sonst hätte Mutter gefragt, woher sie ihn denn kenne. Und wie peinlich wäre es gewesen, zu gestehen, daß sie ihn vom Fenster aus beobachtet hatte!

Tina fühlte sich ein wenig unbehaglich. Vielleicht sahen sich alle Deutschen ähnlich, so wie sich Engländer, Franzosen in gewisser Weise ähnlich sehen. Es waren eben die allgemeinen Merkmale der Rassen, und Tinas Gesicht erhellte sich wieder.

»Werden wir bald Hochzeit feiern?« fragte Irmgard kühl, ohne sich umzudrehen.

Niemals hatte Tina Irmgard »impertinent« gefunden, dieses Eigenschaftswort wäre ihr niemals im Zusammenhang mit dem Kammermädchen ihrer Mutter eingefallen. Jetzt aber, aus einem unbestimmten Gefühl heraus, kam ihr vor, als benähme sich Irmgard ungehörig. Tina antwortete nicht und setzte eine hochmütige Miene auf. Ihr Blick wies die Dienende in ihre Schranken. Dann kehrte sie ohne ein Wort zu ihrem Buch zurück.

Mrs. Schmidt war viel zu froh, um die Spannung zu bemerken. Sie antwortete lächelnd: »Aber, meine Liebe, wo denken Sie hin. Es ist ja alles noch ganz vage. Ich war etwas voreilig, Sie dürfen keine falschen Schlüsse daraus ziehen. Ich möchte eben meine Tochter so gerne glücklich sehen. Tina hat Herrn Stössel überhaupt noch nicht getroffen oder gesprochen, und vielleicht gefällt er ihr gar nicht. Ich muß mich bei dir entschuldigen, Tina«, und sie sah ihre Tochter reuig an.

Tina setzte ihre Vorlesung fort, mit etwas lauterer Stimme als zuvor. Sie war viel zu gutmütig, um unfreundlich oder gar schroff zu einer Angestellten zu sein, die sich etwas herausnahm. Sie schalt sich selbst, aber sie ärgerte sich und las die gefühlvollen Stellen des Romans kalt und ausdruckslos vor. Ihre Haltung sollte dem Mädchen zu verstehen geben, daß dessen Gegenwart nicht mehr erwünscht war.

Irmgard rührte sich nicht. Mit dem feinen Empfinden der Kranken fühlte Mrs. Schmidt, daß etwas Dunkles und Gefährliches in das Zimmer eingebrochen war, etwas Unbegreifliches. Sie hörte ihrer Tochter kaum mehr zu und blickte nur auf Irmgard.

Das Gesicht des Mädchens lag noch immer im Schatten, ihre schlanke, hohe Gestalt war vom Licht umrandet. Die Hände klammerten sich am Vorhang fest, sonst hätte sie geschwankt. Nun fiel ein Lichtschein auf das weiße Gesicht, und Mrs. Schmidt zuckte zusammen. Es mußte eine Sinnestäuschung sein, das Spiel von Licht und Schatten! Der Ausdruck dieses Gesichtes schien verwandelt, bitter, wie in einer jähen, schrecklichen Erkenntnis, und die Augen schauten blind ins Leere.

Dann griff Irmgard plötzlich nach dem Tablett und verließ überstürzt das Zimmer. Die Tür fiel hinter ihr ins Schloß.

Jetzt legte Tina das Buch zur Seite. »Wirklich, Mama, solche Bemerkungen solltest du nicht machen. Wir alle haben Irmgard sehr gern, gewiß, aber schließlich darf es doch nicht so weit kommen, daß sie unsere Smypathie allzu selbstverständlich hinnimmt. Du hast mich lächerlich gemacht! Als ob ich eine alte Jungfer wäre, die nach einem Mann ausschaut, gleichgültig, wer es ist. Ich bin überzeugt, daß Irmgard mich auslacht. Das dulde ich nicht. Letzten Endes ist sie nur ein Dienstbote.«

Mrs. Schmidt, die es zwar bedauerte, Tina geärgert zu haben, kränkte sich über das Verhalten ihrer Tochter.

»Mein Liebling, Irmgard lacht dich bestimmt nicht aus. Es ist sehr häßlich von dir, sie als ›Dienstboten‹ zu bezeichnen. Du warst schroff, und ich fürchtete, daß du ihr grundlos weh getan hast. Nach deinem Verweis schien sie sehr bedrückt. Sie hat es nur gut gemeint, weil sie dich liebt und sich freut, wenn du glücklich wirst. Sie wollte gewiß nicht frech sein.«

Tina lächelte nachsichtig. »Genaugenommen war es ja nur deine Schuld, liebe Mama, und nicht die Irmgards. Sie mußte auf deine Andeutung irgendwie reagieren. Ich bin wirklich sehr unfreundlich zu ihr gewesen.«

Sie las weiter; nach einer Weile aber sprang sie auf: »Ich gehe zu ihr und entschuldige mich.«

Dann beugte sie sich über die Mutter, küßte sie und lief leichtfüßig zur Türe. Doch als sie in Irmgards Zimmer kam, war es leer, und Tina kehrte enttäuscht und mit schlechtem Gewissen zur Mutter zurück. Ihr kleines, kindliches Herz war betrübt.

XLI

Irmgard hatte das Frühstücksgeschirr in die Küche gebracht und war in ihr Zimmer geflüchtet. Sie zitterte am ganzen Körper, der Mund in dem leichenblassen Gesicht zuckte.

»Jetzt sehe ich klar«, sagte sie laut. Eine Übelkeit erfaßte sie, sie mußte sich niedersetzen, sie war wie betäubt. »Es ist Betrug, ein gemeiner Betrug!«

Tinas Erröten und deren Verlegenheit war ihr nicht entgangen. Sicher, das Mädchen hatte Franz noch niemals getroffen, vielleicht gefiel er ihr gar nicht, vielleicht fand sie ihn sogar unsympathisch, wenn sie ihn erst kennenlernte. Aber Irmgard erkannte das Netz, das Franz gesponnen hatte, berechnend und eiskalt würde er Tina zu gewinnen suchen. Sie entsann sich der Fragen, die er ihr gestellt und die sie nur für Neugier gehalten hatte. Jetzt erst begriff sie, worauf er hinauswollte.

»Du Schurke«, sagte sie laut.

Ja, er würde die dumme, kleine Tina bestricken, so war es geplant. Nichts wurde versäumt, nichts konnte sich ihm in den Weg stellen, wenn er sich etwas in den Kopf gesetzt hatte — das waren seine eigenen Worte gewesen. Tina würde ihm wahrscheinlich lästig werden mit ihrem Erröten, ihrem kindlichen Gehaben, ihrem Trippeln und Flattern, denn er haßte neckisches Getue. Aber das änderte nichts an seinem Vorhaben. Irmgard war überzeugt, daß es kein bloßer Zufall war, der Franz so unvermutet in das Blickfeld der Schmidts gerückt hatte. Sie durchschaute ihn. Vielleicht empfand er sogar bald körperliche Abneigung gegen dieses unreife Geschöpf ohne Erfahrung, ohne Blut und ohne Mark, aber das fiel nicht ins Gewicht. Wie eine Bombe würde er in das Haus Schmidt platzen. Die Silvestereinladung des Hausherrn war mehr als eine freundliche Geste gegenüber einem vielversprechenden Angestellten. Irmgard hatte für Dinge, die über den logischen Verstand hinausgingen, ein sicheres Gespür. Hans Schmidt wurde allmählich besorgt um die Zukunft seines Lieblings, er hätte Tina gern in sicherer Hut gewußt, und das war nur in einer Ehe möglich. Wenn Tina an Franz Gefallen fand, würde er die Chance ergreifen und heftig das Seine dazu tun — er war immer seines Glückes Schmied gewesen. Das lag in seiner Natur.

Eine Sturzflut mörderischen Zorns überströmte sie, niemals noch hatte sie so tödlichen Haß, so tiefe Scham, so bitteren Schmerz gefühlt. Oh, wenn Franz jetzt bei ihr wäre! Wie eine Furie würde sie ihn anspringen und ihm ins Gesicht schreien, was sie von ihm dachte. Wie gemein er war, wie falsch, wie niedrig! Ihre Hände verkrampften sich, als ergreife sie eine Waffe. Sie war ihrem Schmerz hilflos ausgeliefert, und das steigerte noch ihre Wut. Ihr Herz schlug wild, und ihr Gesicht lief scharlachrot an.

Oh, der Lump! Der klägliche, gewissenlose, niederträchtige, schändliche Egoist, der über Leichen ging! Und dieser Kreatur hatte sie sich in die Arme geworfen, leidenschaftlich, besinnungslos und schmelzend vor Liebe. Diesem Mann, der nur sich selbst kannte, dem berechnenden Intriganten, dem hatte sie sich hingegeben! Eine unerträgliche Schmach. Sie stöhnte auf und preßte die Hände auf die Lippen, um nicht laut hinauszuschreien.

Dann sprang sie auf, denn Übelkeit befiel sie, daß sie glaubte erbrechen zu müssen. Wie eine Ertrinkende hielt sie sich an dem Bettpfosten fest.

Dann, mit einemmal, war alles vorbei. Die Verzweiflung fiel von ihr ab, der Zorn verflüchtigte sich, und uferloser Schmerz, das Gefühl tiefer Verlassenheit drang in ihr Herz, ihre Seele. Sie stöhnte wieder, und Tränen rannen über ihre Wangen. Eine Flut eisigen

Wassers schien über sie hinzuströmen, die alle Glut, alle Flammen in ihr löschte. Sie fühlte sich nackt, entkleidet in dieser Flut, preisgegeben und verzweifelt allein.

Dann versuchte sie, Gedanken zu fassen, grausame Rachegedanken. Sie brauchte nur zu Tina zu gehen und ihr zu sagen: »Den Mann, der Ihnen gefällt, habe ich zuerst gehabt. Er ist mein Geliebter. Ich habe mit ihm geschlafen.« Das würde das Ende bedeuten. Aber auch das Ende für Franz, die Vereitlung all seiner schändlichen Pläne. Er gehörte nicht zu den Menschen, die durch schwere Rückschläge stärker werden. Das wußte sie. Dann war er ruiniert, für immer. Tina, in ihrer Unberührtheit und Weltfremdheit, würde den Anblick eines Mannes nicht ertragen, der ihr Dienstmädchen umarmt hatte; sie wäre psychisch und physisch zerstört, krank, sie, die Frau ohne Blut und ohne Kraft, müßte rettungslos zugrunde gehen. Sie war über die erste Jugend hinaus und begriff nichts von der verheerenden Gewalt der Leidenschaften, die den Menschen zu willenlosen Opfern machen. Wäre Franz von solcher Leidenschaft für Tina erfaßt worden, alles andere vergessend, vergessend seine Intrigen und Pläne, dann hätte ihm Irmgard verzeihen können. Sie hätte nur in das eigene Innere schauen müssen, um ihn zu verstehen. Aber Tina, die verwöhnt, unerfahren und blutlos war, begriff solche Leidenschaft nicht. Jede zärtliche Geste, jeder fordernde Blick, jede Berührung eines Mannes konnte sie erschrecken und abstoßen.

Daß in dem abgefeimten Spiel kein Funken echtes Gefühl, sondern einzig Berechnung und Verrat steckten, verletzte Irmgard noch tiefer, und sie stellte sich mit sadistischer Freude das verstörte Gesicht Tinas und die hilflose Wut des Freundes vor, wenn sie ihr Geheimnis verriet und ihn damit vernichtete. Das wäre ihre Rache. Es war lächerlich zu glauben, daß Rache schwach und gemein und dumm sein mußte. Sie war der Lebenszweck der Betrogenen, der ungerecht Behandelten.

Nun schloß sie auch Tina in ihren Haß ein. Was hatte dieses nichtssagende Geschöpf einem Mann wie Franz zu bieten außer Geld? Weder Leidenschaft noch Kraft, noch Vitalität! Gebrechlich und anfällig, die ersten Spuren des Welkens in dem schmalen Geischt, trotz des trügerischen kindlichen Aussehens und des unfertigen Körpers! Nein, sie war keine Frau, sie war ein spätes Mädchen, das niemals reif sein würde. Hinter ihrer Naivität und impulsiven Herzlichkeit steckte die Kühle der Patrizierin, der Aristokratin; und die mußte erfahren, daß ihr Stubenmädchen eine vollblütigere Frau war als sie!

Dann dachte sie wieder an Franz. Er war ein Mann, der alle seine Erntehoffnungen auf einen einzigen Baum gesetzt hatte. Er war zu fantasielos, um einen zweiten Baum zu pflanzen. Wenn dieser eine Baum verdorrte, dann starb er mit ihm, und nichts konnte ihn mehr zum Leben erwecken.

Und wieder versank alles, Zorn, Haß und Rachegefühl. Nur eines blieb, die uferlose Liebe zu dem Freund, der sie verraten hatte. Sie weinte, sie schluchzte erstickt, sie war zu Tode betrübt. Sie liebte ihn, sie liebte ihn, trotz allem. Ach, wie konnte er sich für eine so billige, so schwächliche, so armselige Sache verkaufen! Er, der Starke, mit dem wachen Verstand, der unwiderstehlichen Ausstrahlung und der unendlichen Liebesfähigkeit! Er gehört zu mir, dachte sie, zu mir, zu mir allein. Das gleiche Blut fließt in unseren Adern, wir sprechen die gleiche Sprache. Ich kann ihn nicht lassen! Ich werde ihn nie lassen!

Es klopfte an ihrer Tür, die zum Dienerzimmer hinausführte. Gillespie stand vor ihr, einen Brief in der Hand. »Fröhliche Weihnachten, Irmgard!« sagte er lächelnd.

»Fröhliche Weihnachten«, gab sie in bitterer Ironie zurück. Er reichte ihr den Brief. »Mr. Baldo möchte Sie gerne so bald als möglich sehen, nur für ein paar Minuten.« Er schaute ihr aufmerksam ins Gesicht: »Fühlen Sie sich nicht wohl, Irmgard?«

»Ich habe nur Kopfschmerzen, das ist alles.«

Der Brief war von Emmi. Irmgard überflog hastig den kurzgefaßten Bericht über die Farm und über Egon, der sich anscheinend besser fühlte und sich wie ein Kind über den Umzug freute.

Dann kam ein neuer Absatz: »Du brauchst nun nicht mehr bei fremden Leuten zu arbeiten, liebe Nichte. Wir haben genügend Platz für Dich, es ist still und friedlich auf der Farm. Meine frühere Nachbarin, Florence Tandy, zieht mit uns und wird mir auf dem Hof helfen; außerdem haben wir einen jungen Landarbeiter angestellt, einen sehr tüchtigen Mann. Es ist also nicht Egoismus, wenn ich Dir vorschlage, zu uns zu kommen; glaub mir, es würde Dir gut gefallen. Manchmal wird mir bange, wenn ich Egon betrachte; ich habe keine Verwandten, denn Franz sehe ich nicht mehr als meinen Sohn an. Komm doch — wir würden uns unendlich darüber freuen.«

Irmgard legte den Brief still in ihre Lade. Ihr Körper schmerzte. Sie vergaß den Brief, wusch ihr verweintes Gesicht, kämmte und flocht ihr langes blondes Haar, legte die Schürze ab und klopfte an Baldos Tür.

Er öffnete ihr sofort, und sein schmales, blasses Gesicht erhellte sich, als wäre Mondlicht darauf gefallen. Er bat sie, Platz zu nehmen, und sie tat es. Er wollte sprechen, stockte aber.

»Irmgard, ist etwas geschehen?« fragte er besorgt. Er sprach deutsch, er fühlte sich ihr näher, wenn er in ihrer Muttersprache mit ihr redete.

»Nichts ist geschehen«, antwortete sie und zwang sich sogar ein kleines Lächeln ab.

Aber er hatte selbst zuviel Schmerzen und Enttäuschungen erlebt, man konnte ihm nichts vorspielen. Er wußte, daß sie nicht die Wahrheit sprach, und sah sie forschend und flehend an. Jede Stunde des Leidens schwächt die Fähigkeit des Menschen, eine weitere Stunde durchzustehen, und unklar erkannte er, daß ihm aus ihrem Leiden eigenes Leiden erwuchs.

Ich bin kein Held, dachte er bitter. Ich habe genug gelitten, ich kann keine neuen Schmerzen ertragen. Wer oft mißhandelt wird, fürchtet die Peitsche. Dem Helden fehlt die Fantasie oder die Erfahrung, wenn er einen harten Schlag gefaßt und mutig erträgt, weil er sich nicht an frühere Schläge erinnert und dem Unheil mit einer Art Neugier begegnet.

Baldo setzte sich neben Irmgard. Sein Herz war so schwer, daß er nicht sprechen konnte. Er schaute sie unverwandt an. Sein mißgebildeter Körper hockte in dem tiefen Stuhl wie ein hingeworfenes, unordentliches Bündel. Tiefer als seine Furcht war sein Mitleid. Er wollte es ihr nicht zeigen, um sie nicht zu belästigen, und griff nach einer langen, schmalen Schachtel, die auf dem Tisch lag.

»Mein Weihnachtsgeschenk für Sie, Irmgard.«

Sie murmelte ihren Dank, und ihre Hände zitterten. Als sie das Etui öffnete, da lag ein Halsband aus Opalen vor ihr, schimmernd in blaurosa Feuer.

»Sie haben mir einmal erzählt, daß Sie im Oktober geboren sind«, sagte er leise, und seine blauen Augen blickten sie in unverhohlener Liebe an.

Irmgard schwieg. Sie ließ die Opale durch ihre Finger gleiten, sie wagte nicht zu sprechen, sonst wäre sie in Weinen ausgebrochen. Er bemerkte es wohl, er zerschmolz vor Mitgefühl und Angst; hastig stand er auf, setzte sich an den Flügel und spielte ein paar Takte. Er improvisierte und versuchte in die Töne alles hineinzulegen, was er nicht auszusprechen wagte. Es klang süß und fordernd, und ihr brach dabei fast das Herz. »Ich bin ein Idiot«, sagte er laut, aber das Wort ging in der Musik unter; er verachtete sich selbst wegen dieser kindischen Schaustellung, auf die nur die Heldin eines Kitschromans hereinfallen konnte. Eine Frau wie Irmgard, die alles begriff, mußte es mißbilligen, wenn er seine edelsten Gefühle durch ein Medium ausdrückte, statt offen zu sprechen.

Schnell drehte er sich um, lächelte gequält und hockte, ein jämmerliches Stück Mann, wie eine Kröte auf dem Stuhl; jedenfalls sah er sich selbst so. Seine hilflose Geste, sein Lächeln flehten um Verzeihung und baten sie, ihn nicht zu verhöhnen. Sie aber blickte gerade in seine Augen und lächelte nicht.

»Ich bin ein heilloser Narr«, stieß er hervor, weil er glaubte, sie belästigt zu haben.

»Warum?« fragte sie ruhig.

Weil ich mich dir gegenüber wie ein unreifer Musikant benehme, dachte er. Er rutschte von seinem Stuhl und trat auf sie zu. Noch immer hielt sie die Opale in Händen und ließ sie wie einen Rosenkranz durch die Finger gleiten. Sie sah so abwesend aus, so versonnen, daß zu seiner Sorge noch die Eifersucht kam.

Tonlos sagte er: »Ich bin verrückt, Irmgard, weil ich glaube, Sie könnten mich abstoßend finden.« Er krümmte sich innerlich, während er sprach, und sah sie angstvoll an.

Sie verstand ihn so gut! Sie verstand seinen Stolz ebenso wie seinen rührenden Egoismus, seine Hilflosigkeit.

»Unsinn, Mr. Schmidt. Außerdem: Warum sollte es Sie interessieren, was ich von Ihnen denke?«

»Es ist wichtig für mich«, antwortete er sehr ernst.

Sie errötete und spielte mit der Kette. Nun war er überzeugt, daß sie einen heimlichen Schmerz verbarg, und seine Eifersucht erwachte von neuem. Sie biß sich auf die Lippen. Wenn sie vielleicht auch den Sinn seiner Worte begriffen hatte, so schien sie sich doch nicht die geringsten Gedanken darüber zu machen. Es beschäftigten sie ganz andere Dinge, das war augenscheinlich. Er wunderte sich daher nicht, als sie plötzlich in Erregung geriet und mit seinen eigenen Worten zu sprechen begann:

»Für Sie ist gar nichts wichtig, Mr. Schmidt! Sie wurden gekränkt und sitzen jetzt schmollend in einem Winkel. Ich muß offen reden. Vielleicht habe ich nie mehr Gelegenheit, mit Ihnen zu reden wie heute. Es gäbe so viele Dinge, die Sie tun könnten, und Sie tun sie nicht.«

Er beugte sich vor und fragte mit einem Anflug von Unbehagen: »Was, zum Beispiel, Irmgard?«

Sie hob ungeduldig die Schultern und sprudelte heraus: »Sie wünschen Sympathie, Mr. Baldo. Vielleicht ist Ihnen nicht klar, und vielleicht werden Sie empört sein, wenn ich es sage: Sie selbst kommen sich überaus sympathisch vor, ja, geradezu heroisch.«

Er errötete tief und wollte heftig erwidern. Aber da sah er ihr Gesicht und dachte: Sie kann nichts dafür, sie wurde verletzt, und deshalb stellt sie die Stacheln auf und will selbst verwunden.

Er bezwang seinen Ärger und lächelte. »Jeder Mensch muß sich einbilden, auf irgendeinem Sektor ein Held zu sein; genauso, wie sich jedes Volk für heldenhaft halten muß. Das ist eben falsch an Amerika: es sieht weder sich selbst noch seine Bevölkerung als heroisch an. Aber auch ich halte mich nicht für einen Helden, glauben Sie mir. Doch vielleicht haben Sie in gewisser Beziehung recht. Es mag sein, daß ich glaube, aus der Norm zu fallen.« Er lächelte bitter. »Was bleibt mir übrig, als mich für ungewöhnlich zu halten? Was meinen Sie, soll ich tun?«

»Sie sind musikalisch, ich habe Ihnen oft zugehört, Sie sind sehr begabt. Damit könnten Sie den Menschen Freude bereiten, wenn schon sonst nichts.«

Er ging zum Fenster und kreuzte die Hände hinter dem krummen Rücken. »Warum soll ich mich mit anderen beschäftigen?« murmelte er. »Was können sie mir nützen, und was nütze ich ihnen?« Er drehte sich zu ihr: »Ich lebe schon eine ziemliche Anzahl von Jahren, Irmgard. Ich verkehre nur mit einem kleinen Kreis von Leuten, aber ich habe erfahren, daß es nur sehr wenig anständige, verläßliche und ehrliche Menschen gibt. Wegen meines ... Zustands bin ich empfindlich geworden, meine Nerven liegen bloß. Niemand hat sich vor mir zusammengenommen oder verstellt, man hat mich für viel zu nebensächlich gehalten, um Rücksicht auf mich zu nehmen. Und so konnte ich mir Menschenkenntnis erwerben. Die meisten sind roh und unanständig, tükkisch und bösartig. Oder sind Sie anderer Meinung?«

»Nein«, flüsterte sie. »Es ist nur zu wahr.«

Schnell sprach er weiter: »Die Menschen reden immer von ihren ›Freunden‹, und dabei haben die wenigsten Freunde, wenn auch massenhaft Bekannte, die ihre Mahlzeiten teilen, in ihren Gastbetten schlafen, die Zeit mit ihnen verbringen und ihr Geld einstecken. Aber wenn einer sie wirklich braucht, nach ihnen greift, dann greift er ins Leere. Dann treiben ihn die Freunde noch tiefer ins Unglück, zermalmen ihn. So ist die Natur des Menschen. Ich habe mich damit abgefunden, obwohl ich mich manchmal wundere, warum Gott, wenn es einen gibt, den Menschen erlaubt, die Erde zu verwüsten und zu profanieren. Aber ich bin nicht sentimental, ich weiß nicht, ob die Menschheit Erlösung oder

Sklaverei verdient. Solchen Gedanken weiche ich aus. Zu oft bin ich gekränkt worden, wenn ich in den Gesichtern meiner Nächsten gelesen habe; ich kenne ihre Gedanken, ihre Eifersucht, ihren Neid, ihre Lüsternheit und ihren Geiz, ihre Grausamkeit und ihren Eigennutz. Ich habe mein Leben lang nach Gutem ausgeschaut, aber ich habe nichts gefunden. Da ich also nicht ertragen kann, was ich sehe, sperre ich mich ein und sehe nun in mir selbst all das, was ich an anderen gesehen habe.«

»Auch an Ihrer Mutter und Ihrer Schwester?«

Er fuhr nicht auf, wie Tina aufgefahren wäre.

»Meine Mutter«, seufzte er. »Sie ist rührend. Aber sie ist feige. Das ist ihr eben angeboren. Sie hat meinem Vater nichts Gutes getan, sie hat sein Leben verdorben. Er wäre nicht so geworden wie er ist, wenn sie nicht so kurzsichtig, so unverständig wäre. Sie hat ihn falsch behandelt, sie hat ihn geradezu gezwungen, dieses schäbige Verhältnis mit Mathilda einzugehen. Glauben Sie, daß ihn diese schmutzige Sache freut? Sicher nicht. Aber meine Mutter ist zu weich, um engherzig zu sein und ihn allein für sich haben zu wollen; und sie ist zu stark mit sich selbst beschäftigt, um jemand andern um etwas zu beneiden. Ihr Gemüt ist wie Brackwasser, in dem nicht einmal Grausamkeit existieren kann. Möchten Sie einen Menschen nur deshalb gütig nennen, weil ihm gar nicht der Gedanke kommt, böse zu sein? Stimmt, sie ist zuweilen herzlich und nett, aber das sind fast negative Züge. Sie tut mir leid, denn ich habe sie sehr gern.«

Nach einer Pause fuhr er fort: »Und Tina ... Wenn sie Gelegenheit hätte, würde sie genauso kleinlich und bösartig wie alle Frauen werden, genauso verlogen und hinterhältig. Aber es fehlt ihr einfach die Gelegenheit dazu. Sie ist süß, weil sie niemals noch verwundet wurde. Auch sie ist ein Schwächling, wie meine Mutter — und wie ich selbst.«

Er blickte das Mädchen an, das ihm so traurig gegenübersaß, und lächelte wieder.

»Bei Ihnen aber, Irmgard, spüre ich, daß Sie weniger Fehler als gute Eigenschaften haben. Sie sind stark und anständig, Sie sind entschlossen und herb. Sie sind ehrlich zu sich selbst, Sie können wohl grausam und hart und unbarmherzig sein, aber nur dann, wenn es unbedingt nötig ist. Das ist es ja!« rief er plötzlich erregt aus. »Die Menschen sind grausam und brutal, verräterisch und verlogen, unbarmherzig und blutgierig, nur weil es ihnen Vergnügen macht, nicht weil sie dazu gezwungen sind! Selbst die wilden Tiere töten nur, wenn sie hungrig sind, niemals aus Mordlust.

Deshalb sind sie der menschlichen Rasse überlegen, deshalb sind sie rein und gesund. Ich denke, auch Sie sind rein und gesund, Irmgard. Sie versprühen nicht Gift, wie so viele Frauen.«

Zum ersten Mal, seit sie das Zimmer betreten hatten, stahl sich ein leichtes Lächeln auf ihre Lippen. »Was wissen Sie schon von mir, Mr. Baldo?« fragte sie belustigt. »Und Sie übertreiben. Warum Sie sich um andere kümmern sollten? Ich sage es Ihnen. Wenn die Welt so häßlich ist, wie Sie behaupten, müßten Sie sich bemühen, ihr etwas Schönheit zu schenken!«

»Aber, Irmgard, ich verdamme die Welt doch nicht!« rief er lachend. »Ich bin nicht sentimental, das sagte ich schon. Meinetwegen kann die Welt untergehen, je früher, desto besser! Ich würde gerne dazu beitragen, daß es schneller geht. Ich möchte der einzige Überlebende beim Weltuntergang sein und sehen wie die anderen umkommen. Ich bin nicht rachsüchtig, nur verständnisvoll.«

Trotz seines Lächelns meinte er es ernst, das spürte sie.

»Die großen Bösen der Weltgeschichte, die Cäsaren, die Napoleons, die Richelieus, Talleyrands, Macchiavellis — die wußten, wie die Menschen sind, und so konnten sie das Gesindel beherrschen. Sie gaben sich keinen Gefühlsduseleien und Träumen hin, sie traten ihre Zeitgenossen, sie hielten sie unter der Knute, sie töteten sie. Die neue Weltanschauung, die Demokratie, gründet sich auf die dem Menschen innewohnende Güte, auf seine Unabhängigkeit und Intelligenz — aber diese Eigenschaften gibt es nicht. Deshalb wird von den Menschen niedergetrampelt, wer sie erhöhen will. Wir brauchen einen Napoleon, einen Macchiavelli, die können mit dem Volk richtig umgehen. Die Menschen sprechen geringschätzig von den Heiligen und ehrfürchtig von den Tyrannen, selbst wenn sie behaupten, sie zu hassen.«

Sie schwieg.

»Sind Sie nicht auch dieser Meinung?« fragte er nach einer Weile.

»Doch«, antwortete sie. »Sie haben recht. Die Welt kann nicht zu einem Refugium für einige wenige gute Menschen gemacht werden.«

Irmgard erhob sich, aber er hielt sie zurück. »Noch ein paar Minuten, bitte, Irmgard. Sie sind der einzige Mensch, mit dem ich reden kann.«

Sie wartete, aber es fiel ihm sichtlich schwer zu sprechen. Dann: »Was ist Ihnen widerfahren, Irmgard?«

»Nichts«, entgegnete sie, »außer daß ich traurig bin, weil ich

Sie ... dieses Haus bald verlassen muß. Es ist nötig. Meine Tante hat eine Farm gekauft, ich soll zu ihr kommen. Sie braucht mich.«

Er erschrak zutiefst. »Nein, wir können Sie nicht weglassen!« rief er. »Sie haben soviel für uns getan! Da rede und rede ich nur von meinen eigenen Wünschen und Gedanken. Verlassen Sie uns nicht, Irmgard! Verlassen Sie mich nicht!«

Sie blickte ihn mitleidig an. Er schien gebrochen.

»Ich muß, Mr. Baldo. Mein Onkel ist schwer krank, ich glaube, es geht mit ihm zu Ende. Meine Tante braucht mich.«

»Aber ich brauche Sie auch, Irmgard! Begreifen Sie das denn nicht?«

Sie senkte den Kopf, und tiefe Röte stieg ihr in die Wangen. Er ergriff ihre Hand und preßte sie.

»Ich habe nichts, was ich Ihnen geben kann, Liebste, meine Geliebte, nichts als Geld — und das habe ich nicht einmal selbst verdient. Ich beleidige Sie mit meinen Worten, mit meiner flehentlichen Bitte, mich zu heiraten. Aber jetzt, jetzt habe ich es ausgesprochen.«

Mit unendlichem Mitleid und großer Zärtlichkeit schaute sie ihn an, den Mann mit dem schönen, verzweifelten Gesicht und dem mißgebildeten Körper.

»Das dürfen Sie nicht sagen. Es ist keine Beleidigung, es ist eine Ehre für mich.«

Sie unterbrach sich, und ihre Augen wurden mit einem Mal hart und kalt wie grünes Eis, wie eine Seefläche im Winter. Wie, wenn sie diesen armen Menschen wirklich heiratete? Dann hätte Franz Stössel einen Feind gerade in dem Haus, in das er eindringen will, eine unüberwindliche Schranke, eine Barrikade, eine hohe steinerne Mauer. Baldo konnte ein Gegner werden, der ebenso unbarmherzig und kalt wie er selbst war, der jeden seiner Schritte überwachte, der auf der Lauer lag, um ihn zu vernichten.

Sie atmete tief und blickte Baldo an, sie spürte seine heiße Hand, mit der er die ihre umklammert hielt. Sie sah seinen flehenden Blick, den ganzen Jammer dieses unglücklichen Geschöpfs. Nein, eine Heirat aus solchen Motiven wäre schändlich. Es wäre ein niederträchtiger Verrat an einem guten Menschen. Sie entzog ihm die Hand.

»Es ist nicht möglich«, sagte sie laut, aber mehr zu sich als zu ihm.

»Irmgard, ich kann nicht leben ohne ...«

»Ich hätte es Ihnen längst sagen müssen, Mr. Baldo. Ich darf hier nicht heiraten. Es gibt einen Mann in Deutschland ... Nun muß ich zu meiner Tante ziehen und auf ihn warten.«

Er brach zusammen. Jetzt erst erfaßte er, wie tief er sich in einen Traum verstrickt hatte, der niemals Wirklichkeit werden konnte. Seine Stimme versagte. Er hatte viel gelitten in seinem Leben, niemals aber so tödlich wie jetzt. Wie von eisernen Zangen fühlte er sich ergriffen, die ihn schüttelten und seine Glieder in Stücke rissen. Gestern, ja, noch eine Stunde zuvor, allein in seinem Zimmer, hätte er gelacht bei der Vorstellung, daß Irmgard ihn heiraten könnte, er hätte sich für einen eingebildeten, verblendeten Narren gehalten. Trotzdem: er hatte noch hoffen dürfen und in dieser winzigen Hoffnung einen schwachen Halt im Leben gefunden. Hätte er seine Gedanken nur niemals ausgesprochen, dann hätten sie ihn sein ganzes Leben lang begleitet, wie ein Lichtschein, der ihn auch in dunklen Stunden nicht verließ. Nun, da er sich erklärt, da er abgewiesen worden war, versank die Erde in Finsternis; der letzte Funke erlosch. Er hatte nichts mehr auf der Welt, nichts als den grenzenlosen Haß gegen einen Gott, der ihn wieder einmal betrogen hatte.

Mit trüben Augen schaute er sie an und las das Mitleid in ihren Zügen. Sofort schürte er in sich heiligen Zorn, denn er war zu stolz, sich bedauern zu lassen. Er schüttelte lächelnd den Kopf.

»Ich war ein Narr, Sie zu fragen.«

»Nein«, gab sie tonlos zurück. »Ich werde es niemals vergessen.«

Jetzt merkte er, daß sie fast ebenso litt wie er. Er blickte ihr nach, während sie zur Tür schritt, und sein Herz rief sie lautlos zurück: »Geh nicht, bitte, geh nicht! Ich sterbe, wenn du mich verläßt, wenn ich dich nicht mehr sehe!«

Er hob die Hände, rief mit erstickter Stimme: »Irmgard, Sie werden mir doch verraten, wohin Sie gehen!«

Es war eine herzzerreißende Klage. Sein geschändeter Leib, sein bodenloser Schmerz, die Trauer über das Ende aller Hoffnungen vibrierten in seiner Stimme.

Sie drehte sich um: »Ja bestimmt, ich schreibe Ihnen meine Adresse. Aber Sie müssen mir versprechen, es niemandem zu erzählen, am wenigsten Ihrer Mutter und Ihrer Schwester.«

Sie lächelte abschiednehmend mit blassen Lippen; um ihre Augen lagen blaue Schatten.

Er versuchte es nochmals: »Sagen Sie mir doch, warum Sie so bedrückt sind! Wer hat Sie gekränkt? Ich weiß, daß es nichts mit mir zu tun hat, aber ich würde mein Leben dafür geben, Ihnen helfen zu können. Wissen Sie das nicht?«

Seine Hand war heiß aber fest und schenkte ihr ein wenig Mut und Kraft. Schon am ersten Tag in diesem Haus war ihr klar gewesen, daß sie einen Freund in ihm besaß und daß er es immer bleiben würde. Ihre Augen füllten sich langsam mit heißen Tränen.

»Ja, das weiß ich«, flüsterte sie.

Sie ging aus dem Zimmer und ließ ihn allein zurück, und alles Licht war mit ihr verschwunden. Er rührte sich nicht. Minuten um Minuten verrannen, er hörte nichts als die leisen Geräusche des Hauses. Es schüttelte ihn wie im Fieber, und mit einem Klagelaut fiel er stöhnend zusammen:

»Oh, Gott! Oh, Gott!«

XLII

Irmgard zog ihr weinrotes Kleid mit dem kurzen Mieder an, mit dem reichgebauschten Rock und den schwarzen Jettknöpfen. Dazu nahm sie ihre neue Sealskinjacke mit der runden Kappe und dem Muff. An ihrem weißen Hals schimmerten Baldos Opale wie gefrorene Tränen. Sie betrachtete sich im Spiegel, aber die neue Pracht, ihre gute Gestalt und das leuchtend goldene Haar konnten den scharfen Zug in ihrem Gesicht und die Härte der grünen Augen nicht verbergen. Sie hätte eine jüngere Emmi Stössel sein können, abweisend und hochmütig und voll verhaltenem Zorn. Während aber Emmi niemals wirklich bösartig oder grausam sein konnte, wußte Irmgard, daß sie zu allem, auch zum Schlimmsten, fähig war.

Leise lief sie die Dienertreppe hinunter, dann, einem Impuls folgend, machte sie kehrt, ging durch ein leeres Zimmer hinüber in den großen Korridor des zweiten Stocks. Sie lehnte sich an das Geländer und blickte durch das Treppenhaus hinunter in den dunklen Schacht des imposanten Hauses. Im leeren Empfangszimmer gloste das Feuer im schwarzen Marmorkamin, sie sah den großen roten Teppich, die protzigen Möbel, die dunklen Draperien, die das Sonnenlicht abhielten. In einem Erker stand ein riesiger Weihnachtsbaum mit Lametta und dünnen roten, weißen und grünen Kerzen und einem silbernen Stern an der Spitze. Das war das einzige, was an Weihnachten erinnerte. Alle Räume, sonst leer und ausgestorben, voll dunkler Schatten und Stille. Die Türen des langen Ganges waren geschlossen; Irmgard wußte, daß es eine kleine, gemütliche Feier in Mathildas Apartment gab, wo Hans Schmidt den Abend verbrachte. Sonst aber war in dem düsteren Gebäude nichts von Weihnachtsstimmung zu bemerken.

Sie erschauerte und versenkte die Hände tief in den Muff. Ja, sie war froh, daß sie dieses Haus verlassen konnte, sie liebte niemanden mehr in diesen Mauern. An Tina dachte sie nur mit Haß und Abneigung, und Mrs. Schmidt kam ihr nicht mehr rührend, sondern nur krank und fast abstoßend vor. Sie mußte dieser Atmosphäre entfliehen.

Die Stille wurde jäh von jagenden Dissonanzen durchbrochen, die aus einem der Zimmer schallten. Es war eine Höllenmusik, wild und wahnsinnig, ein Schrei aus tiefster Not.

Irmgard drückte die Hände an die Ohren, um nicht hören zu müssen. Sie erwartete, daß jeden Moment die Tür aufgerissen und die Bewohner mit schreckverzerrten Gesichtern herausstürzen würden. Denn niemand konnte diese gräßlichen Töne hören, ohne in blinder Angst davonzulaufen und sich in Sicherheit zu bringen. Aber nichts rührte sich. Die Wände brachen nicht zusammen, keine Tür öffnete sich, sie stand allein in dem Sturm dissonanten Lärms und Gedröhns, und die Schatten schlossen sich enger um sie. Noch streifte die Wintersonne die Fensterscheiben, aber im Haus war es finster, und in allen Winkeln schienen Gefahren zu lauern.

Irmgard senkte den Kopf und raste davon. Wie um ihr Leben rannte sie die Treppen hinunter, dem Gittertor des Vordereingangs zu und hob ihren Rock hoch, der sie behinderte. Die Musik verfolgte sie wie in einem Alptraum, eine Legion von Dämonen, von allen Seiten schienen sie greuliche Fratzen und Monstren anzuspringen. Keuchend erreichte sie das Tor, kaum vermochte sie die Klinke herabzudrücken. Und dann stand sie im gleißenden Wintersonnenschein, bleich, nach Luft ringend, dem Tod entronnen.

Aber die Furcht zitterte weiter in ihr, und sie lief die Straße hinab. Allmählich beruhigte sie sich in der frischen Luft. Der Schnee lag wie ein weicher Teppich zu ihren Füßen, die Kinder — beaufsichtigt von ihren Erzieherinnen — fuhren auf roten Schlitten über die Gehsteige oder trugen Puppen im Arm, tollten und jauchzten in der Sonne. Die Fenster funkelten, ein Pferdeschlitten voll fröhlicher Menschen, in Pelze verpackt, glitt mit Schellengeklingel vorbei. »Fröhliche Weihnachten!« riefen die Leute. Irmgard lehnte sich an ein Gitter, schneebestäubt, der Wind blies durch ihr Haar, ihr Herz schlug nun gleichmäßiger. Aber sie wußte, daß sie niemals wieder in dieses Haus zurückkehren konnte, nicht einmal für eine einzige Nacht. In jenem Gebäude lauerten Furien, wohnte der Wahnsinn. Aber nicht Baldo verkörperte diesen Wahnsinn für sie, er hatte ihm lediglich Ausdruck verliehen.

Sie stieg in eine Pferdetram; auch die war voll von lachenden Menschen mit großen roten, weißen und grünen Paketen. Kinder sogen an Pfefferminzstangen, junge Mädchen lächelten kokett unter neuen Pelzkappen und billigen federgeschmückten Hüten, und die Männer blickten selbstbewußt über die Köpfe hin, die runden grauen und braunen Hüte forsch aufgesetzt, wie zufällig fingerten sie an den neuen Selbstbindern und auffallenden Krawattennadeln aus falschem Gold. Und die alten Frauen, fest in Schals und Umhängetücher verpackt, lächelten wohlwollend zu all dem Getue. Der Wagen rollte und holperte munter über das Pflaster, und selbst die Pferde hatten Lametta in die Mähnen geflochten und schienen die Köpfe in der Feiertagssonne höher zu tragen, während sie durch die Straßen trabten. Fremde riefen sich »Fröhliche Weihnachten!« zu und grüßten sich, als wären sie alte Bekannte.

Unter diesen sorglosen Menschen gewann Irmgard ihre Ruhe wieder. Das Grauen und die Angst, die sie aus dem Haus ihrer Dienstgeber getrieben hatten, schwanden. Der Wagen rollte durch bevölkerte Straßen, wo Obst und Gemüse und Geflügel feilgeboten wurde; die Kirchen waren noch offen, und die Menschen, die kurze Gebete verrichteten, strömten in Scharen aus und ein, festlich bunt gekleidet oder in würdevollem Schwarz. Alles schien sich des Feiertags zu freuen.

Nun vermochte Irmgard wieder logisch zu denken. Ausgeschlossen, daß Franz in diesem Haus, in dieser Totengruft, leben konnte! Er war niemals durch die unfreundlichen Räume gegangen, er hatte niemals die modrige Luft der dunklen Gänge gerochen, niemals das drückende Gewicht der feuchten Mauern gespürt. Ein von Gesundheit strotzender, lebensbejahender Mensch in schwarze Katakomben gesperrt! Unvorstellbar! Während sich der Wagen der Gegend näherte, in der Franz wohnte, dachte sie: Was haben wir beide, er und ich, mit den Schmidts zu schaffen? Er gehört mir, und ich gehöre ihm. Wie war sie nur je auf die groteske Idee verfallen, daß Franz es als Gatte Tinas in dieser Gruft aushalten konnte! Sie lachte sich selbst aus. Die ungesunde Atmosphäre des Hauses mußte sie angesteckt haben. Ihre irregeleitete Fantasie hatte ihr einen Streich gespielt und Unmögliches vorgegaukelt. Hans Schmidt hatte Franz zur Silvesterfeier eingeladen, weil er ein tüchtiger Angestellter war; daran war schließlich nichts Absonderliches. Lächerlich, hintergründige Gedanken zu spinnen. Es war einfach abwegig, sich Franz und Tina als Ehepaar vorzustellen, ja, nicht einmal auf gesellschaftlicher Ebene war eine Beziehung denkbar.

Nun sah sie auch ihren Vetter mit anderen Augen. Ich hab' ihn ja zu einem Monstrum verbildet, sagte sie sich mit schlechtem Gewissen und atmete erleichtert auf. Mit tiefem Erröten dachte sie an die Nacht, die sie mit ihm verbracht hatte. Er liebte sie, gewiß. Sie hatte ernstlich niemals daran gezweifelt. Niemals würde er sie gehen lassen, hatte er beteuert, und da hatte er die Wahrheit gesprochen. Er hatte sie nicht gewissenlos verführt. Sie entsann sich jeder Minute jenes denkwürdigen Tages, scharf und deutlich. Franz gehörte ihr! Was immer geschah, sie blieben beisammen. Der Gedanke war wie ein frischer, kühler Wind, der allen Dunst vertrieb und alle giftigen Miasmen wegwehte.

Hysterisch war sie gewesen, dachte sie beschämt. Diese dramatische Szene mit Baldo! Und ihr verrückter Entschluß, keine Nacht mehr im Haus Schmidt zu bleiben! Ihr nächstes Zusammentreffen mit Baldo würde allerdings peinlich sein, wie sollte sie ihm ihre heutige Stimmung erklären?

Der Wagen hielt an einer Ecke, und sie stieg aus, gefolgt von bewundernden Blicken. Nun stand sie vor dem hübschen vierstöckigen Hotel aus sauberem Backstein; es sah sehr solid und dezent aus. Sie trat in eine Halle voll mit Blattpflanzen in hohen Kupfertöpfen, mit vornehmen Eichenstühlen und -tischen und Gaslustern. Der tiefrote Teppich unter ihren Füßen war rein und frisch, und überall glitzerte blankgeputztes Messing. Die großen Fenster mit den roten Plüschvorhängen ließen diskret das Dezemberlicht eindringen. Es gab keine Handlungsreisenden hier, wie sie sonst die kleinen Stadthotels bevölkerten, sondern gediegene Gentlemen mit ihren rundlichen Frauen und Kindern. Irmgard ging die breite, teppichbelegte Treppe hinauf in das zweite Stockwerk. Die dezente Vornehmheit dieses Mittelstandshotels gefiel ihr, und als sie an die Türe klopfte, schlug ihr Herz bis zum Hals.

Franz öffnete lächelnd. Wortlos streckte er ihr die Hand entgegen und zog sie hinein. Er schloß die Tür nicht ganz: »Wir sind ein sehr respektables Hotel«, erklärte er. Er kam ihr größer und hübscher denn je in seiner schwarzen Jacke und den graugestreiften Hosen vor. Die schwarzseidene Krawatte war elegant gebunden, und eine feine Nadel mit einer Perle glitzerte darin. Irmgard sah mit einem leisen Lächeln, daß er sich einen Schnurrbart wachsen ließ, einen dünnen blonden Strich auf der Oberlippe. Franz wirkte sehr distinguiert damit. Das war nicht mehr der junge Arbeiter, das war ein Gentleman ohne Makel. Wie schnell hatte er sich verändert!

Verlegenheit und Freude verschlugen ihr die Sprache. Auch

während er ihr aus dem Jäckchen half, brachte sie kein Wort heraus. Sie blickte schüchtern um sich. Franz hatte sich in seinem Appartement hübsch eingerichtet. Der kleine Salon war gemütlich mit dem knisternden Feuer in dem schwarzen Marmorkamin. Auch hier lag ein dunkelroter Teppich auf dem Boden, aber die Wände waren mit einem lustigen Rosenmuster tapeziert, und auf den runden Mahagonitischen standen Porzellanlampen. Der Bücherkasten aus poliertem Holz war gefüllt, auf dem breiten Ledersofa lagen weiche Kissen. Durch die Fenster sah man die Straße im Schnee mit den hastenden Menschen. Eine offene Tür an der gegenüberliegenden Seite gab den Blick in das Schlafzimmer — mit einem breiten Messingbett, einem Kleiderschrank und einer Kommode — frei.

Vor dem Kamin stand ein kleiner weißgedeckter Tisch mit schwerem Silber; Franz nahm Irmgard bei der Hand, führte sie hin und schaute sie lächelnd an.

»Gefällt dir's?« fragte er.

»Du hast es weit gebracht«, antwortete sie verlegen, fast schwindelnd vor Glück.

»Ich habe erst begonnen«, sagte er mit einem zufriedenen Blick über das Zimmer und setzte sich neben sie. Dann kehrten seine Augen zu ihr zurück, und das Blau vertiefte sich. »Ich habe dich vermißt«, sagte er leise und drückte ihre Hand.

Eine Welle jubelnder Freude strömte durch ihren Körper, ihre Lippen bebten. »Hast du die Farm gesehen?« stammelte sie.

»Die Farm? Warum? Nein, ich habe sie noch nicht gesehen. Die Eltern sind ja erst ein paar Tage dort. Du vielleicht?«

»Nein.«

Sie verstummten; sie hatten sich bemüht, den Aufruhr im Inneren hinter banalen Worten zu verbergen, jetzt konnten sie nicht mehr sprechen, sie konnten einander nur betrachten. Dann, nach einer langen Pause, stand Franz auf und holte ein kleines weißes Etui aus dem Nebenzimmer. Irmgard öffnete es, und er stand lächelnd neben ihr. Es war ein wunderschönes, feinziseliertes Armband. Ihre Finger bebten, als sie es um das Handgelenk schließen wollte, Franz aber beugte sich über sie und befestigte es mit einem liebevollen Lächeln. Die Berührung seiner Finger jagte ihr das Blut durch die Adern. Dann hob er die geschmücke Hand zu seinen Lippen und drückte einen fast groben Kuß darauf. Sie schloß die Augen, das Zimmer verschwamm im rosigen Licht, und sie glaubte zu vergehen vor schmerzlichem Entzücken und drängendem Gefühl.

»Nächstes Jahr werden es Diamanten sein«, sagte er schließlich.

Er hielt ihre Hand noch immer fest, während er sich niedersetzte. Er lächelte nicht mehr, er war sehr blaß. »Liebste«, sagte er. Und wieder: »Meine Liebste.«

Wenn sie ihm jemals mißtraut hatte, jetzt waren alle Zweifel geschwunden. Sie konnte ihn nur sprachlos betrachten, während wundersamer Friede in ihr Herz zog. Niemals noch war sie so glücklich, so vollkommen glücklich gewesen.

»Ich glaubte, du hättest mich vergessen«, flüsterte sie.

»Dich vergessen?« Es klang ungläubig, erstaunt. »Wie könnte ich dich jemals vergessen? Hab' ich dir nicht gesagt, daß du mir gehörst und daß ich niemals von dir lasse?«

Sie entzog ihm ihre Hand, faltete die Finger über ihrem Schoß und schaute ihn gerade an. »Du hast mir aber nicht gesagt, wann wir heiraten werden.«

Sie begriff nicht, warum er nicht sofort antwortete. Er vermied ihren Blick und griff nicht nach ihrer Hand. Sein Schweigen weckte sie aus ihrem Rausch, und eine Kälte zog in ihr Herz, die sie nicht wahrhaben wollte. Sie schüttelte den Kopf, als fasse sie es nicht, als wolle sie ihn nicht verstehen. Ihr war, als wäre er von ihr abgerückt.

»Franz«, begann sie zaghaft, aber sie verstummte, das Blut rauschte in ihren Ohren, und ihre Augen starrten ihn groß und ungläubig an.

Er sprang auf und trat ans Fenster. Sie wollte ihm folgen, aber der Boden schwankte unter ihren Füßen, die Wände, das helle Fenster, alles rückte in nebelhafte Ferne. Endlich tauchte sie aus dem Nebel auf und stellte verwundert fest, daß Franz wieder neben ihr saß und ihre beiden Hände festhielt. Er schaute sie ernst, ja, unerbittlich an.

»Wir müssen vernünftig sein, Liebling ...« Unglaubwürdige, sinnlose Worte! »... Wir können noch nicht heiraten.«

Eine würgende Hand schien nach ihrem Hals zu greifen. »Warum nicht?« murmelte sie erstickt.

Er zögerte und wich wieder ihrem Blick aus: »Ich habe noch sehr viel vor mir.«

Es traf sie wie ein Keulenschlag. Plötzlich wußte sie mit tödlicher Gewißheit, daß er sie niemals heiraten würde. Den Grund kannte sie nicht. Sie befeuchtete ihre Lippen, die kalt und trocken geworden waren.

Sehr ruhig sagte sie: »Du wirst mich niemals heiraten.«

Meine schrecklichen Befürchtungen haben sich bewahrheitet, ich habe recht gehabt heute morgen! Sie glaubte, in einem Meer von Schmerz, Trauer, Verzweiflung und Haß zu ertrinken. Aber sie bließ äußerlich ruhig, und ihre smaragdgrünen Augen, aus denen alles Licht gewichen war, schauten ihn gerade an.

Er raffte sich auf. Es blieb ihm nicht erspart. »Ich muß mit dir reden.« Er hatte eine stürmische Szene erwartet, denn er wußte seit langem, daß unter der Abgeklärtheit Irmgards eine leidenschaftliche und harte Natur steckte. Ihre Ruhe jetzt erleichterte alles. Aber ein seltsamer Schein in ihren Augen störte ihn. Er stellte sich knapp vor sie hin.

»Ich bin ein Stückchen vorwärtsgekommen. Aber, ich habe erst begonnen. Ich habe noch nicht einmal richtig angefangen! Du kennst meine Pläne — den ersten Schritt habe ich getan. Jetzt sehe ich meinen Weg klarer. Ich muß ihn allein gehen.«

»Du wirst mich niemals heiraten«, wiederholte sie tonlos.

Er zögerte neuerlich, dann faßte er Mut. »Ich kann dich niemals heiraten, meine Allerliebste«, sagte er sehr zärtlich. »Wenn ich dich heirate, muß ich alle meine Pläne aufgeben. Ich könnte nur behalten, was ich bisher gewonnen habe, aber das ist wenig. Wir würden als triste Mittelstandsfamilie dahinvegetieren, vielleicht sogar noch tiefer sinken. Aus Anstand dir und mir gegenüber kann ich dich nicht heiraten. Ich will zu Ende führen, was ich mir vorgenommen habe, und du wirst dabei nichts verlieren. Alle meine Pläne schließen dich mit ein. Ich werde dir Dinge schenken, wie du sie dir niemals erträumt hast ..., und wir werden beisammen sein, was auch geschieht.«

Er hatte erwartet, daß sie beleidigt auffahren würde. Befriedigt stellte er fest, daß sie eine kluge und beherrschte Frau war. Sie hatte verstanden. Aber etwas in ihren Augen, in ihrem Ausdruck machte ihn unsicher. Denn ihre Augen waren hart wie Stahl.

»Vor langem schon habe ich dir gesagt, daß ich Geld, viel Geld will. Jetzt bin ich auf dem Weg dazu. Du weißt, daß ich ohne Geld nicht leben kann, ich darf dich nicht in die Hölle eines elenden Daseins, in Not und Armut, ziehen. Unsere Liebe würde diese Probe nicht bestehen. Ich würde zu einem Dämon werden und dich hassen ...«

Sie sprach noch immer nicht. Das kalte Licht fiel nun voll auf ihr blasses Gesicht, wie der Schein des Mondes auf weißen Schnee. Sie ließ den Blick nicht von ihm, und ihr Körper versteifte sich. Das brachte ihn aus der Fassung, und er fuhr nervös fort:

»In Amerika, mein Liebling, ist das Geld wichtiger als anderswo, es ist lebenswichtig. Die wahre Götterdämmerung. Ein Mensch ohne Geld erreicht hier nichts. Das hat meine Mutter oft gesagt, und ich habe anfangs über sie gelacht. Aber sie hatte recht. Man kann der weiseste, edelste, begabteste Mensch sein, von bester Familie, ja, ein Held — man kann vornehm und hochgebildet sein, die herrlichste Musik komponiert, die schönsten Verse geschrieben haben — hier gilt man nichts, wenn man nicht reich ist. Amerika ist ein Land, in dem der Bettler hoch zu Roß sitzen kann und Fürsten barfuß durch den Staub pilgern müssen — wenn sich ihre materielle Lage geändert hat.

Er lächelte und hoffte, daß auch sie lächeln würde, aber ihr Gesicht blieb starr. »Das habe ich einmal in der Bibel gelesen, es stimmt für Amerika mehr als für ein anderes Land. Ein Schurke, ein Dieb, ein Mörder wird angebetet, geehrt, wenn er reich ist, und man dient ihm. Dieses Land ist ein Topf, voll von zusammengewürfelten Geschöpfen, vom Abschaum aller Erdteile. Wahnsinn, zu glauben, daß aus einem Sud von Disteln, Unkraut, Schlangen und Giftpflanzen guter Wein gepreßt werden kann! Ich bin nun einmal in Amerika, ich muß mich danach richten, und ich will auch nichts daran ändern. In diesem Räubernest will ich selbst ein Räuber werden. Ich kann nicht im Dunkel auf der Erde kriechen; ich muß reich und mächtig werden, damit die Schurken mir die Stiefel lecken.«

Er sprang auf und ging im Zimmer auf und ab, als sprengten die Gedanken seinen Körper. Er sprach offen, wie er noch niemals gesprochen hatte, das spürte Irmgard, er zeigte sein Inneres ohne Scham, und alle Gefühle malten sich auf seinem Gesicht, Haß, Verachtung, Triumph. Er ballte die Fäuste.

»Ich werde erreichen, was ich will!« Jetzt schrie er beinahe. »Nichts kann mich aufhalten!«

Sie stand auf und stellte sich ihm in den Weg. »Und Miß Tina Schmidt ist die nächste Stufe?« fragte sie kalt.

Sein Fuß stockte, er starrte sie entgeistert an. »Woher weißt du das?« fragte er roh.

Sie lächelte trotz ihrer Verzweiflung: »Ich hörte, daß dich Mr. Schmidt eingeladen hat. Da wußte ich alles.«

»Du wußtest es ...« Sie standen einander gegenüber, Aug in Auge, und rührten sich nicht. In Irmgards Blick stand abgrundtiefe Verachtung. Einen Moment schämte er sich und spürte blitzartig, wie schäbig er war. Aber das dauerte kaum eine Sekunde lang. Dann richtete er sich auf und kreuzte die Arme über der Brust.

Entschlossen sprach er: »Man kann dir nichts verheimlichen,

Irmgard. Es ist wahr. Man könnte es den Wunschtraum eines Wahnsinnigen nennen, aber ich habe die Absicht, ihn wahrzunehmen. Merk dir: Ich sag' nicht, ›wenn es möglich ist‹. Ich weiß, daß man alles erreichen kann, wenn man es wirklich will und an den Erfolg glaubt. Das hat nichts mit Gefühlen zu tun. Wenn Miß Schmidt nichts von mir wissen will, dann verschwende ich meine Zeit hier nicht länger. Dann verlasse ich die Stadt. Ich habe ein Patent ...«

Irmgard schwieg. Ihr starres Lächeln irritierte ihn.

»Du verstehst mich nicht!« rief er und versuchte, unglücklich auszusehen. Aber er ließ es sein, als er ihren verächtlich bohrenden Blick sah.

»Versteh mich doch!« rief er leidenschaftlich, und nun heuchelte er nicht mehr. »Mein ganzes Leben lang wollte ich reich sein, um der Knechtschaft zu entrinnen. Ich habe gesehen, wie gedemütigt, wie verachtet und gehaßt und unterdrückt die armen Teufel sind, die sich ohne Geld durchs Leben schlagen müssen. Geschunden werden sie von ihren Mitmenschen, die gemeiner, verächtlicher sind als sie selbst. Möchtest du, daß ich das Los der Millionen teile, die hoffnungslos zum Elend verdammt sind ...?«

»Du bist ein Feigling«, sagte sie ruhig.

»Ein Feigling?« wiederholte er fragend. »Vielleicht hast du recht. Aber ich habe gesehen, daß Feiglinge klüger sind als Helden. Und realistischer. Ja, letzten Endes sogar tapferer. Denn sie weigern sich, das Übel auf sich zu nehmen, das sie abwenden können.«

»Auf Kosten anderer, Franz?«

Eine Regung des Mitleids erwachte in ihm, denn er liebte sie aufrichtig.

»Selbst auf Kosten anderer, Liebling, aber niemals auf deine Kosten. Zwischen uns wird sich nie etwas ändern.«

Ein Kellner trat diskret ein, ein Tablett mit Schüsseln und Platten in der Hand. Franz warf ihm ein Trinkgeld zu. »Danke, das genügt«, sagte er in englischer Sprache. Erst als der Mann das Zimmer verlassen hatte, bat er flehend: »Irmgard, sag doch, daß du mich verstehst!«

»Ja«, antwortete sie unhörbar. »Ich verstehe jetzt so viele Dinge.«

Ich muß doch ein Schwächling sein, dachte er, sonst wäre mir jetzt nicht so elend zumute. Unwillkürlich machte er eine Bewegung auf sie zu, aber sie trat schnell einen Schritt zurück. Das Grün in ihren Augen funkelte, wenn auch kalt wie Eis, in maßloser Pein.

»Alles sollst du haben, Liebste, nichts wird dir fehlen. Vertrau mir! Mein Leben mit dir wird nichts mit meinem andern Leben zu tun haben, es wird schön und wunderbar sein. Alles werde ich dir schenken, ein Haus werde ich dir bauen ...« Er spürte selbst, wie gemein und beleidigend er war, und er verstummte.

Sie schaute ihn forschend an, als studiere sie ihn. Trotz der Qual, die das bleiche Gesicht verriet, strahlte es eine stille Würde aus.

Er schrie auf: »Irmgard, ich kann mich nicht ändern! Kein Mensch kann gegen seine Natur handeln! Aber du weißt, daß ich dich liebe, und daß ich dich niemals von mir lasse.«

Jetzt endlich rührte sie sich. Ohne Hast ging sie in das Schlafzimmer hinüber, zog ihre Jacke an und setzte ihren Hut auf. Ihre Hände waren gefühllos vor Kälte, aber sie strich ruhig über ihr Haar und nahm den Muff zur Hand. Er folgte ihr, vergaß Vorsicht und »Anstand« und warf die Tür hinter sich zu.

»Rühr mich nicht an«, sagte sie laut und deutlich, und ihre Augen funkelten Blitze.

Nun übermannte ihn der Zorn über dieses unverständige, rührselige Geschöpf. Er lief rot an, die Adern an seinen Schläfen schwollen zu purpurnen Strängen.

»Du bist dumm«, zischte er und trat zur Tür. »Aber ich hab' dir's gesagt: Du gehörst mir, ein für allemal.«

Sie verließ das Schlafzimmer, ging langsam und unbewegt auf die Tür zu.

Er verlor alle Beherrschung, stellte sich ihr in den Weg. »Irmgard!« rief er flehend, »sei doch vernünftig! Versuch mich doch zu verstehen!«

Er unterbrach sich, denn sie drehte sich um. Ihre Hand lag auf der Klinke. Jetzt redete sie schnell, und ihre Augen brannten:

»Ja, gewiß, du wirst alles bekommen, was du willst. Du wirst in diesem abscheulichen Haus wohnen. Du wirst in Tinas Bett schlafen. Ich kann dir nicht sagen, was du denken wirst, aber ich weiß es. Dann wirst du begreifen, aber es wird zu spät sein, es kann nichts mehr geändert werden. Dein Leben lang wirst du an meine Worte denken. Du wirst wissen, daß du feig warst und leer und daß alles wertlos ist, was du erworben hast. Du wirst erkennen, daß du ein Dieb und ein Räuber bist und noch Schlimmeres. Geld wirst du besitzen, und vielleicht wird es dich befriedigen, das glaube ich sogar in gewisser Beziehung. Wahrscheinlich wirst du einsam sein, du wirst leiden — aber dein Geld wirst du haben.« Ihre Stimme klang zweifelnd: »Doch ich denke nicht, daß du sonst etwas besitzen wirst, selbst wenn du erfährst ...«

»Selbst wenn ich erfahre ...?« wiederholte er mit blassen Lippen.

Da, mit einemmal, überfiel sie der Schmerz mit herzzerreißender Gewalt. Verlaß mich nicht! wollte sie rufen, es ist gleichgültig, was du bist, was du tust — aber laß mich bei dir bleiben!

Tinas Bild tauchte vor ihr auf, und es verschloß ihr den Mund. Übelkeit befiel sie, Schweiß brach ihr aus den Poren, es flimmerte ihr vor den Augen. Sie fühlte, wie sich ihre Füße bewegten, fühlte die kalte Luft auf ihren Wangen. Sie befand sich auf der Straße und wußte nicht, wie sie dahingelangt war.

Stolpernd, fast strauchelnd lief sie davon. Niemals noch hatte sie so gelitten, niemals noch war sie so verzweifelt gewesen. Tränen rannen über ihr blindes Gesicht, und sie schluchzte laut. Die Vorübergehenden schauten ihr verwundert nach, man sprach sie an, aber sie hörte es nicht. Sie rannte wie um ihr Leben. Ich sterbe, dachte sie; sie wollte sich in den Schnee werfen, sich in der kühlen Weiße vergraben und vergessen. Es begann zu dämmern, ihre Füße trugen sie nicht mehr, sie mußte sich an eine Mauer lehnen. Tränen flossen über ihr Gesicht, still, unaufhaltsam.

Im Licht der Straßenlampe glitzerte das Armband, das ihr Franz geschenkt hatte. Mit zitternden Fingern riß sie an dem Verschluß, er öffnete sich mit einem Klick, und sie warf es weit weg in den tiefen Schnee. Dahin, aus, zu Ende!

Nun wurde sie ruhiger. Eine Droschke fuhr vorbei, sie winkte dem Kutscher, er hielt an, sie kletterte mühsam hinein und sank erschöpft in die Kissen.

Emmi hatte den ganzen Tag hart und unermüdlich gearbeitet. Sie zündete die Lampe im Wohnzimmer an. Egon döste vor dem Ofen, fest in einen Schal gewickelt. Das blasse Mondlicht lag auf den verschneiten Fensterbrettern, die ganze Welt schwamm in blauen durchsichtigen Schatten. Emmi schaute hinaus in die schlummernde Landschaft und hörte den frischen Wind, der über die Felder blies. Florence Tandy hatte die Teller des Weihnachtsmahls gespült, es hatte gebratene Gans mit Krautsalat, roten Rüben, Kartoffeln und warmen Käsekuchen mit Kaffee gegeben. Florence Tandy sang mit ihrer dünnen, hohen Stimme und klapperte laut mit dem Geschirr; das arme Geschöpf hatte in diesem Haus endlich Frieden gefunden.

Hermann pumpte Wasser aus dem Ziehbrunnen hinten im Hof. Emmi freute sich über das laute, knarrende Geräusch. Nun legte sie Kohlen nach. Egor rührte sich nicht, er schlummerte friedlich.

Sie beugte sich über ihn und drückte einen leichten Kuß auf seine Stirn.

Da hörte sie einen Wagen vorfahren. So spät abends noch Besuch! Zehn Besuche waren an diesem Tag gekommen, linkische Bauern aus der Umgebung, lauter Amish, die ihr schöne Weihnachten wünschten und sie in der neuen Heimat willkommen hießen. Sie lief zur Tür. Das war ja eine Droschke aus der Stadt, die draußen stand, und die junge Frau, die hereinstolperte, trug elegante städtische Kleidung. Das Mondlicht fiel auf ein seltsam ausdrucksloses Gesicht. Nun erst erkannte Emmi ihre Nichte. In grenzenloser Verwunderung blickte sie ihr wartend entgegen.

Irmgard aber lief mit ausgestreckten Armen auf sie zu. »Laß mich herein!« flüsterte sie kaum hörbar. »Bitte, laß mich herein! Ich möchte daheim sein.«

ZWEITES BUCH

I

Das Land stand in voller Pracht. Goldener Glanz des Sommers lag wie schimmernder Dunst über den bräunlichen Hügeln und dem hellgrünen Tal. Die ersten Zikaden zirpten in den Bäumen und vertieften noch die unendliche fruchtbare Stille des weiten Landes. Äcker und Weiden leuchteten, und unter knorrigen, alten Bäumen lag wiederkäuend das Vieh. Der Himmel war ein Bogen flirrenden Lichts, aus dem Boden drang der warme, volle Atem der reifenden Frucht, die der Ernte harrte. Alles gedieh prächtig unter der strahlenden Sonne, in der endlosen friedlichen Stille.

Emmis Blumengarten schillerte in allen Farben, in Weiß, Blau, Rosa, Violett und Purpur. Sie hatte Stockrosen an den weißen Bretterzäunen gepflanzt, Efeu kletterte über die rötlichen Wände des Hauses. Im Hühnerhof gackerte das Geflügel und kratzte im staubigen Sand, und die Ferkel quietschten im Koben bei ihren Müttern. Hermann Schulz hatte die Scheunen und die Tenne frisch gestrichen, sie sahen nun lustig und sauber aus. Aus der Küche drang der süße Geruch von Obst, Emmi kochte die letzten Kirschen ein. Florence Tandy, mager und krausköpfig wie immer, in einem braunen Leinenkleid und karierter Schürze, goß eifrig das dampfende, süße Mus in die Töpfe. Ihr Gesicht war naß vom Schweiß, und sie lachte kindisch. Aber ihre Augen leuchteten vor Stolz.

Emmi wischte sich über die Stirn. Dann kostete sie. »Glaubst du nicht, daß es zu süß ist?« fragte sie und hielt Florence den Löffel hin.

»Nein, Mrs. Stössel. Es ist fein so. Ich habe noch niemals so gutes Jam gegessen.«

Emmi rührte in dem eisernen Kessel auf dem schwarzen Herd. »Mein Mann hatte Kirschen am liebsten.« Ein Schatten flog über ihr Gesicht, und ihre Lippen verzogen sich schmerzlich. Sie schaute durch das Fenster. Hinter dem grünen Wald lag der Friedhof, wo Egon ruhte. Sie hatte auf sein Grab Efeu gepflanzt, der über den weißen Stein wucherte, und mindestens zweimal in der Woche trug sie Berge von Gartenblumen hin. Die zarten Zweige einer Trauerweide behüteten liebevoll das Grab. Hermann hatte ihr eine Bank gezimmert, wo sie sitzen und ruhen konnte, das Sonnenlicht auf dem Gesicht und das grüne Gras zu ihren Füßen.

Sie war so verzweifelt gewesen, aber sie erkannte, daß er hier in Frieden ruhte, daß er sich selbst einen solchen Platz zum Sterben und zum Schlafen ausgesucht hätte. Er war nicht wirklich von ihr gegangen. Wenn sie an seinem Grab saß, dann kam er zu ihr, davon war sie überzeugt. Sie spürte seine sanfte Nähe, sie konnte seinen Atem hören. Das war die Erde, die er geliebt hatte. Es war schön, daß er so nah von ihrem Hof lag; winters, wenn die Bäume kahl waren, konnte sie den Friedhof vom Haus aus sehen. Was wäre gewesen, wenn er in der Stadt, inmitten von Ruß, Schmutz und Lärm, gestorben wäre? Wenn er umgeben von Schloten und häßlichen Zinskasernen hätte schlafen müssen? Gott hatte es zuletzt doch noch gut mit ihm gemeint, er war in seinem eigenen Heim gestorben. Nun würde er es niemals mehr verlassen, er war immer bei ihr.

Nachts schluchzte sie oft verzweifelt, aber mit dem anbrechenden Tag, ja schon im Mondlicht, beruhigte sich ihr Gemüt. Egon wanderte durch das Haus, über die Felder, die Hügel, durch die Täler und sogar durch die Scheunen und Ställe. Sie fragte ihn um Rat, sie rechtete sogar mit ihm. Tag für Tag war sie sicherer, daß er bei ihr weilte, daß er sich jubelnd über den ersten warmen Sonnenstrahl, das erste Grün der Wintersaat, die ersten Blüten an den eigenen Bäumen, das erste Brechen und Bersten des Eises freute. »Heute sind meine Rosen aufgeblüht, Egon«, sagte sie. »Hier ist eine rote und hier eine weiße. Du hast die weißen immer am liebsten gehabt, nicht wahr? Obwohl sie nicht so stark duften. Kannst du sie riechen?« Sie war überzeugt, daß er es konnte. Sie fühlte ihn lächelnd an ihrer Seite. Wenn sich der Zweig eines Busches im Windhauch regte, dann wußte sie, daß er es gewesen war. Sie war nicht verlassen, wie sie in den ersten bitteren Tagen geglaubt hatte. Abends stellte sie ihren Stuhl in den Schatten der Bäume, und immer stand ein zweiter daneben, für Egon. Sie träumte mit offenen Augen und blickte hinaus in das geliebte Land; sie wußte, daß er mit ihr träumte. Sie brauchte nur die Hand auszustrecken, und sie berührte ihn.

Sicher liebte auch er die kleine Mrs. Barbour, und sicher schätzte er Reginald Barbour ebenso aufrichtig wie sie selbst. Sie unterhielt sich über die Amish, die Mennoniten, mit ihm, und wenn sie manchmal ein klein wenig herrisch wurde, dann hörte sie seine Stimme: »Emmi, das ist häßlich.« Dann lachte sie und schämte sich.

Hermann Schulz kam in die Küche und schüttelte den Staub von seinen Schuhen, was Emmi tadelnd vermerkte. Er brachte zwei Eimer kühlen Wassers vom Brunnen und stellte sie auf den Tisch. Emmi zeigte auf eine Platte frisch gebackener Kuchen auf einem andern Tisch, und er steckte dankbar gleich ein paar Stücke ein. Sein helles Haar war naß vom Schweiß und sein gutmütiges Gesicht schwarz von der Sonne.

»Hermann, möchtest du in den Hühnerstall gehen und Mrs. Doren holen? Sie ist schon zu lange dort.«

Er trollte sich, nicht ohne vorher noch ein paar Stück Kuchen in die Taschen gestopft zu haben. Die Sonne lag breit auf dem geschrubbten Boden, das Jam dampfte. Florence rührte im Topf um. Das goldene Licht wurde dunkler, die Sonne sank und warf auf die Wände ihre letzten Strahlen, die sich nun mit dem roten Schein des Herdfeuers vermischten.

Emmi trat zur Küchentür und hielt besorgt Ausschau nach Irmgard. »Es ist so heiß. Sie arbeitet sich noch zu Tode.«

Florence seufzte tief: »Es ist schwer für sie. So jung und schon Witwe! Und grausam, daß ihr Gatte gerade jetzt ...« Sie errötete und senkte verschämt den Blick.

»Noch dazu bekommt sie nicht einmal eine Pension«, grollte Emmi. »Weil ihr Mann an einer Krankheit gestorben ist. Wäre er als Soldat im Krieg gefallen, hätte sie Anspruch auf eine Rente.«

»Gerade jetzt, wo sie ihn so notwendig braucht!«

Irmgard kam aus dem Hühnerstall, die Schürze voll von Eiern. Sie ging schwerfällig und strich sich das feuchte blonde Haar aus der Stirn. Als sie aber Emmi sah, lächelte sie.

»Du richtest dich zugrunde!« schalt die Tante und musterte sie besorgt. »Es ist nicht gut für das Kind, was du da treibst.«

Irmgard war zerschlagen von Hitze und Müdigkeit. Sie kam in die Küche und legte die Eier auf den Holztisch. Ihr gewölbter Leib machte ihr Beschwerden; sie setzte sich auf Emmis Geheiß in der kühlen Speisekammer nieder und trank dankbar die frische Milch, die sie ihr vorsetzte. Emmi schalt noch immer.

»Es gibt soviel Arbeit, Tante Emmi«, sagte Irmgard entschuldigend. Blaue Schatten lagen unter ihren Lidern, aber sie sah zufrieden aus.

»Unsinn! Außer dir sind noch zwei Frauen im Haus, und Hermann. Die Nachbarn helfen auch, wenn es nötig ist. Vorhin hast du im Garten gejätet, und dann noch gewaschen. Willst du unbedingt zusammenbrechen?«

Mit ihren harten Arbeitshänden strich sie fast zärtlich eine Locke aus Irmgards weißer Stirn. Dann hob sie ihr Kinn mit zwei Fingern empor und schaute forschend in das müde Gesicht.

»Soll ich denn faulenzen, Tante?« fragte Irmgard lächelnd.

»Du mußt doch nicht die schwere Arbeit tun. Du kannst nähen oder flicken. Es gibt eine Menge Tücher einzusäumen. Und dann, die Babyausstattung! Willst du denn dein Kleines nackt herumlaufen lassen?«

Florence Tandy beim Herd errötete tief über diese unanständige Bemerkung. Aber Irmgard lachte nur. Sie zählte an den Fingern auf: »Ich habe ein Dutzend Nachthemdchen, ein Dutzend feine Batistkleidchen, massenhaft Windeln, drei Mäntel und ein paar Häubchen. Wir erwarten nur ein Kind, Tante Emmi, nicht drei.«

Meinen Enkel, dachte Emmi und verspürte einen feinen Stich in der Brust. »Ich will nicht, daß mein Neffe wie ein Bettler angezogen ist«, erklärte sie streng. »Heute habe ich ein Stück weiße Seide und Spitzen für das Taufkleid kommen lassen. Wir werden uns einen Schnitt aussuchen. In der Zwischenzeit sei so gut, und leg dich für eine Stunde nieder.«

Irmgard stieg mühsam die Holztreppe hinauf in ihr Zimmer. Sie legte sich auf das schmale weiße Bett mit dem gezogenen Baldachin. Ihre Augen wanderten langsam über die Tapete mit dem Streumuster, winzige Rosen und Veilchen, und den schimmernden Holzboden mit dem runden Vorleger. Eine bemalte Schüssel und ein Krug aus Porzellan standen auf der Holzkommode mit der weißen Decke aus Emmis bestem gestärkten Leinen. Ein niederer Schaukelstuhl vor dem Fenster mit den weißen Musselinvorhängen vervollständigte die Einrichtung. Man sah weit ins Land zu den Hügeln in der Ferne, das Sonnenlicht fiel in den Raum, und die Gardinen bauschten sich in der sommerlichen Brise.

Jetzt, da Irmgard allein war, brauchte sie sich nicht zu verstellen, sie lächelte nicht mehr. Ihr Gesicht war hart und verdrossen, ja, sogar zornig, sie preßte die Hände auf den Leib. Sie haßte dieses Kind, wie sie dessen Vater haßte. Keine Spur von Liebe oder Zärtlichkeit empfand sie für das werdende Leben, nur Widerwillen und Abscheu. Ich halte es nicht aus, dachte sie. Aber ich muß es aushalten. Sie mußte die Last bis ans Ende ihres Lebens tragen. Immer würde dieses Kind bei ihr sein und sie mit den Augen seines Vaters ansehen, mit der Stimme seines Vaters zu ihr sprechen. Und ihr Haß würde ins Unendliche wachsen.

Es nützte nichts, wenn sie sich vorhielt, daß dieses arme Geschöpf nicht aus eigenem Willen kam, sondern weil Franz und sie es schuldhaft in eine Welt geschickt hatten, die niemals freundlich mit ihm sein würde. Emmi predigte ihr das oft. Nie hatte die Tante ein Wort des Vorwurfs laut werden lassen, niemals die Prüde gespielt; immer hatte sie für das Kind plädiert. Ja, sie ersehnte das Kind ihres Sohnes heimlich mit unendlicher Liebe. Aus allen ihren Worten klang ihre Zärtlichkeit und der Wunsch, das hilflose Wesen zu schützen: »Das kleine, arme Ding! Du mußt ihm alles sein, Vater, Mutter und Freund. Es wäre nicht gekommen, wenn es nach ihm gegangen wäre. Du selbst hast es hergezwungen. Laß es nicht leiden für deinen Wahnsinn. Denn es war Wahnsinn, dich mit Franz einzulassen; mit einem andern wäre es entschuldbar gewesen.«

Sie fand es nicht schimpflich, daß dieses Kind keinen legalen Vater hatte. Sie fühlte tiefe Ehrfurcht vor dem Leben und war großzügig genug, um über die kleinlichen, von Menschen geschaffenen Formalitäten hinwegzusehen. Das Kind war Erfüllung, Schönheit und Kraft, es war Fleisch von ihrem Fleisch. Deshalb verzieh sie Irmgard; der Vater wurde konsequent übergangen, er bestand einfach nicht. Manchmal schien es Emmi sogar, als hätte Irmgard das Kind betrogen, weil sie ihm einen solchen Vater zugemutet hatte. Andererseits, wäre er nicht der Vater, dann hätte sie nie einen leiblichen Enkel besessen.

»Weder in meiner noch in Egons Familie gab es je einen Mann von so schlechtem Charakter wie Franz«, betonte sie. »Wir brauchen also nicht zu fürchten, daß ihm sein Sohn nachgerät. Franz war eine Ausnahme.«

Emmi wußte, daß Irmgard bitterlich weinte, wenn sie allein war. Sie überschüttete sie nicht mit ungesunden Sympathiebeweisen, sie verlangte nur, daß sie das Kind liebte. »Es wird schön sein, ein Kleines im Haus zu haben«, sagte sie. »Egon hätte es sehr geliebt, und ich werde es lieben. Wir werden ihm einen eigenen kleinen Garten anlegen, und es wird lernen, mit Spaten und Schaufel umzugehen. Der Kleine wird mit Hermann die Kühe auf die Weide führen und frische, gute Milch trinken. Er wird auf dem Land aufwachsen und groß und stark sein — mein Augentrost im Alter.«

Irmgards Gesicht blieb kühl und abweisend.

»Vielleicht findet er eines Tages den Traum in Amerika, der so schwer zu entdecken ist. Denn es gibt ihn bestimmt, diesen Traum.«

Sie selbst hatte die Hoffnung auf den Traum schon aufgegeben. Aber mit der Geburt jedes Kindes leuchtet er von neuem auf wie harrendes Gold in der Mine. Der Traum, den die Menschen begraben und vergessen haben und der darauf wartet, daß Ungeborene ihn wie einen Schatz aus dem Dunkel heben.

»Vielleicht wird es ein Mädchen«, stichelte Irmgard, um die Tante ein wenig zu reizen, die so aufgeräumt war, während Irmgard so bitter litt.

Aber Emmi schüttelte energisch den Kopf. »Nein, es wird ein Junge. Egon hat es mir verraten.« Und nach einer Weile: »Wir werden ihn Siegfried nennen, nach Egons Vater, der ein gütiger Mensch war.«

Manchmal ging Irmgard die selbstverständliche und gesunde Art, mit der sich Emmi mit dem Kind abfand, auf die Nerven. Emmi fand alles ganz natürlich, sie stellte die Dinge ungeniert ins Tageslicht und entzog sie dem Dunkel, das Irmgard quälte. Irmgard wollte nichts vom Tageslicht wissen, sie lebte in bösen Träumen und Finsternis, sie dachte an Untergang und Tod. Sie sehnte sich nach chaotischen Wirren und nicht nach Vernunft, Ordnung und Logik; und sie wollte, daß sich dieses Chaos in ihrem Herzen und in ihren Sinnen spiegelte. Emmis Wohlwollen und ihre praktische Planung waren ihr unerträglich. Sie haßte das Kind deshalb noch mehr.

Damals, am Weihnachtsabend, war sie verzweifelt zu Emmi geflüchtet und hatte sie um Obdach angefleht; sie brauchte einen Ort, an dem sie sich in ihrem Elend verbergen konnte. Egons Tod in der gleichen Nacht war eine traurige Ablenkung; das eigene Leid kam ihr nichtig vor, weil sie Emmi trösten und beistehen mußte. Später, als sie sicher war, daß sie ein Kind erwartete, vergaß sie alles andere über dem eigenen Unglück, ihre Angst und Sorge und ihre Qual. Wäre Emmi empört oder streng gewesen, hätte sie sich der Schande geschämt, dann hätte Irmgard vielleicht anders reagiert, hätte sich aufgelehnt und sich damit der eigenen Bitternis entrissen. Aber Emmi hatte sich nach dem ersten Schock nicht nur mit den Umständen abgefunden, sondern sogar Lebensmut und Kraft daraus geschöpft. Irmgard vermutete, daß Emmi für dieses kommende Kind nicht nur tiefe mütterliche Liebe fühlte, sondern in ihm eine neue Möglichkeit sah, vielleicht doch noch den Traum zu verwirklichen, dem sie ihr Leben lang nachgehangen war. Es erlaubte ihr, eine neue Seite ihres Daseins aufzuschlagen und sie vollzuschreiben. Das einzige, was sie ihr vorhielt, war ihre mangelnde Liebe zu dem Kind.

Sie konnte einfach nicht verstehen, wie schwer Irmgard getroffen war, die ihr Leben zerstört glaubte. War sie nicht selbst Franz' Mutter? Hatte sie Franz nicht geboren, hatte sie nicht für ihn gelitten, ihn geliebt? Als sie aber endgültig seinen Charakter begriffen hatte, da hatte sie ihn aus ihrem Fleisch und aus ihrer Seele verstoßen; er war nicht mehr ihr Sohn. Warum sollte Irmgard ihm nachweinen, Irmgard, die ihn nur eine kurze Weile gekannt, die ihn so selten gesehen und nur ein einziges Mal allein mit ihm gewesen war? Das wäre Gefühlsduselei. Aber aus dieser verrückten Gefühlsduselei war nach dem unergründlichen Ratschluß und der Güte Gottes neues Leben entstanden.

Sie verschloß die Augen vor Irmgards Demütigung, ihrer Hingabe, ihrer erstickten Leidenschaft, ihrer Einsamkeit und Qual, ihrer heißen Liebe, von der sie sich nicht zu befreien vermochte. Emmi konnte sich nicht vorstellen, daß sich diese Liebe wie die Fänge eines reißenden Tieres in Irmgards Fleisch gekrallt hatte. Irmgards wilde Haßausbrüche gegen Franz schienen Emmi heilsam, ein Zeichen, daß die verderbliche Leidenschaft für immer aus Irmgards Herz verbannt war. Sie wußte nicht, daß sie nur eine verzweifelte Klage waren; der Ausdruck qualvoller Sehnsucht und tiefen Schmerzes.

Emmi stellte befriedigt fest, daß Irmgard in den folgenden Monaten ruhiger und stiller wurde, daß sie angestrengt arbeitete, sich niemals schonte und vernünftig war, ja, sogar mit Vergnügen über alltägliche Dinge plauderte. Sie sah das als Zeichen der Genesung an.

Ja, Irmgard war verständig, sie suchte nicht, mit dem Kopf durch die Wand zu rennen. Sie tat alles, was man von ihr wünschte. Emmi ließ sie arbeiten, damit ihr Körper müde wurde und sie nicht zum Grübeln kam. Sie spürte, daß sie Erfolg mit dieser Methode hatte. Irmgard sprach nicht mehr von Franz. Sein Name fiel niemals in dem friedlichen Haus, wo Emmi unermüdlich und umsichtig werkte wie ein Mann. Das einfache Amish-Völkchen und einige andere Farmer hießen die Neuankömmlinge herzlich willkommen, und als ihnen Emmi erklärte, daß Irmgard ihre junge Nichte, Mrs. Doren sei, die sich nach dem Tod ihres Mannes nach Amerika geflüchtet hatte, um hier Vergessen zu finden, waren alle voll Verständnis und Mitgefühl. Emmi konnte sich nicht erinnern, jemals bewußt gelogen zu haben, und schämte sich, daß ihr jetzt das Lügen so leichtfiel. Sie verachtete sich deshalb.

Irmgard erkannte bald, daß ihre Haßausbrüche und Tränen die Tante nur verstimmten, weil sie solche »Sentimentalitäten« nicht leiden konnte, und so beherrschte sie sich eisern. Wenn sie aber allein war wie jetzt, dann ließ sie ihren Gefühlen freien Lauf, tobte in ihren vier Wänden und schwor Rache; sie biß in die Kissen und schlug sich mit den Fäusten auf den Kopf, um durch die körperlichen Schmerzen die seelischen zu vergessen, die brennende Sehnsucht nach dem Geliebten, der sie so schnöde betrogen hatte.

Sie wußte, daß er am fünfundzwanzigsten Februar Tina Schmidt geheiratet hatte, es war in der Tageszeitung gestanden, die Emmi abonniert hatte. Die Nachricht von der prunkvollen Hochzeit hatte Irmgard wie ein Keulenschlag getroffen, tagelang war sie wie gelähmt. Ich habe doch damit gerechnet, sagte sie sich vor, es mußte ja dazu kommen. Aber als es dazu gekommen war, schmetterte es sie zu Boden. Bis zum letzten Augenblick hatte sie ständig erwartet, daß er die Straße gefahren kam, um sie zu holen. »Ich lasse dich niemals los«, hatte er gesagt, und sie hatte es bis zuletzt geglaubt, ohne es sich einzugestehen. Am gleichen Abend befiel sie hohes Fieber, und eine Woche lang war sie bettlägerig gewesen. Der Arzt hatte geglaubt, daß sie das Kind verlieren würde, so elend fühlte sie sich; sie wünschte es verzweifelt und mit neuer Hoffnung. Aber ihr junger Körper war zu stark, sie hatte sich langsam aber sicher erholt und das Kind behalten.

Damals hatte sie, ihrem Versprechen getreu, Baldo Schmidt geschrieben, wo sie sich befand, aber ihn nachdrücklich daran erinnert, daß er niemand ihre Adresse verraten dürfe. Baldo schrieb glücklich zurück und kündigte seinen Besuch an; er hätte ihr soviel zu erzählen. Sie erschrak, er durfte sie in diesem Zustand nicht sehen. So bat sie ihn, den Besuch aufzuschieben, ihr Onkel sei kürzlich gestorben und ihre Tante sehr mitgenommen, sie brauche absolute Ruhe. Noch einmal bat sie Baldo, ihren Namen weder vor seiner Mutter noch vor seiner Schwester zu erwähnen. »Ich habe sie ohne jede Erklärung bei Nacht und Nebel verlassen, und obwohl zwingende Gründe vorlagen, habe ich ein schlechtes Gewissen. Es ist besser, wenn sie nichts mehr von mir hören.« Baldo würde sich über diese Bitte zwar wundern, aber er würde sie erfüllen, dessen war sie gewiß.

»Ich warte, einmal werden Sie mir erlauben, Sie zu besuchen«, schrieb er ihr mit seiner winzigen, wie gestochenen Schrift. »Ihr Porträt hängt an der Wand meines Zimmers, ich spreche täglich zu ihm. Manchmal bilde ich mir ein, daß es mir zulächelt. Ich bin eben ein armer Narr.«

Seine herzliche, rücksichtsvolle Art tat ihr wohl und tröstete sie. Wie schön, einen solchen Freund zu besitzen! Ja, einmal würde sie ihm zu kommen erlauben, und dann konnten sie durch Emmis geliebten Rosengarten gehen und den Abend im Schatten der Bäume unter dem niederen Himmel genießen.

In der Zwischenzeit schrieb sie ihm mindestens einmal in der Woche, und es war nicht ganz selbstlos, daß sie schrieb. Sie wagte nicht, sich nach Franz zu erkundigen, aber sie behauptete, sehr besorgt um Tinas Wohl zu sein. Baldo, der sich — wie alle Einsiedler — einzig mit der eigenen Person beschäftigte, schrieb nur dann und wann ein paar Worte über seine Schwester. Aus angeborener Zurückhaltung und aus Takt machte er allgemeine Bemerkungen.

Von Franz sprach er nebenbei: »Mein Vater hält große Stücke auf ihn; Vater ist geradezu verjüngt und interessiert sich wieder für die Arbeit, ja, für die Familie. Sogar zu mir ist er freundlich. Manchmal denke ich, daß nicht nur Tina einen Gatten, sondern mein Vater endlich den Sohn bekommen hat, den er sich seit jeher wünschte.« Das aber war der längste Bericht, den er je über seine Familie gegeben hatte. Er schrieb über hundert Dinge, was er dachte, womit er sich beschäftigte, vor allem aber war aus jeder Zeile seine Liebe zu Irmgard, seine Sorge um ihr Wohlergehen und seine Zärtlichkeit zu erkennen. Er enthüllte sich ihr rückhaltlos; da er, der Verschlossene, zum erstenmal zu einem Menschen über sich selbst sprach, waren alle Dämme gebrochen. Er ahnte nicht, daß Irmgard diese Ergüsse ungeduldig überflog, nur um eine zufällige Bemerkung über die Familie, über Franz zu finden. In den letzten drei Briefen hatte er Franz überhaupt nicht erwähnt. Er hatte nur geschrieben, daß Tina »aufblühte«, daß seine Mutter Irmgard unaussprechlich vermißte und daß es ihr gesundheitlich wieder schlechter ging.

Emmi ärgerte sich über diese Briefe, aber heimlich hoffte auch sie, trotz ihrer Verwünschungen, Nachrichten von Franz zu erhalten.

Am Morgen dieses heißen Augusttages war wieder ein Brief von Baldo gekommen. Diskret deutete er darin an, daß sich Tina nicht so recht wohl fühle, daß sie blaß sei und sich weniger mit den Bekannten treffe, die sie nach ihrer Hochzeit, in ihrer neu erwachten Lebensfreude emsig zusammengetrommelt hatte. »Aber die Frauen meiden die Gesellschaft, wenn sie sich in diesem schwierigen Zustand befinden, und bleiben lieber bei ihrer Mutter, um sich vorzubereiten.« Irmgard begriff nicht sofort, dann brach die Erkenntnis über sie herein: Auch Tina erwartete ein Kind von Franz!

Das konnte nicht sein! Das durfte nicht sein! Es war der schlimmste Verrat! Irmgard flüchtete in ihr Zimmer, und dort überwältigte sie der Schmerz. Und zugleich stieg leidenschaftlicher Haß in ihr auf, vermischt mit wahnsinnigen Rachegedanken. Sie wollte sofort zu Tina fahren, mit ihrem gewölbten Leib, der bald von seiner Last befreit sein würde, sich vor sie und Franz stellen und ihm vor seinem jämmerlichen Weib ins Gesicht schreien, was er verbrochen, was er ihr angetan hatte. Verfluchen würde sie ihn, ihn beschimpfen, schmähen ... Zwei Stunden lang rannte sie in ihrem Zimmer auf und ab, warf sich auf das Bett, sprang wieder auf und trommelte mit den Fäusten an die Wand. Erst als der Schmerz wie mit Messern in ihren Leib schnitt, kam sie zur Besinnung, und sie erschrak zutiefst.

Der Schmerz verging, sie sank auf das Bett und fiel in tiefen, totenähnlichen Schlaf. Emmi, die geglaubt hatte, Irmgard ruhe sich aus, kam nach einer Weile herauf und fand sie quer über dem Bett liegend, das Haar offen über das Kissen gebreitet, den Kopf über der Kante hängend und die Arme ausgestreckt. Sie sah aus, als wäre sie geschlagen und roh auf das Lager geworfen worden. Emmi sah den Brief auf der Kommode und las ihn ohne die geringsten Hemmungen. Sie erblaßte. Langsam steckte sie das Blatt in den Umschlag zurück. Sie begriff nicht, daß auch dieses neue Kind Fleisch von ihrem Fleisch war, sie sehnte sich nicht danach, wie sie sich nach Irmgards Kind sehnte, das nicht nur ihr Enkel, sondern auch der Enkel ihrer geliebten Schwester war, damit doppelt ihr eigen. Tinas Kind war ihr fremd, ja verhaßt.

Sie legte Irmgard vorsichtig zurecht, deckte sie zu, und das Herz tat ihr beim Anblick dieses gequälten Gesichts mit den blutigen Lippen weh. Nach kurzem Zögern drückte sie einen leichten Kuß auf die nasse Stirn, an der das feuchte Haar klebte. Irmgard schluchzte im Schlaf auf, und zum erstenmal wurde Emmi bewußt, wie furchtbar die Liebe dieses Mädchen zerstört hatte und wie tief sie noch immer litt.

Aber wenn das Kleine kommt, dachte sie, dann wird alles anders.

Sie legte Irmgard eine Decke auf die Füße und ging wieder hinunter. Florence Tandy kicherte und schwätzte in der Küche kindisch wie immer, aber Emmi hörte es nicht einmal, sie lauschte nur nach oben.

Erst am Nachmittag kam Irmgard herunter, beherrscht, sehr blaß, sie lächelte sogar. Ihr Haar war gebürstet. Nur die blauen Schatten unter den Augen zeugten von ihrem Kummer. Irmgard arbeitete fieberhaft an diesem Tag.

Bei Sonnenuntergang ging sie in ihr Zimmer und legte sich zu Bett. Sie schmiedete Pläne, kaltblütig, und wußte von vornherein, daß keiner davon zu verwirklichen war. Sie konnte nichts unternehmen. Ihre Machtlosigkeit demütigte sie zutiefst. Dann verging auch dieses Gefühl, und nur der Haß blieb, wie der Feuerschein im Dunkel.

Es war noch immer hell, als Emmi sie später zum Abendessen rief. Erst über den Hügeln begann es zu dämmern. Aber sie brachte keinen Bissen herunter. Sie widersprach nicht, als Emmi sie wieder ins Zimmer hinaufschickte. Sie bemerkte nicht, wie besorgt und ängstlich ihr Emmi nachblickte, sie legte sich nieder und starrte mit leeren Augen zur Decke.

Plötzlich sprang sie wieder der Schmerz an, schneidend, messerscharf, und sie schrie laut auf.

II

Emmi kam die Treppe wie ein junges Mädchen hinaufgelaufen. Irmgard wand sich vor Schmerzen im Bett, in ihren Augen stand Todesangst, und sie brachte kein Wort heraus. Emmi machte eine kurze Untersuchung und drückte ihren Leib ab.

»Es ist soweit«, sagte sie und blickte triumphierend um sich. »Ein bißchen früh, aber nicht zu früh.«

Sie zog sich rasch um und befahl Florence Tandy, Hermann zum Arzt zu schicken, sobald er mit dem Melken fertig war.

»So schnell kommt es noch nicht«, sagte sie tröstend zu Irmgard.

Sie überzog das Bett mit frischem Leinen, öffnete das Fenster weit, und der kühle Abendwind drang in das Zimmer. Sie brachte kaltes Wasser und wusch das rote, schweißnasse Gesicht des Mädchens ab, bürstete und kämmte das lange Haar. Irmgard lag auf dem harten Kissen, die Zöpfe über das Nachtgewand gebreitet. Sie konnte den Himmel sehen, über den rot und golden die Strahlen der Abendsonne spielten, und sie sah die träumenden Hügel. Zwischen den Wehen fühlte sie nichts als Mattigkeit und namenlose Schwäche. Selbst ihr Haß hatte sich gelegt. Im Grunde beherrschte sie nur ein Gedanke: bald sterben können.

Als es dämmerte, kam der Arzt, ein kleiner, rundlicher Mann mit einem Bart, einem langen Mantel, einer verblichenen Krawatte und einem großen Hut. Er untersuchte Irmgard flüchtig; das Kind würde erst nach Mitternacht kommen, teilte er mit. Er schüttete ein paar Pillen in seine rauhen Hände und reichte sie ihr: »Bis es soweit ist, soll sie ruhen.« Unten äußerte er sich etwas besorgt über Irmgards Zustand: »Sie freut sich nicht auf das Kind, sie ist apathisch und hilft nicht mit.«

»Sie ist Witwe«, gab Emmi zurück. »Sie trauert um ihren jungen Gatten.«

Irmgard fiel in unruhigen Schlummer, aus dem sie immer wieder Wehen schneidend weckten. Emmi saß neben ihr, fächelte ihr Kühlung zu und hielt ihre Hand. Florence Tandys dünne, magere Gestalt tauchte in Abständen mit Handtüchern und Wasser auf. Dann steckte sie ihren Kopf mit dem Kraushaar und ihr Pferdegesicht ins Zimmer und schlich auf Zehenspitzen, mit übertriebener Vorsicht, herein. Emmi hörte das Zirpen der Grillen, das Knarren des Pumpenschwengels, das Muhen der Kühe. Ein Rotkehlchen sang in einem einsamen Baum sein süßes und trauriges Lied vom kommenden Regen zum schimmernden Sichelmond hinauf, der langsam aus den Tiefen des kobaltblauen Himmels stieg. Über den leichten Schatten der fernen Hügel lag ein letzter goldener Schein. Überall tiefe Stille wie ein Vorspiel zum Abendgebet, die Erde schien ihre Arme in einer weiten und feierlichen Geste auszubreiten. Die kühle Luft war schwer vom Geruch nach Land, Gras, Blumen und reifenden Feldern.

Emmi stand auf und trat zum Fenster. Nun konnte sie das weißrote Spalier ihrer Stockrosen sehen, die an der Hauswand hinaufkletterten, und die einsame weiße Kurve der Straße, die sich in der sinkenden Dämmerung verlor. Sie spürte die frische Brise auf ihrem Gesicht. Sie blickte zu den Hügeln, und sie sah die Umrisse ihrer soliden roten Ställe und ihrer Scheune. Nun zirpten die Grillen noch lauter, unendlicher Frieden lag über dem Land.

»Und sie hörten die Stimme Gottes, der in der Abendkühle durch den Garten wandelte.« Oh, gewiß, dachte Emmi, dort wandelte Er, in einsamer Betrachtung, dort, wo ein Lichtschein über dem Wald schimmerte, im sanften Lied der Nacht, jetzt, da die Menschen, die durch ihr Dasein die Erde verpesten, in Schlaf gebannt waren. Es fiel nicht schwer, sich den Laut Seiner Tritte auf dem Gras vorzustellen, Seine Rast unter einem hohen Baum mit hängenden Ästen, Seinen Blick zu der ewigen Weite des Himmels.

Ein wunderbarer, stiller Frieden überflutete sie, so daß sie alles vergaß, bis auf Seine Nähe; alles Heiße und Kleine und Schmutzige versank in diesem mächtigen Strom von Kraft und Herrlichkeit. Sie fühlte, daß Egon bei ihr stand. Sie wagte es nicht, sich umzusehen, um ihn nicht zu vertreiben, aber sie wußte, daß er zugegen war und in dieser Nacht mit ihr wachte. Das beglückte sie zutiefst.

Irmgard stöhnte in ihrem Bett auf, und Emmi, die befriedigt daran dachte, daß die Heuernte mit der Hilfe freundlicher Nachbarn eingebracht war, ging schnell zu ihr hin. Irmgard war wach und schaute ihre Tante mit fieberglänzenden Augen an. Sie stammelte: »Er wird mich niemals fortlassen, hat er gesagt. Ich glaube es. Bald wird er zu mir kommen.«

Emmi setzte sich neben sie und nahm ihre zitternde Hand. »Du bist doch tapfer, du mußt dich zusammennehmen.«

Aber durch die Wirkung der Wehen und der Medikamente schmolz der Panzer der Beherrschung, der Irmgard so lange gestützt hatte. Ihre Finger zuckten, und sie stöhnte: »Ich ertrage es nicht ohne ihn. Wozu leben? Mein Leben hat keinen Sinn.« Ihr Atem ging stoßweise. »Ich weiß nichts von ihm, ich weiß nur, daß es ihn gibt. Aber was habe ich davon? Kummer und Qual, nichts sonst. Ich liebe ihn. Er muß zu mir kommen.«

Emmi fand kein Trostwort, in tiefem Mitleid blickte sie das arme Geschöpf an, und das Herz tat ihr weh.

»Ein so nichtssagendes Geschöpf hat er geheiratet . . . Was kann es ihm bedeuten? Wie hält er es in diesem gräßlichen Haus aus? Er denkt an mich, bestimmt. Er hat versprochen, daß er mich niemals verlassen wird. Er wird bald kommen. Dann werden die Schmerzen aufhören, und ich kann schlafen.«

Emmi begriff jetzt, daß sie die Leidenschaft dieses Mädchens, trotz der vielen Haßausbrüche, deren Zeuge sie gewesen war, unterschätzt hatte. Das erschreckte sie, und sie blickte unruhig auf das gerötete, feuchte Gesicht und die glänzenden Augen.

»Du mußt tapfer sein«, wiederholte sie mit gepreßter Stimme.

»Ja, ja«, stöhnte Irmgard. »Aber ich habe alles vergessen, bis auf das eine, daß ich ihn liebe.«

Emmi zwang sie, zwei weitere Pillen zu schlucken. Sie saß neben ihr und hielt sie fest bei der Hand. Irmgard schlief ein, nun schien sie ruhiger. Emmi seufzte tief.

Sie hörten Räderrollen. Der Arzt, dachte sie. Er war also früher wiedergekommen als vorgesehen. Schnell und leise lief sie hinunter; Florence Tandy war schon bei der Eingangstür und kicherte kindisch, wie in der Vorfreude auf etwas Aufregendes und Lustiges.

Aber es war nicht der Wagen des Arztes, der vorfuhr, sondern eine hübsche, geschlossene Kalesche mit zwei Rappen und einem Kutscher auf dem Bock. Und nicht der Arzt war es, der ausstieg. Als Emmi den Mann erkannte, glaubte sie umzusinken. Sie stand starr in der Tür, während er sich langsam näherte.

Dann drehte sie sich zu Florence und flüsterte ihr hastig zu: »Lauf schnell hinauf zu Mrs. Doren und bleib bei ihr. Sieh zu, daß sie nicht spricht, nicht ruft, man darf hier unten keinen Laut hören. Und erzähl ihr nicht . . .«

Florence Tandys Knopfaugen schauten sie verständnislos an. Emmi schüttelte sie bei der Schulter: »Verstanden?«

»Ja, Mrs. Stössel«, lallte sie, wischte ihre Hand hilflos an der Schürze ab und glotzte noch immer.

»Der Herr dort darf nicht wissen, daß Irmgard im Haus ist! Es ist sehr wichtig!«

Es war ein großer, breitschultriger junger Mann in einem eleganten Anzug, der sich bereits in Hörweite befand. Er sah die beiden Frauen und erkannte seine Mutter. Er lächelte und lüftete grüßend den schwarzen Hut. Seine langen Rockschöße wehten im Abendwind, seine spitzen Schuhe blinkten im Lampenlicht, das aus der Türe fiel.

Florence zog verschreckt den Kopf ein und verschwand. Emmi hörte sie hinauf zu Irmgards Zimmer stolpern. Mit aller Kraft versuchte sie die Schwäche zu überwinden, die sie überfiel. Sie mußte sich festhalten, um nicht zu schwanken. »Franz«, sagte sie.

Ihre erste Regung war, ihm den Eintritt zu verwehren, ihm die Tür vor der Nase zuzuschlagen. Aber sie wagte es nicht. Er hätte sofort geahnt, daß sie etwas vor ihm verbergen wollte. Ließ sie ihn aber herein, dann riskierte sie, daß er Laute von oben hörte und seine Schlüsse zog. Und wenn der Arzt kam . . . Sie stand da und wußte nicht, was tun.

»Mutter, möchtest du mich nicht auffordern einzutreten?« fragte er mit seinem gewinnenden Lächeln.

Selbst im Schlaf konnte Irmgard diese Stimme hören und aufwachen. Vielleicht hatte sie schon etwas vernommen. Aber Emmi widerstand der Versuchung, nach hinten zu schauen, und zwang sich, leise und kühl zu sprechen.

»Warum bist du gekommen? Ich habe dich nicht eingeladen.«

Er drehte und wendete den Kopf, als suche er etwas. Wenn sie ihm den Eintritt verweigerte, dann würde das nur seinen Verdacht verstärken. So trat sie schnell zur Seite und bedeutete ihm hereinzukommen. Sie drückte sich an die Wand, um ihm auszuweichen; sie wollte ihn nicht einmal berühren. Dann, nachdem sie die Lampe im Wohnzimmer angezündet hatte, setzte sie sich nicht nieder, und auch er setzte sich nicht. Wie zwei Feinde standen sie einander in dem Lampenschein des leeren Zimmers gegenüber.

»Als ich dir vom Tod deines Vaters schrieb, bat ich dich, von einem Besuch Abstand zu nehmen. Ich wollte dich niemals mehr wiedersehen. Damals hast du meinen Wunsch befolgt. Warum heute nicht?«

Er betrachtete sie. Unter der sonngebräunten Haut war sie bleich geworden, aber sie hielt sich steif, aufrecht und abweisend.

»Du machst aus einer Mücke einen Elefanten«, sagte er spöttisch. Dann setzte er sich unaufgefordert. »Es war ein heißer Abend, und ich mußte über Land fahren. Da meinte ich, daß ich dich aufsuchen könnte, weil ich in der Nähe war, und daß es Zeit wäre, die Zwistigkeiten zu vergessen. Letzten Endes bin ich dein Sohn!«

»Du bist nicht mehr mein Sohn!« rief sie. »Ich habe keinen Sohn.«

Aber während sie ihn ansah, wie er elegant, gepflegt, blühend vor ihr saß, da rief ihm ihr verräterisches Herz zu: Sag mir, daß du glücklich bist! Sag mir, daß du nichts bereust! Es ging über ihre Kraft, alles zog sie zu ihm hin, und in der krampfhaften Bemühung, diese Regungen zu unterdrücken, erblaßte sie noch mehr. Dieser aalglatte Geck war nicht Franz, gewiß nicht! Dieser Mann mit dem kaum merkbaren Ansatz zum Embonpoint, mit dem seidig-blonden Schnurrbart, der eine brutale Oberlippe verbarg, und mit der goldenen Uhrkette auf der weißen Weste! Dieser Mann mit dem gefälligen Lächeln, der soviel Böses und Gemeines auf dem Gewissen hatte! Sie konnte nichts aus dem Lächeln, der Ruhe, den gepflegten Händen lesen.

»Du gehst zu weit«, sagte er liebenswürdig. »Ich dachte, du hättest diese Hysterien vergessen. Ich selbst denke längst nicht mehr daran. Ich weiß nur, daß mein Vater gestorben ist. Du hast mich erst nach dem Begräbnis verständigt, aber das habe ich dir verziehen. Fühlst du dich nicht verlassen, bist du nicht unglücklich, da du ihn doch so geliebt hast?«

Sie hörte ihm kaum zu, ihre Gedanken waren anderswo. Was wußte er? Dieser Wahnsinn mit den Briefen an Baldo Schmidt! Sicher hatte Franz einen gesehen. Sie antwortete mechanisch, ohne das Hämmern ihres Herzens zu beachten: »Ich bin nicht unglücklich, ich bin auch nicht allein. Ich habe hart gearbeitet, und dabei meinen Frieden gefunden. Dein Trost ist überflüssig.«

Franz lächelte noch immer, aber es war ein grausames und kaltes Lächeln.

»Ich freue mich, daß du nichts brauchst und daß es dir gutgeht.« Er machte eine Pause, und sie fürchtete, er habe etwas gehört. »Bist du imstande, die Farm mit dieser Magd und dem jungen Knecht allein zu betreiben?«

»Wenn es nötig ist, helfen mir die Nachbarn; sie sind alle nett und gefällig.«

Er hatte einen merkwürdigen, fast hinterhältigen Blick, als er weitersprach. Aber seine Stimme war noch immer voll teilnehmenden Interesses. »Es war nicht schön von Irmgard, bei Nacht und Nebel zu verschwinden, du hättest sie hier gut brauchen können. Ist sie noch immer in Berlin mit der englischen Familie?«

»Ja«, antwortete Emmi ohne das geringste Zögern. »Sie ist dort. Im letzten Brief hat sie mir geschrieben, daß ihre Dienstgeber nach England zurückkehren und sie wahrscheinlich mitnehmen werden. Seither habe ich nichts mehr von ihr gehört.«

»Ah«, murmelte er. Er faßte den Ebenholzstock fester und musterte seine Mutter kalt. Emmi hatte niemals in ihrem Leben gelogen, das wußte er. Somit hatte sie auch jetzt die Wahrheit gesprochen.

»Ich bat sie, bei mir zu bleiben«, fuhr Emmi fort und wunderte sich, wie leicht ihr das Lügen fiel. Es gelang ihr sogar, einen Ton des

Vorwurfs in ihre Stimme zu legen. »Aber sie wollte unbedingt nach Deutschland zurück. Amerika hat ihr niemals gefallen. Und dann entdeckte sie jenen Engländer, Mr. Wordsworth.«

»Fühlt sie sich wohl bei den Engländern?«

»Sehr wohl, anscheinend.«

Die Luft schien vor Spannung zu knistern. Franz zog nachlässig ein silbernes Etui aus der Tasche seines Gehrocks, entnahm ihm eine Zigarette, zündete sie mit einem Streichholz an, das ebenfalls einer silbernen Dose entnommen wurde. Emmi stand noch immer, ihre Fingernägel gruben sich ins Fleisch und ritzten es; kalter Schweiß trat auf ihre Stirn. Er sollte gehen! Wenn sie ihn nur hypnotisieren könnte! Aber er saß unbekümmert auf seinem Stuhl und schaute wohlwollend das Zimmer an. »Hübsch ist es hier«, bemerkte er anerkennend, »weit besser, als ich erwartete.«

»Ich bin zufrieden«, sagte sie heiser. Hatte sie nicht oben ein Stöhnen vernommen? Und hatte er es auch gehört?

Aber er schien nicht einmal ihre Antwort gehört zu haben. Er war voll lächelnder Großmut. »Ich kam, weil ich dachte, ich könnte dir unter die Arme greifen. Vielleicht hast du etwas nötig?«

»Ich brauche nichts!« rief sie unbeherrscht. »Ich habe alles. Aber es hat keinen Sinn, daß du hierbleibst. Ich habe dich nicht eingeladen, sei so freundlich und verlasse mein Haus, sofort!«

Er heuchelte Gekränktsein: »Du bist unversöhnlich und engstirnig wie eh und je, Mutter. Du hast mich nicht eingeladen, stimmt, obwohl ich dir von meiner Heirat mit Miß Tina Schmidt geschrieben habe, hast du dich niemals gerührt. Aber vielleicht interessiert es dich, daß du demnächst Großmutter wirst?«

Emmis Lippen zuckten, sie waren blaß und trocken. Aber sie sagte nichts. Trotzdem bemerkte er, daß sie die Nachricht nicht gleichgültig ließ, und das befriedigte ihn. »Auch ich bin sehr zufrieden mit meinem Leben«, sagte er, »obwohl dir das ziemlich gleichgültig sein wird.«

»Du bist zufrieden?« Die Frage entschlüpfte ihr, ohne daß sie es wollte. »Du bist glücklich mit der jungen Frau? Hast du nichts zu bedauern?«

»Nein«, antwortete er kurz, »ich bedaure nichts.«

Das entfachte ihren Zorn von neuem. Sie hätte ihren Sohn am liebsten geschlagen. »So, du bedauerst nichts? Ich habe gehofft, daß du leidest, wie du andere hast leiden lassen! Ich wünschte, du hättest niemals vergessen, daß du einen Freund ermordet und einen andern beraubt hast! Schlaflose Nächte habe ich dir gewünscht!«

Jetzt erhob er sich, und das falsche Lächeln machte eisiger Kälte

Platz. »Ich sehe, daß man noch immer nicht mit dir reden kann. Du hast recht: Ich hätte nicht kommen sollen.«

Er ging zur Tür, feindselig und grollend. Nie würde er sich mit seiner Mutter vertragen. Es freute ihn, daß sie so hysterisch, so sichtlich verzweifelt war. Sie riß die Türe auf.

»Ich bitte dich nur noch um eines«, sagte er herablassend, »gib mir die Adresse Irmgards, damit ich ihr schreiben kann.«

»Das werde ich nicht tun!« rief sie, »du hast sie betrogen, wie du andere betrogen hast. Sie will nichts von dir wissen.«

Er zuckte die Schultern, griff nach Stock und Hut. »Schön. Nicht nötig. Ich werde schon herauskriegen, wo sie lebt.«

Emmi blickte ihm nach, während er zum Wagen schritt und einstieg. Auch als die Pferde anzogen, stand sie noch dort, die Hand um die Türklinke verkrampft. Das Herz wollte ihr aus dem Leib springen. Lange nachdem der Wagen verschwunden war, hatte sie das Rollen der Räder im Ohr.

Sie wußte, warum er gekommen war; bis zum Schluß hatte er vermutet, daß sie Irmgard versteckte. Nun aber war er überzeugt, daß er sie hier nicht finden konnte, denn Emmi hatte nie in ihrem Leben gelogen. Er hatte Monate vergehen lassen, ehe er sich meldete, um Irmgard für ihre Flucht zu »bestrafen«. Jetzt war er großzügig bereit gewesen, sie zu sich zu holen. Emmi unterschätzte ihren Sohn nicht, sie hatte wenigstens eine Galgenfrist gewonnen. Bis zu seinem nächsten Auftauchen hatte sich Irmgard bestimmt innerlich von dem treulosen Freund befreit und lebte nur mehr für ihr Kind. Dann war sie gerettet.

III

Eine Stunde vor Mitternacht wachte Irmgard auf. Nun gab es keine wehmütigen Gefühle mehr, kein Jammern; nun gab es nur mehr ein Ringen auf Leben und Tod. Alle Schwäche wich den elementaren Kräften, die den jungen, starken Leib zerrissen, und Irmgard kämpfte heldenhaft gegen Schmerz und Gefahr.

Dann, nach Mitternacht, konnte sie nicht mehr; zu Tode erschöpft lag sie in den Kissen. Der Arzt war noch immer nicht gekommen.

Emmi wußte selbst nicht, woher ihr der Einfall kam, als sie laut und deutlich sagte: »Die feine Dame dort in der Stadt, die bringt sicher nicht ein solches Kind wie du zustande, mein Liebes! Dein Kind wird kräftig und schön sein und ihres schwach und lebensunfähig. Das ist deine Rache, mein Schatz!«

Im ersten Moment wußte sie gar nicht, ob Irmgard sie verstanden hatte. Dann aber öffneten sich die eingesunkenen Augen und blitzten auf, wie zwei Lichtflecken in der Ferne, am Ende eines langen Tunnels, und gewannen Leben. Das war alles, aber Emmi hatte den unsichtbaren, schrecklichen Feind im Zimmer besiegt.

Irmgard sprach nicht, sie stöhnte kaum. Ihr Ausdruck war streng und gleichsam abwesend, als konzentriere sie sich einzig und allein auf ihren Leib und das Leben, das sie gebären sollte. Florence Tandy huschte aufgeregt durch das Haus, seufzte, gestikulierte. Emmi saß ruhig neben dem Bett, trocknete die schweißnasse Stirn, fächelte der Gebärenden Kühlung zu, und Stunde um Stunde fühlte sie sich sicherer ihres Siegs.

Das ist unser Kind, Egon, dachte sie. Der Sohn, den Gott mir im Alter schenkt.

Der Arzt erschien noch immer nicht. Und so war es Emmi selbst, die mit Hilfe des vor Scham verwirrten alten Mädchens Florence das Kind von Irmgard und Franz in die Welt beförderte.

Ihr Herz klopfte bis zum Hals, als sie sah, daß es ein Knabe war. Sie wickelte das Kind schnell in gewärmte Tücher und drückte es an sich. Es war stark und groß, mit einem feinen Goldflaum auf dem runden Köpfchen und blauen Augen, die es sofort aufriß. Der Körper war rosig und fest, die Stimme laut und durchdringend. Dann legte sie den Kleinen widerstrebend in Florences Arme, um sich Irmgard zu widmen, die in Erschöpfungsschlummer gesunken war.

Sie wachte auf, als es dämmerte, blaß und matt. Dann sagte sie laut: »Mein Kind? Wo ist es?«

Emmi brachte ihr das kleine Bündel und legte es ihr in den Arm. Einen Augenblick zuckte sie zurück. Dann aber zog sie ihr Kind fest an die Brust und hielt es an sich gepreßt, Tränen rannen über ihre bleichen Wangen.

Emmi war zufrieden. Das Kind würde nicht ungewollt und ungeliebt durchs Leben gehen, wie sie heimlich gefürchtet hatte. Es schrie, fuchtelte mit den Händchen herum, als wollte es schlagen. Siegfried sollte es heißen, nach Egons Vater.

»Ja, Siegfried«, sagte Emmi, »er wird die Drachen schon besiegen.«

Sie verstand nicht ganz, warum Irmgard laut auflachte, und war leicht gekränkt darüber. Aber Irmgards Wangen hatten sich gerötet, und das Lachen klang froh, wie das Lachen eines Menschen, der ins Leben zurückgefunden hat.

IV

Immer, wenn Franz Stössel in sein Büro kam, das neben dem Zimmer seines Schwiegervaters lag, warf er einen schnellen Blick auf seinen Schreibtisch. Seit Wochen wartete er ungeduldig auf einen Brief, und heute lag ein Kuvert dort. Er stürzte sich darauf, ohne seinen perlgrauen Hut oder seinen schwarzen Mantel abzulegen. Rasch lehnte er den Stock an einen Stuhl und überflog stehend den Brief. Es war ein dickes Schreiben und kam von dem New Yorker Büro des Detektivinstituts Burnley, das für Stössel arbeitete.

»Wir haben unsere Nachforschungen in England weiterbetrieben, um Näheres über die Familie Wordsworth zu erfahren, sind dabei aber auf große Schwierigkeiten gestoßen. Es müßte sich zweifellos um eine wohlhabende Familie handeln, wenn sie sich eine ausländische Nurse leisten kann, und deshalb erkundigten wir uns diskret nach den prominentesten Trägern dieses Namens, von denen wir annahmen, daß sie der Einstellung ausländischer Arbeitskräfte positiv gegenüberstehen. Die erste Familie, bei der unser Agent vorsprach, verhielt sich überaus hochfahrend und abweisend; es scheint, daß ein ausnehmend hochgestelltes Mitglied des Hauses einst eine Französin anstellte und sehr üble Erfahrungen mit ihr machte, so daß die übrigen Angehörigen von vornherein solchen Schwierigkeiten aus dem Weg gingen. Aber unser Agent gab nicht nach und setzte die Erkundungen fort; er ist jetzt absolut davon überzeugt, daß bei diesen Wordsworths kein Mädchen deutscher Abstammung bedienstet ist. Wir befragten daraufhin andere Familien gleichen Namens, aber leider mit dem gleichen enttäuschenden Ergebnis.

Nun haben wir auch die Schiffslisten der vergangenen beiden Jahre durchgesehen, und nirgends eine Buchung lautend auf den Namen des deutschen Mädchens gefunden. Unser amerikanischer Agent stellte ferner fest, daß Mrs. St. keine Post aus England oder Deutschland bekommt. Wie wir Ihnen schon mitteilten, haben die Nachforschungen bei Mrs. St. lediglich ergeben, daß Mrs. St. zwei weibliche Personen auf der Farm beschäftigt, eine Miß Florence Tandy und eine deutsche Witwe mit einem Kind von ungefähr zwei Jahren. Der Name der Witwe ist Mrs. Doren, ihr Gatte soll Soldat in Deutschland gewesen sein.

Wir bedauern sehr, Ihnen keine besseren Nachrichten geben zu können. Trotzdem wollen wir die Nachforschungen fortsetzen. Wir schließen unsere letzte Rechnung bei und erwarten Ihre Weisungen, bevor wir die Sache weiter verfolgen. Wir sind überzeugt, daß es nur eine Frage der Zeit ist, bis wir Ihnen greifbare Resultate bieten können.«

Franz nahm ein Streichholz und verbrannte den Brief sorgfältig über dem Kamin. Er war übler Laune. Diese Dilettanten! So lange schnüffelten sie schon herum, und noch immer hatten sie nichts herausgekriegt! Es konnte nur zwei Gründe für die bisherigen Mißerfolge geben: entweder befand sich Irmgard noch in Amerika, oder sie hatte sich unter falschem Namen nach Deutschland eingeschifft. Irgend etwas stimmte da nicht, eine vage Erinnerung nagte an ihm und gab ihm keine Ruhe. Aber er konnte sie nicht fassen. Er stellte den Scheck aus und adressierte ihn an die Burnley-Agentur. Und wieder bohrte es ihn ihm: Die Lösung ist ganz nahe, aber ich finde sie nicht. Dann schaltete er ab und wandte sich anderen Dingen zu.

Er strich mit der Hand über sein Haar, das nicht mehr dicht und wirr über der Stirn stand, sondern glattgebürstet, glänzend und länger war, ja, er hatte sich sogar eine Modefrisur schneiden lassen. Gedankenverloren fuhr er über seinen blonden Schnurrbart, schaute in den Spiegel, und plötzlich fiel ihm auf, daß er einen kleinen Bauch angesetzt hatte. Er beschloß ärgerlich, etwas dagegen zu unternehmen; das Biertrinken mit Hans mußte eingeschränkt werden. Er musterte sich kritisch und fand sein Äußeres trotzdem gar nicht so übel. Wenn er sich streckte und kerzengerade hielt, dann verschwand der Bauch, und es blieb nur die Gestalt eines gesetzten Gentleman mit frischen Wangen und harten blauen Augen zurück. Er sah wie ein Offizier aus, freilich wie ein Offizier in der Etappe, der sich ein wenig hatte gehen lassen, aber keineswegs wie ein feister Bourgeois!

Somit hatte er sein inneres Gleichgewicht wiedergefunden, und er kehrte zu seinem Schreibtisch zurück. Seine Bewegungen waren elastisch und lebhaft. Schließlich war er erst achtundzwanzig Jahre alt! Da bemerkte er einen weiteren Brief der Burnley-Agentur und öffnete ihn schnell. Ah, das waren bessere Nachrichten!

Der Brief klang triumphierend: »Unsere Nachforschungen über Senator A. haben ergeben, daß der Senator in seiner Jugend ein Verhältnis mit einer Farbigen von den Plantagen seines Vaters hatte, dem ein Kind entsprang. Der Knabe wurde als Sklave verkauft, wahrscheinlich mit Wissen des Senators. Er starb mit zehn Jahren an den Folgen der Mißhandlungen, die er von seinem neuen Herrn erlitt. Es gibt keinerlei Hinweise, daß sich der Senator je um das Kind gekümmert oder sich seiner angenommen hätte. Dieser Bericht ist authentisch.«

»Fein, eine gute Sache!« rief Franz, faltete den Brief und steckte ihn ein. Seine üble Laune war vergangen.

Er selbst hatte sein Büro, das früher nichts als ein Lagerraum für alle Sorten Ordner und Bücher gewesen war, in einen eleganten Salon verwandelt, mit kostbaren Möbeln, guten Teppichen, hübschen Bildern, Samtvorhängen an den Fenstern und einem weißen Marmorkamin. In einer Ecke stand eine Büste Goethes aus rosa Marmor. Freilich, die Fenster gingen hinaus in den Fabrikshof, aber ihm war dieser Blick sympathisch.

Es war so mild an diesem späten Frühlingstag, daß kein Feuer im Ofen brannte; ein goldbemalter Wandschirm verdeckte die schwarze Öffnung. Auf dem Schreibtisch stand eine Vase mit frischen Frühlingsblumen aus dem Schmidtschen Treibhaus, und Franz roch mit Vergnügen daran. Er rief seinen Sekretär, lehnte sich behaglich in den Stuhl zurück und begann lächelnd einen Brief zu diktieren:

»Mein lieber Senator Trusley, ich sende Ihnen als Anlage einen Bericht über Senator A., der Sie außerordentlich interessieren wird. Der durch diese Auskunft so schwer kompromittierte Halunke ist der hochherzige Patriot von Alabama, der die Bergwerksbetriebe des Nordens ruinieren will, indem er die ›reichen Kohlenlager seines Geburtsstaates erschließen und dadurch dessen arme und im tiefsten Elend vegetierende Bevölkerung in den Genuß besserer wirtschaftlicher Verhältnisse bringen möchte‹. Es besteht kein Zweifel, daß er keinen ehrlichen Konkurrenzkampf beabsichtigt, gegen den wir nichts einzuwenden hätten, sondern daß Neger in den Minen arbeiten sollen, die in den Südstaaten praktisch noch wie Sklaven gehalten werden. Überflüssig zu betonen, daß wir Unternehmer im Norden kaum konkurrenzfähig wären, da unsere Arbeitskräfte weiß, frei und gut bezahlt sind. Selbstverständlich fänden sich in den Nordstaaten genug gewissenlose Fabrikanten ohne Achtung vor den Menschenrechten, die diese Gelegenheit sofort ausnützen und die billige Kohle kaufen würden ... Man muß dafür sorgen, daß die Schürfungen in Alabama eingestellt werden ... Sie, als Bürger Pennsylvaniens, als Nordstaatler, dürfen nicht dulden, daß die hiesige Bevölkerung geschädigt und Ihre Aktien in den verschiedenen Industrieunternehmungen gefährdet werden.«

Er diktierte den Schluß, nahm den Brief an sich und steckte ihn zu dem andern in seine Tasche. Dann trat er nach kurzem Klopfen bei seinem Schwiegervater ein.

Hans Schmidt hatte eben eine Besprechung mit Dietrich und schaute ungehalten unter seinen dicken weißen Brauen auf. Sein Blick wurde weicher, als er Franz sah.

Trotzdem sagte er grob: »Was stürzt du herein wie ein Stier?«

Franz lächelte und setzte sich nieder, ohne Dietrich zu beachten, der ihm heimlich einen gehässigen Blick zuwarf. Franz knallte den Brief Burnleys und den Brief an Senator Trusley auf das Pult. »Ich habe ihn!« rief er.

Hans knurrte und las beide Briefe langsam und sorgfältig. Dann legte er sie nieder. Er knurrte wieder. »Erpressung«, sagte er. »Sind jetzt Erpressungen in dein Konzept eingebaut?«

Franz lachte nachsichtig. »Bestimmt nicht. Trusley ist ein Gentleman und ein guter Freund von Andrews. Er muß ihn nur vorsichtig warnen. Aber ich denke, wir überlassen die Sache Trusleys erfahrenen Händen. Er wird schon alles richtig machen. Gratulierst du mir nicht?«

Hans wetzte auf seinem Stuhl und blickte Franz drohend an. »Ich habe diese Stahlwerke mit meinen beiden Händen aufgebaut«, sagte er und hob seine Fäuste. »Ich habe Eisen und Stahl hergestellt, ich habe alles allein geschaffen. Ich verstehe diese neuen Konzepte und Pläne nicht, es mißfällt mir, wenn die Männer in den Büros gegeneinander intrigieren. In Büros mit Bildern an den Wänden und samtenen Vorhängen an den Fenstern und Blumen auf dem Tisch. Stahl ist Stahl, und Fabriken sind Fabriken; Intrigen passen zu Diplomaten oder zu Gaunern.« Er hieb mit der Faust auf den Tisch.

Dietrich murmelte diskrete Zustimmung.

Aber Franz lachte nur: »Wir leben doch in einer neuen Zeit, Vater! Der primitive Konkurrenzkampf zwischen Fabriken oder Stahlwerken ist vorbei. Jetzt muß man Köpfchen haben und Ideen, jetzt kann man nicht einfach mit dem Knüppel dreinschlagen. Man muß Politiker einsetzen und ihnen schmeicheln, denn die Kämpfe werden in Washington ausgetragen. Wir leben in der Zeit der Hochfinanz, und nicht mehr in der Zeit der Schwerarbeit und der Fäuste.«

Hans knurrte verächtlich: »Du meinst, daß die Industrie nicht mehr auf eigenen Füßen steht, daß sie nicht mehr allein über sich entscheiden kann?«

»Genau das! Es scheinen allerdings erst wenige zu begreifen, daß sich Amerika in einer Übergangsphase befindet. Die Pionierzeit der Industrie ist vorbei, die kleinen, auf sich allein gestellten Betriebe sind unrettbar dem Untergang geweiht. Sie sind altmodisch und schwerfällig, sie können niemals lukrativ arbeiten. Wir treten in die erste Phase der kapitalistischen Zivilisation ein, der Monopole und der Manipulation.«

Dietrich, der Franz glühend haßte und Hans ständig gegen ihn aufzuhetzen versuchte, hüstelte und sagte ölig: »Herr Schmidt hatte in der Vergangenheit sehr schöne Erfolge dank seiner harten Arbeit, seiner Selbstverwaltung und dem direkten Kontakt mit seinem Werk zu verzeichnen.«

Franz sah ihn mitleidig an: »In der Vergangenheit, jawohl. Aber nicht heute. Begreifen Sie nicht, Dietrich, daß der künftige Fabriksherr des Hochkapitalismus weit mehr Einfluß besitzt, daß er reicher und mächtiger wird, als er jetzt ist? Er wird mehr verhandeln und weniger schuften. Die Pionierzeit ist vorbei. Ich weiß genau, wie das zukünftige Amerika aussieht.« Er lehnte sich zurück, hob die Augen und sagte gedankenvoll, als habe er eine grandiose Vision: »Ich sehe einige gewaltige Monopole, geführt von Persönlichkeiten mit überdurchschnittlicher Intelligenz, diplomatischem Geschick und Kenntnissen, und nicht armselige, kleine Fabriksbesitzer, die nur den Gestank ihrer eigenen Zwergbetriebe kennen, die früher oder später von den Großen ausgeschaltet werden. Die Magnaten stehen in enger Verbindung mit den Banken, den Eisenbahnen, den Politikern und Staatsmännern ... Die Zukunft unseres Landes liegt in den Händen einiger weniger, die zu manipulieren wissen, und nicht in den Händen von Unternehmern, die kaum mehr als bessere Handwerker sind.«

Hans grunzte, ließ die Asche seiner Zigarre auf seine seidene Weste fallen und warf einen fragenden Blick auf Dietrich, als suche er Trost in einer unbegreiflichen Welt.

»Eine hübsche Idee! Ich nehme an, daß deine fantastische Idee, junge Chemiker und Metallurgen voll Hirngespinsten um ein Sündengeld zu heuern, in dieses Konzept eingebaut ist? Was haben sie bis jetzt geleistet?« fragte er gereizt. »Sie haben mir das Geld aus der Tasche gezogen und schwirren wie verrückte Hornissen umher. Das ist aber auch alles.«

»Heute oder morgen werden sie etwas Umwälzendes erfinden, glaub mir!« behauptete Franz mit seinem liebenswürdigsten Lächeln. »Ich weiß es. Genauso sicher, wie ich weiß, daß die Zeit des Gußstahls bald vorbei sein wird. Da gab es den Bessemer mit seinem ›fantastischen‹ Einfall. Wo wären wir heute ohne Bessemer? Wir müßten unsern Stahl noch teelöffelweise herstellen. Jetzt haben wir den Bessemerstahl. Was wir noch nicht bedacht haben, sind die neuen Verwendungsmöglichkeiten für Stahl. Man könnte zum Beispiel hölzerne Waggons durch eiserne ersetzen, oh, ich könnte mir tausend Dinge vorstellen ...«

»Eines immer verrückter als das andere!« schimpfte Hans. Aber er war stolz auf seinen Schwiegersohn, ohne es offen zugeben zu wollen. Er selbst war abgekämpft und müde, er verlangte nicht mehr nach einer neuen Welt. Doch der Gedanke, daß Franz in sie hineinwachsen und seine Chance wahrnehmen könnte, erboste ihn dunkel.

Franz kam in Fahrt: »In einer Beziehung gebe ich dir recht. Wir sind, trotz so mancher Erfolge, noch immer ein kleines Werk und können uns noch nicht auf Riesenprojekte einlassen. Wir müssen einen Weg finden, um das Volumen zu vergrößern und die Kosten zu senken. Wir müssen zur Massenproduktion übergehen. Ja. Aber dazu gehören Organisation und Konsolidierung ...«

»Geschwätz!« schrie Hans. »Worte, nichts als Worte! Schlagworte! Wie sollen wir den Kurs ändern?«

»Ja, wie?« murmelte Dietrich wie ein Echo und lächelte boshaft.

Franz schien es nicht zu bemerken. Er spielte mit seiner Uhrkette, strich mit der Hand über sein gepflegtes blondes Haar. Hans wechselte einen zornigen und verlegenen Blick mit Dietrich, paffte und sah Franz dann halb empört, halb nachsichtig an.

»Deine Träume, vermute ich, hängen mit den jungen Fünfzehn-Dollar-pro-Woche-Träumern zusammen?«

Franz nickte schnell und liebenswürdig: »Ganz gewiß! Sie wissen, was mir vorschwebt, und ich besitze nicht genug Wissen und Vorkenntnisse, um selbst etwas zu entwickeln. So zerbrechen sie sich den Kopf, und eines Tages werden sie Geld für mich verdienen. Vorläufig habe ich die Kasse, aus der ihre schäbigen Brieftaschen gefüllt werden. Sie haben das Gehirn für mich.«

Er verstummte und sah Dietrich kühl an. Dann meinte er höflich: »Ich möchte mit Herrn Schmidt unter vier Augen sprechen.«

Dietrichs Fuchsgesicht lief rot an, er warf einen beschwörenden Blick auf seinen Chef. Aber Hans wies ihn mit einer schroffen Handbewegung hinaus.

»Ein Fuchs im Hühnerhof glaubt, daß die ganze Welt nur aus Küken besteht«, murmelte Franz und stand auf, um die Türe hinter Dietrich fest zu schließen, die wie aus Versehen angelehnt geblieben war. Dann ging er zum Schreibtisch zurück, wo der unförmige Hans Schmidt unter dem Porträt seines vornehmen Schwiegervaters saß. Er rührte sich nicht, als Franz sich wieder setzte, aber seine kleinen Augen funkelten ärgerlich, und er harrte der Dinge, die da kommen sollten.

»Nun können wir ungestört reden«, sagte Franz.

V

Hans fühlte sich ständig unbehaglich, ja sogar besorgt. In den drei Jahren, die Franz nun sein Schwiegersohn war, hatte er abwechselnd zwischen Perioden von Hochstimmung, Befriedigung, Zuneigung, scheuer Bewunderung, Ärger, Verständnislosigkeit und Zorn geschwankt. Es stimmte zwar, daß sich die finanzielle Lage des Stahlwerkes gebessert hatte, ja, daß ein fühlbarer Aufstieg zu verzeichnen war, und dies dank der »blödsinnigen Pläne« des Schwiegersohns; zum erstenmal seit vielen Jahren wurden hohe Gewinne erzielt. Hans setzte sich diesen Plänen samt und sonders mit beträchtlichem Stimmaufwand entgegen, er tobte und schimpfte und gab schließlich doch immer nach. Denn Franz hatte sich niemals aus der Ruhe bringen lassen und seinen Weg fortgesetzt, zäh und unaufhaltsam; allem, was er unternahm, war Erfolg beschieden. Das bewunderte Hans, zugleich aber ärgerte es ihn; dann wieder war er geradezu hingerissen von der Tüchtigkeit seines Schwiegersohns. Manchmal fühlte er sich in einer grotesken neuen Welt, wo die alten Werte nicht mehr galten und die verstiegensten Träume Wahrheit wurden. Er fühlte sich bedroht durch diese Träume, er durchschaute sie nicht. Aber alles gelang, und auch das konnte er nicht begreifen. Er fand sich mit den neuen Methoden nicht ab, obwohl die Schmidt-Werke, die am Rand des Bankrotts gestanden waren, jetzt florierten; ein sauberer Bankrott schien ihm normaler als eine Welt, in der sich Fantastereien in erfolgreiche Wirklichkeit verwandelten.

Schmidt war stolz auf Franz. Mit Genugtuung nahm er die Glückwünsche seiner Konkurrenten, etwa die Jules Bouchards von der Sessions-Stahl-Compagnie, zu diesem tüchtigen, intuitiven Schwiegersohn entgegen. Jules Bouchard hatte ihm einen überaus schmeichelhaften Brief in diesem Sinn geschrieben, und obwohl Hans gerade diesen Konkurrenten mit Vorliebe einen »intriganten, verlogenen, dreckigen Franzosen« schimpfte, trug er den Brief doch ständig in seiner Westentasche bei sich.

Ja, er sagte sogar: »Eines Tages wird Sessions-Stahl mit dem Hut in der Hand zu uns kommen«, und er platzte dabei fast vor Stolz. Und noch etwas hatte er Franz zu verdanken: daß er Tina aus ihrem elfenbeinernen Turm geholt und zu einer glücklichen Frau gemacht hatte, Tina, die ihr Leben beinahe als altes Mädchen beschlossen hätte. Von Anfang an hatte sich Schmidt in seiner Euphorie vorgenommen, Franz in der Firma frei walten zu lassen, wenn Tina ein Kind bekommen sollte. So dachte er zumindest in den ersten Jahren.

Trotz seiner Bewunderung aber fürchtete er Franz und lebte in ständiger Angst vor einem Rückschlag und dem Ruin. »Eines Tages kommt der große Krach«, unkte er, und die wachsenden Konten besänftigten ihn nicht. Wenn ihn die großen Bankpräsidenten aus Philadelphia persönlich in Nazareth aufsuchten, dann wunderte er sich, aber es tat seiner Eitelkeit unendlich wohl, und er empfing sie voll Überheblichkeit. Körperlich freilich fühlte er sich nicht gut; immer häufiger litt er unter Kopfschmerzen und anderen Beschwerden. Die Gegenwart seines Schwiegersohns tröstete ihn, verursachte ihm aber auch Aufregungen und Sorgen. Er fühlte, wie seine vertraute Welt entschwand und wie er an Boden verlor; er fuchtelte wie ein Ertrinkender wild mit den Händen herum und suchte nach Halt. Zuweilen reichte ihm Franz die rettende Hand, mitunter aber ließ er ihn hilflos strampeln.

Wenn Franz wie soeben, anscheinend ohne Anlaß liebenswürdig lächelnd, sein Büro betrat, dann führte er etwas im Schilde, das wußte Hans genau. Dann unterbreitete er ihm ein neues Konzept, das er sorgfältig vorbereitet hatte und das Schmidt in Angst und Schrecken versetzte. Genug, dachte er, ich will nicht mehr. Ich kann nicht mehr. Ich bin alt und schwerfällig. Ich ertrage die Stürme in gefährlichen Höhen nicht länger. Dieses Mal wehre ich mich.

»Du hast wieder eine Narrheit im Sinn«, sagte er mißtrauisch. »Ich will von dem verrückten Zeug nichts mehr wissen.«

»Obwohl es immer erfolgreich war?« fragte Franz freundlich, mit leisem Vorwurf.

Hans hieb mit der Faust auf das Pult: »Es sind Wahnsinnserfolge, ungesunde! Ich bin es müde. Was willst du? Bist du nie zufrieden?«

»Nein«, antwortete Franz gleichmütig.

Hans hob den Arm in einer plötzlichen Geste der Verzweiflung: »Mir reicht es! Warum nicht dir?«

»Nichts ist mir genug«, sagte Franz, und jetzt lächelte er nicht mehr. Ein gefährlicher, raubgieriger Ausdruck erschien auf seinem Gesicht. Aber es dauerte nur den Bruchteil einer Sekunde lang, bis es wieder glatt und klar, verbindlich wie zuvor wirkte. »Ich bitte dich nur, mir zuzuhören, Vater.«

Aber Hans kam von seiner Angst nicht los. »Was kann sich ein Mensch mehr wünschen, als einen Erfolg, der ihm und seinen Kindern Sicherheit und Wohlstand verbürgt, als Ruhe und einen Garten?« rief er erregt. »Als ich jung war, hatte ich auch meine Träume, aber sie waren lächerlich. Es genügt, wenn sich ein Mensch im Alter sagen kann, daß er nicht gescheitert ist.«

»Es gibt kein Scheitern, außer der Furcht vor dem Scheitern«, erklärte Franz. »Und die einzige Niederlage besteht in der falschen Bescheidenheit und im Schließen von Kompromissen.« Er schaute Hans kalt und forschend an. »Das mußt du verstehen. Der Erfolg des einen ist der Mißerfolg des andern. Ich habe meine bestimmten Vorstellungen, nicht für mich, sondern für meine Kinder. Ich muß daran denken, daß die Vorstellungen und Träume meiner Kinder größer sein könnten als die meinen. Es ist daher meine Pflicht, das Möglichste zu leisten und ihnen einen weiteren Horizont zu erschließen. Ich darf ihnen nicht einen Hühnerstall bauen und ihnen einreden, das sei die Welt. Am Ende kommen die Kinder drauf und heißen mich Lügner. Und noch schlimmer wäre es, wenn sie nicht draufkommen und mir glauben.« Er machte eine Pause und wiederholte dann schroff: »Ich habe Pflichten gegen meine Kinder. Ich habe die Absicht, ihnen alles zu schaffen, was in meiner Macht liegt.«

Schmidts dickes, schlagflüssiges Gesicht mit dem buschigen weißen Schnurrbart und den dichten Augenbrauen wurde unsicher. Er dachte an seine beiden Enkel, die Zwillinge Peter und Paul, und sein Herz wurde warm. Vielleicht hatte Franz recht. Vielleicht war er selbst schon ein Zittergreis ohne Initiative und ohne Draufgängertum, von der ständigen Furcht besessen, das zu verlieren, was er erworben hatte. Und was hatte er schon erworben . . .?

Franz erkannte seinen Vorteil und sprach schnell weiter: »Mein Ziel ist es, die Schmidt-Stahl-Werke zur größten Einzelfirma ihrer Art in Amerika zu machen.«

Hans erschrak wieder, und wieder hieb er mit der Faust auf den Tisch: »Aber wie? Wie? Wir sind ein kleiner Betrieb, ein sehr kleiner, auch heute noch. Du fantasierst, du Narr!«

Franz war nicht beleidigt. Er lächelte unbefangen und siegessicher.

»Wir brauchen den Betrieb bloß zu vergrößern. Wir betteln uns das Geld zusammen, borgen es aus oder stehlen es. Notfalls nehmen wir eine Hypothek auf die Fabrik, zum Ankauf neuer Maschinen. Ich habe von ausgezeichneten Modellen gehört, mit denen man die Produktion verdreifachen kann. Die Sessions-Stahl hat bereits einige Patente erworben. Wir werden mit Hilfe großzügiger Angebote die Genehmigung erwirken, sie ebenfalls einzustellen. Dann steigt unsere Kapazität, und wir können uns um Aufträge der Mammutunternehmungen bewerben: der Eisenbahnlinien, der Schiffahrtskompanien, der Brückenbaugesellschaften. Einer meiner Leute aus der Forschungsabteilung wird sich in unserem Namen ein Verfahren zur Herstellung von Stahlgerüsten patentieren lassen. Gegenwärtig ist diese Sache noch undurchführbar, aber ich bin überzeugt, daß Stahl eines Tages auch für diesen Zweck zu verwenden ist. Wir müssen den Stahlbedarf in jeder Weise zu steigern suchen, um neue Märkte für unsere Produkte zu erschließen. Die Möglichkeiten sind uferlos! Wir können unsere Ideen, an denen meine Metallurgen schon arbeiten, der Hochfinanz unterbreiten. Ich fahre selbst nach New York ...«

Hans war wie erschlagen. Er hörte überwältigt zu, und alle seine Empfindungen malten sich auf seinem dicken Gesicht; seine Stirn zog sich in Falten wie die eines Affen. Franz aber sprach unbeirrt weiter. Er war wie besessen.

»Sobald wir die Hochfinanz davon überzeugt haben, daß wir neue Märkte für unsere Produktion besitzen, wird sie nur allzugern ihr Kapital bei uns investieren. Wenn sie uns ihre Safes geöffnet hat, sind wir in der Lage, kleinere Betriebe aufzukaufen und dort unsere modernen Methoden einzuführen. Wir können uns sogar mit Sessions fusionieren oder mit ihnen ein Abkommen treffen, den Markt nicht nur in Amerika, sondern auch in Kanada und Südamerika zwischen uns zu teilen.«

»Das also sind deine großartigen Ideen?« sagte Hans verächtlich und bemühte sich, Franz zu zeigen, wie hirnrissig er alles fand.

Franz ging mit einem Lächeln über die Bemerkung hinweg und redete unbefangen weiter: »Nein, nicht alle. Für fünzehn oder zwanzig Dollar in der Woche liefern mir meine Forschungsabteilung und die Metallurgen glänzende Ideen. Aber bitte, laß mich weitersprechen.

Ein Irrsinn, daß wir Südamerika so vernachlässigt haben! Immer waren die Staaten nur auf Europa ausgerichtet. Und dabei haben wir vergessen, daß riesige Märkte unseres Subkontinents zu versorgen wären. Weißt du, wer das entdeckt hat? Das neue Bismarck-Deutschland, nach dem deutsch-französischen Krieg. Wenn wir nicht auf der Hut sind, hat sich Deutschland diese Märkte von heute auf morgen angeeignet. Wir müssen ihm zuvorkommen, und wir können ihm zuvorkommen, wenn wir Südamerika davon überzeugen, daß es von uns besser bedient wird.«

Hans verschlug es den Atem, er blinzelte wie ein Mann, den man zwingt, in die grelle Mittagssonne zu schauen. Franz zog ein kleines schwarzes Notizbuch aus der Tasche und blätterte nachlässig darin. »So sind zum Beispiel vor kurzem riesige Kohlenlager rund um die Großen Seen entdeckt worden. Ich habe eine Option auf die Nutzung erworben ...«

»Was?« brüllte Hans, der plötzlich die ganze Tragweite dieser Bemerkung erfaßte. »Womit?«

Franz lächelte gleichmütig. »Besser gesagt, ich habe ein Angeld auf diese Option hinterlegt. Von meinen eigenen Ersparnissen, die ich dank des überaus großzügigen Gehalts, den ich bei dir beziehe, zurücklegen konnte. Wie du siehst, war ich sicher, daß du die ungeheuren Vorteile dieser Transaktion erkennen würdest; es ist weit günstiger, im eigenen Bergwerk zu schürfen, als die Kohlen um ein Sündengeld bei solchen Halsabschneidern wie Barbour-Bouchard, den englisch-französischen Räubern, zu beziehen.«

Hans fuhr mit seinem dicken Finger zwischen Hals und Kragen, als fürchte er zu ersticken. Heiser fragte er:

»Und darf ich wissen, mein Junge, woher wir das Geld dazu nehmen sollen?«

»Das habe ich dir schon angedeutet. Ich werde nach New York zur Joseph-Bryan-Compagnie fahren; Bryan ist eine Investitionsbank. Es wäre sinnlos, sich an Regan zu wenden, der mit Barbour-Bouchard zusammenhängt. Aber Bryan würde Regan mit Freuden abwürgen, er ist unser Mann. Schlimmstenfalls könnte ich auch einen hohen Kredit aufnehmen ...«

»Einen Kredit!« schrie Hans, und nun war er wirklich auf dem Boden zerstört. Die Augen sprangen ihm aus dem Kopf: »Schulden! Ich bin keinem Menschen etwas schuldig, war es niemals und werde es niemals, niemals sein!«

Aber Franz überhörte ihn, schaukelte fröhlich im Stuhl und fuhr fort: »Selbstverständlich wird Bryan Sicherheiten verlangen. Ich werde ihm meine Expansionsprojekte unterbreiten, die freilich jetzt noch ziemlich unbestimmt sind, aber das kann sich ändern. Wir werden eine Aktiengesellschaft gründen und die Firma neu organisieren; und während du, Vater, im Aufsichtsrat bleibst, werden wir Bryan ein Aktienpaket überlassen.«

»Aber bis heute ist es noch mein Stahlwerk!« brüllte Hans, und das Blut schoß ihm dick und schwarz ins Gesicht. Wieder hieb er mit der Faust auf den Tisch: »Mir gehört das Werk! Niemand bekommt zu meinen Lebzeiten auch nur eine Unze davon! Was geht dich mein Stahlwerk überhaupt an? Hast du Blut und Schweiß dafür geopfert, wie ich es getan habe? Hast du es Stein für Stein aufgebaut, mit deinen eigenen schwieligen Händen? Aus einem Haufen Schutt und Abfall habe ich es geschaffen! Jeder Ziegel, jeder Schornstein, jeder Hochofen gehört mir. Und du bestimmst darüber, als läge ich schon verwest unter der Erde!«

Sein Gesicht hatte sich erschreckend verändert, es verzerrte sich wie im Krampf. Er sah eine Zukunft vor sich, in der für ihn kein Platz mehr war, das Ende der kleinen Fabrikanten und Hersteller, die sich für ihren Betrieb mit Kopf und Hand eingesetzt hatten, die mit jeder Faser daran hingen wie an einem lebendigen Wesen. Entsetzlicher Gedanke, daß es Männer im fernen New York geben sollte, die von ihren Bürostühlen aus über sein Werk verfügen, es manipulierten, es mit ihrer unersättlichen Gier und Raffsucht verschlangen; Männer, die nichts von Fleiß, von eigener Arbeit, von persönlichem Einsatz und Individualismus verstanden. Er wußte, wie sie aussahen, diese Männer: elegant, weltgewandt, kalt, berechnend und unmenschlich; sie saßen in ihren Samtstühlen und hielten die Fäden in der Hand. Er erschauerte, er fühlte ihren drohenden Schatten über sich, er sah ihre widerlichen Hände nach ihm und nach allem greifen, was ihm teuer war, was er aufgebaut hatte. Das überlebte er nicht. Es war der Wahnsinnstraum eines Irren, der Wahrheit werden wollte.

Ein Mann, der sein kleines Königreich, seine Fabrik, beherrschte, der Stolz und Mut besaß, der seinen Erfolg nur sich selbst verdankte, der sollte nicht mehr unabhängig sein? Hans hatte Amerika niemals geliebt, aber jetzt liebte er es mit wild ausbrechender Leidenschaft, mit neu gewonnenem Verständnis und fanatischem Patriotismus. Er liebte das Amerika der kleinen Männer, wie er selbst einer war, stolz, schwer arbeitend, planend, erobernd, die niemand einen Cent schuldeten und ihren Erfolg wie Marmor aus den Steinbrüchen mit nackten Händen brachen.

Am Ende würde es keinen ehrlichen Betrieb mehr geben, sondern nur gefräßige Ungeheuer, die sich mit ihrem Netz über all die Fabriken breiteten, die ihr Gift versprühten und die Kleinen unwiderruflich aufsogen. Die Männer, die alles gebaut hatten, saßen dann wehrlos wie Fliegen im Netz und erstickten. Amerika war nicht von kalten goldbereiften Händen geschaffen worden, sondern von warmen, schwieligen wie der seinen. Er und seinesgleichen hatten sich für Amerika geopfert. Und jetzt war alles vergebens. Andere, die nichts von Stahlwerken, von Industrie, von Betrieben und Maschinen, von harter Arbeit und Schweiß verstanden, würden früher oder später alles an sich reißen und in alldem nur eine riesige Weinpresse sehen, deren Wein sie tranken, die sie aber niemals selbst betätigten. Es war entsetzlich! Das Gesicht Amerikas mußte sich verändern; aus einem menschlichen Antlitz wurde eine Fratze mit aufgerissenem Mund und toten Augen.

Die Vision war so gewaltig und furchtbar, daß Hans aufstöhnte. Er murmelte: »Du liebst das Werk nicht.« Sein Gesicht zuckte konvulsivisch. »Du schätzt die Dinge nicht, die von lebenden Händen, von Hirn und Muskeln geschaffen wurden. Was liebst du eigentlich?«

Franz hatte seinen Schwiegervater beobachtet und die quälenden Gedanken von seinem Gesicht abgelesen. Er ahnte, was in seinem Innern vorging. Aber er sagte: »Ich liebe das Geld, die Macht und den Gewinn. Das ist alles.« Er lächelte verächtlich über die kindische Sentimentalität des alten Mannes. »Es ist mir völlig gleichgültig, ob wir Stahl oder Bananen verkaufen. Du schwärmst für den Rauch der Essen, Vater? Mir bedeutet er nichts, oder höchstens Gestank und Ruß, der mich beschmutzt.«

Er schaute Hans forschend an. Wie würde er reagieren? Franz hatte sich ruchloser gegeben, als er war, er mußte Hans schocken, ihn auf die Probe stellen, um zu wissen, wie weit er gehen konnte. Biegen oder brechen — jetzt verlor er entweder alles und auf immer, oder er siegte. Er mußte seine Trümpfe zeigen, denn die Zeit drängte.

Hans tobte: »Du kannst es nicht tun, du bist ein Besessener, ein Narr! Beim ersten Schritt halte ich dich auf, ich dulde es nicht ...!«

Und dann plötzlich ließ Schmidt die Hände sinken. Er war besiegt, das fühlte er.

»Wenn ich meine Pläne nicht verwirklichen kann, dann bin ich ruiniert«, sagte Franz ruhig. Er lehnte sich über den Schreibtisch und sah Hans mit seinen unerbittlich kalten Augen an. »Hörst du, ruiniert? Du und ich und deine Enkelkinder.«

Hans versuchte es ein letztesmal. Er murmelte nur mehr: »Wir haben so wenig Bargeld ...«

Franz atmete tief auf, in seinem Kopf brauste es. Er hatte gesiegt. Er durfte triumphieren. Eine Sekunde lang verschwamm alles vor seinen Augen, er mußte sich anstrengen, um sprechen zu können.

»Wir haben genug Geld, und wir haben noch Zeit. Mit Geld kaufen wir die Ideen, die mir fehlen, und mit ihnen werden wir meine Pläne verwirklichen. Der Manager braucht kein Hirn, er kann es kaufen. Ich habe es für fünfzehn bis zwanzig Dollar die Woche gekauft.«

Er sprang auf, blickte auf die Uhr; jede Bewegung wirkte ungezwungen, obwohl sein Inneres in Aufruhr war.

»Es ist Zeit für das Mittagessen. Der Wagen wird sofort vorfahren. Wollen wir gehen?«

Hans erhob sich schwerfällig aus seinem Stuhl. Er mußte sich an der Ecke des Schreibtisches festhalten, er taumelte. Und während er nach Atem rang, musterte er Franz mit einem grimmigen Blick.

»Wann hast du dir das alles zurechtgelegt?« keuchte er. »Wie lange intrigierst du schon?«

»Seit Jahren«, lächelte Franz. »Seit jeher.«

VI

Mrs. Schmidts Tage waren gezählt. Die einzige im Haus, die das nicht merkte, war Tina; ihr Vater, ihr Gatte und ihr Bruder suchten dem anfälligen, zarten Geschöpf diese bittere Tatsache zu verheimlichen. »Im Sommer, wenn Mama wieder ausfahren kann, wird sie sich ganz erholen«, sagte Tina mit ängstlich fragenden Augen. Man versicherte ihr, daß es bestimmt so sein werde. Franz tröstete sie zwar, aber weniger mit Liebe, als mit Ungeduld und Widerwillen. Immer hatte er nur mit starken Frauen zu tun gehabt, die alle Dinge mit ruhigen Augen betrachteten und die das Leben mit Courage und Kraft meisterten; die zärtliche Rücksicht, mit der Schmidt und Baldo die junge Frau behandelten, reizte und verdroß ihn. Sie war doch kein Kind mehr! Sie war eine Frau in den Dreißigern, Mutter von zwei Kindern. Vater und Bruder faßten sie mit Glacéhandschuhen an, sie glaubten, daß sie zu zerbrechlich für die rauhen Seiten des Lebens sei. Blödsinnig! Manchmal verspürte er den unwiderstehlichen Drang, es ihr roh und unverblümt in ihre großen grauen Augen hineinzusagen: »Deine Mutter liegt im Sterben. Bald ist sie tot!«

Seine brutale und sadistische Natur trieb ihn zu solchen Vorstellungen; es tat ihm wohl, Tina zu kränken. Er malte sich ihr Erblassen, ihr jähes Erschrecken aus; sie würde leiden, ja, vielleicht brach sie zusammen. Er lächelte. Nicht einmal ihm selbst war bewußt, wie tief er sie haßte. Er glaubte, daß sie ihm mit ihrer dünnnen, flötenden Stimme, dem kindlichen Gehaben, ihrer Unschuld, ihren Hysterien und Launen nur lästig war. Sie vergötterte ihn, sie war ihm hörig, sie liebte ihn rückhaltlos und sie fürchtete ihn — alles das wußte er, und auch das ärgerte ihn, obwohl es seiner Eitelkeit schmeichelte und er seinen Nutzen daraus ziehen konnte. Deshalb benahm er sich, vor allem in Gegenwart seines Schwiegervaters, aber auch wenn er allein mit Tina war, stets ausgesucht liebenswürdig und herzlich. Wenn er sie nur im geringsten verletzte, ja sogar wenn er sie erschreckte, dann würde Schmidt wie ein wilder Eber über ihn herfallen, das war Franz klar. Manchmal spielte er mit dem Gedanken an den Tod seines Schwiegervaters, nicht nur aus den Gefühlen eines mutmaßlichen Erben heraus. Dann war er frei und konnte Tina nach Belieben vernachlässigen und sie betrügen, wenn er Lust dazu hatte. Solange aber Schmidt über sie wachte, waren seine Hände gebunden.

Niemals, nicht einmal, als er sie kennenlernte, hatte ihm Tina gefallen. Sie kam ihm ungesund, blutleer, verängstigt und schwach vor, und das vertrug er nicht. Sie war keine richtige Frau, sie war in ihrer körperlichen Entwicklung zurückgeblieben, vielleicht seit frühester Jugend schon. Und auch ihr Gemüt und ihre Seele waren unreif in ihrer Weltfremdheit.

Er sagte sich immer wieder vor, daß er eigentlich doch seit jeher etwas für kleine, schwarze Frauen übrig gehabt hatte. Aber diese Frauen mußten lebhaft und übermütig, mit schlauen Augen sein, die alles versprachen, kleine Luder, sinnlich und voll Temperament. Tina war nicht sinnlich, sie gab sich ihm voll Furcht, Anbetung und Scham, das war alles. Sie hatte kein Blut in den Adern, obwohl er schon bemerkt hatte, daß sie zuweilen recht scharf und sogar rechthaberisch sein konnte. Niemals aber zu ihm. In seiner Gegenwart war sie sanft und zärtlich, schüchtern und scheu. Wäre sie ein einziges Mal zornig aufgefahren, hätte sie ihm widersprochen oder aufbegehrt, dann vielleicht wäre sie ihm weniger widerwärtig gewesen. Aber sie verehrte ihn und war wie besessen von dem Bemühen, ihm zu gefallen und ihm schönzutun. Sie hielt ihn für vollkommen. War er zuweilen schlechter Laune, dann war sie überzeugt, daran schuld zu sein, irgend etwas falsch gemacht zu haben, und sie zermarterte sich in Gewissensbissen.

Hans glaubte, daß die beiden die glücklichste Ehe führten; das tadellose Benehmen seines Schwiegersohns, dessen gleichbleibende Liebenswürdigkeit, die seinem eigenen Wesen so entgegengesetzt war, und die Franz schon aus Gewohnheit auch im Alleinsein mit Tina bewahrte, bestärkten Hans in dieser Meinung.

Einen Menschen allerdings hatte Franz niemals täuschen können: Baldo. Franz haßte den Krüppel wie die Pest und fürchtete ihn zugleich. Denn Franz wußte genau, daß ihn Baldo mit seinem leise ironischen Lächeln durchschaute, auch wenn er nie ein Wort verlauten ließ. Außerdem war der Verwachsene erbberechtigt, und Franz konnte keinen zweiten Erben im Haus brauchen. Im übrigen wußte er, daß Baldo ein treuer Wächter seiner Schwester war, daß er Franz ständig beobachtete, um Tina vor ihm zu schützen. Baldo hatte längst erkannt, daß Franz als Feind ins Haus gekommen war, daß er eigensüchtige Ziele verfolgte und daß er daher den Kriegsschauplatz stets im Auge behalten mußte; auch nach dem Tod des Vaters würde Baldo auf seinem Posten bleiben.

Ich bin ein Gefangener, dachte Franz grimmig. Der Gefangene eines engstirnigen Alten und eines giftigen Krüppels. Ein Gefangener in diesem scheußlichen Haus. Die kranke Frau dort oben in ihren Luxusräumen hatte er praktisch vergessen; und wenn er einmal an seine Schwiegermutter dachte, dann nur mit einem unguten Gefühl, ja mit Ekel. Manchmal glaubte er sich in eine Pestgrube gesperrt, in eine Höhle mit giftigen Dünsten und dunklen Schatten, in eine sehr gefährliche Höhle. Mit Mathilda verstand er sich verblüffend gut; er hatte schon gemerkt, daß auch sie die Bewohner dieses häßlichen Gebäudes nicht leiden konnte.

Seine Söhne, die Zwillinge Peter und Paul, waren ihm gleichgültig; sie bedeuteten ihm nur ein Mittel, um Druck auf den Schwiegervater auszuüben, der diese Enkelkinder maßlos verwöhnte und vergötterte. Man hatte Franz ängstlich verschwiegen, daß Baldos Gebrechen auf eine Erbkrankheit zurückging, deshalb konnte er Schmidts Angst während Tinas Schwangerschaft ebensowenig begreifen wie dessen überschwengliche Freude, als zwei normale, gesunde Knaben zur Welt kamen. »Kleine Engel sind sie«, jubelte Hans mit Tränen in den Augen, »du hast ihnen gerade Glieder geschenkt, Franz, das ist das deutsche Blut!«

Franz war durchaus nicht so begeistert von seinen Sprößlingen. Er fand, daß sie wie alle anderen Bälger aussahen, daß sie schreiende, schmutzige, lästige Geschöpfe waren; er empfand weder väterliche Liebe noch väterlichen Stolz; es waren nicht seine, es waren Tinas Kinder, winzig, dunkel wie sie und ständig greinend. Paul schrie noch mehr als Peter, er war launenhaft, eigensüchtig und jähzornig, obwohl er noch keine zwei Jahre alt war; ein kleiner Egoist. Der andere, Peter, nach Schmidts Vater benannt, war ruhiger, doch noch zarter, folgsam und artig, bis auf plötzliche Wutausbrüche, deren Ursachen nicht erkennbar waren. Schon jetzt zeigte sich, daß Peter der größere sein würde und der vernünftigere; freilich würde man immer mit seinen Launen zu rechnen haben. Franz hatte für dieses Kind — mit den blauen Augen Baldos in dem kleinen, dreieckigen Gesicht — wenig übrig, er beachtete es kaum, während es stillvergnügt im Kinderzimmer spielte. Aber auch Tina und ihr Vater zogen den frechen, lärmenden Paul vor, der sich energisch durchzusetzen verstand und den Ton im Haus angab. Hans nannte ihn verliebt »das kleine Prinzchen«, es gefiel ihm, daß der Junge so selbstsicher und durchtrieben war. Auch Paul hatte blaue Augen, aber sie waren klein und listig und funkelten in frühreifer Intelligenz.

Peter war der Liebling seines Onkels Baldo, und immer wieder gelang es dem Kleinen, seiner Nurse zu entschlüpfen und sich in Baldos Zimmer zu schleichen. Dort saß er stundenlang und schaute Baldo beim Malen zu oder lauschte dessen langen, seltsamen Monologen. Obwohl er die Worte nicht verstand, schien er dies und jenes der ironischen Geistreicheleien aus Tonfall und Mienenspiel seines Onkels zu erfühlen, und dann lächelte er, geheimnisvoll und fast überlegen. Wenn Baldo dieses Lächeln sah, erschrak er und sein Herzschlag stockte; er zog das Kind an sich, küßte es und flüsterte: »Wir verstehen uns, wir beide, mein Kleiner!« Und er lachte glücklich.

Tina und die Nurse wußten, wo sie ihn zu suchen hatten, wenn sie ihn zum Spazierengehen oder zum Nachmittagsschlaf holen wollten. Er wehrte sich verzweifelt, wenn auch erfolglos, man mußte ihn fortschleppen, und dann blickte er trostlos nach Baldo zurück.

Paul hingegen haßte seinen Onkel von frühester Kindheit an. Er hatte schauspielerisches Talent und konnte die Leute gut nachahmen; es bereitete Franz besonderes Vergnügen, wenn der Kleine mit schiefer Schulter durchs Zimmer hinkte und »Onkel Baldo« spielte. Tina fand das weniger lustig, da es aber Franz unterhielt, zwang auch sie sich ein Lächeln ab. Zärtlich schalt sie den Kleinen und schickte ihn mit der Nurse hinaus. »Franz, das solltest du nicht tun«, sagte sie schüchtern, »du weckst den Instinkt zur Grausamkeit in ihm.« Sie war voll Angst, daß sie den Gatten kränken könnte.

»Unsinn«, erklärte Franz. »Er ist eben ein aufgeweckter Junge. Man kann von Kindern nicht Heuchelei erwarten.«

Langsam, in zäher Kleinarbeit, gelang es ihm, Baldo seiner Schwester zu entfremden. Eines Tages, so hoffte er, würde ihr Baldo gleichgültig oder gar lästig geworden sein, und somit war eine weitere Gefahr gebannt.

Die Kinder sahen ihre Großmutter sehr selten. Paul wehrte sich mit Händen und Füßen, wenn man ihn zur Tür des Schlafzimmers lenken wollte; Peter aber trat leise ein, stand neben dem Bett, schaute die Kranke an und ließ sich von ihren fiebrigen Händen streicheln und von den trockenen Lippen küssen.

Die Zwillinge vertrugen sich von Anfang an nicht gut. Peter wich seinem kräftigeren und hinterlistigen Bruder aus, wo er konnte; er weinte, wenn er ihm in die Hände kam, und Franz schalt ihn einen Feigling. Darauf ertrug er Pauls tückische Rempeleien schweigend und ohne sich zu beklagen, aber er versteckte sich im Haus, ja er verbarg sich stundenlang unter Betten und Diwans, um dem Quäler zu entkommen. Obwohl er noch so jung war, wußte er, daß ihn seine Mutter zärtlich liebte, aber daß sie sich über sein Verstecken und Davonlaufen ärgerte. Und ebenso wußte er, daß er dem Vater gleichgültig war. Nur bei Baldo, bei dessen Bildern und Musik fand er Zuflucht. Er war vielleicht der einzige, der die angeborene Bosheit seines Bruders klar durchschaute, er fürchtete sich vor ihm, aber nicht wegen der Dinge, die er ihm antat, sondern vor dem, was Paul war. Die Kinder sahen einander sehr ähnlich, denn sie waren eineiige

Zwillinge, aber trotzdem hätte sie niemand verwechselt. Peter wanderte oft wie im Traum umher, ernst, in sich gekehrt, er zuckte zusammen, wenn man ihn rief; Paul hingegen hatte schon in frühester Kindheit einen fast vulgären, wissenden Blick, sein Lächeln war unkindlich, geradezu sardonisch.

Vielleicht hätte Franz seinen Sohn Peter gar nicht beachtet, vielleicht hätte er es bei seinem gewohnten ungeduldigen Schelten belassen, ohne sich über das Kind Gedanken zu machen. Ein an sich unbedeutender Zufall jedoch war daran schuld, daß sich seine Gleichgültigkeit in aktive Ablehnung verwandelte. Ein einziger Mensch war imstande gewesen, Franz zu verstehen, und das war Irmgard; bei ihr allein hatte dieses Verständnis seine Zuneigung verstärkt und nicht vermindert. Nahm er aber von einem andern Mensch an, daß er ihn durchschaute, dann wurde er widerborstig, dann fürchtete er sich, dann glaubte er, sich schützen zu müssen. Und das gelang ihm nur, wenn er die Schranke der Feindschaft und des Hasses zwischen sich und dem anderen errichtete. Baldo war einer jener Menschen. Und Peter hatte den gleichen scharfen Blick.

Noch niemals hatte Baldo seinen Schwager zu sich in sein Atelier gebeten. Immer lebte er hinter sorgfältig geschlossenen, ja sogar versperrten Türen. Das reizte Franz seit langem; er war geradezu darauf versessen, in diese verbotene Welt einzudringen. »Er muß eine Prinzessin dort gefangenhalten«, sagte er zu Tina und lächelte zynisch bei dieser unsinnigen Vorstellung. Tina ärgerte sich über ihren Bruder — warum war er so unhöflich zu seinem Schwager? Sie zuckte geringschätzig die Achseln. »Ich verstehe ihn selbst nicht. Er ist so scheu und verschlossen. Sogar Mama war nur ganz selten in seinen Räumen. Sie sind seine Einsiedelei.«

»Die Einsiedelei eines Schmarotzers«, sagte Franz grob. Tina kränkte diese häßliche Bemerkung, aber ebenso die Reserve ihres Bruders; wie immer jedoch richtete sich letzten Endes ihr Ärger gegen Baldo, mit dem sie sich in jenen Tagen kaum mehr verstand. Sie fand die ausgesuchte Höflichkeit, mit der Baldo ihren Gatten behandelte, beleidigend, da sie den Spott dahinter spürte. Der Bruder kam ihr überheblich vor. Franz zeigte unverhohlen, wie unsympathisch ihm der Schwager war; die Abneigung bestand also gegenseitig; aber, wie immer, gab Tina nur dem Bruder die Schuld an dem unguten Verhältnis. Sie leugnete nicht, daß Baldo begabt war, aber das berechtigte ihn noch lange nicht, ihren Franz von oben herab zu behandeln. Seine Höflichkeit kam nicht vom Herzen, erklärte sie, sie war kühl und distanziert, und das hatte Franz nicht verdient. Kurz, die Entfremdung zwischen den Geschwistern war nicht zu verkennen, und gerade das war es, was Franz wünschte. Er fand häufig genug Gelegenheit, sich bei seiner Frau, die so vernarrt in ihn war, zu beklagen: »Gott weiß, wie gern ich auf gutem Fuß mit Baldo stehen möchte. Schließlich hatte ich niemals einen Bruder und habe mir immer einen gewünscht. Warum ist er so ablehnend, warum sperrt er sich in seinen vier Wänden ein? Bin ich ein Paria?«

»Weißt du nicht, wie sehr du ihn kränkst, weil du dich so absonderst?« fragte Tina schmollend ihren Bruder.

Es kam nur selten vor, daß sich Baldos schöne blauen Augen verdunkelten, ja daß es trotz eines Lächelns gefährlich in ihnen schimmerte. Jetzt aber lag dunkle Drohung in seinem Blick.

»Niemand und nichts kann ihn jemals kränken, Tina. Er braucht keinen Schutz. Ganz im Gegenteil, man muß seine Umwelt vor ihm schützen. Niemals werde ich ihn zu mir einladen. Ich brauche eine Zuflucht, ich brauche den Schild meiner vier Wände.«

Von diesem Tag an herrschte Kriegszustand zwischen den Geschwistern.

Franz hingegen hatte sich fest vorgenommen, doch in dieses Asyl einzudringen, weniger, weil er neugierig war, sondern weil er Baldo verletzen wollte. Er überlegte, wie er sich den Eintritt erzwingen und dem »jämmerlichen Krüppel« eins auswischen könnte.

Eines Tages erlitt Mrs. Schmidt wieder einen ihrer schweren Herzanfälle, und die besorgte Pflegerin ließ die Geschwister rufen. Franz begleitete seine Frau bis zur Tür, er mußte sie stützen, und da kam auch Baldo eilig aus seinem Zimmer gehinkt. Er nahm Tina bei der Hand und führte sie zur Mutter. Seine eigene Tür stand halb offen, Franz sah es. Seine Augen blitzten boshaft. Nach sekundenlangem Zögern schlich er in die Halle zurück und betrat den geheimnisvollen Raum. Er lachte in sich hinein, er nahm sich vor, so lange zu bleiben, bis Baldo zurückkam, er wollte von ihm überrascht werden und sich an seinem Ärger weiden.

Das große Zimmer, das Atelier, wirkte ruhig und vornehm, und das brachte Franz etwas aus der Fassung. Ungeniert schob er die langen grauen Vorhänge zur Seite, und das helle Frühlingslicht fiel herein. Auf einer Staffelei stand das halbvollendete Porträt des kleinen Peter. Die großen blauen Augen des Kindes sahen ihn in stiller Trauer an. Sie waren fertiggemalt, der Rest des zarten Gesichts war erst skizziert, aber die Andeutungen verrieten, daß es ein gutes Bild werden würde.

»Bah!« sagte Franz laut und trat weg; er schämte sich sogar. Trotzdem war er fast stolz darauf, daß Baldo ein so begabter Maler war, er hatte es nicht vermutet. Ein Künstler im Haus, das hob sein eigenes Ansehen, fand er. Wie viele Deutsche empfand er Respekt und Bewunderung vor echter Meisterschaft; den wahren Adel sah er, wie der Großteil seiner Landsleute, in Talent, Geschmack und feiner Lebensart, nicht in der Geburt. Er ging im Zimmer umher, er betrachtete jedes Bild, jedes kleine Porträt mit wachsendem Vergnügen. Er muß mir ein paar dieser Bilder geben, dachte er, und seine Feindseligkeit gegen Baldo schwand, sie wich einer widerstrebenden Anerkennung. Er vergaß den entstellten Körper, die Absonderung, das kalte, verächtliche Lächeln, und er trug es Baldo nicht mehr nach, daß er von ihm so scharf durchschaut wurde. Jetzt fand er das begreiflich — ein Künstler mußte Menschenkenner sein, und er war geradezu geschmeichelt, daß sich Baldo mit seiner Person befaßte.

Bevor er seinen Rundgang beendete, kam er zu dem riesigen Flügel, in dessen glänzendem Holz sich die Lampen widerspiegelten. Nun lief ein Schatten über sein Gesicht. Er berührte vorsichtig die Tasten und seltsame Wehmut stieg in ihm auf. Es war lange her, daß er gespielt hatte, und das schmerzte ihn jetzt. Er hatte Baldo manchmal durch die verschlossene Tür musizieren gehört. Er dachte: Deshalb also wollte ich in dieses Zimmer eindringen!

Während seine Hände still auf den Tasten lagen und er keinen Ton anschlagen konnte, gingen ihm sonderbare Gedanken durch den Kopf. Was mache ich hier in diesem Haus? fragte er sich. Bin ich noch Franz Stössel? Was habe ich mit dem allen hier zu tun? Und das Klavier schien zu atmen und ihn zu verstehen. Nun verstärkte sich der Schmerz wie ein altes, halbvergessenes Leiden.

Er stand auf und fluchte laut; der Fluch galt ihm selbst, weil er sich solche Stimmungen leistete. Danach fühlte er sich erleichtert, strich lässig über die Klaviatur und setzte die Besichtigung von Baldos Bildern fort.

Das Frühlingslicht wurde heller und flutete breit durch die Fenster. Dort hinten war noch ein letztes Gemälde, das er betrachten wollte. Er trat hin und stand plötzlich, völlig unerwartet, in Augenhöhe mit Irmgards Antlitz. Er schrie auf, biß sich auf die Lippen und starrte fassungslos darauf hin.

Die stillen grünen Augen, so fern, so kühl, blickten ihm lebendig entgegen, das goldene Haar schien das Licht des Zimmers eingefangen zu haben, ein Widerschein davon lag auf dem weißen Hals. Dieses Antlitz war nicht totes Bild, es war lebendiges, durchsichtiges Fleisch. Der feste blaßrote Mund lächelte kaum, und es schien ihm, als verzöge er sich in einer schmerzvollen Erinnerung. Langsam kehrte Franz in die Wirklichkeit zurück und erholte sich von dem Schlag, den ihm dieses Wiedersehen versetzt hatte. Aber zugleich erwachte die seelische Qual, die er in den letzten Jahren überwunden geglaubt hatte, das gierige Verlangen, der würgende Schmerz. Er fiel nach vorn, wie ein Mensch, der kalten Stahl in den Gelenken spürt und unwillkürlich zusammenklappt, um den Fluß des Blutes zu hemmen und dem Tod zu entgehen. Nun wurde sein Fleisch zu brennendem Feuer, und es war ihm, als hätte man ihm das Herz aus dem Leib gerissen und er müsse elend zugrunde gehen. Taumelnd streckte er seine tastende Hand nach einer Stuhllehne aus, um sich festzuhalten. Seine Lider brannten, als wäre er einer Flamme zu nahe gekommen. »Irmgard, Irmgard!« rief er. Es klang wie ein Schrei in Todesnot.

Das Leben ist nichts ohne sie. Ich muß sie finden. Nichts kann mich zurückhalten. Das Verlangen wurde zu wütender Gier, zu Verzweiflung. Er preßte die Hände an die Schläfen, die zu zerspringen drohten. Ich bin ein Eindringling in diesem Haus, dachte er voll Haß und Zorn. Ich bin noch immer Franz Stössel, ich gehöre nicht hierher. Irmgard — zu ihr gehöre ich, sie ist ein Teil meines Ichs. In diesem Haus bin ich gefangen und gefesselt, es saugt die Kraft aus meinen Adern. Es ist die Mauer, die mich von aller Schönheit, aller Freude, aller Lust trennt. Irmgards Antlitz war das Tor, durch das er flüchten konnte.

Da hörte er ein leises Geräusch. Erschrocken drehte er sich um. Peter saß da, in den Samtpolster eines großen Lehnstuhls vergraben. Das Kind war still, es rührte sich nicht. Aber es sah seinen Vater mit tiefem Ernst an, als verstünde es ihn. Für gewöhnlich wich der Kleine den Augen seines Vaters scheu aus, jetzt aber blickte er ihn furchtlos an, als betrachte er einen Fremden.

Einen Augenblick lang war Franz wie gelähmt. Dann plötzlich geriet er in maßlosen Zorn. Er konnte die Augen dieses Knaben nicht ertragen, so tief, so wissend. Wütend stürzte er hin, riß ihn aus dem Stuhl und schlug ihm ins Gesicht; dabei war ihm, als schlüge er sich selbst. »Du kleine Kröte«, zischte er, »spionierst mir nach!«

Der Knabe schrie nicht, obwohl sich seine Wangen purpurn färbten. Für gewöhnlich weinte er bei dem geringsten bösen Wort, jetzt aber schaute er seinen Vater nur an, und sein Blick verdammte ihn in Grund und Boden. Franz hob die Hand und hätte nochmals zugeschlagen, da aber vernahm er den hinkenden Schritt seines Schwagers im Flur.

Baldo trat schnell ein, blaß nach der überstandenen Angst um die Mutter. Doch seine blauen Augen waren hart.

Franz errötete, seine Hand sank herab. Er zwang sich zu einem Lächeln und versuchte leichthin zu sprechen: »Verzeih — ich weiß, du willst nicht, daß man bei dir eindringt. Aber ich kam an der offenen Tür vorbei und sah diesen frechen kleinen Fratzen hier sitzen. Ich wollte ihn herausholen und hab' ihm eine Ohrfeige gegeben, weil er sich eingeschlichen hat.«

Baldo antwortete nicht. Er trat auf Peter zu, legte eine Hand auf das dunkle Köpfchen. Der Knabe sagte kein Wort, aber er umschlang heftig schluchzend die Knie seines Onkels und versteckte den Kopf an seiner Brust. Baldo erriet sofort, was geschehen war. Er legte den Arm schützend um den zuckenden Körper und schaute Franz mit zorniger, unverhohlener Verachtung an.

»Peter kommt oft zu mir, ich male ihn.« Er schwieg. In seinen Augen stand eine kalte Flamme.

Franz zuckte gleichgültig die Schultern. »Dann tut es mir leid, ich habe ihm anscheinend unrecht getan.« Er zog Peter von seinem Onkel weg, gab ihm einen Stubs: »Fahr ab, Kleiner! Es ist Zeit fürs Bett.«

Das Kind flog förmlich aus dem Zimmer. Baldo blickte ihm bekümmert nach. Seine Lippen verengten sich zu einem blassen Strich.

Franz fühlte sich sehr unbehaglich. Er lächelte Baldo an, der dieses Lächeln nicht erwiderte.

»Ich war schlechter Laune«, sagte er entwaffnend.

Baldo drehte sich um und ging zu seiner Staffelei zurück. »Nicht der Rede wert«, murmelte er und betrachtete Peters Bild. Franz war entlassen, und das beleidigte ihn. Unverschämt! Er ließ sich nicht hinauswerfen. Er folgte seinem Schwager, immer noch lächelnd.

»Du bist ein großer Künstler«, sagte er. »Das hast du uns verheimlicht.«

Baldo nahm schweigend das Porträt von der Staffelei.

»Ich habe mir deine Bilder angeschaut«, fuhr Franz mit einer ausholenden Handbewegung fort. »Du hast kein Recht, sie zu verstecken.«

Baldo antwortete kühl: »Und wer hat ein Recht auf sie?«

Franz spürte die Verachtung, die aus der Stimme klang. »Jedermann«, sagte er unbestimmt. Plötzlich befiel ihn der unsinnige Wunsch, in den Augen dieses Künstlers besser dazustehen, von ihm geschätzt und anerkannt zu werden. Er ertrug den ironischen Blick des verwachsenen Mannes nicht. »Ich verstehe ein bißchen ... davon. Ich bin nicht nur Materialist oder Opportunist, wie du von mir annimmst ...«

»Ich habe überhaupt nichts angenommen«, sagte Baldo gleichgültig.

Aber Franz wollte nicht abgeschoben werden. Er lachte verlegen. »Ich habe früher auch Klavier gespielt, hab' sogar einiges Talent besessen. In Paris haben mich meine Eltern in die Oper, in die Museen, in den Louvre mitgenommen. Früher einmal habe ich sogar zu malen versucht ...« Er lachte kurz auf, er machte sich über sich selbst lustig. »Wir Deutsche sind Kunstfreunde, weißt du. Es gibt viele Künstler in Deutschland. Wir lieben alles, was schön ist, und unsere Genies werden hochgeehrt und gefeiert ...«

Baldo sagte nichts. Er schaute Franz noch immer an, aber unwillkürlich stieg in ihm so etwas wie Mitleid mit diesem hübschen, lebensvollen Burschen auf, diesem raubgierigen Gesellen, der seine Abstammung noch immer nicht verleugnen konnte und sich ihrer schmerzhaft erinnerte. Es rührte ihn, daß dieser Mann auch menschlicher Gefühle fähig war, und spürte, daß seine Bewunderung ernstgemeint war. Vielleicht gab es Momente, da Franz sich selbst und all das, was er so heftig anstrebte, verachtete. Zum erstenmal empfand Baldo einen Anflug von Sympathie für den Gatten seiner Schwester.

»Vielleicht spielst du mir einmal etwas vor?« fragte er versöhnlich.

Franz war betroffen und bewegt, niemals hatte er diese Freundlichkeit erwartet. »Ich habe schon lange nicht gespielt«, sagte er verlegen.

Baldo gab keine Antwort, und wieder war es eine stumme Aufforderung, ihn zu verlassen, obwohl er lächelte und der gefährliche Funke in seinen Augen erloschen war. Aber Franz wollte nicht gehen, das Bild hielt ihn fest. Er schaute es an, und seine Augen schienen ihn zu verfolgen. Er wurde wieder blaß und er vergaß Baldo. Endlich zeigte er auf die Wand.

»Dieses Bild ...«, murmelte er unsicher.

»Ach, das ...« sagte Baldo, und es klang etwas ungeduldig. Er zog die Gardinen schnell zu, und das Zimmer lag im Dämmerlicht. »Nichts besonderes. Das Porträt des Kammermädchens meiner Mutter, Irmgard, von der dir meine Schwester so oft erzählt hat. Sie hat uns überstürzt, ohne jede Erklärung, verlassen, wie du weißt. Sie war sehr schön.«

Der Unterton in Baldos Stimme machte Franz stutzig. Sofort war die alte Abneigung wieder da. Er drehte sich schnell um und blickte Baldo aus schmalen Augenschlitzen an. »Ja«, sagte er dann sehr langsam und drohend, »sie muß sehr schön gewesen sein.«

Aber Baldo hatte ihn vergessen. Er näherte sich dem Porträt und schaute es in tiefer Trauer an. Er schien weit weg zu sein, er verharrte wie in stummer Meditation. So steht man vor dem Bild eines geliebten Verstorbenen, dachte Franz.

Doch die weiche Stimmung verging sofort; blinde Eifersucht und namenloser Zorn traten an ihre Stelle. Wie konnte es dieser Krüppel, diese Ausgeburt wagen, Irmgard mit solchen Augen anzusehen! Seine Fäuste ballten sich, und seine Wangen liefen rot an. Baldo drehte sich um und erschrak, als er das verzerrte Antlitz sah.

Franz hatte sich sofort wieder in der Gewalt und bemühte sich sogar zu lächeln. Aber Baldo war mißtrauisch geworden. »Du hast sie gekannt!« rief er ungläubig.

Nicht möglich! Aber diese Augen, dieser verräterische Blick ...

»Nein, ich habe sie nie gesehen.« Es kostete Franz harte Anstrengung, das zu sagen.

Baldo blickte staunend von Franz zu dem gemalten Antlitz des Mädchens. Plötzlich gingen ihm die Augen auf. Wie hatte er das nicht früher bemerken können! Die beiden sahen einander ähnlich, ja, das war nicht zu leugnen. Baldo dachte krampfhaft nach. Irmgard hatte doch einmal etwas gesagt ... was war es nur ...? Er zermarterte sich den Kopf, schaute auf das Bild, als könnte er dort die Antwort finden. Der Mund, die Nase, die breite Stirn, die Form von Kinn und Wangen, die Kopfhaltung! Sie waren gleich, das mußte ein Blinder erkennen. Und er hatte es niemals ... Baldo schlug das Herz bis zum Hals. Er warf einen Blick zu Franz und las das Schuldbewußtsein in dessen Zügen.

»Sie war ein starker Charakter«, sagte Baldo überlegt und unbefangen. »Sie hat uns sehr gefehlt, als sie uns verließ.« Er beobachtete Franz genau. Es wunderte ihn nicht, daß auch Franz ihn scharf anvisierte.

Und ebensowenig wunderte es ihn, als Franz fragte: »Weißt du, wo sie sich aufhält? Hast du sie später wiedergetroffen?«

Baldo antwortete nicht sofort. Er las im Gesicht seines Schwagers, er sah die Falschheit, die Lüge und die Gier. In langen Jahren hatte er aus Selbsterhaltungstrieb in den Gesichtern seiner Mitmenschen zu lesen gelernt. Ein Schauer überlief ihn, während er langsam antwortete: »Nein, ich weiß nicht, wo sie ist. Ich habe sie nie mehr getroffen, nachdem sie fortging.«

Und wieder wunderte er sich nicht über die Enttäuschung, den Schmerz, die sich in der Miene des andern malten. Er schaute ihm nach, während Franz hinausging, und hatte ihn vergessen, sobald die Tür ins Schloß gefallen war. Aber den letzten Blick, den Franz auf das Bild geworfen hatte, den hatte er noch wahrgenommen. Es war der Blick eines hungrigen Tigers gewesen.

Baldo kehrte zu dem Porträt zurück und stand lange davor. Vielleicht hatte er sich geirrt. Vielleicht kannte Franz das Mädchen wirklich nicht, vielleicht war es nur die natürliche Bewunderung und das Verlangen eines jungen, gesunden, auf Abenteuer erpichten Mannes gewesen, das ihn bewegt hatte. Aber die Ähnlichkeit ... Freilich, sie waren beide Deutsche.

Baldo rieb seine Stirn. Dann fiel ihm plötzlich die Bemerkung ein, die ihm entfallen war und nach der er vorhin so angestrengt gesucht hatte. Irmgard hatte ihm einmal erzählt, daß sie einen Onkel, eine Tante und einen Vetter in Nazareth habe. Als sich Baldo höflich nach ihnen erkundigte, war sie zurückhaltend gewesen und hatte schnell das Thema gewechselt. Dabei war sie ein bißchen rot geworden. Sie hatte nur erwähnt, daß der junge Mann in einer Fabrik in Nazareth arbeite. Dann hatte sie Baldo unter dem Vorwand, seine Mutter erwarte sie, schnell verlassen. Baldo war die Sache nicht wichtig vorgekommen, und Irmgard hatte nie mehr von ihrer Familie gesprochen.

Nun aber dröhnte das Blut in seinen Schläfen. Er war ja verrückt, ein Fantast, ein Spintisierer wie alle einsamen Menschen. Er reimte sich Geschichten zusammen! Solche Zufälle durfte es einfach nicht geben.

Dann plötzlich faßte er einen Entschluß. Irmgard hatte ihm streng verboten, sie zu besuchen, und noch heute bestand sie auf diesem Verbot, obwohl sie ihm regelmäßig einmal des Monats schrieb. Sie hatte ihm zwar versprochen, daß sie ihn einmal einladen würde, aber im Lauf von vier Jahren hatte sie sich nie über das Datum geäußert.

Er lief fast aus dem Zimmer, griff nach Mantel und Hut und rief nach seinem Wagen.

VII

Baldo befand sich noch im Weichbild der Stadt, als ihm klar wurde, wie verrückt und überstürzt er handelte und welchen grotesken Irrtum er beging. Er hatte an Irmgard immer unter Mrs. Doren geschrieben und angenommen, daß es sich dabei um den Namen ihrer Verwandten handelte und der Brief in jener entlegenen Gegend unter dieser Anschrift besser befördert wurde als unter ihrem eigenen, weniger bekannten Namen. Freilich, es war noch immer möglich, daß Mrs. Doren eine andere Verwandte war; aber er erinnerte sich genau, daß Irmgard ihm erzählt hatte, nur diese drei Menschen in

Amerika zu haben. Es gab allerdings noch eine kleine Möglichkeit, an die er sich klammerte: daß Mrs. Doren tatsächlich die Mutter von Franz Stössel war, aber in zweiter Ehe einen Mr. Doren geheiratet hatte.

Dann tat er diese Überlegungen ab und gab sich nur der Vorfreude auf das baldige Wiedersehen mit Irmgard hin. Vier Jahre hatte er sich vertrösten lassen und ihren Wunsch berücksichtigt, sie »jetzt noch nicht« aufzusuchen. Fast vier Jahre lang hatte er sich den Kopf zerbrochen nach einem Vorwand, um ihre Klausur zu durchbrechen, und jetzt, endlich, hatte er einen gefunden. Einen hirnrissigen, aber immerhin! Sollte er ihr ernst oder lieber unbefangen heiter gegenübertreten? Er erwog das Für und Wider und merkte erst jetzt, daß er am äußersten Rand des Plüschsitzes saß, daß er heftig atmete und daß seine Lippen trocken waren. Er schaute durch die blinkenden Fenster in das weite Land hinaus.

Anders als die meisten Menschen, die abgeschieden leben, hatte er für die freie Natur wenig übrig. Ein weiter Horizont über fremder Gegend flößte ihm nur Scheu ein; er fühlte sich verloren, ausgesetzt, bedroht. Vielleicht war er körperlich zu schwach, vielleicht zu degeneriert, um Weite und Wind zu ertragen. Vier Wände, geschlossene Fenster und versperrte Türen, das gab ihm das Gefühl der Sicherheit, nur dort fühlte er sich wohl. Sein Gebrechen hatte ihn zum »Höhlenbewohner« gemacht, wie er sich selbst schalt. In seinem Gehäuse durfte er sich einbilden, daß die Welt klein und festgefügt und ohne Gefahren war. Im Dunkeln konnte er sich verstecken, sich vor drohenden Blicken verbergen.

Jetzt aber fühlte er sich nicht fremd und verloren, nicht gefährdet in dem freien Land. Er schaute heiter, erstaunt und bewundernd umher. Ich habe viel versäumt, dachte er, viel Schönes, das ich hätte malen können! Bis jetzt hatte er sich für Gesichter interessiert und nichts anderes als Porträts gemalt; in seiner Bresthaftigkeit hatte er die Mienen studiert und jeden Schatten eines Gedankens aus ihnen gelesen. Und nun betrachtete er die Landschaft wie einer, der Dinge entdeckt, an denen er stets vorbeigegangen ist.

Es war ein später Frühlingstag. Die Felder waren leer, die Bauern arbeiteten wegen der Sonntagsruhe nicht, aber da und dort stand verlassen ein Pflug mitten im braunen Acker und wartete. Baldo sah vereinzelte Häuser, halb verdeckt vom frischen Laub der Bäume, sah rundgeformte Scheuern, und die roten Dächer der Ställe hoben sich leuchtend vom tiefblauen Himmel ab. Er fuhr vorbei an schimmernden grünen Wiesen, in denen das Vieh knietief im Gras stand und neugierig den Kopf hob, als es den Wagen hörte. Die Schatten des

Laubs fielen auf die Landstraße, und die Vögel trillerten laut in den Zweigen.

Niemals noch hatte er solch tiefe, unberührte, erhabene Ruhe erlebt. Er fragte sich, ob die Menschen, die hier wohnten, so hektisch lebten wie die Städter, ob sie sich mit einem freudlosen Alltag abplagten wie sie. Als er beim Friedhof der Amish vorbeikam und die polierten Grabsteine sah, wurde ihm nicht traurig zumute, er spürte vielmehr den seligen Frieden eines Menschen, der sein Ziel erreicht hat. Nichts war so trostlos, so bedrückend wie ein Friedhof in der Stadt mit seinem klebrigen Ruß und Staub, der nur durch eine Mauer oder ein Eisengitter vom Leben abgeschirmt ist. Selbst im Tod konnte eine solche Ruhestätte keine Zuflucht bedeuten.

Der Wagen bog in eine schmale, saubere Nebenstraße ein und blieb vor der Einfahrt eines Backsteinhauses voll Kletterrosen stehen. Er lächelte, weil alles so hübsch war, und sein Herz klopfte laut. In wenigen Minuten sollte er Irmgard wiedersehen! Unfaßbar! Sie war zu einem fernen, kühlen und schönen Bild geworden, vor dem er in seinen finsteren Mauern geträumt hatte. Sie war keine Wirklichkeit mehr. Sie war unkörperlich. Und doch stand die Wirklichkeit knapp vor ihm. Er glaubte, den Augenblick nicht erwarten zu können, den er noch gestern nicht zu erhoffen gewagt hatte.

Dann aber, obwohl die Tür schon offenstand, blieb er in die Kissen gelehnt sitzen, seine Beine versagten den Dienst. Am liebsten hätte er sich in eine Ecke verkrochen und dem Kutscher befohlen heimzufahren, so schnell als möglich. Es war ja Irrsinn, hier einzudringen, unverschämt und unverzeihlich, es war, als breche ein Mann in das Schlafzimmer einer fremden Frau ein! Aber hinter diesen Gedanken stand die Angst, Irmgard körperlich wiederzusehen, den hellen, kühlen Traum zu zerstören, der mit seinem milden Licht die dunklen und traurigen Schatten aus seinem Leben vertrieben hatte. Zugleich aber brannte er vor Verlangen, vor ihr zu stehen, ihre Stimme zu hören, sie wiederzusehen.

Der Kutscher musterte ihn neugierig. Er stand noch nicht lange im Dienst des Hauses, hatte Irmgard niemals gesehen und wunderte sich sehr, was dieser armselige Verwachsene da draußen, wo sich die Füchse gute Nacht sagten, zu suchen hatte, und warum er so erregt und zugleich so furchtsam wirkte.

Dann gab sich Baldo einen Ruck und kletterte mühsam aus dem Wagen. Eine hochgewachsene, sehr magere Frau stand auf der Schwelle und schaute ihm entgegen. Er hatte sie niemals vorher erblickt, aber als er sie sah, war jeder Zweifel verflogen. Sie war eine alternde Frau, aber sie trug die Züge seines Schwagers. Daß auch sie augenscheinlich wußte, wer er war, wunderte ihn. Sie machte aufgeregt ein paar Schritte auf ihn zu und erwartete ihn mit abweisender Miene am Zaun.

Er legte seinen breitrandigen schwarzen Hut ab und versuchte zu lächeln, während er auf sie zuging.

»Mrs. Doren?« murmelte er höflich und verbeugte sich. Es war die traurige Karikatur einer Verneigung.

Die Frau sah ihn feindselig an und antwortete erst nach einem kurzen Zögern mit ihrem fremdartigen Akzent:

»Was wünschen Sie, bitte?« Dabei sah sie unruhig zur Kutsche hin.

Als hätte er ihre Gedanken erraten, sagte er: »Ich bin allein gekommen.«

Sie atmete auf und schien jetzt zugänglicher. Trotzdem klang ihre Stimme hart: »Wen suchen Sie?«

Er verbeugte sich wieder. »Ich bin Mr. Schmidt«, stellte er sich vor.

Sie nickte, als hätte sie das längst gewußt, aber sie schwieg vorsichtig.

Er nahm all seinen Mut zusammen: »Ich möchte Irmgard sehen, wenn es möglich ist.«

Sie antwortete nicht, sie schaute ihn nur unfreundlich und — wie ihm schien — besorgt an. Auch er betrachtete sie, die Ähnlichkeit mit Franz war unverkennbar, aber es fehlte ihr der brutale Zug, die Falschheit, und das machte sie ihm sympathisch.

Er lächelte sie ermunternd an. »Glauben Sie mir, bitte, daß ich als Freund komme. Irmgard hat Ihnen sicher von mir erzählt.« Er sprach deutsch, und das schien sie versöhnlicher zu stimmen. »Sie erwartet mich nicht, aber ich habe ihr etwas Wichtiges mitzuteilen. Sonst wäre ich bestimmt nicht eingedrungen.«

Emmi Stössel erschrak. Sie trat einen Schritt näher, sie wollte ihm sichtlich eine Frage stellen, aber sie wagte es nicht, nur ihre Augen flehten.

Nun wurde er waghalsig. »Keine Sorge! Franz geht es gut.«

Er beobachtete sie genau, während er das sagte. Sie atmete erleichtert auf. Aber schon eine Weile später schalt sie: »Irmgard hat mich also belogen? Sie hat Ihnen alles berichtet?«

»Sie hat mir gar nichts berichtet«, antwortete Baldo begütigend. »Heute morgen erst ist mir plötzlich ein Licht aufgegangen. Ich habe ein Porträt Irmgards gemalt, Franz sah es heute zum erstenmal. Da ist mir die Ähnlichkeit zwischen den beiden aufgefallen. Er hat sich übrigens auch durch seine ungeduldigen Fragen verraten.«

Das Gesicht der Frau veränderte sich, sie konnte sich nicht verstellen. Alles war aus ihrem Mienenspiel zu lesen, Zorn, Verachtung, Sehnsucht, Unsicherheit. Aber sie beherrschte sich und sagte nur: »Ich glaube, es ist trotzdem besser, wenn Sie zurückfahren, Mr. Schmidt. Da Irmgard Sie nicht gerufen hat, wünscht sie Ihren Besuch jetzt nicht. Er würde sie nur aufregen.«

»Trotzdem will ich sie sehen«, entgegnete er ruhig. Jetzt erst fiel Emmi auf, daß seine Augen, deren melancholischer Blick ihr so unmännlich vorgekommen war, auch kalt und glatt wie Stahl blinken konnten. Das beschämte und ärgerte sie zugleich, aber sie versuchte es noch einmal, ihn abzuhalten. Sie schien einen ganz bestimmten, geheimen Grund zu haben, warum sie dieses Wiedersehen verhindern wollte.

»Lassen Sie sich raten, bitte. Es wird Irmgard peinlich sein, glauben Sie mir, und es wird sie kränken. Wenn Sie wirklich ihr Freund sind — und davon bin ich überzeugt —, dann verzichten Sie auf diesen Besuch!«

Es steckte unverkennbar echte Angst in diesen Worten. Einen Augenblick zögerte er. Dann aber schüttelte er den Kopf. »Ich werde Irmgard nicht belästigen, und sie wird sich nicht kränken. Ich muß unbedingt mit ihr sprechen.«

Emmi schaute ihn aufmerksam an und stellte in ihrem Innern fest, daß Irmgard ihr diesen seltsamen Menschen richtig geschildert hatte. Es war kein Falsch an ihm, er war aufrichtig und gütig, aber zähe und — wenn nötig — von einer unbeugsamen Härte. Dieser bresthafte Mann konnte seinen Feinden gefährlich werden.

Emmi gab nach. »Gut«, sagte sie seufzend, »ich werde sie aus dem Garten holen.«

Er lächelte. »Danke! Holen Sie Irmgard nicht, ich suche sie selbst.«

Wieder verbeugte er sich höflich und hinkte zur Hinterfront des Hauses. Sie folgte ihm zögernd ein paar Schritte, und plötzlich griff sie nach seinem Arm. »Bitte ...«

Er drehte sich um und sah sie fragend an. Sie war sehr verlegen. »Verzeihen Sie«, murmelte sie, und die Erregung verschlug ihr fast die Stimme, »aber ich muß Sie fragen, wie es Franz geht.«

Er blickte sie teilnehmend an und sagte freundlich: »Franz bekommt immer, was er sich wünscht. Das ist ihm die Hauptsache.«

Diese Antwort konnte ihr nicht genügen, sie drängte weiter: »Ich möchte so gerne Genaueres wissen. Mr. Schmidt ... ist er glücklich? Liebt er seine Frau? Seine Kinder? Es sind meine Enkel ...«

Baldo war tief gerührt über den Gefühlsausbruch dieser abweisenden, herben Frau, und zugleich ärgerte er sich über seinen Schwager. Auch an seiner Mutter hatte Franz gesündigt. Was war er doch für ein verdammter Egoist!

»Meine Schwester liebt ihn sehr, Frau Stössel. Sie lebt nur für ihn. Franz ist sehr ... nett zu ihr. Die Zwillinge sind gesund und aufgeweckt; Peter ist mein Liebling. Ein sehr sympathisches Kind. Wenn es Ihnen recht ist, bringe ich ihn einmal heraus, damit Sie ihn sehen können.« Und nach einer Pause: »Ich glaube, Peter ist genau der Enkel, wie Sie sich ihn gewünscht hätten.«

Sie lächelte, und dieses Lächeln verletzte ihn. Ihre Hand spielte mit der Schürze. »Peter ... er ist ein gutes Kind? Man muß ihn lieb haben?«

»Ja, ja«, nickte er beruhigend. »Aber auch Paul ist gut geraten, nur ein bißchen anders, sehr lebhaft und überaus intelligent. Sie werden beide Kinder in Ihr Herz schließen.« Er lächelte.

Emmi strahlte über das ganze Gesicht. Baldos Zorn gegen Franz wuchs, während er weiterging. Dieser Lump! dachte er. Dieser »schöne Mann« mit seinem ewigen, falschen Lächeln! Wirklich, es waren weder Charakter noch edle Tugenden nötig, um die Sympathien der Mitmenschen zu erringen. Man brauchte nur zu lächeln und zu lächeln. Die Verbrecher, die grausamen und brutalen Egoisten, strahlten eine magische Gewalt aus, sie betörten die Umwelt, während die Wertvollen, Anständigen nur Mißtrauen und Feindschaft fanden. Irgend etwas stimmt nicht in der menschlichen Natur, räsonierte Baldo voll Bitterkeit.

Er kam zur Rückseite des Hauses und schaute sich um. Eine breite Talsenke tat sich vor ihm auf, in der Ferne von sonnenbeschienenen Hügeln begrenzt. Die Bäume schimmerten in allen Schattierungen von frischem Grün, die Wipfel waren von lichtem Dunst gekrönt. Er sah die Felder und den Quecksilberglanz eines Baches, der sich durch die Wiesen schlängelte. Vom Hühnerhof kamen verschlafene Geräusche, das leise Gackern des Federviehs. Die Sonne funkelte wie ein Katarakt aus Licht, und auch hier kletterten die Rosenranken über weiße Gartenzäune. Alles grünte und blühte.

Und dann sah er sie. Sie kniete am Ende des Gartens, neben ihr kauerte ein Kind, das sich ernsthaft mit Schaufel, Harke und grünen Pflanzen betätigte. Die beiden arbeiteten in schönster Eintracht und plauderten miteinander. Die Sonne fiel auf das blonde Haar der jungen Frau und auf ihre breiten Schultern. Das Haar des Kindes leuchtete gelb wie Weizen.

Der kleine Junge bemerkte den fremden Mann zuerst, hob den Kopf und schaute Baldo an. Baldo verschlug es den Atem, und er preßte die Lippen zusammen. So, dachte er, das ist es also. Jetzt verstehe ich.

Das Kind tippte auf den Arm der Mutter. Irmgard blickte auf, die beiden sahen einander lange und stumm an. Ihr Gesicht war älter geworden und weicher, vielleicht ein wenig abgespannt. Die klaren grünen Augen hatten einen warmen Schein, sie schimmerten fast zärtlich, und doch lag ein Schatten von Trauer in dem Blick wie verhaltene Tränen. Sie stand langsam auf, sie war noch schlanker geworden, aber fraulicher. Wie sie mit dem Korb zu ihren Füßen mitten im Grünen stand, hätte sie die klassische Statue der römischen Göttin Ceres sein können. Das helle Gesicht verdunkelte sich, als wäre eine Wolke darübergezogen.

»Irmgard«, sagte Baldo bittend.

Sie trat auf ihn zu in ihrem verwaschenen blauen Leinenkleid, den Korb fest an die Brust gepreßt. Sie trug das Haupt hoch und näherte sich ihm langsam und ruhig. Dann beugte sie sich zu ihm nieder und reichte ihm lächelnd die Hand.

»Baldo«, sagte sie einfach.

Er fühlte die warme, feste, schwielige Hand in der seinen, ihre körperliche Nähe überwältigte ihn, ihn schwindelte. Sie roch nach Erde, Sonne, jungem Grün, blühenden Bäumen und frischem Wind. Er preßte ihre Hand.

»Sie müssen mir verzeihen, daß ich ohne Erlaubnis gekommen bin«, sagte er undeutlich. »Aber ich fühlte, daß ich kommen müßte.«

»Ich bin froh, daß Sie hier sind«, antwortete sie herzlich. Er hielt noch immer ihre Hand fest, und ihre Augen ruhten in offener Zuneigung, unbefangen auf ihm. Ihr Gesicht entspannte sich, und sie lächelte wieder.

»Ich hätte Sie längst bitten sollen, zu kommen. Sie sind ein guter, treuer Freund.«

Er antwortete nicht. Sein Herz klopfte wild, aus Schmerz und aus Freude. Seine Augen hingen an ihr, und mit einemmal hatte er wieder das quälende Gefühl eines unersetzlichen Verlustes. Die alte Wunde sprang auf. Jetzt erst erkannte er, wie sehr er sie vermißt hatte, und wie trüb und trostlos das Leben ohne sie war.

»Setzen wir uns in den Schatten«, schlug sie vor und erlaubte ihm, sie weiter an der Hand zu halten. Sie führte ihn zu der hohen Ulme am Ende des Gartens, um deren dicken Stamm eine Bank lief. Sie ließen sich auf ihr nieder, Hand in Hand, und lächelten einander an. Der Knabe folgte ihnen zögernd und stellte sich vor seine Mutter und den sonderbaren Fremden. Baldo schaute ihn forschend an. Ein so kleines, rundes Gesicht, rosig, ernst und still, so klare blaue Augen, die ihn offen und arglos betrachteten. Es war Franz' Gesicht, verfeinert, gleichsam gereinigt und unschuldig. Auf dem dichten, lockigen Haar lag ein heller Schimmer. Der Junge war kräftig und groß, gut gewachsen, seine nackten Arme und Beine waren braun wie Herbstäpfel.

Die beiden, der Mann und das Kind, schauten einander lange ernst und prüfend an. Dann begannen sie beide gleichzeitig zu lächeln. Baldo streckte dem Jungen seine freie Hand entgegen, und der Kleine nahm sie unbefangen. In seinen Augen funkelte ein Sonnenstrahl. Baldo warf Irmgard einen fragenden Blick zu, und sie nickte stumm.

Dann fragte sie leise: »Seit wann wußten Sie es?«

»Erst seit heute morgen«, antwortete er. »Franz kam in mein Atelier, er sah Ihr Bild. Da fiel mir die Ähnlichkeit zwischen Ihnen und ihm auf. Vier lange Jahre hatte ich mir den Kopf zerbrochen, an wen er mich erinnerte, ich kam nicht darauf. Jetzt, mit einem Schlag, war alles klar. Ich versuchte mir einzureden, daß er Sie niemals gesehen, niemals gekannt hätte. Aber aus seinen Fragen, seiner Aufregung erriet ich die Wahrheit. Ich war ganz verstört, ich konnte es nicht fassen.«

Sie war blaß geworden, ihr Lächeln war geschwunden. Sie schaute ihr Kind mit eigentümlicher Strenge an. Baldo zog es an sich, umarmte es. Nun war er es, dessen Gesicht blaß und ernst geworden war.

»Warum haben Sie mir nicht vertraut, Irmgard?« fragte er fast unhörbar.

»Ich wollte Sie nicht kränken, Baldo«, murmelte sie, ohne ihn anzusehen. »Sie . . . Sie ist Ihre Schwester. Hätte Sie das glücklicher gemacht?«

Er schwieg. Nun war alle Farbe aus seinem Gesicht gewichen, und eine steile Falte erschien zwischen seinen Augen. Er wußte, daß sie darauf wartete, etwas von Franz zu hören, aber er schwieg halsstarrig. Er war verstimmt, die alte Eifersucht meldete sich wieder.

Endlich ließ er das Kind los und sagte: »Ich war wieder einmal blind und blöde. Ich glaubte, Sie schrieben mir aus Freundschaft, aus Sympathie, und hatte vergessen, daß jeder nur an sich selbst denkt, daß ihm alle anderen herzlich gleichgültig sind. Auch Sie haben mir nur aus eigensüchtigen Motiven geschrieben, und das sogar regelmäßig. Sie haben mich ausgelacht, wenn ich von mir selbst erzählte — was konnten Ihnen meine Sorgen schon bedeuten!«

Ihre Lippen zuckten, sie ließ den Kopf sinken. »Verzeihen Sie mir«, flüsterte sie. Dann schaute sie ihn beschwörend an und setzte schnell hinzu: »Aber glauben Sie mir, bitte, auch wenn es nicht um ... ihn gegangen wäre, ich hätte Ihnen geschrieben, Baldo. Gewiß, ich war ein maßloser Egoist, ich habe immer von ihm erfahren wollen ... Aber niemals hätte ich die Verbindung mit Ihnen abgebrochen, immer habe ich mich darauf gefreut, daß wir uns eines Tages wiedersehen werden.«

Ihre Augen waren naß. Er wollte sich einreden: Sie lügt mich an. Sie will es sich nicht mit mir verscherzen, um die Verbindung zu Franz nicht zu verlieren. Ich bin ihr völlig gleichgültig, nur Mittel zum Zweck. Aber alles in ihm wehrte sich, das zu glauben. Trotzdem wollte er nicht sofort einlenken. Sie hatte ihn zu tief gekränkt, seine Eifersucht, sein Herzweh, sein Schmerz suchten Linderung, indem er sie quälte.

»Warum haben Sie mich nicht offen nach ihm gefragt? Warum mißtrauen Sie mir? Warum sind Sie unaufrichtig? Sie hätten mir schreiben können: Franz Stössel ist mein Vetter, mein Geliebter, der Vater meines Kindes. Ich will etwas von ihm wissen. Ich muß von ihm wissen.«

Sie wurde tiefrot. »Aber ... Ihre Schwester ... Sie ist seine Gattin. Sie haben Sorgen genug. Wie konnte ich wissen, ob Sie nicht zu ihr gingen und ihr alles erzählten?«

»So wenig vertrauen Sie mir?« fragte er traurig.

Sie seufzte: »Vielleicht schämte ich mich auch ...«

Er aber schüttelte den Kopf und sagte kühl: »Nein, Sie schämten sich nicht.«

»So verstehen Sie mich doch!« rief sie flehend. »Ich schämte mich, weil ich einen solchen Mann geliebt hatte! Ich fühlte mich beschmutzt, entehrt, verdorben durch den Umgang mit ihm. Glauben Sie mir!«

Er wollte es gerne glauben, und sein Gemüt besänftigte sich, seine Eifersucht ließ nach, und er lächelte wieder, wenn auch ungläubig.

»Dann bedeutet er Ihnen also nichts mehr?« fragte er und sah sie scharf an.

Sie wollte antworten, aber sie schwieg. Ihr Profil hob sich gegen den lichten Himmel ab, es war streng, doch voll unterdrückter Erregung. Sein Zorn regte sich wieder und auch seine Furcht. Unbeherrscht rief er: »Wie können Sie noch an ihn denken! Er ist ein niedriger, verachtenswerter Charakter. Haben Sie keinen Stolz, Irmgard?«

Sie verkrampfte ihre Hände, aber sie schaute ihn nicht an. »Das habe ich mir tausendmal vorgesagt! Aber es hat nichts geholfen. Gar nichts. Ich erinnere mich nur, daß er mir gesagt hat, er liebe mich. Er wolle mich heiraten — so mußte ich es verstehen. Und ich erinnere mich, daß er mich verließ und mir kühl erklärte, daß er Geld brauche, nichts als Geld, und daß er Ihre Schwester heiraten werde, wenn es ihm gelänge. Ich erinnere mich ...«

»Das wußten Sie alles und hatten nicht den Anstand, es uns zu sagen?« fiel er ihr empört ins Wort. »Uns, Tina, mir, die Sie liebten. Sie brachten nicht den Mut und nicht das Herz auf, uns die Wahrheit zu verraten. Sie ließen es zu, daß Ihr Vetter meine Schwester heiratete, obwohl Sie seinen elenden Charakter kannten und wußten, daß er sie nur des Geldes wegen nahm? Daß ihm ihre Gefühle ganz gleichgültig waren? Warum haben Sie uns nicht gewarnt, Irmgard?«

Er war so laut geworden, daß der Knabe scheu zurückwich und hinter seine Mutter schlüpfte. Sie beachtete ihn nicht. Sie blickte den sonderbaren, verwachsenen Fremden so böse an, wie es das Kind noch nie an ihr gesehen hatte.

»Sie haben mich eine Egoistin genannt«, sagte sie hart. »Begreifen Sie nicht, wie egoistisch Sie selbst und Ihre Familie sind? Bei Ihren Vorwürfen denken Sie keinen Augenblick an mich und an das, was ich durchzustehen hatte. Sie denken nur an Ihre vielgeliebte Schwester und an ein eingebildetes Unrecht, das ich ihr angetan haben soll. Stellen Sie sich vor, daß ich demütig auf den Knien zu Ihrer Schwester hätte rutschen und ihr sagen sollen: ›Gnädiges Fräulein, der Mann, den Sie heiraten wollen, ist der Geliebte Ihrer Dienstmagd. Er ist nicht wert, Ihre Hand zu erbitten. Er hat sich degradiert, er ist nicht gut für Sie!‹ Hätte ich das wirklich sagen sollen?«

Sie sprang auf, ihre Augen schossen grüne Blitze. Er aber hielt sie eisern fest. »Keinen einzigen Gedanken haben Sie an mich verschwendet«, zischte sie. »Sie haben nicht begriffen, wie tief gekränkt ich wurde. Ich konnte nur den einen Wunsch haben, davonzulaufen, mich zu verstecken. Aber das begreifen Sie nicht. Sie verlangen von mir Edelmut bis zur Selbstaufgabe. Ich sollte Ihrer Schwester die Augen öffnen, um ihr eine Kränkung zu ersparen. Und wer hat mir über meine Kränkung hinweggeholfen? Sollte ich mich für Ihre Schwester opfern — und dabei ebenso den Mann verlieren, den ich liebte? Sie behaupten, Ihre Schwester hätte mich gern gehabt.« Sie verzog spöttisch das Gesicht. »Ja, sie hatte mich gern, wie eine Dame ihren Hund gern hat, es war eine Liebe, die zu nichts verpflichtet. Ich wollte eben nicht ihr Hündchen sein. Daß ich wie sie ein Mensch mit Gefühlen war, das wäre ihr niemals in den Sinn gekommen.« Sie atmete mühsam und fühlte zugleich, wie unrecht sie Baldo tat. Aber sie war in Fahrt, sie konnte nicht aufhören: »Sie und Ihre Familie sind es, die mich verraten haben. Ich bin sehr enttäuscht. Genaugenommen kennen Sie nur Ihren Familienstolz, und nur Ihre Schwester bedeutet Ihnen etwas. Ich bin ein Nichts.« Ihre Stimme versagte. Sie räusperte sich, um weitersprechen zu können. »Und jetzt bitte ich Sie, mich zu verlassen.«

Er hielt ihre Hand noch immer fest, und ihre Tränen rührten ihn. Sein Zorn war verflogen. Er hob ihre Finger zu seinen Lippen; er fühlte, wie sie zitterte.

»Sie haben recht«, flüsterte er, »ich bin es, der selbstsüchtig und roh war. Jetzt ist es mir klar, und ich verstehe, wie schwer Sie gelitten haben, Liebste.«

Sie aber stieß seine Hand heftig weg. »Nein!« rief sie leidenschaftlich. »Wie könnten Sie mich verstehen? Wenn Sie verstanden hätten, dann wären niemals so böse Worte gefallen! Ich werde immer nur eine Dienerin Ihrer Mutter oder Ihrer Schwester sein, darüber kommen Sie nicht hinweg. Und Sie verargen es mir, daß ich die Heirat meines Geliebten mit Ihrer Schwester nicht verhinderte, weil er ihrer nicht würdig ist!«

»Für so niedrig halten Sie mich?« rief er erbost. »Habe ich Sie nicht gebeten, mich zu heiraten?« Aber heimlich schämte er sich, denn er wußte, daß ein Körnchen Wahrheit in ihren Vorwürfen lag. »Das Üble, das er Tina angetan hat, lag woanders: daß er sie nicht um ihrer selbst willen heiratete, sondern weil sie eine gute Partie war, ihm für seine ehrgeizigen Pläne nützlich.«

Der Junge, der seine Mutter ängstlich beobachtete, hob die kleine Hand, zeigte auf Baldo und sagte ernsthaft: »Geh weg! Du bist böse! Mama weint!«

Baldo wollte ungeduldig darüber hinweggehen, dann aber lächelte er unwillkürlich und zog den Knaben an sich. »Ja, ich bin böse, du hast recht. Aber schick mich nicht fort.« Jetzt redete er englisch. »Laß mich bei dir und deiner Mama bleiben, ja?«

Das Kind zögerte mit der Antwort und schaute ihn mißbilligend an. »Aber Mama hat geweint . . .«

Irmgard nahm den Jungen bei der Hand und schob ihn weg. »Schon gut, mein Kind. Geh jetzt, du hast doch noch im Garten zu tun? Sei brav, Siegfried.«

Der Knabe gehorchte sofort, ohne Widerrede, und entfernte sich mit Würde. Baldo blickte ihm lächelnd nach. Irmgard aber hatte sich noch immer nicht beruhigt. »Ich sehe unsere Unterhaltung für beendet an, Mr. Baldo«, erklärte sie schroff, »ich habe noch viel

Arbeit im Garten. Wenn Sie mir einen Gefallen erweisen wollen, dann fahren Sie jetzt heim.«

Baldo antwortete nicht. Er schaute gedankenverloren in den durchsonnten Garten und zu den Rosen am Zaun und blickte hinüber in das verträumte Tal, das im lichten Dunst lag. Er blickte zu den Baumgruppen, die wie verstreute Inseln aus den Wiesen ragten, und zu den Hügeln unter den durchscheinenden Wolken, die sich vom strahlenden Himmel abhoben. Ein warmer Geruch stieg von der Erde auf, und ein unendlicher Friede lag über dem stillen Land. Baldos Hände ruhten offen auf der Bank, und sein Gesicht zwischen den schiefen Schultern war abwesend wie in stummer Meditation. Trotz ihrer Erregung war Irmgard gerührt über seine Versunkenheit, und als sie ihm in die Augen schaute, wurde sie plötzlich traurig.

»Wir zanken uns, weil wir uns nicht verstehen«, sagte sie sehr leise.

»Ja«, antwortete er, ohne sie anzusehen, »das ist wahr.« Er seufzte. »Ich vergaß, daß auch Sie ein Mensch sind«, sagte er schließlich und versuchte zu lächeln. »Für mich waren Sie immer ein Traum. Ich dachte, Sie wären mehr als nur eine Frau. Niemals im Leben habe ich Nuancen unterscheiden können. Für mich waren die Menschen entweder sehr gut oder völlig verdorben. Ich dachte ...« Er verstummte.

Sie lächelte trübe. »Daß an mir nichts Verdorbenes sei? Aber da irren Sie sich. Was aber Sie betrifft, Baldo«, und nun wurde sie ernst, »da bin ich überzeugt, daß kein Hauch von Verdorbenheit in Ihnen steckt.«

Der Schein eines Lächelns erhellte sein gespanntes Gesicht. »Wir sind beide sehr ahnungslos, Irmgard«, sagte er zweideutig.

Da saß sie neben ihm, schön und schlank, und die Wehmut, die in ihren Zügen lag, machte sie noch begehrenswerter. Sein Gefühl übermannte ihn.

»Ich habe Sie immer geliebt, Irmgard. Ich war immer Ihr Freund. Und immer wollte ich Sie haben. Es gibt nichts in der Welt, das ich nicht für Sie täte.«

»Ja, das weiß ich«, sagte sie tonlos.

Er seufzte, sein Geständnis hatte längst vergessene Wünsche und Schmerzen wiedererweckt. Er rückte von ihr ab und wappnete sich mit Härte.

»Aber Sie wollen mir doch sicher Fragen stellen, ehe ich gehe. Sie möchten wissen, ob Franz glücklich ist.«

Sie schwieg.

Er lachte kurz auf. »Meine Antwort: Franz haßt meine Schwester. Das freut Sie, nicht wahr?«

»Nein!« rief sie. »Das freut mich nicht, verstehen Sie doch! Wer könnte Miß Tina hassen?«

»Er kann es«, antwortete Baldo trocken und ließ sie nicht aus den Augen. »Er hat sie immer gehaßt. Wenn nicht mein Vater und ich da wären und sie beschützten, dann hätte sie viel unter ihm zu leiden. Eines Tages wird auch sie erkennen, daß er sie haßt. Selbst ein so weltfremdes, verblendetes Geschöpf wie Tina muß es einmal begreifen.«

Es sah so aus, als wollte sie in Tränen ausbrechen.

»Er haßt alles und jeden«, fuhr Baldo fort und beobachtete Irmgard scharf. »Er ist als Hasser geboren. Aber er haßt lächelnd, eiskalt, ohne Zorn, er amüsiert sich selbst über seinen Haß. Es ist nicht der Haß, den der Verwundete, Gequälte, Unterdrückte empfindet. Niemand hat Franz verwundet, gequält oder unterdrückt. Bei ihm ist es ein angeborener, natürlicher, ich möchte fast sagen, gesunder Haß, ein Wesenszug seines Charakters. Es ist ein Haß, der allmählich den Hasser selbst vergiftet. Aber noch ist er nicht vergiftet, er freut sich seines Lebens — er ist der geborene Intrigant. Was wirklich in ihm steckt, das wird die Zukunft zeigen. Ich habe ihn durchschaut, er besitzt keine echte Größe. Aber die andern halten ihn für groß, mein Vater zum Beispiel glaubt es, und mein Vater ist sonst nicht blind.«

Er verstummte. Irmgard sprach noch immer nicht. So fuhr er seufzend fort: »Man muß nicht unbedingt Größe besitzen, um erfolgreich zu sein. Man muß nur die Menschen täuschen können, und er ist in dieser Beziehung ein Genie. Das weiß er sehr gut. Nur mich konnte er nicht betrügen, ich weiß, daß er ein Lügner und ein Verräter ist, ruchlos wie der Tod. Ich weiß, daß er meine Schwester betrügt und daß er sie haßt. Ich glaubte, daß er keinen Menschen lieben kann, jetzt erst begreife ich, daß er Sie liebt. Aber selbst in diese Liebe ist Haß gemischt, er kann einfach nicht anders. Hassen ist eben seine Natur.«

Irmgard sah kurz auf. Er konnte ihren Blick nicht enträtseln, er sprach weiter.

»Er haßt auch seinen kleinen Sohn Peter, den ich so gern habe. Dem andern, Paul, sieht er alles nach, er kann ihn gut leiden, weil ihm sein Wesen entspricht. Manchmal denke ich: Was hat er in seiner Kindheit erlebt? Wie waren seine Eltern? Aber ich weiß genau, daß weder seine Kindheit noch seine Eltern schuld an seinem Wesen sind. Er ist eben so geboren. Viele Menschen sind so geboren, zum Unheil für die Mitwelt. Er steht außerhalb von Gut und Böse, er lebt und handelt in einer vertrackten und gewalttätigen Weise ganz allein für sich. Entweder wird er elend zugrunde gehen oder zur höchsten Macht gelangen, je nachdem, wie weit und wie lange er seine Umwelt zu täuschen vermag.« Nach einer Weile fügte er langsam hinzu: »Er wartet auf den Tod meines Vaters. Mein Vater traut ihm nicht mehr, aber er läßt sich von ihm blenden, er sieht, wie erfolgreich er ist. Mein Vater ist in letzter Zeit sehr niedergeschlagen, ich weiß nicht, warum; er klammert sich an seinen Schwiegersohn und sucht bei ihm Halt. Er ist jetzt nicht mehr der alte Polterer, und er begreift nicht, daß es seinen Untergang bedeutet, wenn er sich auf Franz verläßt.«

»Warum erzählen Sie mir das alles?« rief Irmgard.

»Sie wollten es doch hören, nicht wahr?« fragte Baldo kühl. Und da sie nichts erwiderte, fragte er leise: »Weiß er von diesem Kind?«

»Nein!« rief sie tödlich erschrocken. »Und er weiß auch nicht, wo ich bin. Er darf es niemals erfahren, niemals!«

»Warum?«

Sie stöhnte. »Verstehen Sie das denn nicht? Ich will ihn nie mehr wiedersehen!«

»Obwohl Sie ihn immer noch lieben?«

»Deshalb eben«, flüsterte sie.

Er seufzte tief und erhob sich. »Ich gehe jetzt.« Er reichte ihr die Hand zum Abschied, und sie drückte sie fest.

»Darf ich wiederkommen?« Und undeutlich fügte er hinzu: »Ich könnte Ihnen Nachrichten von ihm bringen.«

»Kommen Sie wieder!« rief sie unter Tränen. »Sie brauchen seinen Namen niemals zu erwähnen, wenn Sie nur kommen!«

Er schaute sie lange an, und seine Augen ließen sie nicht los. »Ich glaube Ihnen«, sagte er endlich sehr herzlich.

Dann verließ er sie. Sie sah ihm nach, wie er zum Wagen hinkte. Sie hatte das Gefühl, als blicke sie dem einzigen Freund nach, den sie auf dieser Welt besaß.

VII

In der Nacht, da Mrs. Schmidt starb, waren nur Hans und Baldo bei ihr. Nicht einmal Mathilda, die sie gepflegt hatte, befand sich im Zimmer. Und was Tina betraf, so hatte man ihr selbstverständlich verheimlicht, daß ihre Mutter im Sterben lag, und sie schlief friedlich an der Seite ihres Gatten. Der Arzt war am Abend dagewesen und hatte gesagt, daß die arme Kranke vielleicht noch ein oder zwei Tage durchhalten konnte, und daß er am nächsten Morgen wieder vorbeischauen werde. Es bestehe keine unmittelbare Todesgefahr, so meinte er.

Mathilda hatte in diesen Tagen ihr Mitleid mit der unglücklichen Lady theatralisch und lautstark zur Schau getragen. Sie war »aufopfernd« gewesen, sie seufzte laut und hörbar, sobald jemand in ihre Nähe kam, und klagte, wie traurig es wäre, und wie verzagt und bekümmert sie sei. Sie trampelte durch die Gänge, sobald sich aber jemand näherte, wurde ihr Schritt stockend und feierlich, wie zum Klang eines Trauermarsches. Hans wollte, daß sie sich etwas Ruhe gönne, aber sie sah ihn nur vorwurfsvoll und gebrochen an. »Wie könnte ich schlafen! Das wäre unnatürlich!« So heldenhaft, mit geneigtem Haupt, wandelte sie in das Schlafzimmer von Mrs. Schmidt zurück. Niemand ließ sich von ihr täuschen, außer Hans und Tina. Mrs. Flaherty, die Köchin, machte kein Hehl daraus, was sie von dieser Fürsorge hielt, und die Küchenmädchen kicherten hinter Mathilde her. Tina freilich war zu Tränen gerührt über diese Treuebeweise; sie vergab Mathilda die Herrschsucht und Überheblichkeit im Haushalt, und hatte ein schlechtes Gewissen. Sie hatte ihr seinerzeit bestimmt unrecht getan! Sicher war ihr schrecklicher Verdacht unbegründet gewesen! Flehend schaute sie Franz an, und er klopfte ihr auf die Schultern, küßte sie auf die Wange und gab zu, daß sie sehr kurzsichtig und ungerecht gewesen sei, aber über ihren dunklen Kopf hinweg traf sich sein Blick mit den Augen Mathildas, in denen es aufblitzte. Die beiden konnten einander nichts vormachen.

Da Mrs. Schmidt scheinbar friedlich schlummerte, gab Mathilda dem Drängen des Hausherrn nach und ging zu Bett. Sie fiel sofort in tiefen Schlaf und schnarchte laut. Es war der Schlaf eines zufriedenen Menschen. Wenn die »alte Hexe« endlich sicher im Grab lag, dann wollte sie den Platz im Hause einnehmen, der ihr zustand. Und im Traum hörte sie sich bereits »Mrs. Schmidt« nennen.

Es war drei Tage vor Weihnachten, es stürmte und schneite. Der Blizzard fegte den Schnee zu großen Haufen wie Dünen; die Straßen waren menschenleer. Das große Haus der Schmidts trotzte zwar dem Unwetter, doch die Fenster und Türen knarrten und krachten, und die Öfen rauchten.

Eine Zeitlang befand sich Baldo allein im Zimmer; sein Stuhl stand am Fußende des Bettes. Eine einzige lange weiße Kerze brannte, und sie genügte, um die Finsternis mit schwachen, zitternden Schatten zu beleben. Die Wände lagen im Dunkel, und auf dem

Stuckplafond zuckte ein kleiner runder Lichtkreis wie ein winziger Mond. Nichts hörte Baldo als die heftigen Windstöße, und nichts sah er als das Bett seiner todkranken Mutter mit den hochgetürmten Kissen. Ihr magerer Körper hob sich kaum ab, ihr kleines Gesicht bildete einen dunklen Fleck auf dem weißen Damast. Lange schaute er sie an, ihre tief eingefallenen Augen, den mageren Hals und die Brust, die sich röchelnd hob und senkte. Er stand auf und trat neben sie.

In ihrer Todesnacht erreichte dieses gedrückte, geschlagene Geschöpf zum erstenmal so etwas wie Würde und Größe. Nur im Unglück nähern sich die Menschen den Göttern, dachte Baldo. Nun, da seine Mutter vor dem dunklen Tor stand, das zum Tod führte, gewann sie einen Stolz, eine Erhabenheit, wie sie sie niemals im Leben besessen hatte. Ihr armseliges, sinn- und nutzloses Dasein erhielt mit einemmal tiefe Bedeutung, war wie das Glied einer langen Kette, deren Anfang und Ende im Dämmern verschwammen. Die Angst und die Scheu, von denen sie stets verfolgt worden war, waren aus ihrem Antlitz verschwunden, sie sah streng und ernst aus. Er konnte nicht um sie trauern, als er sie so liegen sah in ihrer fremden Würde und Majestät, und er hoffte, daß sie so sterben möge, ohne in den Alltag zurückzukehren, in seine Schmach, in seine Niedrigkeit.

Denn heute nacht mußte sie sterben, das war ihm klar. Langsam ging er zu seinem Stuhl zurück, setzte sich nieder und wachte, den Blick auf sie gerichtet. Er fühlte keinen Schmerz, es schien ihm, als stände er auf einer weiten Ebene unter einem Nachthimmel ohne Ende, wo es keinen Laut, kein Leben, keinen Horizont gab, nur kalte, endlose Ewigkeit. Er wußte nicht, daß er eingeschlafen war, und zuckte jäh auf, als er ein Rascheln und ein Wispern hörte.

Hastig stand er auf und beugte sich über seine Mutter. Ihre Augen, grundlose schwarze Löcher, schauten ihn an.

»Hans?« murmelte sie.

Er berührte ihre Stirn mit seinen Lippen. »Ich bin's, Mutter, Baldo.«

Nun erkannte sie ihn, und der Schein eines Lächelns flog über ihr blasses Gesicht. Ihre Hand zitterte, und er ergriff sie. Sie war kalt, und er seufzte tief. Ihr Antlitz veränderte sich, als hätte sie sein Seufzen zu einem schmerzenden Leben erweckt, und ihre Hand zitterte stärker.

»Baldo«, flüsterte sie. Tränen erschienen in den schwarzen Löchern, die ihre Augen waren, und es zerriß ihm das Herz. Aber sie sagte kein Wort mehr.

Er lief hinaus, um seinen Vater zu holen. Hans öffnete auf sein Klopfen, er war im Nachthemd, das ihm bis zu den Knöcheln reichte, eine Nachtmütze mit Quaste saß auf dem runden Kopf. Er blinzelte ungehalten, denn er hatte fest geschlafen. In seinem Zimmer war es bitter kalt. »Die Mutter stirbt«, sagte Baldo leise.

Hans begriff noch immer nicht und knurrte etwas Unverständliches.

»Sie verlangt nach dir. Bitte, komm sofort«, bat Baldo. Und noch leiser: »Ich glaube, es wäre unklug, Tina zu wecken.«

Hans antwortete nicht. In den letzten Jahren war er wesentlich gealtert. Seine Vitalität hatte nachgelassen, er wirkte schlaff und mutlos, als läge grauer Staub auf ihm. Er schimpfte und schrie nicht mehr, und sein Kampfgeist war einer mürrischen Lethargie gewichen, ein sehr alter Mann, der sich in einer Welt nicht mehr zurechtfand, die zu anspruchsvoll, zu laut, zu groß für ihn geworden war. Da er niemals liebenswürdig und gefällig gewesen war, wurde er jetzt kleinlich und zänkisch; er erinnerte an einen alten, verwundeten Bären, der sich ins Dickicht zurückzieht, um dort zu sterben. Manchmal flammte seine Heftigkeit noch auf, aber es war nur ein Strohfeuer, das schnell erlosch und von dem nichts übrig blieb als Asche und Rauch. Manchmal verzog sich sein Gesicht zu einer weinerlichen Grimasse, dann wieder versank er in ein langes, dumpfes Brüten, aus dem er sich nur mühsam aufraffte.

Baldo, der alles begriff, fand ihn nicht mehr böse und hassenswert, er sah eine tragische Figur in ihm. Und noch tragischer schien er ihm, als er jetzt blinzelnd, ratlos unter der Tür stand. Er half dem Vater in den schwarzseidenen Schlafrock; Hans ließ es apathisch geschehen, dann ging er mit seinem Sohn auf Zehenspitzen hinüber in das Schlafzimmer seiner Frau. Mit leichtem Widerstreben trat er an ihr Bett. Frances war eingeschlummert; Baldo zog ihm einen Sessel hin. »Wir müssen warten«, flüsterte er. »Sie wird bald wieder wach sein.«

Hans setzte sich nieder, sein kurzer, dicker Körper plumpste in den Stuhl. Baldo ahnte, was in ihm vorging, während er, die Hände über den Bauch gefaltet, sinnierte. In seinem Gesicht arbeitete es, aber er dachte nicht an seine Frau, es waren andere Bilder und Vorstellungen, die ihm durch den Kopf gingen und ihn erschreckten. Baldo war betroffen von dem leeren Blick, mit dem der Vater ihm folgte, als er im Ofen nachlegte; Hans war wie ein kleines Kind, das verständnislos die Tätigkeit eines Erwachsenen betrachtete. Wie sollte Baldo ihm helfen? Es gab keine Hilfe, das Mitleid des Sohnes wuchs, er wollte trösten, ablenken, aber der alte Mann saß so geistesabwesend, mit gesenktem Kopf da, daß er ihn nicht anzusprechen wagte. Und dann bemerkte er, daß Hans eingeschlafen war.

Der Sturm tobte um das Haus, die Vorhänge bewegten sich leise, das Feuer flammte stärker auf. Und plötzlich begann Hans im Schlaf zu sprechen, so deutlich, daß Baldo ihn verstand.

»Gleichschaltung«, murmelte er, und wiederholte das Wort wie eine verzweifelte Klage, wehrlos, unglücklich. »Nein, nein, das ist Wahnsinn! Ich tue nicht mit. Du richtest mich zugrunde!«

Baldo berührte ihn am Arm, er fürchtete, die Mutter könnte aufwachen. Hans riß die Augen auf, aber er sah nichts, blanke Angst war aus dem Blick zu lesen. »Nein«, sagte er ganz laut, »alles ist verloren. Du nimmst mir mein Leben. So geht es nicht weiter! Heute noch muß Schluß gemacht werden!« Schweißtropfen standen auf der geisterhaft bleichen Stirn, er machte eine Bewegung, als wollte er aufspringen, und seine Hände klammerten sich an der Stuhllehne fest. »Es ist falsch! Zu lange hab' ich mir's gefallen lassen. Schluß damit!«

»Vater«, flehte Baldo mit einem ängstlichen Blick auf das Bett.

Aber Hans kam von seiner Zwangsvorstellung nicht los. Seine Augen traten aus den Höhlen, seine Lippen zitterten.

»Wir verdienen viel Geld damit, sagst du. Aber was ist Geld? Früher hab' ich es auch für wichtig gehalten, jetzt weiß ich, daß es nichts ist. Du schmeißt mich hinaus, du lachst über mich! Ich bin ein alter Mann mit veralteten Ideen, ich bin erledigt. Du wirst uns alle sehr reich machen — vielleicht. Aber das genügt nicht. Du tötest mich, du raubst mir mein Leben ...«

Baldo schüttelte ihn wieder, und jetzt kehrte er in die Wirklichkeit zurück. Seine blutunterlaufenen kleinen Augen irrten umher, und Baldo fühlte, wie sich die Muskeln des Arms, den er festhielt, versteiften. Dann lockerten sie sich, und Hans verfiel in sein gewohntes mürrisches Schelten.

»Warum weckst du mich«, brummte er. »Braucht sie mich?«

»Nein, noch nicht. Aber du hast im Schlaf so laut geredet.«

»Ach«, sagte Hans und fiel in den Stuhl zurück. Er zupfte an seinem Schlafrock, und sein Blick war finster. »Gleichschaltung«, murrte er wieder zu sich selbst.

Der Sturm rüttelte an den Fenstern, und Hans versank in dumpfes Brüten. Er schien angestrengt nachzudenken. Plötzlich hob er den Kopf und sah Baldo an. Und da, zu Baldos Verblüffung, begann er zu lächeln. Es war ein schlaues, listiges Lächeln, das sich vertiefte, zur Grimasse wurde, die auf dem Gesicht gefror. Baldo wurde noch unbehaglicher zumute, als Hans stockend zu sprechen begann.

»Du magst Franz nicht, stimmt's?« fragte er.

Baldo seufzte: »Jetzt kann ich wirklich nicht an Franz denken. Meine Mutter liegt im Sterben.«

Aber Hans war plötzlich wie ausgewechselt, aufgeregt und lebendig. Und er schien es sehr eilig zu haben. Er griff nach Baldos Handgelenk.

»Du bist mein Sohn. Jetzt sehe ich einen Weg!« Er ließ die Hand fallen, aber er lächelte noch immer, boshaft, als hätte er etwas Schändliches vor.

Baldo begriff ihn nicht, er war über dieses Gespräch am Totenbett entrüstet, wenn er auch merkte, daß Hans an einer quälenden Sorge litt, von der er nicht loskonnte. Jetzt stemmte sich der alte Mann aus dem Stuhl hoch und ging zum Kopfende des Bettes; er hielt sich an einem der Pfosten fest und schaute regungslos auf seine sterbende Frau, die kaum mehr atmete.

Baldo sah in tiefer Erschütterung, wie Tränen über das schlaffe Antlitz liefen. Hans brach zusammen, fiel auf die Knie und legte sein tränennasses Gesicht auf das Kissen neben den Kopf seiner Frau. Er war wie ein verlorenes Kind, das sich an den einzigen Ort flüchtet, wo es Schutz finden kann.

Seine Stimme, seine Nähe riefen Mrs. Schmidt ins Leben zurück. Sie öffnete die Augen und sah ihren Gatten neben sich. Sie lächelte, wie eine Mutter lächelt. Ihre Hand bewegte sich unsicher suchend und legte sich schließlich sanft auf seine Wange. Sie stöhnte leise, lächelte wieder und schloß die Augen. Für immer.

Ein paar Tage nach dem Begräbnis fand die Testamentseröffnung statt. Mrs. Frances Schmidt vermachte ihrer Tochter Tina ihren persönlichen Besitz und ihre Juwelen, die wohlverwahrt in der Bank lagen.

Ihr Gatte erhielt, was er ohnehin schon besaß: die Schmidt-Stahlwerke, die einst ihrem Vater gehört hatten.

Baldo bekam zwei Drittel der Schuldverschreibungen der Fabrik. Nun war er ein reicher Mann, der außerdem in einem Jahr, mit fünfunddreißig, das gewaltige Vermögen seines Großvaters übernehmen sollte, das bis dahin unter Treuhand-Verwaltung stand.

IX

Das Testament bedeutete einen schweren Schock für Franz Stössel. Er hatte gewußt, daß seine Schwiegermutter zwei Drittel der Bonds besaß und fest geglaubt, sie werde sie Tina hinterlassen. Als er draufkam, daß die Verfügung erst zwei Monate vor ihrem Tod getroffen worden war, vermutete er, die geschäftsuntüchtige und unselbständige Erblasserin sei beeinflußt worden. Sollte es Baldo gewesen sein? Das bezweifelte er. Dann erfuhr er, daß ihm Schmidt selbst diesen üblen Streich gespielt hatte.

Er war außer sich vor Zorn. War er voreilig gewesen, hatte er die Dinge überstürzt? Hätte er Hans weniger drängen sollen? Er wußte, daß sein Schwiegervater maßlos stolz auf ihn war und ihn auf seine Weise schätzte und mochte. Er wußte auch, daß er den eigenen Sohn Baldo haßte. Was steckte also dahinter? Wenn er vorsichtig auf das Thema zu sprechen kam, wich Hans ihm aus und war von einer Zurückhaltung, die Franz ihm niemals zugetraut hätte.

Eines Tages jedoch verriet sich Schmidt. »Hast du noch immer nicht genug?« fragte er ihn mit einem listigen Augenzwinkern. »Die Bonds, die möchtest du doch auch haben, he? Warum? Meine Frau dachte, daß du mit Tina ohnehin einmal die Werke bekommen wirst. Das genügt dir anscheinend nicht. Du möchtest noch die Bonds dazu, scheint mir.«

Da fühlte sich Franz grenzenlos erleichtert. Wenn er eines Tages ohnehin die Werke bekam ... Seit kurzem übte er auf Hans wieder stärkeren Druck aus, aber mit mehr Takt und diplomatischem Geschick. Diese Vorsicht, dieses Warten jedoch rieben ihn auf. Er fühlte, wie das Neue auf ihn zukam, gewaltig wie eine Flutwelle. In rasendem Tempo näherte sie sich, und er mußte untätig zusehen, beiseite stehen, während die Wogen höher und höher stiegen. Das war für einen Mann wie ihn unerträglich.

Wenn er zum Warten gezwungen war oder nur ganz langsam voranschreiten konnte, dann wurde die Welt zu einer Attrappe ohne Farbe, ohne Inhalt, ein dürrer, unfruchtbarer Ort der Düsternis und Stille. Andere Charaktere hätten Perioden des Wartens durch Vergnügungen, Studium, Reisen, Lektüre oder Musik ausgefüllt. Vor der Musik schreckte Franz zurück, er verschloß seine Tür oder lief davon, wenn Baldo spielte. Und er konnte nicht lesen, selbst wenn er nach seinen Lieblingsautoren griff, war er gehetzt von Ungeduld. Die Untätigkeit lastete so schwer auf ihm, daß er jedes Buch mit einem Wutschrei in die Ecke warf.

Eines Tages begegnete er Baldo in der Halle.

»Du gehst aus? Jetzt, vor dem Abendessen?« fragte Baldo höflich wie immer.

Franz warf ihm einen wütenden Blick zu, zwang sich aber dann zu seinem gewohnten liebenswürdigen Lächeln: »Ja, ich habe noch zu tun.« Und er empfahl sich mit einer Verbeugung. Baldo sah ihm gedankenvoll nach. Er konnte sich nicht helfen, der Mann tat ihm leid. Von Tag zu Tag begriff er seinen Schwager besser, was allerdings nicht bedeutete, daß er ihn höher schätzte oder liebte. Er gab sich keinen Illusionen über seinen Charakter hin, konnte sich aber zugleich eines wachsenden Mitleids nicht erwehren. Er war milde gestimmt, weil er selbst in diesen Tagen wieder Lebensfreude gewonnen hatte; Irmgard war ihm zurückgegeben, er sah sie regelmäßig, wenn auch in längeren Zeitabständen. Und dann gab es den kleinen Peter. Ja, dachte Baldo zuweilen, das Leben hatte ihm letzten Endes doch einiges zu bieten.

In der Zwischenzeit setzte Franz seinen Weg fort, stetig, bedachtsam und mit viel Akribie. Er hatte damit begonnen, Stahl zu walzen, statt zu gießen. Vor jeder Neuerung, die er einführte, holte er respektvoll die Genehmigung des Schwiegervaters ein, wobei er eifrig bemüht war, jede Neuerung als das Verdienst Schmidts und nicht als sein eigenes hinzustellen. Freilich, sehr häufig wurde Hans etwas vorgeschwindelt. Franz hatte nach und nach begonnen, Eisenbahnschienen nicht mehr im Bessemer-Verfahren herzustellen, bei dem der Phosphorgehalt das Material spröde und brüchig machte; beim Flammofen-Verfahren wurde der Phosphor ausgeschieden. Außerdem warfen sich die Gleise häufig, weil der Wasserstoff nicht schnell genug entweichen konnte. Nach einer Erfindung eines seiner anonymen Männer in der Forschungsabteilung wurden bei dem gewalzten Stahl diese Mängel verhindert.

Ein anderer Ingenieur dieser Abteilung erklärte ihm, daß die vom Vater auf den Sohn überkommene Schweißmethode unrentabel und unwissenschaftlich sei. Er schlug Verbesserungen vor, die Franz durchführte, ohne daß Hans davon erfuhr.

Die Aufträge stiegen enorm. Als Franz Tina geheiratet hatte, war ein Kunde, der zwanzigprozentiges Roheisen bestellt hatte, zufrieden, wenn der Kohlenstoffgehalt nicht mehr als dreißig oder vierzig Prozent betrug. Franz gelang es, den Prozentsatz auf weniger als fünfzehn Prozent herunterzudrücken.

Dann, wieder auf Vorschlag eines seiner Dunkelmänner in der Forschungsabteilung, begann Franz Koks als Heizmaterial zu verwenden, obwohl Hans und Dietrich lebhaft protestierten und baldigen Ruin weissagten. Aber es gab keinen Ruin, im Gegenteil, es gab einen unerhörten Erfolg. Die alten Hochöfen produzierten fünfzig bis hundert Tonnen im Tag, und das galt als durchaus zureichend. Franz vermochte die Produktion auf vierhundert Tonnen im Tag zu steigern. Somit war es ihm möglich, den Preis des Stahls gewaltig zu senken. »Die einzige Möglichkeit, Stahl überall dort zu verwenden, wo man ihn heute braucht, besteht darin, ihn billiger zu machen«, erklärte er.

Die Erzlager in Nord-Michigan waren jetzt praktisch in seiner Hand, wodurch die Schmidt-Werke in hohem Maß von den pennsylvanischen Minen und der Sessions-Stahl-Compagnie unabhängig wurden. Der Erfolg war, daß Sessions ihr Roheisen zu erheblich niedrigerem Preis anbieten mußte. Jules Bouchard kam persönlich nach Nazareth und erstellte sein Offert.

In der Zwischenzeit hatte Franz erfahren, daß man in Brasilien reiche Manganvorkommen entdeckt hatte und erstand heimlich eine Option darauf. Er führte nun das Rohmaterial von dort ein, das er ursprünglich von Rußland hatte beziehen müssen. Dadurch wurden riesige Summen erspart. Die Sessions-Stahl-Compagnie tobte und mußte das Erz zu dem von Franz festgesetzten Preis kaufen, den er in kluger Voraussicht tief unter dem russischen Preis hielt. Ferner schloß er Verträge mit den Reedern von Frachtschiffen ab. Die Sessions erkannten erbost einen gefährlichen Konkurrenten in ihm.

Auch die Experimente mit dem Walzstahl gingen unaufhaltsam weiter. So waren die Schmidt-Stahl-Werke von einem Zwergbetrieb, der dankbar für einen bescheidenen Platz an der Tafel der Großen sein mußte, zu einem Unternehmen angewachsen, dessen Schlote alle anderen überragten und dem man die kühnsten Prognosen stellte. Wall Street wurde aufmerksam, Andrew Carnegie ärgerlich, und John D. Rockefeller rieb sich das Kinn, sagte nichts und dachte um so mehr. In weniger als sieben Jahren hatte sich die Ausdehnung der Schmidt-Werke in Nazareth mehr als verdreifacht; man beschäftigte zehnmal soviel Menschen als früher. Franz hatte es geschickt verstanden, sich Arbeiter aus Europa zu holen, was dem Fremdarbeitergesetz widersprach, unter dem andere Betriebe litten, und heftige Proteste in Washington auslöste. Aber Franz hatte den Boden gut vorbereitet, und seine freundschaftlichen Beziehungen zu einflußreichen Politikern genützt, zu denen übrigens Nicholas Sessions gehörte, der seinem Bruder gerne eins auswischte.

Jules Bouchard sagte einmal gallig, aber anerkennend zu seinem

Vetter Leon: »Dieser deutsche Schurke ist noch durchtriebener als ich.«

Worauf Leon erwiderte: »Stimmt, aber er ersetzt diplomatisches Geschick und Raffinement durch Schießprügel und Knüppel. Wer weiß, vielleicht kommt einmal der Tag, da der Knüppel wichtiger ist als geschliffene Konversation und Verhandlungen.«

Jules nickte nachdenklich: »Ich kenne ihn persönlich. Er ist nicht dumm, aber er ist auch kein Genie. Er verwertet die Ideen jener Leute, denen wir immer mißtraut haben. Vielleicht liegt darin sein Geheimnis. Aber wir Franzosen sind eben anders veranlagt. Wir sind geltungsbedürftige Ichmenschen und wollen alles selber entdeckt und gefunden haben, wir respektieren die Leistungen der anderen nicht, wir anerkennen sie nicht, wir verlassen uns nur auf uns selbst.«

Leon antwortete: »Vielleicht besitzen die Deutschen den Schlüssel zum Erfolg, indem sie den Kopf der anderen mit ihrer eigenen Kraft kombinieren.«

Jetzt lachte sich John Bryan in seinem eleganten New Yorker Büro ins Fäustchen, weil er dem Ansuchen Franz Stössels nachgegeben und ihm etliche Darlehen garantiert hatte. Er war der Erzfeind der Bouchards, der Barbours, der Sessions-Stahl-Compagnie und ihres obersten Chefs Jay Regan. »Ich habe mich noch niemals in einem Menschen getäuscht«, brüstete er sich, denn Bryan war ein Ire und kannte keine falsche Bescheidenheit.

So sah Franz Stössel die ungeheuren Möglichkeiten der kapitalistischen Wirtschaft wie eine riesige Woge auf sich zukommen. Noch eine kurze Weile mußte er vorsichtig taktieren, noch durfte er nicht nach Herzenslust zuschlagen, aber genaugenommen hatte er bis jetzt nicht wenig erreicht. Er war Millionär. Freilich war er deshalb noch lange nicht zufrieden. Er wußte: Und wenn er die Welt besäße, es würde ihm nicht genügen.

X

Seit dem Tod ihrer Mutter hatte Tina das unklare Gefühl, daß sie allein war, schrecklich, grenzenlos allein. Eine unsichtbare und ungreifbare, aber starke Schranke hatte sich zwischen ihr und ihrem Vater, ihrem Bruder und ihren Kindern aufgerichtet. Das konfuse und schwächliche Geschöpf fand nicht einmal Trost bei ihren Kindern. Peter, das erkannte sie, war kaum ihr Sohn, er hatte wenig mit ihr gemein, war still, verschlossen, schüchtern und doch stolz. Und Paul, die Freude seines Vaters, war es vielleicht noch weniger als Peter. Es blieb also nur Franz, und auch er war von ihr abgerückt, seit sie eines Nachts einen schrecklichen Traum gehabt hatte.

Ihr träumte, daß sie sich in kalter, dunkler Nacht in einem riesigen Wohnzimmer befand. Sie konnte das Feuer im Ofen sehen und den Wind hinter den Fenstern hören. Sie saß vor dem Kamin und nähte, und die weißen Leinwandstreifen, die sie säumen mußte, glitten wie ein endloses Band von ihren Knien über den Teppich hinab. Sie nähte verzweifelt, fieberhaft, wie in tödlicher Panik. Sie mußte das Leinen fertig säumen! Sie schaute auf, und ihre ganze Familie war im Zimmer versammelt: Hans, Baldo, die Kinder und Franz. In einer Ecke hinten kauerte Mathilda wie eine dicke Spinne und hielt die Hände auf den Knien.

Plötzlich packte sie die Angst an der Kehle wie mit eisernen Zangen. Sie schaute auf ihren Vater, der in ihrer Nähe saß und ins Feuer starrte. Sie rief ihn an, er antwortete nicht. Er sah schwach und abgezehrt aus, mit schlaffen, bleichen Wangen. Sie dachte: Wie alt er geworden ist! Sie sprang auf, und der Stoff fiel zu ihren Füßen nieder.

Sie rannte zu ihrem Vater und wollte ihn berühren, aber da war er verschwunden. Sein Stuhl war leer. Sie schrie laut auf. Sie drehte sich zu Baldo und rief ihn. Auch er blickte sie nicht an. Sie griff nach ihm, und auch sein Stuhl war leer. Verzweifelt rief sie ihre Kinder und streckte die Hände nach ihnen aus. Sie spielten geisterhaft und stumm auf dem Teppich. Und als sie vor ihnen stand, da war der Teppich samt den beiden Jungen verschwunden. Ein eisiger Wind fegte durch das Zimmer, und sie dachte unklar: Der Sturm hat die Fenster aufgerissen.

In ihrer Todesangst rief sie Franz und schrie um Hilfe. Es war ganz finster geworden, sie befand sich inmitten eines riesigen Platzes ohne Ende, aus dem nur die Gestalt ihres Gatten emporragte. Er sah ihr entgegen. Sie stolperte über den Boden, der plötzlich ein zäher Sumpf geworden war, ihre Glieder erstarrten zu Eis, ihre Beine versagten. Sie streckte hilflos die Arme nach ihm aus, er aber stand dort, ohne ihr einen Schritt entgegenzukommen. Endlich war sie bei ihm, sie wollte sich schutzsuchend an seine Brust werfen, da sah sie, daß er über ihr schwebte, lauernd, gräßlich, stumm. Sein Lächeln war es, das sie lähmte, es war böse, gehässig, abgrundtief gemein. Er sagte kein Wort. Ihr Herz in ihrer Brust rotierte und ihr Inneres barst.

Er stand und schaute sie an, und es schien ihr, daß eine Ewigkeit verging, während sie hilflos zu ihm aufblickte und sich das Fleisch von ihren Knochen löste. Sie dachte: Er ist mein Feind. Er ist immer mein Feind gewesen. Er hat mich gehaßt. Er hat meinen Vater, meine Mutter, meinen Bruder und meine Kinder vertrieben, damit er mich zerstören kann. Sie fühlte keinen Schmerz bei diesem Gedanken, sondern nur Verzweiflung und Schrecken und den Wunsch zu fliehen. Aber sie konnte sich nicht rühren.

Da hörte sie Mathilda lachen, schrill, unmenschlich, und dieser Laut löste den eisernen Griff um ihren Leib. Sie drehte sich um. Sie versuchte zu laufen. Aber alles war finster, und alles drehte sich um sie. Plötzlich fühlte sie, wie die Hand ihres Mannes krachend auf ihre Schulter schlug. Sie stolperte. Der Knebel, der in ihrem Hals steckte, schwand, und sie stieß einen ächzenden Klagelaut aus, wie ein getroffenes Tier. Da wachte sie auf.

Franz war es gewesen, der sie geweckt hatte, ungeduldig, aber mit einem nachsichtigen Lächeln. Er hatte die Lampe angezündet und stand nun kopfschüttelnd an ihrem Bett. »Was für einen Traum muß das gewesen sein«, rief er. Mit verstörten, weit aufgerissenen Augen schaute sie ihn an. Er beugte sich über sie, um sie zu beruhigen, aber sie zuckte zurück und wimmerte: »Geh, geh! Oh, bitte, geh weg!«

Er hob die Schultern und verließ das Zimmer. Sie lag schlotternd vor Angst im Bett und konnte sich nicht erwärmen. Sie fragte sich nicht, wohin er gegangen war, es kümmerte sie nicht. Sie schaute nur stumm auf die gegenüberliegende Wand; lange, nachdem es hell geworden war, lag sie noch so da. Am nächsten Tag war sie ungewöhnlich still; zuweilen brach sie unmotiviert in Weinen aus. Franz nahm es verärgert wahr. »Dein Zustand ist daran schuld«, sagte er jedoch nachsichtig, denn Tina war wieder im vierten Monat schwanger. »Du mußt dich zusammennehmen, es schadet dem Kind.«

Seine wohllautende Stimme, seine gewandte Redeweise hatten sie bis jetzt noch immer betört. Nun aber schmerzte sie jedes Wort. Mit ihrem armen, einsamen Herzen sehnte sie sich nach Liebe und Zärtlichkeit. Sie wußte, daß sie ihn nur bittend ansehen mußte, und er würde sie in die Arme schließen. Aber das war nur Heuchelei, Falschheit, dachte sie im Unterbewußtsein, und wenn es ihr bewußt werden wollte, dann schalt sie sich selbst trotz ihrer Herzensangst: Ich tue dir unrecht, Liebster, Liebster! Aber sie mied seine Nähe. Sie hätte seine Berührung nicht ertragen können. So lebte sie wie unter einer unerträglichen Last und vergoß bittere

Tränen. Bildete sie sich alles nur ein oder bestand wirklich ein geheimes Einverständnis zwischen Franz und dieser gräßlichen Mathilda? Äußerte es sich nicht durch beziehungsvolle, geheime Blicke und Zwinkern, als ob sie beide die Schmidts verächtlich, blöde, widerlich fänden? Verfolgten die beiden ihre ganze Sippe mit Haß — sie, Hans, Baldo? Niemals hatte sich Tina so trostlos verlassen gefühlt, so unglücklich, so bedroht. Überall lauerten Gespenster, krochen aus dunklen Winkeln, lagen im Hinterhalt und tarnten sich mit freundlichem Lächeln und liebevollen Gesten.

Sie konnte sich nicht erholen. Wenn ihr Vater heimkam, so verändert in seiner ungewohnten Lethargie, dann flog sie ihm entgegen, vergrub sich in seinen Armen, hängte sich an seinen Hals, als wollte sie sich verstecken. Dann liebkoste er sie, klopfte ihr beruhigend den Rücken, spielte mit ihren dunklen Locken und sprach begütigend auf sie ein. Aber niemals fragte er nach dem Grund ihres Kummers. Weil er ihn kannte, oder weil er alt und egoistisch wurde und nur mit seinen eigenen Sorgen beschäftigt war? Dieser schlaffe alte Mann war nicht mehr der Vater ihrer jüngeren Jahre, der so laut lachen, so heftig aufbrausen konnte und so voll Kraft war. Bei ihm fand sie keinen Trost.

Sie war so allein, so unglücklich und dachte reumütig an ihren Bruder. Wie weit hatte sie sich von ihm entfernt! Sie grübelte, wie es dazu hatte kommen können. Sie war zu voreingenommen, um die böse Hand zu sehen, die sie von ihm weggerissen hatte. Ich bin ganz in meinen Kindern aufgegangen, dachte sie und schalt sich, daß sie den Bruder vernachlässigt hatte, der zugleich ihr bester Freund gewesen war.

Aber dunkel mußte sie doch den wahren Grund der Entfremdung spüren, denn sie fühlte sich schuldbewußt und wagte nicht, sich ihm zu nähern. Es zog sie gewaltig zu ihm hin, er war immer so verständnisvoll und gütig gewesen. Wenn sie einander an dem langen Eßtisch gegenübersaßen, blickte sie ihn aus ihren gequälten Augen an, aber ihr Mund blieb stumm. Obwohl Baldo liebenswürdig und betont freundlich war wie immer, so merkte sie doch seine Abwehr und seine Zurückhaltung. Ich habe ihn gekränkt, dachte sie und wunderte sich selbst, wie unglücklich sie darüber war; ihr Schmerz schien in keinem Verhältnis zu der eingebildeten Ursache zu stehen.

Eines Morgens im Frühherbst hörte Baldo leises Klopfen an seiner Tür. Er saß beim Fenster und las, und wenn er den Blick hob und hinausschaute, dann freute er sich an dem Farbenspiel des rötlichen und gelblichen Laubs im Herbstsonnenschein. Seit er Irmgard wiedergefunden hatte, gefiel ihm die Welt — wie weit und groß sie war, voll von Gedanken, Bewegungen und frischem Wind! Er hatte sich zu dem kostbaren Frieden durchgerungen, den nur der Mensch kennt, der sich von aller Gemeinheit und Geschäftigkeit des Alltags, von jedem niedrigen Ehrgeiz löst.

Er lächelte und legte das Buch weg; das würde wohl Peter sein, der seinen täglichen Morgenbesuch abstattete, um mit ihm zu plaudern. Aber als sich die Tür öffnete, stand Tina vor ihm.

Bruder und Schwester schauten einander lange an; Baldo war so überrascht, daß er vergaß, seine Schwester hereinzubitten. Sie stand verlegen auf der Schwelle. Mit einemmal fiel ihm auf, wie dünn und abgespannt sie war, wie bleich ihre eingefallenen Wangen und wie blaß ihre Lippen waren, wie tief die schwarzen Augen in den Höhlen lagen. Sie war so zart und feingliedrig, daß sie ihrem Vater und ihm stets alterslos vorgekommen war.

Jetzt aber dachte Baldo plötzlich: Sie wird alt. Eine Frau in mittleren Jahren. Sie sieht wie meine Mutter aus. Tina war sechsunddreißig, fünf Jahre älter als ihr Gatte, aber man hätte ihr viel mehr gegeben, wie sie da ängstlich unter der Tür wartete. Weiße Strähnen durchzogen das schwarze Haar. Am meisten aber schmerzte ihn der Ausdruck ihres Gesichts; sie sah so verloren und krank aus, wie ein Mensch, der in ständiger Furcht lebt.

Eine lichte Wolke zog über die Herbstsonne und dämpfte die scharfen Linien ihres Gesichts. Ihr weißer, reich gezogener Rock, der den schwellenden Körper verbergen sollte, gab ihr eine mädchenhaftes Aussehen. »Guten Morgen, Tina, komm herein«, sagte Baldo freundlich.

Er beobachtete sie genau, während sie näher trat. Ihr Schritt war unsicher, als wäre sie eben erst von einem Krankenlager aufgestanden. Sie schaute ihn mit ihren großen Augen flehend an. Dann sank sie auf den Stuhl wie ein Vogel mit gebrochenen Flügeln, ihre Hand krampfte sich um das dünne Knie. Jetzt, da die Sonne wieder hinter der Wolke hervorgekommen war, sah er sie genau, und er dachte: Sie ist schwer krank. Sie wird sterben. Sie verzehrt sich in Angst und Grauen.

Aber trotz seiner Sorge und der wiedererwachenden Zärtlichkeit sagte er nichts, er wartete nur. Sie tat ihm leid. Sie war wie ein geliebter Mensch, der nach einer langen Reise zurückkehrt und fremd geworden ist; er mußte vorsichtig sein, er mußte diese zu Tod erschöpfte Heimkehrerin schonen. Dann, mit einemmal, wußte er, was sie instinktiv zu ihm getrieben hatte. Seine Sorge wuchs und zugleich sein Mitleid.

»Baldo«, sagte sie endlich, kaum hörbar.

»Ja, Schwester?« fragte er sanft. Er hielt noch immer sein Buch in der Hand.

Sie lächelte nervös. »Du hast mich schon so lange nicht Schwester genannt!« rief sie.

»Es ist überhaupt lange her, daß wir miteinander gesprochen haben«, erwiderte er, ohne sie aus den Augen zu lassen.

Sie blickte auf und meinte entschuldigend: »Ich ... ich habe soviel im Haus zu tun ...« Sie befeuchtete ihre Lippen. Baldo schwieg.

Plötzlich verzog sich ihr Gesicht, und sie schluchzte laut: »Ich will meine Mutter wiederhaben!«

Baldos Blick verdunkelte sich. Tina war nach dem Tod der Mutter sehr unglücklich gewesen, aber sie hatte sich bald getröstet. Das hatte ihn gewundert, denn Mutter und Tochter hatten sich immer sehr gut verstanden und zärtlich geliebt. Aber seit ihrer Heirat lebte Tina wie verzaubert in einer andern Welt; Kummer und Sorgen ihrer Umgebung berührten sie kaum. Baldo begriff sie.

»Mutter ist doch schon über ein Jahr tot«, sagte er. »Viel mehr als ein Jahr.«

Sie rang die Hände wie ein Mensch, der schwer leidet.

»Aber jetzt ... jetzt wird es mir erst richtig bewußt, daß sie gestorben ist«, sagte sie tonlos.

Wieder wurde es still. Tinas Lippen zuckten, sie wagte nicht aufzuschauen. Was will sie mir sagen, überlegte er. Warum ist sie gerade jetzt zu mir gekommen?

»Ich möchte so gern eine Freundin haben«, flüsterte sie. »Ich habe nur Bekannte. Wenn nur Irmgard hier wäre! Erinnerst du dich an Irmgard?« Kindliche Tränen traten in ihre Augen.

»Ja«, sagte er still. »Ich erinnere mich an Irmgard.«

Plötzlich wurde ihre Stimme heftig: »Ich begreife noch immer nicht, warum sie davongelaufen ist. Es war so undankbar! Und ohne ein Wort ...! Wir waren so gut zu ihr. Gerade an dem Tag, zu Weihnachten, hat sie kostbare Geschenke bekommen, weit wertvoller, als ihrem Rang entsprach! Wir haben sie nicht wie eine Dienende behandelt, Mutter war wie eine Mutter zu ihr. Ich ... ich war ihre Freundin. Trotzdem, ohne ein Wort ... Erst der kurze Brief ein paar Tage später, und wir waren in solcher Sorge um sie. Kalt war sie und herzlos!«

Baldo antwortete schärfer, als er wollte, auf diesen kindischen Ausbruch: »Woher weißt du das, Tina? Wie kannst du sie kalt und herzlos nennen? Ist dir jemals in den Sinn gekommen, daß sie ein eigenes Leben hatte, und daß sie in diesem Leben vielleicht einen schweren Kummer trug, einen Schmerz, von dem wir nichts wußten? Vielleicht hat man sie gekränkt, beleidigt, schlecht behandelt? Nein, danach hast du nie gefragt. Du hast dich nur geärgert, weil dir eine tüchtige Kammerzofe davongelaufen ist, ohne Abschied, ohne Entschuldigung. Schließlich war auch sie eine Frau und ein Mensch.«

»Aber wir waren ihre Freunde!« rief sie leicht beschämt. »Sie hätte es uns erzählen können, wir hätten ihr sicher geholfen!«

»Sie besaß eben auch ihren Stolz und wollte keinen andern mit ihrem Unglück und ihrem Kummer belästigen. Das ist für mich der höchste Freundschaftsbeweis.«

Tina schüttelte eigensinnig den Kopf: »Sie war allein, sie hatte nur einen Onkel und eine Tante und sonst keinen Bekannten im Land. Was kann ihr schon Schlimmes widerfahren sein?«

Baldo sagte nichts, denn er merkte, daß Tina ihre Vorwürfe durchaus ernst meinte, daß sie redete, weil sie das eigentliche Thema nicht anzuschneiden wagte. Es ging ihr um etwas anderes, das wußte er genau. Und damit hatte er recht.

»Ich bin ganz allein«, murmelte sie, und Irmgard war abgetan. Ihre gequälten Augen sahen ihn flehend an, sie tat ihm unendlich leid, und er beugte sich zu ihr:

»Was gibt's Tina? Kannst du es mir nicht erzählen?«

Seine zärtliche Stimme löste ihre Zunge. Sie rief: »Ich weiß es selbst nicht ... Ich ... ich fühle mich so krank. Alles ist so entsetzlich!« Sie war wie ein gehetztes Wild. »Ich halte es nicht aus ...«

Sein erster Impuls war, sie tröstend an sich zu ziehen, sie zu fragen. Aber er mahnte sich zur Vorsicht. Wenn sie mir zuviel erzählt, wird sie es mir niemals verzeihen. Sie ist zum ersten Mal seit Jahren zu mir gekommen, sie muß gebrochen sein, am Ende. Hat sie ihn durchschaut? Aber wenn ich sie merken lasse, daß ich weiß, was sie quält, dann richtet sich ihr Haß gegen mich, und nie mehr wird sie bei mir Schutz suchen. So blieb er still, um das Geständnis zu verhindern, das den letzten Faden, der sie verband, zerrissen hätte. Sie hatte sich zu ihm geflüchtet, er durfte sie nicht noch mehr erschrecken.

So zwang er sich zu einem normalen, sogar etwas nachsichtigen Ton: »Natürlich fühlst du dich krank. Frauen haben immer Beschwerden in diesem Zustand. Sie neigen zu Launen, höre ich. Und sie haben Angstzustände und Träume ...«

»Das ist es, Träume!« rief sie eifrig und wie erleichtert. »Schreckliche Träume! Alpträume!«

Er schüttelte lächelnd den Kopf: »Und Alpträume werden, glaube ich, in deinem Zustand besonders ernst genommen?« Er hielt durchaus nichts von Träumen, aber er wollte wissen, was Tina beschwerte. »Erzähl mir bitte deinen Alptraum«, redete er ihr zu.

Er war überzeugt, auf der richtigen Spur zu sein, denn sie errötete. »Es ist zu dumm«, murmelte sie verlegen und versuchte zu lächeln, und dieses Lächeln tat ihm im Herzen weh. Das arme, schutzlose, verschreckte Geschöpf, das er noch immer so liebte! Sie lachte gezwungen: »Es war verrückt. Vor einem Monat ... ich träumte, daß ihr alle verschwunden seid, du, Papa und die Kinder. Nur Franz war da ... Und Mathilda ... Ich träumte, daß sie meine Feinde wären, ich versuchte davonzulaufen. Ich war wirklich sehr dumm.«

»Sehr dumm«, wiederholte er wie ein Echo. Aber sein Herz klopfte laut.

Sie sprach nun freier und schien erleichtert: »Ich hatte solche Angst, Baldo, du kannst es dir nicht vorstellen. Ich konnte diesen Traum nicht vergessen, und ich trug ihn Franz nach, der doch nichts dafür kann! Es ist so ungerecht, nicht wahr?«

»Sehr ungerecht«, antwortete er mechanisch und beobachtete sie scharf. »Und völlig aus der Luft gegriffen.« Der fragende Unterton war kaum merkbar.

»Ja, natürlich, völlig aus der Luft gegriffen! Er ist lieb und gut zu mir, immer aufmerksam und fürsorglich, man kann sich keinen besseren Ehemann wünschen. Es ist sehr häßlich von mir.«

»Das wird er dir gern verzeihen, unter diesen Umständen«, sagte Baldo. Dann fragte er zögernd: »Hast du ihm deinen Traum erzählt?«

»Nein, was fällt dir ein! Das wäre Irrsinn! Es würde ihn tief kränken.«

Baldo schwieg. Ich möchte sein Gesicht sehen, wenn sie es ihm erzählt, dachte er grimmig und schämte sich wegen dieses sehr naheliegenden Gedankens.

Jetzt sprach sie schnell, überstürzt, ihre kleinen Fäuste trommelten auf ihren Knien vor Nervosität.

»Ich habe Mathilda niemals leiden können. Aber in letzter Zeit ist sie mir gleichgültig geworden. Papa scheint sie gar nicht mehr anzuschauen. Sie ist nur mehr die Wirtschafterin und nichts anderes im Haus, und eine sehr saubere und ordentliche. Sonst hat sie nichts mehr zu reden. Deshalb ist der Traum so unsinnig, nicht wahr? Freilich, ich kann mir vorstellen, warum ich in diesem Zusammenhang von ihr geträumt habe. Sie und Franz sind Deutsche, die gemeinsame Sprache verbindet, meinst du nicht? Aber Franz achtet immer genau darauf, daß die Dienstboten wissen, wo ihr Platz ist und sich nichts herausnehmen; in diesem Punkt ist er viel strenger als ich. Dabei ist er immer freundlich und geduldig, und deshalb spricht er eben auch nicht über die Frechheiten, die sich Mathilda leistet. Ich glaube, ich sollte mich mehr darum kümmern, schließlich bin ich die Herrin im Haus, seit die arme Mama gestorben ist.«

»Bausche die Dinge nicht auf!« sagte Baldo ruhig und klar. »Wenn dir Mathilda auf die Nerven fällt, warum entläßt du sie nicht? Du hast das Recht, und sie ist Papa wirklich ganz gleichgültig geworden. Er übersieht ihre Existenz. Du kannst sie jederzeit kündigen, ohne daß Vater Einspruch erheben würde.«

Er bemühte sich zu verbergen, wie sehr er es selbst wünschte.

»Mathilda entlassen?« Sie schaute ihn ungläubig an, aber der Schimmer einer zagen Hoffnung erschien auf dem gequälten Gesicht. »Was sollte ich ohne Mathilda anfangen? Ich bin so unerfahren und so dumm. Ich verstehe nichts vom Haushalt. Es würde mir nicht einmal gelingen, eine neue Wirtschafterin zu finden und aufzunehmen.«

Sie lachte, und dieses Lachen klang fast natürlich. Sie schien um Widerspruch zu betteln.

»Unsinn«, erwiderte er und tat sehr überzeugt. »Du kannst sogar sehr tüchtig sein, wenn du willst. Du bist nur träge.«

Und dabei war er wie besessen von dem Wunsch, zu ihr zu treten und ihr zu sagen: »Dein Traum ist Wahrheit. Die beiden sind deine Feinde. Befreie dich von dieser Frau, bitte! Und wirf deinen Mann mit hinaus. Er kann dir nicht wirklich schaden, solange ich da bin. Wenn er es versucht, dann bin ich Manns genug, es zu verhindern. Doch er wäre imstande, dich zu töten, er möchte es sogar, er ist ein Ungeheuer. Wirf ihn hinaus, um Himmels willen!«

Doch er wagte es nicht, sie zu warnen.

Sie nickte fast fröhlich und sagte energisch: »Ja, ich bin wirklich unverschämt träge!«

Baldo hatte einen plötzlichen Einfall. »Laß Mathilda gehen! Du weißt, daß uns Tante Elisabeth nach dem Tod der Mutter angetragen hat, zu uns zu ziehen. In früheren Jahren war sie schwierig, aber jetzt ist sie älter und viel ruhiger, vor allem ist sie eine ausgezeichnete Hausfrau, die Mathilda bestens ersetzen kann.«

Tina strahlte, sie schien namenlos erleichtert. Mit beiden Händen griff sie nach dem Rettungsanker.

»Eine wunderbare Idee, Baldo! Ich schreibe ihr heute noch!« Sie war selig und wurde mit einem Schlag wieder die alte, entzückende Tina von früher, lebhaft und wie einer Todesgefahr entronnen.

Baldo beobachtete sie genau. »Und außerdem hast du immerhin die Kinder. Du bist nicht so allein, wie du meinst.«

Ein Schatten flog über ihr Gesicht. »Die Kinder, natürlich«, murmelte sie. Jede Pflicht macht ihr Angst.

»Denk an Peter«, redete ihr Baldo zu, der ihr so gern mütterliche Gefühle für dieses benachteiligte Kind eingeflößt hätte.

Aber jetzt protestierte sie: »Er ist launenhaft und verschlossen, Baldo. Ich verstehe den Jungen nicht. So häßlich zu Franz, so ablehnend und überhaupt so kompliziert. Er weiß, daß er Franz kränkt, wenn er vor ihm davonläuft und weint, sobald er ihn nur sieht.«

Eine Kluft lag zwischen Tina und diesem Knaben, nur weil er dem Vater aus dem Weg ging. Sie stand zu stark unter dem Einfluß des Gatten, sie war verblendet. Tödlich verblendet.

»Ich finde, daß Peter einen ausgezeichneten Charakter hat«, sagte er milde und beschwörend.

Sie aber schaute ihn trotzig, ja fast feindselig an. »Du verwöhnst ihn sträflich, Baldo. Das ist Franz auch schon aufgefallen. Wir glauben, daß er deshalb ein solcher Sonderling und Eigenbrötler geworden ist.«

Er läßt also nicht einmal dieses unschuldige Kind in Frieden, dachte Baldo aufgebracht. Was für ein entsetzlicher Menschenfeind muß er sein!

»Jeder hat seinen Liebling, meiner ist eben Peter«, sagte er leichthin. »Ich habe die Absicht, ihn zu meinem Erben einzusetzen, erzähl es Franz.«

»Das ist ungerecht gegen Paul!« rief sie und wurde rot.

»Paul hat dich und meinen Vater und Franz«, trumpfte er auf. Jetzt geriet er in Wut.

»Und Peter hat sie auch! Baldo, du bist sehr häßlich!«

Das Gespräch wurde ihm plötzlich unangenehm, es war so aussichtslos, mit ihr zu reden. Sie war unvernünftig und kurzsichtig, diese hilflose Person, die sich in ihrem Kummer instinktiv zu ihm geflüchtet hatte. Nun hatte er sie getröstet, und sie wurde wieder die Alte, sie stichelte und trotzte; Franz hatte gute Arbeit geleistet. Nein, sie war nicht mehr seine Schwester, er hatte genug von ihr. Er hob die Hand und gähnte diskret, nahm das Buch und blätterte darin. Er war erbittert und fühlte sich unsäglich allein.

Da fiel ihm etwas ein: »Franz ist für ein paar Tage nach Windsor und Pittsburgh gefahren. Die Männer scheuen sich vor Veränderungen im Haushalt, sie wollen ihren täglichen Trott. Warum entläßt du Mathilda nicht sofort, bevor er zurückkehrt?« Dabei dachte er: Warum nehme ich mich eigentlich ihrer so an? Warum kümmere ich mich um ihre Gesundheit und Sicherheit? Sie will ja doch nichts von mir wissen.

Sie sprang auf und strich ihr weißes Seidenkleid glatt. Nun war sie ganz munter: »Das wäre das beste, meinst du? Aber du sagst doch, daß die Männer keine Veränderungen wünschen und keine Unordnung!«

»Ich glaube trotzdem, daß es das beste wäre. Wenn du willst, dann nehme ich dir diese Unannehmlichkeit ab und spreche selbst mir ihr. Heute vielleicht? Bevor Papa nach Hause kommt? Schließlich bist du die Hausfrau, und sie hat zu gehorchen.«

Tina atmete erleichtert auf, trat auf ihn zu, drückte einen leichten Kuß auf seine Stirn und streichelte seine Wange. Er ertrug die Liebkosung mit leichter Abwehr.

»Ich bin dir so dankbar, Baldo, du hast mir wieder Mut gemacht. Jetzt ist alles in Ordnung. Ich verzeihe dir sogar, daß Peter unter deinem Einfluß ein solch unguter Junge geworden ist.« Sie lachte neckisch, und bevor er etwas entgegnen konnte, war sie aus dem Zimmer gehuscht.

Er versuchte sich zu sammeln und wieder in die Betrachtung des ruhigen Herbsttages zu versinken. Aber es gelang ihm nicht. Leichte Übelkeit stieg in ihm auf, das Buch fiel zu Boden.

Wir leben wie in einer Walpurgisnacht, dachte er. Der einzige Gesunde unter uns ist Franz Stössel, weil er unkompliziert ist, weil er weiß, was er will.

Er seufzte, stand auf und läutete nach Mathilda. Sie trat ein, stämmig, blond, frech; es stand ihr nicht dafür, diesem Krüppel höflich zu begegnen, so sicher war sie ihrer Stellung. Sie kreuzte die Arme über der üppigen Brust, schob die Unterlippe vor, hob den Kopf und musterte ihn verächtlich.

Baldo betrachtete sie ruhig. Er hatte niemals etwas für diese Frau empfunden, nicht einmal Ärger oder Abscheu. Trotz seiner Menschenfreundlichkeit und seinem Mitgefühl und Verständnis für alle Kreatur, hatte er paradoxerweise für die dienende Klasse, für Leute mit niederen Berufen, nichts übrig, sie existierten einfach nicht für ihn. Er behandelte sie gut, war nicht ungerecht, nützte sie nicht aus und bezahlte sie großzügig, aber er sah über sie hinweg. Für Mathilda brachte er nicht einmal diese wohltemperierte Freundlichkeit auf, er fand sie des mechanischen Respekts nicht würdig, den er für alle brauchbaren Dinge empfand, ob es nun lebende Menschen oder tote Gegenstände waren.

»Mathilda«, sagte er beiläufig, »ich bedaure, Ihnen mitteilen zu müssen, daß wir verschiedene Umstellungen im Haushalt beschlossen haben. Mrs. Stössel, die jetzt allein und in anderen Umständen ist, braucht die Betreuung und die Hilfe unserer nächsten Verwandten, unserer Tante, Mrs. Trenchard. Wir haben Mrs. Trenchard eingeladen, zu uns zu ziehen und den Haushalt zu führen. Sie begreifen daher, daß wir Ihre Dienste nicht mehr benötigen, so leid es uns tut.«

Nein, Mathilda begriff ihn nicht. Sie starrte ihn mit offenem Mund verständnislos an. Dann lief ihr schwammiges Gesicht blaurot an und ihre Augen funkelten böse. Sie rang nach Luft und legte alle Verachtung in ihren Blick, während sie sagte: »Ich werde mich bei Mr. Schmidt erkundigen.« Ein gemeines Lachen — und sie stapfte zur Tür.

»Halt«, sagte Baldo freundlich und hob die Hand. Die sanfte Stimme duldete keinen Widerspruch, Mathilda drehte sich mit einem Schwung um.

»Sie zwingen mich, sehr deutlich und scharf mit Ihnen zu werden, was ich bedaure, weil Sie viele Jahre im Haus waren. Sie hatten ... beträchtlichen Einfluß auf Mr. Schmidt.«

Wieder stand ein gemeines Grinsen auf dem breiten Gesicht. Sie nickte nachdrücklich: »Ja, ja, das kann man schon behaupten. Ich bin sehr ... gut zu Mr. Schmidt gewesen, er wird es nie vergessen.«

Baldo schüttelte den Kopf. »Eben, leider, leider ... Auch wir haben es nicht vergessen, Mathilda.« Er schaute sie nachdenklich an. »Es gibt noch etwas anderes, was ich nicht vergessen habe, obwohl Mrs. Stössel Gott sei Dank keine Ahnung davon hat. Ich erinnere mich zum Beispiel, daß Mr. Stössel einen Abend in Ihrem Apartment verbracht hat. Es mag ein angenehmer und ganz unschuldiger Abend gewesen sein, natürlich, aber Mrs. Stössel könnte die Sache leicht mißverstehen. Und Mr. Schmidt auch.«

Mathilda war wie aus allen Wolken gefallen. Sie starrte Baldo perplex und in bodenlosem Haß an.

Aber Baldo betrachtete geistesabwesend die Fingernägel seiner rechten Hand. »Mr. Schmidt hat Sie in der letzten Zeit kaum beachtet, ich glaube, er hat vergessen, daß Sie überhaupt vorhanden sind. Trotzdem würde er sehr ärgerlich reagieren, wenn ich ihm von diesem unschuldigen und netten Zusammensein berichtete. Alte Herren sind in diesen Dingen etwas empfindlich.« Er schwieg und fuhr erst nach einer Weile fort: »Sollten Sie sich bei ihm über den Entschluß Mrs. Stössels beklagen, dann wäre ich allerdings gezwungen, ihm die kleine Geschichte zu erzählen.«

»Er glaubt Ihnen nicht!« schrie sie.

»Im Gegenteil, er glaubt mir«, sagte Baldo mit einem bedauernden Lächeln. »Er weiß, daß ich ihn noch nie angelogen habe. Im übrigen könnte ich sogar gezwungen sein, Mr. Stössel in Gegenwart Mr. Schmidts zu beschuldigen, und das würde die Dinge noch verschlimmern. Es bliebe Ihnen letzten Endes gar nichts anderes übrig, als unser Haus zu verlassen, um den Familienfrieden wiederherzustellen. Als kleine Anerkennung für Ihre langjährigen, treuen Dienste bin ich bereit, Ihnen tausend Dollar zu überreichen, und dazu ein Zeugnis, in dem nichts steht, was Ihnen bei künftigen Bewerbungen schaden könnte.«

Der geballte Zorn und der Haß, der ihm entgegensprühte, ließ ihn ganz kalt. Er sprach weiter:

»Noch eine Kleinigkeit ... Da war doch etwas mit einer Brillantbrosche meiner Mutter, die seit ihrem Tod verschwunden ist. Mrs. Stössel hat schon überall nach ihr gesucht. Zweifellos haben Sie nicht das geringste damit zu tun, aber es wäre immerhin möglich, daß die Polizei Sie befragt, und das würde sich sehr ungünstig bei einer Stellensuche auswirken.«

»Sie werfen mir Diebstahl vor?« stammelte sie mit bleichen Lippen. Aller Haß war verschwunden, nackte Angst malte sich auf den derben Zügen. Keinen Augenblick hatte Baldo gedacht, daß Mathilda eine Diebin sein könnte. Aber sie zwang ihn zu dieser Erpressung.

»Wer weiß? Eine Person, die im ganzen Haus Zutritt hat, setzt sich immer einer gewissen Gefahr aus. Ich fürchte, daß es auch eventuelle neue Dienstgeber nachdenklich stimmen könnte.«

Sie lehnte sich an die Wand, sie war verstört, als hätte sie jemand brutal zu Boden geschlagen. Baldo erhob sich, ging zum Schreibtisch, stellte den Scheck aus und gab ihn der Frau, die am ganzen Körper zitterte.

»Tausend Dollar sind eine Menge Geld«, sagte er milde. »Und außerdem haben Sie viele Geschenke und beträchtliche zusätzliche Summen von meinem Vater bekommen. Das müßte genügen, um sich in Pittsburgh oder Philadelphia zu etablieren. Mrs. Stössel wird sich freuen, Ihnen ein ausgezeichnetes Zeugnis auszustellen.«

Wie blind starrte sie auf den Scheck. In ihrem weißen Gesicht arbeitete es, und plötzlich brach sie in lautes Weinen aus. Dann tastete sie sich langsam zur Tür, öffnete sie und wankte hinaus.

Grausamkeit, dachte Baldo mit einem spöttischen Lächeln, hat ihr Gutes, besonders wenn man sie gegen grausame Menschen anwenden kann.

XI

Eines Abends, knapp vor Weihnachten, kam Hans Schmidt in das große dämmerige Eßzimmer, wo seine Tochter und sein Sohn bereits bei Tisch saßen und auf ihn warteten. Er ging unsicher, fast schwankend, wie ein halbblinder Mann, und der Blick hinter seinen Brillen war matt und funkelte nicht mehr scharf und gefährlich wie in vergangenen Jahren. Er war ein Schatten seiner selbst. Seine Hand griff tastend nach der Stuhllehne, der Anblick war so kläglich, daß Baldo, trotz übler Erfahrungen, schnell aufsprang und dem Vater auf den Stuhl half. Früher hätte Hans niemals eine solche Hilfe von seinem Sohn geduldet. Baldo erwartete auch jetzt ein unwilliges Knurren und ein Schimpfwort und zog unwillkürlich den Kopf ein.

Aber nichts dergleichen geschah. Der alte Mann sah seinen Sohn mit plötzlich erwachenden Augen an, und diese Augen hielten den Verwachsenen fest, während seine Hand auf der Lehne lag.

Baldo erschrak. »Fühlst du dich nicht wohl, Vater?« fragte er besorgt in seiner geliebten deutschen Sprache. Er tat es selten, nur wenn er allein war, freute er sich am Klang seiner Muttersprache. Vor seinem Vater aber gefiel er sich in einem klassischen Englisch, benützte schwierige Redewendungen, nur um den alten Mann in Verlegenheit zu bringen. Das war die einzige Art und Weise, in der er sich für ein ganzes Leben der Kränkungen, der Feindschaft und der Schmähungen rächen konnte.

Hans antwortete nicht, er schaute seinen Sohn nur weiter mit dem sonderbaren Blick an, den Baldo trotz seines Scharfsinns und seiner Menschenkenntnis nicht enträtseln konnte.

Tina, die ihre Suppe mit einem Ernst kostete, der weit über den Anlaß hinausging, schaute auf: »Geht es dir heute besser, Vater?«

Hans riß seinen Blick mit Mühe von Baldo los und schaute Tina verständnislos an. Er blinzelte. Fast eine Woche war er schon zu Hause geblieben, hatte über Kopfweh, Rückenschmerzen und Rheuma geklagt. Er weigerte sich strikt, einen Arzt kommen zu lassen, erschien nur zu den Mahlzeiten, bei denen er kaum ein paar Bissen aß, blieb in seinem Zimmer eingesperrt, und niemand wußte, was er dort trieb. Nur wenn Franz bei ihm erschien, wurde er etwas lebendig, aber es war weder Zuneigung noch Interesse, die er bei diesen Besuchen zeigte. Er war wie ein bedrohtes und hilfloses Tier in seinem Käfig.

An diesem Abend war Franz nicht anwesend. Er hatte am

Morgen eine Nachricht hinterlassen, daß er »vielleicht« nach Windsor zu einer Besprechung mit Jules Bouchard fahren und über Nacht ausbleiben würde. Die Familie war an solche Spritztouren gewöhnt, Franz hatte oft außerhalb von Nazareth zu tun.

Tina plapperte mit ihrer dünnen, jammernden Stimme drauflos, wie es ihr zur Gewohnheit geworden war: »Ich werde froh sein, wenn Tante Elisabeth nach Weihnachten kommt ... Seit Mathilda entlassen ist, geht es im Haus drunter und drüber. Ich halte es nicht mehr aus. Die Dienstboten tun, was ihnen einfällt, und stellen irgend etwas auf den Tisch, ohne vorher zu fragen.«

»Du brauchst Mrs. Flaherty nur Weisungen zu geben«, sagte Baldo.

Tina hob klagend ihre feinen dunklen Brauen: »Ich bemerke doch, daß sie mich für völlig unfähig halten! Ich bestelle Gänsebraten, und Hühner werden aufgetragen. ›Gänse sind in dieser Jahreszeit nicht gut‹, erklärt die Köchin, ohne sich weiter zu entschuldigen. Unverschämt!«

Ein leises Klirren ertönte, Hans war an die Sauciere gestoßen und hatte sie umgeschüttet. Seine dicke Hand tastete hilflos über das Geschirr. Tina preßte die Lippen zusammen und schlug die Augen zum Himmel. Gillespie stürzte herbei und breitete eine Serviette unter das Tischtuch. Der alte Mann schaute ihm mit trübem, verständnislosem Blick dabei zu. Er hatte sich stark verändert, er war abgemagert, und die Haut hing in Falten an seinem Körper. Er, der immer auf Sauberkeit und tadellose Kleidung bedacht gewesen, sah nun verschmuddelt und ungepflegt aus. Was aber am erschreckendsten war, das war der stumpfe Ausdruck seines einst so lebendigen Gesichts; aller Kampfgeist war vergangen, es gab keine Wutausbrüche, nur dumpfes Brüten mehr.

Tina merkte nichts davon, ja, sie fand es nicht übel, daß Hans zu einem »lieben, alten Herrn« geworden war, der keine Probleme zu lösen aufgab, wie sie meinte. Franz hatte so nett seine Besorgnis über den Schwiegervater geäußert; Hans hätte viele Jahre hart gearbeitet, es wäre nun Zeit für ihn, sich zur Ruhe zu setzen, daheim bei der Tochter und den Enkeln zu bleiben. Jeder müsse einmal Schluß machen. Aber er wäre der letzte, der dem Vater zureden würde, der sich wie so viele lästige alte Männer für unersetzlich hielt. Und dabei wäre der liebe Franz völlig in der Lage, die Verantwortung auf sich zu nehmen und die Geschäfte allein zu führen; die Werke könnten gar nicht in besseren Händen liegen, sagte Tina gereizt zu ihrem Bruder. »Er muß dem Schicksal für einen solchen Nachfolger dankbar sein! Ich habe Franz geraten, selbst mit Papa zu sprechen, aber er ist rücksichtsvoll, er bringt es nicht über sich, er will ihn nicht kränken.«

Baldo erwiderte nichts auf solche Ergüsse. Aber er vergaß sie nicht. Und besonders in dem Augenblick dachte er daran, als ihn sein Vater so eigenartig und leer ansah. Sein Gesicht umwölkte sich, und er aß schweigend.

Tina war eine blasse, zänkische Frau geworden, hysterisch und ständig gereizt. Alle gingen ihr auf die Nerven, bis auf Franz, den sie nach wie vor in sklavischer Liebe vergötterte. Sie war unförmig dick geworden, und auf dem dünnen Hals unter dem kleinen Kopf traten die Adern hervor. Sogar die Frisur hatte sie geändert, sie trug das natürlich gelockte Haar straff zu einem Knoten gekämmt, was ihr nicht stand; sie ging daheim nur in stumpfen, unvorteilhaften Farben herum, in Schlafröcken, die aber reich gebauscht und am Hals mit weißer Spitze verziert waren. Sie bildete sich ein, nun eine richtige Hausfrau und Mutter zu sein, aber ihr kleinliches Wesen, ihr Nörgeln hätte das Dienstpersonal längst veranlaßt, zu kündigen, wäre es nicht schon so lange im Haus gewesen.

Mrs. Flaherty, die vorübergehend die Stelle der Wirtschafterin übernommen hatte, mußte sich über die jungen Hausmädchen ärgern, die sich über Tinas Schimpfen und Ungerechtigkeiten beklagten und weglaufen wollten. Sie achteten die Hausfrau nicht, sie konnten sie nicht leiden. Ihr Zanken, ihre sich stets widersprechenden Befehle und ihr ewiges Gejammer trieben sie aus dem Haus. Die Gouvernante der Kinder, Miß Hortense Whitmore, eine Engländerin, haßte Tina geradezu.

Tina allerdings war von ihrer Tüchtigkeit und Kompetenz überzeugt; nur ihre Familie trug daran schuld, wenn nichts klappen wollte. Da war einmal Papa, der so mühsam und beschwerlich wie ein Kind geworden war und dabei auch noch widerspenstig; dann Baldo, der sich in sein Zimmer einschloß und den armen Franz brüskierte, der sich so unmöglich benahm, wenn er bei Tisch seine spöttischen und überheblichen Bemerkungen machte, und nicht darauf einging, wenn Franz liebenswürdig über Politik oder Wirtschaft, Literatur oder Musik mit ihm plaudern wollte. Eine Roheit, auch gegen sie, noch dazu in ihrem Zustand! Und schlimmer noch als alle anderen, dieser Peter, diese Landplage, mit seinen Launen und seinem Trotz, der stets den Verfolgten und Mißverstandenen spielte, ohne anzuerkennen, daß er doch eine Mutter hatte, die einzig und allein für ihre Familie lebte! Sie war überlastet, einfach überfordert, stöhnte sie.

Die Dienstleute waren nicht mehr so, wie sie in Tinas Kindheit gewesen waren, flink, ehrerbietig, tüchtig und gehorsam. Sie waren frech und hingen nicht am Haus. Ein Hausmädchen hatte sogar die Unverschämtheit besessen, dem kleinen Paul einen Klaps zu geben, nur weil er sie im Spaß in den Arm gebissen hatte! Dienstboten haben kein Verständnis für Kinder, keine Liebe. Und noch ärger! Erst unlängst hatte sie eine Gouvernante hinauswerfen müssen, weil sie Paulchen eine richtige Ohrfeige versetzt hatte! Und warum? Weil er auf Peter losgegangen war und ihn ein bißchen geprügelt hatte! Die Kinder dürfen nicht verweichlicht werden, sie müssen lernen, sich selbst zu verteidigen, hatte sie an jenem Abend großartig ihrem Gatten verkündet. Miß Schultz war eine rohe Person. Tatsächlich, Pauls Wange war leicht gerötet, wo ihn diese Bestie getroffen hatte! Und es war allerhöchste Zeit, daß Peter lernte, ein kleiner Mann zu werden, ohne zu greinen wie ein Baby und dann wieder aufzubrausen; Miß Whitmore hatte ihr erzählt, daß er einmal sogar mit einer bronzenen Büste auf Paul losgegangen war, nur weil ihn der Bruder verspottet und ausgelacht hatte! Einzig und allein bei Franz und Paul fände sie Trost und Hilfe, so gestand sie jedem, der es hören wollte.

Es war eine wahre Erholung, daß Franz sie samt den beiden Kindern, der Gouvernante und zwei Hausmädchen im Sommer zusammenpackte und nach Asbury Park, ins Gebirge oder nach Atlantic City verfrachtete. Und er freute sich so auf Tante Elisabeth! Tina konnte es Baldo nicht oft genug beteuern und hatte längst vergessen, daß die Idee ursprünglich von ihrem Bruder ausgegangen war. Franz war immer auf ihr Wohl bedacht, erklärte sie. Ihren bösen Traum hatte sie längst aus der Erinnerung verbannt, den Traum ihrer Seele, die klüger war als ihr Kopf.

Franz teilte auch völlig ihre Meinung, daß man der Familie den Aufenthalt in diesem unfreundlichen Haus nicht länger zumuten könne. Die Gegend hatte sehr verloren, fragwürdige Typen waren in der Umgebung eingezogen, darunter ein unmöglicher Mensch ohne Manieren, ein Deutscher, aber nicht ein feiner Deutscher wie Papa und Franz — möglicherweise sogar ein Jude! Das Haus selbst schien immer düsterer, muffiger zu werden. Papa mochte das Gaslicht nicht, so saß man meist bei Kerzen und rußenden Öllampen. Alte Menschen werden so eigen, so altmodisch und mißtrauen dem Fortschritt. Als Tina das Telefon hatte einrichten lassen, da hatte Hans geradezu getobt, sooft das Klingelzeichen ertönte.

Aber Franz, der liebe Franz, sah alles ein. Er hatte ihr zärtlich zu verstehen gegeben, daß es eine Roheit wäre, den alten Mann aus der gewohnten Umgebung zu reißen, aus dem Haus, das für ihn das Symbol seines langen Lebens und aller Erfolge darstellte (als ob der »Erfolg« nicht ganz allein das Werk ihres Mannes wäre! Ach, Franz war so bescheiden und so gütig!) »Er ist alt, er hat nicht viel Zeit mehr vor sich«, sagte Franz und streichelte ihr Haar. »Laß ihn hier in Frieden leben. Wenn er einmal gestorben ist, suchen wir uns ein schönes, modernes Haus im Grünen, wie es unserer Stellung entspricht.«

Ihr vitaler, robuster Franz, eingekerkert in diesem gräßlichen Gebäude! Furchtbar — und wie rührend, daß er aus Rücksicht für den Vater nicht ausziehen wollte. Baldo schwieg, wenn sie Franz so in den Himmel hob. Er wußte genau, daß sein Schwager den gemeinsamen Haushalt nicht aufzugeben wagte. Solange der alte Mann dort lebte, hielt sich Hans noch immer für den Herrn des von ihm errichteten Königreiches, es wäre falsch und leichtsinnig gewesen, ihm diesen Glauben zu rauben. Im Werk herrschte Franz ohnehin schon längst unumschränkt, sogar Dietrich gab das zu. In den Mauern jedoch, die er sich selbst erbaut hatte, fühlte sich Hans in Sicherheit, dort war er noch immer die Autorität, und da er davon so fest überzeugt war, konnte Franz ihn um so leichter beschwatzen, ja betrügen. Hans ahnte nicht, daß er nichts anderes mehr war als ein alter Hund, der an seinem Knochen nagt und die Augen schließt, zu seinem eigenen Besten und einfach, um zu überleben.

Baldo beobachtete seinen Vater genau, während ihm diese Gedanken durch den Kopf gingen. Hans aß fast nichts, Gillespie trug die Speisen so hinaus, wie er sie hereingebracht hatte. Der alte Mann starb buchstäblich dahin, er löschte aus, er sah und hörte nichts, er war nur mehr ein Schatten seiner selbst, mit mechanischen Bewegungen und totem Blick.

Kaum war abgetragen, da huschte Tina hinaus ins Kinderzimmer, um mit den Knaben zu Abend zu beten und sich zu vergewissern, daß Miß Whitmore nicht vergessen hatte, ein Ei in Pauls Milch zu schlagen und zur Täuschung einen Tropfen Kaffee hineinzugeben; das arme Kind hatte eine solche Abneigung gegen Milch, genau wie sie, als sie klein gewesen war.

So blieb Baldo allein mit seinem Vater im geisterhaften Schein des Kerzenleuchters, der wie ein schwach schimmernder Stalaktit die düstere Höhle des großen Zimmers erhellte. Er nippte an einem Glas Wein, er hielt das feine Kristallglas nachdenklich in seinen Fingern und betrachtete den Vater. Der alte Mann verschwand beinahe in dem hohen, geschnitzten Stuhl, sein gebeugtes, rundes, fast kahles Haupt zeichnete sich scharf gegen den rosa Samt ab. Er schien kaum zu atmen, so still saß er da; Baldo glaubte, er sei eingeschlummert, dann aber sah er die Augen hinter den dicken Gläsern offenstehen. Der Diamant an Schmidts Hand glitzerte, es war das einzige Zeichen von Leben an dieser reglosen Gestalt.

Die Passivität, die stumpfe Lethargie waren es, die Baldo tief erschütterten. Wäre Hans immer zurückhaltend, schweigsam, kühl gewesen, dann hätte man diese Teilnahmslosigkeit als eine normale Alterserscheinung abtun können. Aber bei Hans war es keine Folge des Alters; der streitbare, stets aufbrausende, unbändige Draufgänger hatte sich durch den Druck des Widersachers in diese amorphe Masse verwandelt. Baldo dachte an den mörderischen Haß, mit dem ihn sein Vater zeitlebens verfolgt hatte, und obwohl es widersinnig war, verstärkte diese Erinnerung noch sein Mitleid mit dem Geschlagenen. Nicht das Alter hatte Hans besiegt, sondern sein Schwiegersohn Franz. Und der alte, gebrochene Kämpe begriff nicht einmal, wer ihm den tödlichen Schlag versetzt hatte.

Oder vielleicht doch? War es ihm in diesem gespenstischen Haus, in dieser Walpurgisnacht, klargeworden? Blitzte nicht ein Funke Verstehen in den halbblinden Augen hinter den Brillengläsern?

Baldo hätte gern herzlich und tröstend zu ihm gesprochen, aber er fand die Worte nicht. Es gab keine Worte. Es gab nur die bittere Erinnerung an lange Jahre endloser Quälerei, es gab den Abgrund, der nicht zu überbrücken war.

Dann plötzlich hob Hans die schweren Lider, es schien ihn eine übermenschliche Anstrengung zu kosten. Er schaute Baldo an, der ihm gegenüber am anderen Ende des weißgedeckten Tisches, mit dem blinkenden Kristall und Silber, saß. Es war sehr still, draußen fiel leise der Schnee, und lautlos gloste das Feuer im Kamin.

»Mein Sohn«, sagte Hans, und es klang wie ein heiseres Krächzen.

Etwas barst in Baldos Herzen, etwas brach zusammen, was jahrelang in ihm gestaut war. Im Zimmer war es finster geworden. »Mein Sohn«, hatte Hans gesagt. Niemals noch hatte er in diesem Ton zu Baldo gesprochen, sondern immer verächtlich, wütend oder voll Widerwillen.

»Ja, Vater«, gab Baldo leise zurück.

Hans stöhnte, und Baldo war voll Mitleid. Hans wetzte in dem Stuhl, als hätte sein schmerzender Körper einen Schlag erhalten, der, wenn auch hart, so doch nicht hart genug für einen Gnadenstoß war.

Und nun stöhnte Hans wieder. Er hob die Hände, und sie fielen kraftlos auf das Tischtuch. Kein zorniges Wort, keine Klage hätten deutlicher als diese Geste verraten können, wie schwer der Vater litt, wie nah er an der Schwelle des Todes stand. Baldo blieb sitzen. Er wußte mit dem feinen Empfinden eines leidgeprüften Menschen, daß Hans auch jetzt noch der Anblick von Baldos entstelltem Körper gereizt hätte; es wäre ihm dann schwergefallen zu reden. Und daß er etwas sagen wollte, war unverkennbar.

»Ich bin krank«, stammelte Hans, und jetzt glänzten seine Augen fiebrig. »Ich sterbe, mein Leben ist vorüber.«

Baldo widersprach nicht, er wollte nicht zu Banalitäten Zuflucht nehmen. Nach einer Weile fragte er sehr ruhig in deutscher Sprache: »Was willst du von mir, Vater? Was soll ich tun?«

Hans rang nach Luft, sein Körper bäumte sich auf. Dann reckte er sich und lehnte sich in den Stuhl zurück. Sein Gesicht war blaurot vor Anstrengung, die Krawatte lag wie ein Strick um seinen dicken Hals. Aber er mußte sprechen.

»Dieser Mann ...«, ächzte er, »... es sind meine Werke, und sie sind verloren. Aber sie gehören doch mir ... Was kann ich tun? Männer wie er, sie rauben die Gruben, die Fabriken, die Länder ... Sie rauben sie den kleinen Leuten wie mir. Wie deinem Vater ... Es nagt an meinem Herzen ...« Und langsam, schwerfällig hieb er mit der Faust auf seine Brust. »Ich kann nicht sagen, wie es in meinem Herzen aussieht ...«

»Ich weiß es, Vater«, sagte Baldo sanft.

Hans starrte ihn an. Baldos Blick lag mit unendlichem Mitleid auf ihm, während sich die winzigen blauen Augen des Vaters an ihn klammerten. In tiefer Erschütterung sah Baldo, daß sie sich mit schweren Tränen füllten, wie Blutstropfen, die aus einer gemarterten Seele steigen.

»Ja«, sagte Hans dumpf, und dann wieder: »Ja.«

Er schaute zum Feuer hin, und Baldo sah das Profil, das nun weder lächerlich noch häßlich war; es hatte alles Rohe verloren. Er strahlte Würde aus, tragischen Adel. Dann sprach Hans wieder, fast unhörbar: »Niemals hatte ich einen Freund. Niemals habe ich zu einem Menschen gesprochen. Ich hätte nichts zu sagen gewußt. Und jetzt, bei meinem Sohn, da finde ich die Worte.« Er schien es selbst nicht zu fassen, es war, als spreche er zu sich.

»Ja«, antwortete Baldo liebevoll. »Aber du brauchst mir nichts zu sagen, ich weiß alles.«

Hans nickte, ohne aufzublicken. »Das ist wahr«, murmelte er.

Baldo seufzte: »Du und ich, Vater, wir wissen, daß wir nicht dagegen an können. Es ist nicht Franz allein, es ist ganz Amerika. Ist es gut? Ist es schlecht? Das wird die Zukunft lehren. Wir können nicht gegen den Strom schwimmen, so sehr uns die Entwicklung schmerzt.«

Seine Stimme fiel in die Stille wie in einen tiefen Abgrund. Baldo glaubte, daß ihn sein Vater nicht gehört habe, denn der Ausdruck seines Gesichts hatte sich nicht geändert. Dann nickte der alte Mann ganz langsam, wie ein Soldat, der dem Eid getreu das Schwert zu einem Gefecht hebt, das niemals gewonnen werden kann.

»Ich muß es einsehen, freilich. Aber meine Tochter und meine Enkel ... sie dürfen nicht leiden. Verstehst du das, mein Sohn?«

»Ja, ich verstehe. Aber was soll ich tun?«

Nun belebte sich das alte Gesicht, es verzog sich zu einem listigen Grinsen.

»An mir liegt es, ich bin es, der etwas tun muß.«

Er versuchte aufzustehen, sank aber in den Stuhl zurück. Baldo trat zu ihm und reichte ihm die Hand. Der alte Mann sah das liebevolle, mitleidig lächelnde Gesicht, den Blick der schönen Augen, die alles verstanden, alles begriffen. Sehr langsam nahm er die angebotene Hand, in seinem Gesicht zuckte es, als wollte er weinen. Dann erhob er sich schwerfällig aus dem Stuhl.

Sie gingen zusammen in das hohe Treppenhaus. Hans blickte über die Stufen, die Wände, die bunten Glasscheiben, als sähe er sie das erste- oder letztemal. Sie wechselten kein Wort. Hans schleppte sich weiter, geführt von seinem Sohn; nun war er der Bresthafte, dem man helfen mußte.

Vor seinem Zimmer blieben sie stehen.

»Gute Nacht, Vater«, sagte Baldo bewegt.

Hans antwortete nicht, er blickte seinen Sohn nur sonderbar an.

»Gute Nacht, mein Sohn«, flüsterte er endlich, kaum hörbar. Und noch einmal: »Gute Nacht, mein Sohn.«

XII

Den ganzen Jänner hindurch, Abend für Abend, hatte Baldo auf Franz gewartet, während er den Winterstürmen lauschte.

Er wußte, daß Franz zu ihm kommen würde. Bei den gemeinsamen Mahlzeiten konnte niemand verbindlicher, ruhiger, rücksichtsvoller als Franz sein, aber auch niemand konventioneller und unpersönlicher. Er war gefällig zu seiner Frau, gefällig zu der sentenzenreichen, wehleidigen Tante Elisabeth und lächelte nachsichtig über deren »unmögliche« Kinder, Richard und Marcia. Baldo wußte, welch eiserne Selbstbeherrschung ihn das kostete, denn Franz konnte Halbwüchsige nicht leiden. Dem Schwager gegenüber war er stets höflich, wenn auch zurückhaltend. Baldo saß jetzt auf dem Stuhl des Vaters, obwohl sich Tina — unter vier Augen mit Franz — heftig darüber aufgeregt hatte. Baldo bewunderte den Schwager in diesen Tagen aufrichtig, Tapferkeit imponierte ihm immer. Denn, das wußte er, Franz besaß echten Mut, was um so verwunderlicher war, als er anderseits unter chronischer Furcht litt. Aber der Tapfere überwand eben seine Furcht; trotz seiner Winkelzüge, seiner Falschheit, seines Opportunismus hatte Franz Courage; sie lag ihm im Blut, das er allerdings durch Jahre verleugnet hatte, sie war ein Erbteil seiner Mutter, die unbeugsam, anständig und integer war.

Baldo wunderte sich nicht über die Vielschichtigkeit des menschlichen Charakters; er wußte längst, daß in einem Menschen Laster und Untugend verhältnismäßig friedlich neben Edelmut und Anstand bestehen konnten. Er war auch nicht der Ansicht, daß die Neigung zum Verbrechen auf eine unglückliche Kindheit oder andere bittere Erlebnisse zurückzuführen sei. Mit dem gleichen Recht konnte man behaupten, so meinte er, daß Naturkatastrophen, Orkane, Erdbeben, Bergrutsche oder Zyklone nicht Werke der Natur wären, die man so gern »gütig« und »Mutter« nennt, sondern irgendwelcher anderer unheilvoller Kräfte. Die Stürme und Erdbeben in der menschlichen Natur waren ebenso Teile des Charakters wie die sogenannten »guten« Regungen. Der Mensch war damit geboren, wie er mit blauen oder grauen Augen, mit krummer oder gerader Nase geboren wird. Dies war zumindest die Meinung Baldos. Deshalb überraschte es ihn nicht weiter, daß Franz, dieser rücksichtslose Egoist, der über Leichen ging, auch Noblesse und echte Tapferkeit besaß, und daß es immer wieder Fälle gab, wo er Güte und Selbstlosigkeit bewies. So hatte Baldo schon lange herausbekommen, daß er mit der Inhaberin einer kleinen Frühstückspension, einer gewissen Dolly Harrow und ihren drei kleinen Töchtern befreundet war und, wenn nötig, ihr mit Rat und Tat beistand. Auch bei anderen Gelegenheiten hatte sich gezeigt, daß Franz altruistisch handeln konnte. Baldo lehnte die Schwarzweißzeichnung der Charaktere, wie sie Dickens und seine Nachahmer übten, entschieden ab; er hatte nichts für Klischees übrig. Das einzige, was für ihn feststand, war der innere Widerspruch in jedem menschlichen Charakter.

Freilich wurde ihm Franz deshalb nicht sympathischer, und er schätzte ihn darum nicht höher. Er warf sich nicht etwa vor: »Oh, ich habe ihm unrecht getan! Ich habe seine Größe nicht erkannt!« Nein, er übersah weder seine Schwächen noch seine Niedrigkeit; er reihte nur den Mut in die Eigenschaften seines Schwagers ein, als ein Faktum, das er bis dahin nicht in seinem ganzen Umfang gesehen hatte. Aber Franz wurde ihm damit menschlicher.

Es wunderte ihn nur, daß Franz so lange nicht kam, obwohl er ihn doch seit Weihnachten, seit des Vaters Tod, erwartete. Nun war es schon Ende Jänner, und er war noch nicht erschienen. Baldo zerbrach sich den Kopf: Was hielt Franz ab? Keinen Augenblick dachte er, der Schwager könnte resigniert haben oder zu Kompromissen bereit sein. Tatsächlich war er der einzige, der Franz wirklich verstand. Bei Tisch saß Franz an Baldos linker Seite, wortkarg, etwas abgemagert. Niemals sprach er von den Stahlwerken. Aber was er an körperlicher Vitalität eingebüßt hatte, schien er an geistiger gewonnen zu haben; er war gefährlich in seiner Verschlossenheit, mitleidlos und scharf. Er litt, das war offensichtlich, und wenn Männer wie Franz litten, dann wurden sie zu einer tödlichen Gefahr. Etwas mehr Mut noch, etwas mehr Tücke, etwas weniger moralische Hemmung und Vorsicht, dachte Baldo, und er würde einen »Unfall« inszenieren oder etwas Ähnliches. Denn er haßt mich.

Franz hatte schon manches gewagt in seinem Leben, aber immer nur dann, wenn er sichere Gewinnchancen hatte; dann war er rücksichtslos bis zum Exzeß. Niemals aber würde er etwas durch eine mutige Geste aufs Spiel setzen, was er ohnehin schon in sicherem Gewahrsam glaubte. War es Geduld, daß Franz sein Kommen so lange hinauszögerte? Manchmal dachte Baldo, daß Franz ein Katz-und-Maus-Spiel mit ihm trieb, daß er wartete, bis Baldo der Sache überdrüssig würde und von selber nachgab. Es wäre denkbar, denn wenn auch die Stimme Franz' bei ihren kurzen Gesprächen immer gleichmütig beherrscht blieb, so blitzten seine Augen doch wie blanker Stahl. Er beobachtete ihn also. Baldo tat, als merke er es nicht, ja, als wäre er mit seinen Gedanken weit weg und hätte den kalten Krieg, der zwischen ihnen tobte, längst vergessen.

Aber dann, eines Tages, war es soweit.

Beim Abendessen war Franz blasser als sonst gewesen und geistesabwesend; er hatte sich an den Gesprächen kaum beteiligt. Als ihn Tina besorgt und aufgeregt wie immer fragte, was ihm fehle, sagte er nur, daß er müde sei. Aber seine Augen wurden freundlicher, als er sie anblickte. War es Zuneigung oder einfach Erschöpfung? Oder war er ihr endlich doch dankbar für ihre bedingungslose Ergebenheit und Bewunderung in einer Welt, die ihm immer mehr abforderte? Baldo bezweifelte es zwar, hielt es aber doch für möglich. Spielte er etwa dem Schwager die Zärtlichkeit eines liebenden Gatten vor, um ihn seinen Wünschen gefügig zu machen? Diese Idee hatte viel für sich. Es fiel ihm auf, daß Franz seit dem Tod seines Schwiegervaters netter mit Tina war, daß er sich nicht über sie lustig machte und viel Geduld bewies, und das sichtlich nicht nur in Gegenwart des Bruders, denn Tina wirkte entspannt und weniger verloren, wenn sie aus dem Zimmer kam, das sie mit Franz teilte.

Baldo wußte, daß Franz kommen würde, er hatte es aus kaum merkbaren Anzeichen in seinem Benehmen erkannt. So schob er die Vorhänge vor die Fenster und schürte das Feuer. Er stellte zwei Gläser und eine Flasche Kognak auf den Tisch, füllte die silberne Zigarettendose. Dann nahm er ein Buch, las und wartete.

Das große, häßliche Haus, diese Mißgeburt aus Stein und Ziegeln, schlummerte. Erst wenn es schlief, wurde Baldo voll bewußt, wie tief er es haßte und verabscheute. Wie ein ohnmächtiger Riese lag es da mit seiner plumpen Gestalt, seinem dumpfen Brüten. Das Feuer im Kamin mochte noch so hell brennen, die neu eingerichtete Zentralheizung noch so stark arbeiten, es blieb immer kalt, modrig wie eine Gruft oder ein Keller tief unter der Erde. Seit dem Tod des armen Vaters hatte sich das noch verdichtet; der Dunst lag schwer in den Zimmern, wie feuchter Nebel. Baldo hatte gehört, wie Tina davon sprach, daß sie bald in ein »hübsches, nettes Haus mit Blumen, Rasen und Bäumen« übersiedeln würden. Er wußte genau, warum Franz zu Lebzeiten seines Schwiegervaters nicht ausgezogen war, und er wußte, warum er es auch jetzt nicht tat: weil er Baldo nicht aus den Augen zu lassen wagte.

Er schaute ins Feuer, hörte das Knistern, das in der stygischen Stille lauter tönte. Dann klopfte es, nicht laut, aber entschieden. Es war Franz. Baldo lächelte, dann setzte er sich in Positur und rief ihn herein.

Franz kam, und Baldo musterte ihn ganz genau. Ja, er hatte abgenommen, er war nicht mehr so geschmeidig und glatt wie einst, nicht mehr so lebhaft gefärbt und jungenhaft. Sein dunkler, eleganter Anzug schien ihm zu groß geworden. Das Hemd war blütenweiß wie immer, die Krawatte schwungvoll gebunden. Seine Züge waren schärfer, er war ruhig und lächelte nicht, aber etwas Gefährliches lauerte hinter diesem strengen Äußeren. Seine Lippen waren blaß, doch die Augen, mit denen er Baldo betrachtete, waren die eines Todfeindes. Er bewegte sich sicher und gewandt, setzte sich neben den Ofen, und die beiden Männer schauten einander an.

»Es ist Zeit. Wir haben miteinander zu sprechen«, sagte Franz hart, ohne Einleitung.

Baldo nickte höflich und ernst.

Franz hatte einen spöttischen Blick erwartet, eine ironische, oberflächliche Bemerkung, wie Baldo sie liebte. Die abwartende Ruhe ärgerte ihn, und in seinen Augen flammte es auf. Gefährlich ist er, gefährlich dachte Baldo wieder, aber es berührte ihn nicht, und es reizte ihn kein bißchen. Was bildet er sich ein? dachte er. Will er mich einschüchtern mit seinem Haß und seinen Mordgelüsten? Und trotzdem fühlte er das alte Mitleid mit diesem Menschen, der von seinen Leidenschaften getrieben wurde, manchmal wider seinen Willen, manchmal wider den Aufschrei seines eigenen Elends.

Franz blieb ganz beherrscht.

»Ich habe beschlossen, mit Frau und Kindern wegzuziehen«, sagte er heiser, »vielleicht in eine andere Stadt, vielleicht nach Windsor.«

»Tatsächlich?« murmelte Baldo und sah seinen Schwager voll brüderlichen Interesses an. »Windsor soll ein ausgezeichnetes Klima besitzen.«

Franz ballte die Fäuste, öffnete sie aber sofort wieder wie auf Befehl. Sein Körper blieb ruhig, doch Baldo fühlte die eisige Kälte und die gespannten Muskeln, als wäre es sein eigenes Fleisch. Und als Franz unvermittelt lächelte, da spürte er selbst den Krampf, den ihn dieses Lächeln kostete.

»Peter wird dir abgehen«, sagte Franz.

Baldos Mitleid schwand mit einem Schlag. Er ärgerte sich, und er verachtete seinen Gegner, der zu so niedrigen Mitteln griff, vielleicht fühlte er sogar leise Angst. Tief in seinen Augen erwachte der gefährliche Funke, äußerlich aber blieb er ganz ruhig.

»Ja, Peter wird mir abgehen. Du wirst ihn mir aber trotzdem öfter schicken müssen, du weißt, daß er mein Erbe ist.« Er unterbrach sich und ließ Franz nicht aus den Augen: »Er erbt alles. Die Werke, selbstverständlich; allerdings habe ich mir überlegt, ob ich die Fabrik nicht verkaufen soll, wenn du deinen Posten niederlegst. Nicht den Sessions-Leuten ...«, er schüttelte freundlich den Kopf — »nein, den Carnegies. Sie haben mir bereits ein sehr vernünftiges Angebot gemacht.«

Und heimlich sagte er sich, wie sein Vater gesagt hätte: Jetzt hab' ich dich, du Halunke!

Es bereitete ihm ein prickelndes Vergnügen, wie Franz sich bemühte, seine wahren Gefühle zu verbergen, wie er seine ganze Verstellungskunst spielen ließ. Franz bewahrte sein mildes Lächeln, das nicht wirklich milde war, und warf schließlich nachlässig hin:

»Carnegie? Wozu das? Verrückt. Wenn du verkaufst, dann verkaufst du doch selbstverständlich mir.« Er konnte nicht verhindern, daß sein Herz schneller klopfte.

Baldo zündete sich gemächlich eine Zigarette mit einem Wachshölzchen an und bedeutete Franz, sich ebenfalls zu bedienen. Franz tat es, und als ihm Baldo Feuer reichte, merkte er, wie die Finger seines Schwagers zitterten. Unwillkürlich erwachte wieder das Mitleid in ihm, zugleich aber dachte er: Wenn du unbedingt spielen willst, dann spiele ich mit dir. Ich bin ein größerer Meister als du in dieser Kunst. Du spielst, ohne deinen Gegner auch nur kennen zu wollen. Zur Strafe lasse ich dich ein wenig zappeln.

»Zu welchem Preis?« fragte er laut.

Franz hätte beinahe die Zigarette fallen gelassen. Sein Gesicht belebte sich mit einem Schlag, er schien plötzlich wie von einer schweren Last befreit. Mit einem tiefen Atemzug konterte er:

»Was verlangst du?«

Baldo blickte ihn sonderbar an. Dann erhob er sich, trat zum Kamin, und die Umrisse seiner verwachsenen Gestalt hoben sich im Schein des Feuers ab. Er wollte ganz ruhig sprechen, doch seine Stimme schwankte:

»Du kannst nie soviel Geld besitzen, um mich auszukaufen. Das muß dir ein für allemal klar sein.« Dann schaute er Franz geradewegs an und sagte zornig, aber mit einem Unterton von Trauer in der Stimme: »Bist du denn nie ehrlich? Mußt du immer glauben, daß andere Menschen so sind wie du? Mußt du allezeit lügen und von den andern auch nichts als Lügen erwarten?«

Franz antwortete nicht, er konnte seinen Blick nicht von Baldo wenden. Aber sein Gesicht lief rot an, an seinen Schläfen unter dem blonden Haar traten die Adern hervor, als wollten sie platzen. Dann stand er plötzlich auf, warf die Zigarette in den Kamin und preßte die Fingernägel in das Fleisch. Seine Enttäuschung, sein Haß, sein Zorn, seine Verzweiflung machten sich in dieser Bewegung Luft. Er spie seine Worte aus, er schleuderte sie dem andern wie Steine ins Gesicht. Nun redete er in deutscher Sprache.

»Was sind diese Stahlwerke? Ich habe sie geschaffen! Mir gehören sie! Sogar du mußt das zugeben. Mein ganzes Leben steckt darin. Nichts war die Fabrik, ruiniert, bankrott! Hörst du? Ich habe sie in die Hand genommen und gerettet. Dein Vater ...«, er rang nach Luft, sein Gesicht verzerrte sich in einer Grimasse ohnmächtigen Hasses, »dein Vater ... er hat das genau gewußt, und ich hatte allen Grund anzunehmen, daß ich sie erben würde; ich habe sie ehrlich verdient! Rechtens stehen sie mir zu! Aber du hast sie bekommen. Du sagst selbst, daß du nichts damit anfangen kannst — mir gehören sie, mir!« Er trommelte sich mit den Fäusten auf die Brust. »Nicht ich war es, der gelogen hat; dein Vater war der Lügner! In letzter Minute hat er seine Entschlüsse umgestoßen; ich kenne den Grund nicht!« Seine Stimme erstickte.

Baldo hatte ihn austoben lassen, ohne eine Miene zu verziehen. Jetzt sagte er sehr ernst: »Du hast ganz recht. Logischerweise hätte er dir die Werke hinterlassen müssen. Er wollte es sicher, aber dann hat er sich gegen dich gestellt. Warum? Weil er alt war, weil er die neue Entwicklung der Industrie fürchtete? Das war es wohl.« Er lächelte. »Du siehst, wir verstehen uns viel besser, wenn du aufrichtig bist, wenn du mir nichts vortäuschen willst, nicht deine wahren Gefühle verbirgst und den glatten Gentleman spielst, der einfach hereinkommt, um mit mir zu plaudern.«

Franz stand noch immer wie unter Schock, er begriff kaum, was Baldo meinte, zitterte am ganzen Körper und sah seinen Gegner mit leerem Blick an. Baldo setzte sich nieder und fuhr fort:

»Immerhin ... die Werke gehören mir. Mein Vater hat sie mir hinterlassen, das ist nun einmal nicht wegzuleugnen. Weil er nicht mit der neuen Zeit ging und weil ihm um sein Lebenswerk bange war. Nun gehören sie eben mir, diese Fabriken, die du mit deiner Tüchtigkeit, aber auch mit deinen Intrigen, deiner Doppelzüngigkeit, deiner Raffsucht und der Ausbeutung deiner Mitmenschen aufgebaut hast. Ist das fair? Logisch gedacht muß ich zugeben: Es ist nicht fair. Wenn man die Sache aber von einer höheren Warte und mit etwas Ironie betrachtet — und du weißt, darin liegt meine Schwäche —, dann war es fair. Dieses Testament war die einzige Freude, die dir mein Vater zu danken hat, seit dem unseligen Tag, da er dich kennenlernte. Schau mich nicht so wütend an! Es war doch letzten Endes ein Unglück für ihn — oder? Du hast ihm alles genommen, was ihm sein Leben lebenswert machte, seine Selbstachtung, seine Eitelkeit, denn er hat in dir einen größeren Schurken erkannt, als er selbst war, und er war immer so stolz darauf, ein Schurke zu sein!« Baldo lächelte wieder, aber Franz schätzte diesen Humor sichtlich nicht.

»Ich bin nicht der gleichen Meinung wie mein Vater, das habe ich schon erklärt. Der Fortschritt, die Weiterentwicklung der Industrie, der Methoden sind nötig, kein Zweifel. Aber warum? Mich darfst du nicht danach fragen. Ich persönlich sehe nämlich keinen Fortschritt darin, wenn sich die Industrie ins Uferlose ausdehnt. Aber ich bin eben ein Einsiedler und keineswegs kompetent in diesen Fragen. Unternehmer waren mir immer ein Greuel. Wahrscheinlich bin ich hinterwäldlerisch und beschränkt.«

»Nein, du bist nicht beschränkt«, murmelte Franz.

Aber du möchtest mich am liebsten umbringen, dachte Baldo spöttisch. Er wollte ihn noch stärker reizen. Mit einer weiten Handbewegung sprach er weiter:

»Wenn es nach mir ginge ... und wer weiß, ob ich es nicht noch verwirkliche? ... dann würde ich die Werke den Arbeitern geben, die sie am ehesten verdienen, wenn ich ehrlich bin. Sie haben es schließlich ermöglicht, daß wir reich geworden sind. Aber das sind schon wieder Verstiegenheiten! Männer wie ich sind eben keine Realisten ... Daraus ergibt sich freilich, daß sie genaugenommen doch wieder dir gehören ... oder uns allen ...«

Er strahlte geradezu vor Freude, eine so unerwartete Weisheit entdeckt zu haben.

Franz, kalkweiß im Gesicht, stand starr und steif vor ihm. Baldo studierte ihn und konnte nicht umhin, seine Haltung zu bewundern. Und auch die ruhige Stimme bewunderte er, mit der Franz jetzt sprach.

»Du hast mich ersucht, aufrichtig zu sein. Nun ersuche ich dich um Ehrlichkeit. Du spielst mit mir. Sprich offen. Die Sache ist zu ernst für mich.«

Baldo nickte und sagte trocken: »Gut. Es war nur eine Art Revanche für jene Spiele, mit denen du mich zum Narren halten wolltest. Bei mir haben sie keinen Sinn, ich kenne selbst ein paar Tricks. Willst du dich nicht setzen?«

Franz nahm wieder Platz. Wer Mut besitzt, verdient auch Respekt, dachte Baldo. Denn dieser Mut war nicht nur die rein animalische Kraft eines wilden Wolfs, eines reißenden Tigers, eines brüllenden Löwen; es war der Mut, der von Angst und Verzweiflung und Feigheit begleitet ist, und der darin bestand, diese Gefühle zu überwinden. Franz besaß offensichtlich diese Kraft.

Baldos Bitterkeit schwand bei diesen Überlegungen, und er sprach fast herzlich: »Du verdienst es, daß ich ehrlich und offen mit dir rede, Franz.« Das Antlitz seines Schwagers entspannte sich, ein leichtes Lächeln erhellte die Züge, in die Wangen kehrte die Farbe zurück. Er weiß nicht, was meine Einstellung geändert hat, warum ich einlenke, dachte Baldo. Aber sicher überlegt er schon, wie er diese Stimmung ausnützen kann.

»Ich will deine Zeit nicht verschwenden, Franz, und meine eigene auch nicht. Als du vorhin sagtest, du möchtest nach Windsor gehen, hielt ich das zuerst für eine glatte Lüge; um mich zu erpressen, etwas bei mir durchzusetzen. Jetzt glaube ich das nicht mehr. Erzähl mir, was du dir vorgestellt hast.«

Franz holte tief Atem, dann begann er: »Ich habe nicht gelogen. Nach dem Tod deines Vaters habe ich mit Jules Bouchard verhandelt. Er bot mir die Stelle eines Vizepräsidenten der Sessions-Stahl an, mit einem sehr hohen Gehalt. Wir führten in den letzten Jahren schon verschiedene Gespräche und verstehen uns in beruflichen Dingen recht gut. Natürlich will er mich ausnutzen, aber da wird er kein Glück haben. Auf jeden Fall würden wir gut zusammenarbeiten, und ich könnte hohe Gewinne machen. Wenn ich es geschickt genug anstelle, freut er sich sogar über meine Gewinne. Ich habe ernstlich erwogen, dieses Angebot anzunehmen.«

»Warum?« fragte Baldo kühl.

Franz zögerte und senkte die Augen. Sollte er lügen? Er blinzelte und begegnete dem Blick seines Schwagers. Dieser verdammte Krüppel, der alles durchschaute! Also hieß es bei der Wahrheit bleiben, und er war Wahrheit so wenig gewohnt!

»Du weißt, daß ich die Stahlwerke deines Vaters ausgebaut, ja gerettet habe, weil ich glaubte, er würde sie mir hinterlassen. Ich kann nur für mich arbeiten, nicht für andere und schon gar nicht für meine ›Familie‹. Das liegt mir nicht. Im allgemeinen sagt man den Deutschen Familiensinn nach, nun, mir fehlt er leider. Wenn ich hierbleibe, dann arbeite ich für dich, für meine Frau, für meine Kinder. Das ertrage ich nicht, besonders wenn ich bedenke, daß ich genaugenommen nichts anderes bin als euer Angestellter. Dazu bin ich mir zu gut. Da arbeite ich lieber für Fremde, sagen wir für Jules Bouchard.« Und nach einer Weile fügte er zögernd hinzu: »Willst du mir die Fabriken nicht doch verkaufen?«

Baldo antwortete: »Ich verstehe ...« Dann: »Die Werke bedeuten mir nichts, ich bin weder Geschäftsmann noch Unternehmer. Ich kann sie selbstverständlich verkaufen, aber nicht dir. Warum? Sie sind dir nicht bestimmt.« Langsam sprach er weiter: »Du willst nicht für mich arbeiten, weil du deinen Stolz hast. Auch das verstehe ich. Ich verstehe viel. Ich selbst bin nicht in der Lage, die Werke zu führen, das stimmt, aber sie sind mein Druckmittel. Ich traue dir nämlich nicht, Franz. Ich will dich an der Leine behalten«, fuhr er lächelnd fort.

Und nach einer langen Pause: »Ein Vorschlag zur Güte, Franz. Ich behalte die Geschäftsaufsicht der Schmidt-Stahl-Werke, und sie bleiben mein Eigentum. Wenn du hier weiter arbeitest, wohlverstanden. Andernfalls verkaufe ich sie sofort. Glaub mir, ich würde ihnen keine Minute nachtrauern. Ich wäre froh, nichts mehr damit zu tun zu haben.«

Franz verzog schmerzhaft das Gesicht, aber er beherrschte sich und hörte schweigsam zu.

»Ich behalte die Geschäftsaufsicht«, wiederholte Baldo. »Du kannst Generaldirektor werden, wenn du willst; ich werde im wahrsten Sinn ein ›stiller‹ Geschäftsführer sein und dir niemals dreinreden, selbst wenn ich deine Entscheidungen oder sonstigen Vorgänge in den Werken nicht billigen sollte. Ich mische mich nicht ein, die sozialen Zustände kümmern mich nicht, ich bin kein Reformator. Ich übernehme die Geschäftsaufsicht aus dem einzigen Grund, um dich, wenn nötig, unter Druck zu setzen.«

»Warum willst du mich unter Druck setzen?« fragte Franz leise.

»Peters wegen«, antwortete Baldo kühl.

Franz schwieg, und Baldo konnte alle geheimen bösen Gedanken aus dem glatten Gesicht lesen. »Wenn du aber glaubst, das Kind für deine Zwecke mißbrauchen zu können, dann irrst du dich. Nimm mir das Kind, und ich versichere dir, daß ich es vergessen werde. Ich kann alles vergessen, was ich vergessen will. Wenn ich nicht verkaufe, habe ich auch Forderungen zu stellen.«

»Welche?«

»Daß du mir das Kind überläßt. Merk gut auf, ich wünsche nicht, daß du mir Peter sozusagen auslieferst oder daß du in der ständigen Angst lebst, ich könnte dich durch ihn erpressen und Gegenmaßnahmen ergreifen, wenn du den Jungen nicht so behandelst, wie ich es wünsche. Ich könnte ein solches Leben nicht ertragen, ich kann nicht stets auf der Hut sein, auf der Lauer liegen, denn ich bin sehr träge, sehr bequem, und ich gehe gern Unannehmlichkeiten und Aufregungen aus dem Wege. Aber ich bitte dich, zu mir zu kommen und dich mit mir zu besprechen, wenn es um wichtige Dinge geht. Diese Abmachung soll natürlich unter uns bleiben. Und dann, nach reiflicher Überlegung, möchte ich das letzte Wort sprechen.«

Franz biß sich auf die Lippen. Seine Augen hingen an seinem Gegenüber, forschend und in uneingestandener Sorge. »Und die Werke . . .?« fragte er endlich.

»Ich hinterlasse Peter meine Anteile. Aber er soll sie erst bekommen, wenn du und ich gestorben sind. Vorher erfährt er nichts von dieser Verfügung.« Und fast traurig fuhr er fort: »Ein sonderbarer Pakt, gewiß. Es liegt an dir, ob du darauf eingehst oder nicht.«

Franz sprang auf und ging ans Fenster. Er riß den Vorhang zurück und schaute hinaus in das nebelige Dunkel, Baldo ließ den Blick nicht von dem Feuer, und seine Stimme klang gedämpft, als er weitersprach:

»Du bist der Vater des Jungen. Ich bitte dich, ihn in Hinkunft besser zu behandeln. Aber selbst wenn du fortfährst wie bisher, ihm weiterhin unrecht tust, ihn quälst und ihm bei jeder Gelegenheit zeigst, wie wenig du für ihn übrig hast; selbst dann werde ich nur versuchen, seine Lage zu verbessern, ihn zu trösten, wie ich es bisher getan habe. Er ist dir gleichgültig, das ist dein Pech und seines. Manchmal glaube ich sogar, du peinigst ihn nur, um mir weh zu tun. Ich muß dich bitten, das einzustellen. Das ist das wenigste, was ich verlange. Trotzdem, das ist keine Forderung, sondern eine Bitte, denn ich glaube noch immer, daß etwas Menschlichkeit in dir steckt, etwas Anstand. Versuche danach zu handeln.

Nehmen wir einmal an, du gibst die Tätigkeit hier auf, du gehst zu den Sessions-Stahl. Dort wird man dich ausnützen und dich benachteiligen, wo man nur kann. Ich habe Jules Bouchard nur einoder zweimal gesehen, du kennst ihn besser als ich, aber ich glaube, eine gewisse Menschenkenntnis zu besitzen. Überleg dir, ob er ein besserer Chef sein wird als ich, ob du es bei ihm auf die Dauer aushältst. Du wirst nicht einmal soviel verdienen wie hier! Und selbstverständlich wirst du auch nie soviel Freiheit und Selbständigkeit besitzen. Vielleicht ist dir das im Augenblick nicht so wichtig, und du nimmst alles auf dich, wenn du nur die Gelegenheit findest, mir etwas anzutun.«

Franz blieb mit dem Rücken gegen das Zimmer stehen und murmelte: »Niemals im Leben wird mir etwas so wichtig sein wie meine Arbeit in den Stahlwerken. Nie habe ich auf persönliche Wünsche oder Gefühle Rücksicht genommen, wenn es um die Fabrik ging.«

Baldo saß reglos vor dem Fenster und fragte ruhig: »Du nimmst mein Angebot also an?«

Franz drehte sich um und trat auf ihn zu. Er war sehr blaß, als er sich langsam niedersetzte. »Ja«, antwortete er kaum hörbar. »Es wäre Wahnsinn, abzulehnen. Du hast mir ein Maximum geboten.«

Und dann, zum erstenmal, seit er sich im Zimmer befand, wendete er sich dem Bild Irmgards zu, das über Baldos Schulter hing. Baldo merkte es, obwohl er die Augen nicht hob, und wider seinen Willen mußte er den Mann bewundern, der alles vergaß, alles beiseite schob, wenn es um die Dinge ging, die seinen eigentlichen Lebenszweck ausmachten.

XIII

Jeden Morgen kamen die Kinder nach dem Frühstück zu ihren Eltern, um sie zu begrüßen. Franz konnte das große Speisezimmer, das Grabgewölbe, wie er es nannte, nicht leiden und frühstückte daher mit Tina in dem einzigen hellen Raum des Hauses, dem ehemaligen Schlafgemach seiner Schwiegermutter. Er hatte es neu eingerichtet, mit lichten Möbeln und in bunten Farben. Tina hatte wie immer nachgegeben, obwohl sie die Vorliebe ihrer Mutter für schwere Vorhänge und massiges Mobiliar geerbt hatte. Das grelle Sonnenlicht strengte sie an, es schmeichelte ihrem Aussehen nicht, aber da Franz, ebenso wie Baldo, es hübsch und heiter fand, fügte sie sich. Mrs. Trenchard, Tante Elisabeth, freilich erklärte mit ihrer klagenden Stimme, daß der Salon vulgär sei und kein Air habe. Sie hatte stets sehr ausgeprägte Meinungen und hielt keineswegs mit ihnen zurück. Franz ging darüber hinweg; in dem freundlichen Rahmen fiel es ihm weniger schwer, den liebenswürdigen Pater Familias zu spielen und die Abwesenheit seiner Frau eine ganze Stunde lang zu ertragen, milde mit den Knaben zu plaudern und ihnen dann und wann ein Wort über die Zeitung hin zuzurufen. Ja, in diesem Zimmer fühlte er sich wohl, auch wenn der frühe Morgen Gaslicht und Heizung verlangte und der Regen auf die hohen Fenster prasselte.

Es war frostig an diesem Jännertag, der Wind hatte aufgehört und war einer klirrenden Kälte gewichen; Eisblumen glitzerten auf den Scheiben. Tina fror es in ihrem hermelinverzierten Morgenrock. Sie wollte jung aussehen, sie litt darunter, daß sie älter als Franz war, und ihre Unförmigkeit machte ihr schwer zu schaffen. Sie hatte sich nun eine neckische Frisur nach der letzten Mode, mit Löckchen und Fransen, zugelegt, die jugendlich sein sollte, aber ihre Haut hatte längst die unschuldige Weiße und allen Schmelz verloren. Auch das Zarte, das Fragile, das so rührend an ihr gewesen war, die kindhafte Fröhlichkeit, die Hans so geliebt hatte, waren längst dahin. Jetzt war sie sprunghaft, impulsiv, gewiß, aber die gereizte Hektik war auf tausend Wehwehchen zurückzuführen, mit denen sie sich und ihre Umgebung plagte und die das Zusammensein mit ihr unleidlich machten. Außerdem war sie unberechenbar und launisch, mäkelte und zankte den lieben langen Tag lang mit allen, nur nicht mit ihrem Franz, dem sie nach wie vor sklavisch ergeben war und dem sie alles zu Gefallen tat. Selbst ihre unergründlichen tiefen Augen glänzten in einem unnatürlich fiebrigen Schein; von Tag zu Tag wurde sie ihrer Mutter ähnlicher. Ihre hohe Stimme kippte oft über und wurde schrill und mißtönend; um die braunen Flecken auf ihren Händen zu verstecken, trug sie Spitzenmanschetten und zahlreiche Ringe an den Fingern, was Franz nicht leiden konnte, denn das Einfache und Klare gefiel ihm besser; außerdem schätzte er strotzende Gesundheit. Tina kam ihm ungesund und wie verwest vor, obwohl sie Parfüms und feine Seifen in Mengen verbrauchte, vielleicht deshalb, weil ihr Körper, trotz ihrer Schwangerschaften, mager und unentwickelt geblieben war. In den ersten Jahren seiner Ehe hatte er ihr helles, perlendes Lachen, ihre huschenden Bewegungen, mit denen sie durch das Haus flatterte, nett gefunden. Aber all das war vorbei, und geblieben war ein mageres, ältliches, von allerlei Gebresten geplagtes und nörgelndes Frauenzimmer, das ihn mit ihrer Liebe und mit ihren Händen abstieß und dessen Berührung ihm in seiner Kraft und Gesundheit lästig war.

Er hatte Irmgard nicht vergessen. Aber seine ehrgeizige Natur duldete nicht, daß ihn der Gedanke an sie auf seinem Weg störte oder hinderte. Trotzdem blieb sie ihm das Symbol für Sauberkeit, Jugend und Frische, wie er sie liebte und wie sie ihm in dieser Atmosphäre klebriger Anbetung, dunkler Winkel, fensterloser Gänge und muffiger, versperrter Stuben noch kostbarer schienen. Oft sah er Irmgard vor sich, hoch auf einem Hügel stehend, von wo sich ihre Silhouette gegen den klaren, blauen Himmel abhob. Niemals hatte er sie in einem solchen Rahmen gesehen, im Duft des Heus und üppig reifender Felder, und trotzdem war ihm, als hätte er sie so erblickt, und nachts, wenn er nicht schlafen konnte, zerbrach er sich den Kopf, wo das gewesen war. Manchmal schien ihm, als wäre er der Lösung des Rätsels ganz nahe, als könnte er Irmgard fassen, aber immer wieder entwich sie.

Sie wurde ein Traumbild für ihn, wie sie für Baldo ein Traumbild war. Aber dieses Bild war schuld daran, daß ihm sein Leben mit Tina noch unerträglicher wurde und sich seine Abneigung und sein Widerwille noch steigerten. Doch realistisch, wie er war, und keineswegs bereit, um sinnloser Träume willen die Wirklichkeit zu vernachlässigen, schob er alles ab, was ihn ablenken oder quälen konnte. Baldo glaubte, daß Franz heuchelte, wenn er freundlich zu seiner Frau war, aber das stimmte nicht; Franz hatte die Fähigkeit, das Beste aus einer gegebenen Situation zu holen und sich danach zu richten; es war eine Art Selbstschutz.

Er empfand eine halb instinktive, halb boshafte Neugier für seine Kinder, und so fand er sich mit Tinas Geplapper und Getue ab, das zum morgendlichen Zeremoniell mit den beiden Jungen gehörte.

Dann legte er die Zeitung nieder und hörte nachsichtig lächelnd zu. Er streichelte die Knaben, fuhr ihnen liebkosend über Wangen und Kinn, lobte ernsthaft oder tadelte, wenn er es für richtig hielt; dann stand er gähnend auf, drückte einen zerstreuten Kuß auf die eingefallenen Wangen seiner Frau und verschwand. Den ganzen folgenden Tag lang verschwendete er keinen Gedanken mehr an seine Familie.

Tina litt an diesem Morgen unter starken Kopfschmerzen. Der Arzt schrieb sie ihrem »Zustand« zu, aber sie selbst war anderer Meinung. Seit Jahren spürte sie den dumpfen Druck hinter den Schläfen, sie hätte Brillen tragen sollen, doch das würde sie älter machen. Dabei war sie versessen auf Liebes- und Frauenromane und saß stundenlang über Schmökern mit kleinem Druck. Tags zuvor erst hatte sie bis Mitternacht im Bett gelesen und das Buch nur schnell unter dem Kissen versteckt, als sie Franz kommen hörte, der auf Katzenpfoten die Treppe heraufschlich. Sie hatte das Licht gelöscht und sich schlafend gestellt. Niemals machte sie ihm einen Vorwurf wegen seiner häufigen Ausgänge, niemals fragte sie, wo er so lange blieb. Eine instinktive Scheu warnte sie davor, sie ahnte, daß Franz ganz unbefangen, vielleicht sogar mit einem gewissen boshaften Vergnügen erzählen würde, was er trieb, und daß diese Schilderungen sicher schmerzlich für sie sein mußten. »Offiziell« sagte sie sich freilich, daß sie sich schlafend stellte, um Franz nicht zu ärgern, der das lange Lesen sicher nicht gutheißen würde.

Die beiden Knaben kamen herein, sie hatten im Kinderzimmer gefrühstückt. Sie waren klein für ihr neun Jahre, aber schmuck und hübsch in ihren engen blauen Hosen, den langen schwarzen Strümpfen und den dunkelblauen Matrosenblusen mit den großen weißen Kragen. Die Schuhe waren blank geputzt, und das Haar ordentlich gebürstet. Paul war etwas kleiner als sein Zwillingsbruder, lebhafter und ungebärdiger; Peter ging meist widerstrebend einen Schritt hinter ihm her — er war stets auf der Hut. Auf einer seiner Wangen brannte ein roter Fleck.

Tina breitete theatralisch die Arme aus. »Meine Süßen!« rief sie flötend und schwärmerisch und legte ein Tremolo in ihre hohe Stimme. Niemals gab sie die Hoffnung auf, daß die Kinder zu ihr springen, ihr an die Brust sinken würden und sie über ihre Köpfe hinweg strahlend zu Franz schauen könnte. Sie hatten eine solche Szene in einem Roman gefunden, der sie sehr begeisterte: »Miß Smitherleys geheime Lieben«. Doch wie immer kam Paul seitlich angeschlichen, voll Abwehr, ungeduldig wich er ihren Armen aus und ließ sich nur einen leichten Kuß aufs Ohr hauchen. Dann rannte er davon, um auf Entdeckungsfahrt zu gehen. Peter jedoch näherte sich bedächtig, blieb zwei Schritte vor ihr stehen und bog den Oberkörper weit zurück, während sie ihn buchstäblich in ihre Arme zwang. Dann duldete er einen Kuß auf seine Wange. Er bewegte sich nicht, er blieb steif und ablehnend. Schließlich schob sie ihn mit einem halb belustigten, halb ärgerlichen Lächeln von sich: »So ein unfreundliches Kind«, schalt sie.

Franz, der die Szene Tag für Tag beobachtete, fand weder etwas Rührendes noch etwas Erbauliches daran. Er ahnte nicht, daß Tina hinter ihrem affektierten Gehaben ein echtes Gefühl, eine tiefe Sehnsucht nach der Liebe ihrer Kinder verbarg; er glaubte, daß sie nur Theater spielte, das Idyll: »Mutterliebe — Mutterglück«. Die offene Abwehr der Jungen und die Enttäuschung der Mutter bereiteten ihm solchen Spaß, daß er geradezu Zuneigung für die beiden empfand. Sie hatten sich mit ihm gegen das Unnatürliche und Ungesunde verschworen, das sich in ihrer Mutter verkörperte.

Aber das morgendliche Ritual war damit noch nicht beendet. Tina schaute die Knaben prüfend an, kontrollierte, ob ihre Kleidung tadellos, ob sie sauber gekämmt und gebürstet waren, und hatte meist das und jenes auszusetzen, obwohl doch die englische Gouvernante vorbildlich war. Tina strich dem Größeren eine braune Locke aus der Stirn, doch es lag nichts Zärtliches in dieser Geste.

»So ein unordentlicher kleiner Junge!« seufzte sie. Peters große blaue Augen schauten sie offen an. Er sah nur den kalten Blick seiner Mutter, nicht das Lächeln auf den Lippen. Er mochte sie nicht, er durchschaute sie mehr als sein Bruder Paul — der seiner Mutter ebenfalls aus dem Weg ging —, weil er den schärferen Blick und das feinere Empfinden hatte. Es erschreckte ihn, daß ein Erwachsener so hart zu ihm sein konnte, ihn mit persönlicher Feindschaft verfolgte, ihn, ein Kind. Seine Welt, dieses düstere Haus voll von Dienstboten, mit dem gehässigen Vater und der nörgelnden Mutter, schwankte bei diesem Morgenappell noch gefährlicher als sonst.

Paul kletterte auf die Knie seines Vaters. Er plauderte drauflos, er erzählte das Blaue vom Himmel, er verleumdete seine Gouvernante nach Noten; er log, ohne daß man ihn provozierte, einfach um sich wichtig zu machen und weil ihm das Lügen angeboren war. Franz hörte belustigt zu, er wußte genau, was er von dem Geschwätz zu halten hatte.

»Du unverschämter kleiner Lügner!« sagte er schließlich. Er war nicht böse, er kramte in seiner Tasche, und Paul schaute ihm gierig zu. Schließlich zog Franz eine Silbermünze hervor, hielt sie in die Höhe, und der Junge schnappte sie mit einem Freudenschrei. Tina konnte einen liebevollen Vorwurf nicht unterdrücken. Mit schief geneigtem Kopf sagte sie schmollend: »Der Junge lügt, daß sich die Balken biegen — und du belohnst ihn noch!«

»Ehrliche Menschen kommen nicht weit in dieser Welt«, erklärte Franz. Sein Bedarf an väterlicher Zärtlichkeit war gedeckt, er schob den Knaben von sich.

Dann fiel sein Blick auf Peter, der ihn ruhig betrachtete. Franz, der schon nach der Zeitung gegriffen hatte, ließ die Hand sinken. Er war diese Aug-in-Aug-Gespräche mit seinem Sohn gewöhnt, und sie brachten ihn jedesmal in Rage. Ruhig und furchtlos musterten ihn diese Augen, und er konnte nicht enträtseln, was sie verbargen. Manchmal glaubte er den Knaben schlagen oder schütteln zu müssen, um das Geheimnis herauszulocken. Aber er stand wie vor einer unüberwindlichen Mauer, und seine Hilflosigkeit brannte in ihm wie eine chronische Wunde und beleidigte seinen Stolz.

»Wohin starrst du, kleiner Affe?« fragte er grob und ohne zu lächeln.

Tina war sofort auf seiner Seite. »Sei nicht so ungezogen«, tadelte sie, »gib deinem Vater eine Antwort, wenn er dich fragt.«

»Ich habe nichts getan, ich habe ihn nur angeschaut«, sagte Peter leise, denn plötzlich schien er Angst zu bekommen. Er drehte sich um und ging langsam und traurig zum Fenster. Franz folgte ihm mit den Augen.

Tina war ganz aus dem Häuschen. Wie konnte sie eine Gelegenheit vorübergehen lassen, dem Göttergatten zu schmeicheln — auch auf Kosten ihres Kindes!

»Ich weiß nicht, was mit ihm los ist«, klagte sie laut. »Er ist undankbar und frech — selbst wenn er nicht den Mund auftut — und dabei hinterhältig und verstockt! Man darf verschlossenen Menschen nicht trauen, hab' ich immer gehört. Hoffentlich wird Peter seine Eltern nicht kränken und ihre Liebe und Sorge mit Undank lohnen!«

Franz unterdrückte ein verächtliches Lächeln über diese Kundgebung. Peter stand am Fenster, das Kinn in der Höhe des Fensterbrettes. Er sah sehr stolz, sehr steif und trotzdem sehr wehrlos aus. Franz musterte ihn nachdenklich. Dann sagte er übergangslos und sah geradezu freundlich drein: »Laß das Kind in Frieden, Tina. Du verstehst den Jungen nicht. Er ist nicht schlecht, durchaus nicht. He, Peter?«

Tina riß erstaunt die Augen auf, sie begriff dieses unerwartete Lob nicht und schaute verwundert von Vater zu Sohn. Peter rührte sich nicht. Aber die schmalen, dünnen Schultern zitterten ein wenig, als hätte man ihn geschlagen. Paul, der die ganze Zeit mit den verbotenen Nippesfiguren gespielt hatte, ließ eine davon krachend auf den Boden fallen. Er warf einen verstohlenen Blick auf die Eltern, stellte fest, daß sie sich mit dem Bruder beschäftigten, und schob die Scherben schnell hinter das Sofa. Dann rannte er mit einem boshaften Lachen auf Peter zu, packte ihn bei seinem Matrosenkragen und zerrte ihn grob nach hinten.

»Paul!« rief Tina, die noch ganz unter dem Eindruck der unvermuteten Milde ihres Gatten stand, tadelnd, Franz aber zog die Hand Pauls mit einem Ruck weg und versetzte ihm einen kräftigen Klaps auf das Hinterteil. Paul heulte laut auf über diese unerwartete Attacke. Aber Peter, sehr blaß und sehr still, zupfte nur seinen Kragen zurecht und blickte ihn an.

»Genug!« sagte Franz streng zu seinem Lieblingssohn, »du hast deinen Bruder nicht ständig zu quälen, das geht mir schon lange über die Hutschnur. Laß ihn in Frieden!« Und dann, seitwärts zu Peter: »Warum wehrst du dich nicht, warum haust du nicht zurück? Wie kann man nur so feig sein?«

»Franz«, stöhnte Tina, die sich nicht fassen konnte.

Aber Peter sah seinen Vater offen an. »Sie schlagen mich, wenn ich ihn anrühre«, erklärte er ganz ruhig. »Und du schlägst mich auch«, fügte er tapfer hinzu.

»Ich werde nur böse, wenn du es ihm nicht heimzahlst«, sagte Franz und streichelte Peters Haar, aber er wich den großen Augen aus. Paul brüllte, tränenlos, lautstark, über diesen teuflischen Verrat; er war unleidlicher denn je.

Franz griff nach seiner Zeitung, küßte Tina und ging aus dem Zimmer. Eine verwirrte Tina, ein heulender Paul und ein stiller Peter blieben zurück.

Es war einfach zuviel für Tina mit ihren rasenden Kopfschmerzen. Sie wollte Paul trösten, aber Franz war böse auf ihn gewesen, und so hielt auch sie sich zurück und versuchte, ihm tadelnde Blicke zuzuwerfen. Peter, den sie insgeheim für den Schuldigen an dieser Szene hielt, existierte nicht für sie. Sie läutete und fiel erschöpft in ihren Lehnstuhl zurück.

Die Zofe trat ein, Tina hielt das Taschentuch vors Gesicht und machte eine hilflose Geste zu den Kindern. »Bringen Sie die Jungen hinaus«, flüsterte sie. Lange noch, nachdem die Kinder das Zimmer verlassen hatten, lag sie wie tot in ihrem Stuhl.

Trotz des Feuers im Ofen fror sie, die Grabesstille des großen Hauses, das wie eine Insel abgeschlossen in sich selbst ruhte, drang bis in diesen behaglichen Raum. Ich bin so müde, wimmerte Tina, und ich fürchte mich, fügte sie hinzu und spürte einen scharfen, schmerzhaften Stich in der Brust. Ihr Herz tat einen lauten Schlag wie das Herz eines Vögelchens im Busch beim Nahen des Jägers. Sie richtete sich mühsam auf und zitterte am ganzen Körper. Endlich griff sie nach dem Klingelzug und zerrte heftig daran. Ihre Augen irrten durch die Stube, als suchten sie einen versteckten Feind. Als das Mädchen erschien, bat sie, ihre Tante, Mrs. Trenchard, zu holen. Sie wischte sich den Angstschweiß von der Stirn.

Tante Elisabeth trat ein, energisch, laut, die verkörperte Tüchtigkeit. Sie war eine kleingewachsene Frau, äußerlich auffallend ihrer verstorbenen Schwester, Tinas Mutter, ähnlich; nur aus Haut und Knochen bestehend, sehr dunkel, altjüngferlich, geziert, gab sie, ob nun gefragt oder nicht, stets schallend ihre Meinung ab, allerdings mit einem Ausdruck beharrlicher Mißbilligung. Ihr dünnes, dunkles Haar war stark mit weißen Fäden durchzogen und zu einem winzigen Chignon aufgesteckt, die spärlichen Fransen, die, streng geschnitten, in ihre gelbliche, niedere Stirn fielen, waren ein grotesk kindisches Zugeständnis an eine Mode, die nicht zu ihr paßte, weder zu der scharfen Adlernase noch zu dem schmallippigen, stets beleidigten Mund oder dem stechenden Blick der kleinen, kalten Augen. Trotz der frühen Stunde war sie wie zum Ausgang gekleidet, schwarz, streng, tadellos; nur die feine Spitze am Hals und die Opalbrosche in Altgold erhellten die morose Erscheinung ein wenig, sonst war alles an ihr trocken, glatt und ohne jeden Charme; ichbetont und kompromißlos, schien sie ständig auf der Jagd nach Nachlässigkeit, Untüchtigkeit und Schwäche zu sein, um sie mit ihrer spitzen Zunge und den kleinen, mageren Fäusten zu vernichten.

»Guten Morgen«, grüßte sie kühl. »Meine liebe Tina, du bist noch nicht angezogen?«

Sie wußte genau, daß Tina sich immer erst zu Mittag fertig machte, aber sie konnte sich diesen täglichen Vorwurf nicht verkneifen. Sie schaute Tina ohne das geringste Mitgefühl, ja, sogar mit Widerwillen an. Tina fürchtete sich vor ihr, aber anderseits richtete sich dieses unglückliche Geschöpf an der drahtigen Härte der herrschsüchtigen Person auf. Sie stammelte eine Entschuldigung und bat die Tante, Platz zu nehmen.

Mrs. Trenchard schüttelte energisch das Haupt: »Was denkst du, Tina! Wie du weißt, habe ich eine Menge zu tun. Du siehst schlecht aus«, fügte sie hinzu, als wollte sie damit die nachlässige Kleidung ihrer Nichte entschuldigen.

Tina seufzte. »Ja, wirklich, ich fühle mich elend. Aber Franz und der Arzt sagen, daß mein Zustand daran schuld ist.«

Mrs. Trenchards Lippen verdünnten sich zu einem scharfen Strich. »Es tut dir nicht gut, mein Kind, den ganzen Tag vor dem Ofen zu hocken. Ein kleiner Spaziergang, ein bißchen körperliche Tätigkeit, etwas Interesse für den Haushalt . . . Du läßt dich gehen.«

Aber schließlich gab sie doch nach und setzte sich nieder. Sofort zeigte sich ein anderer Charakterzug, der für sie typisch war. Ihr Gesicht beschattete sich mit schmerzlicher Trauer, und sie sagte mit leichtem Vorwurf und ohne jedes Mitleid: »Unsere Familie war immer schwach und anfällig. Denk nur an deine arme Mutter. Aber sie hat niemals auf meinen Rat gehört. Ich habe ihr Gerstenwasser für die Nieren und Eisen fürs Blut empfohlen, ich habe ihr ständig medizinische Schriften geschickt. Sie hat sie nicht einmal angeschaut. Ich hoffe, daß du nicht auch so halsstarrig bist.«

Tina fuhr sich mit dem Taschentuch über die Augen. Jetzt war Mrs. Trenchard bequem in ihrem Lehnstuhl untergebracht, jetzt konnte sie loslegen. Und sie geizte auch nicht mit Ermahnungen und guten Ratschlägen.

»Du bist unvernünftig, die Männer können wehleidige Frauen nicht vertragen. Sie wollen gute Laune im Haus, Fröhlichkeit, natürlich mit gehörigem Anstand. Du darfst Franz nicht ganz vergrämen. Manchmal wundere ich mich über seine Geduld und sein liebevolles Verständnis. Ein großartiger Mensch, du kannst dem Himmel für ihn danken.«

»Oh, das weiß ich!« rief Tina eifrig und schämte sich sehr wegen ihrer Eigensucht. Sie sah ihre Tante flehend an.

Mrs. Trenchard schüttelte den Kopf. »Ja, aber du zeigst es ihm nicht. Du bist immer krank. Ich breche deshalb nicht den Stab über dich, ich kenne schließlich die Konstitution unserer Familie.« Und mit der Miene einer Märtyrerin fuhr sie fort: »Aber Mr. Trenchard brauchte sich trotzdem nie über mich zu beklagen, und dabei weiß Gott, was ich in all diesen Jahren gelitten habe.

Jeden Morgen bin ich mit Fieber oder Kopfweh oder Magenschmerzen aufgewacht, aber ich habe mich zu einem heiteren Gesicht gezwungen und meine Pflicht als Gattin und Mutter erfüllt. Frauen müssen Märtyrerinnen sein und über ihre weiblichen Beschwerden hinweggehen. Du versuchst das nicht einmal, Tina.«

Tina stöhnte auf, aber sie antwortete nicht.

Trotz ihres untadeligen, strengen Charakters verfügte Mrs.

Trenchard über eine gute Portion Sadismus. »Deine Kinder sind ungezogen und unartig«, redete sie vorwurfsvoll weiter und betrachtete mit heimlichem Vergnügen ihre Nichte, die ganz gebrochen vor ihr saß. »Flegel sind sie, wirklich. Peter ist noch ärger als Paul, obwohl Paul auch sehr verwöhnt ist. Peter ist roh und verstockt und sieht nicht im geringsten ein, wie wohl man ihm will und was man ihm Gutes tut.«

»Aber dein eigener Sohn Dick hat ihn sehr gern«, warf Tina schüchtern ein.

Mrs. Trenchard verzog ärgerlich das Gesicht. »Dick ist ein Engel, der an jedem Menschen Gutes findet. Dein eigener Bruder Baldo ist sehr von Dick eingenommen. Nicht daß ich Baldo für einen besonderen Menschenkenner halte, und wenn ich's genau überlege, begreife ich nicht, warum dein Vater und deine Mutter ihm ein so riesiges Vermögen hinterlassen haben. Das war nicht fair.« Trotzdem schien sie milde gestimmt, wenn sie von Baldo sprach; die Sympathien Baldos für ihren Sohn freuten sie. Wer weiß, was sich daraus einmal ergeben konnte. Mrs. Trenchard war selbst steinreich und dementsprechend geldgierig.

Ihr Lächeln verging, als sie Tinas plötzliche Veränderung bemerkte. Was immer auch Franz und die Jahre aus ihr gemacht haben mochten, verstellen konnte sie sich noch immer nicht. Sie richtete sich heftig auf, und ihr Gesicht färbte sich dunkelrot. Sie keuchte.

»Ich verstehe Papa selbst nicht!« rief sie, und ihre hohe Stimme überschlug sich. »Es war furchtbar! Ich war sehr unglücklich, als er starb. Er ist noch nicht lange tot, aber meine Trauer ist vergangen. Und nur wegen seines Testaments, Tante Elisabeth. Unbegreiflich, den armen Franz so zu übergehen und zu benachteiligen! Das kann ich meinem Vater nicht verzeihen!«

Mrs. Trenchard spitzte die Ohren, aber sie verbarg ihre heimliche Befriedigung. Sie wollte mehr aus Tina herausbekommen und tarnte ihre Neugier hinter vorwurfsvoller Miene.

»Es ist sehr häßlich, einem Toten Schlechtes nachzusagen, Tina. Laß ihn in Frieden ruhen! Wenn dein Vater auch aus Gründen, die wir nicht kennen, Dinge getan hat, die du nicht billigst, so bist du noch lange nicht berechtigt, ihn zu verurteilen. Ich stimme mit dir überein, daß man sein Verhalten nicht ganz begreifen kann, aber gewähre ihm trotzdem den ewigen Frieden!«

Dann rückte sie näher an Tina heran. »Du hast doch sicher eine Ahnung, warum er es getan hat?« fragte sie im Verschwörerton.

Tina stotterte vor Aufregung. »Woher soll ich es wissen? Papa stand im besten Einvernehmen mit Franz, er war so stolz auf seine Erfolge. Ich weiß schon längst, daß er ihn von Anfang an als Schwiegersohn haben wollte, weil er seine Fähigkeiten erkannte; er hat Franz und mich zusammengebracht. Und jetzt diese schreckliche Ungerechtigkeit nach allem, was Franz für die Werke geleistet hat! Jede Stunde seines Lebens hat er ihnen geopfert ...« Sie unterbrach sich plötzlich, und ihre dunklen Augen funkelten hart und böse. »Baldo muß daran schuld sein. Das habe ich mir schon oft gedacht. Aber Papa hat Baldo doch niemals leiden können! In der letzten Zeit war er freilich sehr verändert, manchmal ganz verwirrt. Da muß ihn Baldo beeinflußt haben ...« Sie verstummte erschrocken über ihren eigenen ungeheuren Verdacht und schaute ihre Tante ängstlich an.

Mrs. Trenchard erschauerte, nickte vielsagend und sagte klug: »Man kann nie wissen, was in einem Menschen steckt. Anderseits: was fängt Baldo mit den Stahlwerken und dem vielen Geld an? Er versteht nichts davon und hat sich nie darum gekümmert. Das muß dein Vater doch gewußt haben. Aber es gibt eben Menschen, die das Geld an sich lieben«, schloß sie überzeugt, aus eigener Erfahrung.

Tina war noch immer sehr erregt. »Niemand hat Franz verstanden außer mir. Er ist ein wunderbarer Charakter, Tante Elisabeth! So geduldig, so gerecht, so gütig. Er hat mich so glücklich gemacht ... unaussprechlich glücklich. Anfangs glaubte ich, er werde es nicht ertragen, was Papa ihm angetan hat, und alles hinwerfen. Er war so blaß und still, seine Gesundheit leidet darunter. Mich aber hat er nichts merken lassen, er war rücksichtsvoll wie immer. Denk nur, wie schwer es seinen Stolz getroffen haben muß, nur Generaldirektor von Baldos Gnaden zu sein! Mit einem Gehalt, bezahlt von Baldo! Franz, ein bezahlter Angestellter jener Werke, deren Eigentümer er sein sollte! Und wenn ich mich nicht zurückhalten konnte und über Baldo loszog, dann war er es, der mich streng zurechtwies. Kein böses Wort durfte ich über ihn sagen, ich durfte mich nicht einmal beklagen, daß er meinen Peter so verwöhnt und bevorzugt. Da hättest du Franz hören sollen! Er ist soweit gegangen, mir vorzuhalten, daß ich hart gegen Peter wäre. Ich — und hart zu meinem eigenen Kind!« schrie sie mit schriller Stimme.

»Vielleicht ...« Mrs. Trenchard sprach sehr überlegt, und ihre ganze Bosheit sprach aus dem verkniffenen Gesicht, aber Tina, die arme Unschuld, merkte es nicht. »Vielleicht muß Franz ... höflich zu Baldo sein, weil er jetzt sein Chef ist, weil er von ihm lebt.«

Jetzt aber war Tina beleidigt. »Wie kannst du so was sagen, Tante! Franz hätte nicht bleiben müssen, er hatte ein großartiges Angebot von Sessions-Stahl. Sie wollten ihn durchaus haben.« Sie redete sich wieder in heftige Erregung. »Mit einem riesigen Gehalt, er hätte mehr verdient als hier. Aber Franz bleibt, weil er anständig ist, aus Loyalität.«

Mrs. Trenchard setzte kein allzu hohes Vertrauen in die Loyalität der Menschen, aus der Kenntnis ihres eigenen Wesens; das war aus ihrer Miene leicht herauszulesen. Tina rang beschwörend die Hände: »Du verstehst Franz nicht! Gestern noch hat er gesagt, daß es zu hart wäre, Baldo in diesem schrecklichen Haus und mit der Fabrik allein zu lassen. Er will ihm zur Seite stehen. Die Werke wären sonst bald bankrott!«

»Und damit wären auch die Einnahmen dahin«, fiel ihr Mrs. Trenchard trocken ins Wort.

Aber sie verstummte, als sie die Reaktion Tinas sah. Die schluchzte laut und verbarg das Gesicht in den Händen. »Franz, Franz, mein Liebster, mein Armer ... Alle verkennen dich, alle sind häßlich zu dir.«

Mrs. Trenchard stand schnell auf. »Aber, aber, Tina, du regst dich sinnlos auf. Das macht dein Zustand und deine schwächliche Konstitution. Beherrsche dich doch ein bißchen! Du mußt ein heiteres Gesicht zeigen, auch wenn du dich elend fühlst. Tapferkeit ist in allen Lebenslagen nötig, man darf sich niemals gehenlassen. Du mußt wie ein Soldat sein und marschieren, auch wenn du glaubst, daß dich deine Beine nicht mehr tragen. Diese Lektion habe ich selbst lernen müssen, und ich habe sie gelernt.«

Sie brachte Tina das Riechsalz, aber das arme Ding nahm es nicht. Immerhin durfte ihr die Tante aus dem Stuhl helfen, kaum stand sie aber, brach sie wieder zusammen. Mrs. Trenchard läutete dem Mädchen und gab schnell ihre Anweisungen. Endlich war Tina ruhig, Mrs. Trenchard erging sich noch weiter in erbaulichen Gesprächen und Lebensweisheiten, erklärte aber dann endlich doch, daß die Pflicht sie rufe — dabei fühle sie sich selbst gar nicht gut. Energisch und innerlich gestärkt, verließ sie aufrecht das Zimmer. Tina schaute ihr mit matten Augen nach.

Kaum war sie allein, brach sie neuerlich in Schluchzen aus, dann verstummte sie jäh und fiel in unruhigen Schlummer. Sie erwachte von einem schneidenden Schmerz und schrie vor Angst laut auf.

XIV

Zwei Stunden vor dem Abendessen bekam Baldo seinen täglichen Besuch. Er freute sich darauf. In seinem Zimmer war gut eingeheizt, die Vorhänge hielten das Zwielicht des Dezembertages ab; auf dem weißgedeckten Tisch stand ein Tablett mit einem Krug Milch, mit heißem Tee, pikanten Brötchen und Süßigkeiten. Er fand es gemütlich, während er bei einem Buch oder am Klavier saß und wartete. Dann kamen sie, sein Cousin und seine Cousine, Richard und Marcia Trenchard, und zuletzt der kleine Peter, der ihn lächelnd begrüßte.

»Ich hab' schon geglaubt, ihr laßt mich sitzen, ihr Lauser«, sagte Baldo, und die Besucher lachten, kamen zu ihm gelaufen und setzten sich rund um ihn; Peter auf den Vorleger zu seinen Füßen, Marcia zur rechten Hand, auf einen kleinen, harten Hokker, und Richard zu seiner Linken. Richard freilich konnte keinen Augenblick still sitzen, er wetzte hin und her, sprang auf und lief mit einem Brötchen oder einem Stück Kuchen in der Hand im Zimmer herum; er sprudelte über vor Temperament, redete ohne Unterlaß, und seine Augen strahlten.

Er war siebzehn Jahre alt, dünn, hoch aufgeschossen, und hatte den dunklen Teint und das dreieckige Gesicht seiner Familie, die scharf vorspringenden Backenknochen, die schmale Adlernase, den lebendigen Mund und die tiefliegenden Augen unter den dichten Brauen. Er war wie eine Kerze, die an beiden Enden brennt. Das Haar hatte er nach der herrschenden Mode lang geschnitten, es sträubte sich trotzdem, als wäre ein Windstoß hineingefahren. Alles an ihm war Bewegung; er war zornig, ungeduldig, leidenschaftlich, wie es eben kam, aber niemals ruhig oder gelassen. Seine Stimme klang wie ein empörtes Schreien, selbst wenn er verhältnismäßig ruhig war; geriet er aber in Erregung, dann wurde sie zu einem Bellen. Trotz der Bemühungen seiner Mutter sah er immer ungepflegt und unordentlich aus, die Krawatte hatte die Tendenz, zu seinem Ohr hinaufzuschlüpfen, war sie auch fest geknüpft, seine Hosen waren ständig verdrückt und zerknittert, die Schuhe stets staubig. Er bewegte sich, als renne er durch ein Unwetter und einen Sturm ohne Ende, und dabei sprühte er buchstäblich vor Vitalität und jugendlicher Kraft.

Seine Schwester Marcia war das Gegenteil, still und sanft wie ein Weiher im Wald unter kühlem Farnkraut. Und wie ein einsamer Weiher schien auch sie ein Geheimnis zu verbergen. Doch in ihr brannte eine Flamme, eine stille, gerade Flamme, die zuweilen bis zu ihren lächelnden blauen Augen reichte und sich lind in ihnen widerspiegelte. Sie war blaß, aber es war nichts Krankes in dieser schimmernden Weiße, und ihr junger Mund war zart und verträumt. Ihr dichtes, hellbraunes Haar war zu einem Knoten gesteckt, der fast zu schwer für den feinen weißen Nacken schien, auf dem er lag. Sie trug schlichte Kleider, diesmal eines aus dunkelblauer Seide, anmutig gebauscht, das ihr wunderbar stand. Der weiße Spitzenkragen war plissiert, und in den Falten hing, zu Mrs. Trenchards kalter Mißbilligung, ein »papistisches« Kreuz. Ihre Hände lagen still im Schoß, zart und fein wie kostbares Porzellan; sie trug keine Ringe. Sie hatte die Schönheit einer Nonne, rein, makellos, abgekehrt und geschlechtslos. Man konnte sich Marcia niemals als Ehefrau vorstellen, wohl aber — paradoxerweise — als Mutter.

Der neunjährige Peter ähnelte äußerlich seinem Vetter Richard, aber eben nur äußerlich; er besaß nichts von der quirlenden Lebhaftigkeit des Älteren, sondern eher Marcias gesammelte Ruhe, und sein Haar war nicht widerborstig wie das Richards. Trotz der charakterlichen Verschiedenheit bestand eine echte Zuneigung und ein tiefes Verständnis zwischen den beiden.

Die jungen Leute setzten sich zu einem kleinen Imbiß, den Baldo vorbereitet hatte; Richard freilich blieb nicht sitzen, er schlang die Speisen im Stehen und Herumlaufen herunter. Marcia nippte zierlich und aß kaum mehr als ein paar Bissen. Peter nahm aus Höflichkeit ein Brötchen; er machte sich nichts aus dem Essen. Baldo sah den dreien lächelnd zu; im allgemeinen wußte er mit so jungen Menschen wenig anzufangen, diese aber liebte er, er verwickelte sie in ernste Gespräche, und es freute sie, daß er sie für voll nahm. Sie dankten es ihm mit ehrlicher Zuneigung.

»Nun, was habt ihr heute getrieben?« fragte Baldo.

Richard warf sein angebissenes Brötchen wütend auf den Tisch. »O diese verteufelte Schule!« schrie er. »Diese verblödeten Lehrer! Dummköpfe sind sie, alle miteinander, und die wollen uns was beibringen?« Er stopfte den Rest des Brötchens in den Mund. »Ich falle durch, das weiß ich heute schon. Und Ma bildet sich ein, daß ich einmal nach Harvard gehen werde!«

»Du könntest ja einmal versuchen zu lernen«, meinte Baldo friedlich.

»Was soll ich denn lernen? Latein, Griechisch? Wozu? Soll ich am Ende selbst ein verdammter Schulmeister werden? Wozu will man mir dann solchen Blödsinn eintrichtern?«

»Eben damit du lernst«, lächelte Baldo. »Vielleicht ist es gar kein Blödsinn.« Dann, mit einer abwehrenden Geste: »Wechseln wir das Thema. Wir haben schon hundertmal darüber gesprochen. Lernen hat noch niemandem geschadet.«

»Was hat Latein und Griechisch mit dem Leben zu tun?« trompetete Richard kriegerisch. »Mich interessiert nur das Leben. Nichts als das Leben. Alles ...« Und er breitete die Arme aus, als wollte er die ganze Welt umarmen.

»Das ist sehr vage«, sagte Baldo. »Es tut mir so leid, daß du selbst nicht genau weißt, was du willst. Immer sagst du: alles. Das heißt ebensoviel wie nichts. Anfangs wolltest du Maler werden und hast deiner Mutter Farben und Leinwand abgebettelt. Dann war's aus damit. Auf einmal bekamst du Lust zum Komponieren. Das ganze Haus war verzweifelt über die Katzenmusik und das Gedröhne Tag und Nacht. Dann wanderten auch die Noten in den Mülleimer. Architekt, Brückenbauer waren ebenfalls auf dem Tapet. Mit dem gleichen Resultat. Was steht jetzt auf dem Programm?«

Richard war höchstens zwei Sekunden schuldbewußt. Dann brach er wieder los: »Das waren eben Versuche, und man kann sich irren. Jetzt dämmert's langsam in mir, ich weiß, was ich will. Nicht einen Haufen trockenen Unsinn in muffigen Klassenzimmern. Das ... Leben ...« Er bemühte sich krampfhaft auszudrücken, was er sich vorstellte. Er mußte sich erst selbst zurechtfinden. Baldo wartete schweigend, und auch Marcia und der kleine Peter blickten ernst. Dann warf Richard sich plötzlich auf die Knie und umklammerte Baldos Stuhl. Eine wilde Erregung malte sich auf dem jungen Gesicht, daß Baldos Lächeln schwand.

»Ich weiß nur, daß ich in den Stahlwerken arbeiten will. Nein, das Geschäft, die Technik interessiert mich nicht. Die Menschen interessieren mich. Ich will die Menschen kennen, die dort im Schweiß ihres Angesichts schuften, wie in der Hölle, damit sie Franz und uns alle zu reichen Leuten machen. Wir sind nichts, wir sind nicht wirklich. Aber diese Menschen, die sich dort abplagen, die sind wirklich, und diese Wirklichkeit, und was sie denken und wie sie leben, das möchte ich wissen, verstehst du das denn nicht?« Er schrie und rüttelte an Baldos Stuhl mit seinen schmalen Händen, und sein dunkles Gesicht glühte.

Baldo blickte ihn aufmerksam an und antwortete nicht. Er begriff, was sich der Junge vorstellte, so verworren es auch ausgedrückt war. Den Menschen an sich, den Menschen in Beziehung zu seiner Arbeit, zu seiner Gesellschaft, zu seiner Umwelt zu studieren und Folgerungen daraus zu ziehen, das kam ihm wie ein erschreckendes und großartiges Abenteuer vor, wie ein allzu kühner Traum.

Langsam sagte er: »Und warum bittest du Franz nicht, dich in die Werke mitzunehmen?«

Richard sprang auf und lief mit geballten Fäusten wie ein Irrer im Zimmer auf und ab. »Weil er mich auslachen würde, glaub' mir. Er hält mich ohnehin schon für einen Narren, einen verdammten Narren, er kann sich nur handfeste Dinge vorstellen, mit realem Hintergrund und zu vernünftigen, einträglichen Zwekken. Er begreift nicht, daß etwas sehr real sein kann, aber scheinbar doch ohne Substanz und ohne harten Kern ... Trotzdem werde ich ihn fragen.« Es klang wie eine Drohung.

»Es ist mir schon aufgefallen, daß er das Fremdarbeitergesetz sehr schlau umgeht. Er ›borgt‹ diesen armen Polen, Preußen Bayern und Ungarn das Geld für die Überfahrt. Sie zahlen es ihm zurück, mit Wucherzinsen klarerweise, wenn sie in seinem Werk arbeiten. Tatsächlich zahlen sie bis in alle Ewigkeit. Immer wieder fallen ihm Extras ein. Ein Skandal ist das! Warum legt ihm die Regierung nicht das Handwerk? Weil er sich die Politiker gekauft hat, das ist es! Und wenn er dann die armen Teufel ausgepreßt hat wie die Zitronen, dann schmeißt er sie hinaus und holt sich neue aus Europa. Und die ganze Gemeinheit fängt wieder von vorne an. Wir haben doch den Sklavenhandel abgeschafft, nicht wahr? Mit dieser Ausbeutung muß Schluß gemacht werden.«

Baldo nickte. »Ich bin ganz deiner Meinung, Dick. Menschen, die aus politischen oder religiösen Gründen ihre Heimat verlassen, sind uns willkommen, denn es sind wertvolle, tüchtige Leute, die glücklich sind, in Amerika arbeiten zu können, und die uns helfen, unser Land aufzubauen. Aber das Strandgut, die anderen, die es in Europa zu nichts gebracht haben und in unserem Amerika nur ein Schlaraffenland sehen, wo ihnen die gebratenen Tauben in den Mund fliegen, die sind eine Gefahr für uns. Sie bringen ihren Geiz und ihre Gier und ihre Dummheit herüber, den rohen Eigennutz. Ihre Kinder werden eine noch größere Gefahr für uns sein, denn sie werden Amerika niemals verstehen, niemals fair und dankbar sein, sie werden es niemals lieben. Sie sind wie feindliche Heerscharen im eigenen Land.«

»Ja, sie sind eine Gefahr für uns!« rief Richard hitzig und funkelte Baldo leidenschaftlich an. »Aber nicht in der Weise, wie du glaubst. Die Gefahr liegt in den Männern wie Franz, die sie herüberbringen. Männer wie Franz beuten die armen Teufel aus, versklaven sie, unterdrücken sie und rauben ihnen alle Menschenwürde. Männer wie Franz haben kein Gewissen und keine Moral. Da liegt die Gefahr! Wir gehen alle daran zugrunde, glaub mir. Eines Tages werden wir ein Volk von feigen und elenden Kreaturen sein, das nicht wagt, um Freiheit und Gerechtigkeit zu kämpfen. Und warum? Weil diese armen Teufel in Amerika niemals eine Chance haben, Amerikaner zu werden. Wie kann Amerika mit einer Bevölkerung überleben, die zum großen Teil aus ewigen Ausländern besteht! Mit ihnen gehen wir zugrunde. Eines Tages wird es nur ein paar Aristokraten, ein paar Kapitalisten geben, und daneben eine riesige Masse stumpfer Sklaven, ohne Glauben und ohne Hoffnung. Wie sollen wir das durchstehen? Wie kann sich ein Volk, dessen Angehörige nicht richtig miteinander verwachsen sind, gegen äußere Feinde verteidigen?«

»Und wie sollen Fremde, die in Blut, Rasse und Kultur ganz anders als wir sind, unsere Freunde werden?« fragte Baldo, der diesen Ausbruch eines jungen Schwärmers so gerne in vernünftige Bahnen gelenkt hätte.

»Die Amerikaner sind doch keine Rasse — sie sind ein Volk!« schrie Richard zornig. »Amerika vereinigt alle Rassen, alle Nationen und das Blut aller Völker! Aber wir können eine gemeinsame Philosophie haben, die uns zu einem einzigen Volk zusammenschweißt, eine Weltanschauung. Und da kommen Männer wie Franz und zerstören diese Philosophie von Grund auf! Denn sie beuten die Neuankömmlinge aus, zwingen sie, sich zu isolieren, und verhindern, daß ihre Kinder Amerikaner werden. Sie ziehen eine Mauer um sie, wie um einen Tierpark, und lassen ihnen weder Zeit noch Möglichkeit, sich zu besinnen, sperren sie in ein Getto! Denn wenn diese ›Wilden‹ frei wären, könnten die anderen nicht soviel an ihnen verdienen und durch sie reich werden!«

Er unterbrach sich und ließ die Arme in einer Geste der Hoffnungslosigkeit sinken. »Du verstehst es ja doch nicht . . .«

»Es ist dir selbst nicht ganz klar, Dick.«

»Das weiß ich ja!« rief Richard von neuem verzweifelt. »Ich suche danach, ich strample . . Eines Tages werde ich klar sehen, gewiß. Deshalb muß ich bei den Männern in den Minen und den Stahlwerken sein, unter ihnen. Ich muß ihnen helfen, sich von Männern wie Franz zu befreien. Ja . . .« Er stockte, sein Gesicht entspannte sich, und die Augen leuchteten. »Ja, ich hab's! Ich muß ihnen zur Freiheit verhelfen. Um ihretwillen und um Amerikas willen!« Er warf sich wieder auf den Teppich und umfaßte Baldos schmächtige Knie. Er strahlte wie entrückt: »Immer hilfst du mir, Baldo. Du hast mir auch jetzt geholfen. Der erste Schritt ist klar: Ich muß in die Fabrik.«

Baldo schaute auf den Jungen zu seinen Füßen nieder, diesen Schwärmer, diesen Fanatiker, der so gar nichts von der gemeinen und bösen Welt verstand. Aber Baldo wußte längst, daß der Fortschritt auf Erden niemals von kalter Vernunft, von vorsichtigem Wägen und Bedenken bewirkt wird, sondern nur von Begeisterung und Wagemut, von himmlischer Inspiration. Trockene Vernunft und kleinliche Überlegung, das waren dürre und morsche Gerippe, denen man das lebendige, pulsierende Fleisch abgeschabt hatte. Richard schaute einer Zukunft entgegen, die er heute in Träumen und Visionen sah und die morgen Wahrheit werden konnte. Die Menschen, die unsere Welt nicht so sehen wollen, wie sie ist, schaffen neue Welten, die schaffen weiße Städte aus Licht.

Baldo verstand den Vetter und war voll traurigen Neides. Gewiß, es war besser, in Träumen von Leidenschaft und Schönheit zu leben, und wenn es auch nur Schäume waren, als in dem dumpfen Gefängnis einer Welt dahinzuvegetieren, in der sich Bestien bekämpften, sich fraßen und verdauten. Aber ich möchte doch nicht in einem solchen Traum leben, dachte er, es wäre zu unbequem und zu gefährlich.

»Geh in die Stahlwerke, Richard«, sagte er.

Richards Gedanken waren schon weiter geeilt. »Was kümmert Menschen wie Franz Amerika? Sie hassen Amerika!« Und halblaut fügte er hinzu: »Sie lieben nur ihre materiellen Vorteile, ihr Geld. Und weil sie nichts anderes lieben, werden sie Amerika zerstören, und alles, was Amerika ist.«

Er versank in dumpfes Brüten, und Baldo wendete sich aufatmend anderen Dingen zu. Lächelnd blickte er Marcia und Peter an. Das Mädchen hatte dem Bruder aufmerksam und voll Verständnis gelauscht, sie hatte alles verstanden, aber kein Wort gesprochen. Sie gab Baldo den Blick ernst zurück.

»Hast du schon mit deiner Mutter geredet, Marcia?« fragte Baldo.

Sie schüttelte leicht den Kopf, und ihre Augen glänzten schwärmerisch. »Nein, noch nicht.« Das schien sie zu bedrücken, aber sie erklärte entschlossen: »Ich werde sehr bald mit ihr sprechen. Ich weiß, daß sie mir ihre Einwilligung verweigern wird. Aber«, fügte sie mit einem Seufzer hinzu, »das ist nicht so wichtig.«

»So hast du dich also mit Pater Brunswick ins Einvernehmen gesetzt?«

»Ja«, antwortete sie sehr leise. »Gestern. Ich bin jetzt achtzehn

Jahre alt, ich kann auch ohne Mutters Einwilligung ins Kloster eintreten. Das tut mir leid, aber ich kann's nicht ändern. Es ist mein Wunsch seit jeher. Ich habe mir niemals etwas anderes vorgestellt.«

Baldo fuhr liebkosend über den schweren Haarknoten. »Du wirst mir sehr abgehen«, sagte er traurig. Sonderbar, daß dieses hübsche Mädchen, das in der Kühle einer gleichgültigen protestantischen Familie aufgewachsen war, den Schleier nehmen wollte. Eingemauert ein ganzes Leben ... Mrs. Trenchard würde aufschreien vor Zorn und Empörung. Aber wer kennt das Geheimnis des menschlichen Herzens? Wer weiß, woher seine Wünsche kommen? Es war weder Romantik noch Lebensangst, die Marcia zu ihrem Schritt bewogen. Vielleicht war sie mit der tiefen Sehnsucht nach Einsamkeit, mit dem heißen Verlangen nach Selbstaufgabe zur Welt gekommen. So wie Richard von Leidenschaften getrieben wurde, deren Ursprung im Dunkeln lag. Seltsam, daß eine Mutter wie Mrs. Trenchard solche Kinder geboren hatte! Der Vater war ein ungeselliger, kleiner Mann gewesen, der sich nur mit Aktien und Dividenden beschäftigte und der nichts als Geld im Kopf hatte. Ja, Gottes Wege waren unerforschlich.

Als hätte Marcia die Gedanken ihres Onkels erraten, legte sie zärtlich die Hand auf den Arm ihres Bruders. Er hob rasch den Kopf, die Augen waren noch verwölkt von seinen Träumen. Sie lächelten einander zu, herzlich, wie Kameraden, die einander in einem fremden Land begegnen. Sie hatten sich immer verstanden, die beiden.

Peter hatte den Großen stumm zugehört, als könnte er mit seinem kindlichen Gemüt begreifen, was sie sprachen. Auch er war ein Einzelgänger, auch er war wehrlos, wie alle Menschen, die nach innen leben. Trotz seines kindlichen Trotzes, seines Stolzes und seines angeborenen Hochmuts war auch er zu empfindsam, zu verletzlich, allen Angriffen preisgegeben, und da er so schwach war, war es möglich, daß er schon vor dem Angriff scheiterte. Ob Baldo ihn retten konnte? Er wollte es versuchen. Ob mit Erfolg, das würde die Zukunft lehren.

»Der Kuchen wird trocken«, sagte Peter sehr laut, wie um die Gedanken zu übertönen, die ihn beschwerten, seine eigenen Gedanken und die Gedanken der anderen.

Es klopfte an der Türe. Gillespie erschien mit besorgtem Gesicht.

»Mrs. Trenchard bittet Sie, zu Mrs. Stössel zu kommen. Mrs. Stössel geht es sehr schlecht.«

XV

»Hast du Franz und den Arzt holen lassen?« fragte Baldo auf der Schwelle zu Tinas Wohnzimmer.

»Natürlich!« antwortete Mrs. Trenchard bissig. Sie war blaß und aufgeregt, und ihre ganze energische Person schien durcheinandergeraten zu sein, als hätte sie einen Schock erlitten, an dem sie nicht ganz unschuldig war. Angriff war die beste Verteidigung, deshalb fuhr sie Baldo an: »Hältst du mich für eine Idiotin, Baldo?«

Mit flinken Schritten ging sie vor ihm in das halbdunkle Schlafzimmer. Tina lag, auf Kissen gestützt, stöhnend im Bett; sie sah elend aus und schien starke Schmerzen zu haben. Mühsam richtete sie sich auf, als sich die Türe öffnete, und sank mit einem enttäuschten Seufzer zurück. »Ach du, Baldo ...«, murmelte sie.

Baldo trat zum Bett und griff nach der feuchten, kalten Hand seiner Schwester. Ihr Körper zuckte, aber sie ließ keinen Laut hören. Mrs. Trenchard stand an der anderen Seite des Bettes, ängstlich und ärgerlich zugleich, als wollte sie Tina schelten. Schließlich murmelte sie trüb und doch mit einem gewissen Stolz: »Die Frauen unserer Familie sind eben sehr fragil.«

Und die Männer auch, sagte sich Baldo bitter. Er dachte an den Bruder seiner Mutter und Mrs. Trenchards, der ein Krüppel gewesen war wie er. Tina lag mit geschlossenen Augen ohne jeden Wehlaut da, während sich ihr Gesicht schmerzhaft verzog. Sie sah wieder sehr jung aus, fand Baldo, erschütternd wehrlos und verlassen. Ihre Hände lagen offen auf der Decke wie die Hände eines Menschen, der unvermutet von einem Knüppel niedergeschlagen worden ist. Sie hatte Baldo vergessen; ihr feines, leidgezeichnetes Profil hatte stille Würde gewonnen. Die Spitzen an den Ärmeln des Nachtgewandes zitterten leicht, wie im Nachwehen erduldeter Schmerzen, und das lange, graugesprenkelte Haar war offen, ohne Nadeln und Spangen, über das weiße Kissen gebreitet.

Baldos Angst wuchs ins Unermeßliche. »Sag doch ein Wort, sprich zu mir, Tina«, flehte er.

Wieder lief ein Schauer durch ihren Körper, aber sie klagte nicht. »Sie ist schwer krank«, sagte Baldo und fühlte sich so schwach, daß er sich selbst setzen mußte.

»Sie läßt sich gehen«, erklärte die Tante streng. »Man muß sich zusammennehmen.«

Er schaute sie mit seinen blauen Augen scharf an. Und unter diesem Blick wurde Mrs. Trenchard verlegen.

»Wie ist es plötzlich dazu gekommen?« fragte er barsch.

»Ich weiß es wirklich nicht, Baldo.« Aber die Röte, die über ihre Wangen flog, strafte ihre Worte Lügen. »Ich bin heute früh zu ihr ins Zimmer gegangen wie immer, und sie klagte, sie fühle sich nicht wohl — ich habe ihr geholfen, sich niederzulegen, und habe sie zugedeckt. Ihr Zustand ... es ist bald soweit.«

Baldo blickte forschend auf Tinas kleines Gesichtchen. War sie überhaupt bei Besinnung? Sie schien sehr weit weg zu sein, in Gedanken verstrickt oder im Halbschlaf. Ihr Gesicht wurde härter und fremder.

Dann seufzte sie schwer und flüsterte schwach: »Baldo?« Ihre Hand irrte über die Decke, und er ergriff sie. »Tina?«

Sie sagte nichts mehr, aber ihr Atem ging schneller und wurde zu einem Röcheln. Baldo gab ihre Hand nicht frei und ließ ihr Gesicht nicht aus den Augen.

»Kann ich etwas für dich tun, Tina?« flüsterte er.

Erst glaubte er, sie habe ihn nicht gehört, dann aber hoben sich die Lider, nur einen winzigen Augenblick lang. Sie schien aus den Tiefen unerträglicher Qualen aufzutauchen, und er sah nur hilflosen Vorwurf und ersterbende Bitterkeit in diesem Blick.

»So ungerecht ... zu Franz ...«, murmelten die farblosen Lippen.

Es erschreckte und es schmerzte ihn. Er fühlte, wie sie ihm die kühle Hand entziehen wollte, aber er hielt sie fest. Und dann begriff er, daß ihre Anklage, ihre Feindschaft aus der eigenen Angst kam, die sie tötete. Sie war wieder in dem Alptraum gefangen, der sie nicht loslassen wollte. Er sah seine Schatten auf ihrem Antlitz.

Sie mußte Frieden haben, um jeden Preis. Er beugte sich über sie und zwang sie, ihn anzuschauen.

»Ja«, sagte er laut und deutlich. »Ich war ungerecht. Ich habe mich geirrt. Er ist das, was du von ihm hältst, ein guter, wertvoller Mensch, Liebling.«

Das arme Gesichtchen entspannte sich, der Schein eines Lächelns erschien auf den Zügen. Die Hand beruhigte sich, und Tina sah den Bruder drängend an.

»Und Papa?« wisperte sie.

»Er hat einen Fehler begangen«, antwortete er entschieden wie zuvor. »Auch er hat unrecht gehabt. Aber er war sehr alt und krank ... Er verstand Franz nicht.«

»Ja«, seufzte sie glücklich. Jetzt lächelte sie wirklich, und ihr Atem ging leichter, die Hand erwärmte sich.

Da fiel sein Blick auf Mrs. Trenchard. Auch sie lächelte, aber höhnisch. Er hätte sie umbringen können, er fühlte, daß sie in irgendeiner Weise mitschuldig an Tinas Verfall war. Als sie das scharfe Blinken in seinen blauen Augen sah, wich sie zurück.

Der Arzt kam und untersuchte die Kranke. Bedenklich schüttelte er den Kopf und bat Baldo ins Wohnzimmer. Dann sagte er zögernd:

»Das Kind wird bald kommen, zu früh, leider. Ihr Zustand ist sehr ernst. Ich bin gar nicht zufrieden, sie ist schwach und hat keinen Lebenswillen.«

»Nein, sie darf nicht sterben«, sagte Baldo.

Der Arzt schüttelte wieder den Kopf.

Franz kam nach Hause, sehr besorgt, blaß, aber gefaßt, und der Arzt wiederholte ihm das Ergebnis seiner Untersuchung. Franz antwortete nichts, aber sein Mund zuckte. Ist das Theater? fragte sich Baldo. Sonderbar, man wurde aus Franz nicht klug. Nur Baldo war es zuweilen gelungen, herauszubekommen, ob er heuchelte oder nicht.

»Ergibt sich die Frage, ob die Mutter ... oder das Kind?« flüsterte Franz endlich mit gepreßter Stimme.

Der Arzt antwortete erst nach einer Weile: »Die Frage ergibt sich. Sie sind der Gatte und der Vater; wenn es wirklich nötig wird, dann muß ich Sie bitten, diese schwere Entscheidung zu treffen.«

Franz wendete sich ab. Baldo sah die kräftigen Schultern, den geraden breiten Rücken. Was ging in ihm vor? Tief in seinem Innern war Tina ihm lästig, er haßte sie geradezu. Andererseits hatte Baldo oft bemerkt, daß Franz seine Frau mit echter Zuneigung ansah, wenn auch nur für Augenblicke. Spielte er jetzt mit dem Gedanken, sich von Tina zu befreien, einem freudlosen Familienleben in einem häßlichen Haus zu entrinnen?

»Wenn sich die Frage stellen sollte, ist selbstverständlich die Mutter zu retten«, entschied Franz.

Baldo schalt sich selbst. Die Stimme des Schwagers klang völlig natürlich, war aber nicht doch ein Unterton mitgeschwungen? Eine geheime Hoffnung? Oder war es überhaupt reine Heuchelei? War es eine Anwandlung von Reue und schlechtem Gewissen? Irmgard hatte ihm vor Jahren die Szene im Sterbehaus Tom Harrows geschildert. Franz hatte Schuld auf sich geladen, aber seine Trauer war nicht Verstellung gewesen, als er vor dem Toten stand. Sein Schmerz war echt, und ebenso seine Scham und Verzweiflung. Wenn er einen Menschen zerstörte, dann zerstörte er zugleich sich selbst. Er beging das Unrecht mit offenen Augen und litt. Aber er war machtlos gegen seine Natur.

»Sie muß gerettet werden«, wiederholte Franz. »Das allein zählt.« Er sprach klar und fest. Erteilte er sich selbst einen Befehl?

Baldo begleitete Franz ins Schlafzimmer. Franz kniete neben dem Bett nieder und ergriff Tinas Hand. Zärtlich rief er ihren Namen. Sie öffnete die Augen, schaute ihn an, und warme Röte überflutete ihre bleichen Wangen, als fiele ein Sonnenstrahl auf ihr Gesicht. Sie drehte sich zu ihm, und Baldo sah das Profil seines Schwagers, ernst und voll tiefen, echten Mitleids. Tinas Haupt lag an seiner Schulter, und ihre dünne, feine Hand preßte sich an seine Wange.

»O Franz«, murmelte sie, »o Franz!« Und es klang wie ein Hauch.

Baldo verließ das Zimmer und kehrte in sein Atelier zurück. Die jungen Leute waren weggegangen, das Dienstmädchen hatte das Tablett und das Geschirr hinausgetragen. Nichts regte sich in dem Raum, nur draußen, vor den Fenstern, fiel leise der Schnee. Baldo wartete, wartete eine Stunde und noch eine.

Einer nach dem anderen war gestorben, seine Mutter, sein Vater, und nun folgte ihnen die geliebte Schwester. Bald gab es niemanden mehr in diesem großen Haus, an dem sein Herz hing, außer dem kleinen Peter. Peter, das einsame und trotzige Kind, mit seinem Aufbrausen, das so verzweifelt gegen seine Lebensangst kämpfte. Baldo fröstelte. Er hatte die Menschen stets verachtet, die nicht allein sein konnten. Jetzt aber versank er in die eigene Einsamkeit wie in einen tiefen Brunnen, und eisige Kälte kroch in seine Glieder.

Es klopfte. Mrs. Trenchard trat mit geröteten Augen ein. Baldo sah ihr ruhig entgegen.

»Tina«, sagte sie erstickt. Sie brachte kein Wort mehr heraus.

Baldo antwortete nicht.

»Und das Kind?« fragte er schließlich nach langem Schweigen.

»Ein Mädchen, Baldo. Ein süßes, kleines Mädchen mit blondem Flaum und blauen Augen, aber so zart ... wie alle in unserer Familie.« Sie brach in lautes Weinen aus.

»Besser, sie wäre auch gestorben«, sagte Baldo ruhig.

Mrs. Trenchards Schluchzen verstummte jäh. Sie sah Baldo empört an und wollte etwas Heftiges erwidern. Dann drehte sie sich um und stürzte aus dem Zimmer.

Es war fast Mitternacht, als Baldo zu Franz hinunterkam, der in der Wohnstube neben dem Schlafzimmer saß, wo Tina nun so still, so friedlich ruhte.

Franz saß grübelnd vor dem Ofen, den Ellbogen auf die Armlehne gestützt, sein Kopf war auf die Brust gesunken. Baldo war so leise eingetreten, daß Franz ihn nicht gehört hatte, und er betrachtete das vom flackernden Feuer beschienene Gesicht, das sehr blaß, müde und abgespannt aussah. Tiefe Melancholie und Trauer lag auf den kantigen Zügen, aber nicht das Leid, von dem das Antlitz eines Menschen gezeichnet ist, der eben den nächsten Menschen verloren hat. Franz schien plötzlich gealtert und verfallen, als wäre er krank.

Baldo sagte herzlich: »Es tut mir leid, Franz.«

Franz hob den Kopf und mühte sich ein Lächeln ab. Er sprach nicht.

Baldo stand neben ihm, und beide schauten in die Glut. Dann sagte Baldo, sehr weich, wie grübelnd: »Du warst ein schlechter Ehemann, und du bist ein schlechter Vater, du hast viel gelogen und betrogen. Ich kenne dich durch und durch, Franz, du bist ein Halunke. Ganz und gar ein Halunke.« Er schwieg. Dann: »Aber du hast meiner Schwester das einzige Glück ihres Lebens geschenkt, ein Glück, wie sie es niemals zu erhoffen wagte. Ich glaube, es war dir ziemlich einerlei, ob sie glücklich war oder nicht, du hast nicht viel dazu getan. Ihr Glück kam als reiner Zufall. Aber es war da, ob du es nun wolltest oder nicht, ob du dich darum bemühtest oder nicht. Dafür danke ich dir.«

Dann verließ er ihn. Franz sah ihm nach. Sein Ausdruck war unergründlich.

XVI

Im späten Sommer war das neue Heim für den Einzug bereit.

Franz hatte ein großes Grundstück von einigen Hektar in der Umgebung von Nazareth gekauft, hübsches, welliges Land. Der höchste Punkt war von einer Gruppe hoher Pappeln gekrönt. In der Mitte dieser königlichen Länderei errichtete er sein neues Haus, aus blendend weißem Stein, mit einem roten Dach und roten Rauchfängen. Er haßte die bräunlichen, engen Gebäude seiner Jugend mit den hohen, schmalen Fenstern und den finstern Räumen, die wie Schachteln aussahen.

»Das ist die englische Tradition«, erklärte er. »Sie bauen Häuser, die ihrem Klima und ihrem Charakter entsprechen.« Er aber besaß die Vorliebe der Deutschen für Weite, Helle, Licht und Luft. Und das merkte man seinem Haus auch an; es war ein rechteckiger Bau mit breiten Fenstern und Veranden, die rundum liefen und von weißen Säulen gestützt wurden. Den Efeu ließ er pflanzen, ehe noch die Zimmer fertig waren, nun, zu Sommerende, leuchtete es bereits da und dort dunkelgrün auf den klaren weißen Flächen. Die Räume waren hoch mit hellen Wänden und Decken und blanken Fußböden. Eine ganze Schar von Handwerkern war damit beschäftigt, die Erde umzustechen, Blumenbeete anzulegen, künstliche Grotten, rote Kieswege, breite Auffahrten, Lauben, Dienertrakte und Ställe zu errichten.

Mrs. Trenchard war entsetzt über das viele Licht und die luftigen Gemächer. »Die kostbaren Teppiche werden ausbleichen«, unkte sie. Und sie war geradezu abgestoßen von den Möbeln, den Sesseln in Pastellfarben und den zierlichen Tischen. Sie fand das alles frivol und unsolid, denn ihr Geschmack war das haltbare Mahagoni, die dunklen Teppiche und die schweren, grauen Draperien. All das Glas und Kristall, die fragilen Kerzenleuchter und Luster, das luftige Treppenhaus erweckten ihre äußerste Mißbilligung. Der ganze Bau kam ihr in gewissem Sinn unmoralisch und verspielt vor. In dieser Meinung wurde sie noch bestärkt, als sie erfuhr, daß alles Mobiliar, die Vorhänge, das Dekor und die Teppiche aus Frankreich kamen. »Louis XV!« klagte sie. »Und in einer solchen Atmosphäre sollen die Kinder aufwachsen! Ich begreife es einfach nicht.«

Zu ihrer Tochter sagte sie streng: »Freilich, Franz ist ein Ausländer und hat daher keinen Geschmack. Ich hätte rosa Plüsch, weinroten Samt und Spitzendeckchen genommen, das ist hübsch und vornehm. Wie ist er nur auf diese Dinge hier verfallen!«

Marcia antwortete lächelnd: »Ich finde es schön. Und wie nett es von ihm ist, daß er uns erlaubt, unsere Zimmer nach eigenem Gutdünken einzurichten!«

»Ja, das ist ein Trost«, bestätigte Mrs. Trenchard und nickte ernsthaft.

Ihr Apartment war demnach auch mit den Möbeln ausgestattet, die sie sich aus dem alten Schmidt-Haus mitgebracht hatte. Hier konnte sie sich mit dicken Plüschvorhängen und dunklen Tapisserien nach Belieben gegen Licht und Sonne abschirmen. Sie benützte die häßlichen Roßhaarstühle und räumte die Regale mit Nippes und Krimskrams voll. »In diesem Haus wird alles verschmutzen«, schalt sie. »Die Dienstboten werden ständig schrubben und putzen müssen. Die dunklen Farben sind viel praktischer, da sieht man den Staub nicht.«

Marcia hatte in ihr Schlafzimmer ein schmales, weißes Bett, eine Kommode und einen Kleiderschrank gestellt. Es gab weder Vorhänge noch Teppiche; es war eine Klosterzelle, keusch und rein und streng. Sie hatte ihrer Mutter noch nicht gestanden, daß sie nach Weihnachten in das Kloster zum heiligen Herzen Mariens in Philadelphia eintreten würde. Heimlich nahm sie katholischen Religionsunterricht bei Pater John Brunswick in der Christi-Geburt-Kirche von Nazareth. Sie dachte an nichts anderes, sie hatte mit der Welt abgeschlossen. Freundlich aber entschieden lehnte sie die Besuche von Gleichaltrigen ab, zu denen sie ihre Mutter zwingen wollte. Sie lebte allein, in unirdischem Frieden und in Stille, machte lange, einsame Spaziergänge, und in ihren Augen brannte ein keusches, ekstatisches Feuer. Oft sah Baldo, wie sie über die sonnigen Wiesen ging, eine zarte und hübsche Gestalt, und er war betrübt. Sie hätte ein erfülltes Frauenleben führen können, in einer lauten Welt voll Abenteuern, aber das reizte sie nicht. Sie ruhte in sich selbst, ihre Seele nach innen gekehrt, und wenn sie ins Kloster eintrat, dann folgte der Körper nur dem Geist, der sich schon längst in der Klausur befand.

Wahrscheinlich ist jeder Seele von Geburt an ihr Leben vorbestimmt, dachte Baldo; unglücklich sind nur die Menschen, die dieses Leben niemals finden. Marcia hatte es gefunden, und deshalb war sie glücklich. Trotzdem war er traurig, wenn er sie betrachtete. Soviel süße Jugend, soviel Anmut und Schönheit, eine Blüte, eingeschlossen in kalten Steinmauern! Wie hatte dieses Kind aus angelsächsischer Familie in solcher Leidenschaft für eine Religion entbrennen können, die aus der seltsamen Ehe zwischen Jerusalem und Rom entstanden war?

Solche Gedanken waren Wermutstropfen in der Freude über das neue Haus, das Franz in einem plötzlichen Einfall, nicht gerade fantasievoll »Zu den drei Pappeln« genannt hatte. Baldo hatte mit Vergnügen festgestellt, daß sich Franz bei der Einrichtung häufig Rat von ihm holte; und tatsächlich ging vieles, was Mrs. Trenchard so heftig beanstandete, auf Baldos Idee zurück. Baldo hatte sich aus seiner Einsiedelei befreit und war nach New York gefahren, um dort das Mobiliar auszusuchen; daß Franz seinen Geschmack aufrichtig bewunderte, gewährte ihm eine sonderbare Befriedigung.

»Ja, ich habe das Haus ausgestattet«, gab er gerne zu, denn alles an dem Haus gefiel ihm. Er bewohnte selbst ein großes

Apartment, das er sich in schlichter Eleganz einrichtete. Wie Franz hatte er Freude an Weite und Helligkeit.

Die Familie übersiedelte im Oktober in das neue Heim. Zu Weihnachten gab Franz eine Gesellschaft, er lud einige Verwandte und Freunde zu einer Feier ein, die sehr ruhig verlief, denn das Trauerjahr für Tina war noch nicht abgelaufen. Franz war allgemein beliebt, er hatte viele Freunde, die er mit seinem Charme, seinen Aufmerksamkeiten, seinem offenen Lächeln bestrickte. Außerdem bewunderten Herren wie Damen seine gute Erscheinung und sein Auftreten.

»Er ist zwar nicht durchaus ein Gentleman«, meinte so mancher würdige Herr, Mitglied der oberen Zehntausend, und strich bedächtig seinen Bart. »Aber ein Mann.«

In jenen Jahren begann der »richtige Mann« dem klassischen Gentleman alter Schule ernsthaft Konkurrenz zu machen. Männlichkeit war gefragt, und wenn diese Ansicht auch noch immer als ketzerisch galt, so verbreitete sie sich doch sehr schnell, auch in einer Stadt, die kontinentalen Traditionen anhing. Seit der Westen erschlossen wurde und damit die virilen, harten Männer, die Männer der Faust, auf den Plan traten, dämmerte es sogar den Gentlemen, daß in Amerika ein arteigener, echt amerikanischer Typus im Entstehen war, gesund, stark, unkompliziert und robust. Es war allgemein bekannt, daß sogar die Eisenbahnbarone in New York und die großen Finanzleute gern so unmögliche Leute wie Lillian Russell und Jim Brady oder andere etwas anrüchige Persönlichkeiten freundlich aufnahmen. Freilich, es handelte sich noch um tastende Versuche, aber die Gentlemen waren nicht mehr das einzig gültige Ideal, hoch über dem Volke und sakrosankt.

So hatten sich in den Monaten nach Tinas Tod die Beziehungen zwischen Franz und Baldo zusehends gebessert, die beiden Männer verkehrten freundschaftlich miteinander. Baldo erkannte, daß Franz ehrlich um seine Frau trauerte, daß ihm nun ihre blinde Vergötterung fehlte, so lästig sie ihm auch zu Lebzeiten Tinas gewesen war. Vielleicht steckte so etwas wie Reue in dieser Trauer. Auf jeden Fall beschäftigte er sich viel mehr mit seinen Kindern als früher, besonders mit Paul, seinem Liebling, aber auch für Peter fand er einen herzlichen Ton. Der Junge hatte jetzt sein eigenes Zimmer, anschließend an Baldos Apartment, und er machte einen gelösteren und zufriedeneren Eindruck als zuvor.

Baldo aber war der einzige, der Tina wirklich vermißte. Er hatte vergessen, wie kleinlich und launenhaft sie in den letzten Jahren gewesen war, er erinnerte sich nur des scheuen, anmutigen

Mädchens ihrer jungen Jahre, als sie wie eine Elfe durchs Haus gehuscht war. Mrs. Trenchard blieb bei der Familie; Franz konnte sie zwar nicht leiden, aber sie war tüchtig, und so mußte er dankbar sein, daß sie das Haus in Ordnung hielt. Außerdem wußte er, wie sehr sie ihn bewunderte und schätzte, und das tat ihm wohl. Die Sympathie für Richard, die er zur Schau trug, war nicht ganz echt. Der Junge war in die Fabrik eingetreten und arbeitete dort, was Franz wunderte und was er seltsam fand. Mrs. Trenchard war eine reiche Frau, und obwohl er sich noch nicht den Kopf darüber zerbrochen hatte, wie er diesen Reichtum zu seinen Gunsten einsetzen könnte, bereitete es ihm ein angenehmes Gefühl, einflußreiche und begüterte Menschen zur Verfügung zu haben.

Das kleine Töchterchen Margarete, Gretchen genannt, war der Liebling des Hauses und wurde von allen verwöhnt, selbst von dem groben und verschlagenen Paul. Franz war eigentlich immer kinderliebend gewesen, und dieses Mädchen sah ihm so ähnlich, es war so entzückend. So ausnehmend hübsch mit seinen Wangengrübchen und dem strahlenden Lächeln, daß er völlig bezaubert war. Er verbrachte viele Stunden im Kinderzimmer, was er bei seinen Jungen niemals getan hatte, spielte mit ihr und sang ihr deutsche Kinderlieder vor, ja, zuweilen brachte er sie sogar eigenhändig zu Bett.

Er hatte seine Söhne niemals in den Religionsunterricht geschickt; jetzt aber besprach er das Problem ernsthaft mit Mrs. Trenchard und erklärte, daß die Kleine, sobald sie physisch und psychisch in der Lage war, unbedingt Religionsstunden bekommen müßte. Zur Vorbereitung trieb er erst einmal die beiden Jungen in die Sonntagsschule und wachte auch darüber, daß sie Mrs. Trenchard in die Episkopalkirche begleiteten, was sie grollend und unter Protest taten. Zu den hohen Feiertagen ging er sogar selbst mit und saß steif und aufmerksam und sehr dekorativ in dem Kirchenstuhl der Familie, den er früher niemals mit seiner Anwesenheit beehrt hatte. Er spendete der Kirchengemeinde hohe Beträge, höhere sogar, als Mrs. Schmidt und Tina je gespendet hatten. Der Pfarrer wurde sein ergebener Freund.

Von Anfang an erzog er seine Tochter in beiden Sprachen, und die Kleine plapperte bald munter drauflos, englisch und deutsch gemischt. Franz konnte sich nicht satt sehen an dem Kind, in das er ganz vernarrt war, in seine blauen Augen, die den seinen so sehr ähnelten! Und er gelobte sich, all das Böse, das seinen eigenen Augen den unschuldigen Glanz geraubt hatte, von dem Blick dieses Kindes fernzuhalten.

Die Schmidt-Stahl-Werke hatten sich enorm vergrößert, was Franz tiefe Befriedigung verlieh. Er war selbst immer stärker an der Firma beteiligt. Ein- oder zweimal hatte er versucht, Baldo über gewisse Transaktionen Bericht zu erstatten, und war sehr erleichtert gewesen, daß sein Schwager lachend abwehrte. »Tu, was du für richtig hältst! Du hast freie Hand; einmal im Jahr, das verspreche ich dir, schaue ich mir die Bilanzen an. Das genügt mir.«

Niemand in der Fabrik wußte, daß Richard Trenchard der Vetter Tinas war. Er werkte als ganz gewöhnlicher Arbeiter, als Gleicher unter Gleichen. Franz verlor bald das Interesse an diesem sonderbaren Burschen, ja, er vergaß fast seine Existenz. Einmal erinnerte er sich dunkel, daß Richard so etwas wie ein Schriftsteller werden wollte und daß er Material für ein Buch sammelte, aber er hatte keine Ahnung, was für Material er ausgerechnet in seinen Werken finden konnte und welchen Zweck er damit verfolgte. Solange ihn Richard nicht belastete oder ihn zum Eingreifen zwang, ließ er den Jungen gewähren.

Das hübsche neue Haus übte eine segensreiche Wirkung auf jeden, der darin wohnte, aus. Licht, Schönheit, Weite und Luft schufen eine gesunde Atmosphäre. Das kleine Gretchen blühte auf, Paul benahm sich gesitteter, und selbst Peter legte seine Scheu ab und entwickelte sich zu einem zwar stillen, aber aufgeschlossenen jungen Menschen. Er war unzertrennlich von Baldo; die beiden hatten ein Glashaus für sich allein, wo sie ihr Hobby, die Gärtnerei, betreiben konnten.

Nur Franz, der so freundlich und ausgeglichen durch das Haus schritt, blieb, wenn auch wohl gelitten und angenehm, ein Fremder unter ihnen. Er verbrachte seine Tage in der Fabrik und kam meist spät heim; sobald sein Töchterchen zu Bett gebracht war, verschwand er wieder in einen anderen Teil der Stadt.

Tina schien ganz und gar vergessen, ihr Bild war zugleich mit dem finstern, großen Haus, in dem sie so lange gewohnt hatte, ausgelöscht. Das Gebäude war übrigens lange leer gestanden, bis es in eine Frühstückspension umgewandelt wurde. Nur Baldo dachte mitunter noch an sie, aber ihr Geist kam nicht zu ihm in die »Drei Pappeln«, er verblieb hinter den Mauern des alten Stadthauses, ein trostloser, weinender Schatten, der trauernd in den verlassenen Räumen nach seinen verlorenen Lieben suchte.

Manchmal ließ sich Baldo zu dem Haus fahren, als wollte er seine Schwester besuchen und sie trösten. Dann blickte er hinauf zu den riesigen Fenstern und stellte sich vor, daß er Tinas bleiches

Gesicht an die Scheiben ihres Zimmers gepreßt sah. Wie oft war sie in den langen Jahren dort oben gestanden, um traurig und aufgeregt nach Franz auszuschauen. Baldo hob die Hand, als grüße er sie. Er hatte das Gefühl, als winke sie ihm, grüße zurück und wäre nun dankbar und ein wenig getröstet.

XVII

Mrs. Ethelberta Chisholm teilte ihr elegantes Stadthaus in der Goddard Street mit einer angesehenen Putzmacherin, Mlle. LeClair, geborene Murphy. Es war fröhlich und verspielt, dieses Haus in weißem Holz, mit vielen Türmchen, vergitterten Fenstern und Türen mit Messingbeschlägen. Es hatte keinen besonderen Stil, aber es war der Besitzerin gelungen, das Rokoko mit dem Viktorianischen und die frühe Régence mit dem amerikanischen Kolonialstil zu verbinden; alles zusammen gab dem Haus einen uneinheitlichen und leicht frivolen Anstrich. Es wirkte heiter und unbeschwert. Die Einrichtung, von den golddurchwirkten Tapeten bis zu den dicken Teppichen und den vielen bunten Vasen und Spiegeln, war kostspielig; dazu viel Plüsch und Samt. Mrs. Chisholm stand in dem Ruf, eine Lady »mit Nebeneinkommen« zu sein, wobei die Quellen dieser Nebeneinkünfte ziemlich dubios schienen. Mlle. LeClair trug natürlich einen Teil der Kosten, aber mit diesem Zuschuß konnte man kaum die beiden blinkenden Kutschen in der Remise, die sechs Rassepferde, die zwei Kutscher, die Hausmädchen, den Koch und den Butler bezahlen. Ebensowenig die teure Garderobe, von der kein Stück weniger als 150 Dollar kostete, die Pelze, die Handschuhe und die, wie man munkelte, seidene Wäsche — das alles mußte Tausende Dollar im Jahr ausmachen.

Den Herren der guten Gesellschaft in Nazareth und den umliegenden Städten war das Haus wohlbekannt, mit seinen Spieltischen im dritten Stock und den hübschen, munteren jungen Damen, sechs an der Zahl, die Mrs. Chisholm gelegentlich besuchten und zur Unterhaltung der Gäste beitrugen. Das war alles sehr kostspielig, sehr diskret, kurz, es herrschte eine vornehme Atmosphäre, und es war immer amüsant. Die Gentlemen, die bei Mrs. Chisholm verkehrten, waren verschwiegen, es sei denn, sie führten einen guten Freund ein. Nur Herren mit besten Empfehlungen und besten Bankreferenzen wurden aufgenommen, eine verschworene Bruderschaft. Es wäre häßlich gewesen, dem Haus einen zweifelhaften Ruf anzudichten, denn es gab nichts zu verbergen und nichts zu vertuschen innerhalb dieser Mauern. Freilich, es wäre keiner Dame von Nazareth auch nur im Traum eingefallen, Mrs. Chisholm einzuladen, aber weniger wegen ihrer sonderbaren Reputation, sondern weil sie so »anders« und »nicht ganz Dame« war. Und keine hätte auch nur im vertrautesten Gespräch angedeutet, daß Mrs. Chisholm eigentlich außerhalb der Gesellschaft stand, denn damit hätten sich diese Damen dem Verdacht ausgesetzt, Dinge zu wissen, die ihren eigenen Ruf gefährden konnten.

Mrs. Chisholm hatte flammend rotes Haar von unverbürgter Echtheit und war so prächtig und auffallend gekleidet, daß sie zu einer Art Legende in Nazareth geworden war. Sie war näher den Vierzig als den Dreißig und ein »prächtiges Weibsstück«. Sehr groß, mit imponierenden Brüsten, zarter Wespentaille und ausladenden Hüften, mit runden weißen Armen und einem stolzen Nacken, kurz, eine eindrucksvolle Erscheinung. Und dazu ein rundes weißes Gesicht unter der leuchtend roten Haarkrone, einen breiten rosa Mund, eine kleine Nase und funkelnde schwarze Augen. Ihr Blick war klug und wissend, sie war ständig gut gelaunt, sprühend, und wenn sie lachte — was sie fast immer tat —, enthüllte sie eine Perlenreihe blendend weißer Zähne, die nicht einmal Übelwollende für falsch halten konnten. Die tiefe, heisere Stimme gab dieser außergewöhnlichen Frau einen besonderen Reiz. Sie besaß einen bemerkenswert profanen Wortschatz und ein überaus loses Mundwerk, so daß sie wegen ihrer Bonmots und ihres Witzes genauso bekannt war wie wegen ihres Schicks und ihres männlich-energischen Auftretens. Niemals nahm sie sich ein Blatt vor den Mund, sie war vulgär und geistreich, wurde von den Auserwählten, denen es gestattet war, in ihrem Salon zu verkehren, angebetet, denn sie war ebenso gerissen wie reizvoll, auf den ersten Blick sympathisch und dabei schamlos aufs Geld versessen. Überdies stand sie in besten Beziehungen zu einer ganzen Reihe von Politikern, den Spitzen der Gesellschaft und sogar dem Bürgermeister; wie man sich erzählte, holten sich alle bei ihr Rat. Sie hatte eine schöne Bibliothek klassischer Werke, die sie gelegentlich sogar las. Das einzige, was sie bedauerte, war, als Frau geboren zu sein, wie sie immer wieder betonte. Sie hatte ausgesprochen diplomatisches Talent, war überall daheim, eine Art Hansdampf in allen Gassen im besten Sinn, voll Humor, verständnisvoll, mit scharf zupackendem Verstand.

Sie zog sich so auffallend wie möglich an, aber im Grunde war sie eine Persönlichkeit, die auch in der einfachsten und bescheidensten Aufmachung aus der Masse hervorgestochen hätte. Sie haßte alles Schwarze, ihre Roben in Pastellfarben waren kostbar und mit dem teuersten Zubehör aus Seide und Samt aufgeputzt. Wenn sie in einer Wolke verführerischen Parfüms durch die großen, hellen Räume ihres Hauses schritt, dann rauschte und raschelte es. Ihre Sprache war derb und deutlich, und es war bekannt, daß sie alles rücksichtslos durchsetzte, was sie sich vorgenommen hatte; aber jedes Wort, jeder Blitz ihrer Augen, ihr heiseres Lachen, jede Geste strahlte soviel Gesundheit, soviel Fröhlichkeit und stürmische Bewegtheit aus, daß sie einfach faszinieren mußte. Sie liebte Schmuck und trug zu jeder Tageszeit Diamanten an der Brust, an den Ohren, im Haar, an den Fingern und den Armen, und das in verschwenderischer Fülle.

Oft sagte sie: »Ich bin eine geschwätzige Person. Ich erzähle alles weiter.« Aber man brauchte kein Menschenkenner zu sein, um zu wissen, daß sie immer nur das weitererzählte, was sie für geraten hielt. Immerhin stand sie im Ruf, daß ihr nichts heilig sei, und sie selbst hatte sich diesen Ruf geschickt geschaffen. Sie hatte das Bemühen, jung und schön zu sein, längst aufgegeben und sich an Schick, Witz, Originalität, blendende Garderobe gehalten, das waren dauerhafte und nachhaltige Werte.

Selbstverständlich hatte sie ihre Günstlinge unter den Herren, die in ihrem Haus »einen netten, gemütlichen Abend« verbrachten. Und ihr besonderer Favorit war Franz Stössel, der sie noch niemals enttäuscht hatte und den sie einen »Erzhalunken, einen vollkommenen Schurken und einen perfekten Schwindler« nannte. Aber sie sagte es mit einem Augenzwinkern, einem lustigen, frechen Lachen und voll Zärtlichkeit. Sie hätte ihn schon wegen seines guten Aussehens und seiner freigebigen Geld- und Schmuckgeschenke an sich gezogen, aber darüber hinaus unterhielt sie sich mit keinem anderen so gut wie mit ihm; die beiden verstanden sich prächtig. »Mit dir kann man Pferde stehlen«, sagte Franz häufig. »Bertie, du bist ein Labsal für meine Seele.«

Er besuchte sie mindestens zweimal in der Woche, manchmal noch öfter. Diese Abende waren Feste für sie. Stundenlang vorher beschäftigte sie sich bereits mit ihrer Toilette, probierte die verschiedensten Kleider und gustierte den Schmuck. Sie respektierte Franz nicht nur, weil er ihre Hypotheken abgelöst hatte, sondern auch weil er in ihr eine jugendliche Leidenschaft entzünden konnte, die sie längst verglommen glaubte.

Wenn er kam, dann schlenderte er erst einmal gemächlich durch die Spielsäle, wagte zuweilen auch einen kleinen Einsatz, trank einen Schluck, rauchte und betrachtete die strahlend erleuchteten Räume mit den Gaskristallustern und Spiegeln, in denen entzükkende Mädchen die Honneurs machten. Sie hofierten ihm alle, er war der spezielle Liebling des Personals. Aber selbst die Creme der Gesellschaft von Nazareth, darunter sogar der ewig verdrossene Percival Hartford, der in der Öffentlichkeit lautstark soziale Reformen predigte, aber ein verlebter alter Habitué war, fand einen Abend ohne Franz nur halb vergnüglich. Franz verteilte seine Liebenswürdigkeit, sein gewinnendes Lächeln demokratisch an die kostspielige »Dame« ebenso wie an den hochgestellten Geschäftsfreund; und außerdem war er ein vollkommener Zuhörer. »Ein Mensch kann noch so gewinnend lächeln und trotzdem ein Gauner sein«, hatte Baldo von ihm gesagt. Aber Gauner, die wohlwollend und liebenswürdig, von ausgeglichenem Temperament und taktvoll sind, finden überall mehr Anklang als die unfreundlichen Tugendbolde, das hatte Baldo längst erkannt. Zu seiner Überraschung hatte er festgestellt, daß Franz eine Legion treu ergebener Freunde besaß, die mit ihm durch dick und dünn gingen.

Ethelberta ließ häufig anspannen, wenn Franz kam, um eine kleine Spazierfahrt mit ihm zu machen und ihren überheizten Salons zu entfliehen. Dann thronte sie neben ihm, den Federhut auf dem fuchsroten Haar, die Hermelin- oder Zobelstola auf den vollen Schultern, die Hände im Muff vergraben, die Pferde mit dem seidig glänzenden Fell trabten gemächlich durch die menschenleeren Straßen. Franz hatte Ethelberta sehr gern. In ihrer Vitalität und Gesundheit erinnerte sie ihn an Irmgard. Er mochte ihr lautes, heiseres Lachen, ihre freche Zunge, den süßen, starken Duft ihres französischen Parfüms und das Blinken ihrer Augen und ihrer Zähne im Licht der Straßenlampen. Sie kannte keine Launen, niemals war sie mißgestimmt oder traurig. Die ganze Frau schien ihm wie ein kräftiger, frischer Wind, laut und fröhlich. Er erzählte ihr Dinge, die er sonst niemandem erzählte, außer Baldo. Sonderbar, daß er sich in der Gesellschaft dieser beiden Menschen, die doch so grundverschieden waren, wohl fühlte und ihnen vertraute. Er sprach zu ihr wie zu einem Mann, und wenn sie in ihr Haus zurückkamen, dann war er erfrischt wie nach einem kühlen Bad. Später, wenn die Gäste heimgingen und die Mädchen mit dem Erwählten der Stunde im oberen Stockwerk verschwunden waren, begab er sich selbst hinauf in Ethelbertas

Boudoir. Es war warm, prunkvoll und voller Duft. Er lag neben ihr in ihrem breiten Bett mit den Seidendecken, und er schlief friedlich wie ein Kind, den Kopf an ihrer weichen, üppigen Brust geborgen.

Auch heute fuhr er mit ihr durch die nächtlichen Straßen. Es war ein frischer Frühlingsabend, still, und doch voll heimlicher Geräusche, als spreche die feuchte, schwarze Erde selbst in der unfreundlichen Stadt. Die Sterne schienen durch die noch kahlen Zweige. Es hatte geregnet, und die Straßen schimmerten dunkel im Licht der Straßenlampen, das wie durch einen schwarzen Spiegel widergestrahlt wurde. Ein schwacher Wind wehte, und im Osten lag ein matter rosa Schein auf dem dunklen Himmel, er kam von den Essen der Schmidt-Stahl-Werke. Ethelberta lehnte sich behaglich in die Lederkissen zurück und sagte verschlafen: »Deine Werke arbeiten noch, wie ich sehe.«

Sie spürte, daß Franz etwas auf dem Herzen hatte, und klug, wie sie war, erriet sie, daß es mit seinem Betrieb zusammenhing. Deshalb wunderte sie sich nicht, als er sichtlich mißgestimmt antwortete: »Nicht so fleißig, wie ich möchte; dieser verdammte Jules Bouchard!«

Ethelberta strich beruhigend über seinen Arm und wartete. Franz' Gesicht hatte sich verdunkelt. »Unsere letzte Schiffsfracht Erz von den Minen der Großen Seen war vier Wochen im Verzug. Wie ich dir schon erzählt habe, gehören die Philadelphia- und Windsor-Eisenbahnen und der gesamte Frachtverkehr den Barbour-Bouchard, ich kann sie nicht umgehen. Bevor ich diese französische Schlangenbrut in ihren Preisen unterbot, war alles bestens und eitle Wonne zwischen uns. Jetzt aber wird man lästig und wirft mir Steine in den Weg, wo man kann. Bouchard entschuldigt sich, daß unser Frachtgut auf Nebengeleise geriet und dort Wochen gestanden ist. Er sagt, es sei ein bedauerliches Versehen gewesen. Sehr bedauerlich! Sie haben nur ein Drittel unserer Kohle ›gefunden‹, nach dem Rest wird, wie er sagt, ›gesucht‹. Wir können nur mit der Hälfte unserer Kapazität arbeiten. Unsere Lieferungen zur See verzögern sich, in weniger als vierzehn Tagen kann ich vielleicht spazierengehen, weil wir auf Kohle warten müssen. Außerdem ärgert es ihn, daß wir keine Kohle mehr von Sessions und Barbour-Bouchard kaufen, aber daß er mich seinerzeit selbst dazu gezwungen hat, davon will er nichts hören. Und unsere Aufträge! Wir können unsere Termine nicht halten.«

»Hast du mit Mr. Baldo darüber gesprochen?« fragte Ethelberta teilnehmend.

Franz zuckte die Schultern. »Baldo! Ihn interessiert das nicht, wie ich dir schon erzählt habe. Ihm ist es auch egal, wenn wir nicht mehr konkurrenzfähig sind. Ich bin der einzige, der sich um die Werke kümmert. Und ich habe die große Sorge, daß dieser Fuchs, dieser Franzose, noch andere Dinge im Schild führt. Er gräbt mir das Wasser ab, immer höflich grinsend und mit dem Ausdruck tiefsten Bedauerns! Jules weiß, daß ich zapple, er hat mich in der Hand, weil er den Transport auf den Bahnen und den Straßen kontrolliert. Er hat die Rechte!« Franz lachte bitter auf. »Aber lassen wir das, das ist meine Sorge. Ich werde einen Weg finden. Ja, ich finde einen.« Und er schlug sich mit der Faust auf die Knie. Ein brutaler Zug erschien auf seinem Gesicht, die Augen verengten sich.

Ethelberta hob die Brauen. »Ich bin überzeugt, daß du einen Weg findest«, sagte sie begütigend und legte ihre behandschuhten Finger auf die große, harte Faust. »Aber bis dahin denk nicht dran.«

Er knurrte und schob ihre Hand weg. »Weibergeschwätz!« sagte er grob. »Stahlwerke sind kein Bordell. Sie sind Männersache.«

Ethelberta war still, aber nicht beleidigt. Sie lauschte ruhig dem Traben der Pferde und zog tief die würzige Frühlingsluft ein. Franz saß vorgebeugt in seiner Ecke und knirschte mit den Zähnen.

»Demokratie«, murrte er. »Pack schlägt sich, Pack verträgt sich, und läßt den bessern Mann verkommen. Aber eines Tages wird Schluß damit sein, und dann werden die Leute regieren, die das Recht dazu haben!«

»Du lieber Gott!« rief Ethelberta mit ihrem tiefen Bariton-Lachen. »Was soll das wieder heißen?«

Er drehte sich zu ihr, aber er lächelte nicht. Sie hörte ihn heftig atmen und sah den bösen Glanz in seinen Augen.

»In einem gerechteren Regierungssystem würden die Schmidt-Stahl-Werke als das anerkannt werden, was sie sind: größer und wichtiger als die Sessions-Stahl, und ihnen weit überlegen. Unsere Betriebe könnten nicht übervorteilt, betrogen, zum besten gehalten werden durch die Winkelzüge und Intrigen und Schweinereien eines Jules Bouchard! Der Staat würde erkennen, wo seine Interessen am besten gewahrt werden, und diese Betriebe stützen, ihnen die Transportrechte geben und es ihnen überlassen, sich die günstigsten und wertvollsten Arbeitskräfte zu verschaffen. Wie soll eine Nation weiterkommen, wenn jedes Schwein das gleiche Recht am Trog hat, wenn die Unfähigen und Schwächlichen die Stärkeren beiseitedrängen können, einfach weil sie der Zahl und dem Gewicht nach überlegen sind? Wie kann ein Volk überleben, wenn die Überlegenheit bestraft wird, weil es nach verblödetem Gesetz verboten ist, die Inferioren nicht zum Zug kommen zu lassen? Das Recht des Individuums soll stärker sein als das Wohlergehen der Gesamtheit? Ja, sagt die demokratische Regierung, weil sie der Meinung ist, daß Nasen wichtiger sind als Gehirne.«

Ethelberta lächelte belustigt, sie berührte Franz mit ihrem Muff. »Ich entnehme daraus, mein wohlbestallter Freund, daß du unser Land nicht liebst. Gut, liebe es nicht, das ist dein Recht. Aber kannst du mir vielleicht erklären, warum du ihm nicht den Rükken kehrst, wenn es dir so widerwärtig ist?«

Franz lächelte, aber nur mit den Lippen. »Amerika ist ein junges, großes und reiches Land. Es gibt mir, was ich will. Aber es macht mir Appetit auf mehr. Ich diene ihm, indem ich mich selbst bediene. Amerika braucht Männer wie mich. Nicht, daß ich mich besonders wichtig nehme. Ich hole mir, was Amerika zu bieten hat, und sehe keine Notwendigkeit, dem Staat dafür besonders zu danken. Was für ein Land wäre Amerika mit seinen riesigen Bodenschätzen und seinem Reichtum, wenn es sich von seiner Hühnerhof-Politik der Demokratie lösen könnte!« Sein Lächeln vertiefte sich. »Aber ich habe Amerika gegenüber auch eine Pflicht zu erfüllen, nämlich ihm bei der Veränderung seiner Regierungsform zu helfen und sie in etwas Realistischeres, Brauchbareres und Klügeres zu verwandeln.«

Sie blickte ihn scharf an, und ihre Stimme klang nicht mehr freundlich, sondern leise gereizt: »Halt, mein Schatz. Ich habe mein Land gern. Ein schönes Land, finde ich. Hat Platz für alle, selbst für solche Freibeuter wie dich, mit der Pistole im Sack und dem Haß im Herzen. Vielleicht sollte ich verrückt nach dir sein. Aber ich bin es nicht. Warum? Weil ich glaube, daß Amerika zu groß für Piraten und Banditen wie dich ist, es ist zu gesund. Du wirst kommen und gehen, wirst über die Regierung und das Land schimpfen, aber ich werde bleiben, denn ich gehöre hierher. Du kannst Amerika nicht verletzen, zumindest nicht schwer. Hängt von dem Volk ab, was für Schaden du ihm antun kannst. Vielleicht aber wacht es eines Tages auf und zeigt dir's, und dann machst du in die Hose. Das wird ein Fest!«

Franz lachte plötzlich, seine gute Laune war wiederhergestellt, er zog sie an sich und küßte sie grob auf die Lippen, seine Hände verkrampften sich in ihrem Nacken unter der Pelzstola. Eine heiße Blutwelle schoß durch seinen Körper. Dann ließ er sie los. Seine Stimme klang dumpf und heiser, als er sprach:

»Aber wie würdest du ohne mich mit deinen Hypotheken fertig, und wer würde dich mit Kleidern und Schmuck behängen?«

Sie lehnte sich an ihn, ihr Mund war nahe dem seinen. »Zum Teufel, ich liebe dich«, murmelte sie. Mit einem schnellen Blick auf den breiten Rücken des Kutschers sagte sie: »Du brauchst eine Frau, Franz. Ein gutes, gesundes Weibsstück. Eine Frau für dich allein. Warum heiratest du nicht?«

Er lächelte spöttisch. »Wen? Darf ich fragen?«

Sie zuckte zusammen und rückte von ihm ab. »Mich nicht! So habe ich's nicht gemeint. Ich würde dich nicht heiraten, du bist mir zu gerissen. Und ich bin zu klug. Aber es gibt eine Menge Frauen, nicht allzu helle, aber sonst ganz in Ordnung. Denk doch: deine Frau ist schon über ein Jahr tot. Du kannst mit Anstand wieder heiraten. Heirate doch! Zwischen uns braucht sich nichts zu ändern.«

Er wendete sich ab von ihr, und sie sah sein Gesicht im matten Licht der Laternen. Er denkt an eine, an eine Bestimmte, dachte sie mit einem Stich Eifersucht. Nicht an mich. Wer ist es?

Franz sah wieder den Hügel im Wind, und oben die Frau mit dem wehenden Haar und dem emporgewandten Gesicht. Eine Frau, die Irmgard und doch nicht Irmgard war.

XVIII

»So«, sagte Jules Bouchard, »der wird also in einer Stunde hier sein. Es wird amüsant, hoffe ich, sehr amüsant. Er ist ein Heuchler, aber ein Heuchler ohne diplomatische Finesse.«

Onkel Ernest Barbour — »der alte Teufel« — schaute Jules nachdenklich an. »Diesmal muß ich mich also auf dein Geschick verlassen.«

»Du siehst, er kommt zu mir und nicht ich zu ihm, Onkel Ernest.«

»Das macht der Deutsche immer«, antwortete Ernest kühl. »Immerhin darfst du nicht vergessen, daß seine Betriebe jetzt doppelt so groß sind als die Sessions-Stahl. Er ist praktisch die stärkste Industriemacht im Land auf deinem Sektor. Das hätte niemals passieren dürfen.«

Es wäre niemals geschehen, dachte Jules noch immer lächelnd, aber giftig, wenn ich hier freie Hand gehabt hätte. Aber du hast mir niemals freie Hand gelassen.

»Ich war stets der Meinung, daß hier für jedermann Platz ist«, fuhr Ernest fort. »Das war ein Irrtum. Für diesen Mann ist neben uns kein Platz im Staat. Für einen anderen Burschen vielleicht, aber nicht für ihn.«

Ein Sekretär trat ein und meldete Franz Stössel. Jules zwinkerte seinem Onkel zu und lehnte sich nachlässig in seinem Stuhl zurück.

Franz trat ein, groß, schlank, in tadelloser Haltung, und Jules, der elegante Menschen und einen guten Schneider schätzte, lächelte anerkennend. Die blonde Bestie, dachte er. Er konnte die Abneigung des Franzosen gegen alle Deutsche nicht unterdrücken, sie stieg förmlich erstickend in ihm auf. Ernest Barbour saß in seinem tiefen Stuhl neben dem Schreibtisch seines Neffen und musterte Franz mit seinem Basiliskenblick. Er nickte höflich, sprach aber kein Wort.

Franz war auf die Anwesenheit dieses gefürchteten Engländers, des Königs der Kriegsindustrie, nicht gefaßt; er bewunderte ihn, wie er jeden Mächtigen bewunderte. Er hatte ihn niemals zuvor gesehen, aber das breite, blasse Gesicht mit den wasserfarbenen Augen, der kurzen aufgeworfenen Nase und dem schmallippigen Mund war ihm aus Zeitungsbildern bekannt. Ernest Barbour war eher untersetzt, aber gut gewachsen, mit breiten Schultern über der festen, geschmeidigen Gestalt. Er verhielt sich schweigend, aber Franz ließ sich dadurch nicht täuschen. Es wird schwerer werden, als ich dachte, sagte er sich; wenn er da ist, dann geht es hart auf hart.

Trotzdem lächelte er, während er sich in den Stuhl niederließ, den Jules ihm anbot, aber sein Herz klopfte heftig, und er fühlte sich unbehaglich. Die Gegenwart der Macht, die der alte Mann verkörperte, schüchterte ihn ein, und er kam sich wie ein Schuljunge vor dem gestrengen Inspektor vor. Dann aber rief er sich selbst zur Ordnung. Ich sitze auf dem längeren Ast, dachte er und zwang sich, nachdem er formell Ernest Barbour vorgestellt worden war, allein Jules anzusehen. Wenn er den Alten ignorierte, dann ging es bestimmt leichter. Eine schwache Röte stieg in seine hellen Wangen. Jules bemerkte dieses Erröten, und es bereitete ihm ein sadistisches Vergnügen. Aber auch Franz hatte die Reaktion seines Gegners gesehen, und der kalte Zorn, die sie bei ihm auslöste, verlieh ihm neue Kräfte. Diese widerliche französische Schlange mit dem verwaschenen, dunklen Gesicht und den eleganten Weiberhänden! Einen solchen Menschen konnte er nur verachten, und das wieder blieb dem Franzosen nicht verborgen, der ein guter Psychologe war.

Sie plauderten unbefangen und wechselten freundliche und liebenswürdige Blicke. Keiner wollte das Thema anschneiden, das der Grund dieses Treffens war. Jules besaß die boshafte Geduld des Franzosen, er konnte warten, es machte ihm Spaß, während der blonde Riese immer ungeduldiger wurde. Bei diesem Schlagabtausch war der Angreifer nicht in der besseren Position. Franz aber fühlte, mehr als er sah, daß der schweigsame Ernest Barbour Zeichen von Ungeduld gab; er wetzte auf seinem Stuhl, wenn er auch kein Wort äußerte. Und das machte Franz nachdenklich. Ernest Barbour war der tödlichste Feind, den ein Mann haben konnte. Und trotzdem hatte Franz, zu seiner eigenen Verwunderung, das Gefühl, daß auch Ernest Barbour dieses Gefühl lächerlich fand, daß es ihn reizte.

Ich lasse mich nicht hetzen, dachte Franz, aber trotzdem, der Anfang muß gemacht werden. Er blickte Jules an und sagte ohne Einleitung, wenn auch in verbindlichem Ton: »Ich bin ein vielbeschäftigter Mann. Sie sind es ebenfalls, M. Bouchard. Sie wissen, warum ich gekommen bin. Ich habe es satt, auf meine Erzlieferungen zu warten. Ihre Ausreden finde ich unbefriedigend.«

Das Jesuitengesicht des Franzosen verzog sich in ehrlichem Staunen. Er schien besorgt. »Haben Sie denn die letzten Lieferungen aus Ihren Minen nicht bekommen? Das ist sehr ärgerlich.«

»Sehr ärgerlich«, bestätigte Franz barsch. »Ich brauche Ihnen nicht zu erklären, was das für mich bedeutet. Ich habe Ihre Erklärungen zur Kenntnis genommen, aber sie genügen mir nicht. Denn die Tricks, die Sie da versuchen, durchschaue ich. Sie glauben, daß Sie mich für dumm verkaufen und kampfunfähig machen können. Das können Sie nicht, M. Bouchard.«

Jules hob abwehrend die Hand. »Das ist doch absurd«, antwortete er würdevoll. »Meine Erklärungen, mein Bedauern sind ehrlich. Ich habe Telegramme abgeschickt, habe eigene Agenten eingesetzt, ich bin sicher, daß in ein paar Tagen ...«

»... diese Fracht eintreffen wird. Gut.« Die harten blauen Augen wurden zu Degenspitzen, Franz lächelte nicht mehr. Er sah wie ein gereizter Eber vor dem Angriff aus, obwohl er ganz ruhig in seinem Sessel sitzen blieb. Alles an ihm war geballte Kraft. »Was ist mit der nächsten. Und der übernächsten?« Er vergaß Ernest Barbour, der sich nicht rührte und nur zuhörte.

Jules streckte die Hand aus, spielerisch, unschuldig. Franz spürte Widerwillen in sich aufsteigen, er hätte den Mann ohrfeigen können. »Wir sind immer bemüht, unsere Kunden gut zu bedienen«, flötete Jules. »Wir haben viele, sie sind der bedeutendste.

Wir wollen Sie in jeder Weise zufriedenstellen. Aber es kann immer zu Terminschwierigkeiten oder Versehen kommen, daran sind wir völlig unschuldig. Mr. Stössel, Sie machen aus einer Mücke einen Elefanten. Ich kann Ihnen nur wiederholen, daß ich es sehr bedaure. Ich hoffe, daß es nicht wieder passieren wird. Glauben Sie mir.«

Franz aber stand auf und hieb mit der Faust auf das glänzende Holz. Er beugte sich vor. »Ich habe keine Zeit, verstanden?« sagte er mit seinem kehligen Akzent. »Mit diesen Dingen muß Schluß sein.« Und wieder war ihm, als träfe ihn ein verstehender Blick von Ernest Barbour, obwohl der Alte mit undurchdringlichem Ausdruck und in feindseliger Abwehr neben seinem Neffen saß.

Jules antwortete nicht sofort. Endlich sagte er: »Ich habe es Ihnen erklärt, ich begreife Ihre Erregung nicht. Sie nehmen meine Gründe nicht zur Kenntnis. Was kann ich tun?« Er verstellte sich nicht mehr, er sah seinen Gegner zornig an, obwohl seine Lippen noch immer lächelten. Er warf einen Blick auf seinen Onkel, als wollte er fragen: Was soll ich mit diesem Barbaren anfangen?

»Sie wissen nicht, was Sie tun können, gut; ich aber weiß, was ich tun muß«, antwortete Franz laut, mit einem drohenden Unterton in der Stimme. »Schluß mit dem Gewäsch! Ich weiß, was ich tue.«

Jules hob die Augenbrauen verwundert und fragend. Aber er schwieg.

Franz warf sich schwer in den Stuhl zurück, der unter seinem Gewicht knarrte. Er sprach sehr langsam, betonte jedes Wort, und die Augen ließen sein Gegenüber nicht los.

»Glauben Sie ja nicht, daß die Sessions den Stahlbedarf ganz Amerikas decken und jede Konkurrenz niederknüppeln und ausschalten kann. Bilden Sie sich nur ja nicht ein, daß ich zu Ihnen gekrochen komme und daß Sie mich zugrunde richten können!«

Jetzt lächelte er, aber er legte alle seine Verachtung in dieses Lächeln. »Amerika wächst sehr schnell. Ich beliefere bereits mehr lebenswichtige Industrien als Sie. Mein Stahl geht nach dem Westen, der praktisch mir seine industrielle Entwicklung zu danken hat. Ich baue die neue Eisenbahn, ich liefere den größten Teil des Stahls und beabsichtigte, noch mehr zu liefern. Das paßt Ihnen nicht, M. Bouchard?«

»Ich wundere mich nur über Ihre Manieren, Mr. Stössel«, lächelte Jules ölig, fast zärtlich.

Franz zuckte die Schultern und machte eine Handbewegung, als wollte er eine Fliege verscheuchen. Seine Haltung wurde noch drohender, er strahlte jetzt brutale Kraft und mörderische Entschlossenheit aus.

»Ich bin heute hergekommen, weil ich weiß, was ich tun kann, und ich werde es tun, wenn Sie mich dazu zwingen. Sie wissen, daß mein Umsatz weit größer ist als der Umsatz der Sessions; und nicht nur das, ich habe die Absicht, demnächst eine Dividende auszuschütten, was mein Prestige und meinen Kredit heben und eine enorme Reklame für die Schmidt-Werke sein wird. Mein Freund, Mr. Joseph Bryan, wird sich darüber freuen. Sie hingegen werden es sehr bedauern, M. Bouchard. Denn er wird alles tun, um Ihnen und Regan zu schaden.«

Bei der Erwähnung dieser Namen bewegte sich Ernest Barbour wieder, und Franz spürte, daß die unerbittlichen Augen auf ihn geheftet waren. Aber er schaute nicht hin, er konzentrierte sich auf den andern; er fühlte eine Kraft in sich aufsteigen, die wuchs und wuchs und die den aalglatten Franzosen zermalmen mußte, der ihm mit seinen kalten Schlangenaugen gegenübersaß.

»Vor zehn Jahren hätten Sie die Schmidt-Werke ruinieren können. Jetzt ist Schmidt zum Riesen geworden, und Sie stehen hilflos daneben. Sie nehmen Zuflucht zu kleinen Nadelstichen, um mich mürbe zu machen und mich zu ärgern. Ich lasse mich nicht gerne ärgern, M. Bouchard. Ich habe es satt. Ich besitze die Möglichkeit, Sie heute schon zu stoppen. Zehn Prozent der Sessions-Stahl-Aktien gehören mir, ich kann sie — und andere Papiere — jederzeit auf den Markt werfen.«

Jules antwortete nicht, kein Muskel seines Gesichts rührte sich, doch unter seiner braunen Haut war er etwas blasser geworden.

Franz sprach nun ruhiger, aber immer noch klang tödliche Härte aus seiner Stimme. »Sie können mich ärgern und belästigen, aber Sie können mich nicht wirklich verletzen. Sie sind in alle möglichen Interessen verwickelt. Barbour-Bouchard, der die Sessions kontrolliert, ist nach verschiedenen Seiten gebunden. Ich bin lediglich auf Stahl spezialisiert. Ich habe Sie schon aus den wichtigsten Märkten verdrängt, und Sie wissen, daß ich bereits beträchtliche Teile Europas und Südamerikas mit Feinstahl versorge, weit größere Mengen, als Sie überhaupt zu erzeugen imstande sind.«

Jules sprach noch immer nicht. Aber er versuchte nicht mehr, seine Wut und seine Abscheu vor diesem Emporkömmling zu verbergen. Er war um so härter getroffen, als er wußte, daß er geschlagen war — und das vor den Augen des verhaßten Onkels. Er blickte verstohlen zu ihm hin und sah das kaum angedeutete, eiskalte Lächeln, das tiefe, unpersönliche Vergnügen, das Ernest an diesem Gespräch fand. Jules zwang sich zu einem höflichen Lächeln, um seine Schlappe zu kaschieren, aber Franz dachte nicht daran, es zu erwidern. Sein scharf geschnittenes Gesicht war kalt und eisenhart, das Gesicht eines Mannes, der zuzuschlagen, ja zu morden bereit ist.

»Wollen Sie noch mehr hören?« fuhr Franz fort. »Es ist mir klar, daß Sie versuchen, alle Nebenlinien des Eisenbahnnetzes im Staat aufzukaufen. Wenn mein Erz nicht sofort nach dem normalen Fahrplan zu vernünftigen Frachtgebühren befördert wird, dann werden Sie Ihr Projekt niemals verwirklichen — aus dem einfachen Grund, weil ich schon mit einer Anzahl dieser kleinen Unternehmen verhandelt und ihnen vorgeschlagen habe, sich zusammenzuschließen. Ich habe Optionen auf ihre Linien für meine Gesellschaft erworben, die sich eben im Gründungsstadium befindet. Ich habe ihnen versprochen, daß ich nicht so sehr an den Gewinnen als an den Dienstleistungen dieser Linien interessiert bin, und dies zum allgemeinen Nutzen unseres Staates.«

Jetzt lachte er breit, in offenem Hohn. Jules litt körperlich. Der direkte Angriff lag ihm nicht, er suchte seine Ziele stets auf Umwegen zu erreichen. Er haßte den Kampf mit offenem Visier. Sein scharfer Verstand verwirrte sich plötzlich, und er zuckte zurück, als hätte man ihn physisch getroffen. Er liebte das Spiel, die Geistreichelei. Hier aber gab es weder Finesse noch Gewandtheit, nur den rohen Geruch des blutigen Kampfes mit einer wilden Bestie, vor deren Berührung er angewidert zurückschreckte.

Jetzt aber mischte sich Ernest Barbour ein, kühl, gemessen und beherrscht: »Mr. Stössel ...«

Franz fuhr herum und schaute den Sprecher an. Er wappnete sich innerlich, um sich vor dem Respekt und der Scheu, die ihm jener Mann einflößte, zu schützen. »M. Barbour?« fragte er höflich, aber ohne das geringste Zeichen eines Entgegenkommens.

Die beiden betrachteten sich eine Weile, abwägend, überlegend, wie sich Widersacher vor einem tödlichen Waffengang betrachten.

»Es scheint mir«, begann Ernest gleichmütig, »daß Ihnen noch die Grundbegriffe des ethischen Verhaltens im Geschäftsleben mangeln, Mr. Stössel. Sie brechen in unser Büro ein und speien Feuer, Rauch und Drohungen. Ein Benehmen, das aus der Norm fällt — das ist noch die gnädigste Art, es zu bezeichnen. Sehr sonderbar.« Sein Blick war mild, aber klar und durchscheinend wie Glas. Ja, Glasaugen, das war es. Eine unbeugsame Kraft lag in ihnen, aber sonderbarerweise eine andere, als er selbst besaß, eine Kraft, der er mit seinen eigenen Mitteln nicht beikommen konnte. Er hörte Ernest weitersprechen. »In Amerika verhandeln wir nicht auf diese Weise. Durchaus nicht auf diese Weise. Wir dringen nicht schreiend und drohend in fremde Häuser ein. Wir benehmen uns wie Gentlemen.« Und der Schein eines Lächelns erschien auf seinem Gesicht, eines so geringschätzigen Lächelns, daß es Franz tödlich beleidigte. »Wir besprechen unsere Probleme, dazu brauchen wir unsere Fäuste nicht. Verstehen Sie mich? Es schickt sich nicht ...«

Franz beherrschte sich nur mit großer Mühe. Aber als er gedämpft antwortete, klang seine Stimme nicht weniger kühl als die seines Gegners:

»Sie behaupten, ich sei kein Gentleman, M. Barbour. Sie hingegen, wie Sie ebenfalls behaupten, sowie M. Bouchard, sind Gentlemen. Gut. Sie stellen sich vor, daß ich höflich hier eintrete, Konversation mache, mir Lügen und falsche Versprechen auftischen lasse und mich dann mit der Beteuerung gegenseitiger Hochachtung wieder trolle. Das ist Blödsinn! Dabei schaut nicht das geringste heraus! Ich will zu einem Ergebnis kommen. Ich habe keine Zeit zu verlieren. In Wahrheit war ich viel höflicher als M. Bouchard. Ich machte ihm das Kompliment, anzudeuten, daß seine Zeit ebenso kostbar wäre wie die meine, als glaubte ich, daß auch er ein vielbeschäftigter Mann sei. Diesbezüglich dürfte ich mich offenbar geirrt haben.«

Er ist ein Heuchler, hat Jules gesagt, dachte Ernest, aber von der schlimmsten Sorte, ein Heuchler, der Offenheit spielt. Was will er mit Hilfe der Schmidt-Werke, die er in die Höhe gebracht hat, erlangen? Macht? Ich habe selbst die Macht gewollt und sie auch bekommen. Sie war das einzige, wonach ich mein Leben lang strebte. Auch er will sie, aber als Ersatz für etwas anderes, etwas, das ihm noch wertvoller dünkt. Was kann es sein? Rennt er blind durch die Straße des Erfolgs, weil er vor sich selbst davonläuft? Dafür hatte er kein Verständnis, das widerte ihn an.

Er sprach so ruhig, daß seine eintönige Stimme fast freundlich klang: »Sie haben sich nicht geirrt, Mr. Stössel. Wir sind Geschäftsleute, wir sind hier, um Differenzen auszugleichen. Sie aber stürzen mit dem Knüppel in der Hand herein. Ich wiederhole, das sind nicht unsere Methoden.«

Da begriff Franz, daß Ernest ihn in die Defensive treiben wollte, um ihm seinen Plan zu stören. Er lächelte grimmig, obwohl sich seine Hochachtung vor dem furchterregenden Mann nicht verringerte, sondern im Gegenteil steigerte.

»Sie meinen, M. Barbour, daß mein Benehmen tadelnswert sei, nicht aber die Tatsachen, die ich vorbringe. Sie sind der Ansicht, daß ich meine Drohungen in eine feinere Form hätte kleiden müssen, kurz, daß ich als Gentleman aufzutreten habe?« Dabei dachte er: Tatsächlich glaubst du, daß ich überwältigt und tief eingeschüchtert von deiner Persönlichkeit bin und das Schlachtfeld als Verlierer verlasse.

Die durchsichtigen Augen gewannen einen Funken Leben, und Ernest Barbour lächelte wieder, als fände er die Unterhaltung spaßig. »Gut«, sagte er lässig, »munter voran mit Ihren Drohungen, Mr. Stössel.«

Franz drehte sich zu Jules und sah nicht, wie sich der Mund des alten Mannes ärgerlich verzog. Ernest hatte einen ernst zu nehmenden Gegner in Franz erkannt.

»M. Bouchard, ich bin ein vielbeschäftigter Mann. Ich kann Ihnen nur das eine sagen: Ich teile Ihnen mit, daß ich die Lieferung meines Roheisens zeitgerecht oder noch früher als abgemacht wünsche. Keine Umwege mehr über Nebengeleise, keine angeblich verlorengegangenen und verschwundenen Frachten. Ich habe wenig Lust, mich mit Nebenlinien zu belasten, aber wenn Sie mich zwingen, diese zusätzliche Arbeit auf mich zu nehmen, dann werden letzten Endes Sie der Verlierer sein und nicht ich. Zum Beispiel: Sie besitzen fast ein Monopol auf Feinstahl für die Kriegsindustrie, ich habe mich nicht darum beworben — bis jetzt noch nicht. Vielleicht werde ich mich einmal darum bewerben, obwohl ich schon genug Aufträge habe. Immerhin verfüge ich über eine ausgezeichnete Forschungsabteilung, und wenn ich mein Team beauftrage, dann wird es besseren Stahl als den Ihren auch für diesen Zweck finden.«

Er stand auf. Es war still geworden im Raum. Jules bedeckte den unteren Teil seines schmalen Gesichts mit den Händen und starrte auf den Schreibtisch. Ernest spielte mit seinen Fingern und sah verwundert drein, aber zugleich malte sich der Schatten einer unpersönlichen Anerkennung, ja sogar Bewunderung auf seinem Gesicht.

Franz wartete. Keiner der beiden Männer schaute ihn an, aber er verbeugte sich ironisch vor Ernest. Ein Triumphgefühl beseelte ihn, das ihm fast die Stimme benahm.

»Ich habe die Ehre, Ihnen einen guten Tag zu wünschen, M. Barbour«, sagte er nach einer Weile und verließ mit ruhigen Schritten das Zimmer.

Kaum war die Tür hinter ihm zugefallen, stand Ernest auf. Er lächelte, wie ihn sein Neffe selten hatte lächeln gesehen, geradezu vergnügt, ja diabolisch.

»Du hättest ihm seinerzeit das Doppelte bieten müssen, vielleicht hätten wir ihn dann gekriegt. Obwohl ich, genau genommen, diese Deutschen niemals leiden konnte«, fügte er nachdenklich hinzu.

Jules versank in dumpfes Brüten. Er war beschämt, sonderbarerweise aber fühlte er sich zugleich gestärkt. »In diesem Stadium«, murmelte er, »konnten wir nichts tun. Durchaus nichts. Er hat alles genau vorausberechnet und geplant.«

»Das ist ein deutscher Trick«, erklärte Ernest. Die Niederlage seines Neffen schien ihm nicht besonders nahezugehen, obwohl es doch zugleich seine eigene Niederlage war. »Die Deutschen treten immer erst in Aktion, wenn sie den Boden gewissenhaft vorbereitet haben. Dann treten sie zum Sturm an. Das führt bei oberflächlicher Betrachtung zur Annahme, als wären sie tollkühn, während sie in Wirklichkeit mit minutiöser Berechnung arbeiten.«

Er trommelte gedankenvoll mit den Fingern auf das Pult und sah seinen Neffen an.

»Diese Partie hat er gewonnen. Aber ich habe das unklare Gefühl, als beglücke ihn sein Sieg nicht wirklich. Ja, es gibt überhaupt nichts, was ihn beglücken kann, nehme ich an. Manche Männer erstreben die Macht um der Macht willen. Er kämpft teilweise darum, weil er nicht anders kann, und teilweise, weil sie ihm den Ersatz für irgend etwas anderes bietet. Eine Art Opium«, meinte er tiefsinnig. »Wenn mir in meiner Jugend ein solcher Wurf gelungen wäre, dann würde ich wie auf Wolken wandeln. Er wandelt auf Steinen, darum möchte ich wetten.«

XIX

Emmi saß an Egons Grab unter dem herbstlichen Himmel.

Der Friedhof lag auf dem niederen Hügel, der wie in einer Reihe natürlicher Terrassen sanft zum Tal abfiel. Das Tal war in schimmernd goldenen Dunst gehüllt, und die Erde leuchtete grün und kupferfarben friedlich im stillen Abendlicht. Die Bäume im Hintergrund trugen rötliches, purpurnes oder noch smaragdgrünes Laub und hoben sich gegen einen tiefblauen Himmel ab, dessen heitere Schönheit tief in Emmis Herz drang. Bald würde die Sonne untergehen. Der Westen brannte bereits in leuchtender Bronze und

Gold, das langsam, wie ein breiter Strom dem kobaltblauen Zenith zuwogte. Die Luft war warm, kein Windhauch zu verspüren.

Sie konnte das Rascheln des leise fallenden Laubs hören, das zu den knorrigen, schwarzen Wurzeln der Bäume, den polierten Grabsteinen und dem dichten Gras hinabschwebte. Es klang wie wispernde Stimmen, die sich geheimnisvolle Dinge erzählen. Lange goldene Streifen fielen über die Erde, dann und wann huschte ein Eichhörnchen oder ein Kaninchen darüber hin. Und manchmal schwang sich ein Goldfasan mit leuchtendem Gefieder durch das Licht und verlor sich oben im dunkelbraunen Käfig der Baumkronen.

Eine weite, schimmernde Stille lag über der Erde, ein Frieden, eine Erfüllung voll Schönheit und dankbarem Gebet. Feiner grauer Rauch stieg aus dem roten Schornstein eines Hauses am Hügelhang empor, das wie ein Spielzeug zu Emmis Füßen lag. Kein Vogelruf ertönte, nichts gab es als das unendliche und duftende Schweigen, das Wogen des starken, goldenen Lichts im Westen und die warme Bläue des Himmels im Osten. Die Schatten der Grabsteine fielen lang und schmal auf das hohe Gras, und die Erde strömte starken Duft aus, würzig und warm.

Emmi war in einen Schal gewickelt, die Abendsonne fiel auf ihre spitzen Schultern und ihre schwarze Haube. Ihre Hände ruhten auf den Knien, ihre Haltung, ihre friedlichen blauen Augen, die hagere Gestalt in dem Kattunkleid schienen ein Teil der herbstlichen Landschaft zu sein. Niemals noch hatte sie sich so abgeklärt, so ruhig gefühlt. Ihre Gedanken regten sich freundlich wie das Laub, zuweilen wuchsen sie zu großen, schwebenden Schatten an, wie die wenigen Wolken, die über den Himmel zogen, und verschwammen in dem weiten und schimmernden Frieden. Ihre Augen wanderten über die Landschaft, wie in Träumen, hinunter zu einer langen Allee goldener Bäume, deren fernes tunnelartiges Ende in matten Dunst mündete. Durch diese Allee würde sehr bald ihr Enkel kommen, um sie am Abend heimzubringen. Seine Mutter würde ihn schicken, besorgt und ungeduldig. »Die Großmutter ist müde und alt. Sie ist schwer krank gewesen. Sie hätte heute nicht hinauf zum Friedhof gehen sollen, aber sie will jeden Abend oben sein. Du bist jetzt schon ein großer junger Mann, du mußt sie holen und heimführen. Hilf ihr auf dem steinigen Weg. Bringe sie so schnell als möglich, denn die Abende sind kühl.«

Sie lächelte flüchtig in sich hinein, als sie sich das vorstellte. Sie war sehr glücklich. Bald würde sie ihn sehen, groß und kräftig, mit seinen hochmütigen zwölf Jahren, das Haar von den letzten Sonnenstrahlen vergoldet, die nackten Beine und Füße braun wie das Herbstlaub, durch das er wanderte. Er würde nicht laufen, sondern ernst und zielbewußt gehen, leise vor sich hinpfeifend, und eine strenge Miene aufsetzen, wenn er meinte, daß sie ihn beobachtete. Dann würde er ihr von der Steinbank aufhelfen, den Schal sorgfältig um ihre Schultern schlingen und darauf bestehen, sie am Arm zu nehmen und auf jeden ihrer Schritte zu achten. Wie sonderbar sich in diesem Burschen, der ihr schon bis zur Stirne reichte, das Weiche Zärtliche mit jungenhafter Kraft paarten! Ihre Freude wuchs, stieg an, und sie blickte zum Himmel empor, ihre trockenen Lippen bewegten sich lautlos, als spräche sie in tiefer Demut ein Dankgebet. Um das unregelmäßige Pochen ihres Herzens zu beruhigen, blickte sie wieder hinaus in die herbstlichen Felder, zum Himmel und zu den Hügeln und ließ sich von dem großen Frieden einhüllen.

Schön war es, so dahinzuschweben, in seliger Erfüllung, in wohliger Schwäche, und doch voll tiefen inneren Jubels. Niemals hatte sie gedacht, daß man sich so schwerelos fühlen könnte. Aufregungen, Kummer, Schmerzen, Verzweiflung, Verlassenheit, Enttäuschung und Traurigkeit ihres Lebens waren nun nichts mehr als die Erinnerung an einen fernen Traum. Sie waren wie die Winde und Stürme, der Regen und die Unwetter des Frühlings und Sommers, die das Land getränkt und fruchtbar gemacht und schließlich kraftvoll die Ernte hervorgebracht hatten. Die Qual des Pflügens und Säens im dunkeln, das Umgraben der harten, froststarren Erde, die Angst, ob die Saat Wurzel fassen, ob sie verkommen oder im Sommer verdorren würde, all das hatte ihre Seele gekannt. Sie hatte gesehen, wie der Hagel die jungen Äcker verwüstet, die Frucht von den Bäumen geschlagen und die Blumen vernichtet hatte. Sie hatte Überschwemmungen erlebt, die das Land in eine Wasserwüste verwandelten, sie hatte in ihrem Herzen die tiefe Hoffnungslosigkeit verspürt, die Überzeugung, daß alles vergebens, alles verloren war, worum sie gekämpft hatte. Und dann war der Herbst gekommen, und die Ernte lag üppig und golden im Tal, und sie hatte begriffen, daß alle Stürme und Wetter letzten Endes den Boden nur genährt und die Wurzeln gestärkt hatten, und was sie gesät hatte, war zu Brot und zur Nahrung ihrer Seele geworden. So hatte sich aller Haß, alle Sorge, alle Pein dieses Lebens schließlich in Fülle, in Scheunen voll goldenen Korns gewandelt. Alles, was der Mensch erlebte, was ihm Tränen und was ihm Freude schuf, war in dem Zyklus des

Keimens und Reifens beschlossen. Warum war mir nicht vergönnt, dies früher zu begreifen, fragte sie sich verwundert. Und dann wurde ihr offenbar, daß sie blind gewesen und daß sie lange hatte warten müssen, bis ihr die Augen geöffnet wurden.

Sie fürchtete sich nicht mehr. Es war ihr klar, daß die Furcht die feige Ichbezogenheit des Geistes war. Sie dachte an die dumpfen Menschenmassen, die ständig unter dem Joch der Angst lebten und in ihrem mörderischen Blick ein verzerrtes Universum voll Haß und Tod, voll Gier und Wahnsinn und unversöhnlicher Feindschaft sehen. Aber das war nun vorbei.

Jetzt konnte sie auch an Franz mit traurigem Verstehen denken, der Kummer früherer Jahre war erloschen. Er hatte immer Angst gehabt. Angst macht die Menschen rasend, grausam und blutgierig; sie schlagen wild um sich. Wenn sie jetzt an ihn dachte, dann war sie nur voll Sorge. Sie hob ihre Hände und flüsterte: »Mein Sohn.« Die Worte waren wie ein demütiges, inniges Gebet, und Tränen funkelten in ihren Augen. Sie hätte so gerne zu ihm gesprochen. Aber wie kann man einem Blinden die Farben dieser Welt schildern?

Sie schaute ihre Hände an, sie waren runzelig und braun wie Erde und hart von der Arbeit, mit abgestoßenen Fingernägeln. Sie lächelte wieder. Gute Werkzeuge waren sie gewesen, sie hatten ihr brav gedient, sie hatten ihr geholfen, zu säen und die Farm zu führen. Sie dachte an ihr fruchtbares Land und an ihre Freunde und Nachbarn. Alle waren sie ihr zur Seite gestanden, die Freunde, als sie im Sommer fast gestorben wäre; sie hatten ihr Obst und Blumen aus ihren Gärten gebracht; eine Frau hatte ihr eine selbst verfertigte Steppdecke, eine andere einen handgestrickten Schal geschenkt, und andere wieder eine Essenz aus Kräutern, die sie stärken sollte. Die Mennoniten-Priester mit den schwarzen Bärten um die ernsten braunen Gesichter hatten an ihrem Bett gebetet. Sie flehten zu Gott um Genesung für sie, denn sie liebten sie. Wie schön es war, geliebt zu werden, nicht nur von den wenigen im eigenen Haushalt, sondern von den vielen, die sie früher als »Fremde« bezeichnet hätte. Aber sie würden trotzdem nicht trauern, wenn sie starb. Sie hatten die Lektion gut gelernt, die ihnen die Erde erteilte, daß der Winter nur ein Vorspiel für den späteren Frühling und Sommer war und für neue Saat und neue Ernte.

Sie dachte an die alte, verdrehte Florence Tandy, die in der Küche werkte. Sie war jetzt dick und runzlig geworden und hatte die Schrecknisse ihres Lebens vergessen. Sie waren ihr nur wie ein

Traum, der im hellen Tageslicht vergeht. So wie sich meine Alpträume in nichts aufgelöst haben, dachte Emmi.

Und sie dachte an Irmgard, die nicht mehr jung, aber schöner denn je war, in sich gefestigt, immer tätig, immer heiter und von einer tiefen Würde. Hatte auch sie ihren schmerzhaften Traum vergessen? Oder war sie noch zu jung dazu? Das konnte Emmi nicht enträtseln. Aber sie wußte, daß ihre Nichte glücklich und zufrieden, stark und gütig war. Die Führung der Farm lag in ihren Händen. Hermann Schulz hatte geheiratet, und er und seine stämmige Frau lebten im Gesindetrakt und halfen Irmgard bei der Arbeit. Das Haus hallte wider von fröhlichem Lachen, von Gesang und regem Leben, und immer lag ein Duft von frisch gebackenem Brot, kuhwarmer Milch, Äpfeln und Gewürzen und sauber geschrubbten Holzböden in den Räumen. Emmi konnte das Sonnenlicht an den Küchenfenstern und die roten Geranien am Fensterbrett sehen, die Stockrosen im Garten und die Buchrücken im »Salon«. All diese Bücher! Sie hatte sie Siegfried geschenkt. Sie hatte ihn Deutsch gelehrt und ihm die Namen der großen deutschen Dichter und Komponisten beigebracht. Aber niemals hatte sie ihm die schrecklichen Namen der Feldherren verraten. Dafür hatte sie ihm die alten deutschen Sagen erzählt, die Mythen der germanischen Götterwelt. Sie war mit ihm und Irmgard hinunter in die altersgraue Kirche im Tal gegangen, obwohl sie wußte, daß in seinem jungen Gemüt Gott nicht in einem unwirklichen Jenseits, sondern auf der Erde und im Himmel lebte. Bei Franz hatte sie versagt; bei ihrem Enkelsohn aber hatte sie nicht versagt.

Sie tauchte langsam auf aus ihren Gedanken, wie aus einer dunklen Kathedrale, und blickte mit verschleierten Augen um sich in der friedlichen Stille. Die Sonne lag nicht mehr so warm auf ihren Schultern, ihrem Gesicht und ihren Händen, sie zitterte nur noch in den Wipfeln der fernen roten Bäume. Trotzdem schien sich ein feiner Dunst auf die brennenden Farben und die goldenen Felder gesenkt zu haben. War es wirklich kühler, finsterer geworden? Die Nächte kommen jetzt früh, dachte sie. Ein Schauer lief ihr über den Leib, sie wickelte sich fester in den Schal und blickte hinunter zu dem goldenen Tunnel, den die zwei Baumreihen bildeten. Siegfried mußte bald kommen. Er sollte schon hier sein. Gleich würde er auftauchen, dort unten, pfeifend, und den Eichhörnchen und Kaninchen nachschauen, die über das safrangelbe Laub sprangen.

Dann mit einem Male fühlte sie es wie eine dumpfe Warnung in der Brust. Es kommt wieder, dachte sie, der entsetzliche Krampf kommt wieder, der ihr Herz im vorigen Sommer überfallen hatte. Irmgard hatte recht: Sie hätte nicht den Hügel hinaufsteigen sollen, denn heute früh war sie recht schwach gewesen. Aber sie mußte doch zu Egon, so wie immer! Hier in dieser lichten Einsamkeit konnte sie an ihn denken und mit ihm sprechen. Alle ihre Gedanken waren Gespräche mit ihm

Sie sagte laut: »Egon, ich hoffe, daß es diesmal nicht so schlimm wird!« Die Erinnerung an die Schmerzen waren die einzige Bedrückung ihres Lebens. Sie fühlte, wie sie auf sie zugekrochen kamen wie tödliche Feinde auf der Lauer. Sie schlang ihre Hände um die Knie und schaute angestrengt zu den Bäumen hinunter. Ah, jetzt sprang es sie an, packte ihre Kehle, schüttelte sie. Sie lehnte sich zurück an die Bank, rang nach Luft, unterdrückte ihr Wimmern. Es stürzte über sie wie eine Woge, eine tödliche schwarze Welle. Und sie schlug verzweifelt um sich, stöhnend, klagend. »Egon!« ächzte sie.

Dann war es vorbei, und nur Schwäche und unendliche Mattigkeit blieben zurück. Sie schaute benommen um sich. Ein milchiger Schleier hatte sich über die Landschaft gelegt, und die Erde zitterte darin wie unter einem Wasserspiegel. Aber wie überirdisch schön es war, wie eine Vision des Himmels! Sie war entrückt und hingerissen, und ihr war feierlich zumute wie nie zuvor.

Wieder schaute sie hinunter in den goldenen Bogengang. Der schimmernde Dunst am Ende glänzte feuriger denn je, wie Glut, die vom Himmel gefallen ist. Sie konnte kaum hinsehen, es blendete sie, obwohl die Sonne verglommen war und bald die Dämmerung einfallen mußte.

Dann sah sie eine Gestalt im Licht auf sich zukommen. Siegfried, endlich! Sie hörte ihre Stimme ihn rufen. Sie konnte ihn kaum erkennen. Er war nur eine matte Silhouette, die sich auf sie zubewegte. Er kam näher. Aber er sang nicht. Er war größer, und er ging langsamer als sonst, und seine Gestalt war vom Licht umflossen.

Dann schrie sie laut auf. Es war nicht Siegfried, es war Egon. Und sie sah, daß er lächelte und ihr seine Hände entgegenstreckte.

XX

Franz lauschte den wilden Akkorden, die durch die weißen Gänge des Hauses in sein Zimmer hinauf schallten. Er trat auf den Korridor hinaus und blieb vor der Tür stehen. Die Lampen in den

Kristallustern brannten schwach und warfen verschwommene Schatten auf die hellen Wände und den blauen Teppich. Die Kinder lagen zu Bett, es war fast elf Uhr.

Er hörte lange zu, ohne zu denken, nur dieser Musik hingegeben, diesen aufpeitschenden Tönen, den schnellen Läufen, den jagenden Akkorden, die dann wieder jäh und unerwartet in weiche Süße verfielen und alle Zärtlichkeit der Welt verströmten. Schubert war es, was Baldo spielte, aber sicher hatte noch niemand vor ihm Schubert auf diese Weise gespielt, so lieblich und so klar, so leidenschaftlich und gewaltig, so jubelnd und zugleich zu Tode betrübt. Die körperlosen Töne gewannen edlen, doch erschreckenden Gehalt, so daß Visionen vor seinen Augen aufsprangen, seltsame Bilder aufleuchteten, die doch beklemmend wirklich schienen: ein Baum im Wind, ein zuckender Blitz auf schwarzem Himmel, eine Blüte, die sich im Teich spiegelt, die helle Kurve eines Vogelflugs über dem purpurnen Schatten des Waldes, ein Fluß im Mondlicht, ein Felsabsturz gegen das Flammenmeer der untergehenden Sonne, ein Berggipfel vor grünlichem Firmament, ein Antlitz, eine ausgestreckte blasse Hand, ein Schrei aus geöffneten Lippen, ein glitzernder Gebirgsbach oder eine rote Klippe in einem violetten Meer. Alles das sah er, wie Bilder, die aufleuchten, sich auflösen in verwirrender Schnelligkeit, und es schwindelte ihn.

Er war aufgewühlt und erschreckt, und zugleich stieg plötzlich, ganz sacht, die Freude darüber in ihm auf, daß er noch echter seelischer Erschütterung fähig war. Die Schärfe war wohl abgestumpft, aber der Impuls bestand. Es war absurd, kindisch, sich so zu freuen; sein harter materialistischer Sinn war beleidigt.

Er richtete sich auf und wollte in seine Räume zurückkehren. Aber seine Hand blieb auf der Klinke liegen, und er zögerte. Ein Unbehagen überfiel ihn, und das ärgerte ihn. Er fühlte sich mit einemmal schmerzlich allein und verlassen. Es war, als öffne er eine tiefe Beule und plötzlich schieße hoch das Blut heraus. Alles drehte sich in seinem Kopf, er mußte ins Freie, hinaus, sofort, obwohl er todmüde war. Zu Freunden? Zu Frauen? Er hatte keine Lust, es gab keinen Ort, wohin er flüchten mochte.

Ja, er wußte seit langem schon, daß es nirgends eine Zuflucht für ihn gab. Er hatte keine wirklichen Freunde, redete er sich ein. Er hatte niemanden, der ihn verstand. Einen einzigen gab es: Baldo. Baldo, dessen Spiel wieder zu einer melancholischen Meditation geworden war.

Plötzlich faßte Franz einen Entschluß. Er ließ die Klinke los, lief die Halle hinunter zu Baldos Gemächern. Er klopfte. Gegen seinen Willen fiel dieses Klopfen unsicher aus, er tastete sich gleichsam vor. Aber die Musik hörte augenblicklich auf. »Herein!« rief Baldo.

Franz öffnete und zwang sich zu einem verbindlichen Lächeln. Baldo hatte sich auf seinem Klavierhocker umgedreht und schien einigermaßen verblüfft, seinen Schwager vor sich zu sehen. Wie ein Gnom kauerte er da, schief, verwachsen, ähnlich einem alten Kind auf seinem Sesselchen, mit seinem stark ergrauten Haar, dem blassen, faltigen Gesicht. Aber die blauen Augen waren groß, leuchtend wie eh und je und sahen ihn gerade an.

»Franz«, sagte er höflich und verwundert. »Tritt ein, bitte. Hast du geklopft?«

»Wer sonst?« antwortete Franz. Er wußte selbst nicht, warum er so froh war. Baldo war nicht zurückhaltend wie so oft, er schien geradezu erfreut über den späten Besuch. Franz kam herein und setzte sich. »Ich habe dich spielen gehört. Schubert?«

»Ja, Schubert.«

Eine kleine Pause folgte. Baldo wartete ruhig ab. Es freute ihn selbst, daß ihm das gelang, denn meistens reizte ihn Franz unweigerlich zu kleinen, spitzen Bemerkungen, obwohl er ihn doch so gut verstand und Mitleid mit ihm empfand. Oft bereitete es ihm ein boshaftes Vergnügen, zu beobachten, wie sich die Züge seines Schwagers umwölkten, ja, schon der Anblick dieses hageren, abgespannten und oft bedrückten Gesichts tat ihm wohl.

Franz betrachtete das große, helle Zimmer, das er selten besucht hatte. Alles war einfach, glatt, und diese luftige Schönheit gefiel ihm. Franz gab es einen leisen Stich: So wollte ich es bei mir haben, dachte er, aber so vollkommen ist es mir nicht gelungen. Seine neugierigen Augen blieben an Irmgards Porträt haften, an dem Antlitz, das ihm kühl, unnahbar wie seit je entgegenschaute, und der alte Schmerz überfiel ihn mit Gewalt. Er hatte geglaubt, vergessen zu haben. Nun wußte er, daß er niemals vergessen konnte. Schon lange gab es keine Hoffnung für ihn. Baldo sah diesen Blick, sah, wie sich das magere Gesicht spannte, so daß die Backenknochen schärfer und härter hervortraten. Franz litt, aber das Mitgefühl Baldos wandelte sich mit einem Schlag in die alte Eifersucht und den alten Groll.

Er beneidete Franz um sein gutes Aussehen, seinen heilen Körper, seine unverwüstliche Gesundheit. Er gönnte ihm das alles nicht, weil Irmgard es liebte. Er erschrak selbst über den Haß, der plötzlich in ihm aufstieg. Lange hatte er solchen Haß nicht empfunden, weil er geglaubt hatte, Franz hätte vergessen, und Irmgard hätte vergessen. Aber das war nicht der Fall.

Jetzt erst bemerkte er, daß Franz ihn aufmerksam musterte, und er zwang sich zu einem freundlichen Lächeln. »Du hast also Schubert gern?« fragte er und war sich klar, wie banal die Frage klang.

Franz lächelte. Nun hatte er Oberwasser gewonnen, das spürte er unbestimmt, obwohl ihm selbst nicht klar war, worin die Überlegenheit Baldos bestanden hatte.

»Ja, aber ich bin nicht gekommen, um mit dir über Schubert zu reden.« Er stand auf, trat zum Klavier und legte seine großen, kräftigen Hände auf die Tasten. Sie bewegten sich ungeschickt wie die Hände eines Blinden. Er schlug ein paar Töne an, zögernd, unmelodisch, aber dann vereinigten sie sich doch zu seltsam eindringlichen Klängen. Baldo betrachtete fasziniert die Hände, sah, wie sie sich suchend bewegten und wieviel Kraft in ihnen steckte. Jetzt wurde der Anschlag sicherer, es waren keine reinen Klänge, aber sie zogen Baldo in Bann; sie schienen etwas auszudrücken von dem, was in dem Gemüt dieses Mannes vorging, dieses Ruhelosen, der kaum schlief, ständig auf Raub ausging und üble Dinge ausheckte. Die Musik verstummte, und Franz lächelte verlegen, geradezu töricht, auf Baldo herab.

»Meine Finger sind eingerostet. Früher einmal konnte ich spielen, natürlich nicht so gut wie du, und auch nur vom Blatt. Meine Mutter sagte immer, daß ich wie ein Mathematiker Klavier spiele. Das nahm mir die Freude daran, und ich gab es auf. Musik hat nichts mit Mathematik zu tun, glaube ich. Ich hatte das Gefühl für Musik, bestimmt. Aber ich konnte es anscheinend nicht ausdrücken.«

Er ging zu seinem Stuhl zurück, schaute Baldo an und hob lächelnd die Brauen. »Trotzdem ist mir die Musik immer als die Quintessenz alles Lebens vorgekommen. Ist das sehr verrückt?«

Baldo antwortete nicht, er zuckte nur die Schultern, und seine Finger glitten über die Tasten. Es klang wie ein Lachen, ohne deshalb lustig zu sein.

»Interessiert es dich nicht, von den Fortschritten deiner Firma zu hören?« fragte Franz. »Seit über einem Jahr hast du dich nicht danach erkundigt.«

Baldo fühlte sich zu elend, um nicht auch den anderen kränken zu wollen. »Ich fürchte, daß ich kaum Interesse dafür habe«, sagte er beiläufig und mit unschuldsvollem Blick. »Ich weiß, daß du kompetent und sehr tüchtig bist. Das ist nicht dein Verdienst, es ist deine Natur. Aber auch wenn du weniger tüchtig wärst, würde es mich kaum berühren.«

Das Gesicht seines Schwagers verzog sich unmutig, und das bereitete Baldo Vergnügen. Aber er bemerkte auch, daß Franz nicht ernstlich verletzt war. Ich habe es ihm schon so oft ins Gesicht gesagt, doch er glaubt es mir noch immer nicht, dachte er.

Franz leistete sich ein nachsichtiges Lächeln. »Schließlich ist der größere Teil deines Vermögens in den Schmidt-Stahl-Werken investiert«, sagte er leichthin.

»Ich habe keine übertriebenen Wünsche, Franz. Ich könnte mit weit weniger auskommen.« Es klang, als spräche er von etwas ganz Nebensächlichem, und das ärgerte Franz, er fand Baldo unernst und undankbar. Aber nur ein Aufblitzen der blauen Augen verriet seine Gedanken. Er zwang sich zu einem fast scherzenden Ton:

»Ich glaube immerhin, es könnte dich eine gewisse Unterredung interessieren, die ich kürzlich mit Jules Bouchard hatte. Und«, nun klang unverkennbar Stolz aus der Stimme, »mit M. Ernest Barbour persönlich.«

Baldo wollte es nicht auf die Spitze treiben, und er bat höflich: »Erzähl doch, bitte.«

Er hörte aufmerksam zu. Unbewußt aber lauschte er mehr der Stimme als den Worten, der alles zu entnehmen war: daß die Freude über den Sieg nur gespielt, der Enthusiasmus falsch war, daß Franz die Aktion, die nach außen hin als voller Erfolg gebucht werden konnte, eigentlich kaum berührte und noch weniger freute. Franz sah wie das Musterbeispiel eines prosperierenden Geschäftsmannes aus, der wohl Worte äußerte, aber kein Echo in seinem Inneren vernahm, der im Gegenteil nur unendlich müde des Charakters war, den er vor seiner Umgebung zu verkörpern suchte.

Als Franz zu Ende war, bemühte sich Baldo, kühle Bewunderung in seine Stimme zu legen. »Du warst sehr klug, tatsächlich. Aber du bist doch sicher nach einem genau ausgedachten Plan vorgegangen? Menschen, die alles vorausberechnen und danach handeln, sind niemals kühn. Ich gratuliere dir, daß du nicht sinnlos waghalsig bist.«

Franz begriff ihn nicht und war beleidigt. »Wozu soll man seinen Mut an Unsicheres verschwenden?« fragte er gereizt. »Nur Narren ...«

»... springen kopfüber ins Wasser, während kluge Leute erst die Tiefe prüfen«, fiel ihm Baldo lächelnd ins Wort. »Ja, ja, natürlich. Aufrichtig gesagt, habe ich Tollkühnheit immer bewundert. Aber das kommt eben für dich nicht in Frage, und ich verstehe es auch, du kannst nicht mit treuhändig verwaltetem Geld umgehen wie mit eigenem Kapital. Die Eigentümer könnten es krummnehmen. Du siehst, Finanzprobleme sind nichts für mich.« Und neugierig fügte er hinzu: »Es ist für dich doch nicht nur ein geschäftlicher, sondern auch ein persönlicher Triumph, daß du die Sessions besiegt hast?«

»Es gehört schon einiges dazu, einen Ernest Barbour zu besiegen«, antwortete Franz ungeduldig. Die Schilderung seines großen Erfolgs war nicht recht angekommen. Aber es war doch lächerlich, deshalb deprimiert zu sein! Wie sollte dieser alternde Krüppel etwas von Geschäft, von Siegen über die Konkurrenz verstehen? Er sah die Dinge durch ein Fernrohr, aber von der falschen Seite, so daß alles klein und unbedeutend wird. Hirnrissig, daß er, ein richtiger Mann, plötzlich so enttäuscht sein konnte, ja, daß ihm sein Erfolg gar nicht so großartig vorkam. Eher wie der kindische Triumph spielender Jungen, die im Schatten einer sonnbeschienenen Mauer Unsinn treiben. Er fühlte ein fast körperliches Unbehagen, und erschrocken stellte er fest, daß ihn die Wogen der Mutlosigkeit in den letzten Jahren häufiger und gefährlicher zu überfluten drohten. Das schwächte ihn, machte ihn unsicher und raubte ihm die Kraft.

Und dieses Entsetzen ließ ihn laut rufen, so wie ein erschöpfter Schwimmer aufschreit, wenn die Brecher über ihn stürzen: »Wie solltest du es auch verstehen? Du verstehst nicht, was es bedeutet hat, die Schmidt-Werke, die am Rand des Bankrotts standen, zur größten Stahlfirma Amerikas zu machen! Was es gekostet hat an Anstrengung, Kampf, schlaflosen Nächten, Ehrgeiz ...«

»... und Ausbeutung, Schwindelei, Habgier und Egoismus«, fuhr Baldo hämisch fort.

Franz gab auf. »Wörter, sentimentale, kindische Wörter«, sagte er verächtlich. Er verfiel ins Deutsche, wie immer, wenn er in Wallung geriet. »So reden alte Jungfern, die strickend unter Bäumen sitzen und Kaffee trinken. Worte eines Mannes, der sich von der Welt abgewendet hat und sich in die Einsamkeit vergräbt. Sie ärgern mich, so wie mich das Geschwätz kleiner Kinder ärgert ... Ich kann dir gar nicht sagen, wie tief enttäuscht ich von dir bin.«

Du wagst mir nicht zu sagen, wie sehr ich dich verstehe, dachte Baldo. Du fürchtest, ich könnte dein Haus kaputtmachen, von dem du selbst bereits ahnst, daß es nur ein Kartenhaus ist.

Er seufzte. »Ich habe dir schon erklärt, Franz, daß mir die Werke nichts bedeuten. Mein Leben kommt dir armselig und klein vor. Glaub mir, das deine kommt mir ebenfalls armselig und klein vor. Wer hat nun recht, wer unrecht? Vielleicht bin ich oft zu hart zu dir gewesen. Dabei bewundere ich dich aufrichtig und anerkenne deine Leistung. Aber Männer wie ich tun oft so, als ob sie Männer wie dich verachten. Vielleicht beneide ich dich nur. Wenn man selbst zu vielem unfähig ist, dann wird man leicht gehässig und beneidet die Fähigen im geheimen. Das weiß ich alles. Aber irgendwie kann ich nicht recht glauben, daß deine Art von Fähigkeit und Können so besonders wertvoll ist. Vielleicht rede ich es mir ein, aus Selbstschutz. Ich muß mir solche Dinge vorsagen, weil sonst mein Leben noch unerträglicher wäre. Ja, mag sein, daß ich häßlich zu dir spreche, weil ich mich selbst schützen will. Aber eines ist sicher: Ich bin sehr oft stolz auf dich. Du hast unendlich viel erreicht, du hast ganz unten begonnen und alles allein mit deiner Tatkraft und deiner ... Zielstrebigkeit aufgebaut.«

Er lächelte ihn herzlich an, ganz ohne verräterisches Mitleid, und glaubte, daß Franz erleichtert und geschmeichelt sein würde. Aber Franz schwieg. Seine Stirn zog sich in Falten, als denke er angestrengt nach. Du bist ja doch ein Heuchler, sagte sich Baldo und bedauerte ihn. Du bist kein Ernest Barbour. Du hast zwar genauso wenig Gewissen wie er, aber du weißt wenigstens, daß es noch etwas anderes über alldem gibt, was du geleistet hast. Ernest Barbour hätte Lob als selbstverständlichen Tribut hingenommen. Du aber nimmst es nicht wichtig.

Er sagte: »Wir scheinen uns nicht richtig verständigen zu können, wir beide. Wechseln wir das Thema, sprechen wir von Dingen, die uns beiden geläufig sind. Macht Dick Fortschritte in der Fabrik?«

Franz entriß sich seiner Grübelei. »Wie? Dick? Ach ja, den hab' ich fast vergessen. Man hat mir berichtet, daß er massenhaft Fragen stellt und nicht übermäßig viel arbeitet. Aber er kommt gut mit den Arbeitern aus. Das ist alles, was ich weiß. Kannst du dir vorstellen, warum dieser Grünschnabel unbedingt dort schuften will? Mir ist es ein Rätsel.«

»Ich glaube, er will einfach alles über alle wissen, er brennt vor Wißbegier«, sagte Baldo unbestimmt. Heimlich lächelte er. Dick war nicht so impulsiv und kopflos, wie Baldo gefürchtet hatte. Anscheinend kann sich sogar ein Feuerbrand darauf umstellen, sanft dahinzuglosen.

»Er vergeudet seine Zeit«, sagte Franz mißbilligend. »Seine Mutter ist reich, und das ist sein Pech. Wenn er arbeiten müßte, um davon zu leben, dann wüßte er, was er will. Du kannst überzeugt sein, ich werde meinen Kindern nicht so nachgeben.«

»Ich zweifle nicht daran, daß deine Kinder immer wissen werden, was sie wollen. Auch Peter entwickelt sich gut. Er ist lang nicht mehr so nervös und aufbrausend, er hat wirklich gelernt, sich gut zu beherrschen.«

Aber Peter interessierte seinen Vater nicht. Er lächelte. »Paul ist ein kleiner Gauner! Seine Lehrer können mit ihm nichts anfangen, klar, er ist viel intelligenter als sie. Du warst immer der Meinung, daß Peter der Gescheitere ist, aber tatsächlich ist Paul zwei Stufen höher in der Schule als sein Bruder, und der Klassenlehrer meint, daß Peter ein kleiner Dummkopf ist.«

»Der Klassenlehrer ist beschränkt«, sagte Baldo verächtlich. »Aber freilich, er hat sein bestimmtes Schema, und wer da nicht hineinpaßt, ist suspekt.« Er konnte nicht umhin, hinzuzufügen: »Glaubst du, es sei ein Zeichen für Pauls Klugheit, daß man ihn verdächtigt hat, in der Schule zu klauen, und zwar vor allem aus den Pulten von Kameraden, die schwächer sind als er?«

»Er hat nicht geklaut, er hat ihnen etwas weggenommen«, stellte Franz richtig. »Das ist ein Unterschied, den begreifst du nicht. Du hast Paul nie gemocht, weil er dir zu lebhaft und zu gefinkelt war. Nun, wie gesagt, im Leben braucht man Schlauheit und Köpfchen. Die Grenze ist nicht leicht zu ziehen ... Aber ich setze große Hoffnungen in Paul, er ist wirklich mit allen Wassern gewaschen.«

Sein Gesicht wurde weich. »Und dann habe ich noch mein kleines Mädchen. Weißt du, was sie unlängst abends zu mir gesagt hat: ›Papa ist müde. Papa muß schlafen gehen. Papa muß mit Gretchen schlafen gehen.‹« Er sah fast töricht aus, während er seinen Schwager, Bewunderung heischend, anblickte. »Das Kind ist nur eine Handvoll, aber es sieht alles. Ich bin nämlich wirklich müde, das muß ich zugeben.«

Baldo beobachtete ihn scharf, während er sagte: »Die Kleine braucht eine Mutter. Eine gute, anständige Frau. Hast du jemals daran gedacht, wieder zu heiraten, Franz?«

Eine Wolke flog über das Gesicht des Mannes. »Ich habe genug von der Ehe. Du wirst finden, daß ich Tina mit solchen Worten beleidige. Aber es ist nicht so gemeint. Ich kann mir ein Leben mit einer Frau nicht mehr vorstellen. Für mich gibt's nur mehr flüchtige Liebschaften und Abenteuer.«

Er stand auf, er war unruhig. Baldo setzte sich wieder ans Klavier, als wollte er den Besuch hinauskomplimentieren. Er schlug ein paar Töne an. Dann spielte er schneller, leidenschaftlicher. Seine Finger flogen fieberhaft über die Tasten. Es schien, als wollte er seine Gedanken abschalten. Und die Weise wurde zu einem Sturm, zu jagenden Wolken und Wetterleuchten hoch über den Gipfeln.

Franz hörte gebannt zu. Wieder sah er die Anhöhe mit der schlanken, kräftigen Frau im Wind, die sich vom Horizont abhob. Er sah sie deutlicher denn je, er sah, wie der Sturm das Kleid an ihren schönen Körper preßte und die Sonne auf das erhobene Antlitz fiel. Die Frau, die Irmgard war, und doch nicht Irmgard.

Nun begann die Impression zu leben, die Gestalten zeichneten sich scharf ab. Denn noch ein Kind war an ihrer Seite, und sein Vater, seine Mutter. Seine Mutter hielt ihn an der Hand, er konnte die harte Wärme der Finger spüren und ihr rauhes Lachen hören. Er ballte die Fäuste, er konzentrierte sich mit aller Kraft auf diese Erinnerung, die Augen starr auf Irmgards Bild geheftet. Er hatte das Gefühl, die Gegend nicht zu kennen. Ein kleines weißes Haus lag da unten, das er noch nie gesehen hatte, das Haus von Fremden. Und eine unbekannte Landschaft, mit viel Sonne, aber gebirgiger, rauher als die Gegend daheim. Ja, ja natürlich ... Er hatte mit seinen Eltern eine Fahrt hieher gemacht. Er war kaum fünf Jahre alt ... Und die junge Frau auf dem Hügel, die so fröhlich lachte und wie berauscht von Sonne und Wind schien, die hatte ihn doch in die Höhe gehoben und geküßt und gesagt, daß er ein hübscher Junge sei ... Wer war sie gewesen? Er zerbrach sich den Kopf. Eine Verwandte, die er niemals früher und auch niemals später gesehen hatte. Ja, ja, das war's! Es war die Schwester von Emil Höller, von Irmgards Vater. Sie war verheiratet. Im Haus dort unten gab es ein Baby. Wie war der Name? Warum war es so entsetzlich wichtig, den Namen herauszubekommen?

Sein ganzer Körper war feucht. Baldos Improvisationen klangen wie ein verzweifeltes Rufen, wie eine Stimme hinter einer dicken Mauer, noch unverständlich, aber immer deutlicher werdend. Es schüttelte ihn, in seinen Schläfen dröhnte das Blut. Er schloß die Augen, er mußte sich erinnern, er mußte, und gelte es sein Leben.

Da war's. Der Name: Doren. Die junge Frau Doren.

Plötzlich war er ganz still, und Eiseskälte kroch in seine Glieder. Nun hatte er den Schlüssel! Die Mrs. Doren, die seiner Mutter auf der Farm half ... War sie es, die Fremde, die er einst mit seinen Eltern besucht hatte? Sein Gehirn arbeitete fieberhaft, seine Hände streckten sich verzweifelt aus, als tappten sie im Dunkeln. Er wollte nach etwas greifen. Denk doch nach, denk doch nach ... Nach der Meldung des Detektivbüros war es eine junge Frau gewesen. Sie hatte einen kleinen Jungen. Das war unmöglich. Mrs. Doren mußte jetzt alt sein, so alt wie seine Mutter, in den Sechzigern. Das Baby von damals war längst ein Mann geworden, fast so alt wie er selbst. Wer war dann die Frau mit dem Kind im Haus seiner Mutter, diese junge Mrs. Doren? Eine andere Verwandte?

Mit einem Schlag wurde er ganz ruhig. Er wußte es.

Und gleich danach hatte er das Gefühl, als fließe das Blut aus seinem Körper und unendliche Schwäche befiel ihn. Er mußte sich an das Klavier klammern und merkte nicht, daß Baldo zu spielen aufgehört hatte und erstaunt auf sein kreidebleiches Gesicht blickte. Er wußte gar nichts, er schwankte, er war ein Mensch in Trance.

»Was ist los?« rief Baldo und sprang auf. »Ist dir übel?«

Franz schaute ihn an, aber er sah ihn nicht. Baldo hörte seinen lauten, unregelmäßigen Atem. Dann, zu Baldos maßloser Verblüffung, schüttelte ihm Franz die Hand, drehte sich um und wankte hinaus wie ein Schlafwandler.

XXI

Ich habe vergessen, wie es ist, dachte Franz, während er durch das windbewegte, herbstliche Land fuhr. Ich habe vergessen, wie die Erde riecht, wie leuchtend der Himmel sein kann, wie blau und unendlich weit. Er hatte vergessen, daß die Welt nicht nur aus Kohle und Ruß bestand, er blickte verwundert in die bunte Landschaft, und wenn der Wind in die offenen Fenster seines Wagens blies und den Duft des Laubs hereintrug, dann schämte er sich, daß es seine Kehle zusammenschnürte.

Er fuhr an einer Apfelpflanzung vorbei, die Äpfel hingen rot und schwer an den Zweigen, und unten, am Stamm, lagen sie gehäuft im Schatten. Er blieb stehen, holte sich einen, biß hinein und genoß die saftige Süße. Ich habe vergessen, wie ein Apfel schmeckt, den man vom Baum pflückt, dachte er. Wolkige Schatten flogen über das weite Tal, und wie gestreift lagen die Felder und Wiesen vor ihm. Eine wunderbare, heilige Stille wob über der

Erde, unterbrochen nur von dem schwachen Murmeln des Baches, den der Wagen auf einer gedeckten Holzbrücke querte.

Franz war so erschöpft von einer schlaflosen Nacht und der Erregung, daß er nichts wirklich fühlen konnte als die Stille und das helle Licht, das auf der Landschaft lag. Ihm war, als wäre er selbst ein Teil davon. Noch hatte die trostlose Auflösung des Herbstes nicht begonnen, noch lagen Himmel und Erde in Licht und Fülle da, so daß eine freudige Erwartung wie Frühlingshoffnung in ihm aufstieg. Irmgard war ein Teil davon, ebenso wie sie ein Teil dieser stillen Glorie von Land und Himmel war. Er war unbeschreiblich glücklich, wie er es ganz, ganz selten im Leben gewesen, war, und es war ein Glück ohne Gedanken und ohne Zweifel.

Die schmucken Farmen am Weg gefielen ihm, sie waren mit geradezu geometrischer Präzision gereiht und erinnerten ihn an die Straßendörfer Deutschlands. Ja, hier lebten die Amish, die Pennsylvanien-Deutschen, die ihre Heimat noch nicht vergessen und die ihr Brauchtum und ihre Sprache mitgebracht hatten. Die wenigen Bauern, die er sah, kamen ihm so bekannt vor, daß er sie in deutscher Sprache grüßte, und sie erwiderten den Gruß freundlich. Selig lachte er in sich hinein.

Er fuhr viele Meilen, aber es kam ihm nicht lang vor. Es war die Fahrt zu einem Traum, durch eine Welt von warmen, farbigen Träumen. Er hatte es nicht eilig, er war nicht ungeduldig; die Erfüllung wartete auf ihn, und er näherte sich ihr gelassen, er war nicht mehr müde oder bedrückt oder verstört. Ich bin so verdammt müde gewesen, dachte er, und er tat sich nicht leid, er lächelte nur spöttisch über sich selbst. Ich fand keine Zeit, um zu leben. Und doch spürte er sogar jetzt, daß ihm kein bleibender Friede beschieden war. Friede war für ihn nur ein Zwischenspiel.

Es war gleißender Mittag, als er zur Farm seiner Mutter kam. Jetzt erst wurde er unruhig. Wie würde man ihn aufnehmen? Schlug ihm Emmi wieder die Türe vor der Nase zu? Er erinnerte sich, wie erschrocken sie über sein Erscheinen vor Jahren gewesen war. Jetzt wußte er, warum: weil sie gefürchtet hatte, er könnte Irmgard im Haus entdecken. Seine euphorische Stimmung schwand; so viele Jahre hatte er versäumt, soviel Geld hatte er für fruchtlose Nachforschungen und Suchaktionen hinausgeworfen, und dabei war sie da gewesen, in Reichweite! Letzten Endes war er selber an seinem Mißerfolg schuld. Es hätte ihm einfallen müssen, wo sie sich versteckt hielt.

Es kam ihm nicht in den Sinn, daß sich Irmgard in dieser Zeit verändert haben könnte. Für ihn war sie das neunzehnjährige Mädchen geblieben, das vor mehr als dreizehn Jahren in die Winternacht hinausgelaufen war und ihn verlassen hatte. Und ebensowenig konnte er sich vorstellen, daß sie ihn auch heute wieder abweisen könnte, er war überzeugt, daß für sie alles vergessen war und daß sie ihn ebenso selig empfangen werde, wie er zu ihr gelaufen kam. Nun waren die Jahre zu einer schmalen Brücke geworden und nicht zu einer Landschaft voll von Bergen, Flüssen und dunklen Stätten. Er war wieder jung und tatendurstig, und gestern erst war es gewesen, daß Irmgard davongerannt war. Der »kleine Junge«, von dem ihm die Agenten berichtet hatten, kümmerte ihn nicht; er schaltete ihn aus seinen Gedanken aus, er war unwichtig; wohl eine Waise oder das Kind eines Landarbeiters, das im Haus lebte. Die Sache war für ihn erledigt.

Der Wagen fuhr eine enge Straße mit tiefen Fahrrinnen bergan, er erinnerte sich an sie. Er erkannte auch das behäbige Haus mit dem roten Dach, den rotbraunen Ställen und Scheunen wieder, und er stellte befriedigt fest, wie gut gehalten das Anwesen war. Mutter ist immer tüchtig gewesen, dachte er. Ihr einziger Mißerfolg bin ich gewesen, mit mir hat sie Schiffbruch erlitten, sonst hat sie alles trefflich erledigt. Sicher sieht sie mich noch heute als einen Versager an.

Die Rosen blühten noch an den Zäunen, die Büsche rund um das Haus leuchteten gelb, braun und rötlich. Ein dünner Rauchfaden, heller als der Himmel, stieg aus dem Schornstein. Und dann sah er eine Kutsche am Gitter stehen, die er kannte.

Er rief den Lenker an, und der Wagen hielt. Franz beugte sich vor und starrte ungläubig auf das Gefährt. Alle Farbe wich aus seinem Gesicht, er faßte es nicht. Baldos Kutsche! Das war doch nicht möglich! Sein Herz klopfte zum Zerspringen, er riß die Wagentür auf und stieg aus. Nein, es bestand kein Zweifel. Die Pferde waren schwarz und glatt, er kannte sie, und als er ihnen die Kruppe tätschelte, wendeten sie sich ihm zu, als begrüßten sie ihn.

»Das ist Mr. Baldos Landauer!« sagte auch der Kutscher ungläubig. »Nicht wahr, Mr. Stössel?«

Franz gab keine Antwort, er lief zur Tür, seine Hände griffen hastig nach der Klinke, er zögerte, dann aber drückte er sie energisch nieder. Er öffnete und trat ungeniert in die große Halle ein. Am andern Ende stand eine Türe offen, die in ein Zimmer voll Bücherregalen führte. Niemand kam heraus, offensichtlich hatte man ihn nicht gehört. Da aber vernahm er ein Murmeln hinten im Salon und das leise Schluchzen einer Frau.

Mit ein paar Schritten befand er sich auf der Schwelle des hellen Zimmers mit den wehenden Vorhängen und den schönen, alten Möbeln, auf die die Herbstsonne fiel. Hinten bei dem leeren Kamin, der mit Blumen gefüllt war, sah er Baldo und neben ihm Irmgard. Sie weinte. Er hielt sie bei der Hand und redete tröstend auf sie ein. Sie hatte das Taschentuch vor das Gesicht gepreßt und schluchzte krampfhaft.

Franz stand unter der Tür und sah die Szene wie durch einen roten Nebel aufsteigenden Zorns. Sie hatten ihn noch nicht bemerkt.

»Ja, es ist ein schwerer, bitterer Verlust«, sagte Baldo liebevoll, »verständlich, daß du sie sehr vermißt. Aber sie war glücklich, das hat sie mir selbst oft bestätigt. Hier war sie immer glücklich. Sie war auch alt, vergiß es nicht. Sie starb friedlich, ohne Schmerzen. Das sollte dir ein Trost sein.«

Irmgard aber ließ sich nicht beruhigen. »Das weiß ich, Baldo, das weiß ich! Ich weine nicht ihretwegen, ich weine meinetwegen, nun habe ich keinen Menschen mehr!«

»Aber Irmgard, das ist doch nicht wahr!« Er seufzte und lächelte. »Vergiß nicht, daß du — außer vielen anderen — mich hast.«

»Ja«, murmelte sie. Sie ließ das Taschentuch sinken, und jetzt sah Franz ihr Gesicht, bleich und verzweifelt und mit verschwollenen Augen. Es war ein älteres Gesicht, leidend, gebräunt von Sonne und Wind, aber das Gesicht einer Frau voll Adel und Schönheit. Er vergaß alles, als er sie sah, vergaß seinen Zorn, seine Bestürzung, die sonderbaren Worte, die er vernommen hatte. Er trat einen Schritt näher und rief: »Irmgard!«

Die beiden fuhren auf, als hätte der Blitz eingeschlagen. In Irmgards plötzlich erhobenem Gesicht malte sich tödliches Erschrekken, fassungsloses Nichtbegreifen und dann völlige Leere. Sie stand langsam auf, und er sah das klare Grün dieser unvergleichlichen, dieser geliebten Augen, deren er sich so gut entsann und die nun kein Traum mehr waren, sondern glühende Wirklichkeit. Sie stand vor ihm, stumm, am ganzen Körper zitternd, in ihrem dunklen Kattunkleid, mit der weißen Spitze am Hals. Er hatte vergessen, daß sie so groß, so aufrecht war, so schlank und so voll Würde und Stolz. Das war kein Mädchen mehr, das sich verlegen und ungeschickt bewegte, sondern eine Frau, und er wußte jetzt, daß es nicht die alte, unvergeßliche Leidenschaft war, die ihn zu ihr getrieben hatte, sondern die Liebe. Und da ihm das bewußt wurde, trat er noch näher und streckte ihr die Hände entgegen.

Sie aber schaute in sein Gesicht, nicht auf seine Hände. Ihre Miene verschloß sich, wurde kalt und abweisend, und nur das Aufblitzen in den schönen Augen strafte die Ruhe ihres blassen Gesichts Lügen. Sie sagte nichts, sie fürchtete sich nicht, sie war nicht erschreckt. Aber ihre Hände verkrampften sich plötzlich.

Baldo erhob sich langsam, leichte Röte stieg in seine Wangen. Er stützte sich auf die Lehne des Stuhls, als müsse er sich festhalten. Er sah mitgenommen und tief verstört aus.

»Irmgard«, wiederholte Franz fast unhörbar.

Nun schaute ihm Irmgard gerade in die Augen und schwieg. Nur ihre Mundwinkel zuckten, und ihre Nasenflügel blähten sich ein wenig. Sie dachte: Ich fühle nichts. Gar nichts. Kleine blaue Linien erschienen wie zitternde Fäden um ihren Mund und auf ihren Schläfen. Sie begriff selbst die Kühle nicht, die von ihrem Herzen in die eisgefüllten Adern zu fließen schien.

Dann aber, plötzlich, erschrak sie tödlich. Denn die Kälte wich jäh einer Gluthitze und zersprengte dieses trügerische Eis. Franz war da, er stand vor ihr, lächelnd, und seine Augen sagten all das, was sein Mund nicht sagen konnte. Sie fühlte, wie es sie mit allen Sinnen zu ihm hinzog, so wie das Eisen vom Magnet angezogen wird. Sie stemmte sich verzweifelnd gegen diese unwiderstehliche Kraft. Er ist ein Fremder, ich habe ihn niemals gekannt, sagte sie sich, nein, das konnte nicht Franz sein, dieser nicht mehr junge Mann, mit den grauen Schatten an den Schläfen, den tiefen Falten auf der Stirn, um die Augen, um den Mund. Er war mägerer, als sie ihn in Erinnerung hatte, seine Haut hatte die gesunde Frische verloren und die graue Farbe des Stadtmenschen angenommen. Er war sehniger, kompakter, härter und abweisender, als hätte er sein natürliches, verbindliches Wesen verlernt. Als Kind hatte sie die Bilder von Soldaten gesehen, von Landsknechten, und an sie mußte sie denken, an jene Männer mit den kalten und gnadenlosen Augen, der scharfen Nase, den vollen Lippen, der glatten Stirn, den hohen Backenknochen, dem vorspringenden Kinn. Das ist nicht Franz, sagte sie sich wieder, während ihr ganzer Körper zitterte und sie Lügen strafte. Sie blickte in die Landsknechtsaugen, und es war noch immer Franz.

»Geh!« rief sie in ihrer Verzweiflung und trat einen Schritt zurück. Sie streckte die Hände nach Baldo aus, und er stützte sie und hielt sie fest. Aber ihr Blick konnte sich nicht von Franz losreißen, ihr Gesicht verzog sich, nicht aus Angst vor ihm, sondern vor sich selbst, und ihre Augen flossen über vor Kummer und heilloser Furcht.

Er blieb reglos stehen. Das veränderte Gesicht, das seines und doch nicht seines war, verdunkelte sich. Langsam drehte er sich zu Baldo und blickte ihn haßerfüllt an.

»So, du wußtest es also die ganze Zeit, du ... Lump!« zischte er.

Baldo überhörte das Schimpfwort; der Zorn des Mannes schüchterte ihn nicht ein. »Ja«, sagte er sehr ruhig, ohne mit der Wimper zu zucken.

Franz ballte die Fäuste, und seine Augen verengten sich zu blauen, blitzenden Schlitzen. »Und es ist dir niemals eingefallen, mir etwas zu sagen?«

»Nein«, antwortete Baldo verächtlich. Es stieß ihn ab, daß sich Franz so gehenließ. »Warum hätte ich dir etwas verraten sollen? Warum hätte ich vor allem Irmgard verraten sollen, die mir vertraute und die nichts von dir wissen wollte?« Er zog Irmgard näher an sich heran, als wollte er sie beschützen. »Du siehst, ich weiß alles über dich und Irmgard. Du hast kein Recht in diesem Haus. Merkst du nicht, daß du ein Eindringling bist? Du begehst Hausfriedensbruch.«

Die Wut, die sich auf dem Gesicht seines Schwagers malte, beunruhigte ihn kein bißchen, im Gegenteil, er empfand etwas wie Schadenfreude. Besorgt war er nur um Irmgard, die am ganzen Körper zitterte und deren Hand eiskalt in der seinen lag.

Franz starrte ihn an, mit offenem Mund; er konnte es nicht fassen. Mit diesem Mann hatte er viele Jahre unter einem Dach gewohnt, sie hatten freundschaftlich miteinander verkehrt, soweit es eben für zwei Männer ihrer Art möglich war, sie hatten sich verstanden. Baldo war sein Freund gewesen — davon war er überzeugt. Er fühlte plötzlich den Schmerz eines Betrogenen; ja, ihm graute vor diesem Verrat, ihm, der selbst sein Leben lang die Menschen betrogen und sie hinters Licht geführt hatte. Und zugleich zürnte er sich selbst, daß ihm diese Erkenntnis so naheging. Er mußte sich in sich selbst geirrt haben, er war verwundbar und leidensfähig, wo er sich unangreifbar und hart geglaubt hatte. Das beschämte ihn. Baldo war mein Freund, dachte er. Er schaute ihn an, als sähe er ihn zum ersten Mal, er glaubte Hohn und Überlegenheit in Baldos Gesicht zu lesen, grausame Neugier und kalten Triumph. Trotz seines quälenden Schmerzes kam er sich unfähig und verachtenswert vor, von einem Krüppel besiegt und geschlagen, der niemals sein wahrer Freund gewesen war. Hatte Baldo seit Jahren auf diesen Moment des Triumphes gewartet, so wie er, Franz, an seiner Stelle gewartet hätte?

Er hätte sich am liebsten selbst geohrfeigt, als er lahm sagte: »Ich habe dich für meinen Freund gehalten.«

Er konnte nicht wissen, daß Baldo mit einemmal Mitleid mit ihm empfand. Seine Stimme freilich blieb kühl: »Warum sollte ein Mensch dein Freund sein, da du doch selbst niemandes Freund bist? Du bist anmaßend und egoistisch.«

Mehrmals in seinem Leben war Franz geneigt gewesen, einem Mitmenschen Böses anzutun, selten aber war er es so wie jetzt. Nicht um Irmgards willen, nein, wegen des Verrats, den Baldo an ihm begangen hatte. Er hatte ihm Sympathie nur vorgespielt, und Franz hatte keinen Augenblick an der Echtheit dieses Gefühls gezweifelt. Jetzt wurde ihm klar, daß er Baldo immer vertraut, daß er sich in seiner Gesellschaft wohl gefühlt hatte; er war seine Zuflucht gewesen. Er vergaß Irmgard, er vergaß alles außer Baldo; er litt körperlich unter dem Verlust und war tief enttäuscht. Der Freund hatte ihn, still und ohne sich das geringste anmerken zu lassen, erledigt; so wie eine lange schmale Klinge lautlos und tödlich zwischen die Rippen dringt, eine Klinge, von der Hand eines vertrauten Menschen geführt! Und während sich sein Schmerz in rasenden Zorn verwandelte, dachte er ganz klar: Nun habe ich niemanden mehr.

Seine Fäuste waren hart und schwer wie Hämmer. Er sagte dumpf: »Du hast mich immer gehaßt.«

Baldos Mitleid verstärkte sich. »Nein«, antwortete er sehr ruhig, »ich habe dich immer gemocht. Es steckt etwas in dir, was mich deinetwegen oft in Sorge versetzte. Du bist nicht so schlecht, wie du gern scheinen möchtest. Gewiß, du bist ein gewissenloser Lump, ein Prahlhans und ein Gauner. Aber ich habe dich immer im Verdacht gehabt, daß du dir zuweilen selbst zuwider bist, wenn du über dich nachdenkst. Ein echter Halunke kennt solche Anwandlungen nicht. Vielleicht hat dich das Leben gezwungen, brutal und rücksichtslos zu sein. Du bist nicht an sich schlecht. Und gerade dieser Zwiespalt in deinem Wesen, dieser Bruch, der zog mich an. Denn ich bin dein Freund, ob du es glaubst oder nicht.« Und nach einer Pause: »Aber ich bin auch Irmgards Freund.«

Franz fand keine Entgegnung, er fühlte sich elend. Er sah, wie Baldo Irmgard, die noch immer am ganzen Körper zitterte, in tiefer Zärtlichkeit anblickte, und er wollte zu ihr sprechen. Aber er konnte es nicht.

Er hörte Baldo sagen: »Bitte, geh wieder weg. Hier hast du nichts zu suchen. Fahren wir zusammen heim? Sofort?«

Aber Franz achtete nicht mehr auf ihn, obwohl die Enttäuschung noch immer schmerzte. Jetzt sah er nur Irmgard. Und dann sprudelte er heraus, in deutscher Sprache, zusammenhanglos, beschwörend:

»Überall habe ich dich gesucht. In der ganzen Welt. Niemals habe ich aufgehört, nach dir Ausschau zu halten. Du mußt es gewußt haben. Ich hatte ein Brett vor dem Kopf, daß ich nicht hierher gekommen bin. Ich bin keine Stunde wirklich glücklich gewesen, seit du mich verlassen hast, ich habe niemals Ruhe gefunden. Hast du geglaubt, ich könnte dich je vergessen?«

Das war wieder der junge, leidenschaftliche Bursche, der flehte und bat, und sie fühlte sich zerrissen, gespalten in unsagbarem Schmerz. Sie sah sein verändertes Gesicht, seine gequälten Augen, das Zucken des Mundes. Sie wollte sich umdrehen, weglaufen, aber sie stand wie festgenagelt da. Die Tränen rannen ihr über die Wangen.

Er machte einen Schritt auf sie zu, stand dicht bei ihr, ihre Nähe benahm ihm fast den Atem.

»Irmgard«, flüsterte er, »meine Geliebte, mein Alles.«

Nun ergriff sie Angst. Wenn er sie berührte, dann war sie verloren. »Geh, geh!« schrie sie heiser, »hier ist kein Platz für dich! Nicht ich bin dir davongelaufen, du hast mich verlassen! Verlassen und betrogen! Jetzt ist alles vorbei. Ich habe hier meinen Frieden gefunden, störe meinen Frieden nicht. Ich würde dich hassen, wenn du bleibst!«

Es war der Aufschrei einer Verzweifelten.

»Irmgard«, flüsterte er trostlos und verstummte. Er ließ die Hände in einer hoffnungslosen Geste sinken, und nur seine Augen flehten.

Baldo nahm ihn beim Arm; Franz wollte ihn abschütteln, aber es gelang ihm nicht.

»Franz, hör mich an«, sagte er. »Irmgard hat sehr viel mitgemacht. Deine Mutter — ihre Tante — ist vor kurzem gestorben. Sie hat sich von dem Schlag noch nicht erholt. Vielleicht ein anderes Mal ...«

Franz hörte die Worte, aber erst nach einer Weile ging ihm ihr Sinn auf. Er drehte sich um, der Ausdruck seines Gesichts hatte sich geändert.

»Meine Mutter?« fragte er ungläubig. »Meine Mutter ist tot?«

Irmgard schluchzte heftig auf.

»Ja«, antwortete Baldo teilnahmsvoll, »vor einem Monat ist sie gestorben. Irmgard wollte dich verständigen, aber sie fürchtete ..., daß du kommst und ... Unruhe auf die Farm bringst. Warum läßt du sie nicht in Frieden? Dein Kommen kann zu nichts Gutem führen.«

Franz stand da, er konnte es nicht fassen. Seine Mutter — tot! Die Gedanken wirbelten chaotisch durch seinen Kopf. Er fühlte keine echte Trauer, er war nur plötzlich niedergeschlagen und schwach. Dann fuhr er sich mit der Hand durchs Haar und seufzte.

»Es tut mir so leid«, murmelte er. Sein Kopf sank nach vorn, und er betrachtete den Boden, ohne ihn zu sehen.

Baldo warf einen schnellen Blick auf Irmgard. Sie war einen Schritt näher zu ihm getreten. Als Baldo ihre Augen sah, da wußte er, daß alles vergebens war, was er noch kaum zu hoffen begonnen hatte. Er konnte es nicht ertragen, mitanzusehen, wie sie Franz leise berührte und dann noch einmal, hastig, kurz, als müsse sie den Hunger ihres Herzens endlich, endlich stillen.

Franz fühlte ihre Hand. Er legte seine Hand auf die ihre, und sie zog sie nicht zurück. Sie blickten einander in die Augen, sprachlos, aber mit erschreckender, unverhüllter Sehnsucht. Sie sahen nichts als nur einander.

»O Franz«, sagte Irmgard, und es klang wie ein Stöhnen. Alles war aus ihrem Gesicht zu lesen: die Pein endloser, einsamer, unglücklicher Jahre, Hoffnungslosigkeit, Verzweiflung und trostloses Warten.

Franz hob ihre Hand an seine Lippen und hielt sie fest. Sie schloß die Augen. Sie zitterte, aber ein wundersames Licht erschien auf ihrem Gesicht, als erwache sie nach langem, tödlichem Schlaf zu neuem Leben.

Dann gab er ihre Hand frei. »Willst du, daß ich gehe, Irmgard?« fragte er zärtlich. »Und wenn ich gehe, darf ich wiederkommen? Bald?«

Baldo beobachtete die beiden und dachte: Für mich ist alles vorbei. In seiner Bitterkeit und Pein griff er nach einem letzten Mittel.

»So einfach ist das nicht Franz«, sagte er kühl. »Man kann nicht anknüpfen, als ob nichts geschehen wäre. Es gibt noch etwas anderes. Warum erzählst du es ihm nicht, Irmgard?«

Einen Augenblick hatte ihr geschienen, als beginne das Leben von neuem. Jetzt schwand das Licht aus ihren Augen. Sie sah Baldo erschrocken und ungewiß an.

»Ja«, sagte sie dumpf und trat zurück. »Ja, es gibt noch jemanden. Hast du geglaubt, du kannst einfach wiederkommen und alles ist wie früher?«

Sie machte kehrt und ging schnell zur Tür, öffnete sie und entschwand. Baldo und Franz waren allein. Franz schaute ihr benommen und verständnislos nach. Er hörte Baldo sprechen, und selbst in seiner Verstörtheit erkannte er die Gehässigkeit in der gleichmütigen Stimme.

»Du mußt eine kleine Bekanntschaft machen, mein Lieber. Und dann, wenn du ein Mann bist und nur einen Funken Anstand besitzt, wirst du verschwinden und nie mehr wiederkommen.«

Eine kalte Hand griff nach dem Herzen des Mannes. Etwas Schreckliches kam auf ihn zu, das spürte Franz, etwas, was ihn zutiefst treffen mußte.

Sie standen einander schweigend gegenüber. Baldo lächelte schwach, grausam. Er war ganz ruhig, setzte sich nieder, die feinen Hände mit den blauen Adern lagen auf den Knien. Er war in sich gekehrt und voll kalter Abwehr.

Mit geschärften Sinnen, so wie ein Kranker die Wiederkehr alter Schmerzen fürchtet und gespannt erwartet, so wartete Franz, und wieder sah er die dünnen Lichtstreifen auf den Buchrücken, die Sonnenflecken auf den weißen Vorhängen und dem glatten Mahagoni der alten Möbel. Ja, er nahm sogar die heitere bräunliche Landschaft draußen wahr und den hellen weißen Zaun rund um den Garten. Eine Übelkeit stieg in ihm auf, ein feuriger Ring preßte sich gegen seine Stirn, und die Adern in seinen Schläfen pochten in böser Vorahnung.

Die Türe öffnete sich wieder, und Irmgard trat herein, Hand in Hand mit einem großen Jungen von etwa zwölf Jahren. Franz starrte ihn ungläubig an. Ein klares, frisches Gesicht, offene blaue Augen, ein blonder Haarschopf, breite, gerade Schultern, braune, nackte Beine und Arme ... Es war sein verjüngtes Ebenbild, das ihm da gegenüberstand, fremd, voll Interesse, aufgeweckt.

Baldo stand auf; jetzt mahnte ihn sein Gewissen. »Irmgard, hältst du das für richtig? Es ist nicht fair.«

Aber Irmgard schaute Franz an, dessen Gesicht verfiel. Ihre Rache war geglückt. Sie sagte nichts, denn es waren keine Worte nötig. Rache ist süß. Sie war keine sanfte Frau, sie war hart. Sie gab die Hände des Knaben frei und trat einen Schritt zurück, so daß Franz und sein Sohn allein in der Mitte des Zimmers standen, in einer tiefen summenden Stille.

Siegfried musterte den Fremden aufmerksam, der ihn so wortlos anstarrte. Er muß krank sein, gewiß, das ist aus seiner Haltung zu schließen und aus seiner Gesichtsfarbe. Wer ist das? Ein eleganter Herr, im schwarzen Tuchanzug, mit blank geputzten Schuhen und blendend weißem Hemd. Siegfried war fasziniert von der Nadel mit dem Diamanten und der schwarzen Perle in der rosa Krawatte und dem blitzenden Brillanten am Finger. Seine Mutter bekam nur Besuch von Leuten aus der Umgegend und von Onkel Baldo. Warum war dieser Fremde hier, dieser große und schöne Mann, dieser Städter? Siegfried hatte schon den eleganten Wagen bewundert. Er war sehr aufgeregt. Und wie genau ihn der Mann musterte! War es ein Verwandter, ein Angehöriger der Familie, der gekommen war, um seiner Mutter und ihm etwas Großartiges anzubieten? Er war tief beeindruckt von dem Schweigen des Gastes und seinem durchdringenden Blick. Er stellte fest, daß ihm der Fremde gefiel, der groß und stark und eine Persönlichkeit war, und sichtlich reich und weltgewandt. Ja, er mochte ihn. Er fühlte Sympathie aufsteigen und kam sich selbst interessant vor, weil er diesen Herrn so sichtlich aus der Fassung brachte.

Dann streckte er ihm die Hand hin. »Mein Name ist Siegfried Doren«, sagte er unbefangen. »Sind Sie mein Onkel? Sind Sie aus Deutschland gekommen?«

Franz erwachte aus seiner Starre, er sah die Hand seines Sohnes und zuckte leicht zusammen, als hätte er einen unsichtbaren Schlag erhalten. Er befeuchtete seine Lippen und versuchte zu lächeln. Langsam ergriff er die Hand des Knaben, fühlte ihre Wärme, und unwillkürlich drückte er sie fest. Er sah Siegfrieds offene Züge, es waren seine eigenen Züge. Aber noch immer brachte er keinen Laut heraus.

Baldo stand auf. Er warf Irmgard einen warnenden Blick zu; er dachte jetzt nur an Siegfried. »Ja, Siegfried, der Gentleman kommt aus Deutschland«, sagte er mit Nachdruck. »Er ist ein Vetter deiner Mutter und heißt Franz Stössel.«

Der Knabe strahlte. Die Hände des großen Mannes zerdrückten seine Finger beinahe, aber das tat ihm wohl. Von Minute zu Minute fühlte er sich mehr zu Franz hingezogen, und die Wärme seiner Hand strömte ihm bis ins Herz. Er sprach deutsch, ein langsames, tadelloses Deutsch, sehr formell und respektvoll: »Es ist mir ein großes Vergnügen, Sie kennenzulernen, Sir.«

Mein Sohn, dachte Franz, mein Sohn, sagte er sich, und er schwamm in einem Meer von Glück. Ihm war, als hätte er keine anderen Söhne, und tatsächlich kamen ihm die schmächtigen Jungen in den »Drei Pappeln« gar nicht in den Sinn, diese unscheinbaren Geschöpfe, unter Mittelgewicht, unter Mittelgröße, und mit fadem braunem Haar. Nur an das kleine Mädchen dachte er, deren Teint und kindlicher Ausdruck an den Jungen hier erinnerte. Aber schon erkannte er, daß sich unter diesem jugendlich freundlichen Äußeren eine stählerne Härte verbarg und daß in den eher kleinen blauen Augen, die den seinen ähnelten, scharfe Intelligenz und Beobachtungsgabe blitzten. Verstellt er sich? fragte sich Franz. Nein, in diesem Burschen gab es keine Arglist, keine Heuchelei. Aber Franz, der ihn genau beobachtete, glaubte schon jetzt zu erkennen, daß er energisch und kompromißlos und zielstrebig war.

Siegfrieds Neugier wuchs, je länger er den forschenden Blick des Fremden auf sich gerichtet fühlte. Es wäre ihm nicht recht gewesen, hätte ihn der elegante Vetter bäurisch und ungehobelt gefunden. Er errötete leicht, halb verlegen, halb stolz. Seine Mutter hätte es ihm vorher sagen müssen, dann wäre er schnell um seinen Sonntagsanzug mit der langen Hose und die neuen Schnürschuhe gelaufen. Jetzt war es ihm peinlich, daß seine aufgekrempelte Arbeitshose geflickt und abgetragen war und sein Rock nach Feldarbeit aussah. Es ärgerte ihn, und um das nicht zu zeigen, zog er seine Hand zurück und nahm eine hochmütige Haltung an.

»So, du bist Siegfried?« fragte Franz geistesabwesend.

»Ja, Sir. Wie soll ich Sie nennen? Mr. Stössel oder Vetter Franz?« Die Fragen waren einfach und direkt und kein bißchen vorlaut.

Tiefe Röte stieg in das Gesicht des Mannes. Er biß sich auf die Lippen, schaute Irmgard an und sah, daß sie gequält lächelte.

Er stotterte: »Du kannst mich ... Onkel Franz nennen, wenn du willst, Siegfried.« Es tat ihm weh, er schämte sich, er war verlegen und traurig. Hastig fügte er hinzu: »Du sprichst ausgezeichnet deutsch, Junge. Hast du das in der Schule gelernt?«

»Ich gehe nicht in die Schule«, antwortete der Knabe stolz. »Meine Großmutter hat mich unterrichtet. Sie war nicht wirklich meine Großmutter, aber ich hab' sie so genannt. Sie war die Tante meiner Mutter.« Und dann schnell und überrascht: »Sie hat wie du geheißen. War sie auch deine Tante, Onkel Franz?«

Die Röte in den Wangen des Mannes vertiefte sich. Er sah Baldos kaltes, spöttisches Lächeln. Dann sagte er ruhig: »Nein, Siegfried. Sie war meine Mutter.«

Siegfried begriff nicht: »Wieso? Sie hatte keinen Sohn!«

»Vielleicht doch«, sagte Baldo in leichtem Hohn, »vielleicht hatte sie es nur vergessen.«

Siegfried schüttelte energisch den Kopf. »Das ist nicht möglich, Onkel Baldo. Falls sie es nicht«, fügte er altklug hinzu, »vergessen wollte.«

Und nun schaute er Franz gründlich an, abschätzend, überlegend. Die blauen Augen funkelten. Sehr langsam kam er zu dem Schluß: »Sie wollte es vergessen.«

»Meine Mutter und ich haben uns niemals verstanden, Siegfried«, murmelte Franz verlegen. »Das ist alles. Vielleicht kannst du das nicht recht begreifen.«

Der Knabe schüttelte den Kopf. »Ich bin kein Kind mehr, Onkel Franz.«

Eine lange, betretene Stille folgte. Die Erwachsenen schauten den Knaben an, der so unbefangen unter ihnen stand. Die Gedanken des Jungen hingegen drehten sich nur um den geheimnisvollen Gast. War der Onkel eben erst aus Deutschland gekommen? Unmöglich, das war kein Greenhorn. Wo lebte er? Was für einen Beruf übte er aus? »Wohnst du in Philadelphia, Onkel Franz?« fragte er.

»Nein, Siegfried, in Nazareth.«

Wieder wurde es still. Siegfried schaute fragend auf die Erwachsenen, erst jetzt fiel ihm auf, wie blaß und verweint seine Mutter war. Er nahm sie besorgt beim Arm, aber seine Blicke kehrten zu Franz zurück. Was steckte hinter diesem unerwarteten Besuch? Und wie ihn dieser neue Verwandte anschaute! So sehnsüchtig, so traurig, so sonderbar; Siegfried war betroffen von diesem Blick. Warum war die Mutter nicht freundlicher mit dem Verwandten? Er merkte die Kälte, die sie ausstrahlte. Warum war sie so schweigsam, so bitter und feindselig? War sie böse, weil er alte Zwistigkeiten nicht vergessen hatte und dem Begräbnis seiner Mutter ferngeblieben war? Warum besuchte er sie auch erst so spät nach der Beerdigung? Erwachsene sollten untereinander nicht streiten, das kam Siegfried kleinlich und unwürdig vor.

»Möchtest du Großmutters Grab sehen, Onkel Franz?« fragte er.

Franz zögerte, Irmgard aber rief laut und ungehalten: »Mr. Stössel wird selbst entscheiden, ob er das Grab seiner Mutter besuchen will oder nicht, Siegfried.« Sie ließ seine Hand los und befahl schroff: »Es ist Zeit, die Kühe zu melken. Hermann wartet auf dich. Los, hinaus.«

Franz machte eine abwehrende Geste. »Einen Augenblick, bitte. Ich möchte dem Jungen ein paar Fragen stellen. Siegfried, würdest du gerne eine Schule besuchen, in New York oder Philadelphia?«

Irmgard schnappte nach Luft. Sie packte ihren Sohn bei der

Schulter und zischte wütend: »Der Junge geht dich nichts an! Er ist mein Sohn, er bleibt hier bei mir. Dein Interesse kommt zu spät, Franz. Viel zu spät. Es kommt immer zu spät.« Ihre Stimme wurde schrill vor Zorn. »Hinaus jetzt!« rief sie unbeherrscht. »Kannst du nicht folgen?«

Siegfried zauderte. Er war rot geworden, und seine Augen blitzten, er hatte diesen Ton von seiner Mutter noch nie gehört. Aber er war Gehorsam gewöhnt. Er schaute Franz an und verbeugte sich sehr höflich. Dann verbeugte er sich ebenso vor Onkel Baldo und verließ das Zimmer in tadelloser Haltung. Franz schaute ihm nach, dem hübschen, stolzen Jungen, der den Kopf so hoch trug. Mein Sohn, dachte er, und sein Herz verkrampfte sich.

Kaum war die Tür zugefallen, da verschwanden die Traurigkeit und die Scham wie mit einem Schlag und machten Überlegungen und Plänen Platz, die wild durch seinen Kopf jagten. Er schaute Irmgard durchdringend an. Baldo stand auf, räusperte sich und tippte Franz auf den Arm.

»Gehen wir jetzt, Franz? Es war ein sehr aufregender Tag, für uns alle. Irmgard hat Erholung nötig.«

Franz hörte ihn nicht einmal. Er war außer sich.

»Siegfried ist mein Sohn«, sagte er zu Irmgard. »Ich will ihn! Ich muß ihn haben!«

Sie vergrub ihre Hände in die Taschen ihrer Schürze und schaute ihn mit blanker Verachtung und hartem Lächeln an.

»Du hast keinen Anspruch auf den Jungen. Und du wirst nicht wagen, ihm etwas anzudeuten, Franz. Nein, du hast keinen Anspruch, weder moralisch noch gesetzlich. Du kannst gar nichts tun, du bist völlig rechtlos.«

»Es gibt nichts, das sich nicht durchsetzen ließe«, antwortete er grob.

Er spielt Theater, dachte Baldo. Er will den Sohn, aber mehr noch will er sie, Irmgard. Wollte er sie einschüchtern?

»Hör auf mit den hohen Tönen und Drohungen, Franz«, sagte er. »Ich weiß genau, was du dir vorstellst. Du weißt ebenso gut wie ich, daß du Siegfried nicht so leicht bekommst. Es ist dir doch klar, was ein Prozeß für dich bedeuten würde? Die Publizität und das öffentliche Gelächter machen dir nichts aus, meinst du? Weit gefehlt, die Schädigung deines Rufes wäre dir mehr als peinlich. Du kennst die Macht der Presse, ich sehe schon die Schlagzeilen auf den Titelseiten: ›Stahlbaron klagt die Mutter seines unehelichen Kindes auf Herausgabe des Sohnes!‹ Glaubst du, daß Irmgard sich davor fürchtet? Sie bestimmt nicht, nein. Sie lebt hier abgeschieden, anonym, und ihre Nachbarn lesen die schmutzigen Schundblätter der Städte nicht. Wie der Prozeß ausgeht, kannst du dir denken: Letzten Endes wird der Mutter das Kind zugesprochen. Und Siegfried? Wenn der Lärm verstummt und der Skandal vergessen ist, dann hast du einen erbitterten Feind an ihm, der dir nicht verzeiht, was du ihm und seiner Mutter angetan hast.« Und boshaft fügte er hinzu: »Er würde niemals mehr etwas von dir wissen wollen, und du hättest völlig ausgespielt bei ihm ... Mit Geld kann man alles erreichen, behauptest du. Aber selbst wenn du dein Ziel erreichst, wirst du in der Folge wenig Freude haben.«

Franz geriet in maßlose Wut. Baldo hatte ihn wieder einmal durchschaut, und außerdem hatte er mit jedem Wort recht. Das war unerträglich.

»Du Superkluger, du elender Besserwisser! Geld ist Macht in Amerika! Ich würde niemals verlieren. Ich verliere nicht. Am Ende steht mein Triumph!« schrie er unbeherrscht.

Baldo schaute ihn voll Haß an. Dann sagte er langsam, eiskalt: »Du vergißt etwas, mein Lieber. Ja, du vergißt, daß ich dich nach Belieben ruinieren kann. Wenn du das geringste gegen Irmgard oder ihren Sohn unternimmst, hast du die Folgen zu tragen. Ist dir entfallen, daß du von mir abhängig bist?«

Franz keuchte, aber er duckte sich. In seinen Augen glomm ein rotes Feuer auf, er war wie ein wilder Eber, den man im finsteren Wald gestellt hat.

Baldo nickte noch einmal: »Ja, Franz, so ist es.«

Das Gesicht des anderen war unkenntlich vor Wut. Irmgard machte erschrocken einen Schritt auf Baldo zu, wie um ihn zu schützen. Aber Baldo fürchtete sich nicht, er war nur voll Verachtung für den Mann, den er besiegt hatte, und ohne Funken Mitleid für den Geschlagenen. Er nahm Irmgard bei der Hand.

»Keine Angst, Liebes. Er ist nicht so gefährlich, wie er aussieht. Bestimmt würde er mich gerne umbringen. Aber er wird mir kein Haar krümmen. Weder für dich noch für Siegfried, noch um seiner persönlichen Rache willen würde er all das aufs Spiel setzen, was er aufgebaut hat, glaub mir. Er droht, aber nur um dich einzuschüchtern, Irmgard. Er wird dich nie verletzen, wenn er damit sich selbst verletzt.«

Da schlug Irmgard die Hände vors Gesicht und weinte laut und haltlos. Und im selben Augenblick kam Franz zu sich, und aller Zorn erlosch. Er hörte ihr Schluchzen, und es zerriß ihm das Herz. Baldo war vergessen.

»Irmgard«, stammelte er. Dicke Schweißtropfen erschienen auf seiner Stirn, er nahm sein Taschentuch heraus, um sie abzutrocknen.

Dann drehte er sich um und ging langsam zur Tür wie ein zu Tod Getroffener. Ohne einen Blick zurückzuwerfen, verließ er das Zimmer.

Stille fiel in den Raum, schwer und tönend, wie die Stille nach einem verheerenden Sturm. Baldo legte den Arm um Irmgards Schultern.

»Jetzt ist alles gut, Liebes«, tröstete er. »Er ist fort.«

Sie ließ die Hände sinken, schaute mit blinden Augen um sich, gebrochen und elend. Und dann schrie sie auf wie in Todesnot: »Nein, Franz! Franz!«

Sie rannte zur Tür, riß sie auf, das Haar fiel ihr in die Stirn. Baldo hörte sie durch die Halle zum Tor laufen, laut rufen, verzweifelt, hilflos: »Franz, Franz, komm zurück zu mir!«

Niemals hatte Baldo gewußt, daß ihn seine lahmen Beine so rasch tragen konnten. Er holte Irmgard beim Tor ein, hielt sie eisern fest. Sie wehrte sich und suchte sich loszureißen, wie eine Hindin sich gegen den Hund wehrt, der sie bereits in den Zähnen hat. Sie war außer sich, sie keuchte und tobte.

»Irmgard«, flehte er begütigend. Und diese Ruhe war es, die sie schließlich zum Schweigen brachte. Sie wendete ihm ihr Gesicht zu, und er war betroffen von dem trostlosen Blick ihrer schönen Augen. Sie zitterte und schaute ihn angstvoll an.

»Nein, nein, Irmgard«, sagte er, und seine Stimme war noch ruhiger. »Jetzt noch nicht, noch nicht. Um deinetwillen und um seinetwillen.«

»Noch nicht«, wiederholte er nach einer Weile. »Später vielleicht; jetzt würde es nur Jammer für dich und Siegfried bedeuten. Ich weiß, wie er ist, wie er noch immer ist.«

Sie war ganz still geworden. Er führte sie hinein und schloß die Türe hinter sich. Ihr war, als schlösse sich das Tor eines Grabgewölbes.

Dann sprach er wieder, eindringlich und voll Nachdruck, damit sie ihn richtig verstand:

»Du mußt von hier wegziehen, Irmgard, weit weg. Denn er kommt zurück. Er läßt dich nicht in Frieden, und dann wird es Siegfried begreifen. Das wäre verfrüht, du mußt warten, bis Franz völlig zur Vernunft gekommen ist, bis er ein verstehender Mensch wird. Glaube mir, dieser Tag wird kommen.«

XXII

In einer Nacht vor vielen Jahren, da hatte Baldo gewußt, daß Franz zu ihm kommen würde. Und ebenso wußte er heute, an diesem grauen Novembertag, daß Franz erscheinen werde, wie er einst Irmgards wegen in Emmis Garten aufgetaucht war.

Seit Irmgard mit ihrem Sohn heimlich und überstürzt die Farm verlassen hatte, lebte Baldo dort in Frieden und Stille, nur von dem jungen Peter zu den Feiertagen und im Sommer besucht, denn selbst in seinem Haß und seiner schweren Enttäuschung hatte Franz nicht vergessen, welche Macht Baldo über ihn besaß. Baldo hingegen war es klar gewesen, daß er mit Franz nicht mehr unter einem Dach hausen konnte.

Seit Monaten hatte er ihn erwartet, manchmal war er stundenlang vor dem Haus gesessen, um auf die gewundene Straße hinauszuschauen, die nach Nazareth führte, dann wieder hatte er am Fenster gehorcht, ob er einen Wagen hörte. An welchem Tag es sein würde, das konnte er nicht vorausahnen, aber heute war er sonderbarerweise überzeugt, daß es soweit war. Er konnte selbst nicht verstehen, woher er es wußte. Vielleicht lag es an der aschgrauen Leere dieses stillen Tages, die gefüllt werden mußte, eine Erwartung, die nicht enttäuscht werden durfte. Schon immer, seit seiner Kindheit, hatten bestimmte Tage eine ganz besondere Bedeutung für Baldo gewonnen. Der heutige Tag war eine Kugel, die zwischen Himmel und Erde hing, ohne sich zu drehen, ohne sich zu rühren, still stehend, beharrend, voll leiser, undeutlicher Geräusche. Gold und Purpur des Herbstes war in einem letzten Aufflammen des tiefblauen Himmels und der leuchtenden Sonne verglommen, und nur die knorrigen schwarzen Bäume, die mattbraune Erde, die ziehenden Wolken, die kahlen Hügel und der wie totes Zinn schimmernde Bach waren übrig.

Ein paar mißgelaunte Hühner mit ruppigem Gefieder pickten lustlos im Hof, die Blumen waren verwelkt, ihre geknickten Stengel bewegten sich im Lufthauch. Das hohe, verblichene Gras zitterte, und der weiße Zaun schimmerte durch die blattlosen Ranken der Rosen. Wo die Sonne durch die Wolken scheinen sollte, zeichnete sich nur ein bleifarbener, unbestimmter Kreis ab, und lange, dunkle Schatten flogen über die Erde und den Himmel. Selbst die roten Dächer lagen farblos im Zwielicht.

Baldo saß vor dem Kamin und wartete.

Im Haus duftete es nach Holzfeuer und Bratäpfeln, die man mit Zimt gewürzt hatte. Die stämmige Frau Hermanns summte in der

Küche. Eine Lampe warf ihren goldenen Schein auf die Bücher an der Wand. Neben Baldos Sessel lehnte sein Stock; in den letzten Jahren fiel ihm das Gehen immer schwerer, denn die Lähmung schritt fort. Fast ständig begleitete ihn ein dumpfer Schmerz, aber er fand sich damit ab und ertrug ihn, ohne zu klagen. Sein Gesicht war kleiner, runzeliger geworden, es war das Antlitz eines vom Leid gezeichneten Mannes. Seine Augen wirkten größer, seit das Gesicht geschrumpft war, sie glänzten fiebrig; das Haar war fast weiß geworden, aber der Mund war noch immer schön und ausdrucksvoll mit dem ironischen Zug, dem jetzt jede Bitterkeit fehlte.

Baldo wußte, daß seine Tage gezählt waren. Im letzten Frühjahr noch hatte er gegen diese Erkenntnis aufbegehrt und war unglücklich gewesen. Jetzt aber war Herbst. Etwas von Emmis stiller Resignation war auf ihn übergegangen, aber ohne Hoffnung und ohne mystische Ekstase. Er hatte keine Sehnsucht, keine Wünsche, keinen Glauben, er träumte nicht von einem künftigen Leben. Er hatte sein Leben gelebt, wie es gewesen war. Bald war es vorbei. Vielleicht gab es eine Art Unsterblichkeit für die Menschen, die sie ersehnten. Er ersehnte sie nicht. Er hatte das sonderbare Gefühl, als könnten sich die Menschen an ihrem Lebensabend aussuchen, was sie lieber hatten: die Unsterblichkeit oder das vollkommene Auslöschen. Er zog es vor, auszulöschen. Es schien ihm würdiger, edler, hatte mehr Größe. Der Mensch, der in die Unsterblichkeit eingeht, bringt alles Niedrige, Schäbige und Erbärmliche seines irdischen Daseins mit ins Jenseits, und das ist häßlich. Was hat Gott, was hat das Universum, die Zeit und die Ewigkeit mit diesem Staubkorn, dieser elenden Kreatur, zu schaffen, die winselnd, nackt, voll Scham und beladen mit kleinlichen Übeln gekrochen kommt? Peinlich, sich das vorzustellen.

So beschloß Baldo, nach dem Tod nicht weiterleben zu wollen. Es war ein sonderbarer Beschluß. Er wollte neben Egon und Emmi begraben werden und der Ewigkeit und der Erde die Würde seines letzten Stolzes, seines letzten Atemzuges darbieten. Es war ein großartiger Gedanke, daß er mit der Erde verwachsen würde, auf immer ein Teil dieses Bodens, und daß aus seinem Herzen die Wurzeln eines Baumes sprießen würden. Nur diese Art Unsterblichkeit besaß Würde, nur sie konnte den Glanz der Zeiten nicht beleidigen.

Oft dachte er an Franz, der so ruhelos, so ehrgeizig, so gierig und hinterhältig und dabei so unglücklich war, und das alte Mitleid überkam ihn mit diesem Mann, der alles gesucht und nichts gefunden hatte als sein eigenes Antlitz, das ihm jetzt mit toten Augen, erschöpft und enttäuscht, entgegenstarrte. Es schauderte Baldo. Wie schrecklich war es, ein Mensch wie Franz zu sein! Im nächsten Winter würde Baldo unter der weißen Erde liegen, Franz aber mußte noch viele Jahre weiterwandern, mit seinem eigenen Antlitz vor Augen. Ein grauenvoller Gedanke!

Da hörte er Räderrollen auf dem knirschenden Kies und drehte sich um. Durch die großen Fenster mit den schmalen Rahmen sah er die elegante Kutsche seines Schwagers am Gitter vorfahren. Er lächelte und war zugleich traurig. Er folgte dem großen, breitschultrigen Mann, der über den gepflasterten Weg zum Haus schritt wie damals, als er Irmgard gefunden hatte, mit den Blikken. Wenn Baldo an Irmgard dachte, spürte er noch immer Schmerz, aber sogar dieser Schmerz hatte den Stachel verloren, es war nur mehr ein wehmütiges Erinnern. Baldo wollte sich erheben, griff nach seinem Stock, sank aber in den Stuhl zurück. Jetzt hatte er eine Entschuldigung, wenn er selbst die primitivsten Höflichkeitsformen außer acht ließ. Leiden und Gebrechen hatten auch ihr Gutes, sie ersparten konventionelle Heuchelei.

Die welken Blätter liefen vor den schweren Schritten des Mannes einher wie fliehende kleine Tiere. Baldo hörte den hohlen Klang des eisernen Türklopfers, und er hörte die Stimme von Hermanns Frau, die sich in deutscher Sprache höflich erkundigte, was der Herr wünsche. Franz antwortete deutsch. Seine Stimme klang heiserer, als Baldo sie in Erinnerung hatte, und schwerfälliger.

Dann, ohne daß er sich umdrehte, wußte er, daß sich Franz im Zimmer befand. Er fühlte seine gewichtige Gegenwart, aber mit einemmal spürte er, daß dieses männliche Auftreten Routine und gezwungen war.

Ohne die Stimme zu erheben, sagte er: »Komm näher, Franz.«

Franz trat an die rechte Seite des Stuhls, Baldo schaute auf, und ihre Blicke trafen sich. Sie lächelten stumm, diese beiden, die all ihr Leben abwechselnd die innigsten Freunde oder die erbittertsten Gegner gewesen waren. Auch Franz war grauer geworden, und der ins Bläuliche schimmernde Teint verriet sowohl hohen Blutdruck wie ständige Überarbeitung; er sah geschwächt und gedunsen zugleich aus. Seine blauen Augen waren kleiner denn je, der Blick stechend, durchdringend. Die vollen Lippen verrieten Sinnlichkeit, Habgier und Brutalität, die Nase zwischen den hohen Backenknochen war breiter geworden. Es war ein Gesicht, das Macht und Härte ausdrückte, aber noch immer hübsch, noch immer liebenswürdig. Doch die Macht und die Härte hatten Sprünge bekommen, als hätte eine Kraft versagt, die sie früher gestützt hatte.

Baldo sah all das und noch mehr. Er sah das trostlose, unaustilgbare Elend dieses Mannes, seine Verdrossenheit, die nicht mehr unter seinem festen, gesunden Fleisch verborgen war wie früher. Franz hatte seine »starke Stadt« erbaut, nun war er selbst in ihr eingeschlossen, lebte hinter ihren »hohen Mauern« und lugte nur noch zuweilen durch die Gitter hinaus in die ferne Landschaft, aus der er sich selbst verbannt hatte. Konnte ein Mensch sich selbst entfliehen?

Baldo war nicht sentimental. Die Frommen und die Neidischen behaupten, daß Reichtum nicht glücklich macht. Das war töricht. Nichts macht glücklich als die Erkenntnis, daß die Menschen und alle Dinge eine einzige Einheit sind. Der Besitz brachte den Reichen nicht weniger Unglück als die Armut den Bedürftigen. Der Arme in seiner Hütte ist nicht glücklicher als der Mächtige in seiner starken Stadt. Sehr häufig sogar ist der Arme viel erbärmlicher, viel verachtenswerter. Ihm bleibt nicht einmal der Trost der Mächtigen, wenigstens in einer Sache Erfolg gehabt zu haben. Es ist viel bitterer, vor einem kalten Ofen zu sitzen, selbst wenn der warme Ofen dem Herzen kein bleibendes Glück zu schenken vermag. Trauer ist in einem großen, eleganten Salon mit Kerzenlicht und dazu der beruhigenden Sicherheit eines anständigen Bankkontos gewiß leichter zu ertragen als Trauer draußen in der Kälte oder in ungeheizten Kammern. Mit Geld weint es sich angenehmer. Der Mächtige muß auch nicht lasterhafter sein als der Enterbte. Er kennt wenigstens das Elend des Neides und des Hasses nicht, das der vom Schicksal weniger Begünstigte sein Leben lang mit sich schleppen muß.

Hätte Franz Stössel nur Erfolg und Macht und Reichtum gewonnen, dann wäre er immerhin im Besitz jener Dinge gewesen, die der Mensch am gierigsten anstrebt. Daß er dabei nicht glücklich geworden war, sondern sich unbefriedigt und freudlos fühlte, spielte für die anderen keine Rolle; er war trotzdem Gegenstand berechtigten Neids der vielen, die enttäuscht und verzagt waren, aber nicht den Trost besaßen, den Sicherheit und Macht zu geben vermögen. Er war weder glücklicher noch unglücklicher als alle die anderen, die sich ihre eigene starke Stadt errichten und trostlos durch die Gitter ins Freie blicken. Die Machtlosen und die Mächtigen haben die gemeinsame Qual, von Geburt an nach Dingen zu streben, die außerhalb liegen. Nur in sich selbst kann der

Mensch das wahre Königreich entdecken, die wahre Freiheit, die Freiheit von Angst und Not, dachte Baldo.

Nicht die Macht seines Schwagers war es, die Baldo bekümmerte. Nein, er wußte, daß dessen wertvolles Erbe außerhalb der strengen Stadt lag, die er gebaut hatte, und deshalb bedauerte er ihn.

Franz sprach deutsch. »Du siehst mich sonderbar an«, lächelte er, »da komme ich nach so langer Zeit, und du sagst kein Wort.«

Baldos Blicke ließen ihn nicht los. »Für mich war es erst gestern«, sagte er geistesabwesend. Erst gestern diese schreckliche Szene voll Haß, Gewalt und Leid. Franz aber stand vor ihm, so unpersönlich, so höflich und müde, als wäre alles in einem andern Leben, in einer andern Zeit geschehen. »Setz dich, Franz«, sagte Baldo schließlich und fügte spöttisch hinzu: »Du bist etwas stärker geworden.«

Franz lachte und ließ sich nieder. »Du hast dich gar nicht verändert.« Es war eine Lüge, aber er konnte eben nicht aus seiner Haut heraus, wenn ihm auch das Schmeicheln schon etwas schwer fiel. Das Zimmer kam ihm überheizt vor. Durch sein üppiges Leben war sein Blutdruck gestiegen, er mußte um Luft ringen, war aber zu höflich, um es Baldo merken zu lassen.

»Ich habe dich erwartet«, sagte Baldo bedächtig. »Heute.«

Franz wunderte sich, antwortete aber zustimmend: »Ja, wir haben eine Menge zu besprechen, stimmt's?«

Baldo schwieg. Die kleinen, engstehenden Augen seines Schwagers musterten ihn scharf. Baldo fühlte, daß Franz unglücklich und bekümmert war, wenn er es auch zu verbergen suchte. Ja, Baldo durchschaute ihn. Franz hatte anscheinend endlich erkannt, wie sinnlos, wie verabscheuenswert so vieles war, das er getrieben hatte; er rückte von seiner Vergangenheit ab.

Dann hörte er Franz leise sagen: »Ich habe Irmgard gesucht, überall. Nur du weißt, wo sie sich aufhält.«

»Ja«, antwortete Baldo ruhig. »Ich weiß, wo sie ist.«

»Geht es ihr gut? Braucht sie etwas? Sie und der Junge?«

»Es geht ihr gut, sie braucht nichts. Glaubst du, ich würde sie Not leiden lassen?«

»Nein, gewiß nicht.« Es klang herzlich und verstehend. Nichts erinnerte an die Geringschätzung, den Spott oder die Bosheit, mit der er sonst gesprochen hatte.

»Und deine eigene Familie?« erkundigte sich Baldo. »Wie geht es ihr? Seit Peter im Internat ist, schreibt er mir kaum mehr.«

»Das ist undankbar«, murmelte Franz mechanisch. Baldo schwieg. Dann nahm Franz neuerlich einen Anlauf: »Ich habe dir unlängst die Bilanzen der Stahlwerke geschickt. Bist du zufrieden? Ist alles nach Wunsch?«

Baldo lächelte unwillkürlich: »Du weißt, daß ich immer zufrieden bin. Die Fabriken sind mir inzwischen nicht wichtiger geworden, als sie mir früher waren.«

»Trotzdem mußt du auf dem laufenden bleiben.« Franz wartete, da aber keine Antwort erfolgte, legte er seinen Rechenschaftsbericht ab. Die Werke vergrößerten sich ständig, die Märkte dehnten sich aus. Er sprach sachlich und mit Nachdruck, trotzdem stellte Baldo verwundert fest, daß alles gezwungen klang, auch wenn der Stolz auf die Leistungen herauszuhören war. Er redete sich etwas ein, dachte Baldo. Er ist wohl stolz, aber auf Leistungen, die er vor langer Zeit erbracht hat, die ihn jetzt nicht mehr interessieren.

Franz sprach lang und ausführlich, aber Baldo hörte nur den Tonfall dieser männlichen Stimme, deren Härte ihm leblos wie lebloser Stahl vorkam. Es schien Franz Anstrengung zu kosten, aber er brachte den Bericht zu Ende. Stille fiel ein in das große Zimmer und stieg auf wie Wolken, höher und höher.

Franz starrte ins Feuer und legte seine Hände auf die Knie. Er hatte Baldo vergessen, blickte in die Flammen, und ein Schleier, gewoben aus Enttäuschung und Trauer, lag auf seinen Zügen.

Baldo sagte: »Aber Franz, das alles ist ja so fern ...«

Franz hob die Augen nicht und sprach mit benommener Stimme wie im Traum: »Ja, es ist fern von mir. Es berührt mich nicht mehr. Es ist nicht das, was ich eigentlich wollte und wünschte. Doch das habe ich erst jetzt erkannt.« Dann fuhr er auf, erschrocken, es war ihm, als hätte ihn Baldo nackt gesehen. »Unsinn!« rief er ärgerlich. »Ich habe doch alles erreicht, was ich mir nur erträumen konnte.«

»Bis auf Irmgard«, sagte Baldo hart und lächelte, als verspotte er ihn.

Franz hatte den spöttischen, triumphierenden Blick bemerkt, er reizte ihn, und alte Wunden brachen wieder auf. Dieser elende Krüppel hatte ihn letzten Endes doch besiegt, und niemals zuvor war ihm bewußt geworden, wie total diese Niederlage war. Niemals hatte er bedacht, daß Baldo zwischen ihm und dem einzigen Wesen stand, das er im Leben wirklich gewünscht hatte. Baldo hatte ihn seit Jahren durchschaut, seit seiner Heirat mit Tina wußte er, was an diesem Erfolgsmenschen nagte und bohrte. Franz fühlte sich entblößt, an den Pranger gestellt, gedemütigt. Er hatte sich so sehr versteckt, sogar vor sich selbst, er hatte alles in

Dunkel und Vergessen vergraben, und nun erschien diese Kreatur und bewies ihm höhnisch, daß sie die ganze Zeit das Versteck gekannt, daß sie oft hineingesehen hatte. Jahrelang hatte sich Baldo ins Fäustchen gelacht, so dachte Franz, ja, er hatte ihn ausgelacht, weil er wußte, daß Franz alle Glücksgüter, die ihm zuteil wurden, mißachtete, weil er sie nur aus Furcht um sich aufbaute. Daß Baldo diese schändliche Angst längst gekannt, daß er die Feigheit durchschaut hatte, das mußte einen Mann zur Raserei treiben. Franz hatte sich die starke Stadt erbaut, um sich selbst gegen die Welt, gegen das Leben abzuschirmen. Wer eine Festung baut, ist ein Feigling. Menschen, die Mauern um sich errichten, wissen, daß sie Feinde haben, aber in Wahrheit stecken diese Feinde in ihnen selbst.

Und dann senkte es sich wie kalter Ruß auf seinen Zorn, wie feuchter Sand, den man auf flackerndes Feuer streut. Das dämpft die Flammen, doch die Glut schwelt weiter. Franz fühlte sich elend. Er dachte: Warum kränkt mich das alles? Es geht mich doch nichts an. Ich bin müde, sehr müde.

Trotzdem mußte er sich verstellen. Immer mußte er sich verstellen, das war er seinem Stolz schuldig, den er immer gehegt und gepflegt hatte. Er verstellte sich aus Angst und aus Scham über seine Nacktheit; die Heuchelei war der dünne Lappen, mit dem er seine seelischen Blößen bedeckte.

Auch jetzt wollte er Baldo nicht zeigen, wie erschöpft, wie hoffnungslos und gleichgültig er war. Alle Menschen wurden des Lebens müde, eines Lebens, das nur mehr trockenes, altbackenes Brot in ihrem Mund ist. Sturm und Drang und Ekstase gehören zur Jugend, und sie gingen vorbei wie Ungewitter und Blitz und Donner und ließen nur trostlose Leere und Tod zurück. Auch Baldo mußte das spüren. Franz schaute flüchtig auf, und sein Blick begegnete den Augen des Verwachsenen, die still und verstehend auf ihm ruhten. Etwas wie Mitleid war herauszuspüren, und das reizte Franz von neuem.

Er sagte fast unhörbar: »Du hast mir immer vorgehalten, ich sei ein Heuchler. Dabei habe ich nie erkannt, was für ein schrecklicher Heuchler du selbst bist.«

Er erwartete ein spöttisches Auflachen und war erstaunt, daß Baldo plötzlich ernst und streng, ja abweisend wirkte. Er hatte sich so fest an die Armlehnen seines Stuhls geklammert, daß seine Knöchel weiß wurden. Nun beherrschte sich Franz nicht mehr, er mußte ihm alles ins Gesicht sagen.

»Ja, jetzt sehe ich es deutlich!« rief er in deutscher Sprache.

»Immer hast du mich beneidet. Du hast mich beneidet um das, was ich war, was ich geleistet, was ich vollbracht habe ... Du hast mich beneidet um Irmgard, um die Kinder, um Siegfried, um alles! Jetzt hast du deine Rache! Warum bist du nicht mutig genug, es zuzugeben, einzugestehen, daß du nicht mit offenem Visier gegen mich kämpfen konntest, daß du mir tückisch in den Rücken gefallen bist?«

Baldo blieb stumm. Sein gezeichnetes Gesicht verfiel, wurde aschgrau, aber er blickte Franz an, als sähe er ihn zum ersten Mal.

Franz jedoch wütete weiter: »Am meisten jedoch hast du mich um meinen Ehrgeiz beneidet! Um das, was ich begehrte und was ich erreichte! Du hast niemals wirklich etwas begehrt, du warst immer hilflos, weil du nichts gefunden hast, was dir wertvoll schien.«

»Und du«, sagte Baldo langsam, mit einem sonderbaren Unterton, »hast du irgend etwas Wertvolles gefunden?«

Franz öffnete den Mund, als wollte er heftig antworten, dann aber senkte er den Kopf und schwieg.

»Du warst der schlimmere Heuchler«, fuhr Baldo fort, »weil du dich selbst betrogen hast. Vielleicht hast du recht, vielleicht habe ich dich beneidet, daß du dir Wünsche einreden konntest, die in Wirklichkeit keine echten Wünsche waren. Aber jetzt weiß ich, daß du mehr Mitleid und mehr Tadel verdienst als ich.«

Er wendete den Kopf ab. »Ich war immer um dich besorgt. Du siehst, ich wußte, wie du wirklich warst, ich wußte, daß alles, was du mit soviel Anstrengung und Qual, mit Ausbeutung, grausam und rücksichtslos erworben hast, doch nicht das war, was dir das höchste schien, was du für den echten Wert hieltest. Alles war nur Ersatz, und ein lächerlich schäbiger dazu.«

Franz lachte kurz auf. »Zumindest suchte ich nach einem Ersatz. Du hast nicht einmal dazu die Energie aufgebracht.«

Aber Baldo ärgerte sich nicht. Er sagte ruhig: »Auch damit hast du recht. Doch wenn wir beide jetzt hier in diesem Zimmer sitzen, auf unser Leben zurückblicken und Bilanz ziehen: wer hat mehr gewonnen, du oder ich? Und wer hat mehr verloren?«

Lange blieb es still zwischen den beiden. Keiner sprach, sie verstanden einander. Und beide waren zutiefst erleichtert, daß sie alle Heuchelei, Lüge, Anmaßung abgestreift hatten.

Dann sagte Franz leise: »Ich glaube, daß du mehr gewonnen hast, ich habe mehr verloren.«

Erst nach einer langen Pause redete er weiter, als denke er laut:

»Ich wußte schon seit vielen, vielen Jahren, daß irgend etwas nicht stimmte. Alles begann mit meiner Mutter und ihren Träumen. Ich glaubte ihr. Jedes Kind glaubt anfangs seinen Eltern. Erst viel später kam ich drauf, wie dumm, unmöglich und absurd ihre Träume waren. Sie meinte, daß die Menschen wie in Herden, friedvoll und glücklich zusammenleben können. Wenn das nicht klappt, dann waren nur ›die Bösen‹ schuld. Sie vergaß, daß der Mensch von Natur aus ein Einzelgänger ist, ein reißender Wolf, ein Räuber, ein Fleischfresser, und daß es seinem Wesen nicht entspricht, in Herden zu grasen. Sein ganzes Elend besteht darin, daß er versucht hat, seine angeborene Natur den Notwendigkeiten anzupassen. Es gibt Menschen, die noch ausgeprägtere Einzelgänger sind als andere; aber wir müssen alle in der Herde trotten, doch wir schwindeln unseren Jagdtrieb, unser Raubgelüste in die Herde ein. Darunter leidet die Herde.«

Seine Worte wurden unhörbar.

»Du«, sagte Baldo leise, »du hast zu den Wölfen gehört.«

Franz hob den Kopf, er wollte aufbegehren. Die Anwandlung ging schnell vorbei.

»Nein«, sagte er einfach. »Ich war kein Wolf. Ich hielt mich nur dafür. Ich sehe jetzt, daß ich es nur glaubte, weil ich den Raubinstinkt im Menschen erkannte. Schon als Kind erschreckte er mich. Vielleicht war ich aufgeweckter als meine Altersgenossen. Ich merkte, daß die Herde nicht wirklich eine Herde war, obwohl sie sich so gab. Tatsächlich war es ein Wolfsrudel, reißende Tiere auf der Hatz. Sie jagten miteinander los, aber wenn die Beute in Sicht war, fielen sie übereinander her und versuchten sich gegenseitig zu vernichten. Ich kann dir gar nicht sagen, wie sehr ich mich fürchtete!«

Ein Schauer lief über seinen Leib, als er sich dieser halb vergessenen Ängste seiner Kindheit erinnerte.

»Und dann gab es meine Mutter, die glaubte, das Wolfsrudel sei eine liebe, nette Schafherde. Ich war ihr böse, weil sie so verblendet war, denn ich spürte das Rudel auf unseren Fersen, wußte, daß die Sanften immer von den Starken gerissen werden. Die Wölfe warteten, mit glitzernden Augen, mit heraushängenden Zungen ... Ich fürchtete mich«, sagte er einfach und tonlos. »Ich begann mir einzureden, daß ich nicht zu den Schafen gehörte, sondern ein Wolf sei, ein Jäger, ein Räuber ...«

Nun redete er das reine Deutsch seiner Kindheit, als hätte er niemals eine andere Sprache gesprochen. Kein englischer Akzent war mehr herauszuhören.

»Ich glaubte es. Ich mußte es glauben, weil ich sonst vor Angst vergangen wäre. Ich erkannte, daß ich hassen mußte, und redete mir ein, daß der Haß Kraft bedeute. Das war immer ein Fluch der Deutschen, dieser Glaube, daß Haß gleich Kraft ist. Ich hatte keine anderen geistigen Waffen. Ich glaubte, daß ich hassen und zerstören müßte, in einem Rausch von Irre und Hysterie, obwohl ich doch im Grunde nur ein zahmes Herdentier war, vom Rudel verfolgt. Vor Angst und Schrecken lief ich blindwütig Amok ... Der Verfolgte wird zum Verfolger — darin liegt die große Gefahr für die Welt.«

Er holte tief Atem und fuhr dann ruhiger fort: »Ich haßte meine Mutter schon, als ich noch sehr klein war, weil sie mir dumm und kurzsichtig vorkam. Sehr bald erkannte ich, daß auch sie vom Rudel gehetzt wurde, sie und mein Vater und mein Onkel, Irmgards Vater, und tausend andere arme Teufel, die glaubten, daß Wölfe in Wirklichkeit Menschen waren und nur eine Art heiliger Franziskus nötig wäre, um sie zu leiten und zu lenken. Dutzende dieser unglücklichen Geschöpfe kamen in Deutschland zu uns, mit leuchtenden Augen und edlen Worten auf den Lippen. Mit der Zeit verachtete ich sie. Ich mußte mich von ihnen lossagen, um nicht mit ihnen zusammen von den Wölfen zur Strecke gebracht zu werden. Ich hatte die Wahl zwischen Schafen und Wölfen — und ich wählte die Wölfe.«

Er seufzte, stand auf und blickte ins Feuer, als wollte er sein Gesicht verstecken.

»Aber die Jäger, die Wölfe, brachten mir niemals Ruhe, schenkten mir kein Glück. Ich wurde von meiner Furcht gejagt. Ich habe eine Menge echter Wölfe kennengelernt, die ihre Erfüllung in der Menschenjagd fanden; Männer wie Ernest Barbour, Jules Bouchard, Jay Regan und Joseph Bryan. Anfangs habe ich sie beneidet und dann habe ich sie gehaßt. Manchmal fragte ich mich sogar, ob sie nicht im tiefsten Inneren von der gleichen Angst besessen seien wie ich. Aber später kam ich drauf, daß dem nicht so war. Sie waren eben geborene Wölfe, sie hatten ihre Daseinsberechtigung gefunden, und sie waren dabei glücklich. Ich gehöre nicht zu ihnen.«

Er schwieg. Dann plötzlich sagte er hart: »Aber ich würde es wieder und wieder tun! Ich wäre mit der Herde genauso unglücklich geworden. Und ich hätte noch mehr Angst gehabt ...«

»Und jetzt fürchtest du dich nicht mehr?« fragte Baldo sehr leise.

Franz zögerte mit der Antwort. Dann sagte er: »Doch, ich

fürchte mich noch immer. Ich kann die Angst nicht unterdrücken. Ich denke oft, daß ich nicht genug Kraft gesammelt habe, um die Wölfe abzuwehren. Was geschieht, wenn ein Krieg ausbricht, oder eine Revolution, oder eine große soziale Umschichtung? Was ist, wenn ich dann alles verliere? Männer wie ich müssen den bestehenden Zustand aufrecht erhalten, sonst erwischt sie das Rudel doch noch!«

»Und du glaubst nicht, daß es stärkere Kräfte als Geld gibt, Franz?« fragte Baldo gütig. »Geistige und seelische Werte, Glauben, Anstand, Würde, Opfermut?«

Franz schaute zu ihm hin, und eine Sekunde lang blitzte der alte Spott in seinen Zügen auf. Aber nur eine Sekunde. Dann schüttelte er den Kopf, müde und resigniert. »Wenn es sie gibt, diese Werte, dann kenne ich sie nicht. Einmal glaubte ich, sie zu kennen. Jetzt ist es zu spät.« Dann plötzlich: »Und du? Besitzt du diese Tugenden?«

Baldo lächelte traurig. »Jeder Mensch muß seinen Kompromiß mit der Wirklichkeit schließen. Ich habe ihn geschlossen. Auch ich habe mir eine starke Stadt gebaut — einen Friedhof, wo mich nichts und niemand stören konnte.« Er fügte hinzu: »Ein solches Bauwerk ist gefährdeter als deines.«

Sie blickten einander lange an, sie hatten alles gesagt. Und nun verstanden sie einander ganz. Sie reichten sich die Hände, drückten sie und hielten sie fest wie Blutsbrüder, die sich auf einer langen, verlassenen Straße im Herzen eines fremden und furchtbaren Landes begegnen.

Dann, immer noch Hand in Hand, sagte Baldo leise lächelnd:

»Ich glaube, Irmgard möchte jetzt heimkommen. Ja, ich bin sicher, daß sie heim will — zu dir, Franz.«